CUENTOS COMPLETOS 1

colección andanzas

RUBEM FONSECA
CUENTOS COMPLETOS 1

Diseño de la colección: Guillermot-Navares
Fotografía de portada: © Getty Images / selimaksan
Fotografía del autor: © Procesofoto

© Rubem Fonseca
O cobrador, © 1979
Os prisoneiros, © 1963
A coleira do cão, © 1965
Lúcia McCartney, © 1967
Feliz ano novo, © 1975/1976

Por las traducciones:
El cobrador: © John O'Kuinghttons y Tajamar Editores Mariano Sánchez Fontecilla 352 Las Condes. 7550296
Los prisioneros: © El cuenco de Plata/ Teresa y Arijón y Bárbara Belloc, 2018
El collar del perro: © Nexos Sociedad Ciencia y Literatura, S.A. de C.V. por la traducción de María González
Lucía McCartney: © John O'Kuinghttons y Tajamar Editores Mariano Sánchez Fontecilla 352 Las Condes. 7550296
Feliz Año Nuevo: © Nexos Sociedad Ciencia y Literatura, S.A. de C.V. por la traducción de María González

Derechos reservados

© 2018, Editorial Planeta Mexicana, S.A. de C.V.
Bajo el sello editorial PLANETA M.R.
Avenida Presidente Masarik núm. 111, Piso 2
Colonia Polanco V Sección
Delegación Miguel Hidalgo
C.P. 11560, Ciudad de México
www.planetadelibros.com.mx

Primera edición impresa en México: junio de 2018
ISBN: 978-607-07-4944-5

No se permite la reproducción total o parcial de este libro ni su incorporación a un sistema informático, ni su transmisión en cualquier forma o por cualquier medio, sea éste electrónico, mecánico, por fotocopia, por grabación u otros métodos, sin el permiso previo y por escrito de los titulares del *copyright*.
La infracción de los derechos mencionados puede ser constitutiva de delito contra la propiedad intelectual (Arts. 229 y siguientes de la Ley Federal de Derechos de Autor y Arts. 424 y siguientes del Código Penal).
Si necesita fotocopiar o escanear algún fragmento de esta obra diríjase al CeMPro (Centro Mexicano de Protección y Fomento de los Derechos de Autor, http://www.cempro.org.mx).

Impreso en los talleres de Litográfica Ingramex, S.A. de C.V.
Centeno núm. 162-1, colonia Granjas Esmeralda, Ciudad de México
Impreso y hecho en México - *Printed and made in Mexico*

LOS PRISIONEROS
1963

Somos prisioneros de nosotros mismos.
Nunca olvides eso, y que no hay fuga posible.

    Lao-Tsé, *Tao Te Ching* (600 a.C.)

Febrero o marzo

La condesa Bernstroff usaba una boina de la que colgaba una medalla del káiser. Era vieja, pero bien podía decir que era una mujer joven y lo decía. Decía: apoya la mano aquí en mi pecho y comprueba lo duro que es. Y el pecho era duro, más duro que los pechos de las chicas que yo conocía. Mira mis piernas, decía ella, mira lo duras que son. Eran piernas torneadas y fuertes; usaba medias con costura y las costuras, salientes y sólidas, delineaban la pantorrilla. Un verdadero misterio. Explícame ese misterio, insistía yo, borracho y agresivo. La esgrima, explicaba la condesa; formé parte del equipo olímpico austriaco de esgrima —pero yo sabía que mentía.

Un miserable como yo no podía conocer a una condesa, aunque fuera una condesa falsa. Pero esta era verdadera; y el conde era verdadero, tan verdadero como la música de Bach que escuchaba mientras tramaba, por amor a los planes y al dinero, su crimen.

Era de mañana, la mañana del primer día de carnaval. Escuché decir que algunas personas viven de acuerdo con un plan, saben todo lo que va a ocurrir con ellas durante los días, los meses, los años. Parece que los banqueros, los amanuenses de carrera y otros hombres organizados hacen eso. Yo —yo vagaba por las calles, mirando mujeres. De mañana no hay mucho que hacer. Me detuve en una esquina, compré una pera, me la comí y empecé a sentirme inquieto. Fui al gimnasio.

De eso sí que me acuerdo muy bien: comencé con un supino de noventa kilos, tres veces ocho.

—Se te van a salir los ojos —dijo Fausto, dejando de mirarse en el espejo grande de la pared y observándome mientras contaba las anillas de la barra.

—Voy a hacer cuatro series para el pecho en el caballete y cinco para los brazos —dije yo—, una serie para aumentar la masa muscular, nene, para machos. Voy a aumentar el volumen.

Y comencé a castigar mi cuerpo, haciendo dos minutos de intervalo entre una serie y otra para que mi corazón dejara de latir tan fuerte, y para poder mirarme en el espejo y ver los progresos. Y aumenté el volumen: cuarenta y dos centímetros de brazo, medidos con cinta métrica.

Entonces Fausto explicó cómo venía la mano:

—Yo voy vestido de mujercita, lo mismo que Sílvio, Toão, Roberto y Gomalina. Tú no quedas bien de mujer, tu cara es fea, así que vas en el grupo de adelante con Russo, Bebeto, Paredón, Futrica y João. El populacho nos rodea pensando que somos putos, nosotros gorjeamos con voz finita, y cuando los tipos quieren manosearnos, nosotros, y si hace falta ustedes también, les damos flor de paliza y hacemos un carnaval de trompadas para todo el mundo. Vamos a terminar con las comparsas de negros, vamos a reventarlos para siempre. ¿Te anotas?

Sílvio siempre se vestía de mujer, se pintaba los labios.

—El año pasado —dijo— un montón de mujeres me pusieron papelitos en las manos con su número de teléfono. Casi todas eran putas, pero había una que era la mujer de un tipo importante, anduve con ella más de seis meses, me dio un reloj de oro.

—Cuando él pasaba —dijo Russo— todas las mujeres daban vuelta la cabeza para mirarlo. No había mujer que no mirara a Sílvio en la calle. Tendría que ser artista de cine.

—¿Y entonces? ¿Te anotas? —insistió Fausto.

A esa altura el conde Bernstroff y su mayordomo ya debían haber hecho los planes para esa noche. Ni la condesa ni yo sabíamos nada; yo ni siquiera sabía si saldría a romperle la cara a un montón de personas que no conocía. Eso es lo malo de no ser banquero o amanuense del Ministerio de Hacienda.

El sábado por la tarde la ciudad todavía no estaba animada. Las cinco mujercitas requebraban sin entusiasmo y sin gracia. Las comparsas se forman así en las ciudades: una batería de tambores sordos, varias cajas y tamboriles y a veces una cuíca salen sonando por la calle, la gente va llegando, se junta, canta, y la comparsa crece.

Apareció una batería delante de nosotros. Seis tipos descalzos que caminaban lentamente batiendo los parches.

—Moreno, mi morenito sabroso, préstame tu tambor —dijo Sílvio.

Los hombres se detuvieron un segundo y lo pensaron, y después cambiaron de idea. Sílvio agarró del pescuezo a uno.

—Dame ese tambor, hijo de puta.

Las mujercitas se fueron encima de la comparsa como un rayo.

—A las piñas, a las piñas —gritaba Sílvio—, son débiles.

Uno quedó en el suelo, boca arriba, el pequeño tamboril en la mano cerrada. Una sola trompada de Sílvio podía hacer saltar la puerta de un departamento con sala y cuatro habitaciones.

Nosotros teníamos varios tambores, que tocábamos sin ritmo. Como nadie sabía tocar la cuíca, Russo la reventó de un puñetazo. Un solo puñetazo, bien dado, justo en medio, la hizo pedazos. Después Russo anduvo diciendo que se le había hinchado la mano por darle una trompada a un ladrón tiñoso en la Praça Onze. Yo no sé si es verdad porque no fui con ellos a Praça Onze; después de lo que pasó en el Aterro me separé del grupo y fui a encontrarme con la condesa, pero creo que la mano se le hinchó por reventar la cuíca, porque la cara de un ladrón no le hincha la mano a nadie.

Una mujer se nos acercó y dijo:

—Llévenme con ustedes, nunca vi tantos hombres lindos juntos.

Y se agarró de mí, clavándome las uñas en el brazo. Fuimos al Aterro y escuché que ella decía: cógeme pero no me maltrates. Y lo decía con astucia, como si estuviera hablando con el novio. Y lo mismo le dijo al tercer tipo y al cuarto tipo que caminaban a su lado; pero a mí, extendiendo la mano de uñas sucias y pintadas de rojo, me dijo: hombrecito lindo, mi amor —y se rio, y su risa era limpia; yo no pude hacer nada y volví a ponerle la ropa, tiré el lanzaperfume que ella olía y dije para que todos oyeran: basta. Y miré los ojos azules pintados de Sílvio y le dije, bajito, con una voz salida de las entrañas, una voz mala: basta. Russo agarró a Sílvio con fuerza, los bíceps estaban a punto de saltar como si fueran yunques.

—Se va a llevar a la mujer —dijo Sílvio sacando pecho.

Pero todo quedó en eso. Me llevé a la mujer.

Me fui caminando con ella por la orilla del mar. Al principio cantaba, después se calló la boca. Entonces le dije:

—Ahora vuelve a tu casa, ¿entendiste? Si te encuentro vagando por ahí te rompo los dientes, ¿entendiste? Voy a seguirte; si no haces lo que te ordeno te vas a arrepentir.

Y le apreté el brazo con toda mi fuerza, para que le siguiera doliendo los tres días de carnaval y una semana más todavía. Ella gimió y dijo que sí y se fue caminando, y yo atrás siguiéndola, en dirección al tranvía; cruzó la calle, tomó el tranvía que volvía vacío de la ciudad, me miró, yo le puse una cara fea, el tranvía se fue, ella encogida en el asiento, un adefesio.

Volví a la playa con ganas de ir a casa, pero no a mi casa, porque mi casa era un cuarto y en mi cuarto no había nadie excepto yo mismo. Y caminé, caminé, crucé la calle, empezó a caer una llovizna y donde yo estaba ya no había carnaval, solo edificios elegantes y silenciosos.

Así fue como conocí a la condesa. Se asomó a la ventana gritando y yo no sabía que era condesa ni nada. Gritaba la palabra socorro, pero sonaba rara. Corrí hacia el edificio, pero el portero no estaba; volví a la calle, pero ya no había nadie en la ventana; calculé el piso y subí por el ascensor.

Era un edificio elegante, lleno de espejos. El ascensor paró, yo toqué el timbre. Un tipo vestido de etiqueta abrió la puerta.

—Sí, ¿qué desea? —dijo mirándome con aire de superioridad.

—Hay una mujer en la ventana pidiendo socorro —dije yo.

Él me miró como si yo hubiera dicho una palabrota.

—¿Socorro? ¿Aquí?

Yo insistí:

—Aquí, sí, en su casa.

—Soy el mayordomo —dijo él.

Esas palabras me quitaron toda autoridad. Yo nunca había visto un mayordomo en mi vida.

—Usted está confundido —dijo él, y yo ya me disponía a irme cuando apareció la condesa, con un vestido que en aquel momento me pareció un vestido de baile pero después vi que era ropa de dormir.

—Fui yo, sí, pedí socorro; entre, por favor, entre.

Llevándome de la mano, dijo:

—Usted me hará un gran favor, tenemos que revisar la casa, hay una persona escondida aquí adentro que quiere hacerme daño. No tenga miedo, no, usted es tan fuerte y tan joven que voy a tratarlo de tú. Yo soy la condesa Bernstroff.

Empecé a revisar la casa. Una sucesión de salones enormes, llenos de luces, pianos, cuadros en las paredes, arañas, mesitas y jarras y jarrones y estatuillas y sofás y divanes enormes donde cabían dos personas. No vi a nadie hasta que, en una sala más chica, donde un tocadiscos tocaba música muy alto, un hombre de saco de terciopelo se levantó cuando abrí la puerta y dijo serenamente, colocándose un monóculo en el ojo:

—Buenas noches.

—Buenas noches —dije yo.

—Conde Bernstroff —dijo él extendiendo la mano. Después de mirarme un poco sonrió una sonrisa que no era para mí, era para él—. Perdóneme —dijo—, Bach me transforma en un egoísta.

Y me dio la espalda y se sentó en el sillón, con la cabeza apoyada en la mano. Para ser francos, me sentí confundido, incluso ahora sigo estando confundido, porque ya olvidé muchas cosas, la cara del mayordomo, la medalla del káiser, el nombre de la amiga de la condesa con quien me acosté, junto con la condesa, en el departamento del Copacabana Palace. Además, antes de que saliéramos, ella me dio una botella de Canadian Club que bebí casi por completo adentro del auto mientras íbamos a Copacabana, sintiéndome un lord. Pero enseguida bajé del auto y subimos al departamento y tengo la impresión de que los tres nos divertimos bastante en el cuarto de la amiga de la condesa, pero de esa parte ya me olvidé del todo.

Desperté con un dolor de cabeza espantoso y dos mujeres en la cama. La condesa quería ir a su casa para mostrarme un animal que quería morderla y que había invadido sus aposentos y al que ella había encerrado dentro del piano de cola. Volvimos en taxi, ni sé qué hora era porque no tenía hambre y tanto podían ser las diez de la mañana como las tres de la tarde. Ella fue directo al piano y no encontró nada.

—Tendría que habértelo mostrado ayer —dijo—, ahora ya lo sacaron de aquí, son muy hábiles, son diabólicos.

—¿Qué animal era ese? —pregunté. Tenía un dolor de cabeza terrible, que no me dejaba pensar bien, y apenas podía abrir los ojos.

—Es una especie de cucaracha grande —dijo la condesa—, con aguijón de escorpión, dos ojos saltones y patas de escarabajo.

Yo no conseguía imaginar un bicho como ese y se lo dije. La condesa se sentó en una de las cincuenta mesitas que tenía en su casa y dibujó el bicho para que yo lo viera, una cosa muy rara, en un papel de seda azul que doblé y guardé en el bolsillo y perdí. Ya perdí muchas cosas en mi vida, pero la que más lamento haber perdido es ese dibujo del bicho que hizo la condesa, y me pongo triste de solo pensarlo.

La condesa me estaba afeitando cuando apareció el conde, de monóculo, diciendo buen día. La condesa afeitaba mejor que cualquier barbero; tenía una navaja afilada que rozaba la cara como si fuera una esponja y después hacía masajes con un líquido perfumado; y después otros masajes en mis trapecios y mis deltoides, mejores que los de Pedro Vaselina, el del gimnasio. El conde observaba todo con cierto desinterés, diciendo:

—Ella debe simpatizar mucho con usted para estar afeitándolo, hace años que no me afeita.

A eso la condesa respondió irritada:

—Tú sabes muy bien por qué.

El conde se encogió de hombros como si no supiera nada, fue hacia la puerta y desde allí me dijo:

—Después quisiera hablar con usted.

Cuando el conde salió la condesa me dijo:

—Quiere comprarte, compra a todo el mundo, se le está acabando el dinero, pero todavía tiene algo, muy poco, y eso lo desespera todavía más porque el tiempo pasa y yo todavía no me muero y si yo no me muero él se queda sin nada, porque ya no le doy más dinero. Y además ya está viejo, ¿cuántos años crees que tiene? Podría ser mi padre, y dentro de poco ya no podrá beber más, se quedará sordo y no podrá escuchar música; el tiempo es, después de mí, su mayor enemigo; ¿viste cómo me mira? Con ojos fríos de pez cazador, al acecho, dispuesto a liquidar sin misericordia a su presa. Date cuenta, un día de estos me van a arrojar por la ventana o me darán una inyección cuando esté dormida y después nadie más se acordará de mí y él se quedará con todo mi dinero y volverá a su tierra para ver la primavera y las flores en el campo que tanto me pidió, con lágrimas en los ojos, volver a ver; lágrimas fingidas, ya lo sé, ni siquiera le temblaban los labios. Yo podría irme para siempre, dejarlo solo, sin nada, sin siquiera la oportunidad de llevar a cabo sus planes siniestros, pobre diablo; creo que incluso está empezando a quedarse sordo, la música que oye la conoce de memoria y por eso tal vez no se da cuenta de que se está quedando sordo —y la condesa daba vueltas diciendo que algo iba a pasar en esos días y que ella estaba muy horrorizada, y que nunca se había sentido tan excitada en su vida, ni siquiera cuando era amante del príncipe Paravicini en Roma.

Fui a buscar al conde mientras la condesa tomaba un baño. Él me preguntó con mucha delicadeza, pero directamente, como quien quiere tener una conversación corta, cómo me ganaba yo la vida. Le expliqué, también brevemente, que no se necesita mucho dinero para vivir; que ganaba dinero aquí y allí. Él se ponía y se quitaba el monóculo, mirando por la ventana. Yo continué:

—En el gimnasio practico gratis y ayudo a João, que es el dueño, y encima me da un dinerito a cambio; vendo sangre en el banco de sangre, no mucha para no perjudicar la gimnasia, pero la sangre se paga bien y el día que deje de hacer gimnasia voy a vender más y es probable que viva solo de eso, o principalmente de eso.

Al llegar a esa parte el conde se interesó mucho y quiso saber cuántos litros me sacaban, si no quedaba mareado, cuál era mi tipo de sangre y otras cosas. Después dijo que tenía una propuesta muy interesante para hacerme, y que si yo aceptaba nunca más necesitaría vender sangre, a no ser que eso ya fuera un vicio para mí, cosa que él comprendía perfectamente bien porque respetaba todos los vicios.

No quise oír la propuesta del conde, no dejé que la hiciera; al fin de cuentas, yo me había acostado con la condesa, quedaba feo que me pasara de bando. Le dije que nada de lo que tuviera para ofrecerme me interesaba. Tengo la impresión de que mis palabras lo hirieron, porque dejó de mirarme y se puso a mirar por la ventana, un largo silencio que me dejó inquieto.

—Por eso —continué—, no voy a ayudarlo a hacerle ningún mal a la condesa, no cuente conmigo para esas cosas.

—¿Pero cómo? —exclamó, sosteniendo el monóculo con la punta de los dedos como si fuera una hostia—. Yo solo quiero su bien, quiero ayudarla, ella me necesita y también lo necesita a usted... Permítame explicarle todo, me parece que estamos siendo víctimas de una gran confusión, déjeme explicarle por favor.

No lo dejé. Me fui. No quise explicaciones. Al final de cuentas, no servirían de nada.

Doscientos veinticinco gramos

En la sala grande dos hombres, todavía jóvenes, sentados, esperando. Uno en cada rincón y los dos sin mirarse, como si cada uno temiera que el otro rompiera su aislamiento.

Vigilaban una de las puertas. La otra era la del ascensor; en el indicador estaba encendido el número 1. El ascensor también esperaba.

Eso duró largo rato —el silencio y la inmovilidad absoluta de los hombres; hasta que uno de ellos verificó, sin girar la cabeza, que la luz del indicador comenzaba a avanzar hacia la derecha: 2... 3... 4... 5. La puerta del ascensor se abrió y apareció un tercer hombre, también joven, que caminó hasta el centro de la sala y se detuvo indeciso. Los dos hombres sentados ignoraron su presencia. El recién llegado recorrió el lugar con la mirada.

—¿No hay nadie que atienda? —preguntó.

Los otros dos no contestaron.

Él insistió:

—Tiene que haber alguien —y empezó a caminar por la sala con impaciencia—. Esto parece un cementerio —se detuvo un instante al decir eso.

Los otros dos continuaron en silencio, inmóviles, como si fueran de piedra. El que había llegado al último empezó a llamar con aplausos.

Respondiendo a su llamado, un hombre de delantal blanco abrió la puerta y preguntó:

—¿Sí?

Los tres hombres lo miraron. El último en llegar dijo:

—Quiero hablar con el director.

—El director no está.

—¿El forense está?

—¿Cuál de ellos? Tenemos varios forenses —dijo el hombre de delantal blanco.

—El que está haciendo la autopsia.

—¿Qué autopsia? Hoy se harán unas cuatro autopsias —respondió el hombre de delantal blanco.

—La autopsia de la señora Elza Wierck —dijo el recién llegado en voz baja.

Los otros dos lo miraron sorprendidos.

—Voy a ver si el forense puede venir a hablar con usted.

La puerta se cerró y se quedaron los tres solos.

—¿Elza era familar suyo? —preguntó uno de los otros dos.

—Yo también vine a buscar noticias de Elza —dijo el otro.

—Parece que los tres vinimos por Elza —dijo el último—. Yo pensaba que era el único... el único, esteee, amigo de Elza. Ella era muy expansiva y muy alegre; yo sabía que había, ¿puedo ser franco?... Yo sabía que había otros, pero no me importaba.

Además tenía su trabajo, y no podía ni tenía tiempo para lazos más íntimos. En lo único que pensaba en serio era en su industria.

—¿Industria?

—Ejes para manivelas.

—Yo fabrico sosa cáustica —dijo uno de los otros dos.

—Es raro —dijo otro.

—¿Qué?

—El hecho de que los tres seamos amigos, esteee, íntimos de Elza. A mí me choca un poco, ¿saben? Mejor dicho, no me choca, me sorprende. ¿A ustedes no?

Antes de que los otros respondieran, prosiguió:

—Yo me dedico a los paneles de vidrio, en el último semestre duplicamos la producción. Estamos haciendo un vidrio mejor que el belga.

Los tres se miraron con respeto: eran hombres jóvenes que irradiaban seguridad y éxito. Pertenecían al mismo mundo.

En ese instante llegó el forense.

—Buenas tardes. ¿En qué puedo ayudarlos?

—Nosotros somos amigos, éramos amigos de la señora Elza Wierck, la chica que fue, que fue...

—Lamentable —dijo el forense—, lamentable. ¡Pobre chica! ¿Ya agarraron al degenerado que la mató, no? ¿Era el novio, no?

—Nosotros éramos amigos de ella.

—¿Ella no tiene parientes? —preguntó el forense.

—No sé —respondió uno de los jóvenes señores.

—Creo que no —dijo otro.

—Elza era suiza, creo que los parientes están en Europa —agregó el tercero.

17

—¡Ah! Era suiza —dijo el forense restregándose las manos como si estuviera muy satisfecho de oír eso—. Linda mujer —continuó—, eso se nota a simple vista, incluso ahora.

—¿Usted ya hizo la autopsia?

—No, no, justo iba a empezar cuando ustedes me llamaron.

—Nosotros vinimos para...

—Ya sé —interrumpió el forense—. Ustedes quieren presenciar la autopsia.

Los tres hombres lo miraron como si esa sugerencia los asombrara. Pero el forense no pareció advertirlo porque dijo:

—No sé si podrán entrar los tres, es una situación muy irregular.

—Bueno —dijo alguien—, no hay necesidad. Si no se puede no se puede... No vamos a violar los reglamentos.

Nuevamente el forense no supo advertir el alivio palpable en el rostro de los tres hombres.

—Pero siempre hacemos una excepción con los parientes.

—Nosotros no somos parientes.

—La pobre chica no tiene parientes en el país, ustedes mismos lo dijeron. Pobrecita. Es como si ustedes fueran su familia, al fin de cuentas son amigos. Yo no soy un funcionario burócrata, esclavo de los reglamentos. Soy médico... Veo el lado humano de las cosas; para mí los reglamentos no pueden obedecerse a ciegas. Les diré lo que voy a hacer: permitiré que entre solo uno de ustedes para que sea testigo de esta tarea que, infelizmente, debe ser ejecutada porque así lo manda la ley.

—¿Es necesario?

—Imprescindible —dijo el forense—. El auto de examen cadavérico es una pieza esencial del proceso. Hay que hacer la autopsia.

—Yo no preguntaba eso —dijo uno de los hombres, pero el forense no lo escuchó y prosiguió:

—Así lo manda la ley. Es la ley. ¿Cuál de los tres, entonces? Hay que tener coraje para hacerlo.

Los tres hombres, que empezaban a hablar, callaron de golpe.

—¿Cuál de los tres va a venir? Ella está esperando.

—Cualquiera de los tres... —dijo uno.

—Decidan —dijo el forense.

Los tres lo miraron con temor.

—¿Y?

Silencio.

—Voy yo —dijo uno encarando a los otros dos, que desviaron la mirada.

Llegaron a la sala de autopsia. Acostada sobre una mesa de mármol estaba una mujer que llevaba puesta una falda, una blusa de seda estampada, sin zapatos. Tenía la cabeza apoyada sobre un taco de madera con una hendidura con forma de medialuna donde encajaba la nuca. Cerca de la mesa había un enfermero. Un poco más allá, sentado frente a una mesita, un escribiente.

—Primero tenemos que quitarle la ropa —dijo el forense.

Le sacaron la falda, la blusa, las prendas íntimas.

—Una falda de... ¿qué material es este?

—¿Tergal? De tergal, una blusa de seda estampada, corpiño de nailon, calzones de nailon. Tenemos que tomar nota de todo —dijo el forense mirando al escribiente que anotaba— para la pericia. La pericia debe ser completa.

La mujer estaba ahora completamente desnuda sobre la mesa de mármol.

—Ese hombre sí que quería matarla —dijo el forense mirando el cuerpo como un profesional—. Mire cuántas cuchilladas.

Las heridas estaban distribuidas por el cuerpo como si fueran dibujos.

Lavaron el cadáver. Un agua rojiza bajó por la canaleta que rodeaba la mesa y se fue depositando en un recipiente que estaba en el suelo. El cuerpo quedó limpio, del mismo color del mármol.

Con un estilete graduado, el forense empezó a medir las heridas.

—Una de tres centímetros en la cara externa del tercio superior del brazo izquierdo. —El escribiente tomaba nota—. Una en la región axilar izquierda, dos centímetros y medio, perforada. Dos en la cara interna hemitoráxica izquierda, de cuatro centímetros cada una. —El forense metía el estilete en las heridas y miraba atentamente las marcas del instrumento—. Parece que estoy volviendo a matarla, ¿no? —preguntó sin mirar al extraño que estaba de pie a su lado.

El cuerpo de la mujer fue dado vuelta muchas veces, investigado. Era un cuerpo largo, fuerte, de pechos pequeños. El vello del pubis era claro y escaso. La boca estaba abierta, los dientes de adelante asomaban entre los labios verdevioláceos; un rostro duro.

—¿Lo soporta? —preguntó el forense. Una sonrisa imperceptible cruzó sus labios—. Al final de cuentas usted era su amigo...

Con mucho cuidado, el enfermero separó el cabello de la mujer.

El forense, con un gesto prolongado, firme y continuo, cortó el cuerpo con el bisturí con un hondo trazo longitudinal, desde la garganta hasta la región pubiana.

La carne del pecho fue empujada violentamente hacia los costados, desprendida de los huesos, dejándolos a la vista.

—Después cosemos todo —explicó el forense—, la reconstitución es perfecta. Pero la línea de la costura se ve, por supuesto.

El forense agarró una tijera, como las de cortar rosas, un poco más grande.

—Costótomo —dijo mostrando el instrumento—. Como su nombre lo indica, sirve para cortar costillas.

El forense puso manos a la obra con el costetomos. Los huesos se partían con un sonido seco. Aparecieron los pulmones, el corazón.

El enfermero levantó la cabeza de la mujer y con el bisturí cortó el cuero cabelludo en la base del cráneo; metió los dedos de la mano derecha en la hendija que había abierto y de un tirón rápido arrancó el cuero cabelludo, que se desprendió del cráneo chirriando, como cuando se arranca el empapelado de una pared.

El cráneo desnudo parecía un enorme huevo amarillo.

—Ya estamos listos —dijo el forense—. Empezaremos por la cabeza, como manda la buena técnica.

El enfermero empezó a serruchar el cráneo.

—Antes teníamos una sierra eléctrica —dijo el forense—. Pero el enfermero no sabía cómo trabajar con ella: un día se trabó, la rueda dentada se desprendió y se fue rodando por ahí, salió por la puerta, bajó las escaleras, ja ja.

El enfermero miró al forense, que continuó diciendo:

—Por eso seguimos usando el serrucho. Es rudimentario, lo reconozco, pero también muy práctico.

La calota craneana fue serruchada por completo. De su interior fue retirada una masa alabastrina, una opaca medusa.

—Encéfalo... un kilo doscientos setenta gramos —el forense pesó el cerebro en una balanza que estaba sobre una mesa cercana.

Los órganos fueron sacados, uno por uno, del interior del cuerpo y arrojados en la balanza.

—Hígado... un kilo cien. Evidentemente no bebía; el otro día encontramos uno que pasaba los dos kilos, ¿no? —le dijo el forense al enfermero.

El forense agarró el pulmón con la mano enguantada e intentó arrancarlo de un golpe seco. La primera vez no lo consiguió. Entonces lo intentó con las dos manos y lo logró.

—El izquierdo atravesado en los lóbulos superior e inferior; el derecho en el ápice.

El forense se inclinó sobre el bajo vientre de la mujer. Arrancó otro órgano.

—Útero... pequeño y vacío. Vacío —repitió mirando al hombre que estaba a su lado.

Mientras tanto, con un cuenco, el enfermero empezó a retirar la sangre de la cavidad torácica para luego verterla dentro de unos tubos de vidrio graduados.

—Seiscientos cincuenta centímetros cúbicos en la cavidad pleural derecha —dijo—, cuatrocientos centímetros cúbicos en la cavidad pleural izquierda.

—Murió de hemorragia interna y externa. «La vida de toda carne es la sangre», está en las Escrituras. La subclavia izquierda fue alcanzada.

El forense levantó el corazón de la mujer con sus manos enguantadas. Parecía una pera; era oscuro.

—Doscientos veinticinco gramos —dijo pesándolo en la balanza—. No fue alcanzado.

Todos los órganos fueron colocados nuevamente dentro del cuerpo.

Con una aguja curva, el enfermero cosió el inmenso corte. El encéfalo fue colocado dentro del cráneo, el cuero cabelludo fue tirado hacia atrás y también cosido. El rostro de la mujer volvió a surgir: ojos abiertos, boca abierta.

—Ya está —dijo el forense.

—Me quedé hasta el final —dijo el hombre que había presenciado la autopsia.

—Se quedó, sí —dijo el forense intentando disimular la desilusión de su voz.

—Ya me voy —prosiguió el hombre en voz baja.

—Vaya —dijo el forense un poco desalentado.

Se miraron a los ojos con un sentimiento oscuro, viscoso, malo.

El hombre empezó a salir de la sala de autopsia. Con los dientes apretados, solo pensaba una cosa: «no puedo correr, no puedo correr»; caminaba lentamente, rígido, como un soldado de regimiento inglés que desfila.

Cuando llegó a la sala de espera la encontró vacía.

—Se fueron —murmuró entre dientes—, se fueron.

Bajó por el ascensor.

En la puerta de calle el sol le golpeó de lleno la cara. Cerró los ojos y se los tapó con las dos manos. Dijo «laputaquelopario» todavía con las manos sobre la cara. Abrió la boca como si le faltara el aire. Solo por unos segundos. Enseguida se destapó la cara, miró a los costados para ver si alguien lo había visto y recompuso su fisonomía.

El conformista incorregible
La sociedad mentalmente sana del gran Fromm

Una sala. En la pared, un retrato de Erich Fromm y otro de Norman Mailer. En torno a una gran mesa oval: un joven llamado Amadeu, un socio psicólogo llamado Dr. Levy, un psicoanalista llamado Dr. Prom, una psicotécnica llamada Dra. Kreuzer.

DR. LEVY: ¿Debemos hacerlo salir, o discutimos el caso en su presencia?

DRA. KREUZER: Me gustaría escuchar la opinión del Dr. Prom.

DR. PROM: Puede quedarse. Antes eso no se hacía por simple ignorancia.

DR. LEVY: Muy bien. *(A Amadeu)* Amadeu, vamos a discutir, en su presencia, su problema. Le pido que coopere cuando le hagamos preguntas.

AMADEU: ¿Qué problema? Quisiera irme ahora mismo, Dr. Levy.

DR. LEVY: ¿No quiere estar presente?

AMADEU: Irme del Instituto. Hace ya quince días que estoy aquí. Usted dijo que me quedaría quince días como máximo.

DR. LEVY: Y es precisamente eso lo que vamos a discutir. Si puede irse ahora o tiene que quedarse.

AMADEU: Pero Dr. Levy, cuando vine aquí no me dijeron que mi salida dependería de ninguna discusión.

DR. LEVY: Por eso le estoy pidiendo que coopere, Amadeu.

AMADEU: *(Después de pensarlo un poco)* Está bien.

DR. PROM: *(Escribiendo en un bloc y murmurando)* Tendencia compulsiva a la cooperación.

DR. LEVY: Creo que no necesito hacer un historial minucioso del caso. Ustedes han participado de los estudios realizados con este joven que es, por así decirlo, un remanente típico del Conformismo, cuya erradicación es el principal objetivo de este Instituto. Otros organismos trabajan en estrecha cooperación con nosotros; nuestros compañeros del Icontrop están progresando mucho en la tarea de acabar con la perniciosa influencia de los diarios, los libros, el cine, la televisión, en suma, de todo el aparato cultural de la antigua sociedad que, hasta no hace mucho, arrastraba a la humanidad al Conformismo.

DRA. KREUZER: Además de otras distorsiones.

DR. LEVY: El Iconidrex acaba de elaborar la Nueva Ideología del Sexo, proscribiendo la sumisión masoquista y la dominación sádica.

DRA. KREUZER: Estableciendo el amor sin ilusiones.

DR. PROM: Amor sin narcisismo.

DRA. KREUZER: Está probado que jamás hubo un matrimonio realmente feliz, donde el amor, como dice Mailer, fuera una relación productiva y creadora, sin egoísmo, sin «impostura», íntegra e independiente.

DR. LEVY: *(a Amadeu)* Pero la base de la Revolución preconizada por Fromm y Mailer es la lucha contra el Conformismo; un peligroso tipo de «autoridad» que llegó a su esplendor a mediados de este siglo.

DR. PROM: Sustituyendo al padre, al maestro, al rey, al dios, a la ley.

DR. LEVY: Exactamente. Como dijo el gran Fromm, un tipo de autoridad anónima, invisible, alienada, en el que nadie daba órdenes —ninguna persona, ninguna idea, ninguna ley moral—, pero todos se sometían. ¿A qué?

DRA. KREUZER: ¡Al Conformismo!

DR. PROM: A esa cosa inicua y asfixiante que era la *comunis opinio*.

DR. LEVY: *(Siempre mirando a Amadeu, que sigue atentamente su discurso)* Exactamente. Todos querían *ser iguales* y toda la cultura estaba influida por eso. Vean por ejemplo la arquitectura de Le Corbusier, Gropius, Niemeyer y otros alienados, que se propagó como una epidemia por el mundo, con sus paredes de vidrio y sus *playgrounds* colectivos que condicionan a los moradores a un mimetismo obsesivo. Uno no necesitaba salir de su casa para ver o ser visto, incluso en los momentos más íntimos.

DRA KREUZER: Hoy me enteré de que el Incontrab está destruyendo las últimas casas y departamentos de ese tipo.

TODOS: ¡Excelente, excelente!

DR. LEVY: Lo mismo ocurría con lo que se denominaba «moda». Todas las personas se vestían igual en Finlandia, en Ghana, en Marruecos y en el Kurdistán. Pura imitación.

DRA. KREUZER: Ahora las personas ya no pueden vestirse igual. Con la sola excepción de los miembros uniformados de los Institutos, por supuesto.

DR. LEVY: Por supuesto. Cada uno se viste como quiere, siempre y cuando no cree un patrón general. Hubo una época, por ejemplo, en la que media docena de homosexuales neuróticos y misóginos dictaban la moda femenina en todo el mundo.

DRA. KREUZER: Da pena ver las fotografías de nuestras madres.

DR. PROM: Vamos al punto, Dr. Levy.

DR. LEVY: ¿Estoy siendo demasiado prolijo? El Dr. Prom siempre me acusa de ser demasiado prolijo. Pero en este momento no busco otra cosa que esclarecer a Amadeu.

DR. PROM: Yo no lo acuso de exceso de prolijidad. Dr. Levy. Pero nuestro plazo termina mañana y todavía tenemos que elaborar el Informe Final, que no será breve, puedo asegurarles.

DR. LEVY: Ya lo sé, ya lo sé. Nuestro objetivo de hoy es decidir, por fin, si Amadeu debe continuar su tratamiento en el Instituto o si puede irse.

DR. PROM: Me gustaría hacerle a Amadeu una pregunta que le hice en nuestra última sesión. *(Mira a Amadeu)* Amadeu, piense bien antes de contestar, ¿qué es lo más importante que puede aprender una persona?

AMADEU: ¿Lo más importante?

DR. PROM: Sí, lo más importante.

AMADEU: Lo más importante es aprender a convivir con otras personas.

DR. PROM: *(Mirando a los otros con aire de triunfo)* ¿Por qué?

AMADEU: Para agradarle a todos.

DR. PROM: ¿Y por qué es bueno que les agrade a todos?

AMADEU: Porque eso me hace feliz.

DRA. KREUZER: *(Molesta)* ¿Está diciendo la verdad, eso realmente lo hace feliz?

DR. PROM: En el narcoanálisis me dijo lo mismo. Algunos conformistas, si bien creen que el Conformismo, la Fusión con el Grupo, es su deber, no obstante tienen la sensación de estar frustrando otros impulsos. Amadeu no. Realmente es feliz así.

DRA. KREUZER: ¡Qué horror! Esa vida de concesiones, esa vida exterior no pasa de ser una vida carcelaria, vacía y depresiva. ¿Cómo puede ser feliz así?

DR. LEVY: Amadeu piensa que es feliz; se siente feliz, pero todo no es más que una gran ilusión. Sin embargo, esa ilusión es su realidad, un caso realmente desagradable.

DR. PROM: Dr. Levy, es precisamente porque Amadeu es un caso difícil que las mejores cabezas del Instituto fueron convocadas para estudiarlo.

DRA. KREUZER: Amadeu es altamente peligroso. Mientras existan individuos como él, nosotros nunca tendremos la sociedad perfecta del gran Fromm.

DR. LEVY: No es fácil establecer el sentimiento de Identidad Individual en una sociedad hasta hace poco dominada por el Conformismo Gregario. Todavía existen muchos como él diseminados por el mundo; esa es, por desgracia, una verdad que debemos enfrentar.

DRA. KREUZER: Tenemos que acabar con él. El Hombre necesita ser libre, sano.

DR. LEVY: No se preocupe, Dra. Kreuzer. No está lejos el día en que el hombre verá el mundo, verá a los otros y a su propio Yo como verdaderamente son: sin que los deseos y los temores deformen la realidad.

AMADEU: *(Inesperadamente)* Yo no tengo temores.

DR. PROM: ¿Cómo que no? Usted tiene miedo de ser diferente.

AMADEU: *(Tranquilo)* Para nada.

DR. PROM: Vean, vean, la seguridad típica del alienado. Él no sabe, como dijo el gran Fromm: *que el hombre libre es necesariamente inseguro; el hombre que piensa es indeciso por necesidad.*

AMADEU: Yo no tengo temores.

DR. PROM: Sí que los tiene. *(Da un puñetazo en la mesa)* Ya se lo dije. Usted tiene miedo de ser diferente.

AMADEU: Para nada.

DR. PROM: Sí. *(A los otros)* Y esa es la verdadera causa de sus desvergonzadas tendencias gregarias.

DR. LEVY: Exacto, y por eso acepta, consciente y plenamente, cualquier forma de adaptación.

DR. PROM: Lo que nos dificulta la tarea. Porque, según parece, nosotros podemos desadaptarlo, pero a decir verdad, su extroversión lo adaptará nuevamente en poco tiempo.

DRA. KREUZER: ¿Eso quiere decir que es un conformista incorregible?

DR. LEVY: Eso no existe. Si aceptamos eso, tiramos a la basura nuestra creencia en la Nueva Sociedad, la sociedad frommista donde no existen las condiciones necesarias para el surgimiento del Conformismo Alienado. Nuestra tarea es hacerlo sentir inseguro y al mismo tiempo capaz de tolerar la inseguridad, sin pánico. Y todavía no lo hemos conseguido.

DR. PROM: Tiene que quedarse aquí. Su peligrosidad es muy alta. Si sale, puede crear núcleos gregarios y conformistas, diseminar su mortífero ejemplo. No puede salir.

DR. LEVY: Estoy de acuerdo. ¿Dra. Kreuzer?

DRA. KREUZER: Concuerdo.

AMADEU *(que acompañaba los debates con atención)*: ¿No puedo salir? ¿Por qué? Exijo una explicación lógica.

DR. LEVY: Es muy simple. Usted...

DR. PROM: *(Bruscamente)* No le explique nada. Él mismo tiene que encontrar, en soledad, la respuesta.

AMADEU: *(Decidido)* Yo me voy.

El Dr. Levy toca la campanilla. Entran dos personas que agarran a Amadeu y lo sacan de la sala. El Dr. Prom, la Dra. Kreuzer y el Dr. Levy, de pie, repiten a coro las palabras del viejo Manifiesto Revolucionario de Fromm y Mailer.

CORO: ¡Contra el Matriarcado!
¡Contra la Filiarquía!
¡Contra la Extroversión!
¡Contra el Congregacionismo!
¡Contra el Conformismo Autómata!

Teoría del consumo conspicuo

Bailábamos abrazados, frente a frente, a la manera convencional. Ella no quería jugar con los hilos, no quería otra clase de abrazos, no quería quitarse el antifaz. Yo gritaba en medio del barullo, le pedía al oído:
—Quítate la máscara, mi amor.

Pero ella nada. O mejor: sonreía; los dientes más lindos del mundo, con la boca abierta. Yo le veía los molares allá al fondo.

Bailamos toda la noche. Al principio yo estaba muy excitado. Después solamente cansado; pero seguimos abrazados, bien apretaditos. Yo solo veía su mentón, que era blanco y redondo; y la boca. De la boca para arriba, nada. El antifaz ni siquiera dejaba ver los ojos.

Me contaron una historia de una pareja de enmascarados que bailaban en el carnaval. Él estaba vestido de perro y tenía careta de persona; ella estaba vestida de persona y tenía careta de gata. Los dos se quitaron las caretas al mismo tiempo. Bajo la careta de gata estaba la cara de una mujer; bajo la careta de persona estaba la cara un perro. El que tenía cuerpo de perro era en verdad un perro: las apariencias no engañan.

Era el último día del carnaval y todos los carnavales yo siempre me iba a la cama con una mujer diferente. Ya era martes, dentro de poco terminaría el carnaval y yo no había cumplido la tradición. Era una especie de superstición, como la de esos tipos que todo el año van a la iglesia de los Barbadinhos. Temía que algo malo me pasara si dejaba de cumplir aquel ritual.

A la medianoche empezaron a cantar en el salón, con el más genuino de los masoquismos, «es hoy, ya no hay mañana».

La advertencia de que aquel era el último día me dejó muy preocupado. Seguíamos bailando, ella se reía sin parar echando la cabeza hacia atrás, con la boca abierta, y yo mirando sus molares; lleno de miedo porque es solo hoy, ya no hay mañana.

Nuestra conversación estaba hecha de miradas y acercamientos porque el barullo de la orquesta, de los gritos y los silbatos no permitía que conversáramos. De vez en cuando yo le apretaba la mano y ella apretaba la mía; metía su pierna entre las mías o la mía entre las de ella y nuevamente sentía la receptividad. La besaba en el cuello, en la oreja; ella me raspaba la nuca con una uña puntiaguda y afilada como si fuera un cuchillo.

El tiempo fue pasando, pasando y se terminó. Ya era de mañana. Salimos del baile y, como era verano, el sol iluminaba el mundo. Todos estábamos sudados, sucios. Algunas caras mostraban el simulacro del labio fino engrosado con lápiz labial; los pechos postizos se habían salido de lugar. Los zapatos de tacón alto se rompían y algunas mujeres se volvían enanas de repente; los sobacos apestaban; los dedos de los pies y los talones emergían callosos e inmundos.

Solo mi amiga continuaba bonita y fresca como una rosa, y con el antifaz puesto.

—Ya es de día —le dije—, puedes quitarte el antifaz.

—¿Quieres que me lo quite? —preguntó ella.

Estábamos caminando por la calle, solos. Las otras personas habían desaparecido.

—Ya es de día —repetí, creyendo que era una buena la razón que le estaba dando—. Y después de todo, el carnaval se terminó —dije con un poco de tristeza—. Hoy es miércoles de ceniza.

—¿De verdad quieres que me lo quite? —insistió ella.

—Ya es de día —repetí.

Seguimos caminando. Yo de mal humor.

—¿Vamos a mi casa? —pregunté urgido y sin esperanza.

—No puedo quitarme el antifaz —dijo ella.

—No te lo quites —dije yo decidido. Pero estaba aprensivo. No había tiempo que perder—. Vamos.

Como ella no respondía, la tomé del brazo y la llevé a mi casa. Cuando entramos dijo:

—No puedo.

—¿Quitarte el antifaz?

—¿Quién habló de quitarse el antifaz? —dijo ella llevándose las manos a la cara y dando un paso atrás.

—Yo no hablé de quitarse el antifaz —me defendí—. Fuiste tú quien habló de eso, cuando dijiste «no puedo».

—Yo no estaba hablando del antifaz. Es otra cosa lo que no puedo hacer.

Me senté y me quité los zapatos.

—Estamos perdiendo el tiempo —dije yo—. Es mejor que te vayas.

—No entiendes —dijo ella.
Con un gesto dramático se quitó el antifaz.
—No soporto mi nariz —dijo con voz desafiante.
Era una nariz muy linda, respingada.
—Tu nariz es muy linda. Toda tú eres muy linda.
—No soy linda, no —dijo con cara de estar a punto de llorar—. Los hombres son todos iguales.
—Es verdad. Somos todos iguales. ¿Y con eso qué?
—Mi problema es no tener doscientos cruceiros. ¿Me darías doscientos cruceiros?
—¿Doscientos cruceiros?
—¿Me darías doscientos cruceiros? —preguntó ella, como si estuviera poniéndome a prueba. Me miraba fijo, con la boca cerrada.
Yo me levanté y revisé mi chequera. Tenía doscientos justos.
—Te los doy —dije. Hice un cheque y se lo entregué.
—Después te lo devuelvo —dijo.
—No es necesario —dije mirando el reloj—. Hoy ya es miércoles.
—Te lo devuelvo, sí. Voy a trabajar y te lo devuelvo. No me gusta deberle nada a nadie.
—Trato hecho, me lo devuelves.
Los dos bostezamos.
—Los médicos son muy caros, ¿no te parece? Doscientos cruceiros solo para operar una nariz —dijo ella.
Caminó hacia la puerta.
Yo estaba tan cansado que no me levanté.
—¿Querrás verme cuando tenga una nariz nueva? —preguntó ella.
Yo tenía ganas de decirle:
—No necesitas una nariz nueva, estás gastando dinero porque sí; además, me dejaste en la miseria absoluta llevándote los últimos doscientos cruceiros de mi indemnización laboral —pero me pareció que esa respuesta no sería demasiado amable de mi parte, y en cambio dije:
—Voy a querer verte.
—Chao —dijo ella saliendo y cerrando la puerta.
Había dejado el antifaz encima de una silla. Era negro, de satén, con un perfume fuerte y bueno. Me lo puse y me fui a la cama. Estaba a punto de dormirme cuando me acordé de quitármelo: un tipo que siempre duerme con la ventana abierta no puede dormir con un antifaz que le cubre la nariz.

Henri

Simple, sobrio, tranquilo; los ojos de un hombre honesto; la boca de un hombre sensible, tal vez un intelectual; educado, respetable y puntual. Su mano asomó en el cuadrado del espejo, larga, blanca, fuerte y meticulosamente limpia, acariciando su barba negra. Al girar un poco la cabeza, por un efecto óptico, los pelos de la barba brillaron como con luz propia; repitió el gesto varias veces, poniéndose de perfil, buscando el ángulo con los ojos hasta que empezaron a dolerle. Henri miró su cabeza lisa como un huevo. La calvicie siempre le estrujaba el corazón, sensación que amenizaba diciéndose a sí mismo que su amplia frente (era enorme la distancia entre las orejas y la coronilla) era una señal de inteligencia y que el hecho de ser calvo jamás tendría un efecto negativo sobre su trabajo, lo cual era una verdad absoluta.

Miró el reloj. Eran las dos. Mejor esperar una hora más. Las tres de la tarde es la mejor hora para visitar a una mujer, especialmente si es de mediana edad, como era el caso de Madame Pascal.

Por la mañana las mujeres son como trapos, feas, repulsivas, arrugadas por obra de la noche, fétidas. Ellas lo saben y detestan el contacto con extraños a esa hora en que todavía no se han perfumado, peinado el cabello, pintado la cara. Piensa: ¿estaré siendo injusto con esta crítica? Siempre se había considerado un hombre correcto y por un momento analizó, de acuerdo con su vasta experiencia, la crítica que acababa de hacer.

Madame Pascal. Una hora más. Madame Pascal, una feliz coincidencia de nombres puesto que Pascal era su maestro, su favorito, cuya lectura le causaba tanto placer como la de Victor Hugo. En verdad, si podía enorgullecerse de algunas virtudes que de hecho, dejando de lado la modestia, reconocía tener, no cabía la menor duda de que la lectura de Pascal contribuía mucho a ello. Fue hasta la biblioteca y buscó un volumen de tapas marrones, en cuyo lomo estaba escrito *Esprit de géométrie*. Sus manos fuertes acariciaron el libro demorándose en la caricia; después lo acercaron al pecho y Henri sintió algo místico dentro de sí: apretó el libro con fuerza, sintió la tapa dura, cerró los ojos.

Se sentó en el sillón, levantándose cuidadosamente los pantalones para mantener la raya del planchado. Su experiencia (su vasta experiencia) y la lectura de Pascal siempre lo llevaban a pensar en dos vías a través de las cuales podía comunicarse la creencia: el entendimiento y la voluntad del oyente. El entendimiento es el camino más natural, la voluntad es el más usual. Eso sucede con las verdades del mundo natural, donde el proceso estrictamente racional resulta ser el único camino seguro. ¿No era además debido a la seguridad con que trabajaba que había conseguido aquel inmenso y, por qué no decirlo, increíble éxito? ¡Ah, si los demás supieran! ¿Y las verdades sobrenaturales? A esas alturas él no llegaba. Tal vez porque Dios quería humillar el orgulloso raciocinio de los hombres, esas verdades solo podían ingresar a la mente a través del corazón. Las cosas naturales deben ser conocidas antes de ser amadas; las cosas sobrenaturales solo llegan a ser conocidas por aquellos que las aman. Había momentos, como cuando contemplaba los ojos húmedos de Madame Cuchet, en los que tenía la visión, aunque rápida y fugaz, de una verdad urgente. Henri abre los ojos y se alisa la barba. Madame Cuchet: nadie como ella le había exigido una demostración tan rigurosa de poder intelectual que involucrara el conocimiento íntimo de la mujer a la cual dirigía sus argumentos. Ah, el maestro decía que ese método era incomparablemente más difícil, más sutil, más admirable, y se reconocía incapaz de utilizarlo, llegando al extremo de creer que era imposible. Pero no para él, Henri, con su vasta experiencia. Buscó en el cajón cerrado la llave de su cuaderno negro. Releyó sus anotaciones críticas y su mente se inundó de recuerdos.

A las tres en punto tocó el timbre de la casa de Madame Pascal. En el bolsillo llevaba el escueto anuncio donde ella ofrecía muebles en venta.

Se abrió la puerta. Debe tener cuarenta y nueve años, quizá cincuenta; se cose sus propios vestidos; se ve que es una mujer sola, que desconfía de todo el mundo: seguramente cree que intentaré aprovecharme de ella en la transacción, que le ofreceré un precio vil por la mercadería; tal vez se deshaga de los muebles para irse al campo; esa constatación, considerando que jamás se equivocaba, dejó a Henri tan emocionado ante las perspectivas que se abrían, que su corazón comenzó a latir desacompasadamente.

Frente a Madame Pascal había un hombre de aspecto solícito, bien vestido (discretamente de negro), con una calvicie ridícula y una barba oscura. ¡Qué oscura era su barba! Ah, el muy canalla piensa que me va a engañar, que voy a vender mis preciosos muebles por centavos, ¡pero ya verá!

Ahora Henri está dentro de la casa y examina los muebles con aire de experto. Los precios que ofrece comienzan a vencer la desconfianza de Madame Pascal; su cortesía encantadora, su perfecta educación, que se nota en la voz bien modulada y en la elegancia de los gestos, impresionan a Pascal. Antes de irse, intercambia con ella algunos datos. Ella, como costurera, ha ahorrado lo suficiente para llevar una vida confortable aunque modesta, y pretende mudarse al campo. Él tiene una fábrica en Lille, ocupada por los alemanes, y cuando termine la guerra todas sus posesiones le serán devueltas y volverá a ser un hombre muy rico.

Madame Pascal dijo ser una mujer solitaria.

Henri se retiró, prometiendo regresar al día siguiente.

Al día siguiente Henri llega con un ramo de rosas rojas. Las rosas fueron escogidas con el mayor de los cuidados. Henri es capaz de quedarse largo tiempo examinando una flor, especialmente una rosa, que es su flor favorita.

Ya no hablan de los muebles. Henri habla de las flores, que son un don de Dios. Habla de música, de Mozart y de Debussy. La música y las flores son las pasiones de su vida. Un auténtico caballero, piensa Madame Pascal, de buena cuna, bien criado, distinto, educado, fino, sabe cómo tratar a una dama.

La noche pasa rápidamente. Henri pregunta si puede volver, ellos tienen tanto en común, el gusto por la música y las flores, por los poetas. «¿Poetas?», pregunta Madame Pascal. Henri: «Pensé que ya le había hablado de Lamartine, de Musset». Al despedirse, Henri besa la mano de Madame Pascal.

Antes de dormir, Henri tomó un vaso de leche. Dobló cuidadosamente sus pantalones y los colocó, junto con el saco y el chaleco, en una percha que colgó en el ropero.

Esa noche soñó con su padre, cosa que no le pasaba desde hacía cerca de seis años.

Fue un sueño diferente a todos los demás. Él estaba en un bosque oscuro como un día de invierno; una neblina blanca como humareda descendía de los árboles; no se oía un sonido, nada se movía. Él miraba los troncos oscuros de los árboles como buscando algo; vagaba por el bosque hasta que vio un bulto debajo de un árbol: era un hombre todo vestido de negro, con una soga en la mano. Estaba frente al hombre y veía que un extremo de la soga era un lazo que el hombre se puso alrededor del cuello mientras arrojaba el otro extremo sobre una rama encima de su cabeza; la punta de la soga oscilaba como el péndulo de un reloj. Los dos se miraron, frente a frente, largamente. Henri reconoció a su padre: el padre juntó las manos como si estuviera rezando y las apoyó sobre el pecho, esas manos grandes, de dedos cortos y sucios de mecánico; «los motores ya no me atraen», le dijo al padre; el padre no respondió; «y tampoco voy más a la iglesia»; el padre no respondió. Henri comprobó entonces que en el rostro del padre no había ninguna expresión, que en lugar de los ojos había dos agujeros negros, profundos. Henri tomó la soga y comenzó a tirar, era un peso enorme y tuvo que arrodillarse en el suelo para hacer que el cuerpo de su padre subiera. En cuanto subió, colgado del cuello, el cuerpo comenzó a cambiar de forma, a alargarse. Ahora el cuerpo estaba allá arriba; el rostro del padre siguió siendo el mismo durante un tiempo, pero de repente mostró los dientes como haciendo una mueca o sonriendo, o las dos cosas a la vez, y entre los dientes apareció la punta de una lengua roja, la única cosa que no era ni blanca ni negra en ese mundo. Siguió jalando de la soga porque sabía que, de no hacerlo, el cuerpo de su padre volvería a bajar. El peso era insoportable; Henri, de rodillas, buscaba dónde amarrar la soga, pero el tronco del árbol quedaba muy lejos; el peso era horrible, lo hacía sudar, tenía todo el cuerpo empapado, la soga le lastimaba las manos y de las heridas brotaba sangre (negra); ya no aguanta más, aunque emplea todas sus fuerzas sabe que ya no aguanta más.

Una vez despierto, Henri no consiguió volver a dormir esa noche. No había vuelto a pensar en su padre desde que se había suicidado en el Bois de Boulogne. Haber pensado en él en ese momento lo incomodó tanto que tuvo que levantarse de la cama. Se puso su bata de terciopelo. Después se sentó en el único sillón que había en el cuarto y se puso a leer *Méditations poétiques*. Qué ignorantes son las mujeres, pensó, la cara de imbéciles que ponen cuando les hablo de Lamartine, siempre piensan que estoy hablando del carnicero de la esquina. ¡Ah, el trabajo que se tomaba en recitarles versos de Lamartine y de Musset! Pensando esas cosas Henri sintió lástima de sí mismo y sintió rabia hacia Madame Pascal, cuya mano arrugada, con un leve olor a cebolla, había tenido que besar. Era mucho mejor si eran más jóvenes, como Andrée Babelay, por ejemplo. No, Andrée era demasiado joven. Pero tal vez por eso su ignorancia nunca lo irritaba. A él le gustaba el papel de sátiro que asumía cuando estaba con esa campesina convertida en empleadita doméstica, le gustaban las groserías que ella le decía, los gestos obscenos que le hacía; le gustaba el color rojizo de su cuello y su rostro en los momentos de pasión; y a pesar de eso ella también se había tenido que ir, pero por motivos diferentes, de seguridad. Varias personas los habían visto juntos en la calle; un hombre de mediana edad, calvo y barbudo, y una muchacha de ojos brillantes y cabello castaño largo hasta los hombros, riendo y abrazándose, tomados del brazo, hombro con hombro, andando al mismo paso en plena calle, una locura. Pobre Andrée, él no podía arriesgarse tanto, ella había comenzado a desorganizarle la vida y por el tipo de asunto en que estaba metido, la disciplina, la meticulosidad, la puntualidad y la organización eran requisitos esenciales que no podían ser descuidados.

Esos pensamientos lo volvieron profesionalmente expeditivo: era necesario solucionar de inmediato el caso Pascal; evidentemente no sería su mejor desempeño, ya que el caso de Madame Buisson, aquella mujer calva que usaba peluca, había sido resuelto en un tiempo incluso menor.

Henri pasó el resto de la noche haciendo planes. Aunque ya había realizado esa misma operación una decena de veces, no por eso dejaba de programar hasta los más mínimos detalles.

El día 4 de abril, según lo acordado, Henri fue al pequeño departamento de Madame Pascal con el propósito de llevarla a visitar su casa de campo, la Villa Gambais.

Durante el viaje cometió un error menor. En un momento de distracción, le confesó a Madame Pascal que creía que el fin de la guerra estaba cerca y que eso no era bueno para sus negocios. «La guerra es algo horrible», dijo Madame Pascal, «tantos jóvenes muertos, tanta propiedad destruida». A lo cual Henri retrucó diciendo que había guerra desde que el mundo es mundo, que la guerra era la más humana de las características de la humanidad, que era lo que diferenciaba a los hombres de los animales; y que además la guerra era buena para los negocios, para los nuevos descubrimientos científicos, y traía progreso para todos: naciones y hombres. «Menos para los que murieron», dijo Madame Pascal. «Ah, pero alguien tiene que morir, siempre muere alguien», contestó Henri. Entonces Madame Pascal recordó y preguntó: «¿Y la fábrica, su fábrica en Lille, la que ocuparon los alemanes? ¿No se la van a devolver? ¿Cómo podría eso ser malo para sus negocios?» Miró a Henri con aire de satisfacción, para alivio de Henri, que quizás habría tenido que cancelar sus planes si la mirada de la mujer hubiera sido de sospecha. Una larga explicación: la fábrica volvería a sus manos en pésimo estado, tendría que pedir una indemnización, la cosa se arrastraría durante años en los tribunales; recién ahora su vida comenzaba a organizarse y el fin de la guerra exigiría nuevas adaptaciones, nuevos planes, o quizá, quién sabe, ella tuviera razón y el fin de la guerra no sería tan malo, etcétera. Eso de la boca para afuera, porque en el fondo de su pensamiento Henri creía que el fin de la guerra era algo horrible, la destrucción de —y aquí su pensamiento se confundió: ¿la destrucción de qué? ¿De su vida metódica? ¿De sus ideales? ¿De su poder? ¿De su fuerza? ¿De su tranquilidad?

«He aquí mi pequeño paraíso», dijo Henri cuando llegaron a Villa Gambais. Era primavera: los campos estaban cubiertos de flores. En la Villa de Henri vivían prácticamente todas las flores que podían crecer con salud en el suelo francés. Henri las contempló con inmensa ternura.

No hay tiempo que perder: Henri tenía esa frase en la cabeza. Madame Pascal estaba cansada. El interior de la casa estaba decorado con muebles y objetos de diez estilos diferentes. «Siéntese aquí», dijo Henri, «el traqueteo del viaje debe haberla cansado.» «La emoción del viaje», sonrió Madame Pascal. «Siéntese, siéntese, ya verá cómo el cansancio se le pasa en un minuto.»

Madame Pascal se sentó. Un pequeño masaje, dijo Henri con delicadeza. Sus dedos acariciaron la garganta de Madame Pascal, rozaron sus hombros; qué manos suaves, pensó ella, qué dedos hábiles, qué hombre encantador. Qué flaca es, pensó Henri, qué frágil es su carne, qué finos son sus huesos, ella no debe sufrir. Estaba detrás de ella, inclinado sobre el sillón, los diez dedos de las manos sobre su garganta. ¡Ahora! Los pulgares se apoyaron con fuerza en la base del cráneo y las yemas del resto de los dedos apretaron, rápidas y firmes, la garganta. Henri sintió ceder los cartílagos y poco después los huesos de la laringe se partieron.

Madame Pascal no emitió siquiera un sonido. Pero todo su cuerpo tembló en una convulsión terrible que duró menos de un segundo. En ese momento casi escapó de las manos de Henri, que apretó con más fuerza, tanta que sus uñas rasgaron la piel del cuello de Madame Pascal. Un sudor frío le bañó la frente.

Sin mucho esfuerzo cargó, todavía sujetándolo por el cuello, el cuerpo de Madame Pascal hasta la cocina y lo depositó sobre una mesa. Verificó con satisfacción que no había habido emisión de heces ni de orina: las prendas íntimas de Madame Pascal estaban limpias (hasta cierto punto). Henri contempló fascinado la muerte en el cuerpo desnudo de Madame Pascal. El rostro: petequias diseminadas por casi toda la cara, dibujando una puntilla escarlatiforme sobre la piel pálida, cianótica; los ojos congestionados; las narinas con espuma sanguinolenta; la lengua proyectada entre los dientes.

La vida era una cosa inmensa, grandiosa, la mayor de todas las fuerzas. Y eso él lo había destruido, en ese momento, con sus propias manos. Él, Henri. ¿Dios daba y quitaba la vida? Él, Henri, si quería podía provocar la muerte. Y, cuidadoso y ávido, vio aparecer sus señales en el cuerpo de Madame Pascal.

La muerte devora la vida lentamente, pensó Henri. Primero se inmoviliza el cuerpo, se pierde la conciencia (¡Madame Pascal! la llamó dos veces. ¡Madame Pascal!), la respiración se interrumpe y cesan los latidos del corazón. Ya era de noche y el cuerpo de Madame Pascal estaba frío, el sudor helado de su piel había desaparecido, el cuerpo comenzaba a endurecerse. Había llegado el momento de interpretar su papel de nigromante. Con Madame Cuchet había esperado más, hasta que la piel, al tocarla, tuvo algo de pergamino y una extraña mancha verde apareció en su vientre marchito. Una mancha verde que no esperó ver aparecer (¡era algo muy raro!) en el vientre de Madame Pascal porque, provisto de cuchillo y martillo, comenzó a descuartizar el cuerpo de inmediato con la seguridad de un maestro.

Curriculum vitae

Estoy acostado en la cama mientras, dándome la espalda y sentada frente al espejo, ella se peina el cabello. Dentro de poco se irá, pero eso ya no tiene la importancia que tenía antes. Ella siempre tarda muchísimo tiempo en peinarse. Usa peine, usa cepillo; después se pinta los ojos, la boca; todo el tiempo mirándose la cara con amor y nobleza. Es un momento muy lindo ese. Pienso: tal vez dure mucho todavía, tal vez todavía sienta muchas veces lo que estoy sintiendo ahora; y me desperezo en la cama mientras ella, con los dos brazos levantados, se cepilla tranquilamente el cabello.

Ahora me mira por el espejo. ¿No vas a vestirte?, pregunta. Ella sabe que no voy a vestirme. Yo me desperezo. Ella: eres muy perezoso. ¿Sabes una cosa? Eres muy parecido a tu amigo el del bongó. ¿Te parece?, respondo yo, a la defensiva. Me parece, dice ella. ¿Y qué pasó después? No me escuchas, digo yo, cuando te peinas no escuchas nada. A lo que ella responde que sí, que escucha, que escucha todo lo que le digo.

Él fue a la casa de la chica que amaba con el bongó bajo el brazo y un disco. Cuando entró, la chica dijo: no te cortaste el pelo, ah, qué bueno que papá no está en casa, no le gusta nada tu pelo. ¿Tu padre no está en casa? preguntó él. No, dijo ella. Eso quiere decir que estamos solos, dijo él. Los dos estaban solos en la casa por primera vez. Se abrazaron y se besaron muchísimas veces, hasta que ella se apartó y dijo que era mejor que pararan, porque estaban solos. Pero yo tengo ganas de besarte, dijo él. Yo también, respondió ella, pero es mejor que paremos. Pero yo tengo muchas ganas, insistió él. Yo también, repitió ella, pero es mejor que nos saquemos eso de la cabeza. ¿Cómo?, preguntó él. Pensemos en un carancho muerto, dijo ella. Los dos se sentaron en el sofá y se pusieron a pensar en un carancho muerto, ella más que él. Después él sacó el disco que había llevado, lo puso en el tocadiscos y empezó a acompañar la música con el bongó. Ella fue a sentarse cerca de él y cuando la música terminó dijo: qué cosa más bonita, mi amor, qué lindo, ¿qué música es? Hasta me dio ganas de llorar. «Jesús, alegría de los hombres», respondió él. Mi amigo Zezinho me dio la idea de tocarla en el bongó. Se quedaron tomados de las manos durante un largo tiempo.

No me estás escuchando, le digo a la mujer que continúa peinándose. Sí te escucho, dice ella.

Ese mismo día la chica le preguntó a mi amigo, al que tocaba el bongó, por qué no conseguía un empleo. Papá vive diciendo que eres un vago, que no estudias, que no trabajas, que no tienes dónde caerte muerto. ¿Pero por qué tendría que trabajar? preguntó él. Para que nadie nos moleste, respondió ella. Pero él no quería trabajar, no veía ninguna razón para hacerlo. Vivía con su hermana, que trabajaba desde hacía mucho tiempo, desde que él era un niño, y ya debía estar acostumbrada y no le importaba, y tal vez hasta le gustara. Dinero no necesitaba: a él le gustaba la playa, tocar el bongó y esa chica de diecisiete años. Y todo eso no costaba un centavo. Ni siquiera fumaba. ¿Entonces, por qué trabajar? Pero decidió buscar un empleo. Se puso el único traje que tenía, se ajustó la corbata y salió a la calle con varios recortes de diario en el bolsillo. ¿Usted tiene experiencia comprobable en control contable de material en kárdex? le preguntaron en el primer lugar al que llegó. En el segundo le preguntaron si tenía idoneidad moral, capacidad de liderazgo, conocimientos de prevención de incendios y alto nivel de vigilancia. Y en varios lugares si sabía inglés, dactilografía, contabilidad, topografía, relaciones humanas, cálculos de importación, racionalización de métodos y sistemas. Todos le pedían su *curriculum vitae*.

Él no tenía *curriculum vitae*, le digo a la mujer que está conmigo dentro del cuarto. Ella me mira, porque ya hace un rato que terminó de peinarse y espera que yo, como las otras veces, la despeine. Yo me levanto y la despeino, pero mi corazón está en otra parte, ¿cómo no se da cuenta esta loca? Mi corazón está lejos, cortado por mi pensamiento. Ella murmura bajito, hace pequeños gruñidos y se ríe. Estamos abrazados, ella finge que quiere liberarse y por instantes giramos en el cuarto hasta perder el equilibrio y caer sobre la cama. Ahora estamos en la cama y yo no hago un gesto, el gesto que ella espera. ¿Qué te pasa, mi amor? Estás raro, serio. No es nada, digo. Cretina, idiota, imbécil, pienso sin rabia. Nos quedamos un rato callados. ¿Qué pasa, amorcito? insiste. Y yo digo: él no tenía *curriculum vitae*. Qué novedad, responde ella, era un vago, eso era, ¿por qué no fue a tocar el bongó en una orquesta? Fue, digo yo, fue a probarse en la orquesta de un tal Cubanito. Ah, ya sé, me interrumpe la mujer, y al poco tiempo se hizo rico y famoso y fue reconocido como el mayor ejecutante de bongó del mundo... mientras la chica de diecisiete años se casaba con un empleado administrativo del Ministerio de Hacienda y el padre se mordía los codos de envidia y arrepentimiento. Para nada, digo yo (loca, imbécil, cretina, idiota, pienso), para nada, ¿acaso crees que te estoy contando un cuento de hadas?

Empezaron con un chachachá. El Cubanito detuvo la orquesta en mitad del tema y dijo: mira, hijo, el bongó tiene cierta libertad dentro de la música, puedes hacer tum-tum-tum-pac-tum-tum o pac-pa-tum-pac-tum-pac o incluso pac-tum-pac-tum-pac-tum, variando, pero no puedes salirte del ritmo, ¿entendiste? Vamos a probar un mambo para ver si sale bien: pac-pac-pa-tum-pac, ¿ok?

Yo estoy en la cama tenso, pensando en eso. Le digo a la mujer que está conmigo: él solo sabía tocar el bongó acompañando a Bach y así el Cubanito no podía aprovecharlo, nadie podía aprovecharlo. Ella responde: ¿Y qué pasó después? Pero sin el menor interés, nuestra diversión ya terminó y es hora de volver a casa. (Sin saber la verdad.) Le digo a la mujer: la chica de diecisiete años se olvidó del chico, y él también se olvidó de ella. (No, no, él no se olvidó de la chica, pero tendría que haberla olvidado: todo hombre es una isla, dejémonos de poesía.)

Gacela

Usted tal vez crea que estoy borracho, pero no estoy borracho un carajo. Es esta historia que me pone mal, nunca le conté nada a nadie. A decir verdad, el que parece borracho es usted. ¿No está borracho, dice? Entonces disculpe. Pero, como le iba diciendo, nos habíamos puesto de acuerdo para tomar el Vera Cruz de las once. Fue un viaje todo hecho de miedos. Miedo de que alguien nos viera tomando el tren juntos, miedo del recepcionista del hotel en San Pablo, miedo de lo que íbamos a hacer. Yo llegué a la estación cuarenta minutos antes de la partida y el tren ni siquiera estaba en el andén. Cuando por fin llegó, puse mi valija en el portaequipajes y le di una propina al hombre del tren, una buena propina, y dije: «estoy esperando a mi señora». Tuve la impresión de que él desconfiaba de todo y me puse aprensivo. Era el camarote 13/14, es increíble cómo me acuerdo de eso hasta el día de hoy. Fueron cuarenta minutos de agonía; me la pasé caminando por el andén de punta a punta, escondiéndome entre la gente, esperando que ella apareciera. Hasta entonces nunca habíamos pensado en tener más intimidad de la que ya teníamos; yo iba a su casa por las noches pero no entraba, me quedaba en la puerta, porque no conocía ni a su padre ni a su madre. Conocía a los dos hermanos, muy por encima. Casi siempre íbamos a una calle desierta y nos sentábamos en un lugar aislado y nos besábamos durante horas. Ella tenía la lengua un poco fría, tal vez debido a la presión baja, nunca pude saberlo. Nos dábamos cientos de besos en una sola noche, tal vez miles. Era la cosa más limpia, decente y buena que podía existir en el mundo. A los veintipocos años todo hombre es un poco tonto, ¿no está de acuerdo conmigo? Había un tipo que decía que la juventud es una enfermedad, y claro que lo es. Yo estaba loco de remate por esa chica, y era como si ella fuese mi hermana, mi madre, mi novia y mi mejor amigo todo al mismo tiempo. Me gustaba con locura, ¿entiende? Un día ella viajó a Buenos Aires y me escribió una carta diciendo: «vivir sin ti es difísil», con *s*. A mí me parecía tan genial y perfecta que quedé abrumadísimo con ese error de ortografía, sentía vergüenza, como si yo mismo hubiera cometido el peor de los crímenes. ¿Qué? ¿Usted dice que por eso empecé a perder interés en ella? Usted está loco como una cabra; sí, por supuesto que me acuerdo de ese detalle después de tantos años, pero eso solo prueba mi amor por ella. El amor, amigo mío, se manifiesta de las maneras más extrañas. ¿Ve este diente que tengo aquí? Es un diente falso, lo que los dentistas llaman postizo. Cuando el dentista me sacó el diente la llamé por teléfono y le dije que no podía encontrarme con ella. Nosotros nos encontrábamos todas las noches. Ella preguntó por qué y yo inventé una disculpa. En aquella época yo trabajaba en el diario, de noche, como corrector, y salía de casa a las ocho. Y cuando salí de casa me la encontré a ella, en la puerta del edificio. Preguntó: «¿por qué no quieres hablar conmigo?». Yo le dije rápido, torciendo la cara para que no viera que me faltaba el diente: «no puedo». Y me fui caminando deprisa, sin mirar atrás. Fui hasta la playa de Flamengo y tomé el ómnibus, el primero que pasó. Cuando el ómnibus ya estaba casi en el centro de la ciudad un taxi le cerró el paso, y alguien bajó del taxi y subió al ómnibus. Era ella. Estaba seria, y pálida, decidida a saber la verdad a toda costa. Le pedí que se sentara a mi lado, apoyé su cabeza en mi hombro y le conté todo, que me faltaba un diente y tenía vergüenza de que me viera así. Ella quiso ver, pero yo no tuve el coraje de mostrarle. Fíjese, en aquel momento ella me amaba tal vez más de lo que yo la amaba a ella: para ella no tenía la menor importancia un diente de más o un diente de menos en mi boca, y yo en cambio estaba preocupado por la s del difísil.

El tiempo iba pasando y yo ya me sentía muy alterado en la estación. Faltaban cinco minutos para que partiera el tren cuando apareció ella, con un abrigo grueso (sabíamos que en São Paulo estaba haciendo frío). Un tipo llevaba sus valijas y eso me llenó de pánico. ¿Quién sería? ¿Un pariente, un tío? Miré su rostro, pero su rostro, cuando estaba serio, era siempre trágico —dulce pero trágico— y triste, y así estaba ella esa noche, caminando por el andén con sus pasos largos. Pero no vaya a pensar que su rostro era solo tristeza, eso le daría una idea falsa de lo que era. Tenía la sonrisa más linda que ninguna mujer tuvo ni tendrá jamás en el mundo entero, una sonrisa que solo aparecía cuando estaba feliz, porque ella nunca reía por cortesía o simulación; y por ser verdadera y rara, su sonrisa llenaba mi corazón de felicidad, era como si me hubieran dado una inyección de heroína. El amor existe, dese por enterado. Cuando llegó acompañada por aquel extraño confieso que tuve miedo. Y me escondí; caminé a los tropezones por el tren y fui a parar al coche comedor, asustado. Después de un tiempo volví al camarote, golpeé la puerta, abrió ella y yo, luego de verificar que estaba sola, pregunté: «¿Quién era el tipo que estaba contigo?». «¿Qué tipo?», respondió ella. «El tipo que te llevaba la valija.» «¡Ah, ese! Era un chico que se ofreció a ayudarme.» «¿Y por qué se lo permitiste?», la interpelé. «¿Por qué no llamaste a un maletero?» «No había ninguno a la vista», dijo ella. «Así que no había ninguno... los andenes están llenos de maleteros», retruqué.

Cuánta estupidez. La juventud es una enfermedad. Perdimos casi media hora en eso. Por culpa mía, que sentía celos del extraño y rabia del miedo que me había hecho pasar. Ella no, ella siempre fue una mujer adulta a pesar de ser unos cinco años más joven que yo. En aquella época todavía era una chiquilla, pero ya sabía lo que quería. Apagamos las luces del camarote y en la penumbra yo veía, y sentía, su actitud de gacela, a la espera de lo que iba a pasar. Por la ventanilla entraba la luz de la luna. Al rato ya estábamos abrazándonos furiosamente. ¿Que por qué le estoy contando todo esto? Usted nunca sabrá quién era ella. Usted no me conoce, nadie me conoce, soy un don nadie, un perfecto desconocido, mi foto nunca salió en el diario. No vaya a pensar que le estoy contando una historia cualquiera. De solo pensar que usted puede pensar eso me dan ganas de romperle la cara, ¿oyó? Le estoy contando la cosa más seria y más linda que me pasó en la vida, a mí, un cretino, un imbécil, un pobre diablo, un infeliz que un día tuvo en las manos la riqueza más grande, que le fue dada como una bendición, y no se dio cuenta y la tiró al diablo. El cigarrillo me hace arder la lengua, tengo que dejar de fumar y de beber pero no ahora, algún día. Abrazados en el camarote, su cara brillaba en la penumbra, pero ni ella ni yo tuvimos coraje. Ella me pidió que soltara la savia de mi pasión sobre sus pechos de pezones marrón oscuro, duros, y eso hice, de rodillas, con su cuerpo entre mis piernas. Después me acosté a su lado. Sentí que había querido ser marcada por mí, no por mi mano ni por mis dientes, sino por algo trascendental que ella misma generaba en el fondo de mi ser, algo que después de lavado e invisible a los ojos seguiría quemándole la piel, la carne, los huesos, el corazón, por el resto de la vida. Solo dos jóvenes que se amaban tan profundamente podrían haber hecho aquello, con esa pureza. Ninguno de los dos pudo dormir y pasamos el resto de la noche acostados uno al lado del otro, tomados de la mano. ¿Le choca lo que le estoy contando? Mire, si eso hubiera ocurrido con cualquier otra mujer, entre cualquier otra mujer y yo, tal vez podría considerarse un acto de, digamos, lujuria, para usar una palabra realmente desagradable que les gusta a los periodistas. Pero con ella no, ni entonces ni después ni hoy ni nunca eso fue ni pudo haber sido algo feo.

Creo que ya le dije que nuestro viaje estuvo lleno de miedos. Una de las cosas horribles de este mundo es cuando dos jóvenes no tienen libertad de amarse. Y todavía peor que eso es cuando no saben amar, aunque hayan sido hechos para el amor. No sé si me entiende: unos huyen del amor y otros lo buscan con voracidad, pero al final de cuentas todos terminan sintiendo lo mismo, una insoportable sensación de vacío. Ahora, salud, brindemos por el vacío en todos nosotros. ¿Usted se da cuenta de que hace horas que estamos bebiendo y de que este es el primero y ciertamente el último brindis que hacemos? Los brindis son para las ocasiones festivas y yo estoy con la peor disposición posible; no soy hombre de hacer confidencias, de contar tristezas o alegrías, de abrirme con cualquiera, de hacer catarsis con un amigo o un padre, y sin embargo aquí estoy, poniendo sobre la mesa todos mis dolores y mis vergüenzas a la vista de un extraño que quizá no comprenda lo que le digo. Pero usted es una oreja y eso basta, y se lo agradezco. Muchas gracias. No quiero su comprensión. Nadie entiende a nadie.

En São Paulo hacía una de esas mañanas grises, frías, de frío húmedo. Eso para nosotros era muy estimulante. Cuando llegamos al hotel, volvimos a tener miedo. ¿Usted se dio cuenta hasta qué punto son antipáticos, desagradables y hasta horribles todos los recepcionistas de hotel? Intentan ser amables, pero es una especie de amabilidad gastada, falsa, y con solo verles la cara se nota que sienten un odio disfrazado hacia el huésped poderoso y desprecian al humilde. Yo pedí una habitación matrimonial y completé la ficha escribiendo «señor y señora fulano de tal». Ella había girado la piedra de su anillo hacia la palma de la mano para que pareciera una alianza, que mostró apoyando la mano cerrada sobre el mostrador. El recepcionista me observó, me midió, y al final llamó al botones para que llevara nuestras valijas.

Ahora puedo verla con nitidez, de pie, en la habitación, sonriéndome, nosotros dos solos, las puertas cerradas. Dios mío, cómo me quedó grabado todo de ella, las mínimas cosas: la pequeña separación entre sus dientes incisivos, la forma de las cejas, la medialuna de las uñas en los dedos finos y largos, la planta bien delineada del pie, una pequeña marca en el rostro: con solo cerrar los ojos veo todo eso. Y las cosas grandes: el corazón puro, la inteligencia sutil, la generosidad, el amor por mí, la mirada límpida. Con solo cerrar los ojos siento que el dolor del recuerdo me devora por dentro. Qué alegría la nuestra dentro de aquel cuarto. Fuimos hasta la ventana y contemplamos São Paulo desde lo alto, como si estuviéramos viendo la ciudad por primera vez. Qué grande era nuestra historia, qué larga nuestra vida en común. Duraría años. ¿Usted se da cuenta de la oportunidad que tuve? Yo la amaba. Yo quería casarme con ella. Pero cuando fui a São Paulo ya no quería. Qué curioso, hasta ahora me doy cuenta. Supongo que es porque yo creía que el casamiento era una estupidez. Y porque tampoco quería tenerla como otra cosa, porque ella me gustaba demasiado como para eso. Tenía la vaga noción de que necesitaba ser libre y además un pobre diablo como yo debía trabajar de noche en el diario para ganar una miseria, no podía casarme con nadie. ¿Seré culpable de algo?

El amor es generosidad, comprensión, ausencia de egoísmo, y sin embargo los amantes son egoístas, mezquinos e intolerantes, porque así es la condición humana. Sucede que en la etapa de aguda excitación psíquica que caracteriza a todo amor esas cosas no se ven con mucha claridad. Mire, ya estoy medio cansado como para explicarle bien este asunto, y lo peor es que nadie se lo explica a uno. Freud fue un tipo que nunca amó y yo no creo en Freud, ¿usted sí? Freud es una cuestión de fe, uno cree o no cree en él. Yo no creo. Lo mismo pasa con Marx. Lo único que uno puede hacer con ellos es colgar o no colgar su retrato en la pared.

Andábamos por la ciudad sin que nos molestara la llovizna, sin apuro por volver a casa. Todos los que están de viaje aprecian esa sensación de andar por las calles de una ciudad en la que no viven, sin prisa, sin horario para volver. ¿Por qué? Porque no hay una casa, hogar dulce hogar, a donde volver. La casa es una cárcel, incluso cuando uno vive solo. Una prisión a la que uno se acostumbra, como los animales del jardín zoológico se acostumbran a sus jaulas.

Ella y yo gozábamos de nuestra libertad pensando que lo que sentíamos era turismo o placer. Volvíamos al hotel sin mirar el reloj. A veces íbamos al cine o al teatro, a veces nos sentábamos en una plaza a ver pasar la gente.

¿Usted amó alguna vez? No se ofenda si le hago esta pregunta, pero hay millones de personas que nunca amaron. Están los que aman sus libros, su perro, su país, su ropa, sus joyas, su automóvil, pero yo no estoy hablando de eso, ni del amor paterno o fraterno; todo eso es una tontería en comparación con el amor de la mujer que amamos y nos ama, y a la que querríamos matar cuando creemos que dejó de amarnos. Es algo grande. Bebíamos champaña en el cuarto, que yo traía de la calle escondido bajo el sobretodo. Pero incluso borrachos, nunca tuvimos coraje. Nos bañábamos juntos y dormíamos abrazados, desnudos, pero no teníamos coraje. En un momento dado lo intentamos, pero un gemido de dolor me hizo retroceder. Yo tenía que protegerla, ¿me entiende? De todos los males. ¿Estaría haciendo un mal menor al actuar de esa manera? En ese momento me parecía que no. En verdad, estaba incluso satisfecho, me comportaba como un caballero, me sacrificaba por ella, por la chica que amaba.

Llegó el día en que tuvimos que volver. Volvimos en avión y fue en aquel momento, a la hora de viajar, cuando todo terminó. Ella estaba triste, callada, no respondía a las preguntas que yo le hacía. Me quedé callado, también. Después vi que lloraba, sin sollozar, inmóvil, las lágrimas derramándose en silencio. Yo sentía que no había nada que pudiera hacer o decir. Ella sabía que yo no la amaba, que ese día me estaba despidiendo de ella, que era el fin.

Era el fin. Pero a mí eso no me importaba mucho. Ella parecía estar muriéndose a mi lado, pero yo no sentía el menor dolor. Solo empecé a sufrir mucho tiempo después. Poco a poco comencé a sentir nostalgia de ella y cuanto más tiempo pasaba, más sentía su ausencia. Pasaron años, muchos años, y nunca más la vi. Pero ella está cada vez más cerca de mí: olvidé a todas las mujeres que conocí después, incluso no recuerdo los nombres de varias, pero de ella lo recuerdo todo, todo. ¿No le parece extraño?

Naturaleza-podrida
o Franz Potocki y el mundo

Hoy ya no es así, pero hubo una época en que el interés por la naturaleza-podrida era tan grande que su creador, Franz Potocki, y algunos hábiles imitadores ganaron enormes fortunas.

Claro que, para algunos, la naturaleza-podrida no pasaba de ser una broma de mal gusto, pero sus defensores (y eran millones) argüían que el arte no puede considerarse desde el estrecho punto de vista estético de las llamadas Bellas Artes. Un crítico de provincia, en cierta ocasión y defendiendo a Potocki, dijo que el arte era la naturaleza vista a través de un temperamento, y que la naturaleza-podrida de Potocki no era sino su visión particular del mundo. Otro crítico, de la ciudad, explicó lo que hacía Potocki siguiendo la teoría del *Einfühlung*, a partir del presupuesto de que todos los hombres llevan dentro de sí la putrefacción y que Potocki no hacía otra cosa que establecer una empatía entre la putrefacción implícita en la naturaleza humana y la creación estética. Por supuesto que las especulaciones de los críticos no se detuvieron ahí. El análisis más aceptado en el momento fue el que decía que el arte de Potocki derivaba de un pavor atávico y supersticioso hacia las misteriosas fuerzas de la naturaleza, y que a través de su arte Potocki procuraba aplacar los poderes hostiles de la naturaleza rindiéndose ante ellos.

Mientras tanto, los cuadros de Potocki se vendían a precio de oro. La gente hacía cola en la puerta de su estudio. Muchas veces los compradores ansiosos se llevaban los cuadros antes de que la pintura se hubiera secado. Algunas de sus obras se vendieron por varios millones, como *Getúlio Podrido*, subastado en la sede del Partido del Trabajo.

La serie *Orquídeas podridas* fue comprada en su totalidad por la condesa Pepinelli, y la condesa tuvo que dar ocho recepciones seguidas para que todos sus amigos pudieran contemplar la última creación de Potocki. Entrevistada en la casa de descanso donde fue internada debido a la fatiga resultante de las recepciones, la condesa, una reconocida coleccionista de arte, declaró que Potocki era el mayor artista vivo del mundo.

El fervor en torno a su nombre no perturbaba a Potocki. Cuando vendía un cuadro, lo que lo emocionaba no era el dinero que recibía; a él le gustaba estudiar las miradas que el comprador lanzaba sobre la obra recién adquirida. A veces retenía al flamante comprador en su estudio para contemplar sus reacciones ante el cuadro por más tiempo.

Nadie vio jamás a Potocki en el acto de pintar. Sin embargo, no tenía secretos sobre los pigmentos que usaba o las técnicas que empleaba. Pero ni aun así sus rivales e imitadores dejaban de afirmar que la evanescencia de su gris y la profundidad de su negro indicaban a las claras el uso de algún ingrediente secreto.

Era un hombre callado e introvertido.

Cuando lo invitaron a un programa de televisión, Potocki no dijo una sola palabra, ni siquiera para responderle a un telespectador que le preguntó por qué motivo había pintado a su propia madre «de aquella manera».

No tener un Potocki en casa, al menos uno, pasó a ser algo deshonroso, e incluso vergonzoso. Las personas de menos recursos compraban sus Potockis en cuotas en las galerías, pagando intereses extorsivos, donde las naturalezas-podridas distribuidas por las paredes creaban, según decían, un clima de humildad y paz superior al de la ascesis. La fotografía de Potocki salió publicada en todas las revistas, se realizaron varios documentales cinematográficos sobre su obra, las mujeres lo consideraban un hombre fascinante.

Era rara la reunión selecta donde no se discutiera la obra de Franz Potocki. A algunas personas les resultaba chocante la denominación naturaleza-podrida, aunque reconocían que la pintura de Potocki poseía un dinamismo fascinante, repugnante y pervertido, que no se encontraba en ninguna otra clase de pintura.

Curiosamente, a los niños les gustaban los cuadros de Potocki. Los profesores de dibujo y pintura de las escuelas primarias informaron que todos los niños, sin excepción, estaban haciendo cuadros a la manera de Potocki. La Asociación de Padres de Familia publicó en los diarios una carta abierta a los poderes competentes, exigiendo medidas por parte de las autoridades y de los educadores que permitieran comprobar si la influencia de Potocki no resultaría perjudicial para la personalidad infantil. El Ministro de Educación nombró una comisión de investigación, integrada por técnicos de renombre, la cual, después de dos años de estudios y viajes al Louvre y al Prado, elaboró un documento de un millón cuatrocientas veinte mil palabras que fue recibido por todos como una importante contribución a la cultura del país.

En esa misma época, el gobierno le encargó a Potocki pintar un panel de diez metros de largo por tres de alto en el nuevo aeropuerto.

A la inauguración del panel asistieron las más altas autoridades, se pronunciaron discursos, y alguien dijo que el panel era un legado cultural fundamental para las futuras generaciones.

Pero a pesar de estar cubierto de gloria y honores, y también de dinero, Potocki no era feliz. Las personas que lo veían silencioso y ensimismado, desaliñado (a veces ni siquiera se afeitaba), hacían todo tipo de especulaciones. Si tiene todo en la vida, ¿por qué esa melancolía? Potocki se irritaba mucho cuando alguien le decía eso. Él creía que no tenía nada, que las cosas que le decían en los *vernissages* (reuniones que, además, odiaba) no significaban nada, porque en realidad la gente mostraba un completo desconocimiento de sus objetivos al pintar aquellos cuadros. Ni siquiera él sabía, a ciencia cierta, lo que quería decir. Pero el esfuerzo de pintar cada cuadro casi lo mataba; muchas veces el cuerpo le temblaba tanto que la espátula se le caía de las manos, o la vista se le oscurecía y se desmayaba y se despertaba horas después en el piso del estudio. ¿Cómo soportar entonces, delante de sus cuadros, a esos hombres perfumados que hacían piruetas y a esas mujeres de voz estridente que se gritaban adjetivos unas a otras? ¿Y la manera en que lo miraban? Y cuando lo miraban, ¿intercambiaban secretos? Y cuanto más infeliz se sentía y más ensimismado se ponía él, más lo observaban y más cuchicheaban ellos. Él recordaba que así, de esa manera, miraba cuando era niño a los enanos, los gigantes, el hombre tatuado y la mujer barbuda del circo.

A veces intentaba entenderse con las personas. Pero, por más que se esforzaba, no podía tolerar la conversación. Entonces se callaba y la conversación moría.

Todavía no se sabe cómo ni por qué, pero lo cierto es que súbitamente, casi de la noche a la mañana, el interés en Potocki y en las naturalezas-podridas comenzó a disminuir. Primero desaparecieron las filas de compradores que aguardaban día y noche en la puerta de su estudio la oportunidad de comprar uno de sus cuadros; después, los diarios y las revistas dejaron de publicar su foto y las noticias donde lo mencionaban. Pero la venta de sus cuadros se mantuvo unos meses más, porque las galerías tenían las trastiendas abarrotadas de naturalezas-podridas que habían ido adquiriendo para vender a un precio altísimo en el mercado negro. Sorprendidas por el inesperado desinterés del público, las galerías insistían, ahora con gran esfuerzo y por un precio vil, en vender cuadros de Potocki. Pero después de un tiempo ni los precios bajos ni la posibilidad de pagar en cuotas ni los descuentos sustanciales ni ninguna de las otras tácticas de venta de las galerías lograban vender los cuadros de Potocki. E inmediatamente después de la falta de interés por los cuadros surgió un movimiento de rechazo hacia ellos. La gente comenzó a descolgarlos de las paredes y a guardarlos en desvanes y sótanos. Se decía que traían mala suerte. Y aunque no todos creían en eso —los coleccionistas son personas de buen nivel y cultura, características incompatibles con la superstición—, se supo que cientos de personas quemaron sus Potockis. Y otros se deshicieron de ellos de maneras menos drásticas, pero no por ello menos eficaces.

No se sabe en verdad qué pensaba Potocki de todo esto. Algunos creían que esperaba que ocurriera algo así, otros decían que había quedado tan golpeado por la pérdida de su popularidad que sufrió una crisis nerviosa y fue internado en una casa de descanso, y otros simplemente decían que se había muerto.

Pero lo cierto es que no se había muerto, al menos hasta el momento en que circulaban esos comentarios. Porque Potocki fue visto en más una ocasión en el nuevo aeropuerto, cuando reemplazaron su panel por otro. Realmente fue un espectáculo. Se movilizó un gran número de operarios, se levantaron andamios, se montaron roldanas, y la enorme pieza de madera fue retirada de la gran pared del sector sur del nuevo aeropuerto bajo la mirada indiferente de la multitud.

A continuación se colocó otro panel en su lugar. Era un caballo rojo rutilante pintado por un médico que se había hecho pintor. Todo su cuerpo brillaba y su respiración, podía sentirse, era profunda, como si recién hubiera terminado de correr o estuviera en celo. Fue allí, entre las personas que se amontonaban para apreciar aquel animal que parecía estar hecho al mismo tiempo de sangre y sueño, donde Potocki fue visto por última vez.

El agente

El cartel decía «Inmobiliaria Áyax», y el agente subió al segundo piso. En la oficina solo había una mesa, una silla y un hombre sentado en ella, inmóvil, mirando al techo.
El agente lo miró y dijo:
—Soy del Instituto de Estadística, y vengo a hacerle una encuesta.
—¿Qué encuesta? —preguntó el hombre que estaba en la mesa.
—Nombre, nacionalidad, estado civil... Todos esos datos.
—¿Para qué?
—Para el nuevo censo, para saber cuántos somos, qué somos.
—¿Qué somos? Eso no —dijo el hombre de la mesa con cierto pesimismo.
—El nuevo censo nos dará la respuesta de todo —dijo el agente.
—Pero yo no quiero saber nada —dijo el hombre—. ¿No se da cuenta —agregó súbitamente malhumorado— de que estoy ocupado?
—Discúlpeme —dijo el agente—, pero estoy obligado a completar su ficha; y usted también está, en cierto modo, obligado a colaborar. ¿No leyó la proclama del presidente de la República?
—No.
—Salió publicada en todos los diarios. El presidente dijo que...
—Eso no tiene importancia —dijo el hombre levantándose de la silla y abriendo los brazos—, por favor.
Pero el agente, lápiz en mano y formulario en otra, ignoró el pedido.
—¿Nombre? —preguntó.
—José Figueiredo. Pero eso no le va a servir de nada —dijo el hombre volviendo a sentarse.
El agente, que ya había escrito «José» en el formulario, paró de escribir y preguntó:
—¿Por qué? ¿No me estará dando un nombre falso, no?
—No, para nada. Mi nombre es José Figueiredo. Siempre lo fue. Pero si me muero mañana, ¿eso no falsificará el resultado de la encuesta?
—Es un riesgo que tenemos que correr —respondió el agente.
—¿Morir?

—Siempre muere alguien durante el proceso de censado, pero está todo previsto. Otros nacen, pero está todo previsto. Está todo previsto —dijo el agente.

—¿Eso quiere decir que puedo morirme mañana sin obstaculizar la vida de nadie? —preguntó José.

—Puede hacerlo... Pero permítame decirle que no tiene cara de morirse mañana; está un poco pálido y abatido, de hecho, pero hágase aplicar unas inyecciones y seguro que se le pasa. ¿Estado civil?

—¿Usted es capaz de guardar un secreto? —dijo José.

—¿Viudo? —dijo el agente.

—¿Un secreto que va a durar poco? —continuó José.

—Yo solo quiero saber su estado civil, su... —comenzó el agente.

—Voy a matarme mañana —lo interrumpió José.

—¿Qué? ¡Eso es absurdo! ¿Se está burlando de mí?

—Míreme bien, ¿acaso tengo cara de estar burlándome de usted?

—No —dijo el agente.

—No escribí ninguna carta de despedida; o mejor dicho, sí escribí, escribí varias, pero ninguna me gustó. Además, no sabía a quién dirigírselas: ¿al Delegado de la Policía?... Imposible; ¿A Quien Corresponda?... Demasiado vago.

—¿Qué cosa? —murmuró el agente—. ¿En serio va a matarse?

—Sí. Pero no tiene necesidad de sentirse tan impactado —se disculpó José.

—Pero es absurdo —dijo el agente por segunda vez ese día—. ¿No le gusta vivir?

—Bueno —dijo José poniéndose una mano en la cara y mirando al techo—, existen ciertas cosas que todavía me gustaría hacer, como besar a una chica que pasó a mi lado ayer en la calle, bañarme con ella en el mar y después acostarme en la arena y dejar que el sol me seque el cuerpo. Pero eso debe ser influencia del cielo —dijo mirando por la ventana—, que hoy está muy azul.

—Lo conmino a abandonar ese propósito. Prométame que no cometerá ese acto —dijo el agente—. Estoy apurado —agregó inmediatamente, al ver que José negaba con la cabeza.

—Ya lo decidí; no puedo echarme atrás.

—Eso es una locura. Yo no puedo quedarme aquí hasta mañana, toda la vida, intentando convencerlo de su insensatez. No puedo perder el tiempo —continuó, ahora con más vigor todavía—, yo también tengo que vivir; cada diez minutos de mi tiempo corresponden a una encuesta; cada encuesta me reporta ciento setenta cruceiros y cincuenta centavos.

—Valoro mucho su interés —dijo José.

—De nada, de nada —dijo el agente mirando al suelo—. Todavía no hice nada hoy —agregó después de una pausa.

José se levantó y le tendió la mano. Se estrecharon las manos en silencio.

El agente bajó la escalera lentamente. Cuando llegó a la calle sacó la planilla de direcciones del bolsillo y, con el lápiz, tachó el nombre «Inmobiliaria Áyax». Después miró el reloj y apuró el paso.

Los prisioneros

En una sala, un diván, y un hombre acostado en el diván sin saco, con la corbata floja. A su lado, una mujer de negro sentada en una silla.

PSICOANALISTA: A usted no le gusta la ropa sport, ¿es esa la razón?
PACIENTE: Es muy aburrido venir vestido de sport a la ciudad en un día hábil. Parece que no trabajo, que soy un jubilado, un vago, algo así.
PSI: ¿Y eso por qué le molesta? Usted está de licencia por un tratamiento de salud, que recibe regularmente del Instituto. Ese es su trabajo: ocuparse de su salud.
PAC: Pero a los que me ven por la calle paseando vestido de sport, ¿qué les digo? ¿O no les digo nada y llevo, como los ciegos, una tablilla, o bordo en el bolsillo de la camisa la frase: «en tratamiento de salud»? Me gustaría que usted me dijera cómo se identifica a un loco que se porta bien. Los ciegos llevan un bastón blanco. Los sordos, una trompetilla acústica o un transistor invisible en la patilla de los anteojos; los mancos, un brazo ortopédico; los paralíticos una silla de ruedas o un par de muletas, ¿y los locos que se portan bien, como parece ser mi caso? ¿Eh? ¿No se le ocurre una buena idea? *(Cambiando de tono)* Además, permítame decirle que usted no ha tenido una buena idea desde que la conocí.
PSI: Ya empezó con sus agresiones. Le dije en nuestra última sesión que eso no es sino una débil defensa. Usted se atrincheró desde el primer día y no quiere abandonar esa posición de antagonismo. *(Pausa)* Usted tiene miedo de que yo lo seduzca.
PAC: *(Suelta una carcajada)*
PSI: *(Incisiva)* Usted tiene miedo de que yo lo seduzca.
PAC: *(Pensativo)* ¿Por qué será que usted me dice esas cosas? Qué gracioso, las cosas que me dice me dejan indiferente la mayoría de las veces; y en ocasiones, raramente, me irritan. Pero lo que acaba de decirme me hizo sentir lástima de usted.
PSI: ¿Lástima de mí? ¿Por qué?

PAC: Yo sé por qué me dijo eso.
PSI: Entonces dígalo.
PAC: ¿Usted es casada?
PSI: *(Algo vacilante)* No.
PAC: Y usted ya se psicoanalizó, ¿no?
PSI: Claro.
PAC: ¿Usted es virgen?
PSI: *(Vacilante)* Esto no lo ayuda en nada.
PAC: *(Sentado en el diván)* ¿Usted es o no es virgen?
PSI: *(Retrocede y apoya la espalda en el respaldo de la silla)* Soy virgen. *(El paciente se acuesta con un suspiro de satisfacción y permanece con los ojos cerrados, como si estuviera durmiendo. La psicoanalista continúa apoyada en el respaldo de la silla. La psicoanalista se endereza)* ¿Quiere que demos por concluida nuestra sesión de hoy?
PAC: No. No. Todavía no terminé con usted. Su psicoanalista era un hombre, ¿no?
PSI: Sí, era un hombre.
PAC: Y un día, durante una de las sesiones, él le dijo *(Imitando)* «Usted tiene miedo de que yo la seduzca»... ¿no le dijo eso? Y siendo virgen, usted seguramente vivía, o quizás aún viva, con ese miedo o con esas ganas de ser seducida, dos cosas que se confunden y la dejan perpleja. Y ahora usted me dice lo mismo a mí, como si todo fuera una lección de piano.
PSI: ¿No se le ocurre otra hipótesis? Por ejemplo: podría ser que yo tenga miedo de que usted me seduzca y esté transfiriendo ese sentimiento.
PAC: No había pensado en eso.
PSI: *(Sonriendo)* ¿Ve? Es evidente que usted no conoce todas las respuestas.
PAC: ¿Y usted sí?
PSI: Yo tampoco. Ni siquiera sé por qué usted siente lástima de mí.
PAC: ¿Por qué tengo lástima de usted? *(Se levanta)* ¡Epa! Un momentito. Ahora no venga a decirme que siento lástima de mí y que, tortuosamente, digo que siento lástima de usted. Dentro de un rato va a preguntarme por mi madre, ya lo sé.
PSI: Si usted quiere hablar sobre su madre, puede hacerlo. ¿No quiere acostarse? Es más cómodo.
PAC: ¡Dios mío! ¿Usted nunca se libera de las fórmulas?
PSI: ¿Qué fórmulas? *(Se levanta)*
PAC: *(Irritado)* Todo esto es sumamente ridículo. Creo que estoy perdiendo el tiempo.

PSI: Siendo así, usted no tendría que hacer psicoanálisis. Por lo menos no conmigo.

PAC: Lo hago porque paga el Instituto. Dicen que el Instituto consigue los peores médicos para sus enfermos.

PSI: El que está pagando es usted. ¿O acaso no le descontaron siempre la cuota del Instituto?

PAC: Es verdad. Yo soy el que paga. Entonces es todavía peor: estoy tirando mi dinero a la basura.

PSI: Usted no está obligado a psicoanalizarse.

PAC: *(Impaciente)* Ya se lo dije un montón de veces: sufro síncopes, me falta el aire, me desmayo. Cuando me ocurrió por primera vez los médicos clínicos dijeron que yo debía tener un foco infeccioso. Me sacaron las amígdalas. Empeoré. Me sacaron el apéndice. Empeoré. Me operaron de sinusitis. Cada vez más desesperados, me arrancaron todos los dientes. Empecé a tener dos ataques por semana. ¿Usted sabía que mis dientes son postizos? Yo tenía unos dientes increíbles.

PSI: No lo había notado.

PAC: *(Pasándose el pulgar y el índice de la mano derecha sobre los dientes superiores)* Imbéciles. Me hice un electrocardiograma y nada. Un encefalograma y nada. Excepto una pequeña arritmia, producto de los golpes que me di en la cabeza cuando era niño. Vesícula, vejiga, próstata, intestinos, bazo, hígado, todo perfecto. Solo les quedaba una salida: decir que yo era neurótico. Me mandaron a ver a un psiquiatra que parecía Charles Chaplin. *(Pensativo)* La única diferencia era que usaba ropa gris todo el tiempo.

PSI: ¿Y después?

PAC: *(Bostezando)* Después me hicieron terapia de sueño. Un mes a base de Amplictil y otras pildoritas de colores. Dormía a pierna suelta, engordé, pero no dejé de tener los colapsos de siempre: a veces el pulso me subía a doscientos.

PSI: ¿Doscientos?

PAC: Doscientos. Como no dio resultado, pasaron a la convulsoterapia.

PSI: ¿Insulina?

PAC: Kilovatios. Tampoco funcionó. Y así, de los médicos clínicos a los psiquiatras la pelota pasó a los psicoanalistas, o sea *(apuntándola con el dedo)* a usted. Usted es mi última oportunidad.

PSI: Puede confiar en mí.

PAC: *(Afligido)* Tengo que confiar en usted. Hoy, cuando venía para acá, en medio de la calle, mis piernas parecían de plomo, tenía el corazón acelerado, era una sensación horrible. *(Llevándose la mano al*

pecho) Y ahora estoy sintiendo lo mismo, me vino de repente.
PSI: Es mejor que se acueste.
PAC: No puedo caminar. *(Hace una mueca de dolor)*
PSI: Inténtelo. Sí que puede caminar. Inténtelo por favor, usted puede hacerlo.
PAC: No puedo. No puedo. ¡Mi pulso! *(Los dientes apretados, la respiración jadeante)*
PSI: ¡Usted puede!
PAC: ¡No! *(Con voz autoritaria)* ¡Empuje el diván hacia aquí!
PSI: Ahora mismo.

El paciente se deja caer pesadamente en el diván, con las piernas colgando hacia fuera. La psicoanalista se inclina y levanta las piernas del hombre del suelo con un esfuerzo enorme, como si efectivamente fueran de plomo. Acostado en el diván, el paciente respira pesadamente.

PAC: ¡Tómeme el pulso!
PSI: *(Tomándole el pulso, desesperada)* No tengo reloj. ¡Dios mío! *(Aprieta y suelta enseguida la muñeca del paciente)* Este hombre no puede morir aquí. *(Grita)* ¡Maria, Maria! *(La sala se ilumina. Se abre una puerta, la única que hay, y entra una mujer joven de uniforme blanco)* Un médico, llama a un médico, deprisa, al clínico del 808. *(Maria sale de la sala. La psicoanalista camina nerviosa de un lado al otro. Entra el clínico, de bata blanca, llevando un maletín negro)*
CLÍNICO: ¿Qué pasó? Su secretaria me llamó diciendo que un hombre...
PSI: Aquí, doctor. *(Señala al hombre en el diván)* Es un paciente mío, un neurótico, tuvo una crisis.
CLI: ¿Un neurótico?
PSI: *(Nerviosa)* O un psicótico, no lo sé. Es un cuadro patológico muy extraño. Acostumbra tener colapsos. Los clínicos no pudieron descubrir la causa. Fue sometido a tratamiento psiquiátrico y no mejoró. Ahora se está psicoanalizando conmigo.
CLI: ¿Mejoró?
PSI: No, ya ve que no. Pero el psicoanálisis es un proceso largo y él está conmigo desde hace muy poco tiempo.
CLI: Hum... *(Le toma el pulso al paciente. Abre el maletín negro, saca una jeringa, una ampolleta y prepara una inyección que aplica en el brazo del paciente)*
PSI: ¿Cómo está, doctor?
CLI: Usted es quien tendría que saberlo, este hombre es paciente suyo.

PSI: Pero no lo sé. ¡A usted le causa satisfacción escuchar eso! *(Grita)* ¡No lo sé!

CLI: Va a volver en sí. Pero el psicoanálisis no va a mejorarlo. Ya tuve un paciente así. Este hombre debe tener un foco infeccioso gravísimo.

PSI: *(Habla y ríe con nerviosismo)* Pero le sacaron los dientes, las amígdalas, el apéndice, la próstata, todo buscando un foco infeccioso que no existía. Lo operaron de sinusitis, lo entubaron. *(Lanza una carcajada)*

CLI: Usted está histérica. *(La psicoanalista se para en seco; el paciente, en el diván, se retuerce y musita palabras incomprensibles)*

CLI: *(Cerrando el maletín)* Creo que ya puedo irme.

PSI: Un momento, un momento, por favor. ¿Piensa dejarlo así?

CLI: Es paciente suyo, no mío. La crisis ya no presenta ningún peligro... Creo. *(Se inclina para examinar al paciente en el diván)* Es raro...

PSI: ¿Qué es lo raro? *(Se acerca)*

CLI: Le suda solamente el lado derecho de la cara.

PSI: *(Agitada)* Y del cuerpo. Fíjese, solo le está sudando el lado derecho del cuerpo. Él me dijo que sudaba de un solo lado del cuerpo, a veces del izquierdo, a veces del derecho. *(Cambiando de tono, ahora desconsolada)* Y yo no le creí.

CLI: Qué raro. En otros tiempos lo habrían considerado un milagro. ¿Sufre alucinaciones?

PSI: No.

CLI: ¿Es casado?

PSI: Es soltero. Las personas solteras enloquecen más que las casadas.

CLI: ¿Eso está probado estadísticamente?

PSI: Está probado estadísticamente.

CLI: Bueno, pero el hecho de que sude de un solo lado no prueba que esté loco. *(Negando con la cabeza)* No lo prueba.

PSI: Existen casos en lo que nadie puede probar que una persona está loca, excepto ella misma. Y este hombre se rehúsa a hacerlo.

CLI: Entonces está bien; es lo que él piensa.

PSI: No lo sé. Confieso que estoy confundida. Él cree que está bien y, para serle franca, yo también creo que está bien. *(Exclama)* Pero ¿y las crisis? ¿Y el sudor de un solo lado? ¿Y las piernas de plomo?

CLI: Yo tampoco sé qué decir.

PSI: No tiene familia, no tiene a nadie, salvo el Instituto.

CLI: *(Consolador)* Esos síncopes terminarán por matarlo. *(Largo silencio)* Ahora sí que tengo que irme. Me están esperando mis pacientes.

PSI: ¡Estoy tan cansada!

El enemigo

Primer tiempo

1. Estoy muy pensativo, cosa que me sucede siempre antes de ir a acostarme, cuando cierro las puertas de la casa. Y esto me deja excesivamente irritado porque, cuando vuelvo a la cama, a pesar de las claves mnemotécnicas que utilicé para tener la certeza de haber cerrado las puertas y las ventanas, me asalta la duda y tengo que levantarme otra vez. Hay noches en que me levanto cinco, seis, siete veces, hasta que por fin, despejadas todas las dudas, me duermo tranquilo. Hoy, por ejemplo, ya me levanté dos veces para ver si las puertas efectivamente estaban cerradas, aunque al final no me fijé si lo estaban. Las claves mnemotécnicas que utilicé parecían ser eficaces. En la ventana del balcón lancé un pequeño escupitajo entre las persianas y comprobé, mientras cerraba la falleba, que había una gota de saliva oscilante que reflejaba la luz del farol de la calle. En la puerta de entrada, mientras ponía el cerrojo, exclamé en voz alta «*Alea jacta est*», dos veces. En la puerta del fondo, después de cerrarla, levanté la pierna y apoyé la planta del pie en el picaporte. Estaba frío. Después me acosté, esperando volver tranquilo a Ulpiniano el Brujo, Mangonga, Najuba, Félix, Roberto y yo mismo. Ahora mismo, en la cama, la palabra *volver* me permite constatar, con aflicción, que al hacer mi ronda de seguridad no estaba concentrado en esa tarea esencial (habían entrado ladrones dos veces a mi casa y habían robado una parte sustancial de mis posesiones), y que aunque pensaba estaba distraído, y por lo tanto no podía tener la certeza de haber cumplido mi tarea con precisión. De hecho, recapitulo ahora, cuando cerré la puerta y exclamé en voz alta «*Alea jacta est*» estaba pensando en el mono que hablaba con Vespasiano, padre de Ulpiniano el Brujo y de Justin, su hermano y mago de profesión, de quien yo era asistente. A pesar de que algunos decían que yo era asistente de un mago por diletantismo, lo que me interesaba en realidad era el dinero que ganaba en cada presentación, dinero que me ayudaba a pagar

mis estudios, ya que los números de magia no me gustaban tanto y Justin me obligaba a trabajar de saco y corbata de moño. Hacíamos el espectáculo en circos y clubes. Los circos casi siempre estaban en los suburbios, y los sábados y los domingos había, además de la función nocturna (21 horas), una matiné (16 horas). Así que prácticamente pasaba todo el sábado y todo el domingo en las afueras, porque no me convenía regresar a casa. Lo cual no me incomodaba porque estaba cortejando (aunque ella no lo sabía) a Aspásia, una chica peruana o ecuatoriana, tal vez boliviana, que era equilibrista. Ella trepaba hasta la cuerda floja con una falda corta de satén rojo y una sombrillita de colores y era linda, la cara fresca, el cuerpo todo equilibrio y poder, deslizándose ágil y leve sobre la cuerda de acero. Pero ella no quería saber nada de mí porque yo tenía apenas quince años y no era nada.

Debemos ordenar los acontecimientos. Estamos en la escuela secundaria y yo soy alumno y asistente de mago. Es lunes; estoy triste porque el domingo fui a ver a Aspásia y le recité, en español, «La casada infiel». Después de escuchar sonriente lo que habría debido (creía yo) conmoverla hasta las lágrimas, dio por terminado el asunto diciéndome que mi español era desastroso. No con esas palabras, pero sí con esa intención. Yo tenía que ir a la escuela cuando lo único que quería era estar en la isla de Cayo Icacos, que descubrí en el atlas y que debía tener palmeras, mar azul y viento fresco, con Aspásia a mi lado.

La primera clase era la de Churrinche, llamado así porque era menudito y tenía los brazos como las alas de un pajarito feo. Le teníamos desprecio y tal vez odio: los jóvenes no perdonan a los débiles. En el último banco, Mangonga leía un libro prohibido de la colección verde: *Las hetairas de lujo*; Ulpiniano el Brujo parecía estar prestando atención a la clase, pero yo sabía que eso era imposible; Félix tomaba notas; Najuba tomaba notas; Roberto fabulaba con su ojo desviado. Ya había pasado la etapa en que disfrutábamos (nosotros, los líderes de la clase) ridiculizando a Churrinche, quien, por ser sordo, no representaba ningún riesgo. Ese día, después de clase, Roberto me llamó y me dijo: «Voy a contarte algo que no tengo el coraje de contarle a nadie, ni siquiera a mi madre, ni a mi padre, ni a mis hermanos», lo que no era ningún privilegio, puesto que Roberto era una persona que vivía aislada dentro de su casa, leyendo solitario interminables tratados de parapsicología, sin ninguna posibilidad de comunicarse con sus padres, que lo habían tenido a una edad avanzada. La diferencia de edad entre Roberto y sus hermanos era, como mínimo, de veinte años. Su cara era así: pálida, ojerosa (pasaba las noches leyendo, a escondidas de la madre) y de nariz muy larga, incluso para un hombre adulto. No era, por lo tanto, ningún privilegio que me contara aquello que no le había contado ni siquiera a su madre, etcétera. Me empujó a un costado y solo empezó a hablar cuando, a pesar de estar aislados en un rincón del corredor, tuvo la seguridad de que nadie podía escucharnos.

—Hoy volé —dijo. Le brillaban los ojos.

—¿Es verdad? —dije yo. No sabía si creía o no. No en él, sino en el vuelo. Él no mentía nunca.

—Volé. Te lo juro. Me crees, ¿no? —dijo mirándome ansioso—. Me despegué veinte centímetros del suelo.

Fuimos al bar de la calle Vieira Fazenda. Pedimos una taza de café con leche y un sándwich de mortadela, un lujo. Ahí me contó, con todo detalle, cómo había sido la cosa. Más o menos así: fue inmediatamente después de que terminó de leer el libro de Sir W. Crookes *Researches in the Phenomena of Spiritualism*. Cuando Crookes escribió el libro, en 1920, nadie que no fuera creyente podía creer en esas cosas. (Incluso santa Teresa y san Juan de la Cruz, que fueron vistos suspendidos en el aire, son conocidos por otros talentos y no por ese. Y san José de Cupertino, aunque levitó más de cien veces, no logró, por ser un santo medio burro y que no sabía hacer otra cosa, mayor prestigio dentro de la historia de la religión.) Fuera del campo religioso, los fenómenos de la parapsicología —como la telepatía, la clarividencia y otras formas de percepción extrasensorial— no tenían muchos seguidores. Roberto había comenzado sus experiencias relacionadas con la PES (Precepción Extrasensorial) leyendo a Murchinson, Rhine, Sval, Goldney, Bateman y Zorad. Y después a Richet, Osty, Saltmarsh, Johnson y Pratt. E incluso a Schmeidler, McConnell, Myers y Podmore. Y finalmente a Schrenck-Notzing, Plaine y L. S. Bendit. No había nadie que hubiera leído más sobre parapsicología que él. Mantenía correspondencia con la Psychical Society of England. Se escribía con S. P. Bogvouvala, de la India, y juntos realizaban grandes hazañas (uno leía el pensamiento del otro a distancia). Ser médium, hipnotizador y telépata eran para él cosas menores. Su interés era la levitación propiamente dicha. «Es una cuestión de control de las energías del cuerpo», decía. No era un místico, condición que quizá le habría facilitado las cosas. (Véase: H. H. C. Thurston, *The Psychical Phenomena of Mysticism.*) Pero tenía una gran fuerza de voluntad. Un día, ese día, empezó a concentrarse a la mañana; la familia no estaba en casa, era un fin de semana, él se había quedado a estudiar para los exámenes. No almorzó, ese día no comió nada, ni cenó. Sentía dentro de sí una fuerza enorme que se agrupaba y ganaba poder y carácter. Llegó la noche. Y cuando empezaba a rayar el nuevo día, verificó que su cuerpo había comenzado a desprenderse del suelo. Permaneció suspendido en el aire durante un tiempo, hasta que sintió que le fallaban las fuerzas y descendió.

2. ¿Todavía hoy Roberto seguirá volando? Eso es algo que necesito esclarecer. Pero no es lo único. ¿Y la resurrección de Ulpiniano el Brujo, y el mono que hablaba?

Evidentemente yo no creía, en aquella ocasión, en el mono que hablaba. Vespasiano, padre de Ulpiniano el Brujo y de Justin, cuya profesión era la magia, alegaba conversar de manera inteligible con el mono. Los dos se la pasaban conversando todo el tiempo, cuando Vespasiano no estaba en la calle entrando gratis en los cines. Vespasiano jamás se perdía el estreno de una película, pero siempre entraba de favor; para él era una cuestión de honor y de etiqueta entrar en el cine sin pagar. Y eso le resultaba relativamente fácil. Era un hombre gigantesco que se vestía con una distinción ostentosa e irresistible: polainas, ropa oscura, corbata de moño, flor en el ojal, bastón y sombrero de hongo. A pesar de parecer extraña, la vestimenta era útil a su propósito, que era entrar gratis al cine. Su técnica era simple. Avanzaba con solemnidad; sin detenerse en la puerta, saludaba con un buen día profundo al acomodador y entraba directo a la sala. En el 90 por ciento de los casos el acomodador no se atrevía a pedirle la entrada. La presencia arrasadora de Vespasiano era irresistible. A veces un acomodador distraído —un loco— le pedía la entrada. Vespasiano lo fulminaba diciendo «¿Qué es esto? ¿No me conoce?», y ante eso el más duro de los acomodadores cedía como una ovejita.

Pero su pasatiempo predilecto era conversar con el mono. Era común ver a Vespasiano dialogando con el mico. Un día fui a visitar a Ulpiniano el Brujo y ni él ni Vespasiano estaban en casa. Justin practicaba prestidigitación haciendo correr una moneda sobre el dorso de la mano: dedo-comisura-dedo, yendo y viniendo; después repetía el procedimiento con una pelota de ping pong; después con una baraja. Así era como descansaba, entrenando los dedos, haciendo que la mano fuese más rápida que la vista. Fui directamente a la sala donde estaba el mono. Estábamos frente a frente, los dos solos. Le pegué un bofetón que lo hizo caer de la mesa donde estaba. Lo dejé tirado en el suelo y fui a ver a Justin y sus prestidigitaciones, para esperar la llegada de Vespasiano; recién entonces podríamos poner en claro la historia del mono parlante.

Vespasiano llegó portentoso, llenando la casa de energía. Inmediatamente el mono, hasta entonces silencioso, empezó a chillar. Vespasiano corrió hacia él:

—¿Sí, sí?
—Quim-quim, quim-quim-qui.
—¿En serio?
—Quim-qui-qui-qui.
—¡Lóbrego! ¡Infame! ¡Bruto!

Vespasiano tenía la manía de hablar con adjetivos. Había leído a Rui Barbosa y nunca más se recuperó.

—¡Ah!

Ese *ah* sonó como el rugido de un león, y Vespasiano se dio vuelta y caminó hacia mí. Lo esperé, paralizado por el miedo, por la revelación: ¡realmente hablaba con el mono! Controlándose, me preguntó:

—¿Por qué le hiciste semejante salvajada a él, que nunca le hizo mal a nadie, el más noble y valeroso de los animales, de todos los hombres y los bichos que conocí? Una bofetada en plena cara, irracional, injusta, cruel, mezquina e impertinente. Explícame.

Le pedí disculpas al mono.

Fue más o menos en esa época que Ulpiniano el Brujo fue expulsado del colegio. Ya lo habían suspendido cuando, en un examen de higiene, en vez de responder a las preguntas formuladas escribió en la hoja frases del tipo «tome más leche», «duerma con las ventanas abiertas» (agregando «firmado: el ladrón»), junto con el ensayo «La menopausia de los gallináceos». Interpelado por el director del establecimiento, Ulpiniano el Brujo retrucó que su ensayo, a pesar de ser impertinente, era una contribución científica a la avicultura. Y le pidió al director que solicitara la opinión del doctor Karl Bisch, el mayor especialista en la materia, quien con toda seguridad certificaría la importancia de su trabajo.

No le pidieron la opinión al doctor Karl Bisch, y Ulpiniano el Brujo fue suspendido. En cualquier caso, habría sido muy difícil obtener la opinión del doctor Karl Bisch por el simple motivo de que no existía. Era uno de los personajes que Ulpiniano el Brujo, Roberto, Mangonga y yo inventábamos para burlarnos de nuestros maestros. Siempre que podíamos citábamos, en los exámenes, a autores que no existían, confiando en la tradicional ignorancia de los profesores. Por supuesto que a veces nos arriesgábamos demasiado, como aquel día en que, en el examen de literatura, cité a Sparafucile como «el conocido crítico italiano de literatura védica», o cuando Mangonga citó a su propio padre, que se llamaba Epifânio Catolé, como un «eminente historiador bahiano». El caso de Mangonga era un poco diferente del nuestro, porque él creía en las mentiras que decía y así, después del examen, empezó a repetir que su padre, por ser renuente a la publicidad, no tenía el reconocimiento que merecía.

Mangonga decía que vivía en Copacabana. En aquella época Copacabana no era todavía la favela de mayor densidad demográfica del mundo, sino que era un lugar donde vivían las personas ricas y elegantes. Todos los días Mangonga y Najuba, después del colegio, iban juntos a Copacabana. Y Najuba, que vivía en la calle Miguel Lemos, bajaba antes que Mangonga, que vivía en la avenida Atlántica, en el puesto 6. Mangonga hizo eso durante cuatro años, hasta que un buen día su padre murió y fuimos a su casa a velar el cuerpo. La casa de Mangonga quedaba en la calle Cancela, en São Cristovão, en un edificio viejo con una escalera crujiente y carcomida, que tenía la baranda rota, sin playa y sin mar, sin chicas en bikini. Era una tarde de sol desgraciado y hacía un calor tan fuerte y sofocante que hasta el cadáver del padre de Mangonga sudaba.

Por supuesto que, después de eso, Mangonga ya no volvió más a su casa con Najuba. La muerte de su padre hizo que se interesara todavía más por la demonología. Roberto decía que Mangonga era «el único mitómano que había hecho un pacto con el diablo». Pero su preocupación principal eran las lamias y los súcubos, demonios femeninos que aprovechan el sueño de las personas para cometer toda suerte de maleficios.

Pero volvamos a la expulsión de Ulpiniano el Brujo. Un día, al llegar al colegio, vi un grupo de estudiantes aglomerados frente a la cartelera. Debía ser una noticia muy importante, pensé. Y lo era. En un cartel grande, pintado con letras rojas y azules, estaba escrito:

EL PADRE JÚLIO MARIA & CIA. COMUNICAN A SU DISTINGUIDA
CLIENTELA SU NUEVA LISTA DE PRECIOS

1 — *Comuniones*
Hostia simple	1.00
Hostia de masa de *palmier*	3.00
Hostia rellena de camarón	8.00
Hostia bañada en oro c/efigie del papa (no debe ser tragada)	500.00

2 — *Bautismos*
C/agua corriente	10.00
C/agua de Caxambu salada	30.00
C/agua de Vichy genuina y cloruro de sodio importado	80.00

3 — *Casamientos*

Simple	30.00
C/flores de ocasión y algunas velas	100.00
C/un poco más de flores, luces, órgano y cantante no profesional	400.00
C/rosas, órgano, alfombra, cura con sotana nueva, luces y cantante profesional	1,000.00
C/tulipanes holandeses, luces profusas, alfombra roja, obispo con sotana nueva, fotógrafo-cronista, órgano y coro celestial profesional (con música grabada)	40,000.00

4 — *Extremaunciones*

Almas sin pecado, encomendadas de día	10.00
Almas sin pecado, encomendadas de noche, hasta las 22 h	20.00
Almas ídem, encomendadas después de las 22 h	80.00
Almas pecadoras veniales (día o noche)	100.00
Almas pecadoras mortales (día y noche)	1,000.00

5 — *Bendiciones*

Bendición de santito de madera o aluminio	6.00
Bendición de santo de plata, oro o piedra preciosa	40.00
Bendición de vivienda de hasta dos habitaciones, sala, baño, cocina y dependencias	95.00
Bendición de vivienda con piscina o salón de billar	600.00

Nuestros precios son los más bajos del mercado. SIN COMPETENCIA. Proveemos curas para dar un toque piadoso a su fiesta. Santos, bulas papales, imágenes, oratorios, libros religiosos, astillas originales de la Cruz, TODO, TODO al mejor precio. Acérquese.

Júlio Maria & Cia.

Eso era lo que estaba escrito. El director consideró que estaba loco y Ulpiniano el Brujo fue expulsado del colegio, volvió a su casa y murió para resucitar, como dice él, al final del séptimo día, «tal cual hizo Jesucristo». Siempre le había gustado Jesucristo; y decía, citando a Pessoa: «Mejor era Jesucristo, que no entendía de finanzas y tampoco consta que tuviera biblioteca».

Yo estaba en su casa cuando murió. Estábamos en la sala y dijo:
—Voy a morir, tal como hizo Jesucristo.
Se acostó en el suelo y... se murió. Se puso duro y fue expirando.

Najuba y yo no lo podíamos creer, y por eso, porque se trataba de una broma, empezamos a bromear. Primero le escribimos «Jesucristo» en la cabeza y pusimos —o mejor dicho, puso Najuba, ya que el que leía a Pitigrilli era él— un cartel en el pecho de Ulpiniano el Brujo que decía «INRI» en letras enormes y entre paréntesis, en letras más chicas, «Yo no controlo jamás». Después, con varios sellos que encontramos en la casa, le grabamos en los brazos y en la cara «Aprobado», «Archivado», «Personal», «Confidencial», «Intransferible».

Después de la desaparición de Ulpiniano el Brujo el colegio se volvió aburrido. Roberto no voló más. Todos nuestros planes fracasaron. El día que Mangonga programó nuestra ida a la zona fue un completo desastre. Najuba, que ya estaba en el Mangue, desistió.

—Entra al bar y quítate la pesa —dijo Mangonga.

—No, no es eso, hoy no tengo la pesa puesta; es que tengo algo importante que hacer —respondió Najuba.

Yo dije:

—Quizá no sea por la pesa; pero que tienes la pesa puesta, eso es seguro; tú sin la pesa eres como Félix sin el broche —cosa que a Félix no le gustó escuchar, porque enseguida empezó a decir que él también tenía algo importante que hacer y que no iba a ir.

—Es verdad, estoy con la pesa puesta —dijo Najuba.

—Entonces quítatela, ve al mingitorio del bar y quítatela.

—No es eso —dijo Najuba—, yo no quiero ir.

Mangonga dijo:

—Tienes miedo, eres un cagón. ¿De qué te sirvió andar todos estos años con una pesa colgada de la pija con una cuerda, eh? No creció nada, ¿o sí? ¿Acaso no te dije que no crecía?

—Sí creció —dijo Najuba.

—¿Cuánto? ¿Cuánto? ¿Medio centímetro? ¿Un centímetro? No creció una mierda —dijo Mangonga.

Nos quedamos solos Mangonga y yo. Y al rato empezamos a acobardarnos.

—¿Y si nos agarramos una enfermedad? —pregunté. Pensaba en Aspásia; yo quería hacerlo con Aspásia.

—¿Una enfermedad? ¿Qué enfermedad? —preguntó Mangonga.

—Gonorrea, herpes, ladillas, qué sé yo.

Temblábamos de solo pensar en las historias de los tipos que se habían pescado una gonorrea del carajo. Terminamos en el cine Primor, chupando y viendo una película tras otra. A la salida compré, en una ferretería, un enorme broche de la ropa para regalarle a Félix. Félix dormía todas las noches con un broche de la ropa en la nariz para afinarla. Me agradeció con lágrimas en los ojos al ver el mecanismo fuerte y el ancho del broche.

—Ustedes trataron muy mal a Najuba —dijo. Félix era el único que entendía a Najuba—. ¿No te parece que mi nariz está más fina? —me preguntó.

Segundo tiempo

3. Todavía estoy en la cama y todo esto fue obra de la memoria. ¿O tal vez no? Hoy soy un hombre tan lleno de dudas. Ni siquiera sé si cerré las puertas, y eso ya me impide dormir, hasta llego a sentir un peso en el corazón. Necesito dormir. Veamos: en la puerta del balcón, al verificar el cerrojo hice ploc ploc con la lengua contra los labios. En la puerta de entrada espié el número nueve en el ojo de la cerradura y apoyé la punta de la nariz en el picaporte. Estaba frío. Al llegar a la puerta del fondo dije *Hattie, Henry and the honorable Harold hold hands together in Hampstead Heads*, practicando la letra *h* aspirada del inglés mientras aplicaba el ardid mnemotécnico. Pero incluso así sigo preso de la duda. Y eso se debe a que ni por un segundo dejé de pensar si esas cosas eran verdaderas. Son cosas muy locas, pero no sé si eran verdaderas. ¿Serían sueños? Pero el que sueña duerme. Uno sueña para poder dormir. No hay dormir sin sueño. Ojalá pudiera dormir. Me estaré volviendo... No, no. Lo que yo siempre quise saber es si las personas y los hechos son verdaderos. No me importa saber si las personas existen o existieron, si los hechos existen o existieron, sino si son o no son verdaderos. Fue por eso que, muchos años después, quise saber la Verdad. Compruebo satisfecho que, a pesar de mi aflicción, ni por un momento pierdo la lucidez; la búsqueda que hice fue cansadora y quizás inútil, pero incluso así no me entrego a la desesperación y hasta consigo ser más o menos prolijo.

La búsqueda. Antes, sin embargo, ¿estarán las puertas cerradas? No tengo miedo de que el ladrón me pesque despierto: si así fuera tendría todas las ventajas posibles. ¿Pero dormido? Ah... qué tontería, las dudas no me dejarán dormir, el hombre que duda no duerme nunca.

¿Cuánto tiempo después comencé la búsqueda? Creo que fue veinte años después, esperen que cuente, sí, veinte años después, como en la novela de Dumas. ¿Cómo? Ya vuelvo a confundirme, aunque no es exactamente que me confunda, es esa otra cosa lo que pasa. Mierda, ya no sé más nada, en este momento me gustaría estar en el mar, en un barco con una enorme vela blanca, bien lejos.

Pasé veinte años sin ver a esos tipos. La idea de que necesitaba volver a verlos no se me borraba de la mente. ¿Por qué? Yo no sabía bien por qué razón. Era una especie de obsesión que no me abandonaba, que me perseguía día y noche, y sin embargo tardé muchos años en iniciar todo con una simple llamada telefónica a Roberto, después de consultar la guía.

—¿Quién es? —dijo Roberto en el otro extremo de la línea.
Repetí mi nombre.
—De la escuela secundaria, ¿no te acuerdas? —volví a repetir mi nombre.
—¡Ah, sí! Sí. Tantos años... ¿Cómo estás?
—Bien. Me gustaría verte.
—Por supuesto, cualquiera de estos días.
—¿Mañana? ¿Qué tal si almorzamos?
—Mañana no puedo. Creo que no puedo. Tal vez tenga que ir a São Paulo. Por dos o tres días.
—¿Y el viernes?
—¿El viernes? No sé. Me resulta difícil responder aquí desde casa. ¿Podrías llamar a mi oficina y hacer una cita con mi secretaria? Ella es la que maneja mis tiempos. ¿Te parece bien así?

Nos encontramos quince días después. Roberto se había transformado en un hombre muy ocupado.

—Le conseguí media hora —había dicho la secretaria, con cara de haberme hecho un gran favor.

Roberto ya no tenía ojeras. Su nariz seguía siendo muy larga; había engordado; tenía muchas canas. Su rostro estaba surcado de arrugas y su aspecto general era el de un hombre sometido a una continua fatiga.

ROBERTO: ¿Puedo hacer algo por ti?
YO: ¿Qué? No. Vine a charlar un poco. Nostalgia de los viejos tiempos.
ROBERTO: *(Mirando el reloj)* Hmmm... Bueno, bueno.
YO: ¿Todavía te acuerdas de los viejos tiempos?
ROBERTO: Soy un hombre consumido por el presente. Soy un ejecutivo, tengo que tomar decisiones, no puedo pensar en el pasado; apenas tengo tiempo de pensar en el futuro. *(Entra la secretaria)*
SECRETARIA: Doctor Roberto, lo llaman de São Paulo.
ROBERTO: Permiso. *(Levanta el teléfono)* ¿Hola? Sí. Sí. No. Sí. Sí. No. No, para nada. Sí. Sí. No, de ninguna manera. *(Cuelga)* Imbéciles.
YO: ¿Te acuerdas de Ulpiniano el Brujo?
ROBERTO: ¿Ulpiniano?

YO: Sí, el que jugaba al futbol con nosotros, siempre de saco y corbata. ¿Te acuerdas?

ROBERTO: Yo no jugaba al futbol.

YO: ¿No jugabas al futbol? ¿En serio? ¿Entonces no jugabas con nosotros?

ROBERTO: No. Nunca practiqué deportes. Seguramente me estás confundiendo con algún otro.

YO: Pero claro. Ahora me acuerdo. No te gustaba el deporte, te gustaba leer, no hacías otra cosa que leer. *(Entra la secretaria)*

SECRETARIA: El informe de las personas que vendrán a la reunión de las 11:45. *(Deja una carpeta sobre el escritorio de Roberto)*

YO: Pero por supuesto, el futbol no te gustaba.

ROBERTO: *(Leyendo el informe)* Exacto.

YO: Pero claro. A Ulpiniano el Brujo tampoco le gustaba, solo jugaba para completar la cantidad necesaria de jugadores. No le gustaba estropearle la diversión a nadie. «Tratar a todos con ternura y comprensión», ese era su lema, por eso eligió el apodo de Brujo. Él era un brujo. ¿Te acuerdas de él?

ROBERTO: *(Mirando el reloj)* Me acuerdo de que iba poco a la peluquería.

YO: ¿Recuerdas el día que se murió?

ROBERTO: ¿Murió?

YO: Inmediatamente después de lo que pasó con eso del cura Júlio Maria & Compañía.

ROBERTO: ¿Cura Júlio Maria & Compañía?

YO: ¿Y tus vuelos?

ROBERTO: ¿Mis vuelos?

YO: Sí, tus vuelos. Una vez volaste. Te separaste veinte centímetros del suelo. *(Entra la secretaria)*

SECRETARIA: Ya están todos en la sala de conferencias.

Roberto no contesta. La secretaria advierte que no la escuchó y repite inquieta «ya están todos en la sala de conferencias». Roberto se levanta. Me saluda sin decir palabra y sale de su oficina.

4. ¿Por qué será que nunca me casé? Casarse es un acto de normalidad, todo el mundo se casa, con excepción de los homosexuales, por supuesto, de las mujeres que no encuentran marido, de los egoístas, de los rebeldes. Sin embargo, yo no soy nada de eso y no me casé. Tal vez porque nunca encontré una mujer que me gustara, o mejor dicho,

una mujer que me gustara y que gustara de mí. Gustarme solo me gustó Aspásia, empezó a gustarme a los quince años, en la época en que yo era asistente de Justin el mago. Después de que dejé de trabajar en el circo solo vi a Aspásia una vez más, cinco años más tarde. Pasé esos cinco años sin entregar mi fuerza, como dijo o habría dicho Alain, a ninguna mujer. Dejé de trabajar como asistente de mago y decidí cambiar de vida después de que Aspásia rechazó la primera propuesta que le hice. Me dijo: vuelve cuando crezcas; me humilló, se rio de mí. Tenía un diente de oro en la boca, ese día lo descubrí. Nunca vi un cuerpo igual al suyo, ni en el circo, ni en la playa, ni en el Baile Municipal, ni en el cine, ni en las fotos de las revistas. Tenía todo el cuerpo del mismo color. Las axilas, el cuello, el vientre, las rodillas, todo del mismo color de teja pulida. La carne estaba agarrada al hueso, hecha de músculos que no se notaban; las nalgas y la parte de los muslos debajo de las nalgas eran firmes; es ahí donde hay que ver el cuerpo de la mujer, ningún otro lugar puede indicar mejor la resistencia y el futuro de la carne, cómo es o será su forma y su tejido en la mujer adulta.

5. Félix me recibió con un vaso en la mano, los brazos abiertos, sonriente, paternalista. Sobre todo sonriente.
—¿Aceptas un buen whisky? —preguntó—. ¿Un Gobelin?
Era un hombre feliz, de esos que están satisfechos consigo mismos y que no tienen reparos en demostrar agresivamente su felicidad, incluso a los que sufren.
Insistió en llamar a su mujer. En el ínterin vi la sala: las paredes forradas de estantes, los libros encuadernados, las colecciones coloridas simétricamente dispuestas, obras completas.
La mujer era una rubia pálida y tenía un granito en la frente, disimulado por el maquillaje. Los hijos también eran rubios, pero de un rubio más oscuro, sospechoso.
Aparecieron y desaparecieron.
—Aquel espejo tiene más de doscientos años.
—Parece un Jean Baptiste Poquelin original. ¿Es?
—No lo sé. Creo que sí. Ahora me acuerdo de que mi suegro me dijo que era un original.
Pero eso no me dio ninguna alegría. Ese era el tipo de cosas que se le podía decir a Ulpiniano el Brujo, y si él se ensartaba o no yo me divertía igual. Tampoco me dio lástima.

Félix me contó que tenía una vida plena: los profesores fulano y zutano le daban clases particulares de economía, sociología e historia del arte y de la filosofía.

—Un hombre en mi posición tiene que refinarse constantemente, debe aguzar la inteligencia, estar a tono con su época.

El muy cretino. Una sonrisa enorme en la cara. Estaba gordo y sudaba.

—¿Y a ti cómo te va? —preguntó mirándome de arriba abajo—. Voy a darte un consejo: el cuello de tu camisa es muy ancho, eso ya no se usa. El cuello de la camisa queda directamente en el campo de observación del interlocutor, es lo primero que ve, después de los dientes. Tiene que ser una pieza intachable.

—¿Y la nariz?

—¿La nariz?

—La nariz. ¿El interlocutor ve la nariz del otro así como ve los dientes y el cuello de la camisa?

Félix lo pensó un poco.

—Menos.

—Y hablando de narices: ¿todavía usas el broche de la ropa?

—¿Qué broche de la ropa?

—El broche de la ropa que te ponías en la nariz todas las noches antes de acostarte. Nunca te lo pregunté, pero creo que lo usabas para afinarte la nariz. ¿Era para afinarte la nariz o era una forma de superstición?

—No sé de qué me estás hablando.

—Vamos, Félix, yo mismo te regalé una vez un broche de la ropa tan grande y tan fuerte que lloraste de emoción. Fue el día que fuimos a la zona con Mangonga y Najuba.

—Estás loco. ¿Para qué iba a ponerme un broche de la ropa en la nariz? —ensayó una carcajada.

—Para afinarla.

Ahí se interrumpió la conversación. Félix estaba enojado. Yo no quería pelear con él. Había muchas cosas que yo quería saber.

—¿Estás enojado, Félix? —era una manera de empezar a pedirle disculpas. Pero él no lo entendió así.

—No hay nada que me irrite tanto como la grosería de la gente.

—Realmente.

—Con ciertas personas no se puede ni se debe tener mayor intimidad.

—¿Y cómo es eso?

—Los hombres educados deben tener amigos educados.

—Realmente.

Pero la rabia no se le pasaba.

—Mi padre siempre decía: no se debe invitar a cualquiera a la propia casa.

El muy cretino. Tenía los labios más gruesos, todo él era mulato, el pelo rizado, las aletas de la nariz como dos avellanas flácidas, las encías púrpuras.

Intenté, empecé:

—¿Te acuerdas de aquel día?

—No me acuerdo de nada. Me parece mejor que te retires.

—¿Cómo? ¿Me estás echando?

Félix se puso de pie.

—Pedazo de imbécil —dije yo—, solo porque diste el batacazo, te casaste con una rubia, heredaste un Gobelin de tu suegro y tomas clases de historia de la filosofía con un profesor cualquiera, solo por eso, pedazo de cretino, te crees alguien. Pedazo de bestia. No sé cómo no te parto la cara.

—Estás en mi casa —tartamudeó Félix fingiendo firmeza.

Me fui. En la entrada vi a un chico que nos miraba asustado. En ese momento no le presté atención y me fui dando un portazo, pero ya en mi casa me quedé pensando en ese niño que había sido testigo de la humillación sufrida por su padre.

6. Dije que solo me gustó Aspásia, pero no es verdad. Cuando pienso en Aspásia pienso que fue la única que me gustó, pero cuando pienso en la otra sé que eso no es verdad. Hubo otra chica: me enamoré de ella antes de verla de cerca. Yo me quedaba lejos, mirándola, mientras ella miraba algo desde su ventana. Algo que seguramente debía ser el mar. Desde donde yo estaba se veía el balcón, el comedor y el dormitorio. Dos veces por semana él venía a verla. Esos días ella se pintaba un poco, se sentaba en la sala y esperaba; después, cuando menos se esperaba, aparecía, a veces al caer la noche, otras veces muy tarde, cuando yo ya me había cansado de esperar. Metía la llave en la puerta, entraba en la sala, no la besaba ni la saludaba, se quitaba el saco, lo ponía en el respaldo de la silla y se iba al dormitorio.

Al día siguiente ella tardaba mucho en aparecer en el balcón; cuando aparecía yo me concentraba y decía bajito: «Mira hacia aquí, mi amor, mírame», clavándole los ojos sin pestañear, hasta que me ardían. Ella nunca me veía ni miraba para mi lado. Compré un papagayo; lo llevaba al balcón para ver si ella me miraba; pero el papagayo no decía una sola palabra y ella seguía mirando el mar. Compré una corneta;

cuando ella apareció la soplé con todas mis fuerzas; no salió ni un solo sonido; soplé hasta quedar idiotizado. No tenía fuerzas; hacía dos días que no comía: tomé dos vasos de agua, comí una rodaja de pan con mantequilla, un paquete de salchichas, seis plátanos, y corrí al balcón con la corneta y soplé, soplé sin conseguir sacar ningún sonido, hasta que sentí náuseas y vomité todo. Acostado en la cama, todavía con el gusto ácido del vómito en la boca, pensé: ella debe ser ciega, es por eso que no me ve; lo único que tengo que hacer es ir a hablarle. Salí corriendo de mi casa y subí, sin la menor vacilación, al edificio de ella. Toqué el timbre. Ella abrió la puerta. Yo empecé a decir, jadeante, porque había subido por la escalera: «Sé que eres ciega, siempre te miro desde el edificio de Buarque de Macedo, quería decirte que soy tu amigo...». Y ella me interrumpió diciendo: «No soy ciega ni nada por el estilo, ¿de dónde sacaste esa idea estúpida, estás loco? No te conozco, jamás te vi en mi vida». Pensé que iba a morirme; me agarré de la pared para no caer y cerré los ojos. «¿Cómo te llamas?», preguntó ella. Yo le dije mi nombre. «Vamos», insistió ella, «dime la verdad.» Allí mismo, parado en el pasillo, se lo conté todo: «Te veo siempre en el balcón y me enamoré de ti». «No te pongas colorado», dijo ella sonriendo, «¿qué hiciste con la corneta?» «Está en casa.» «Vamos», dijo ella, «muéstrame tu casa.» Y entró y yo la seguí hasta el balcón, desde donde le mostré mi departamento. Nos quedamos en el balcón, yo callado, ella riéndose bajito.

Seguimos coqueteando desde lejos, hasta que un día ella me llamó. «Mira», dijo, «vamos a escaparnos, hoy, o incluso ahora, vámonos; yo sé que no tienes dinero, pero yo sí tengo, vámonos a algún lugar lejos de Rio, a alguna ciudad grande donde nadie pueda encontrarnos, nunca más, pero vayámonos ahora, no podemos perder un minuto.»

En lo oscuro, en el ómnibus de larga distancia, pensaba en todo lo que Terceirodomundo, el muy idiota, me había dicho. Después de no sé cuántos días yo había salido de casa y había ido al gimnasio. Terceirodomundo estaba allí. Ya no hacía más gimnasia, solo contaba tonterías de la época en que disputaba el campeonato, y cuando me vio dijo: «Estás flaco, amarillo, muchacho; necesitas fortalecer el cuerpo, hacer pesas, hacer pesas; yo me estoy poniendo viejo, dicen que estoy acabado, pero sé muchas cosas, sé que estás sufriendo, que estás loco por una mujer; ten cuidado porque eso puede destruirte, como le pasó a mi hermano, que era florista y un día, cuando tenía tu edad, se pegó un tiro en el pecho frente a la puerta de la casa de una fulana que era casada y vivía en Petrópolis. Cierra la boca, no lo niegues, puedo leerlo en tu cara, igual a la de mi hermano, ¿te crees que llegué a ser campeón así nomás? Estudié yoga, soy espiritualista y también socialista (eso en cuanto a la política). ¡Puedo leer la cara de las personas! Estás loco, pero recuerda lo que te digo, ninguna mujer vale un insomnio, una humillación, un tiro en el pecho; en la vida, el hombre necesita solamente una cosa: ¡proteína, proteína!». Terceirodomundo me iba diciendo estas cosas mientras revoleaba los ojos, apretaba los dientes y daba puñetazos y palmadas sobre su enorme barriga. «¿Y cómo se llama ella?», preguntó. Yo: «Francisca». Él: «F, uno, R, dos, A, tres, N, cuatro, C, cinco, I, seis, S, siete, C, ocho, A, nueve: ¡nueve letras! Huye de esa mujer, trae desgracia».

Por la ventanilla entraba un fino rayo de luz que iluminaba las manos de Francisca, la alianza, su rostro, mientras el ómnibus corría por la carretera oscura. Era la mujer más hermosa que había visto en mi vida. Llegamos al hotel. En el cuarto, se sentó en la cama y dijo: «¿No estás feliz?»; yo dije que quería quedarme toda la vida dentro de aquella habitación con ella; «Vamos a quedarnos aquí adentro todo el tiempo que quieras», respondió; y fuimos a la cama, muy compenetrados.

Nos quedamos dentro de la habitación una semana; las únicas personas que veíamos eran el mozo que traía la comida y la mucama; nos bañábamos juntos, yo le decía nombres bonitos, nombres nuevos que inventaba para ella y nombres feos, palabrotas; rodábamos en la cama y nos mordíamos. Rodábamos por el suelo. Un día hizo la valija y se fue sin que ninguno de los dos dijera una palabra.

7. Soy un hombre hecho de fracasos.

Mi búsqueda continuó con Mangonga. Él sí que se puso contento cuando volvió a verme. «Querido», dijo, «ahora tengo una cita, pero tenemos mucho que conversar. ¿Por qué no pasas hoy a la noche por mi casa? A las nueve, no te olvides», y me dio una dirección.

Allí estaba yo a las nueve. Mangonga, en calzoncillos, me abrió la puerta. Era una fiesta. «No hay quien aguante este calor», dijo. Los demás, seis mujeres y cinco hombres, también parecían sufrir los efectos del calor, porque estaban todos en paños menores. Una mujer ensayaba un paso de macumba al son del tocadiscos. Mi llegada fue celebrada con alegría general y después una mujer me tomó del brazo y dijo: «Yo me llamo Izete, y soy tu pareja. Soy hija de japonés y nativa del Amazonas y tengo alma de geisha».

—Mangonga —dije—, necesito hablar contigo.

Mangonga me puso un vaso en la mano.

—Ya vamos a hablar, campeón, ahora no, ¿no ves que estoy ocupado? —Y se puso a besar a una fulana en calzones y corpiño negros y con pendientes tan largos que le rozaban los hombros.

La geisha empezó a quitarme la ropa.

—¡Mangonga! —grité, pero mi amigo había desaparecido. Salvo por la geisha, nadie me prestaba atención. Algunos se reían, el tocadiscos sonaba muy fuerte.

Poco después ya había bebido tres vasos de la porquería que la geisha me daba y estaba sin camisa y sin zapatos.

—¿Qué problema tienes? —preguntó la geisha.

—Necesito hablar con Mangonga.

—Ya tendrás tiempo para hablar con él. A ver si ahora te animas un poco. ¿Qué problema hay? No tienes pinta de marica, ¿o eres un pija muerta?

Yo le expliqué que no, que necesitaba hablar con Mangonga, y que además de todo no estaba acostumbrado a hacer esas cosas en grupo.

—¿Vas a decirme que nunca estuviste en una orgía?

—No. Nunca. Toda esta gente junta me da un poco de...

—Nosotros podemos quedarnos solos en alguna de las habitaciones. En esta casa hay muchas.

—Pero yo necesito hablar con Mangonga.

—Hablarás con él después. ¡Bendito sea!

—Discúlpame.

—No son disculpas lo que quiero. Así que, bueno, vas a hablar con Mangonga después. Y ya que estamos: ¿quién es Mangonga?

Antes de que le respondiera, un tipo se acercó y preguntó:

—¿Qué tal, se divierten? —Bailaba al son de la música con un vaso en la mano.

—Más o menos —respondí. Él no paraba de balancearse:

—Hoy soy capaz de bailar hasta el himno nacional. ¿Quieres cambiar de mujer? —Trajo a una rubia que estaba cerca—. Una rubia por una morena. Variar, variar siempre, esa es mi filosofía de vida

Me di vuelta para mirar a la geisha.

—Este tipo quiere que te cambie por la rubia.

—¿Ya? Pero nosotros todavía no hicimos nada.

—Ni vamos a hacer nada.

—Caballero —le dijo la geisha al tipo que estaba bailando el «Ouviram do Ipiranga»—,* el trueque está hecho.

---

* Son las primeras tres palabras del himno nacional brasileño. [Todas las notas son del editor.]

—Necesito hablar con Mangonga —le dije a la rubia en cuanto nos quedamos solos.

—¿Quién es Mangonga? Es la última vez que vengo a una orgía. Es horrible.

—A mí también me parece horrible.

—¿Entonces por qué viniste?

—Porque necesito hablar con Mangonga. Y tú, ¿por qué viniste?

—¿Quién es Mangonga?

Mangonga había desaparecido.

—Hola —le dije a un tipo de anteojos sin montura.

—Hola —respondió—, ya estoy con resaca, antes de tiempo.

—¿Dónde está Mangonga? —pregunté.

—¿Qué Mangonga? —respondió.

—Mangonga, el dueño de casa —le expliqué.

—El dueño de casa no se llama Mangonga.

—¿Cómo que no se llama Mangonga? Él me invitó a venir y me abrió la puerta; es un panzón.

—¿Un panzón? Casi todos aquí son panzones, hasta las mujeres.

—Mangonga, el dueño de casa —insistí.

—El dueño de casa es ese que está allá. Tiene locura por el himno nacional; se excita cuando lo escucha, no puede ir a la cama con una mujer si antes no escucha el himno nacional. Es un sujeto peculiar.

—¿Él es el dueño de casa?

—Claro.

—¿Y Mangonga? ¿El panzón?

—Yo soy panzón.

—Él es más panzón todavía.

—Lo dudo —dijo el hombre, levantándose; su barriga era enorme, se le derramaba encima de las piernas.

—Tienes razón. Eres más panzón que él. Pero él, ¿dónde está?

—¿Quién?

—Mangonga.

—No lo conozco.

Busqué en todas las habitaciones. No había señales de Mangonga. Fui a buscar al tipo del himno nacional. Lo sacudí.

—Hey, hey —el tipo abrió los ojos—. ¿Qué te pasa, hermano?

—¿Conoces a Mangonga? —pregunté.

—¿Qué Mangonga?

—Uno que estaba acá, en la fiesta. Él me invitó.

—No sé quién es —dijo hurgándose la nariz.

—Tal vez lo conozcas por su nombre. ¿Eres el dueño de casa?

—Sí.
—Fue el tipo que me abrió la puerta.
—No lo vi.
—¿A quiénes invitaste? Ve diciendo los nombres y yo sabré quién es Mangonga.
—Yo no invité a nadie. Fueron estas putas las que invitaron. Mejor les preguntas a ellas.

Hablé con cinco mujeres que estaban en la sala. Ninguna conocía a Mangonga. Era como si no existiera.

Yo estaba cada vez más borracho. Estar así es bueno. Dan ganas de cerrar los ojos y respirar hondo. Era una pena que hubiera tanto alboroto. El dueño de casa cantaba el himno nacional mientras bailaba completamente desnudo. Qué calor hacía. El hijo de puta de Mangonga se había ido. Me acerqué al tipo que estaba con la geisha y le dije:

—Quiero a la geisha de vuelta, si no, acabo con esta fiesta.

—Yo tendría que estar feliz —le dije a la geisha, porque ya había bebido suficiente. Pero no lo estaba. El hombre es un animal solitario, un animal infeliz, solo la muerte puede arreglarlo. La muerte será mi sosiego. Mangonga, ¿dónde están nuestros tiempos de muchachos? Era bueno, era mágico, volábamos, resucitábamos como Jesucristo y no teníamos biblioteca ni enciclopedia británica, una vida sin complicaciones, sin religión, ay, qué ganas de llorar, amiga mía, querida, tus ojos rasgados, déjame llorar en tu hombro por el amor de Dios, así, por el amor de Dios, no te moleste que me repita mientras lloro en tu pecho, gracias, qué alivio, déjame sollozar como un niño, qué paz, amiga mía, qué olvido, tú eres buena, yo te amo, qué ganas de morir ahora, ahora que soy feliz, morir ahora que encontré... Pero no encontré nada, no encontré nada, de qué sirve fingir, yo odio a las personas, el dolor está hecho de pequeños consuelos, el hombre está podrido, Pascal, es la cloaca del universo, una quimera, no tiene sentido fingir, mañana es siempre igual, caminamos erectos por la calle, la amargura nos devora, ¿de qué sirven los pequeños consuelos? Desgraciados instintos, preparamos cuidadosamente nuestra podredumbre, las vísceras están escondidas y Dios no existe. Qué misión (horrible), qué condición.

8. La geisha medía un metro cincuenta y cinco. Sonreía como si fuera una princesa de Bali; las cejas eran dos trazos rectos que subían hacia las sienes; el cabello era muy fino, como el de los hombres que pronto van a quedarse calvos. Su nombre era Izete; la música que más le gustaba se llamaba *La vie en rose*. Su cuerpo era beige, en dos tonos,

más claro en el vientre, las nalgas y los pechos. Se vestía de verde, preferentemente. Era muy pero muy simpática. Siempre preguntaba: «¿Te estoy aburriendo?», y yo estaba seguro de que si le decía que sí desaparecería de inmediato. Por eso siempre le decía «No»; las cosas que uno controla no pueden aburrirlo. Pecas en la nariz, ojos rasgados; hacía todo lo que uno le mandaba, pero no era un robot, era ardiente, piel suave, la risa modulada, hábil. Nunca se resfriaba, no tenía enfermedades venéreas, no le gustaba la política. Su lema era servir. Iba a envejecer tranquilamente, amando a los hombres y al mundo, rica sin tener un centavo, linda siendo fea, pura siendo una puta. Nunca le gritaría a nadie ni le daría un coscorrón a un niño, ni aunque fuera hijo suyo. El dinero era para comprar discos.

—¿Y si no tuvieras dinero para comprar discos?

—¿Y eso qué importancia tiene? Compré mi primer disco a los veinte años; escucharía la radio.

Quieta como un gato. A veces quería hablar, pero ni siquiera eso necesitaba: «Cállate la boca, que quiero pensar». Era bueno pensar con ella al lado, feliz.

9. Estoy recordando todo exactamente como ocurrió. Roberto, inaccesible. Mangonga desaparecido (¿cómo volver a encontrarlo por casualidad, en la calle?). Félix, enemigo mío. Solo faltaban Njuba y Ulpiniano el Brujo. Empecé a sentir miedo de buscarlos. Yo estaba de mala racha; la mala racha existe, el mal de ojo también. A veces es algo que uno tiene dentro de la casa, como el florero que había en la casa de mi médico.

—Esto que te voy a contar —me dijo un día—, si llegas a contárselo a alguien, lo desmiento. Proclamo a los cuatro vientos que es mentira y que tú estás loco. Fue así.

Le pasaban toda clase de cosas malas. Se le incendió la casa, la mujer lo abandonó, se contagió de una enfermedad que lo obligaba a andar con bastón, se peleó con su colega de consultorio, los pacientes no aparecían. Un día fue a atender una consulta. Era una mujer que pesaba 35 kilos, padecía una enfermedad misteriosa y le habían ocurrido las peores desgracias: un hijo muerto en una catástrofe, un marido dipsómano, el mal. En su casa se tenía la sensación de que algo maléfico iba a ocurrir en cualquier momento. Siniestra. En la sala, encima de una mesa de pino había un florero con un pájaro en altorrelieve, que miraba al suelo. Cuando vio a ese bicho, sintió un escalofrío, tembló. Era igualito a uno que él tenía. Cuando volvió a su casa agarró el florero y lo arrojó al mar.

—Al día siguiente hubo resaca y murieron varios habitantes de los suburbios; era un domingo de verano.

Después de eso su vida cambió: «Basta con que mires mi casa y mi automóvil estacionado afuera para que te des cuenta».

Empecé a buscar dentro de mi casa el objeto de la mala suerte. ¿Sería un libro, un cuadro, un bibelot? Al final encontré un puñal florentino, antiguo, hecho para matar, ¿hacía cuántos años impedido de su cumplir su función? Cuando me librara de él podría buscar a Ulpiniano el Brujo y Najuba. También lo arrojé al mar. No hubo resaca, pero varios habitantes de los suburbios murieron ahogados. Lo leí en el diario. Era verano y era domingo. Después de eso pensé que ya estaba en condiciones de buscar a Ulpiniano el Brujo y Najuba. Pero no tuve la suerte que esperaba. Logré localizar la casa de Ulpiniano el Brujo sin dificultad, pero estaba muerto.

Ante mí estaba su mujer.

Una fisonomía sin ninguna característica definida; ya no puedo recordar, por más que piense, cómo era su cara.

—¿Cuándo murió? —pregunté.

—Hace un mes.

Tan poco; podría haberlo alcanzado, por un mes.

—¿De verdad está muerto, fue enterrado? —yo no podía creerlo.

—Sí. Ningún amigo fue al entierro. Yo estaba ahí.

—¿Y Vespasiano?

—También muerto —qué manera de morir, la gente.

—¿Y Justin? —El mago.

—No pude localizarlo, llegó después del entierro —y ahora, ¿cómo seguir?—. ¿Él nunca le habló de mí?

—Nunca —no era posible.

—No es posible.

—Que yo recuerde, nunca me habló —no era posible.

—¿No le habló del día que murió y resucitó?

—¿Murió y resucitó? ¿Él, Ulpiniano? —El Brujo.

—Sí, él.

—Nunca. ¿Pero murió y resucitó? ¿Cómo? —Dios mío.

—En realidad no murió, fue catalepsia, ¿usted sabe lo que es eso?

—No.

—¿Él nunca le habló de mí?

—No.

—¿Ni de Roberto, ni de Najuba, ni de Mangonga?

—No —Dios mío, no hablaba de nada.
—¿No hablaba de nada?
—Hablar hablaba, decía que el comunismo lo había salvado. Pasaba los días acostado, en casa, leía libros que lo ponían nervioso, y odiaba a las personas, a los vecinos. Cuando el vecino se compró un auto nuevo dijo ese malandra debe estar explotando a alguien, nadie se enriquece sin robar a los otros, cuando alguien gana dinero es porque otros infelices están perdiendo; cuando yo le dije que el vecino trabajaba como un gallego, que salía de la casa a las seis de la mañana y volvía a las ocho de la noche y por eso ganaba dinero, se enojó conmigo y peleamos, yo le grité que era un vago, que no trabajaba, que vivía de lo que ganaba yo, que pasaba el día entero odiando a la gente, y él me dijo que era una fascista, una alienada, me pegó, me gritó que el comunismo lo había salvado, gritó por la ventana, para que el vecino lo escuchara, que el comunismo lo había salvado. Fue cambiando cada día que pasaba, dejó de pintar, de hacer poemas, de escribir, se afeitaba una vez por semana, yo ya no le interesaba como mujer. Usted no sabe lo que yo pasé. Pero él me gustaba, tenía el cabello ondeado, después se le puso blanco, pero era ondeado y suave.

—Él no puede haberse muerto, señora mía, por favor, no llore, usted no sabe cuánto yo lo necesitaba, ahora solo me queda Najuba. No es posible que nunca le haya dicho nada de la época de la escuela, vamos, responda.

10. Mayor sorpresa no podría haber tenido. Fue por eso que encontrar a Najuba había sido difícil. Había cambiado de nombre y vivía recluido. Se había afeitado la cabeza.

Tuve que subir una ladera para llegar a donde estaba. Llegué arriba cansado: yo ya no era el de antes, estaba sin aire, sentía los latidos del corazón. Él me recibió sorprendido. Parecía el mismo muchacho de veinte años atrás. (Tal vez un poco más flaco.)

Ya no hablaba gesticulando como antes; mantenía las manos juntas y su voz era profunda; daba la impresión de ser un artista de talento muy bien ensayado.

—Siento que me necesitas —dijo. Yo respondí que sí, que lo necesitaba.

Comprendí que la juventud es una ilusión.

—¿Te diste cuenta de que es algo sin pies ni cabeza? —Fray Eusebio (así se llamaba Najuba ahora) respondió:

—La única realidad es nuestra imaginación.

—Berkeley. Era obispo.
—Anglicano.
—¿Dios existe o está en nuestra imaginación?
—Los hombres sin imaginación no alcanzan a Dios. Dios existe.
—Yo no sé. Ahora, aquí en este silencio, en este viejo monasterio, no lo sé. Pero en otras ocasiones *sé* que Dios no existe.

Nos sentamos en un patio, debajo de un árbol. El viento hacía oscilar suavemente las hojas.

—Yo necesitaba saber si las cosas de nuestra juventud existieron de verdad o son un producto de mi imaginación. Ni Roberto, ni Mangonga, ni Félix ni Ulpiniano el Brujo pudieron ayudarme. Solo quedas tú, Najuba, perdón, Eusebio. Fray Eusebio. Necesito saber, eso me está volviendo loco.

Entonces le pregunté a Najuba, Fray Eusebio, si se acordaba de la muerte de Ulpiniano el Brujo, del vuelo de Roberto, de los vínculos de Mangonga con las cosas diabólicas. Se acordaba de todo.

—Me acuerdo, me acuerdo —iba diciendo dulcemente.
—Hablé con Roberto y parecía no acordarse de nada.
—A nadie le gusta recordar los pecados de la infancia.
—¿Pecados?
—¿Él robó la avioneta, no?
—¿Qué avioneta?
—El avión que robó en el aeroclub para probar que era capaz de manejar un avión sin haber aprendido a hacerlo.
—Pero yo no me refería a eso. Ni siquiera sabía que había robado una avioneta. Me refería al día en que él voló, cuando su cuerpo se despegó del suelo unos veinte centímetros o más. ¿No te acuerdas de eso? Levitación; estaba haciendo una experiencia de levitación y logró suspender su cuerpo en el espacio.

Najuba, Fray Eusebio, me miró compungido. No, él no se acordaba de eso. ¿Y de la muerte de Ulpiniano El Brujo? Se acordaba, pero todo había sido una broma, ¿no? Nadie podía resucitar. Pero fue un caso de catalepsia, como en cualquier otro milagro, respondí yo. Najuba se quedó callado. No se acordaba de nada, esa era la verdad, no se acordaba de nada, no quería, o no podía acordarse de nada, había roto con el pasado, la pesa colgada del pene, las crueldades de la juventud, quería dejarlo todo atrás y construir su nueva vida de santo. ¿Qué sentido tenía preguntarle si recordaba algo que en realidad quería olvidar? El que quería recordar era yo, que no quería construir nada luego.

11. El pensamiento humano es lo más rápido que existe. Tengo la impresión de que ya no tengo ninguna misión que cumplir, de que mi vida está sin proyecto. Ahora siento una enorme pereza y me quedo tirado oyendo los sonidos de la noche. Algunos vienen de la calle, pero a esos no les doy importancia. Los sonidos realmente graves vienen del interior de la casa. En su mayoría no son identificables. ¿Fantasmas? Acabo de oír un crujido, pero no me da aprehensión. Me entrego a las cucarachas. ¿Ladrones? Estoy tan cansado que no me importa nada, que se roben todo. Que me maten; asustarme ya no me asustan. Se cerró una puerta. Tengo oído de tísico: escucho el tictac del reloj pulsera sobre la mesa de luz. ¿Cerré las puertas? No quiero pensar más en eso. Me pasé la vida pensando en cerrar puertas. De cualquier manera, y a pesar de cualquier duda, sé que las cerré. Y también las ventanas, las ventilas, todo. Todo está cerrado. Sin embargo, escucho ruidos diferentes. Tal vez sean pies levísimos que llevan un cuerpo delgado, y otro corazón que late, y otros pulmones que respiran. No pensaré más en el pasado. Es verdad.

EL COLLAR DEL PERRO
1965

Yo rompí mis grilletes, dirás tal vez. También el perro, con gran esfuerzo, se suelta de la cadena y huye. Pero, sujeto al collar, va arrastrando un buen pedazo de la cadena.

Persio, *Sátiras* V, 158

La fuerza humana

Yo quería seguirme de frente pero no podía. Me quedaba parado en medio de aquel montón de negros —unos balanceando los pies o la cabeza, otros moviendo los brazos; pero algunos como yo, rígidos como un palo, fingían no estar allí, haciendo como que miraban un disco en el escaparate, avergonzados. Es gracioso que un tipo como yo sienta vergüenza de quedarse oyendo música en la puerta de una tienda de discos. Si suben el volumen es para que la gente escuche; si no les gustara que nos quedáramos allí escuchando podrían apagarla y listo: todo el mundo se iría enseguida; además solo ponen buena música, de esa que uno *tiene* que quedarse oyendo y que hace a una mujer guapa caminar diferente, como un caballo militar al frente de la caballería.

El caso es que empecé a ir allá todos los días. A veces estaba en la ventana del gimnasio de João, en el intervalo de un ejercicio, y desde arriba veía el grupito en la puerta de la tienda y no aguantaba —me vestía corriendo, mientras João me preguntaba, «¿adónde vas, muchacho? No has terminado tus flexiones», y me iba directo hacia allá. A João lo volvía loco este asunto pues se le había metido en la cabeza que me iba a preparar para el concurso del mejor fisicoculturista del año y quería que me reventase cuatro horas al día y yo paraba a la mitad y me iba a la calle a escuchar música. «Estás loco», decía él, «así no se puede, vas a terminar hartándome, ¿crees que soy un payaso?»

Tenía razón, pensé ese día, él comparte conmigo la comida que trae de su casa, me da vitaminas que consigue su mujer que es enfermera, me aumentó el sueldo de auxiliar de instructor solo para que no vendiera más sangre y pudiera dedicarme a ejercitarme, ¡mecachis!, tantas cosas y yo no se las reconocía y encima le mentía; podía decirle que no me diera más dinero, decirle la verdad: que Leninha me daba todo lo que yo quería, que podía incluso comer en un restaurante, si quisiera, bastaba con decirle a ella: quiero más.

A lo lejos vi enseguida que había más gente que de costumbre en la puerta de la tienda; gente diferente a la que solía ir; algunas mujeres.

Se escuchaba una samba de un meneo infernal —tum schtictum tum: las dos bocinas grandes de la puerta estaban al máximo, llenaban el lugar de música. Entonces vi, en medio de la calle, sin hacerle el menor caso a los autos que le pasaban cerca, a ese negro bailando. Pensé: otro loco, pues la ciudad está cada vez más llena de locos, de locos y de maricones. Pero nadie se reía. El criollo tenía zapatos marrones todos amolados, un pantalón mal remendado, roto en las nalgas, camisa blanca de mangas largas sucia y sudaba como un burro. Pero nadie se reía. Hacía piruetas; mezclaba pasos de ballet con samba de salón, pero nadie se reía. Nadie se reía porque el tipo bailaba de lo mejor y parecía que bailaba en un escenario, o en una película, un ritmo endemoniado, yo nunca había visto algo así. Ni yo ni nadie, pues los otros también lo miraban embelesados. Pensé: esto es cosa de locos pero un loco no baila de esa manera, para bailar de esa manera el tipo tiene que tener buenas piernas y saber contonearse, pero también es preciso tener buena cabeza. Bailó tres canciones del *longplay* que estaban tocando y cuando paró todo el mundo empezó a hablar entre sí, cosa que nunca ocurre en la puerta de la tienda pues la gente se queda allí escuchando la música en silencio. Entonces el criollo tomó una lata que estaba en el suelo cerca del árbol y la gente fue colocando billetes en la lata que enseguida se llenó. Ah, ahora entiendo, pensé. Y pensé también que Rio estaba cambiando: antiguamente se veía a uno que otro cieguito tocando cualquier cosa, a veces un acordeón, a veces una guitarra, hasta había uno que tocaba el pandero acompañándose con una radio portátil —pero era la primera vez que veía un bailarín. También había visto una orquesta de tres nordestinos golpeando cocos y a un niño tocando *Tico-tico no fubá* con botellas llenas de agua. Todo eso vi. ¡Pero un bailarín! Puse doscientos cruceiros en la lata. El colocó la lata llena de dinero cerca del árbol, en el piso, tranquilo y seguro de que nadie iba a tocar su dinero, y volvió a bailar.

Era alto: en mitad del baile, sin parar de bailar, se arremangó la camisa, un gesto bonito, parecía algo ensayado pero creo que lo que tenía era calor, y aparecieron dos brazos muy musculosos que la camisa ancha escondía. Ese tipo es pura definición, pensé, y eso no fue intuición, pues basta mirar a cualquier tipo vestido que llega al gimnasio por primera vez para decir qué clase de pectorales tiene o qué abdomen, si su musculatura sirve para hinchar o para definir. Nunca me equivoco.

Empezó a escucharse una música aburrida, de esas de cantante de voz fina y el criollo dejó de bailar, regresó a la calle, sacó un pañuelo inmundo del bolsillo y se limpió el sudor del rostro. La mayoría se desbandó, solo quedaron los que siempre se quedan a escuchar música con o sin show. Me acerqué al negro y le dije que había bailado excelente. Se rio. Conversando me explicó que nunca antes había hecho eso. «Mejor dicho, lo hice una vez. Un día pasé por aquí y sentí algo, cuando me di cuenta estaba bailando en la calle. Bailé solamente una canción, pero un tipo hizo un paquetito y me lo tiró a los pies. Era un cabral.* Hoy me traje la lata. Ya sabes cómo es esto, no tengo un centavo, me siento como, como un...» «Poste», dije. Me miró con ese modo que tenía de mirar sin que supiéramos qué estaba pensando. ¿Pensaría que me estaba burlando de él? Hay postes blancos también, ¿o no?, pensé, Lo dejé pasar. Le pregunté: «¿Haces ejercicio?», «¿Qué ejercicio, mi amigo?». «Tu físico es como el de los que van al gimnasio.» Dio una risotada mostrando unos dientes blanquísimos y fuertes y su cara que era agradable se volvió feroz como la de un gorila. Un tipo extraño. «¿Tú haces?», me preguntó. «¿Qué?» «Ejercicio», y me miró de arriba abajo, sin decir palabra, pero a mí tampoco me interesaba lo que él estaba pensando; lo que los otros piensan de nosotros no interesa, solo interesa lo que nosotros pensamos de nosotros; por ejemplo, si yo pensara que soy una mierda, lo sería de verdad, pero si alguien pensara eso de mí, ¿qué importa?, no necesito a nadie, déjalos que lo piensen, a la hora de demostrarlo quisiera verlo. «Hago pesas», dije. «¿Pesas?» «Halterofilia.» «¡Ja, ja!», se rio de nuevo, un gorila perfecto. Me acordé de Humberto de quien decían tenía la fuerza de dos gorilas y casi la misma inteligencia. ¿Cuál sería la fuerza del criollo? «¿Cómo te llamas?», pregunté diciendo antes mi nombre. «Vaterlú, se escribe con dobleú y dos os.» «Mira, Waterloo, ¿quieres ir hasta el gimnasio donde yo hago ejercicio?» Miró el piso por un momento, después tomó la lata y dijo «Vamos». No preguntó nada, caminamos mientras él metía el dinero en el bolsillo, todo hecho bolas, sin mirar los billetes.

Cuando llegamos al gimnasio, João estaba debajo de las barras con el Jorobadito. «João, este es Waterloo», dije. João me miró de lado, diciendo «quiero hablar contigo», y caminó hacia el vestidor. Fui atrás. «Así no es posible, así no es posible», dijo João. Por su cara vi que estaba encabronado conmigo. «Parece que no entiendes», continuó él, «todo lo que estoy haciendo es por tu bien, si haces lo que te digo ganas ese campeonato con la mano en la cintura y después ya estás hecho; ¿cómo crees que llegué al punto que llegué?: siendo el mejor fisicoculturista del año. Pero tuve que esforzarme, no fue dejando las series a medias, no, fue reventándome mañana y tarde, dándole duro,

---

* Moneda con la efigie de Pedro Alvares Cabral, equivalente a mil cruceiros viejos.

pero hoy tengo un gimnasio, tengo un coche, tengo doscientos alumnos, tengo un nombre hecho, estoy comprando un departamento. Y ahora quiero ayudarte y tú no me ayudas. Es frustrante. ¿Y yo qué gano con eso? ¿Que un alumno de mi gimnasio gane el campeonato? Tengo a Humberto, ¿no? A Gomalina, ¿no? A Fausto, a Donzela —pero te elijo entre todos ellos y así me pagas.» «Tienes razón», le dije mientras me desvestía y me ponía la malla. Continuó: «¡Si tuvieras la fuerza de voluntad del Jorobadito! ¡Cincuenta y tres años! Cuando llegó hace seis meses, lo sabes bien, tenía una enfermedad terrible que le comía los músculos de la espalda y le dejaba la columna sin apoyo, el cuerpo se le iba cada vez más hacia los lados, hasta daba miedo. Me dijo que se estaba quedando cada vez más chaparro y más torcido, que los médicos no sabían un carajo, que ni las inyecciones ni los masajes le estaban sirviendo para nada; hubo gente aquí que se quedó con la boca abierta al ver su pecho puntiagudo como un sombrero de almirante, la joroba saliente, todo torcido hacia delante, hacia el costado, gesticulando, daban ganas de vomitar de solo verlo. Yo le dije al Jorobadito, yo te arreglo, pero tienes que hacer todo lo que te ordene, todo, todo, no voy a hacer de ti un Steve Reeves, pero de aquí a seis meses serás otro hombre. Míralo ahora. ¿Hice un milagro? Él hizo el milagro, fue él, castigándose, sufriendo, penando, sudando: ¡no hay límites para la fuerza humana!».

Dejé que João me contara todo ese cuento para ver si se le pasaba el enojo. Le dije, para ponerlo de buen humor, «tus pectorales están increíbles». João abrió los dos brazos e hizo saltar los pectorales, dos masas enormes, cada pecho debía pesar diez kilos; pero ya no era el mismo de las fotografías esparcidas por la pared. Aún con los brazos abiertos, João caminó hacia el espejo grande de la pared y se quedó mirando su cuerpo de perfil. «Este es el ejercicio que quiero que hagas: en tres etapas —sentado, acostado boca abajo en la colchoneta y acostado en el banco; en el banco lo hago de tres maneras, ven a ver.» Se acostó en el banco con la cara bajo las pesas apoyadas en el caballete. «Así, cerrado, con las manos casi juntas; después una apertura media y finalmente con las manos bien abiertas en los extremos de la barra. ¿Viste cómo es? Ya lo puse en tu ficha nueva. Ya verás tus pectorales dentro de un mes», y diciendo eso me dio un puñetazo fuerte en el pecho.

«¿Quién es ese criollo?», preguntó João mirando a Waterloo que, sentado en un banco, tamborileaba tranquilamente. «Es Waterloo», respondí, «lo traje para hacer unos ejercicios, pero no puede pagar.» «¿Y tú crees que voy a darle clases gratis a cualquier vagabundo que aparezca por aquí?» «Él tiene bases, João, el modelado debe ser cualquier cosa, tiene bases.» João hizo una mueca de desprecio: «¿Que qué? ¡Ese tipo! ¡Ja! Córrelo, córrelo, estás loco». «Pero si ni lo has visto, João, y la ropa no le ayuda.» «¿Lo viste?» «Lo vi», mentí «le voy a conseguir una malla.»

Le di la malla al criollo, diciéndole: «Ponte esto allá adentro».

Todavía no lo había visto sin ropa, pero le tenía fe: su postura solo era posible con una musculatura firme. Pero me quedé preocupado: ¿y si solo tuviese esqueleto? El esqueleto es importante, es la base de todo, pero sacar un esqueleto de cero es duro como el diablo, exige tiempo, comida, proteínas y João no iba a querer trabajar sobre un hueso.

Waterloo, en malla, salió del vestidor. Caminó normalmente: todavía no conocía los trucos de los veteranos, no sabía que aun en una aparente posición de reposo es posible tensar toda la musculatura, pero eso es algo difícil de hacer, como por ejemplo hacer saltar el omóplato y los tríceps al mismo tiempo y también simultáneamente los sartorios y los rectoabdominales, y los bíceps y el trapecio, y todo armoniosamente sin que parezca que al tipo le está dando un ataque epiléptico; él no sabía hacerlo, ni podía, es cosa de maestros, pero sin embargo diré que ese criollo tenía el desarrollo muscular más perfecto que he visto en mi vida. Hasta el Jorobadito dejó de hacer su ejercicio y vino a verlo. Bajo la piel fina de color negro profundo y brillante, diferente del negro opaco de ciertos criollos, sus músculos se distribuían y se unían, de los pies a la cabeza, en un tejido perfecto.

«Cuélgate aquí en la barra», dijo João. «¿Aquí?», preguntó Waterloo, ya debajo de la barra. «Sí. Cuando la frente te llegue a la altura de la barra, detente.» Waterloo comenzó a suspender el cuerpo, pero a mitad del camino se rio y saltó al piso. «No quiero payasadas aquí, esto es serio», dijo João, «otra vez.» Waterloo se elevó y se detuvo como João le había ordenado. João se quedó mirándolo. «Ahora, lentamente, levanta el mentón por encima de la barra. Lentamente. Ahora baja, lentamente. Ahora vuelve a la posición inicial y detente.» João examinó el cuerpo de Waterloo. «Ahora, sin mover el tronco, levanta las dos piernas rectas, juntas.» Y el criollo comenzó a levantar las piernas, despacio, y con facilidad, y la musculatura de su cuerpo parecía una orquesta afinada, los músculos trabajando en conjunto, algo bello y poderoso. João debía estar impresionado pues comenzó, sin darse cuenta, a contraer sus propios músculos y entonces noté que yo, y el propio Jorobadito, hacíamos lo mismo, como cantando a coro una música irresistible; y João dijo, con una voz amistosa que no usaba con ningún alumno: «Ya puedes bajarte», y el criollo se bajó y João continuó, «¿hiciste gimnasia antes?» y Waterloo respondió negativamente y João remató: «No, de verdad no ha hecho, yo sé que no ha hecho: miren, les voy a decir algo, esto ocurre una vez en cien millones; ¡qué cien millones, un billón! ¿Qué edad tienes?». «Veinte años», dijo Waterloo. «Te puedo hacer famoso, ¿quieres ser famoso?», preguntó João. «Para qué», preguntó Waterloo, realmente interesado en saber para qué. «¿Para qué? ¿Para qué? Qué gracioso, qué pregunta más estúpida», dijo João. Para qué, me quedé pensando, de veras, ¿para qué?, ¿para que los otros nos vean en la calle y digan allá va fulanito, el famoso? «¿Para qué, João?», le pregunté. João me miró como si hubiese insultado a su madre. «¡Oye, tú también, qué cosa! Vivo rodeado de imbéciles, ¿qué tienen en la cabeza, eh?» João de vez en cuando perdía la paciencia. Creo que tenía unas ganas locas de ver a un alumno suyo ganar el campeonato. «Usted no explicó para qué», dijo Waterloo respetuosamente. «Entonces te explico. En primer lugar para que no andes harapiento como un mendigo y puedas bañarte cuando quieras, y comer: pavo, fresas, ¿has comido fresas?; y tener un lugar confortable para vivir, y tener una mujer, no una negra maloliente, una rubia, muchas mujeres tras de ti, peleando por tenerte, ¿entendiste? Ustedes ni saben qué es eso, ustedes son unos pobres miserables.» Waterloo miró a João, más sorprendido que cualquier otra cosa, pero a mí me dio coraje; me dieron ganas de romperle la cara allí mismo, no por lo que había dicho de mí, por mí que se joda, sino por estar jorobando al criollo; hasta llegué a imaginar cómo sería la pelea: él es más fuerte, pero yo soy más ágil, un poco más ágil y él un poco más fuerte, yo iba a tener que pelear de pie —le miré el pescuezo grueso: tenía que ser allí en el gañote, un trancazo seguro en el gañote, pero para darle un golpe esmerado por dentro iba a tener que colocarme medio de lado y mi base no quedaba tan firme si él me ponía una zancadilla; y por dentro el bloqueo iba a ser fácil, João tenía reflejos: me acordé de cómo entrenaba a Mauro para aquel vale-todo con Juárez en el que Mauro fue despedazado; reflejos tenía, estaba gordo, pero era un tigre; golpearlo en los costados no servía, allí tenía dos placas de acero; yo podía tirarme al piso e intentar un final limpio, una llave de brazo; dudoso. «Vamos a vestirnos, vámonos», le dije a Waterloo. «¿Qué pasa?», preguntó João, aprehensivo, «¿estás enojado conmigo?» Resoplé y dije: «No sé, ya estoy harto de todo esto, casi me encabrono contigo también, es bueno que lo sepas». João se puso tan nervioso que perdió la pose, su barriga se arrugó como si fuera una funda de almohada, pero no por miedo a pelear, a eso no le tenía miedo, tenía miedo de perder el campeonato. «¿Ibas a hacerle eso a tu amigo?», alardeó, «tú eres como un hermano para mí, ¿y te ibas a pelear conmigo?» Entonces fingió una cara muy compungida, el hipócrita, y se sentó abatido en un banco con el aire miserable de un tipo que acaba de enterarse de que su mujer le pone los cuernos. «No hagas eso, João, no funciona. Si fueras hombre pedirías disculpas.» Tragó en seco y dijo: «¡Está bien, discúlpame, carajo!, discúlpame, tú también (al criollo), discúlpame: ¿está bien?». Había llegado al máximo, si lo provocaba, explotaba, olvidaba el campeonato, apelaría a la ignorancia, pero yo no le iba a hacer eso, no solo porque se me había pasado el coraje después de pelearme con él mentalmente, sino también porque había pedido disculpas y cuando un hombre pide disculpas lo disculpamos. Le estreché la mano, solemnemente; él le estrechó la mano a Waterloo. Yo también le estreché la mano al criollo. Nos pusimos serios, como tres doctores.

«Voy a hacer una serie para que la veas, ¿quieres?», dijo Joao, y Waterloo respondió «Sí, señor.» Tomé mi ficha y le dije a João: «Voy a hacer una rosca directa con sesenta kilos y a la inversa con cuarenta, ¿qué te parece?». João sonrió satisfecho, «Perfecto, perfecto».

Terminé mi serie y me quedé viendo cómo le enseñaba João a Waterloo. Al principio la cosa es muy aburrida, pero el criollo hacía los movimientos con placer y eso es raro: normalmente uno tarda en disfrutar el ejercicio. No había misterios para Waterloo, hacía todo exactamente como João quería. No sabía respirar correctamente, es verdad, la caja todavía se le tenía que expandir, pero, carajo, ¡el hombre apenas estaba empezando!

Mientras Waterloo se bañaba, João me dijo: «Tengo ganas de prepararlo a él también para el campeonato, ¿qué te parece?». Le dije que me parecía una buena idea, João continuó: «Con ustedes dos en forma es difícil que el gimnasio pierda. El criollo solo necesita inflar un poco, definición ya tiene». Le dije: «Tampoco es así, João; Waterloo es bueno, pero va a necesitar reventarse mucho, debe tener solamente unos cuarenta de brazo». «Tiene cuarenta y dos o cuarenta y tres», dijo João. «No sé, es mejor medirlo.» João dijo que iba a medirle, brazo, antebrazo, pecho, muslo, pantorrillas, cuello. «¿Y tú, cuánto tienes de brazo?», me preguntó astuto; él lo sabía, pero le dije «Cuarenta y seis». «Hum... es poco, ¿no?, para el campeonato es poco... faltan seis meses... y tú, y tú...» «¿Qué pasa conmigo?» «... estás aflojando...» La conversación se puso pesada y para cerrarla decidí prometer: «Quédate tranquilo

João, ya verás, en estos seis meses me voy para arriba». João me dio un abrazo, «Eres un tipo inteligente... ¡Carajo! ¡Con la pinta que tienes, y siendo campeón! ¿Te imaginas? Fotografías en los diarios... vas a terminar en el cine, en Estados Unidos, en Italia, haciendo esas películas coloridas; ¿te imaginas?» João colocó varias donas de diez kilos en las poleas. «¿Cuánto pesa tu polea?», preguntó. «Ochenta.» «¿Y qué va a pasar con tu chica?» Pregunté ansioso: «¿Qué va a pasar con qué?». Él: «Soy tu amigo, acuérdate». Yo: «Es cierto, eres mi amigo, ¿y luego?». «Todo lo que te digo es por tu bien.» «Todo lo que me dices es por mi bien, ¿y luego?» «Soy como un hermano para ti.» «Eres como un hermano para mí, ¿y luego?» João agarró la barra de las poleas, se arrodilló y la levantó hasta el pecho mientras los ochenta kilos de donas subían lentamente, ocho veces. Después: «¿Cuánto pesas?». «Noventa.» «Entonces haz la polea con noventa. Pero volviendo al asunto, yo sé que las pesas provocan una gran calentura: calentura, hambre, ganas de dormir —pero eso no quiere decir que lo hagamos sin medida; uno se excede pero hay que controlarse, hace falta disciplina; mira a Nelson, la comida acabó con él, hacía una serie de caballo para compensar, hizo volumen, eso hizo, pero comía como un cerdo y acabó con un cuerpo de cerdo... pobre...» Y João puso cara de pena. No me gusta comer, y João lo sabe. Noté que el Jorobadito, acostado de espaldas, haciendo un crucifijo partido, prestaba atención a nuestra conversación. «Yo creo que andas cogiendo demasiado», dijo João, «eso no es bueno. Todas las mañanas llegas lleno de chupetones, arañado, en el pescuezo, en el pecho, en la espalda, en las piernas. Eso no está bien, tenemos un montón de chicos aquí en la academia, es un mal ejemplo. Por eso te voy a dar un consejo» —y João me miró con cara de una cosa es la amistad, otra los negocios, con cara de contar dinero; ¿ya se respaldaba en el criollo?— «esa chica no sirve, busca una que quiera solo una vez por semana, o dos, y aun así, con moderación.» En ese instante Waterloo salió del vestidor y João le dijo: «Vamos a salir a comprar ropa; pero es un préstamo, vas a trabajar aquí en el gimnasio y después me pagas». A mí: «Necesitas un ayudante. Aguántame, ahorita regreso».

Me senté, pensando. Dentro de poco empiezan a llegar los alumnos. Leninha. Leninha. Antes de que la cosa se aclarara el Jorobadito me dijo: «¿Quieres ver si estoy trabajando bien la barra?». Fui a ver. No me gusta mirar al Jorobadito. Tiene más de seis tics diferentes. «Estás mejorando de los tics», le dije; pero qué tontería, no era cierto, ¿por qué le dije eso? «Sí, ¿verdad?», dijo satisfecho, guiñando varias veces con una increíble rapidez el ojo izquierdo. «¿Qué ejercicio estás haciendo?»

«Hacia atrás, hacia delante, y con las manos juntas en el borde de la barra: tres series de cada ejercicio, con diez repeticiones. Noventa enviones, en total, y no siento nada.» «Despacio y continuo», le dije. «Escuché tu conversación con João», dijo el Jorobadito. Hice un movimiento con la cabeza. «Esos asuntos de mujeres son bravos», continuó él, «yo me peleé con Elza.» Rayos, ¿quién era Elza? Por las dudas dije «mmm». Jorobadito: «No era una mujer para mí. Pero pasa que ahora estoy con esa otra chica y Elza vive llamando a casa para insultarla, haciendo escándalo. El otro día a la salida del cine fue terrible. Eso me perjudica, yo soy un hombre de responsabilidades». Con un ágil salto Jorobadito se aferró a la barra con las dos manos y balanceó el cuerpo para adelante y para atrás, sonriendo y diciendo: «Mi chica de ahora es espectacular, una muchachita, treinta años más joven que yo, treinta años, pero yo todavía estoy en forma —ella no necesita otro hombre». Con enviones rápidos Jorobadito levantó el cuerpo varias veces, por atrás, por delante, rápidamente: un baile horrible: pero no le quité los ojos de encima. «¿Treinta años más joven?», dije, maravillado. Jorobadito gritó desde lo alto de la barra: «¡Treinta años!, ¡treinta años!». Y diciendo eso hizo una octava en la barra, una subida de cintura y después de balancearse pendularmente intentó girar como si fuese una hélice, su cuerpo completamente rojo por el esfuerzo, con excepción de la cabeza que le quedó más blanca. Sujeté sus piernas; cayó pesadamente, de pie, en el piso. «Estoy en forma», resopló. Le dije, «Jorobadito, debes tener cuidado, no eres... no eres un niño». Él: «Me cuido, me cuido, no me cambio por ningún muchacho, estoy mejor que cuando tenía veinte años y bastaba que una mujer me rozara para volverme loco; y dura toda la noche, compañero, ¡toda la noche!». Los músculos de su rostro, párpados, narinas, labios, frente, comenzaron a contraerse, vibrar, temblar, palpitar, estremecerse, convulsionarse: los seis tics al mismo tiempo. «¿Los tics vuelven de vez en cuando?», le pregunté. Jorobadito respondió: «Solo cuando me distraigo». Caminé hacia la ventana pensando que vivimos distraídos. Allá abajo estaba el grupito frente a la tienda y me dieron ganas de correr hacia allá, pero no podía dejar el gimnasio solo.

Después llegaron los alumnos. Primero llegó uno que quería hacerse fuerte porque tenía granos en la cara y voz fina, después llegó un tipo que quería ser fuerte para golpear a los otros, pero ese no iba a golpear a nadie, pues un día lo retaron a pelear y le dio miedo; y llegaron los tipos a los que les gusta mirarse al espejo todo el tiempo y usar camisetas de mangas cortas apretadas en los brazos para parecer más fuertes; y llegaron los muchachitos de pantalones Lee, cuyo objetivo es desfilar por la playa; y llegaron los que solo vienen en verano, cerca del carnaval, y hacen una serie violenta para inflarse rápido y lucir sus sarongs, sus disfraces de griego, de cualquier cosa que deje la musculatura a la vista; y llegaron los vejetes cuyo objetivo es quemar la grasa de la barriga, lo que es muy difícil y, después de cierto punto, imposible; y llegaron los luchadores profesionales: Príncipe Valiente, con su barba, Testa de Hierro, Capitán Estrella y el grupo de vale-todo: Mauro, Orlando, Samuel —a estos no les importa el modelado, solo quieren fuerza para ganarse mejor la vida en el ring; no se aglomeran frente a los espejos, no molestan pidiendo instrucciones; me gustan, me gusta entrenar con ellos en vísperas de una lucha, cuando el gimnasio está vacío; y verlos salir de una llave, escapar de un *arm-lock* o aplaudir cuando consigo un estrangulamiento perfecto; o también conversar sobre la lucha que ganaron o perdieron.

João volvió, y con él, Waterloo con ropa nueva. Joao le encargó al criollo que arreglara las donas, colocara barras y pesas en los lugares correctos, «hasta que aprendas a enseñar».

Ya era de noche cuando Leninha me llamó, preguntando a qué hora llegaba a casa, a su casa, y yo le dije que no podía pasar pues iba a mi casa. Al oír eso Leninha se quedó callada: en los últimos treinta o cuarenta días había ido todas las noches a su casa, donde tenía mis pantuflas, cepillo de dientes, piyama y un montón de ropa; me preguntó si estaba enfermo y le dije que no; y se quedó otra vez callada, y yo también, parecía que queríamos ver quién caía primero; fue ella: «¿Entonces no quieres verme hoy?». «Nada de eso», le dije, «hasta mañana, llámame, mañana, ¿está bien?»

Me fui a mi cuarto, el cuarto que le alquilaba a doña Maria, la vieja portuguesa que tenía cataratas en un ojo y quería tratarme como si fuera su hijo. Subí la escalera de puntitas, agarrado del barandal y abrí la puerta sin hacer ruido. Me fui a mi cuarto y me acosté inmediatamente en la cama, después de quitarme los zapatos. En su cuarto la vieja escuchaba novelas: «¡No, no, Rodolfo, te lo ruego!», escuché desde mi cuarto; «¿Juras que me perdonas? Perdonarte, cómo, si te amo más que a mí mismo... ¿En qué piensas? ¡Ah! no me preguntes... Anda, responde... a veces no sé si eres mujer o esfinge...». Desperté con golpes en la puerta y doña Maria diciendo: «Ya le dije que no está», y Leninha: «Discúlpeme, pero dijo que venía para acá y tengo algo urgente que hablar con él». Me quedé quieto: no quería ver a nadie. No quería ver a nadie —nunca más. Nunca más. «Pero no está.» Silencio.

Debían de estar las dos frente a frente, doña Maria intentando ver a Leninha a la débil luz amarilla de la sala y la catarata molestándole, y Leninha... (es bueno quedarse dentro del cuarto todo oscuro) «¿...sar más tarde?» «No ha venido últimamente, hace más de un mes que no duerme en casa —pero paga religiosamente, es un buen niño.»

Leninha se fue y la vieja regresó a su cuarto: «Me permití contrariarlo, perdóneme la osadía... pero hay un amor que una vez herido solo encuentra sosiego en el olvido de la muerte... ¡Ana Lucia! Sí, sí, un amor irreductible que flota mucho más allá de todo y de cualquier sentimiento, amor que en sí resume la delicia del cielo dentro del corazón...». Pobre vieja que vibraba con esas babosadas. ¿Pobre? Mi cabeza pesaba en la almohada, una piedra encima de mi pecho... ¿un niño?, ¿cómo era ser niño? Ni eso sé, solo me acuerdo que orinaba con fuerza, hacia arriba: llegaba alto; y también me acuerdo de las primeras películas que vi; y Carolina: pero ahí yo ya era grande —¿doce? ¿trece? Ya era hombre. Un hombre. Hombre...

De mañana cuando iba al baño doña Maria me vio. «¿Dormiste aquí?», me preguntó. «Sí.» «Vino a buscarte una joven, estaba muy inquieta, dijo que era urgente.» «Sé quién es, voy a hablar con ella hoy» y entré al baño. Cuando salí doña Maria me preguntó: «¿No te vas a rasurar?» Regresé y me rasuré. «Ahora sí, estás con cara de limpio», dijo doña Maria, que no se me despegaba. Tomé café, huevos, pan con mantequilla, plátano. Doña Maria me cuidaba. Después me fui al gimnasio.

Cuando llegué ya estaba Waterloo. «¿Cómo vas?, ¿te está gustando?», pregunté. «Por ahora está bien.» «¿Dormiste aquí?» «Sí. El señor João me dijo que durmiera aquí.» Y no dijimos nada más, hasta la llegada de João.

João comenzó enseguida a darle instrucciones a Waterloo: «En la mañana, brazos y piernas; en la tarde pecho, espalda y abdominales»; y fue a vigilar el ejercicio del criollo. A mí no me hizo caso. Me quedé espiando. «De vez en cuando te tomas un jugo de frutas», decía João, sosteniendo un vaso, «así, ¿ves?», João se llenó la boca de líquido, hizo un buche y tragó despacio, «¿viste cómo?» —y le dio el vaso a Waterloo que repitió lo que él había hecho.

João se la pasó malcriando al criollo toda la mañana. Yo estuve enseñándole a los alumnos que llegaron. Acomodé las pesas dispersas por el salón. Waterloo solo hizo la serie. Cuando llegó la comida —seis recipientes— João me dijo: «Mira no lo tomes a mal, voy a compartir la comida con Waterloo, él la necesita más que tú, no tiene dónde comer, y la comida solo alcanza para dos». Enseguida se sentaron colocando los recipientes sobre la mesa de masajes forrada con periódico y comenzaron a comer. Con los recipientes siempre venían dos platos y dos cubiertos.

Me vestí y salí a comer, pero no tenía hambre y comí un par de empanadas en una cantina. Cuando volví João y Waterloo estaban tendidos en las sillas de lona, João contando lo duro que había sido llegar a campeón.

Un alumno me preguntó cómo se hacía el *pullover* con brazos rectos y fui a mostrárselo, otro se quedó hablando conmigo sobre el partido del Vasco y el tiempo fue pasando y llegó la hora de la serie de la tarde —a las cuatro— y Waterloo se paró cerca del *leg-press* y preguntó cómo funcionaba y João se acostó y le mostró cómo, diciéndole que hiciera flexiones, que era mejor. «Pero ahora vamos al supino», dijo él, «por la tarde, pecho, espalda y abdomen, no te olvides.»

A las seis más o menos el criollo acabó su serie. Yo no había hecho nada. Hasta aquel momento João no había hablado conmigo. Pero entonces dijo: «Voy a preparar a Waterloo, nunca vi un alumno igual, es el mejor que he tenido», y me miró, rápido y disimulado; no quise saber hasta dónde quería llegar; saber, lo sabía, conozco sus trucos, pero no me importó. João continuó: «¿Alguna vez viste algo igual? ¿No crees que puede ser el campeón?». Dije: «Tal vez; tiene casi todo, solo le falta un poco de fuerza y de volumen». El criollo, que estaba escuchando, preguntó: «¿Volumen?». Dije: «Aumentar un poco el brazo, la pierna, el hombro, el pecho —el resto está...» iba a decir perfecto pero dije: «bien». El criollo: «¿Y fuerza?». Yo: «Fuerza es fuerza, algo que está dentro de uno». Él: «¿Cómo sabes que yo no la tengo?». Iba a decir que era una corazonada, y una corazonada es una corazonada, pero él me miraba de una manera que no me gustó y por eso: «Tú no la tienes». «Me parece que sí la tiene», dijo João, siguiendo su guion. «Pero el muchachote no cree en mí», dijo el criollo.

¿Para qué seguir con esto?, pensé. Pero João preguntó: «¿Tiene más o menos fuerza que tú?».

«Menos», dije. «Eso habría que verlo», dijo el criollo. João era el señor João y yo era el muchachote: el criollo tenía que ser mi colega, por derecho, pero no lo era. Así es la vida. «¿Cómo quieres comprobarlo?», pregunté, irritado. «Tengo una sugerencia», dijo João, «¿qué tal unas vencidas?» «Lo que sea», dije. «Lo que sea», repitió el criollo.

João trazó una línea horizontal en la mesa. Colocamos los antebrazos encima de la línea de manera que mi dedo medio extendido tocara el codo de Waterloo, pues mi brazo era más corto. João dijo: «Gomalina y yo seremos los jueces; la mano que no es la del lance puede quedar extendida o sujetando la mesa; las muñecas no se podrán curvar en forma de gancho antes de iniciada la disputa». Ajustamos los codos. Bien puestas en el centro de la mesa nuestras manos se agarraron, los dedos cubriendo solamente las falanges del pulgar del adversario, y envolviendo los dorsos de las manos, llegando Waterloo más lejos pues sus dedos eran más largos y tocaban el borde de mi mano. João examinó la posición de nuestros brazos. «Cuando diga ya pueden comenzar.» Gomalina se arrodilló a un lado de la mesa, João del otro. «Ya», dijo João.

Uno puede iniciar unas vencidas de dos maneras: atacando enseguida, poniendo toda la fuerza en el brazo inmediatamente, o bien, resistiendo, aguantando la embestida del otro y esperando el momento oportuno para girar. Elegí la segunda. Waterloo dio un jalón tan fuerte que casi me liquidó: ¡puta madre!, no me lo esperaba: mi brazo cedió hasta la mitad del camino, qué tontería la mía, ahora quien tenía que hacer fuerza, luchar, era yo. Empujé desde el fondo, lo máximo que era posible sin hacer gestos, sin apretar los dientes, sin mostrar que estaba dando todo, sin darle ínfulas al adversario. Fui empujando, empujando, mirando el rostro de Waterloo. Él fue cediendo, cediendo, hasta que volvimos al punto de partida y nuestros brazos se inmovilizaron. Nuestras respiraciones ya eran profundas, sentía el aire que salía de mi nariz golpeándome en el brazo: no puedo olvidar la respiración, pensé, esta partida la va a ganar el que respire mejor. Nuestros brazos no se movían ni un milímetro. Me acordé de una película que vi, en la que los dos tipos, dos campeones, se quedan un largo rato sin sacarle ventaja uno al otro, y mientras tanto, uno de ellos, el que iba a ganar, el bueno de la película, tomaba whisky y soltaba bocanadas de humo de un cigarro. Pero esto no era el cine: era una lucha mortal, vi que mi brazo y mi hombro empezaban a ponerse rojos; un sudor frío hacía brillar el tórax de Waterloo; empezó a torcer la cara y sentí que se venía con todo y mi brazo cedió un poco, y más; ¡rayos!, más todavía, y al ver que podía perder, me entró una desesperación, ¡y una rabia! Apreté los dientes. El criollo respiraba por la boca, sin ritmo, pero dominándome, y entonces cometió el gran error: su cara de gorila se abrió en una sonrisa y peor aún, con la provocación graznó una carcajada ronca de victoria, desperdició aquella pizca de fuerza que le faltaba para ganarme. Un relámpago me iluminó la cabeza diciendo ¡ahora!, y el jalón que di nadie lo paraba, él lo intentó, pero la potencia era mucha: el rostro se le puso gris, el corazón le quedó en la punta de la lengua, el brazo se le ablandó, la voluntad se le acabó —y por maldad, al ver que entregaba el juego, golpeé su puño sobre la mesa dos veces. Se quedó agarrándome la mano, como una larga despedida sin palabras, su brazo vencido sin fuerzas, abandonado, caído como un perro muerto en la carretera.

Le solté la mano. João y Gomalina querían discutir lo que había ocurrido pero yo no los oía —aquello había terminado, João intentó seguir con su guion, me llamó a un rincón. No fui. Ahora Leninha. Me vestí sin bañarme, me fui sin decir una palabra, siguiendo las órdenes de mi cuerpo, sin un adiós: nadie me necesitaba, yo no necesitaba a nadie. Eso es, eso es.

Tenía la llave del departamento de Leninha. Me acosté en el sofá de la sala, no quise quedarme en la recámara, la colcha rosa, los espejos, el buró, el tocador lleno de frasquitos, la muñeca sobre la cama, me hacían mal. La muñeca sobre la cama: Leninha la peinaba todos los días, le cambiaba la ropa —los calzoncitos, el fondo, el brasier; y le decía «mi hijita linda, ¿extrañaste a tu mamita?». Dormí en el sofá.

Leninha me despertó con un beso. «Llegaste temprano, ¿no fuiste al gimnasio hoy?» «Sí fui», dije, sin abrir los ojos. «¿Y ayer?, ¿te fuiste temprano a tu casa?» «Sí», dije ahora con los ojos abiertos: Leninha se mordía los labios. «No juegues conmigo, querido, por favor...» «Fui, no estoy jugando.» Ella suspiraba. «Sé que fuiste a casa. A qué hora, no sé; te oí hablar con doña Maria, ella no sabía que estaba en el cuarto.» «¡Hacerme una cochinada así!», dijo Leninha, aliviada. «No fue ninguna cochinada», dije. «No se le hace eso a, a... a los amigos.» «Yo no tengo amigos, podría tener, hasta a un príncipe si quisiera.» «¿Qué?», dijo ella lanzando una carcajada, sorprendida. «No soy un don nadie, conozco a un príncipe, a un conde, para que lo sepas.» Se rio: «¿A un príncipe?, ¡a un príncipe!, en Brasil no hay príncipes, solo hay príncipe en Inglaterra, ¿crees que soy tonta?». Dije: «Eres burra, ignorante; ¿y no hay príncipes en Italia? Ese príncipe era italiano». «¿Y tú ya fuiste a Italia?» Debí haberle dicho que me había cogido a una condesa que había andado con un príncipe italiano, carajo, ¿cuando andas con una mujer con quien también anduvo otro tipo, no es esa una forma de conocerlo? Pero Leninha tampoco iba a creer en esa historia de la condesa, que acabó teniendo un final triste como todas las historias verdaderas; pero eso no se lo cuento a nadie. De repente me quedé callado sintiendo esa cosa que me da de vez en vez, cuando los días se hacen largos y eso comienza por la mañana cuando despierto sintiendo una angustia enorme y pienso que después del baño pasa, después de tomar café pasa, después de hacer ejercicio pasa, después de que pasa el día pasa, pero no pasa y llega la noche y yo estoy en las mismas, sin ganas de mujer o cine, y al día siguiente tampoco termina.

Ya pasé una semana así, me dejé crecer la barba y miraba a las personas, no como se mira a un automóvil, sino preguntando ¿quién es?, ¿quién es?, ¿quién-es-más-allá-del-nombre?, y las personas pasando frente a mí, gente a montones en este mundo: ¿quién es?

Leninha, viéndome tan apagado, como si fuera una vieja fotografía, extendió una tela frente a mí, diciendo: «Mira qué camisa tan sensacional te compré; póntela». Me puse la camisa y dijo: «Estás guapísimo, ¿vamos a la disco?». «¿A hacer qué en la disco?» «Quiero divertirme, mi amor, trabajé todo el día.» Ella trabaja de día, solo sale con hombres casados y la mayoría de los hombres casados solo hace esas cosas de día. Pero es el día entero. Llega temprano a casa de doña Cristina y a las nueve de la mañana ya hay tipos hablándole por teléfono. Cuando hay más movimiento es a la hora de la comida y al final de la tarde; Leninha no come nunca, no tiene tiempo.

Entonces nos fuimos a la disco. Creo que a ella le gusta presumirme, pues me insistió para que llevara la camisa nueva, eligió el pantalón, los zapatos y hasta quiso peinarme, pero eso ya era demasiado y no la dejé. Ella es divertida, no le molesta que otras mujeres me miren. Pero solo que me miren. Si alguna viene a hablar conmigo se pone hecha una fiera.

El lugar estaba oscuro, lleno de infelices. Acabábamos de sentarnos cuando un tipo pasó por nuestra mesa y dijo: «¿Cómo estás Tania?». Leninha respondió: «Bien gracias, ¿cómo le va a usted?»; él también estaba bien gracias; me miró, hizo un movimiento con la cabeza como si estuviera saludándome y se fue a su mesa. «¿Tania?», pregunté. «Mi nombre de guerra», respondió Leninha. «¿Tu nombre de guerra no es Betty?», pregunté. «Sí, pero él me conoció en casa de doña Viviane, y allá mi nombre de guerra era Tania.»

En ese momento el tipo volvió. Era un vejete, medio calvo, bien vestido, bien conservado para su edad. Sacó a bailar a Leninha. Le dije: «Ella no va a bailar, amigo». Tal vez se haya puesto rojo, en la oscuridad, dijo: «Pensé que...». Ignoré al idiota ese, estaba allí de pie, pero no existía. Le dije a Leninha: «Estos tipos viven pensando, el mundo está lleno de pensadores». El sujeto desapareció.

«Fue horrible lo que hiciste», dijo Leninha, «es un antiguo cliente, abogado, un hombre distinguido, y le haces algo así. Fuiste muy grosero.» «El grosero fue él, ¿no vio que estabas acompañada por un amigo, cliente, novio, hermano, fuera lo que fuera? Debí haberle dado una patada en el culo. ¿Y qué historia es esa de Tania y doña Viviane?» «Es una antigua casa que frecuenté.» «¿Antigua casa? ¿Qué antigua casa?» «Fue enseguida que me perdí, querido... al principio...»

Era indignante.

«Vámonos», dije. «¿Ahora?» «Ahora.»

Leninha salió enojada, pero sin valor para demostrarlo. «Vamos a tomar un taxi», dijo ella. «¿Por qué?» pregunté, «no soy rico para andar en taxi»; esperé que me dijera: «Es mi dinero»; pero no lo dijo; insistí: «Eres demasiado fina para andar en autobús, ¿no?»; siguió callada; no desistí: «Eres una mujer fina, de clase, de categoría». Entonces dijo tranquila, con la voz correcta, como si no pasara nada: «Vamos en autobús».

Nos fuimos en autobús a su casa.

«¿Qué quieres oír?», me preguntó Leninha. «Nada», respondí. Me desvestí, mientras Leninha iba al baño. Con los pies en el borde de la cama y las manos en el piso hice cincuenta flexiones. Leninha volvió desnuda del baño. Nos quedamos los dos desnudos, parados en el cuarto como si fuéramos estatuas.

Al principio, ese principio estaba bien: nos desnudábamos y fingíamos, sabiendo que fingíamos, que estábamos a gusto: ella hacía pequeñas cosas, arreglaba la cama, se recogía el cabello, mostrando en todos los ángulos el cuerpo firme y saludable —el pie, y los senos, y las nalgas y las rodillas, el vientre y el cuello. Yo hacía unas flexiones, después un poco de tensión de tipo Charles Atlas, como quien no quiere nada, pero mostrando el animal perfecto que yo también era, y sintiendo lo que ella debía sentir también; un placer enorme de saber que estaba siendo observado con deseo, hasta que ella miraba sin tapujos hacia el lugar correcto y decía con una voz profunda y erizada, como si estuviera sintiendo el miedo de quien va a lanzarse a un abismo, «querido», y entonces la representación terminaba y nos dábamos el uno al otro como dos niños aprendiendo a andar, y nos fundíamos, y hacíamos locuras, y no sabíamos de qué garganta salían los gritos, y nos rogábamos el uno al otro que parara pero no parábamos, y redoblábamos nuestra furia, como si quisiéramos morir en aquel momento de fuerza, y subíamos y explotábamos, girando en círculos de fuego morados y amarillos que salían de nuestros ojos y de nuestros vientres y de nuestros músculos y de nuestros líquidos y de nuestros espíritus y de nuestro dolor pulverizado; después la paz: escuchábamos alternadamente los latidos fuertes de nuestros corazones, sin sobresalto: yo ponía mi oído en su seno y enseguida ella, con los labios exhaustos, me soplaba suavemente el pecho, calmándome; y sobre nosotros descendía un vacío que era como si hubiéramos perdido la memoria.

Pero aquel día nos quedamos parados como si fuéramos dos estatuas. Entonces me envolví en el primer trapo que encontré, y ella hizo lo mismo y se sentó en la cama y dijo: «Yo sabía que esto iba a pasar», y fue eso y por lo tanto ella, a quien yo consideraba una idiota, lo que me hizo entender lo que había pasado; me di cuenta entonces de que las mujeres tienen dentro de ellas algo que las hace entender lo que no se dice. «Mi amor, qué te hice», preguntó, y sentí una pena enorme por ella; tanta pena que me acosté a su lado, arranqué la ropa que la envolvía, le besé los senos, me excité pensando en el pasado, y comencé a amarla, como un obrero en su oficio, e inventé gemidos, y la apreté con fuerza calculada. Su rostro comenzó a ponerse húmedo, primero alrededor de los ojos, después toda la cara; me dijo: «¿Qué va a ser de ti sin mí?», y con la voz salieron también los sollozos.

Me vestí, mientras ella se quedaba en la cama, con un brazo sobre los ojos. «¿Qué hora es?», preguntó. Dije: «Tres y cuarto». «Tres y cuarto... quiero grabar el último minuto en que te estoy viendo...», dijo Leninha. Y no servía que dijera nada y por eso salí, cerrando la puerta de la calle cuidadosamente.

Anduve caminando por las calles vacías y cuando amaneció ya estaba en la puerta de la tienda de discos desesperado por que abriera. Primero llegó un tipo que abrió la puerta de acero, después otro que barrió la calle, y otros que arreglaron la tienda, sacaron las bocinas, hasta que finalmente colocaron el primer disco y con la música ellos comenzaron a surgir de sus cuevas, y se apostaron allí conmigo, más quietos que en una iglesia. Exacto: como en una iglesia, pensé, y me dieron ganas de rezar, y de tener amigos, y un padre vivo y un automóvil. Y anduve rezando en silencio e imaginando cosas, si tuviera padre le besaría el rostro, y la mano pidiéndole la bendición, y sería su amigo y seríamos ambos personas diferentes.

La grabadora

—Yo trabajo con una Grundig, una National y una Webcor.
—¿Cuál es la que está descompuesta?
—Son todas estereofónicas. Pero algunas cosas las grabo en monoaural.
(Las llamadas telefónicas, por ejemplo.)
—Sí, pero ¿cuál está descompuesta?
—La Webcor. Tiene un sonido hueco.
—Debe ser el micrófono.
—Tal vez.
—O si no el cabezal de la grabadora.
—Tal vez.
—Mándeme la grabadora y el micrófono aquí para que los revise.
—No puedo. *(No puedo, no puedo.)* ¿No puede mandar a recogerlos aquí?
Stop.
(Rodé por la casa a gran velocidad, sin golpear un solo mueble. Mi agilidad es muy grande. Siempre deseé jugar básquet. Un día voy a la Asociación para inscribirme en el equipo. Ajusté la grabadora en mono.)
—Buenas tardes. Le hablo del Instituto Brasileño de Opinión.
—¿De dónde?
—¿Señora, podría hacerme el favor de comunicarme con la dueña de la casa?
—Yo soy la dueña de la casa.
—Le hablo del Instituto Brasileño de Opinión Pública.
—Sí, señor.
—Estamos haciendo una encuesta para saber qué piensa el pueblo brasileño de la eutanasia.
—¿Eutanasia? ¿Se refiere usted al acto de matar a una persona para evitar que sufra?
—Exactamente.

—Estoy en contra. Puede poner ahí que estoy en contra. Vehementemente en contra.

—¿Le molestaría darme las razones, señora?

—No, en absoluto. Creo que el sufrimiento debe ser aliviado con estupefacientes, anestésicos, lo que sea necesario. La vida no debe ser abreviada por ningún motivo. ¿No le parece a usted?

—Bien, pero quien la está entrevistando soy yo, señora.

—Sí, lo sé. Pero tengo la impresión de que todos piensan como yo. ¿No es así?

—Bueno, si quiere decir que en materia de eutanasia es imposible decir algo original, estoy de acuerdo con usted, señora. La mayoría de las personas alega que en cualquier momento se puede descubrir una cura para el sufrimiento.

—El cáncer, por ejemplo.

—O si no, que solamente Dios puede quitarle la vida a los demás.

—Así es.

—Lo que es una afirmación horrible, ¿no está de acuerdo, señora?

—Bueno...

—Pero hay también afirmaciones favorables, basadas siempre en el deseo de aliviar el sufrimiento de alguien considerado irremediablemente perdido.

—¡Pero esa gente está equivocada!

—Casi siempre son personas que cuidaron exhaustivamente a parientes sometidos a una larga agonía. O si no enfermeras. Muchas enfermeras adoptan ese punto de vista. ¿Eso no la sorprende?

—Claro que me sorprende. A fin de cuentas existen anestésicos, alivios para el sufrimiento físico.

—¿Y el sufrimiento moral?

—¿Qué quiere decir?

—Cuando no hay un dolor físico que la anestesia pueda aliviar.

—¿Qué quiere decir?

—Una persona angustiada porque el mundo no es bueno para ella, porque perdió todo, como Job, por ejemplo, porque está sola y abandonada, porque perdió la esperanza...

—¿Qué quiere decir?

—Una persona sufriendo mental y emocionalmente, quiero decir.

(Silencio del otro lado.)

—¿Podría decirme su nombre?

—Cómo no: Jorge Vale.

(Otro silencio.)

—Señor Jorge, ahora estoy muy ocupada, yo... yo no puedo seguir conversando con usted.

—Señora mía, perdóneme la insistencia, pero la encuesta no está terminada, hay muchas cosas que todavía me gustaría preguntarle. Nuestra investigación es muy seria y participando usted contribuye a la elaboración de un importante documento social...

—Yo le llamo después. ¿Puedo llamarlo después?

(¿Una cierta sospecha en la voz?)

—Yo le llamo después.

Clic.

(Volví la cinta al punto inicial y escuché todo de nuevo.)

—Señor Jorge, ahora estoy muy ocupada, yo... yo no puedo seguir conversando con usted.

(Realmente había sospecha.)

—Señor Jorge, ahora estoy muy ocupada, yo... yo no puedo seguir conversando con usted.

(Había algo más que sospecha.)

—Yo lo llamo después. ¿Puedo llamarlo después?

(Había urgencia.)

—Yo lo llamo después. ¿Puedo llamarlo después?

(Había urgencia y sospecha. Debí de haber hecho la grabación en estéreo y después reproducir la cinta en las cuatro bocinas.)

Sonó el teléfono. Cambié el botón, que estaba en la banda 1-3, a estéreo. Aumenté la velocidad de 3¾ a 7½.

Tirim, tirim. *(Record. Luz verde. Modulé.)*

—¿Bueno?

—¿Hijo?

—Sí, mamá.

—Tu teléfono está siempre ocupado. ¿Con quién hablas tanto?

—¡Con mis amigos!

—Tú no tienes amigos.

—Oye, mamá, tú eres la que no los conoce.

—¿Cómo, si nunca sales de casa?

—Pues los tengo y listo.

—¡Pero nunca sales de casa!

—Oye, mamá...

—Está bien. No te enojes con tu madre.

—No estoy enojado.

—¡Estoy tan preocupada por ti, solo ahí!

—Pues no es necesario. Yo sé cuidarme.

—Está bien. Al rato voy a acostarte.

—No es necesario. Ya te dije un millón de veces que no es necesario.
—Voy a verte.
—¡Ya te dije un millón de veces que no es necesario! Yo sé acostarme solo.
—Voy allá a ayudarte. A verte.
—Yo sé acostarme solo.
—¡Hijo... ! ¡Ay! hijo, ¡eres tan necio!

Tenía toda la cara llena de crema cuando sonó el teléfono. Es una crema especial para arrugas que, al contrario de las otras, debe usarse durante el día. Tiene cierta lógica pues, al dormir, la persona acaba limpiándose la crema en la almohada; principalmente quien tiene el sueño agitado, como yo. Creo en los tratamientos de belleza. Una piel cuidada siempre es más bonita que una piel castigada por el sol o por la falta de limpieza. No es cuestión de vanidad. Es más una cuestión de orgullo. Tal vez el orgullo sea mi punto débil, lo reconozco.

Pero el teléfono sonó cuando tenía la cara llena de crema, y cuando tengo crema en la cara no sé hacer nada y mucho menos hablar por teléfono. En esas ocasiones me gusta quedarme en el sofá, inmóvil, descansando, sin que nadie me moleste. Tengo un montón de manías. La ropa de cama limpia es una de ellas. Lo ideal para mí sería cambiar las sábanas todos los días. Pero eso es imposible y por eso me conformo con hacerlo una vez a la semana. En cambio a Jorge no le molesta. A él, le da lo mismo. Cuando se acuesta, se duerme inmediatamente y ronca, un ronquido alto que me irrita. Además, durante el sueño pone sus brazos y piernas sudorosas encima de mí, lo que hace que me refugie en un rincón de la cama. Por otra parte, siempre suda. En aquellas ocasiones más íntimas, exuda un sudor pegajoso que me molesta tanto, que acabo por no sentir ningún placer.

Pero sonó el teléfono. Cuando contesté, era un hombre, con una voz muy agradable, que decía ser de un instituto y estar interesado en saber la opinión de la gente sobre la eutanasia. Me hizo un montón de preguntas, quería saber si yo estaba a favor o en contra, hasta que en determinado momento sentí cierta desconfianza de que no se tratara de una persona seria y me estuviera ocultando algo. Pensé que tal vez fuese un enviado de mi marido. Corté entonces nuestra conversación, diciéndole que estaba ocupada y que lo llamaría después para terminar mi testimonio, pero no me dio su teléfono.

A las siete llegó Jorge. Por otra parte, la persona que me llamó dijo que se llamaba Jorge.

Jorge siempre está protestando por algo. A la hora de cenar, peleó por la carne, diciendo que no le gustaba la carne congelada. A mí tampoco me gusta, pero algunas veces la única carne que se encuentra en las carnicerías es carne congelada.

—Señoras y señores, prosiguiendo con nuestra serie de conciertos de música concreta, presentaremos hoy el *Concierto de las ruedas silbantes*, de Jorge Vale.
Ffuffuffuffuffufufufufufufufufufufufffffffff
Brudddd
Guhhuhuuhh
Tirrim
(Encendí la grabadora que estaba conectada al cable telefónico.)
—¿Bueno?
—¿Hijo?
—Mamá, ¡estoy en medio de una grabación, caray!
—¿Y cómo iba a saberlo?, ¿eh? Haces esas grabaciones a unas horas tan extrañas.
—Esta no es una hora extraña.
—Está bien, está bien, te cuelgo, no tienes que tratar así a tu vieja madre.
(No es vieja. Ojalá lo fuera.)
—Ay, mamá, no vamos a pelear de nuevo.
—¿Qué concierto es ese?
—Concierto de las ruedas silbantes.
(Se quedó en silencio unos instantes. Desconcertada.)
—¿Te comieron la lengua?
—Hijo... hijo. *(Cada alocución con un ritmo diferente. Miré la grabadora para ver si estaba grabando bien, en las dos bandas. No me gusta perder las entonaciones de mi madre, hay algo de fingido e irritante, aunque conmovedor, en las cosas que dice.)*
—De las ruedas silbantes. ¿Quieres saber cómo es? Coloco el micrófono al lado de las ruedas...
—Hijo...
—... mientras se deslizan rápidas por el piso.
—Hijo...
—El concierto comienza con un sonido suave, sibilante, como un silbido apagado de víbora. Enseguida, ruido de multitud a lo lejos, combinado con conchas de mar. Consigo eso arrugando lentamente las cortinas de plástico del baño.

—¡Las cortinas que te regalé, que yo misma instalé!
—Después, un largo grito gutural, como de un animal o de un ser sobrenatural, que consigo colocando el micrófono junto a la garganta.
—¡No quiero saber nada de eso!
—Pero es necesario para la señora. ¿Sabe la señora lo que dijo Eurico Brum cuando estuvo por aquí, escuchando una de las piezas? Que soy mejor que Schaeffer o Arthuys. Pero la señora no sabe quiénes son Schaeffer y Arthuys. Fueron tipos que trataron de usar los ruidos como fuente de sonido. Es lo que yo hago, filtro y modulo ruidos y después cada ruido es ordenado y yuxtapuesto. La señora me dijo una vez que mi *Estudio patético* era cruel. Recuerdo cuando la señora me lo dijo. Por otra parte, está grabado. La señora cree que la música tiene que ser una cantilena dulzona.
—Yo no creo...
—Cree, cree. El *Concierto de las ruedas* tiene que ser malo, pues la rueda es mala, es horrible, aunque útil, útil, útil. Es esclavizante. ¿No le parece a la señora que la rueda es esclavizante?
—Buenas noches, hijo.
—¿Es o no es esclavizante?
—Buenas noches, hijo.
(Silencio.)
—Respóndeme, hijo, por favor, no quiero colgar sin que me respondas.
Clic.

Trolotrolotro-trolotro-trolotrolotro-trolotrotrolo-trolotrolotrolotrolotro. Purrr-purrr-purrr-purr.
—¿Bueno?
—No terminamos nuestra conversación de ayer.
—Ah, ¿es usted?
—Soy yo.
—¿Cómo ha estado?
—Bien. ¿Y usted, señora?
Bien. Gracias. ¿Sabe que no sé su nombre?
—Jorge. Jorge Vale. Se lo dije ayer, ¿no?
(No muy convincente. ¿Se habría olvidado de verdad o estaría mintiendo?)
—Quien no sabe su nombre soy yo.
(Una pausa.)
—Aa-alice. Alice.

—Muy bien, doña Alice, me quedé esperando su llamada, pero después recordé que no le había dado mi teléfono.
—Es verdad.
(Otra pausa.)
—¿Usted a qué se dedica?
—¿Mi profesión?
—Sí.
—Soy encuestador de opinión pública. Como pasatiempo hago música concreta.
—¿Música concreta?
—Es una música hecha con ruidos que se transforman en sonidos, aumentando o disminuyendo la velocidad de la grabación. Los ruidos se montan en una cinta que después se escucha. Como si fuera una película: cada sonido, un fotograma. Es mi pasatiempo favorito.
—A mí me gusta leer.
—Eso también me gusta. Pero soy un hombre de acción. No puedo estar sentado mucho tiempo.
(Esa frase me dejó molesto. No hago otra cosa sino estar sentado todo el día.)
—Por sentado quiero decir estar sin hacer nada. ¿Me explico?
—Pero quedarse leyendo no es estar sin hacer nada, ¿no le parece?
—Así es. Pero me gustan las cosas que me exijan trabajo físico, lo que la lectura evidentemente no hace.
—Eso es porque no es usted ama de casa. Lo que más le gusta a un ama de casa es estar acostada, sin hacer esfuerzos. Caminamos kilómetros dentro de la casa. ¿Usted sabía que caminamos kilómetros dentro de la casa, de un lado para otro, de la cocina a la sala, de la sala al baño y de vuelta a la cocina y a la sala? Es algo que no termina nunca. ¿Usted es casado?
—¿Yo? No, vivo solo.
—Pero debe tener a alguien que le arregle la casa, le haga la comida. Una empleada, quiero decir.
—No, no tengo. Yo mismo arreglo mi casa, hago mi comida. A veces viene mi madre, a ver cómo van las cosas. Pero prefiero que no venga, yo sé cuidarme.
—Es usted un hombre excepcional. Es la primera vez que oigo decir algo así.
—¿Qué?
—Un hombre autosuficiente. ¡Todos los hombres son tan dependientes! Siempre hay una mujer cuidándolos.
—Pero hay excepciones.
—Es cierto.

—Y usted, señora, ¿es soltera?
—No, soy casada...
—Ah, entiendo.
—Pero soy muy feliz con mi marido.
—¿Tiene hijos?
—No, no, nosotros, bueno, no, nosotros no tenemos hijos.
—Ah, entiendo.
—Pero es un matrimonio muy feliz el nuestro. Dicen que los hijos fortalecen el matrimonio, nosotros no tenemos hijos pero no por eso nuestro matrimonio es menos feliz.
—Sí, es lógico. Todo depende...
—De que las personas se entiendan, todo depende de que las personas se entiendan.
—Así es. Todo depende de que las personas se entiendan.
—Usted debe ser muy joven. Su voz es la de un hombre muy joven. Lleno de vitalidad.
—Tengo treinta años.
—Entonces no se va a quedar soltero por mucho tiempo. A esa edad los hombres corren un riesgo enorme.
—¿Un riesgo? ¿Quiere usted decir que el matrimonio es una cuestión de suerte?
—Tal vez. No sé. Yo tuve mucha suerte, soy muy feliz en mi matrimonio, pero veo tanta gente infeliz por ahí, parejas que no se entienden, que viven una vida de perros y gatos o, si no, una vida triste, sin entusiasmo, sin amor, en la que ambos se conforman con la vida miserable que llevan, sin valor para cortar los lazos que los unen y comenzar una vida nueva. Esa gente me da mucha lástima, tal vez porque soy feliz y puedo sentir lástima por los demás, en vez de sentir lástima por mí misma.

(Lástima por los demás. Lástima por nosotros.)
—Le llamo mañana, señora.
—Usted debe tener otras cosas que hacer y yo aquí atándolo al teléfono...
—No, no, en absoluto. Yo tengo que...
—Lo sé, lo sé.
—Por favor, no piense usted que...
—Claro que no, yo, yo... espero su llamada.
—Entonces, hasta luego. Le llamo mañana. Hasta luego.

Jorge me llamó. Ya no creo que sea alguien enviado por mi marido. Su voz es tan honesta, seria.

Tiene treinta años. A esa edad el hombre ya no es romántico, pero él parece serlo: siempre tan respetuoso, tratándome de usted todo el tiempo. Vive solo y se hace su propia comida; por lo menos es lo que dice y no creo que mienta. ¿Qué interés tendría en mentirme?

Es muy amable y atento, pero hubo algo que lo dejó perturbado. Fue cuando le dije que sentía lástima por la gente y que yo solo sentía lástima por la gente porque no sentía lástima por sí misma. Cuando le dije eso, se quedó callado por algún tiempo, como analizando lo que le había dicho. Le había dicho también que era muy feliz en el matrimonio. ¿Habrá sido por eso? ¿Tendrá él algún interés en mí, algún interés como mujer y el hecho de ser casada y feliz lo haya perturbado por ser tan serio que no puede pensar en tener una aventura con una mujer en esas circunstancias? Está bien que piense así. Por otra parte, si no fuera así, yo no hablaría con él por teléfono. No soy del tipo de mujer que hace esas cosas. No porque sea feliz con mi marido. Feliz no soy. De nada sirve engañarme. Puedo engañar a los demás, pero no a mí misma. Pude engañarme, pero eso fue al principio, enseguida de que nos casamos. Tardé mucho en aceptar la verdad con respecto al hombre con quien me casé. Me decía, todos los hombres son así, el matrimonio es eso, hay que conformarse y a fin de cuentas no es tan malo, fue mucho mejor haberte casado que quedarte solterona para el resto de la vida. Por otra parte, ese fue mi error. Dudé mucho y encontraba un defecto en todos los hombres que me cortejaban —uno tenía feos dientes, el otro no era inteligente, otro no había leído los libros que yo leí, otro les parecía muy chaparrito a mis amigas, el otro tenía un empleo sin futuro, el otro era medio mulato, el otro se vestía mal— a todos les encontraba un defecto, mis amigas y yo, un defecto que nada tenía que ver con el carácter, sino solo con la apariencia física. Mientras tanto, el tiempo fue pasando, mis amigas se casaron y lo más gracioso es que se casaron con hombres que tenían características que nos parecían desagradables —una de ellas se casó con un hombre chaparrito y pelón y otra se casó con un mulato y ambas hoy son muy felices, es necesario resaltarlo.

Tardé en casarme y ya me sentía en el fin cuando surgió Jorge. Yo me hubiera casado con cualquiera, a esa altura de los acontecimientos, esa es la pura verdad. Como él era un hombre guapo, tomé mi decisión inmediatamente. Hice de todo para que se casara conmigo. De todo, de todo y sobre eso no quiero ni pensar, me lleno de vergüenza. Pero finalmente nos casamos. Cometí ahí el gran error de mi vida, ahora lo sé, no puedo tener más dudas en cuanto a eso. Él nunca sintió amor por mí, ninguna clase de amor, a no ser algún deseo físico, que en poco tiempo se volvió rutina. Yo soy una sirvienta para él, una mujer que se encarga de sus cosas y con quien se acuesta cuando le da la gana. Es algo horrible acostarse con él, sentir su peso encima. Me siento una prostituta, un ser despreciable e infeliz. Hubo épocas en que no me molestaba que me buscara en la cama. Placer no sentía, pero no me molestaba y hasta quería que lo hiciera, a pesar de toda la brutalidad que ponía en el acto. Yo quería porque, a pesar de detestarlo y saber que él no sentía por mí ni una pizca de amor o cariño, o comprensión o respeto, yo quería porque era bueno para mi amor propio, me era de algún provecho como mujer. Era todo muy sórdido, lo reconozco, pero quería que lo hiciera y fingía que me gustaba. A veces hasta me servía para el insomnio. Tampoco me buscaba muchas veces; me buscaba cuando bebía o cuando traía a casa uno de esos libros indecentes que solía comprar y quería que yo leyera. Me decía: «Lee, lee, esto te va a hacer bien». Pero yo me negaba a leer el libro, allí, delante de él, como él lo hacía conmigo. Pero lo leía a escondidas cuando se iba a trabajar, en la tina, donde me masturbaba y ese era todo el placer sexual que la vida me daba; después de la primera vez, sentí vergüenza, pero solo después de la primera vez. Me acostumbré a hacerlo y me gustaba, me gustaba, era mejor que tener un hombre encima de mí oliendo a alcohol, gruñendo como un puerco y que después de saciado se volteaba, sin limpiarse, sin decir una palabra, sin un gesto de comprensión. Roncaba todas las noches, pero esas noches roncaba más fuerte y yo lo empujaba y él se callaba un poco y enseguida volvía a roncar y yo desistía de empujarlo y me quedaba escuchando los sonidos roncos de su garganta. ¿Esto es el amor?, pensaba, y tenía ganas de llorar, pero no podía. Pero no le guardo rencor, sé que él no es el único hombre así, ni yo soy la única mujer que padece esas cosas. Incluso leí eso en un libro, idéntico, que el hombre se voltea para el otro lado y se queda roncando después del acto. Justo ayer leí un libro en el que eso ocurría tal como ocurre conmigo, solo que la mujer, frustrada, busca un amante y yo sería incapaz de hacer algo así. Nunca haría algo así. Sería indigno.

—Hoy hace tres meses que nos conocemos.
—¿Hoy.
—Hoy, sí, 23. Los hombres no guardan fechas, pero las mujeres sí.
—Tengo una pésima memoria. *(Mi memoria está en cintas magnéticas de 365 metros.)*
—¿Estás arrepentido?

—¿Arrepentido?
—¿De haberme conocido?
—No, claro que no.
—Ni yo. Todavía no nos hemos visto, pero te conozco como si fueras, como si fueras, fueras... mi hermano. Un hermano a quien yo quisiera mucho.
—Para mí eres más que eso.
—¿De veras?
—Más que una hermana.
—¿Y qué es lo que soy? Dime.
—No sabría decirlo. Solo sé que pienso en ti todo el tiempo.
—Yo también, yo también pienso en ti todo el tiempo. También eres más que un hermano para mí.
(Cinta girando, grabando nuestro silencio. Un largo momento.)
—Me siento muy feliz. Hacía años que no me sentía tan feliz.
—Yo también, Alice.
—Mi nombre no es Alice. Es Alda. Hace tiempo que quería decírtelo, pero me dio vergüenza confesarte que había mentido. Ahora no me importa. ¡Te mentí! Mi nombre es Alda. Fue la única y última mentira que te he dicho. Nunca más mentiré, querido. Nunca más, yo sé que nunca más.
—No importa. Yo no pensaba en ti como Alice. Pensaba en ti como alguien, una mujer cuya voz necesitaba oír diariamente para poder tener una alegría en la vida. Yo también mentí: no soy de ningún instituto de opinión.
—¡Si supieras que eres todo para mí!
—Lo sé. ¡También tú eres todo para mí!
—Cambiaste mi vida, Jorge. Yo era muy infeliz, ¿sabes, mi vida?, esa fue otra mentira que te dije.
—¿Cuál?
—¿Recuerdas el día en que te dije que era muy feliz con mi, con mi...
—Me acuerdo.
(¡Cuántas veces había oído esa cinta!)
—Pues era mentira. Nunca fui feliz con él. Nunca. Y mucho menos ahora. Solo tú me haces feliz. Tu voz, las cosas que me dices, tu recuerdo que me llevo a la cama todas las noches y que me hace tener un sueño bueno y tranquilo, solo tú, a quien amo, ¡solo tú me haces feliz!

Decidí abandonar a mi marido. Ya no puedo vivir con él. Tal vez a él no le importe mucho, no creo que me quiera. Ni siquiera somos amigos, en el sentido trivial de la palabra. No le interesa mi bienestar ni quiere saber si soy feliz o infeliz y cuando estoy enferma me trata con impaciencia, como si hubiera cometido algún crimen. Nunca me llevó a ver una película que yo quisiera ver; solo le gustan las películas de vaqueros, hasta las peores, con artistas desconocidos e historias idiotas, sin el menor interés para nadie, a no ser un niño de ocho años. Si fuera un niño de ocho años no me importaría, pero él no tiene nada de niño, él es un hombre, de piel gruesa, gordo; y pensar que algunos años atrás era flaco. Además, es extremadamente vulgar. Las personas cuando duermen, incluso los hombres, pienso en mis dos hermanos, tienen un aire desamparado, frágil, dulce y triste, pero él no; la cara se le pone más rígida, más ofensiva, su cuerpo se desparrama en la cama como el de un animal que estuviese digiriendo una enorme cantidad de comida repugnante; su barriga gorda y peluda cae sobre la cama en una posición obscena, cuya visión provoca el mayor de los ascos: ronca y suda, con sus calzoncillos anchos. Los calzoncillos son su uniforme. En cuanto llega a casa, se queda en calzoncillos; cena en calzoncillos y después ve televisión en calzoncillos, tomando cerveza, dos, a veces tres botellas. Estoy casada con ese hombre hace casi diez años. O lo dejo ahora o nunca más. La verdad es que las mujeres tienen una enorme capacidad para acostumbrarse a las cosas sórdidas. Yo, por ejemplo, siento placer en el rencor y el desprecio que le tengo; en las pequeñas venganzas que ejerzo; en los engaños a que lo someto. De esta manera compenso la mala vida que llevo con él, me satisfago con cosas así como sacarle dinero de la cartera sin que lo perciba, o inventando gastos inexistentes, o haciendo evidente su ignorancia y falta de educación. Necesito escaparme de eso cuanto antes, el odio, o lo que sea, que siento está logrando que me iguale a él y dentro de poco ya no sabré cuál de los dos es peor que el otro. Qué suerte que haya notado eso a tiempo, que en el matrimonio el peor siempre lleva la mejor parte, el buen compañero es siempre destruido por el malo, pues el vicio es más fuerte que la virtud.

Necesito abandonarlo. Necesito valor para eso. He rezado mucho en las últimas noches, para tener fuerza para llegar hasta él y decirle: «Ya no quiero vivir contigo, no quiero y no te serviría impedirlo.» No le diré toda la verdad, le diré: «Nuestros temperamentos no combinan, mi vida es infeliz, conseguirás una mujer buena, es mejor que me vaya, no quiero nada de ti, ni pensión ni nada». Conseguiré un empleo. Sé que mis padres se pondrán tristes con todo esto. En nuestra familia nunca hubo un divorcio. Sobre todo mi madre, que le da mucha importancia a todas estas cosas. Tendré que conversar antes con ella, decirle que no puedo continuar viviendo con Jorge, que seré más feliz así, mucho más feliz. Ahora sé cuáles son las cualidades que una mujer debe buscar en un hombre: bondad, comprensión, paciencia, carácter, decencia.

(Una bola de papel que tiro al cesto. Me aparto lo más que puedo para probar mi puntería. Atino siempre.)
¡Trimmm!
Fhuh-fhuh-fhufh-fufh-fufh. *(Gira.)*
Tleckt. *(Tecla record.)*
—¿Bueno?
—¿Cómo estás?
—Bien, ¿y tú?
—Bien. ¿Pensaste en mí?
—Mucho.
—Yo también. Todo el tiempo.
—Pensé en ti sola y en ti con relación a mí. Pensé en nosotros dos.
—Igual que yo, mi vida. También pensé en nosotros dos. Antes me quedaba pensando en cosas así como el color de tus ojos o la forma de tu boca, o en cómo serían tus dedos y me ponía a inventar: tus ojos eran verdes, tu boca tenía dos hoyuelos y era ancha, con dientes blancos y perfectos, tus dedos fuertes, con uñas limpias, pensaba y volvía a pensar en todo eso, cambiaba el color de los ojos, el formato de la boca. Pero esas eran las cosas que pensaba al principio. Ahora eso ya no importa, todo lo que me importa de ti ya lo conozco, no necesito imaginarlo: es la capacidad que tienes para hacer de la relación entre el hombre y la mujer algo digno y hermoso, pese a que aún es muy pronto, es decir, espero que me entiendas, todavía no te he visto ni hemos estado juntos, pero desde ahora puedo prever todo, me entiendes, ¿no? ¿Sabes lo que te quiero decir con todo esto, no?
—Claro, mi amor. No necesitamos vernos para saberlo.
—Pero ahora quiero verte, tengo algo muy importante que decirte y tiene que ser personalmente, es mejor personalmente, ¿sabes?, no sé cómo decirlo por teléfono. Bueno, bueno, ¿Jorge?
—S-sí.
—Pensé que habías colgado.
—No... no, es que...
—No oigo nada, ¿quieres hablar más alto?
—Eh... mmm eh...
—No entiendo nada.

—No sé si ya podemos.
—¿Podemos qué?
—Encontrarnos.
—Pero ¿qué lo impide?
—No sé.
—Ah, mi amor, no seas tonto, no seas tontito, vamos a encontrarnos en la calle, para platicar. Tengo algo muy importante que decirte.
—¿No puedes decírmelo por teléfono? Dímelo por teléfono.
—No puedo. Más bien, puedo, pero no quiero, creo que debo decírtelo personalmente, ¿sabes?
—No. Creo que cualquier cosa que puede decirse personalmente puede decirse por teléfono.
—Pero mi vida, quiero encontrarme contigo, ¡tengo que decírtelo!
—¿Pero qué es eso tan importante que no puedes decirme por teléfono? Pareces una niña, haciéndote la misteriosa y seguro es una tontería.
—Está bien, mi vida, olvídalo, no quiero molestarte...
—No estoy molesto, querida, palabra de honor, en serio. No sé, creo que salgo tan poco de casa que tan solo de pensarlo me altero.
—¿Entonces no quieres que vaya para allá?
—¡No!
—¡Jorge!
—Discúlpame, mi amor, hoy no estoy en un buen día.
—Lo sé, querido, lo sé, querido, pero no te preocupes, ¿eh?, yo entiendo.
—Quien tiene la razón eres tú, mi vida, de verdad tenemos que encontrarnos, día más, día menos. Mira, ¿quieres que nos encontremos?, está bien, nos encontramos. Pero mira, no soy nada de lo que estás pensando, nada.
—Lo sé, mi vida.
—No sabes nada.
—Está bien, no sé nada. Realmente hoy estás de un humor horrible.
—¿Sabías que yo, que yo...
—Sí, mi amor.
—Que yo...
—¿Bueno, bueno?
—Yo...
—¿Te sientes mal, mi vida? ¿Pasó algo?
—No, estoy bien.
—Estás tan diferente...
—¿Dónde quieres encontrarte conmigo?

—Donde tú quieras, mi vida.
—No, tú dime.
—En la plaza, en el centro, cerca de la estatua, de aquella estatua que dices que es muy fea.
—¿Cuándo?
—Mañana, en la mañana, a las diez. ¿Está bien?
—Sí.
—No voy a dormir, pensando en mi encuentro. ¡Soy tan feliz, Jorge!
—Hasta mañana.
—Hasta mañana.
(Marqué el número.)
—¿Mamá?
—Sí, hijo, ¿cómo estás?
—Estoy bien.
—¿De veras estás bien?
—Sí, mamá, sí.
—Se te oye rara la voz.
—Estoy bien, mamá, estoy bien, mamá, estoy bien, mamá.
—Perfecto, pero no necesitas tratarme así.
—No quiero tratarla mal, señora. Solo quiero que usted me mande mañana a Pedro.
—¿Vas a salir?
—Mándeme a Pedro mañana, mamá.
—¿Vas a salir?
—Mándeme a Pedro mañana, mamá, muy temprano.
Clic.

Dormí mal toda la noche. Desperté varias veces. Siempre es lo mismo, cuando uno quiere dormir no lo consigue. Estoy en una edad en que ya no puedo pasar una noche sin dormir, sin que se me note en la cara. No porque sea vieja, todavía ni siquiera cumplo los cuarenta. Pero cuando paso una noche sin dormir, me salen ojeras y la piel se me arruina, o por lo menos esa es la impresión que tengo. En una ocasión me levanté y fui al baño a verme la cara; estaba horrible, amarilla, flácida y las arrugas alrededor de mis ojos eran profundas, y hasta brillaban. Tengo amigas mayores que yo cuya cara no está tan plegada, pero llevan una vida más feliz que la mía. No hay nada que envejezca más a una mujer que el sufrimiento.

Jorge salió a las ocho. ¡Nunca tardé tanto en vestirme! Y también en pintarme. Usé un maquillaje moderno, como el de esas jovencitas que encuentro en Copacabana cuando voy de compras. Todo eso para nada. Esperé dos horas, dos horas contadas con reloj y Jorge no apareció. Yo miraba ansiosa todos los rincones de la plaza vacía, esperando que apareciera en cualquier momento. Cuando aparecía algún hombre, mi corazón latía apresurado. Jorge no apareció. Cuando llegué caía una llovizna fina, pero esa no podía ser la causa. La lluvia ni siquiera mojaba, en la plaza había solamente una niñera con dos criaturas y un paralítico en una silla de ruedas, empujado por su acompañante. Jorge no apareció. Después de un rato la plaza quedó totalmente vacía. La lluvia aumentó de intensidad, me arruinó el peinado que tanto me había costado hacer, me mojó la cara y la ropa, pero ni lo sentí, me quedé bajo la lluvia, esperando.

Después regresé a casa. Algo tenía que haber pasado, algo de fuerza mayor, pues él no faltaría si no fuese por un motivo muy importante. Le llamé varias veces, pero no contestaba el teléfono. Llamé el día entero, sin parar, hasta la noche, cuando llegó mi marido.

Tirrim. Tirrim. Tirrim. Tirrim. Tirrim. Tirrim.
(Cerca de la ventana vi el día oscureciendo muy lentamente.)
(Tomé el teléfono. Marqué.)
—¿Mamá?
—Hijo, ¿qué pasó? Te llamé todo el día y no contestaste.
—Nada, no quise contestar el teléfono.
—¡Vives asustándome!
—Ven, mamá, ven acá, hoy.
—Sí, hijo, voy inmediatamente. ¿Quieres que mamita te acueste para que puedas dormir?
—Sí, mamá, eso quiero, ven a acostarme.

Informe de Carlos

Me gustaría ser fáctica y cronológicamente exacto. Pero de algunas cosas ya no me acuerdo bien, parece que nunca ocurrieron, que las soñé. Otras, sin embargo, me angustian, cuando pienso en ellas siento dolor, me siento infeliz como si todo fuera a ocurrir de nuevo.

Todo comenzó más o menos en la época en que a mi padre se lo estaba devorando un cáncer. Era un hombre flaco, que hablaba bajo y tenía una actitud ascética y aséptica; y a quien las personas apenas podían acercarse. (¿Sería una especie de defensa? ¿La soberbia de los hombres débiles?) Me llamó al lecho del hospital, después de ordenar que todos salieran del cuarto y me dijo... (su voz era un hilo, un murmullo, el aliento empezaba a enfriarse y olía a cosa ya muerta).

¿Cómo contar esa confidencia? ¿Por qué estoy contando todo eso? Al final sus últimos momentos fueron tan cercanos a mí que no deja de ser una canallada que yo esté aquí diciendo esas cosas de él. Pero es necesario. Comenzó hablando de la existencia de otra mujer. Una plática llena de rodeos, metáforas, justificaciones, y eso, en boca de un hombre que agonizaba y tenía muy poco tiempo, me parecía un absurdo. «Sí, sí, ya lo sé, ya lo sé, ya lo sé», lo apuraba, pues veía que su palidez aumentaba, adquiriendo un color de perla vieja; pero ni aun así lo hacía más breve; eufemístico, persistió en aquellos meandros perifrásticos infinitos, hasta que reveló el nombre de la mujer y su dirección; yo ya sentía que el fin era inmediato, cosa de segundos, y me levanté para llamar a los otros, cuando él hizo un gesto, que debió haberle costado mucho, para que me quedara: tenía más cosas que decirme.

Lo que ya había sido dicho me había llenado de satisfacción. Se estableció entre nosotros, dos extraños, algo en común, un lazo, además de lograr que yo empezara súbitamente a respetarlo un poco: en su ardua vida había tenido un secreto, había tenido un amor, al cual se había entregado.

También al oído y con más esfuerzo también, me habló de la existencia de otra mujer. ¿Habría otras, además de esas dos? No sé. Murió antes de poder contarme más cosas. Todavía tuve tiempo de llamar al cura y al resto de la familia. Se fue acabando poco a poco. Dejó de hablar y se quedó muy quieto, apenas se percibía su respiración. Varias veces parecía haber muerto; y cuando eso ocurría, las personas presentes lloraban con más fuerza, hasta que el médico les aseguraba que mi padre aún estaba vivo, y era entonces cuando el llanto cesaba, en diferentes etapas, uno por uno, como caballos de carrera cuya partida hubiese sido anulada por el *starter*. Eso ocurrió repetidamente, hasta que los parientes empezaron a mirar al moribundo con sospecha, con miedo de ser engañados. Después de un largo y tenebroso silencio, mi padre abrió los ojos y me miró. En realidad, abrió solamente un ojo, el izquierdo, que se volvió enorme, como si hubiese incorporado el diámetro del vecino; con ese ojo ciclópeo me hizo un doloroso llamado, un pedido, como quien dice, *cumple tu misión*; y en ese momento, por el rabo de ese ojo insólito, se escurrió una lágrima, una sola, muy brillante, que corrió rápida por el rostro y cayó en la sábana.

A veces me pongo a pensar si Norma acabará igual a las dos señoras cuyo cuidado se me había encargado. Dos ruinas que lloraron en mi hombro: una era empleada pública, empleo conseguido por mi padre, la otra era maestra de escuela primaria. Ninguna de ellas inteligente. Ambas jubiladas. Tal vez hubieran sido bonitas en la juventud, pero ya era tarde para saberlo.

No quiero presumir, pero en eso (y en otras cosas) superé a mi padre, pues Norma no era una mujer cualquiera. Era una mujer diferente, como veremos a continuación. Inteligente, bonita, aunque un poco dientona, lo que le daba, en los momentos en que me hacía enojar, un aire un tanto equino. (Peleábamos mucho y en esas ocasiones ella hacía verdaderos escándalos. Tiraba objetos por la ventana, destruía cosas, decía palabrotas.) Pero ella lo era todo para mí, mi vida, mi verdad, mi biografía.

Aquel día Norma llegó y me dijo que mi mujer era fea y tonta; que no era mujer para mí, que era una burguesa (eso para Norma es una ofensa); que ella, Norma, no quería seguir llevando esa vida clandestina. Todo eso en un restaurante. (Poco antes de entrar en ese restaurante, a las dos de la tarde, hora en que no hay nadie, había verificado, solo, si no había algún conocido; no había, pero aun así, elegí una mesa lateral, medio escondida. Eso la molestó mucho.) «Eres un canalla, un pusilánime, un tipo sin carácter, un cobarde, un mentiroso.» Con los labios fruncidos aparecieron los enormes dientazos delanteros. «Tienes

119

cara de caballo», le dije, desesperado. Lo que hizo que se enojara todavía más y me arrojara —platt— a la cara un plato de aceitunas y rabanitos. (Los meseros me limpiaron como si nada hubiera ocurrido y trajeron otro plato de aceitunas y rabanitos —plaft— que ella me tiró también a la cara y eso habría continuado indefinidamente si el mesero, todavía con un aire de que no pasaba nada, no hubiera dejado de traer aceitunas y rabanitos. Esa es la ventaja de los restaurantes de primera: nada sorprende a los meseros, a no ser una propina pequeña.)

Le repetí que ella era mi vida, mi verdad, mi biografía, etc., pero que necesitaba que me diera tiempo para resolver mis problemas.

«Voy para allá, voy para allá, a la casa de la narizona de tu mujer.» (Lo que era una distorsión de los hechos, mi mujer no es narizona. Cuando mucho, tiene la nariz curva de un pájaro; y los labios finos, de una persona de emociones controladas: algo que sí merecía crítica, pero Norma insistía.) «Narizona, narizona, narizona, narizona, narizona.» Tal persistencia, al final, perdía su sentido y adquiría un ritmo onomatopéyico de estribillo musical. (Un caso patente de verbalización de una idea fija.) Norma sudaba, pálida, cansada. Le tomé la mano y le dije: «Te amo, eres mi vida, mi verdad, mi biografía». «Pff», hizo ella, como quien dice —eso no sirve para nada. Repetí: «Eres mi vida, mi verdad, mi biografía». Saqué del bolsillo unos aretes de platino y brillantes, por los cuales ella fingió no interesarse, después de haberlos evaluado con una rápida mirada. Eso permitió que pudiéramos comer, pero evidentemente no solucionó el problema, como veremos a continuación.

Antes de eso, sin embargo, necesito hablar sobre ese amigo mío llamado João Silva, cuya participación en todo este lío es muy importante. Él estaba en mi oficina, solo. Yo todavía no había llegado. La secretaria había ido al baño, cuando sonó el teléfono y de eso resultó el siguiente recado, pues João no esperó mi regreso: *Una persona llamada Norma. A las 15:20. Preguntando por ti. Una voz suave, pero sin embargo de gran intensidad. Sin duda una mujer interesada en ti, en el hombre. Una hembra que merece una oportunidad, que quiere una oportunidad, que creara una oportunidad.*

No voy a decir que él tuvo la culpa de todo, despertando mi atención por Norma, como una hembra interesada en una oportunidad. Eso lo sabía desde el primer día en que apareció por mi oficina con una causa sin importancia que normalmente yo hubiera remitido a un colega y que, por querer verla nuevamente, acepté. Pero después del recado («merece una oportunidad, quiere, creará, etc.») acepté el hecho, como una fatalidad.

Pero la cosa se desarrolló muy lentamente. Ella iba a la oficina y nos tratábamos de la manera más formal posible. Primero la causa; después otros asuntos; tardamos semanas en llegar a discutir sobre pintura (de lo que ella no sabía nada, dígase de paso). Al cabo de seis meses estábamos hablando sobre el amor y tuve mi primer contacto físico con ella. Estábamos en un restaurante, por primera vez. (Esas cosas suelen comenzar en un restaurante. Cuando un hombre y una mujer están en un restaurante —y ella, 1° no es su mujer; 2° no es vieja ni fea— significa que está en curso algún proceso erótico.) Nosotros estábamos en un restaurante. Pedimos langosta a la thermidor, cuando en realidad yo quería comer picadillo que en aquel restaurante hacían muy bien. Ninguno de los dos comió mucho, pero eso también fue pose, pues ella comía como piraña y no es por nada que yo tengo una cierta barriga incompatible con mi edad; ella es flaca, a pesar de ingerir enormes cantidades de comida, varias veces al día. (¿Una tenia?) Después, mientras fumábamos, le quité el celofán a la cajetilla de cigarros y lo enrollé lentamente hasta convertirlo en un asta fina, con cuya punta comencé a dibujar cosas invisibles en el mantel, hasta llegar a la mano de Norma: sentí que su mano se entregaba a aquella caricia sustituta y por momentos ambos quedamos poseídos por el mayor encantamiento.

Después de aquel encuentro vi que la cosa no iba a quedarse así. João Silva decía: «Esa mujer quiere irse a la cama contigo». Yo replicaba: «¿Tú crees? ¿Tú crees?». Él decía: «Claro». Y yo: «¿Por qué?». Entonces me explicaba que ese tipo de mujeres no se contentaba con contactos espirituales, etc. «¿Tú crees?», insistía yo. «Ella se muere por coger contigo», continuaba él. «¿De veras? ¿Tú crees? ¿Por qué?» —y eso duraba horas, hasta que se molestaba conmigo y me mandaba a la mierda y decía: «Consigue pronto un lugar para llevar a esa mujer, no seas pendejo».

Entonces me decidí.

El departamento que acondicioné para nuestros encuentros era así: en las paredes, reproducciones de buen gusto; un Braque, un Rouault, dos Picassos, un Miró y un Modigliani. Todo el piso alfombrado en color grafito; aparato de sonido; discos (eruditos modernos, popular francés, folclórico español, cantos gregorianos). Una estantería con libros (poemas, Sade, algunos eróticos, libros de arte), un refrigerador; todas las bebidas existentes; una grabadora (tan sensible que podía incluso captar el golpe de nuestros corazones apasionados y en la que, mientras uno esperaba la llegada del otro, grabábamos la nostalgia que sentíamos, la angustia de la espera, el deseo que nos consumía; y donde también grabábamos el ruido que hacíamos y las palabras que decíamos mientras nos amábamos en la cama y en el piso y en la tina, con agua caliente renovada continuamente, estimulando y relajando al mismo tiempo. Nos quedábamos horas en la tina, besando uno el cuerpo mojado del otro, el sabor del agua en nuestras bocas, inventando posiciones de reanimación y deleite.

Mejoré también el departamento en el que ella vivía. Era un departamento viejo en la avenida Atlántica, con sala, recámara, baño y cocina pequeña. La primera vez que entré, me quedé sorprendido con la inmundicia. Ella dormía en un sofá-cama que debió haber sido verde, pero que después de tanto uso se había vuelto marrón; descubrí que dormía sin sábanas y hasta sin almohada (usaba un almohadón viejo y maloliente para apoyar la cabeza). En la sala, un montón de carteles en las paredes (uno enorme de *Bonjour Tristesse*; un anuncio de una corrida española de toros, muy rojo), pero todos con las esquinas sueltas y sucios. El escusado tenía una marca verdosa a la altura de la línea del agua.

Con su cuerpo, sin embargo, tenía mayores cuidados. Su apariencia externa era buena, sus vestidos estaban siempre bien hechos, su cuerpo limpio, a no ser por algunas manchas de nicotina en los dedos. Su ropa íntima era casi siempre azul, de nailon (calzones sofisticados, con encaje, con cositas colgadas para lograr no sé qué efecto); tenía buenos dientes, tal vez demasiado grandes los de adelante; no tenía mal aliento, a no ser por la mañana, pero eso le pasa a todo el mundo (una cosa que siempre me pareció graciosa en el cine es esa historia de los amantes que se despiertan y se besan furiosamente en la boca antes de cepillarse los dientes, o comer algo; la primera mañana del primer día que dormí con Norma intenté hacerlo; despertamos a las nueve de la mañana, mi brazo bajo su cuello; estábamos estrenando el departamento acondicionado recientemente; desde la pared, la jovencita de Modigliani nos sonreía, el caballero verde de Rouault se veía muy guapo montado en su caballo, los gajos de Miró girando, rojos y azules; una película a todo color; entonces me acordé del cine y la besé en la boca; sentí el sabor viscoso de nuestras salivas viejas; para colmo me preguntó: «¿Me amas?», con la cara aún pegada a la mía, y un aliento horrible: «Te amo», dije, levantándome de la cama).

En cuanto a los órganos internos: tenía un buen estómago y un hígado apenas regular (si había bebido más de la cuenta o aspirado alguna sustancia, como le gustaba, despertaba al día siguiente «muerta de dolor de cabeza»); buenos riñones, ovarios también buenos, en la medida en que la incomodaban poco. (Yo creía que ella era estéril, pese a que nunca tuve el valor de ponerlo a prueba, por el contrario, la forzaba a tener todos los cuidados, pues no pretendía tener un hijo bastardo u obligarla a un aborto. «De ninguna manera permitiría que abortaras», solía decirle, hasta que un día me dijo que creía que estaba embarazada.)

Era un día muy soleado. Norma estaba de pésimo humor. «Morir, así, en un día así, con un sol así», iba repitiendo, desesperada. «Cállate la boca», le dije, «no te va a hacer nada, solo te va a examinar. Además, los dos detestamos a Olavo Bilac.» La dejé en la puerta del edificio, ni siquiera me bajé del auto. «¿Me vas a dejar ir sola con ese carnicero?», preguntó. «No es un carnicero», dije, «es el mejor, una autoridad, un as, profesor de la facultad», además de un explotador de las desgracias ajenas, pensé, pues João me había dicho lo que cobraba. Ese fue un día en que todo salía mal. Al bajar del auto ella pisó un montón de mierda de perro en la banqueta. Dios mío, temí que le pasara algo, que se le reventara una vena, que pariera al hijo allí mismo, delante de todo el mundo, pero se controló y me dijo entre dientes, esos enormes dientes delantero: «¿Viste, viste?, pedazo de gusano, canalla, asqueroso, no quiero verte nunca más, nunca más» y se fue arrastrando los pies por el suelo para limpiarlos de las deyecciones caninas.

Reconstruyendo lo que Norma me contó de su entrevista con el médico el relato queda así: Una sala de espera llena de fotografías, de diplomas y certificados de asistencia a congresos de medicina en todo el mundo. Había otras mujeres en la sala y todas, para sorpresa e irritación de Norma, parecían calmadas, leían revistas tranquilamente. Norma se comía las uñas. «¿Qué serán?», pensaba, «¿veteranas? ¿insensibles?» Pasó un siglo antes de que la llamaran. El médico tenía una cara de gángster a lo George Raft, cabello negro, aplastado para atrás. Quedaron frente a frente en el consultorio. «¿Su nombre?», preguntó él. «Luana», inventó ella, porque si volviera a nacer le gustaría llamarse Luana. «¿Luana qué?», preguntó el doctor Raft. Fue en ese momento cuando sintió el mal olor que venía de sus zapatos y dijo «Vanderbilt». También quería ser una Vanderbilt, pero eso estaba oculto en el fondo y fue necesario un trauma fuerte como ese de estar en un consultorio médico oliendo a mierda de perro para que la cosa aflorara. George le mandó desvestirse y acostarse en decúbito dorsal, en una mesa con dos soportes, donde apoyaría las piernas levantadas. Fue un examen penoso. George se puso unos guantes amarillos, lentamente, creando un suspenso intolerable. Después metió la mano, toda la mano, adentro de ella y con la punta del dedo le tocó el útero.

(Aquí interrumpí el relato.) «Pensé que primero te iba a pedir un análisis de orina.»

Se lo pidió, pero fue después de someterla a toda clase de humillaciones. Y le dio un sermón: «La virtud destruye la mente, el pecado destruye el cuerpo», sintiéndose muy satisfecho por haber inventado una frase tan desalentadora. Y quería también su tajada: «Hija, no debes meterte con cualquiera; necesitas alguien que sepa cuidarte, que se ocupe de ti», etc. (Aquí abro un segundo paréntesis en el relato de Norma, para hacer una pequeña digresión sobre el carácter del hombre. Cuando Zutano escucha decir que Fulana se está acostando con Mengano, enseguida cree que Fulana también puede acostarse con él. Esa es una suposición de lo más falsa, ya que sería preciso que Zutano le pagase a Fulana lo mismo que Mengano; o si no que a Fulana, Zutano le leyera, como Mengano, poesía; o si no que Zutano pudiera conseguirle a Fulana el puesto público que Mengano le prometió; o si no que Zutano le diera a Fulana los puntos que Mengano le subirá para aprobar los exámenes; o si no que Fulana sintiera por Zutano la misma atracción física que siente por Mengano; o si no que, al igual que Mengano, Zutano hubiera sido compañero de un viaje trasatlántico de Fulana; o si no que Zutano, como Mengano, hubiera tocado el piano para Fulana; o si no que Fulana, desde su ventana, fuera vista por Zutano como por Mengano; o si no que Fulana hubiera sido de Zutano, la cliente que fue de Mengano; o si no que, como Mengano, Zutano le pudiera leer la palma de la mano a Fulana; o si no que Zutano le mostrase a Fulana, como Mengano, un ojo azul y otro castaño; o si no que Zutano, como hace Mengano, simulara que no le gusta Fulana.)

«¿Alguien que me cuide? ¿Cómo?», preguntó Norma, haciéndose la inocente. (¡Ah, la vanidad de las mujeres! En el fondo le gustaba el interés de George.) «Le fui dando cuerda para verlo ahorcarse.» Y anduvo encontrándose con el Dr. Raft para hacer no sé qué, pero eso solo lo descubrí después. Desconfié. Con ella no podía tener certezas. Desconfié, desconfiaba, pero no hacía escenas, yo era un hombre superior, era preciso que mi imagen de hombre superior se grabara en su mente, el absoluto, el príncipe, el poderoso, el poeta, el que lleva el control, el sustento de las cosas, la presencia avasalladora, la luz.

Era una falsa alarma. Ni siquiera un embarazo psicológico, un trastorno fisiológico. Pero que comenzó a llevar las cosas por un camino terrible.

Seamos justos: ¿qué más podía querer? Lo tenía todo, ¿o no lo tenía todo? La mujer quiere seguridad: yo le di seguridad, le compré a Norma el departamento en el que vivía; le di joyas; le di ropa; le di muebles; le di objetos de arte; le di libros; le di acciones de la compañía de cerveza; le di un terreno en Teresópolis. La mujer quiere amor: le di amor, la hice aullar como una gata, le recité, le encendí el volcán, le amansé la voluptuosidad, le juré, la atendí, le escribí (versos), la agoté. La mujer quiere diversión: le di diversión, la llevé a conocer Río, a encontrar espacios de sombra y encanto, a descubrir fachadas antiguas, playas vírgenes donde nos bañamos desnudos; le mostré la aurora y dónde se ponía el sol; la sombra del árbol en una mañana de mayo; le di viajes por Brasil, baños de cascada, paseos en canoa, comidas típicas, folclor, hoteles de lujo. La mujer quiere pulirse: la pulí, le enseñé las *Duineser Elegien*, el arte de los bosquimanos, teorías económicas, Freud y Toynbee, *Commedia dell'Arte* y Wittgenstein, tragedia griega y astronáutica, Chardin y Pound, cosas que harían de ella una estrella en los cocteles. La suscribí a *Connaissance des Arts*. Tenía todo, ¿o no tenía todo?

Volvamos al restaurante. Fue ese día cuando ella empezó a tenerle coraje a mi mujer. Primero diciendo que mi mujer era fea, narizona y plana; que era seca como un bacalao; que era fría. Y después diciendo que era una burguesa ignorante. Más aún: «No sé cómo puedes vivir con una mujer así, una mujer que no te gusta. ¿Por qué vives con ella? ¿Qué te obliga a vivir con ella? Nadie está obligado a vivir con alguien que no le gusta». Yo le explicaba que estaba enredado en una coyuntura social que me obligaba a un determinado comportamiento que no permitía el acto de abandonar a la familia. Pero no había forma de que lo entendiera. Me dejó solo en el restaurante, a pesar de la joya que le regalé. Pasé varios días sin verla, hasta que recibí una carta:

Carlos Augusto,
Noto que le deseo infelicidad a las personas a quienes realmente quiero. La felicidad destruye el ángel que somos. Es mórbida, para la vida del espíritu. Las mujeres de Gauguin tienen el aire de lo que yo quiero ser. Tal vez *«le beau regard des gens privées de tout»*. Pedirle a alguien que ame realmente a alguien, es muy melancólico. Pedir es melancólico. Pero dar lo es aún más.

Fabricaré una soledad externa, para que mi interna y enorme soledad no se quiebre contra el mundo,

Adiós.
Norma

Estaba escrito.
Respondí:

Norma,
Yo te amo. Escucha la grabadora.

                                                Carlos

Fui a nuestro departamento, conecté la grabadora y dije: «*Norma, eres mi vida*». Apreté el botón de stop. Miré a la muchacha de Modigliani. Todavía tengo el cuadro, en estos últimos instantes. En la boca redonda el labio superior es más grueso y solamente se ven los dientes de abajo; tiene dos trenzas finas que caen sobre los hombros, pero no son muy largas; su cuello es fino, como una palmera; su rostro tiene forma de pera y sobre la frente se reparten cinco mechones finos de cabello. Su esbelto regazo está cubierto por un descolorido vestido anaranjado. ¿Se convertiría más tarde en una matrona gorda, sin ese aire de asombro tranquilo en la mirada? ¿Una mujer vieja y paciente como las viejas amantes de mi padre? (¿Una vieja gorda y flácida? Flácida: la grasa bajo la piel de varios tonos pálidos, del color de una gallina desplumada y destripada, en el refrigerador. A las mujeres viejas solo deberían verlas y besarlas sus nietos de seis años. Escondidas dentro de una sala de sombra y silencio, donde solamente entraran los niños a ratos y las manos hechas de arrugas y cansancio y desánimo les dieran caramelos y juguetes y propiciaran un abrazo muy rápido con olor a moho.) La cinta de la grabadora corrió un poco hasta que continué: «La vida es breve», stop, «Norma, la vida es breve». (Stop, *Ars longa, vita brevis*. Pensar que la vida es breve, breve, breve, breve, breve, breve, breve.) «*Vamos a hacer un viaje, mi amor, el circuito barroco, o si prefieres Bahia o Cabo Frio. Tú escoges. Vamos a hacer un examen de nuestra situación, a descubrir nuestra verdad verdadera.*»
Ella grabó: (sin que yo la viera)

Yo, solamente yo, necesito descubrir la verdad verdadera. Iré a Bahia pero sola. Hablaremos cuando regrese. Te pido que me consigas lo suficiente para el viaje. No sé cuánto necesitaré para diez o quince días, pero tú debes saberlo. ¡Hasta la vuelta!

El viaje de Norma a Bahia me dio un gran alivio. Permitió que le prestara más atención a mi trabajo. A veces me quedaba con Norma toda la tarde y faltaba a una entrevista con un cliente.

Durante el tiempo que estuvo en Bahia mi vida se volvió más tranquila, por lo menos la primera semana. Después empecé a temer que no volviera, o que conociera a algún hombre por allá y me olvidara —pero eso no podía ocurrir, el amor no se acaba de repente, de la noche a la mañana. No podía tener la menor duda de que ella me amaba. Le escribí preguntándole cuándo iba a volver; me respondió que no sabía; que había hecho amigos maravillosos en Bahia; que no tenía dinero.

¿Amigos maravillosos en Bahia? Le mandé dinero para quince días más. Una semana después estaba sin dinero nuevamente. «Aquí todo es muy caro; el hotel es bueno, pero cuesta un ojo de la cara.» Mandé dinero. Se quedó tres meses —yo mandaba dinero. Al final del tercer mes me escribió contándome de Raimundo Castro de Albuquerque.

> No es un muchacho. Es mucho mayor que yo. Es inteligentísimo. No sé bien si es guapo, pero las mujeres lo adoran, todas, sin excepción. Estuvo casado. Siempre tiene una o dos mujeres tras de él, cuidándolo, adorándolo, sirviéndolo. Él acepta todo eso casualmente, con gran indiferencia.

Le enseñé la carta a João Silva. «¿Tú crees que ella tenga algo que ver con ese tipo?», le pregunté.

João Silva no conocía al sujeto, pero me dijo: «Si todavía no se encandila con él, lo hará en cualquier momento». «¿Por qué?», pregunté. «Porque es promiscua. Con cualquier hombre que pase cerca de ella y le parezca interesante, ella...» Lo interrumpí: «Estás loco, ¿de dónde sacaste una teoría tan idiota?». João: «No quiero hacerme el Yago contigo, pero esa mujer es fuego. Es su temperamento».

Si eso era cierto yo era el culpable. Ella quería ser mi esposa, mi mujer, madre de mis hijos y yo no se lo permitía. Mi esposa era otra, que me esperaba en casa en un silencio herido sin misericordia, que no me amaba, pero quería vivir conmigo por el resto de sus días, porque las cosas así tenían que ser y ella solo hacía lo que tenía que ser, sin importar lo que doliera, pues dolería mucho más romper los contratos, abandonar los valores consagrados, los patrones usuales, la aprobación de los parientes, amigos y vecinos. Era una mujer que me esperaba en la sala en penumbra, sentada, inmóvil, en un sillón en el rincón más oscuro de la sala, como una cosa muerta y por lo tanto mortífera; y ni siquiera volteaba a verme cuando llegaba, acompañaba mis movimientos con los oídos; y cuando llegaba frente a su cara, me observaba con una mirada que me daba lástima y miedo, un poquito de lástima y mucho miedo. Le tenía miedo. Todo marido le tiene un poco de miedo a la mujer, pero la mayoría de las veces por un motivo diferente al mío. Tienen miedo de irritarla y transformar la vida en común, que no quieren romper, en un infierno de lamentos y resentimientos. Mi caso era diferente. Yo le tenía miedo físico. No de ser agredido, ella sería incapaz de eso. Sino miedo de su fuerza moral, de sus sombras y de sus silencios, del desprecio que sentía por mí. De su sordo encarnizamiento.

João Silva volvió de Bahia, adonde había ido a petición mía, diciendo que Norma iba a casarse con el tal Raimundo de Albuquerque.

—Por el amor de Dios, no me dejes solo —dije sujetando a João del brazo, cuando amenazó bajarse del auto estacionado en el que conversábamos—. Por el amor de Dios —insistí.

—Mira —dijo él—, la doña va a casarse y listo, déjala; se quiere casar, ¿no? Entonces que se case; pobre de ese tipo, va a ser un cornudo más en plaza.

—Pero el amor no se acaba así de repente. El otro día me dijiste que el amor no se acaba de repente. Necesitamos hacer algo, João. Pongo todo mi dinero.

—Ya gastaste con ella más de lo que se merece. Una simple provinciana que sofisticaste y que ahora quiere ser señora.

—Pago lo que sea necesario.

—Mira, con el dinero que te gastaste en ella yo me cogía a la reina de Inglaterra.

—Tú no entiendes: ella es mi amor, mi vida...

—Tu biografía.

—Estoy hablando en serio.

—Estás enojado porque ella te botó. Puro orgullo. Consíguete otra, en esta ciudad hay millones de mujeres, de todos los tipos. Consíguete otra.

—João, ella es mi vida.

—Carajo, no vamos a comenzar todo de nuevo.

—Entonces, ¿de veras la perdí? No es posible, no lo creo, ¿quién puede hacer por ella lo que yo hice, amarla como yo la amé, darle inteligencia y brillo, improvisar cosas nuevas a cada instante, mantener la alegría de vivir en sostenido?

—Déjate de patrañas. Sé hombre. Eres un inmaduro.

—¿Qué es ser hombre? ¿Es no sufrir?

—Ser hombre es aceptar lo irremediable.

—Sin ella mi vida es un vacío. No tendré valor para volver a casa.

Debía haberlo abandonado todo, haberme casado con ella en Uruguay, si era eso lo que quería. Pero fui un cobarde.

João se bajó del auto. De pie, desde afuera, dijo:

—¿Quién sabe si todo eso no termina en un embuste?

—¿Cómo?

—Ese matrimonio va a fracasar, eso sucede, el tipo ya no es un niño; le gusta cambiar de mujeres.

—¿Y luego?

—Luego, que si eso ocurriera, seguramente volverá contigo. A ella le gusta vivir bien.

—Eso no me interesa. Si volviera me negaría a aceptarla.

—Perfecto.

—¿Pero tú crees que vuelva?

—No sé. Especulo.

—¿Cuánto tiempo te parece que pasará para que eso ocurra?

—¿No dijiste que no te interesa?

—¿Cuánto tiempo?

—Seis meses, un año...

—¿Tanto? No voy a aguantar tanto tiempo. ¿Pero estás tan seguro de que eso va a ocurrir, la separación de ellos?

—Yo no dije que estoy seguro. Es una hipótesis.

—Pero João, hermano y único amigo, tú nunca te equivocas.

—A veces me equivoco.

—No, nunca te equivocas. En seis meses ella regresará y entonces nunca más la perderé, verás.

—No sé. Esa señora es una neurótica, los neuróticos son hornos que queman todo, incluso el horno. Raimundo pierde, Carlos pierde, ella pierde, todos pierden. Escucha, lo mejor es que te consigas otra.

—Pero no quiero a otra. La quiero a ella.

—Entonces está bien. Hasta luego. Estoy apurado.

—¿Pero volverá? ¿En seis meses? ¿Volverá?

—Volverá.

—No me estás diciendo eso para librarte de mí, ¿verdad?

—Sí. Pero volverá.

Al escribir este informe, *calamo currente*, no corro riesgos. Todo lo malo que podía ocurrirme ya ocurrió. ¿Ya ocurrió?

Si me preguntaran, «si fueras escritor, ¿qué te gustaría escribir?», respondería inmediatamente: el *Ars amatoria*, de Ovidio. Y sin embargo, ¿qué hago? Escribo, cuando mucho, un torpe *Remedia amoris*, un tratado sobre los celos, un mapa de compensaciones, ya que no tengo capacidad de enseñarle a los otros a amar. (¿Sabré enseñar a olvidar?)

Después de que Norma inició su breve episodio epitalámico con Raimundo, la tristeza cayó sobre mí; me volví uno de esos tipos que en las fiestas se meten en un rincón y tratan de disfrazar su incapacidad de comunicación con una sonrisa mecánica y paciente. (El dolor profundo, pero solo el profundo, hace más pacientes a las personas.)

Incluso hubo un día en que pasó algo que nunca pensé que podía sucederme. Estaba solo. En determinado momento me puse a pensar en Norma con tanta intensidad que empecé a quedarme sin aire, con la sensación de que se me iba a parar el corazón; es lo que deben sentir las personas que están a punto de morir. Entonces súbitamente empecé a llorar. Hacía unos treinta años que no lloraba; es una cosa extraña, que necesito contar en detalle. Después de un rato los ojos se cierran; sientes las lágrimas mojando tu rostro y una sensación de alivio como si fueras un hombre envenenado y se te abriera una vena y saliera lentamente toda la sangre mala, haciéndote sentir mejor con cada gota —más ligero, más bueno, más puro, más digno, más feliz en tu autocompasión. Después de eso (si estás solo) sientes ganas de gemir un poco y suspirar hondo y hacer unas muecas de dolor, contraer el rostro cerrando los ojos con fuerza, como si estuvieras frente a un espejo o una cámara de cine.

Abandonarse al dolor hace que el dolor duela menos. El dolor en seco es peor. Quienes han sufrido en un entierro, hospital, cuarto solitario, prisión, internado —esos me entienden.

Así estaba yo, pensando en Norma cada segundo, sin parar, diciéndome que solo se entregaba a Raimundo por deber y respondiéndome que ella no era capaz de hacer algo así, pues un millón de factores podían condicionar su comportamiento, menos el deber. «Es un ser dominado por lo gonádico y no por lo deontológico» —decía para mis adentros. Era horrible esa masturbación a la que me entregaba. Pensaba: es un error suponer que los hombres de cincuenta años tienen menos capacidad sexual. Por otra parte, el sujeto más capaz que conozco en ese sentido es un tipo que ya pasó de los cincuenta. Hay ocasiones en que para poder satisfacer al montón de mujeres que posee se ve obligado a encontrarse con dos el mismo día, una por la tarde y la otra por la noche, proporcionándoles a todas un tratamiento de lo más generoso.

Pero, si me preguntaran, yo quisiera ser Ovidio; y que mi única pena fuera el destierro en Tomis; no solo porque el destierro en Tomis, o lo que Tomis representa en mi mundo, sería una pena inferior a aquella a la que acabé (como veremos) siendo condenado, sino también porque yo podría obtener de las actividades del olvido, al que ávido me entregué, un fruto más dulce, o por lo menos más efectivo.

Las penas de amor con amor se curan, dicen. Por eso resolví buscar otro amor, mientras Norma volvía.

Estaba en una librería y lo primero que me llamó la atención en esa chica fueron sus piernas. Largas, sólidas, con esa tonalidad que adquiere al sol la piel de algunas rubias después de mojarse con agua salada; el hueso de la espinilla no aparecía, carne, tibia y peroné integrados en un suave contorno. Subiendo desde su pie derecho ligeramente arqueado (dentro de un zapato limpio y ligero), las líneas de su cuerpo se desenvolvían con incorruptible simetría; sus gestos eran lentos, de una languidez económica, como un gas en expansión; su rostro, un rostro de vitral, compuesto por el azul de los ojos y por el rojo de sus cabellos color fondo de vieja olla de cobre. Un ser humano cimentado en una sinergia perfecta. Algunas mujeres no son más que un bípedo mamífero. Esa no. Me acerqué y le pregunté:

—¿Puedo ayudarla?

Me miró casualmente.

—Podría ser. Busco un libro de buenos modales.

—Buenos modales... hum... Déjeme ver... —yo estaba un poco nervioso. ¿Me habría tomado por un vendedor de la librería? ¿Pero cómo? ¿Acaso tengo tipo de vendedor de librería?

—Uno que no esté anticuado —continuó ella.

—Uno que no esté anticuado —repetí. Rayos, estaba realmente nervioso.

—Exacto.

—Bueno, como usted sabe, todos los libros de buenos modales ya salen anticuados de las imprentas. Los buenos modales cambian vertiginosamente; lo que hoy es correcto mañana no lo es. Eso significa que los buenos modales no existen. En términos absolutos.

Sonrió.

—No es lo que dice Mademoiselle Denise. Supongo que usted no trabaja aquí. Muchas gracias, con permiso —y se fue. Me puse frente a ella:

—¿Quién es Mademoiselle Denise? Me llamo Carlos Augusto.

—Sr. Carlos Augusto, realmente necesito comprar un libro de buenos modales. ¿Usted sabe cuántas copas se colocan delante del invitado en una cena de etiqueta? ¿La diferencia entre un tenedor para pescado y un tenedor para crustáceos?

—No. Es decir, el tenedor para crustáceos tiene tres dientes largos, como el que usa el Diablo, a quien, dígase de paso, no se le conoce como consumidor de crustáceos. En cuanto a las copas, veamos, una de agua, una de vino, otra de vino, otra de licor, otra de sobra... no sé, nadie necesita saber esas cosas, a excepción de los *maîtres* y de los meseros.

—Pues yo necesito saberlo. Con permiso.
—¿Quién es Mademoiselle Denise?
—Mi profesora de buenos modales.
—Usted no necesita buenos modales. La señorita tiene los mejores buenos modales que alguien pueda tener.
—Pero usted parece no tenerlos.
—Tiene toda la razón. Puedo adelantarle incluso que este, mi comportamiento, a todas luces reprobable, me sorprende mucho. Nunca antes hice esto, en toda mi vida. Seamos prácticos. Le pido una oportunidad de rehabilitación. Aquí está el libro que usted desea, de un autor consagrado en todas las latitudes. —Puse en sus manos el libro de Marcelino de Carvalho, que estaba sobre el mostrador.

Aunque parezca increíble es así, con un intercambio de palabras imbéciles, que comienza una aventura amorosa. Qué fácil es iniciar una aventura amorosa. Basta seguir algunas pequeñas reglas.

En primer lugar es esencial que el seductor tenga confianza en sí mismo. En segundo lugar que sea paciente y atento. Y que sea cuidadoso con su cuerpo y con su espíritu. (No debe olvidarse que la atracción del espíritu es la única duradera.) Es necesario obsequiar a la mujer amada, pero de modo que se le dé placer sin despertar su codicia, pues el verdadero amor no debe basarse en ventajas materiales. Todo eso está en Ovidio y es una pena que yo lo hubiera leído después de que Norma se casó con el tal Raimundo. (Es bien cierto que aunque los consejos del *Ars amatoria* pretenden ser solamente para seducir cortesanas, sus enseñanzas pueden, muy fácilmente, ser empleadas en la seducción de mujeres casadas. ¿Debía irme inmediatamente a Bahia?)

Después de algún tiempo, Teresa comenzó a frecuentar mi departamento. Tenía diecinueve años y estudiaba en la escuela para modelos. (Donde aprendía buenos modales, entre otras cosas.)

¿Pero por qué no sirvió como suplente? No sé. Quería pasarse pegada a mí todo el tiempo. No me dejaba levantar de la cama para preparar un whisky, escribir una línea de una reclamación urgente. «Por favor, tengo que escribir, déjame levantar.» Ella trenzaba sus piernas con las mías, me abrazaba con fuerza, mientras su lengua lamía mi oreja. «Déjame, déjame, es urgente, después nos ponemos a jugar como Macunaíma.» Me agarraba con más fuerza, parecía un campeón de lucha libre inmovilizando a su adversario. «¿Quién es Macunaíma?» «Pedazo de burrita, Macunaíma... jugaba como nosotros, pero ahora no quiero jugar, necesito escribir, mira los papeles encima de la mesa.» Pero de nada servía. «No tengo fuerza para soltarme.» Cuatro horas de sexo. «No tengo fuerza.» Ella: «Yo te doy fuerza». Con mi pierna derecha a modo de palanca o algo similar empecé a desprender mi pierna izquierda, presa entre las piernas de ella. Pero sus brazos alrededor de mi cuello parecían de hierro. «Te amo», dijo ella. «Al rato, necesito hacer un reclamo», respondí. Ella continuaba abrazándome con fuerza. «En serio, mi amor, suéltame.» Nada. «*Je vous en prie*, por favor, *please!* ¿Haces gimnasia? ¡Hazte la fuerte en el infierno!» Ella se reía. Lentamente, con gran esfuerzo, fui quitando sus manos de mi espalda, la inmovilicé, sentado sobre su abdomen. Ella comenzó a mover rítmicamente el bajo vientre. «Mi amor, después.» Ella: «Ahora, siempre». La salté y salí corriendo por el cuarto. Corrió detrás de mí, se colgó de mi espalda. «Por favor, por favor, por el amor de Dios, tengo que hacer un reclamo.» «No», dijo, «no te suelto.» Se pegó a mi espalda. Estábamos en la puerta del baño. «Suéltame, quiero hacer pipí», imploré. (Sentí cierta vergüenza al decir eso, fue un acto de desesperación.) Me soltó. Entré al baño. Hice pipí con la llave del lavabo abierta, apagando el ruido vil con un sonido más digno. Cuando salí me volvió a agarrar. «Diez minutos solamente, dame diez minutos solamente», pedí. Se sentó sobre mis rodillas mientras escribía el reclamo. «Así no puedo, ¡caramba!» Finalmente me soltó, no sin antes quitarme la toalla que tenía enredada en la cintura, dejándome totalmente desnudo. Se tiró en la cama mirándome con odio; sus ojos azules brillaban como un soplete para derretir acero; de bruces, la leve curva de la columna terminaba suavemente en el coxis, el pelo húmedo de sudor por el amor hecho apenas, en la punta de su largo brazo entre sus largos dedos un cigarro que fumaba con lentitud deliberada. Cada bocanada era como si sus poros se abrieran también, ansiándome. Me acosté a su lado. Nos abrazamos. «Te amo, mi amor», me dijo con voz ronca. «Dime que me amas.» «Te amo.» En el fondo de mi cabeza algo me decía *no puedo más, no puedo más*. Me dolían las rodillas. Sentía como si mis brazos hubiesen adelgazado y perdido la fuerza. Tenía la boca seca, el estómago revuelto. Si respiraba hondo, me dolían los pulmones. Me sudaba el cuerpo. Fue un orgasmo seco, que ardía. Agotado, vencido, vacío, me levanté de la cama para caer en el piso del baño.

Ella exigía demasiado del cuerpo y poco del espíritu. Pero no era tonta o insensible, era una fuerza de la naturaleza, una leptosomática invencible, con la cual no podría, una turbina voraz, longilínea, aterradora, genial, única, joven, explosiva, consuntiva, destructiva. Volví a la cama, a su lado y me anidé en sus brazos, limpio y puro, como si fuera mi madre. Acarició lentamente mis cabellos y yo la miré a los ojos; sonrió, y cerré los ojos: era bueno sentir su mirada sobre mis párpados cerrados; cuando abría los ojos allí estaba, protectora, vigilante, como diciendo, *olvídate, duerme tranquilo*.

Cuando salimos del departamento, la ciudad ya estaba desierta. Caminamos por las calles hasta que encontramos seis hombres cantando alrededor de una bolsa negra de cuero tirada en el piso. También había una mujer, un poco fuera del círculo. Cantaban: «Él dio su sangre, dio su sangre, sí, su sangre carmesí». Después se callaron y comenzó el primer orador. Estaba de espaldas a nosotros e inició su prédica al viento. «Aprovechen la oportunidad que Jesús les está dando. Abandonen el pecado.» Cada palabra era un grito y cada grito iba acompañado por una sacudida del cuerpo. Nos quedamos allí. Llegaron tres personas más, un vagabundo de barba, una mujer borracha y un tipo que tal vez fuese un mesero que acababa de salir del trabajo. La borracha comenzó a hablar al mismo tiempo que el segundo orador y él le gritó después de un rato: «¡Cierra la boca, pecadora! ¡Aquí no hay lugar para Satanás!». Pero la mujer ni se inmutó. El vagabundo de barba reía entre dientes. Teresa reía, también, sin tapujos. Más cánticos. Yo no quería irme hasta que hablara el último orador, un mulato gordo, con una poderosa voz de barítono y un semblante digno, cargado de rabia. Como los demás, al llegar su turno colocó el libro de himnos en el montón de cosas del centro de la rueda y tomó otro libro. Y comenzó, su voz fuerte atravesó el aire, golpeando las paredes de los edificios. «Si yo estuviera aquí para contar la vida íntima de los artistas de cine, o tocara el violín, o hiciera gracias como un payaso, habría muchos a mi alrededor. Pero yo traigo la palabra de Jesús y nadie me escucha. ¿Dónde están todos? ¿Dóoondee? ¡Le cerraron la puerta a Jesús! Se pervirtieron en Sodoma y Gomorra y ¿qué pueden esperar sino la destrucción y el infierno? ¡El infierno!» Nos fuimos. Teresa con el brazo alrededor de mi cintura y yo con el brazo sobre su hombro. Nadie nos vería allí a aquellas horas. Grité, imitando al mulato, «¡El infierno, el infierno!».

Fata volentem ducunt, nolentem trahunt. ¿Por qué Teresa no sirvió como suplente de Norma? No nos gusta quien uno quiere. Yo quería que Teresa me gustara, hice todo lo posible para que Teresa me gustara, palabra de honor. Necesitaba que me gustara alguien. Era fácil que ella te gustara: los hombres la seguían por las calles, recibió invitaciones para trabajar en cine, las amigas adoraban su espíritu deportivo, sabía lucir tanto un bikini como un vestido de baile. Estaba aprendiendo a leer los buenos libros que yo le prestaba; tenía un olor a fruta madura, un olor a árbol mojado, un olor a fuerza y salud, un olor a limpieza, un olor a niño de seis años después del baño; me amaba como una loca, era una perra constantemente en celo —pero tal vez fuese por eso, porque me amaba locamente, que yo no conseguía amarla en la misma medida: qué clase de pervertido era yo, necesitaba incertidumbre, necesitaba luchar por mi amor, como hacía con Norma, para continuar amando. Véase cómo el hombre es un ser complicado e infeliz. Dirán: no todos son así, están los normales, esos que solo quieren a las mujeres que los quieren, esos que solo quieren lo que pueden alcanzar, aquellos que solo hacen lo que pueden hacer, aquellos que solo van adonde pueden ir. Pero Norma estaba hecha de imposibles, de frustraciones y rechinar de dientes, de audacia, de imprecaciones, de sufrimiento y esplendor, de ferocidad, tenacidad, crueldad y obstinación. Eso solo Norma me lo daba. Y como Teresa no me había hecho olvidar a Norma, me empeñé en que tenía que buscar otra. Otra que me llenara la vida.

Andaba por la calle mirando a todas las mujeres. No conseguía quedarme en la oficina, no podía ir a casa, no tenía sosiego. Uno de esos días encontré a Sônia. Una mujer había pasado a mi lado y yo había volteado para verla alejarse. Fue entonces que tropecé con alguien que cargaba un paquete que cayó al suelo haciendo un estrépito de vidrios rotos.

—Discúlpeme —dije. Me agaché para recoger el paquete. El objeto allí dentro estaba roto—. Dioses, le digo, soy un desastre. Discúlpeme, señorita.

—No importa —dijo ella desconsoladamente.

—¿Qué era? —le pregunté—. Le compraré otro.

—No importa, no se preocupe.

Era un paquete de regalo.

—Permítame insistir. Me haría usted un favor. Me quedaré tan enojado que hasta soy capaz de no dormir esta noche.

— No sé... murmuró ella.

—Está decidido. ¿Dónde lo compró?

Me dijo el nombre de la tienda.

—¿Dónde queda?

—En la calle Ouvidor.

Caminamos hacia allá.

—Soy el tipo más descuidado del mundo —dije.

135

—Pero yo también tuve la culpa.
—De ninguna manera. La culpa fue solo mía.
—No sé qué decir. Creo que no debería aceptar algo así.
—¿Cómo te llamas?
—Sônia.
—Mira, Sônia, lo que estoy haciendo no tiene nada de raro. Cualquier caballero haría lo mismo.
—Pero usted está perdiendo tiempo, desviándose de su camino. Seguro tenía prisa, ¿no?
—No. Me llamo Carlos.
—Esto es... era el regalo de bodas para una amiga. Algo sin importancia, quiero decir, algo barato.

Llegamos a la tienda. Ella pidió un florero igual al que había comprado momentos antes. (Se trataba de un florero de cristal, algo horrible, no sé para qué fabrican ese tipo de cosas. Tal vez para que sirvan de regalo de bodas.) El empleado volvió diciendo que no había más floreros de ese tipo.

—¿Me permites escoger el regalo para tu amiga?

Ella intentó protestar, pero no le di importancia a lo que decía. Elegí una cigarrera antigua, de plata labrada portuguesa, que me costó una fortuna.

Después de comprar el regalo nos quedamos parados en la puerta de la tienda por unos momentos. Ella sostenía el paquete, un poco abrumada, o tal vez con miedo, como si el paquete fuera una bomba de tiempo.

—Sigo sin saber qué decir —dijo sonriendo.
—¿Por qué?
—No había ningún motivo para que usted me comprara esto. La culpa fue mía, sé que la culpa fue mía y además usted compra una cosa mucho más cara. A mi amiga le va a encantar.
—Hay por lo menos dos personas satisfechas. Tu amiga y yo.
—Es verdad. Entonces, adiós, muchas gracias.
—¿No nos veremos más?
—No sé. ¿A usted qué le parece?
—Tampoco lo sé.

Ninguno miraba al otro. Yo miraba hacia un costado. Ella miraba el paquete.

—¿Tiene teléfono? —preguntó ella, mirando aún el paquete.
—Sí —respondí. Le di un número—. Es el de mi oficina.

Sacó un cuadernito de la bolsa y, mientras le sostenía el paquete, anotó el número.

—¿Me llamarás? —pregunté.
—Sí.
—¿Cuándo?
—Mañana. ¿Está bien?
—Sí. Pero llámame de veras.
—Lo prometo.
—Esperaré ansioso.
Se rio.
—Seguro llamo. Bueno, entonces, hasta mañana. ¡Ah!, ¿qué hora es mejor para llamar?
—En la tarde. Después de las cuatro.
—Entonces hasta mañana a las cuatro.

Me extendió la mano. Se la apreté, sintiendo cierta intimidad, cierto compromiso, en aquel gesto. ¿Era mi imaginación? Sônia se fue alejando, pude observar entonces sus piernas gruesas, el movimiento de sus nalgas bajo el vestido, sus cabellos. «Eh, Sônia, Sônia», grité mientras corría hacia ella. Volteó, sorprendida. «El regalo», dije entregándole el paquete, «me dejaste el regalo.» Se rio, ruborizada, diciendo «Qué cabeza la mía.» «Hasta mañana», dije. «Hasta mañana», respondió ella.

Y se fue.

Claro está que a nadie le interesa nada de esto. Pero lo cuento para mostrar cómo los seres humanos están ávidos por establecer nuevos contactos. Y también por otro motivo. Para recordar, aunque melancólicamente, lo atractivo que podía ser. Las mujeres simplemente no resistían mis encantos. Después... veremos después, después. Sigamos un orden.

Durante días hablamos por teléfono. Sônia acababa de terminar con un tipo que era «casi su novio». Fuera de eso, no platicamos nada sobre la vida personal de cada uno. A ella le gustaba platicar sobre libros aburridos como *Iracema*, *Helena*, etc. Y también sobre cine. Esas conversaciones no tenían el menor interés para mí. Un día la invité a pasar por mi oficina. Por supuesto que no le di la dirección de mi oficina, le di la de mi departamento.

Nos citamos a las cinco. Media hora antes empecé a caminar de un lado a otro, impaciente. A cada momento pegaba el oído a la puerta, cerca de la mirilla, tratando de oír sus pasos. A las cinco y veinte ya había fumado bastantes cigarros y caminado varios kilómetros dentro del departamento. Me dolía la oreja de tanto pegarla con fuerza en la puerta. Cuando sonó el timbre, me asusté.

Sônia traía un grueso cuaderno en la mano, de esos de hojas sueltas.
—Tardé en salir del colegio —dijo.

—¿Colegio?

—Esta no es la oficina, ¿verdad?

—No, es más un lugar de recogimiento, para escuchar música, descansar, leer, pensar.

—¡Qué formidable! Ojalá pudiera tener algo así para mí.

Nos sentamos en el sofá.

—Aquel es Modigliani —dijo ella—. Vi la película. ¿Tú viste la película, con Gérard Philipe?

—Sí.

—¿Quiénes son los otros?

—Miró, Rouault, Braque, Picasso —señalé uno por uno.

—A Picasso lo conozco.

Puse música en el tocadiscos. Música francesa.

—¿Por qué quisiste que viniera aquí?

—No sé —(me parecía que cierta indecisión y una razonable timidez funcionarían)—, creo que yo, eh, quería estar a solas contigo. —Le dije eso como un tartamudo, pasándome la mano por la cara, riendo nerviosamente.

—Yo también quería estar a solas contigo. Eso no tiene nada de raro.

—Claro, pero... eh, no sé... —(pausa)—. ¡Pero yo lo ansiaba tanto! —(mirada intensa en sus ojos)—. ¿En qué colegio estás?

—En la Escuela Normal. ¿No sabías? Termino este año.

—No, no sabía.

—Vamos a bailar —dijo ella, quitándose los zapatos.

Bailamos. Al poco rato nos estábamos besando.

—Qué calor —dijo ella.

—Tenemos mucha ropa —dije yo tímidamente.

—¿Estás proponiendo que me quite la ropa? —preguntó, imitando la voz de una persona muy impresionada.

—Claro que no —respondí del mismo modo.

—Me daría vergüenza —dijo, seriamente.

—¿Por qué? ¿No vas a la playa? Podríamos quedarnos como si estuviéramos en la playa.

—Pero no estamos en la playa.

—Te hago una playa. Esta es la arena —dije señalando el sofá—. Abracadabra, listo: arena blanca y fina, y buena para acostarse. Ahora, aquí arriba construyo un sol, así, redondo, para broncearnos el cuerpo. ¿Ves, mi amor? Soy un mago. —La besé fuertemente en la boca. Nos acostamos en el sofá. Poco a poco, mientras la besaba, le fui quitando la ropa. Qué difícil. Ella, a quien le hubiera gustado, creo, fingir que la desnudaba un poco en contra de su voluntad, se vio obligada a colaborar, girando un poco el cuerpo para que le desabotonara los botones de la blusa que estaban en la espalda y levantando un poco el pubis para que pudiera quitarle la falda.

—Hay mucha luz —dijo.

Me levanté y corrí las cortinas sobre las persianas que ya estaban cerradas.

Volví a la cama.

El resto fue previsible.

Solo estoy contando estas cosas para mostrar que me esforcé en olvidar a Norma. Intenté varios recursos, varias mujeres. Hasta prostitutas busqué. Conseguí números de teléfonos, a los que llamaba y decía:

—¿Señora Carmen?

—Sí.

—Le habla Carlos. —Le daba mi dirección.

Ella enseguida iba al grano: «Tengo una pernambucana, una morena linda, completita, ¿sabe?».

Claro que sabía lo que quería decir con eso de completita. Toda Madame tiene su metáfora.

—¿Puede estar aquí dentro de media hora?

—Sí.

—Muchas gracias, señora Carmen.

—Se llama Edna.

Eran todas iguales. No físicamente. Unas eran rubias, otras morenas, altas, flacas, chaparras, gordas, unas niñas aún, otras treintonas, mulatas y hasta una negra, para probar. Nombres: Suely, Zuleica, Elizabete, Inês, Maria de Lurdes, Rafaela, Cristina, Mercedes y otros que ya olvidé. Pero eran todas iguales. En cuanto terminaba me daban unas ganas locas de que se fueran, a veces apenas podía esperar que se vistieran. Algunas querían quedarse y volvían, de la indefectible visita al baño, a la cama, donde se acostaban para platicar, contar cosas de sus vidas, en detalle. Yo no quiero saber nada de la vida de nadie; prostituta, mujer de familia, presidente de la República, artista de cine, la vida de los demás no me importa, lo que me importa es mi vida. Mi vida.

Carlos,

Los errores, como la paja, flotan en la superficie; aquel que busca perlas debe sumergirse. ¿Te acuerdas de cuando me lo dijiste? Estábamos en aquel hotelito de Cabo Frio, un día de invierno, en que la ciudad estaba completamente vacía de turistas. Ahora entiendo lo que querías decir con eso. Todo lo que es fácil está equivocado. Busqué lo fácil, el matrimonio, la casa y todo estaba equivocado. ¿Te alegra saber eso? ¿Saber que me equivoqué y que lamento haberme equivocado? ¿Me aceptas de nuevo?

Norma
P. S.: Rendición Incondicional.

(El P. S. estaba tachado de tal manera que, sin embargo, pudiera leerse.)

Le enseñé la carta a João.

—João, genio de los genios, gran mago, poderoso señor de la profecía, dame tu bendición.

João retiró la mano. Parecía contrariado.

—¿Qué pasa? Diste de lleno en el blanco, todo lo que dijiste ocurrió. No sé cómo agradecértelo. Seré tu esclavo por el resto de la vida.

—Contéstale diciendo que no quieres saber nada de ella.

—¿Cómo? ¡No te entiendo!

—Esa mujer no sirve, incluso desde lejos te está destruyendo y cerca va a acabar contigo de una vez.

—¿Estás loco, João?

—No estoy loco. ¿Sabes lo que todo el mundo anda diciendo? Que tu bufete ya no vale nada, que todos los clientes te están abandonando, que no quieres trabajar, que nunca te encuentran, y cosas así.

—Pero todo eso es una exageración. La ausencia de Norma me perturbó un poco, pero no tanto.

—Con ella va a ser peor.

—Déjate de tonterías, João. Por favor, no me arruines el día.

—Va a exigir cosas. ¿Crees que va a ser como antes? Te va a exigir que abandones a tu mujer. Eres un cobarde, ¿tendrás el valor de abandonar a tu mujer?

—La abandono. Este amigo tuyo te va a sorprender, ya verás.

—Norma no se merece que alguien abandone a su mujer por ella, ni siquiera a una cretina como la tuya.

—Norma es buena, dale una oportunidad, João, una pequeña oportunidad, aunque sea, no hagas juicios apresurados.

—¿Por qué tachó *rendición incondicional*? ¿Y de modo que pudieras ver las palabras tachadas?

¡Cómo odié a João aquel día!

El estúpido pensaba que yo no tenía valor para dejar a mi mujer. Algo absurdo, millones han hecho lo mismo. Abandonar a la propia mujer no tiene nada de raro. Los amigos hablan, ella empieza a odiarte, ¿pero qué importa? ¿Y si ella se rehusara? Vamos a juicio, se le paga una pensión, si se quiere conseguir otro hombre que se lo consiga, ya no es tu mujer. Todo simple, sin problemas, una cosa fácil, fácil.

En cuanto necesité hablar con Célia, todo empezó a ponerse difícil. Casi llegué a desistir. Pensaba en los otros hombres que habían abandonado mujer e hijos —¿qué clase de personas serían? ¿Cuál sería la virtud o la fuerza que los había llevado a eso? ¿Egoísmo? ¿Pasión? ¿Pragmatismo? ¿Sentido común? ¿Madurez? ¿Un poco de cada cosa? ¿La exacerbación de una de ellas?

¿Valor? (Algo que no tengo. Ahora lo veo, soy un cobarde. Siempre fingí ignorar sus síntomas —a la menor señal de peligro los oídos quedan bloqueados por una cortina de plomo que se cierra súbitamente; incapacidad para resistir, para discordar, para herir y atacar de frente; para correr riesgos.)

—Necesito decirte algo muy serio —le dije.

Ella tejía. Se la pasaba tejiendo. Para los pobres. Ella resolvía el problema de los pobres tejiendo.

—Sí... —Un sí seco, emitido por entre los delgados labios inmóviles, como si fuera un muñeco de ventrílocuo defectuoso.

Me quedé un rato parado sin saber qué decir. Siguió tejiendo, sin darme importancia.

—Es muy serio lo que quiero decirte. —Sentí que me temblaba la voz. Fue cuando Célia me miró, la mirada detenida en mi rostro, leyéndolo. Entonces pareció haber percibido lo que le quería decir. Sus labios escasos comenzaron a distenderse muy lentamente sin que se notara su progresión, como ocurre con la aguja de un reloj: el ancho de la boca aumentaba a cada instante, los labios desaparecían, surgiendo en la boca cerrada dos líneas rectas exangües superpuestas, haciendo que su rostro pálido de profundos ojos oscuros pareciera el dibujo de una calavera. Mientras tanto giraba lentamente la cabeza para atrás de manera que los huesos del maxilar inferior se definían con tal nitidez que daban la impresión de que iban a romper la piel delgada y fina en cualquier momento. Se quedó en esa posición mientras yo, impresionado, cerraba los ojos, sin valor para mirarla.

—Entonces me vas a abandonar —dijo.

Abrí los ojos. Ella se había levantado silenciosamente. Estaba de pie, al otro extremo de la sala, con los brazos finos caídos, colgados de los hombros.

Dudé; intenté decirle «¿quién te metió esa idea absurda en la cabeza?», acompañado de una carcajada que subrayaría la gracia que me hacía semejante tontería. Pero lancé solamente la carcajada, lo que acabó convirtiendo mi separación en un litigio caro. «Le daría el divorcio», le dijo Célia a João días después, «sin mayores exigencias, y hasta creo que lo perdonaría. Pero después de esa carcajada de desprecio no podía haber ningún acuerdo.» Mi mujer realmente no me entendía.

Le envié un telegrama a Norma para que regresara inmediatamente. Fui a esperarla al aeropuerto y allí mismo le dije que me había separado de Célia. La besé en la boca. Se apartó, sorprendida. «Así es, delante de todo el mundo», alardeé, «ahora tú eres mi mujer.» Norma preguntó: «¿El divorcio ya fue confirmado?». Respondí que no. «Entonces no queda bien que nosotros, así, en público, ¿no crees...?»

En público. En el velatorio de mi padre ocurrieron cosas *en público* que hubieran molestado a cualquier mortal. Estaban allá sus colegas y clientes; y amigos de mi padre, tipos viejos y solemnes, de ropa oscura y cuellos duros, varios con bastón y uno de monóculo, que habían ido a homenajear al comendador José Francisco, mi padre; y también amigas de mi madre, ancianas de ropa nueva y rostro compungido, todas queriendo abrazarla, verla llorar desesperadamente, estimulando su sufrimiento con palabras de cariño, como asistentes a una obra de teatro que aplaudieran al actor en medio de la representación, para conseguir una interpretación más vibrante. Súbitamente, en medio de ese velatorio concurrido, al que el propio presidente de la República había mandado un representante, surgió una de las amantes ocultas de mi padre. Estalló en medio de la sala, con el grueso rostro congestionado por las lágrimas, gritando: «¡Chico! ¡Chico mío! ¡Por qué te moriste, Chico mío!» y corrió hacia el ataúd, donde besó sollozando las manos del muerto. La saqué de ahí con mucho esfuerzo. Cuando llegamos a la calle, ante la curiosidad de las personas que nos siguieron y de las que se amontonaron en las ventanas de la capilla, la amante de mi padre se arrodilló en el piso y gritó con voz sorprendentemente fuerte para una vieja: «¡Fueron treinta años, fueron treinta años!».

¡Escándalos! Ese sí que fue un escándalo. Cuando regresé, después de haber despachado a la mujer, al subir las escaleras que llevaban a la sala del velatorio escuché un zumbido: eran los presentes cuchicheando excitadamente entre sí. En pequeños grupos, con las cabezas casi juntas, susurrando con ese aire de secreto y satisfacción de quien escucha un chiste verde en una casa de familia.

Las viejas de ropa nueva se apartaron de mi madre. La miraban de reojo. Su rostro, pálido e inmóvil, parecía de cera.

Después de salir del aeropuerto, dentro del auto Norma me pregunto: «¿Adónde me llevas?».

—Bueno, querida, a nuestro departamento.
—¿Te vas a quedar ahí?
—Estoy viviendo ahí. Me fui de casa. Célia se quedó con el departamento.
—¿No te parece mejor que esperemos a que termine el divorcio?
—¿Por qué?
—Así nadie puede decir nada de nosotros.
—¿Decir qué?
—No sé. Me parece que no está bien.
—Pero el divorcio aún va a tardar. Está en litigio, depende de una serie de audiencias, peritajes, un horror.
—¿En litigio? ¿Qué te está pidiendo?
—Quiere todo.
—Pero no le vas a dar lo que ella quiera, ¿no?
—Le voy a dar lo que me obliguen a darle.

Norma acabó yéndose al departamento de la avenida Atlántica, donde vivía con su amiga.

No tuvimos ningún encuentro íntimo mientras se tramitó el divorcio. Nos veíamos casi diariamente; íbamos juntos a cines, teatros, restaurantes —después cada uno volvía a su casa. Interpreté el asunto como una demostración de dignidad, de virtud, de madurez de parte de Norma. «Realmente creció», decía para mis adentros.

De hecho estaba diferente. Ya no peleaba conmigo; era tranquila y solícita; comprensiva. Se había vuelto otra mujer. Eso creía yo.

El divorcio terminó y Célia obtuvo prácticamente todo lo que quería. (Las ocasiones en que la vi en el juzgado vestía toda de negro, como si estuviera de luto; no me saludó una sola vez.) Uno trabaja como animal mientras la mujer se pasa el día en el manicurista, en el peluquero, en el pedicurista, en la modista, en el médico, en casa de las amigas jugando canasta, en los desfiles de modas o si no simplemente en la cama durmiendo con una pereza retrasada y en el momento de la separación viene un juez cretino (como todos los jueces) y decide que la mitad de todo lo que uno ganó le pertenece a ese parásito. A eso se le llama justicia.

Terminado el divorcio, viajé con Norma a Uruguay, donde nos casamos. Ella quería pasar la luna de miel en París. Pero eso no era posible.

—¿Cómo que no es posible?

Yo no tenía dinero. «Estoy por recibir unos honorarios», expliqué. Era mentira, no tenía honorarios atrasados por recibir. En realidad, tenía deudas por saldar. «¿Tus clientes no te pagan?», preguntó Norma. «Pagan, pero a veces tardan. Los abogados somos así, hay meses en que no recibimos un centavo, el dinero queda todo acumulado. Es por eso que necesitamos tener siempre unas reservas.»

Nos quedamos casi quince días en Montevideo. Montevideo fue de cierta forma una decepción. No me acuerdo cómo era la ciudad. Cuando llegamos allá, sentí algo hueco en nuestras relaciones; como una expectativa abortada. Para anular la decepción, intenté una solución erótica: quedarnos dentro del cuarto haciendo el amor todo el tiempo. Hicimos el amor de todas las maneras, con el estómago lleno, borrachos, con hambre, vestidos, en la ventana del hotel mirando la ciudad, oyendo música. El orgasmo llegaba, pero el orgasmo depende siempre de otros elementos para ser avasallador. Esos elementos estaban faltando. Después del acto, empecé a sentir algo que no era tristeza o depresión —una especie de desaliento, un vacío. ¿Le ocurriría lo mismo a Norma?

¿Pero qué diablos me estaba ocurriendo?, pensaba. ¿Acaso el sexo no es lo mejor que existe? ¿El placer, en un mundo de paliativos? ¿La única posibilidad de fruición revitalizante?

Volvimos a Rio.

Al principio íbamos juntos a todas partes. Después, empezamos a salir separados. O mejor, ella empezó a salir sin mí. Yo me quedaba en casa, bebiendo solo, sin ganas de leer o escuchar música y, lo que es peor aún, viendo televisión, una porquería de programa detrás de otro, molesto por la salida de Norma. Una mujer no puede salir sin el marido, eso es un absurdo, algo mal hecho; lo opuesto puede ocurrir, que el marido salga sin la mujer, eso sí. ¿Y adónde iba Norma? A la disco, al cine, a casa de las amigas a jugar canasta. Volvía tarde.

—¿Adónde fuiste?
—A casa de Helena.
—¿Qué Helena?
—La mujer de Pedro.
—¿Pedro? ¿Qué Pedro?
—Pedro, el médico.
—No conozco a nadie con ese nombre.
—¿Por qué no apagas la televisión? Ya no hay más programas.
—Me gusta verla así. Te molesta que la vea así.
—No me molesta, pero estás gastando el aparato inútilmente.
—¿Y qué te importa?

—El aparato se descompone.
—¿Y con eso qué?
—Después te vas a poner furioso por el dinero que vas a gastar en la compostura.
—No pienso quejarme. Me quejo por el dinero que gastas en tonterías. El montón de dinero que gastas en tonterías. Una máquina, eres una máquina de triturar dinero.
—Basta. Estás borracho.
—Ah, ahora sí, ¿no? Cuando toco el tema, el punto débil, dices que basta, solo te gusta discutir cuando tienes oportunidad de ganar. Máquina de triturar dinero. Eres igual a esas prostitutas que solo andan en taxi y solo usan perfume francés. Tú también andas solo en taxi, vas a la tienda a comprar hilo: taxi, vas al peluquero: taxi, vas a visitar a una amiga: taxi, taxi, taxi. Eres una *taxi-girl*, jejeje... jajaja...
—Pensé que por lo menos podrías pagar mi transporte, pen...
—¡Máquina de triturar dinero!
—Pensé, pensé...
—No pensaste nada. Todas las mujeres son unas burras. Todas las mujeres son un desarrollo interrumpido, algo que iba a ser y no fue.
—Si trabajaras, el mísero dinero de un taxi no nos haría falta, ¿escuchaste?
—¿Cómo quieres que trabaje? Estoy enfermo, estoy enfermo, ¿no sabes que estoy enfermo?
—Sí, lo estás, mucho más de lo que piensas.
—Pero no estoy loco, ¿eh?

Yo tenía mononucleosis. ¿Cómo podía trabajar con mononucleosis? Era ella quien debía gastar menos. Iba a la manicurista cada tercer día. Había que verle las uñas: tenían unos cuatro centímetros de largo. Debía ser una manera de desquitarse de la época en que se comía las uñas. (Eran, además, estrechísimas, lo que hacía que su mano pareciera la de un diablo de un desfile carnavalesco.) Vivía en las estéticas de belleza. Martes, jueves y sábados: en la mañana, manicura y corte de pelo; en la tarde, gimnasia rítmica y ballet. Lunes, miércoles y viernes: en la mañana, pedicura y limpieza de piel; en la tarde, sauna, duchas y masajes.

Se estaba volviendo otra persona. Parecía una muñeca: el cabello siempre arreglado; equilibrados los varios colores de las innumerables pinturas con que una mujer tatúa su cuerpo: el *sunset pink* de los labios combinando con el *scarlet-hell* de las uñas, que combinaba con el *blue-lagoon* de la sombra de ojos, que combinaba con el *ochre gipsy* del maquillaje, que combinaba con el *moonlight-passion* del polvo facial.

Se sentaba en el borde de los sillones, con la espalda recta, metiendo la panza, aparentando una pose confortable.

—¿Cuándo dejaste de comerte las uñas?
—En Bahia.
—¿En Bahia?
—En Bahia.
—¿Así, sin más ni menos?
—¿Qué es eso de sin más ni menos?
—¿Te despertaste una mañana y listo, ya no te comías las uñas?
—Claro que no.
—¿Entonces cómo fue?
—No sé, ya ni me acuerdo.
—¡No es posible!
—¿Qué no es posible?
—Que no te acuerdes cómo fue que dejaste de comerte las uñas. Tal vez algún trabajo de persuasión del tal Raimundo, ¿eh?
—Y si fue así, ¿te molesta eso?
—No, no, mi interés es puramente científico. Se sabe que comerse las uñas es un síntoma de tensión psíquica.
—Te encantaría que volviera a comerme las uñas, ¿no?
—¿A mí?
—Sí, a ti.
—¿Por qué?

No respondió. Norma vivía atribuyéndome acciones, pensamientos, deseos, referentes a ella que nunca fueron cometidos o imaginados.

Por lo tanto estábamos siempre peleando. Si no peleábamos más, era porque nos veíamos poco. Ella se pasaba el día revitalizando y pintando las carnes de su cuerpo, recortando los cascos, armando los pelos; de noche iba a casa de las amigas, iba a las discotecas, al cine. Me estoy repitiendo al decir esto, pero creo que el papel de la mujer es acompañar al marido, siempre, de lo contrario el matrimonio no dura. Lo gracioso es que yo no hubiera permitido que Célia me hiciera eso; Célia nunca salía sin mí.

—Célia nunca salía sin mí.
—¿Quién?
—Célia.
—Seguramente por eso su matrimonio fue tan bueno.
—Y nosotros, mi amor...

—¿Nosotros, qué?
—¿Qué nos está pasando?
—Estás diferente —Norma balanceó la cabeza, mirándome.
—¿Yo?
—Tú.
—¿Yo?
—Ya no eres el mismo.
—Tú no eres la misma.
—Ja, ja.
—¿Ja, ja?
—Ya llegamos a la fase de acusaciones mutuas. Es el fin.
—¿Me vas a abandonar?
—Bueno...
—Anda, dime.
—No sé...
—Yo te doy todo...
—¿Todo?
—¿No te lo doy?
—Carlos, tú...
—¿Yo qué?
—Andas tan, tan... desanimado.

Nadie bebe por gusto. Uno bebe con la cabeza y no con la lengua. Yo bebo también con el corazón. Es él el que se hace más ligero. Es grato, para quienes lo tenemos pesado, aligerarlo. Mi *Weltschmerz* está en el corazón. ¡Cómo duele! Pongo una mano sobre él y le digo «sosiégate, corazón», como una heroína de novela antigua. Pero mi corazón solo se sosiega cuando bebo. Eso es un hecho. Sé que la bebida es considerada antisocial, por los moralistas, por los juristas (antes yo era uno de ellos), por los religiosos, por los educadores, por los padres de familia, por los gobernantes; y como un veneno por los médicos, por los psiquiatras.

La psicopatología forense de mis tiempos de estudiante hablaba de una forma de comportamiento patológico asociada al alcoholismo y que podía llevar al individuo al crimen. Pero mi alcoholismo no me llevó a ningún crimen, hasta ahora, al menos. (Y lo que acabaré haciendo no será crimen, pues nadie sufrirá, ni siquiera yo.)

Un día escuché el ruido que hizo Norma al llegar y abrir la puerta —cosa que nunca sucedía— y la encontré besando a un hombre. Era João Silva. No maté a nadie; en ese momento incluso me pareció divertido ver la cara perturbada de João, la sorpresa, el susto que les hizo aflorar la sangre a sus rostros y los hizo balbucear, tartamudos, palabras inconexas.

João bajó por las escaleras, furtivo, con su valor disperso, su telurismo languideciendo. Me gustó verlo así. Una rabia inesperada me hizo agredir a Norma. Después del primer golpe, la rabia fue aumentando y cuanto menos se defendía y cuanto más lloraba, más crecía mi furia. Lo que me gustó de verdad fue agarrarla a patadas.

No sé cómo consiguió huir. Yo me sentía cansado para correr tras ella. Debe haberse ido a vivir con João Silva. Es graciosa esa tendencia que tienen las mujeres a abandonar a un tipo e irse a vivir con un amigo de él. Ocurre más frecuentemente de lo que se supone. Es la pereza femenina.

Ahora estoy solo y sin ganas de hacer nada. Una de aquellas vagas que anduvo conmigo me dijo un día, en una tarde calurosa en que sudaba de tal manera que le escurrían gotas por la cara y los brazos, que deseaba morirse. «Los muertos no sienten calor», dijo. «Ni hambre», dije. «Ni tristeza», dijo. «Ni preocupaciones», dije. «Ni miedo», dijo. «Ni cansancio», dije —y nos fuimos por ahí jugando un ping pong verbal para mí divertido y para ella catártico. Pero eso fue en esa ocasión. Hoy ya no me divierto. La vida es una prebenda. Pero no debo angustiarme. Como dijo Epicteto,

la puerta está abierta.

La opción

Dijo el profesor Danilo: —Existen por lo menos cuatro clases de sexo: el jurídico, el anatómico, el gonádico y el psicológico. Las palabras macho, hembra, hombre, mujer son meros símbolos que representan una realidad inexistente.

Danilo paseó los ojos por la sala.

—Este caso es diferente de otro que expuse aquí anteriormente. Pero el dilema era el mismo: ¿qué sexo vamos a determinar, a escoger para el paciente? En ese caso yo no tenía dudas, porque *él* no tenía dudas. ¿Te acuerdas, Fernando?

Fernando: —Era un muchacho inteligente. Me dijo: si resolvieran que voy a ser mujer me mato.

Danilo, seleccionando diapositivas: —A mí me dijo lo mismo; se lo decía a todo el mundo. Sabía lo que quería. Psicológicamente era hombre; jurídicamente era mujer. Se llamaba Nair, que es un nombre más o menos neutro.

—¿Él sabía a qué había venido aquí?

—Creo que se lo dijeron sus padres.

—Posiblemente unos imbéciles —dijo Duarte riendo.

Y Mírian, envuelta en sus sombras *(¡qué mundo tan pequeño este!).*

—Posiblemente. Pero coincidirás en que hicieron algo inteligente registrando al chico como Nair; si se llamara Marlene, hubiera tenido problemas cuando entró al colegio, de pantalones. Él exigió pantalones y los padres estuvieron de acuerdo. Tal vez no fueran tan imbéciles.

—Inventaba cosas. Ayudó a nuestra, a su...

—A nuestra...

—A nuestra decisión —dijo Fernando.

—Este caso es diferente —dijo Danilo—. Ella no.

—¿Ella? —Duarte—. Eso significa...

—Sé adónde quieres llegar. No significa nada. No puedo decir *it*, o *das*, el idioma no me lo permite. Y si me lo permitiera tampoco lo diría.

149

—La última flor del Lacio inculta y bella... —dijo Duarte—. El doctor Roux...

—El doctor Roux queda para después; quieres hablar sobre el último libro que leíste, pero no es el momento.

—Quise establecer...

—Después, después. Me perdí: ¿dónde estaba?

—Ese caso es diferente...

—Gracias. Ese caso es diferente. Pero vamos por partes.

Danilo proyectó la primera diapositiva.

—Aquí están los órganos genitales externos: pene y saco escrotal; el saco escrotal no tiene testículos. El ultrasonido comprobó la existencia de una estructura vaginal. Es un caso de contradicción entre la morfología genital externa y la gónada; la biopsia de la gónada mostró tejido ovárico normal. La prueba de cromatina, así como la insuficiente elevación del 17-cetoesteroide y la ausencia de depresión por la cortisona, no nos autorizan a decir, positivamente, que se trata de un caso de hiperplasia suprarrenal. Por otro lado, no se trata de un caso de hermafroditismo vero, pues no hay demostración de tejido testicular, aunque exista el ovárico.

—¿Cuál es el sexo del paciente? ¿Jurídicamente? —Fernando.

—Femenino. Morfológicamente, masculino; gonádicamente, femenino. Psicológicamente, bueno, ese es el problema: lo que hace diferente al caso: no lo sabemos —profesor Danilo.

—¿Cuántos años tiene el paciente?

—Nueve. Ese es otro problema, dentro del problema. La alteración de los genitales a través de una corrección quirúrgica debe hacerse pronto.

Mírian: *(Deben, pero no lo hacen. Pero podían, Danilo podría haberlo hecho. Me pregunto por qué no lo hizo, ¿no sabía? ¿Huyó de la dificultad, no quiso correr el riesgo de la alternativa de descifrar o ser devorado? Debería decírselo. ¡Ah, ah! Antes le preguntaría: ¿Sabe quién soy? ¿Se acuerda de mí? Sufra ahora, aunque sea una parte, de mi sufrimiento...)*

—¿Quiere decir que en este caso podríamos hacer quirúrgicamente a un hombre o a una mujer, uno u otro, si quisiéramos? —preguntó Duarte.

—Formulaste la pregunta de modo impreciso. Pero sé qué quieres preguntar. La respuesta es sí. Si supiéramos.

—¿Cómo?

—Digamos que después de un diagnóstico cuidadoso optáramos por el sexo femenino. En ese caso haríamos la amputación pura y simple del pene y del saco escrotal. Habría que construir la vagina. Sería fácil. Es más fácil construir genitales femeninos que un aparato genital masculino. No es difícil abrir un orificio perineal y producir una vagina adecuada.

—¿Y si quisiéramos hacer un hombre?

—Haríamos una laparotomía: extirparíamos útero y ovarios. Y como el saco escrotal del paciente está vacío le colocaríamos dos testículos de plástico. Para hacerlo feliz. Un hombre para ser feliz necesita tener genitales normales. Por eso los testículos de plástico, que no permitirían espermatogénesis pero que le darían una sensación de normalidad.

—Entonces solo cabría echar un volado: cara, mujer, cruz, hombre —Duarte.

—En medicina no se echan volados. *(Es un payaso. ¿Qué hago aquí enseñándole a este payaso? ¿Debo enseñar mi Arte, como quiere Hipócrates...?)* Tú lees mucho, ¿has leído a Hipócrates?

—¿No está un poco anticuado? ¿Y por qué no a Galeno? *(No ha leído a Roux y me viene con Hipócrates.)*

—Galeno también sirve. Pero volviendo a Hipócrates, al que no has leído, él decía más o menos esto: la medicina, entre todas, es la más noble de las Artes, pero, debido a la ignorancia de quienes la practican, está a la zaga de todas las demás. Esas personas, dice él, son como los personajes introducidos en el teatro que tienen la forma, la ropa y la apariencia personal de un actor, pero no son actores; así también existen muchos médicos titulados, pero pocos verdaderos —profesor Danilo.

—Estoy totalmente de acuerdo —Duarte.

Fernando: *(¿Qué le pasa a Danilo? Siempre que viene Mírian se pone así, amargo, nervioso, queriendo pelear.)*

—Pero no debería —dijo Danilo. *(No sirve de nada continuar. ¿Tendrá ese cretino el amor por el trabajo, y la perseverancia que permitirán que la enseñanza, mi enseñanza, propicie frutos abundantes? ¿Estaré siendo emotivo? Ese tipo me cansa.)*

—Volviendo al asunto. Es un caso difícil porque el paciente tiene nueve años y el *gender role* es para nosotros indefinible. No sabemos qué es él psicológicamente.

—¿El paciente no dice lo que cree ser?

—Él no sabe qué es. El papel masculino o femenino que el niño asume es algo adquirido durante el curso de todas las experiencias y adaptaciones del crecimiento. Quisiera llamar su atención sobre las observaciones de la doctora Joan Hampson, en un folleto que distribuiré, sobre el *gender role*: lo que somos en materia de sexo, incluye el erotismo, pero es más que eso; incluye, por ejemplo, la ropa, el nombre, el corte de pelo, la postura, el gesto, las maneras, afectaciones, devaneos, ilusiones, ambiciones para el futuro, pero es también más que eso. Algo impreso irreversiblemente, y que necesitamos descubrir, pues el ser humano no puede vivir con esa contradicción que vemos en nuestro paciente. Existe la contradicción social, la moral, la de carácter: esas el hombre las sobrevive sin mayores vicisitudes. Pero la contradicción sexual es difícil de resistir: es imposible ser feliz con ella. En materia de sexo (esta palabra es semánticamente imprecisa, pero no hay otra) el ser necesita ser definido.

—¿Qué necesita un hombre para ser feliz, en este aspecto? —Fernando.

—Tener un falo adecuado; creer que es hombre; creer que los otros creen que él es hombre; tener orgasmos y, más importante, creer que puede hacer llegar al orgasmo a una mujer.

—¿Y una mujer?

—Tener genitales adecuados; creer que es mujer; y creer que puede, o que podría, tener hijos.

—¿Quiere decir que para que el ser humano sea feliz necesita estar en paz con sus ilusiones? —Duarte.

—Precisamente —Danilo.

Mírian: *(¿Y quién no tiene ilusiones, para vivir con ellas en paz o en guerra? ¿Y quién no tiene dudas por falta de certezas?)*

—Ser macho y hembra simultáneamente es imposible, si no se es personaje de mitología griega (y ahí solo se verifica el aspecto erótico de la dualidad) o si no, ostra, o *Drosophila melanogaster*...

—Donde no se verifica el erotismo —Duarte.

—Así es —Danilo. *(El taquipsiquismo de ese tipo va a engañar a mucha gente; pensarán que es inteligencia. Se me agota la paciencia; me estoy volviendo viejo; ¿invento fantasías, prejuicios? Cada vez soy más consciente de mi ignorancia y eso me desagrada; pero no me desagradaba cuando lo descubrí, incluso me gustaba y decía: cuanto más se sabe menos se sabe; repitiendo a otros, que sin embargo, como yo, en verdad decían: yo sé mucho, aún me falta algo pero llegaré. No llego: ni sé exactamente qué falta; ni sé a dónde llegar. Quería quedarme quieto, en un rincón, pensando sin descubrir nada; nada de diagnósticos, comunicaciones a la Academia, nada de cumplir mi papel sociométrico. ¿Y mis hijos? Esos extraños que nos tienen presos por la inercia del hábito. El ayudante del técnico en televisiones me cuenta que tuvo un hijo y yo, en este contexto de errores y equívocos (tener una televisión, y, peor aún, tener que arreglar la televisión), le pregunto si prefería niño o niña, y el tipo me responde que quería un hijo; y yo le pregunto por qué y dice que un hijo es mejor que una hija, que el hijo continúa la obra del padre.)*

—Ya que tiene que ser solo una cosa, ¿qué decidió usted que sea?
—Duarte.
—Todavía no sé. Algo hay que hacer. Siempre hay algo que hacer —Danilo.
—¿Cómo se viste el paciente? —Fernando.
—Se viste como mujer.
—La convención jurídica...
—Pero orina de pie.
—Ah...
—Tiene el cabello largo...
—También la convención jurídica.
—... pero él sueña que es hombre...
—Ah...
—... pero en sus sueños no existen mujeres, ni otros hombres, solo él, y se parece al *Moisés* de Miguel Ángel, cuya figura vio en un libro de su casa.
—¿Con barba y todo?
—Todo.
—Interesante...
—Le tiene miedo a los rayos y a los truenos. Más a los truenos... No juega con muñecas ni con pistolas. Le gusta leer.
—¿Qué?
—Sabatini, Delly, Karl May, combina *Tarzán* con *La hija del dueño del circo*. Lee mucho. No tiene amigos ni amigas. Es un ser apacible y tímido.
—¿Y los padres?
—Lo dejan en paz y él, ella, el paciente, no molesta a nadie. Es obediente.
—¿Fue examinado por psiquiatras?
—Ellos dicen que no hay nada raro en el paciente: a no ser un cierto exceso de introversión. Eso hasta hoy. Le temen al futuro, sin embargo. Pero no deciden nada, hacen hipótesis, saltan de Freud a Horney a Adler, y al final quieren saber qué dice el laboratorio, el hombre de las láminas. Querrían tener tiempo, observar más, pero no hay tiempo; en este caso el tiempo es un enemigo, un veneno para el ser humano. El miedo es un veneno, y el odio, y la frustración y la duda, y la estricnina. Pero el peor de todos los venenos (siempre) es el tiempo. Estoy parafraseando a Emerson.

Duarte: *(No citaría nunca a Sartre. Conozco a este tipo de gente. Solo cree en los clásicos, los clásicos sobrevivieron, pasaron la Gran Prueba. ¿Cuántos años más son necesarios? ¿Cincuenta? Einstein queda afuera. ¿Cien? Freud* queda afuera. ¿Doscientos? Afuera Kant. ¿Trescientos? Isaac Newton tachado. ¿Cuatrocientos? Descartes sin oportunidad. ¿Dónde se detienen? En los griegos.) Duarte sonrió. *(Yo también tengo una cultura clásica. Hum, solo sé nombres y fechas, pero no tiene importancia, la mayoría sabe solo nombres y fechas y epígrafes.)*

—¿Falta algo todavía para que usted decida?

—Depende de la definición, que yo todavía no sé dar. Nos pasamos la vida dando definiciones: yo, tú, y tú-tú *(Mírian)*. Definimos todas las cosas; definimos el bien y el mal, lo falso y lo verdadero y pensamos que somos libres porque podemos definir. Pero ocurre que estamos obligados a definir y porque estamos obligados a definir no somos libres. Esa definición, en cuanto al paciente, no sé darla, pero acabaré dándola y diré, no hay duda de que se trata de un hombre, vamos a destruir sus características femeninas. O viceversa.

Fernando: —Todo lo que existe tiene una razón de ser. ¿Y si no se hiciera nada?

Mírian: *(Lo no hecho, hecho está. Piensa, Danilo, ¿ya lo olvidaste? ¿Tiene tantas marcas también mi rostro, que ya no ves aquella —aquel —aquello?)*

—¿Decías...?

—Si no sabemos qué hacer, no debemos hacer nada —Fernando.

—Pero tenemos que saber.

—Sí. Pero en la hipótesis de no saber es mejor no decidir.

Danilo: —Esto es antiinteligencia, antihombre. *(Y es también el descanso, mi deseo profundo, que mi hipocresía oculta.)*

Mírian, el lápiz totalmente mordido, la sensación de quien rastrea por un túnel negro invadido de un aire enrarecido: *(Después de nueve meses de: vómitos, dolor de espalda, incomodidad, depresión, cistitis, hemorroides, altibajos, sadomasoquismo, la última angustia: miedo. El de la madre, el del feto, una pasándole el miedo al otro: el del feto, el mayor miedo de todos: miedo a la vida; el de la mujer, el miedo a la muerte, va creciendo insoportable como el de alguien que se ahoga —pero la mujer es más fuerte: y viene el alivio, hecho de liberación y rechazo, como si el feto fuera heces hace mucho reprimidas, como una luz al romper el duro envoltorio de oscuridad que la envolvía, demostrando la crueldad del ser contra el ser, la soledad de todos. ¿Niño o niña? Galería Uffizi: la Sala del Hermafrodita: reclinado, con los ojos cerrados, el Hermafrodita sueña; su rostro de cisne descansa sobre el brazo, su cuerpo se apoya sobre la rodilla de la pierna izquierda ligeramente encogida; las piernas, y el torso y las nalgas están hechas con frescura e inmortalidad, llegan a tener sensibilidad y tono: de su madre Afrodita. De su padre Hermes: un falo blando, adormecido. On voit dans le Musée antique, sur un lit de marbre sculpté, une statue énigmatique d'une inquiétante beauté. Est-ce un* jeune homme, est-ce une femme? Une déesse ou bien un dieu? L'Amour, ayant peur d'être infâme, hésite et suspend son aveu. *Una copia del original de Policleto*, dice el guía. Me mira: ¿sabrá? ¿Niño o niña? ¿Qué le dirán a la madre, que comienza a estar en paz con lo que salió, el cuerpo extraño que expulsó de su cuerpo? Ella quiere saber. Vamos, Danilo, dígalo. Dígalo —*no sé, y ellos, padre y madre, que armen su secreto; solo suyo, una complicidad de crimen abominable; dentro del cuarto cerrado, como escondiendo un cadáver descuartizado en una maleta, la madre cambia el pañal del, de la, ¡oh! Dios mío.*) El horror se abate sobre el corazón de Mírian.

—¡Uiiiiii! —el gemido de Mírian erizó los cabellos de Danilo. La sala quedó en silencio, todos inmóviles incluso Mírian que recostó la cabeza sobre los brazos y que, en otras circunstancias, parecería dormida.

Danilo pone las diapositivas rápidamente en una cajita. Le tiemblan las manos. Llegó a una decisión y tiene prisa.

El grande y el pequeño

José, que también era conocido como Zé Pequeño, para no confundirse con su primo José, a su vez conocido como Zé Grande, sentía que había algo en el aire, ese sábado al llegar a casa de su tía Helena. Le había limpiado las manos con alcohol apresuradamente, sin verificar dedo por dedo, como lo hacía siempre; y le había permitido colocarse él mismo el tapabocas de gasa antiséptica. Un comportamiento de lo más extraño.

Mientras se ponía el tapabocas, todavía en la puerta de entrada, Zé Pequeño notó que la tía Helena volvía al sofá, donde estaba su hermana, la tía Ermelinda, y que juntas comenzaban a cuchichear, con un aire serio y terrible. Zé Pequeño intentó oír lo que decían, pero no lo consiguió: hablaban muy bajo y los tapabocas que ambas usaban tornaban las voces más apagadas.

La parte del rostro de tía Ermelinda que se podía ver —los ojos y la frente— mostraba que debía estar sufriendo: los ojos estaban muy rojos, como si acabara de llorar; a cada instante movía la cabeza; tía Helena le sostenía las manos. Hubo un instante en que gritó: «Criamos hijos para eso, Dios mío», y recostó la cabeza en el hombro de la hermana. Zé Pequeño se puso alerta; la tía Ermelinda solo tenía un hijo y era Zé Grande, su primo y mejor amigo. Sin embargo, a pesar de toda la atención, Zé Pequeño no logró oír nada más, a no ser otro «Dios mío», mortecino. Se acercó. Tía Helena le preguntó:

—¿Qué quieres tú?

—Pensé que José estaría aquí —respondió Zé Pequeño. Al oír el nombre del hijo, tía Ermelinda suspiró hondo, cerró los ojos y sacudió una vez más la cabeza.

—¿Te imaginas si mamá supiera? —dijo tía Ermelinda.

—No puede saberlo, no le digas nada, ahorrémosle esa tristeza —respondió tía Ermelinda.

Tía Helena notó nuevamente la presencia de Zé Pequeño.

—¿Te lavaste las manos?

—Usted me las limpió con alcohol —dijo Zé Pequeño.
—Estás siempre lleno de gérmenes, vives con el dedo en la nariz, no te acerques a Francisquinho —dijo tía Helena.
—Ta bien, tiita —respondió Zé Pequeño.
—Ta bien, tiita... qué modo de hablar tiene este niño —dijo tía Helena con disgusto.
—¿Está José en su casa, tía Ermelinda? —preguntó Zé Pequeño.
—Está, sí, está —respondió tía Ermelinda.
—Hasta luego tiita, hasta luego tiita —dijo Zé Pequeño, quitándose el tapabocas y saliendo rápidamente.
La casa de Zé Grande no estaba lejos. Al poco rato Zé Pequeño ya estaba allí.
—Hola, Zé —dijo Zé Grande.
—¿Esta tía Ermelinda? —pregunto Zé Pequeño.
—Mamá salió —dijo Zé Grande caminando hacia el sofá que había en la sala, donde se acostó, con zapatos y todo. Zé Pequeño se sentó en una silla. Zé Grande miraba el techo, pero tenía aspecto de no ver nada. Después metió la mano en el bolsillo y sacó una cajetilla de cigarros y una caja de cerillos. Encendió un cigarro, siempre mirando al techo.
—¿Estás fumando? —preguntó Zé Pequeño dos veces. A la segunda, Zé Grande dijo: —¿Eh?
—¿Estas fumando? —insistió Zé Pequeño, que nunca había visto a Zé Grande fumar.
—Pues sí, ¿no? Pero mira, esto hace un mal tremendo, si fumas no creces, ¿entiendes? Yo puedo, ya crecí, pero aun así voy a dejar, dentro de unos días voy a dejar.
—¿Te gusta? —preguntó Zé Pequeño.
Zé Grande que ya estaba mirando de nuevo el techo, se volteó y dijo:
—¿Me gusta qué?
—Fumar.
—Hace mal —dijo Zé Grande.
—¿Entonces por qué estás fumando?
—Por bruto —dijo Zé Grande. Volvió a mirar hacia el techo, ahora con más intensidad. Zé Pequeño se movió en la silla, golpeó el piso con los pies, hasta llegó a silbar, pero Zé Grande continuó distante. Hubo un momento en que sonrió, para sí mismo.
—Estoy parado de cabeza —dijo Zé Pequeño.
Zé Grande no respondió.
—Tía Ermelinda estaba en casa de tía Helena. Vengo de allá, yo sabía que tía Ermelinda no estaba aquí —dijo Zé Pequeño.
Zé Grande encendió otro cigarro.

—Tía Ermelinda estaba triste, creo que había llorado —continuó Zé Pequeño.
—¿Mamá? —preguntó Zé Grande sentándose en el sofá.
—Tenía los ojos rojos.
—¿En casa de tía Helena?
—Sí.
—¿Estaban platicando?
—Sí. Pero no pude escuchar. Tenían las máscaras esas que tía Helena nos pone en la cara para no contaminar a Francisquinho.
—¿Cómo sabes que estaba llorando?
—Tenía los ojos rojos. Y suspiraba, decía Dios mío todo el tiempo.
—Así es, Zé, el asunto es preocupante —dijo Zé Grande dando un suspiro, algo que Zé Pequeño tampoco había visto.
—Creo que es un asunto del que no quieren que la abuela se entere —dijo Zé Pequeño.
—¿Eso oíste?
—Lo oí. Pero después tía Helena me mando afuera. Por eso vine.
—Ni la abuela, ni nadie —dijo Zé Grande.
—¿Qué pasa? —preguntó Zé Pequeño.
—Las familias son algo muy extraño —dijo Zé Grande—. ¡Carajo!
Zé Pequeño tembló.
—Ah, Zé, si fueras más grande.
—Yo ya soy grande —dijo Zé Pequeño.
—Sí eres, sí eres —dijo Zé Grande sonriendo sin alegría—, pero eso tampoco me ayuda.
Zé Grande se puso a caminar por la sala. Un largo tiempo para Zé Pequeño, que no sabía qué decir o qué hacer más allá de acompañar al primo con los ojos. Finalmente doña Maria Amélia, la abuela, apareció en la sala. Extendió la mano derecha para darle a Zé Pequeño la bendición. Zé Grande siguió caminando por la sala.
—¿Estás enfermo?
—¿Me está usted hablando a mí? —preguntó Zé Grande mirando de reojo a la abuela.
—Sí —dijo la abuela.
—No, señora.
—Hum —dijo la abuela.
—¿Tengo cara de enfermo? —preguntó Zé Grande.
—Nadie me dice nada —dijo la abuela—. Principalmente tú; y tú también, diablillo —dijo ella mirando a Zé Pequeño. Entonces recordó a su propio hijo, que era la cara del nieto, el hijo que quería curar los dolores de estómago con vino caliente y azúcar—. Mira, ven, ten-

go unos caramelos para ti —abrió la vitrina y de una copa de cristal rojo sacó una bolsa de caramelos.
—Tuve que esconderlos... —dijo la abuela, en un gesto cómplice.
Zé Pequeño guardó los caramelos en el bolsillo:
—¿Está el abuelo? —preguntó. Solo él podía preguntar eso.
—Debe estar, no sé. Probablemente comiendo mermelada a escondidas, en su cuarto.
—Voy a platicar con él —dijo Zé Pequeño.
—¡Hum! —dijo la abuela.
Zé Pequeño fue hasta el fondo de la casa. Llegó hasta un patio donde había ropa tendida al sol. Tocó a la puerta.
—¿Quién es?
—Soy José.
La puerta se abrió.
—La bendición, abuelo —dijo Zé Pequeño buscando la mano del abuelo.
—Entra, entra, sabes que no puedo estar mucho tiempo de pie.
Zé Pequeño entró. El abuelo cerró la puerta con llave.
—¿Ves eso? —pregunto el abuelo señalando hacia la mesa, donde en medio de un montón de herramientas se veía una jaula con un pajarito.
—¿Es de verdad? —pregunto Zé Pequeño, notando que el pajarito estaba inmóvil.
El abuelo apretó un botón en la jaula e inmediatamente el pajarito empezó a cantar. Cantó un minuto, más o menos.
—¿No dices nada? —pregunto el abuelo.
—Hazlo cantar de nuevo —dijo Zé Pequeño.
El abuelo puso la jaula cabeza abajo, metió una llave en una ranura. «Sin cuerda, no canta. Sin cuerda nadie canta.»
—¿Puedo apretar el botón? —preguntó Zé Pequeño.
—Puedes —dijo el abuelo.
Se quedaron en silencio oyendo cantar al pajarito.
—¿Te gustó? ¿Lo quieres?
—No, abuelo, muchas gracias. ¿Y usted?
—Tú lo disfrutarás más que yo. Sabes, lo compré por doscientos cruceiros a un ropavejero, la cuerda estaba rota, la jaula toda sucia, el pajarito con un aire enfermo. Mira ahora: limpié pluma por pluma, le arreglé el pico. Pero lo que realmente me costó trabajo fue hacerle el canto más alegre.
Con el índice y el pulgar el abuelo comenzó a limpiarse laboriosamente la nariz: una nariz grande, aguileña; parecía un viejo gavilán.

—¿Quieres unos dulces? —pregunto el abuelo.

—La abuela ya me dio unos caramelos.

—Esos caramelos son muy corrientes. Estaban en la vitrina, ¿no?

—Sí.

—No saben a nada. Y son demasiado duros. Pero los dulces que vas a probar son una especialidad.

El abuelo abrió un armario cerrado con llave y sacó, de abajo de un montón de ropa, una lata.

—Están hechos con una jalea finísima de frutas, se deshacen en la boca —dijo el abuelo.

Zé Pequeño sacó un dulce.

—Ese no, toma uno de los rojos. Son los más ricos.

Zé Pequeño se metió el dulce a la boca.

—No lo mastiques —dijo el abuelo—. Apriétalo con la lengua contra el paladar, déjalo deshacerse. Como si fuera una hostia.

Zé Pequeño comió dos dulces más. Después el abuelo cerró la lata y la guardó de nuevo en el fondo del armario.

—¿Sabes qué voy a hacer ahora? Voy a arreglar este reloj. Cierra la puerta cuando salgas.

Zé Grande esperaba a Zé Pequeño en la sala.

—Vamos a dar una vuelta.

—¿Y la abuela? —preguntó Zé Pequeño.

—Se fue a su cuarto.

En la calle, mientras caminaban, Zé Grande le dijo a Zé Pequeño:

—Ser feliz es mejor que ser rico. La mejor cosa del mundo es amar y ser amado. ¿Entiendes?

—Entiendo —dijo Zé Pequeño.

—La abuela está peleada con el abuelo. Hace veinte años que no se hablan, viviendo en la misma casa. ¿Entiendes eso? Espera, todavía no me respondas. El otro día vi a la abuela en el cuarto, leyendo unas cartas que escondió cuando me vio entrar. Ayer conseguí leerlas, sin que ella lo supiera. Eran las cartas que el abuelo le escribió, cuando ni tú ni yo habíamos nacido, y ella estaba en Portugal y él aquí arreglando su vida para que los dos pudieran estar juntos nuevamente. ¿Entiendes eso?

Zé Pequeño no respondió.

—No, no entiendes, ¿verdad? Pero yo sí entiendo, aunque no sepa explicártelo bien. Pero la abuela se enojaría mucho si supiera que yo sé, aunque yo le dijera: Abuela, la entiendo muy bien, y la quiero más por eso. El asunto de las cartas, ¿entendiste?

Después Zé Grande se quedó callado, metió las manos en los bolsillos, se detuvo y se quedó mirando el piso.

—¿Es por eso que estás medio triste? —preguntó Zé Pequeño.

—Lo malo es que uno de esos tatarabuelos nuestros fue escudero mayor del reino, o por lo menos ellos creen eso: tía Helena incluso tiene un dibujo del escudo de armas.

—Y tiene un anillo —dijo Zé Pequeño.

—Es verdad, tiene también un anillo —dijo Zé Grande, y esto pareció preocuparlo aún más, pues frunció la frente y cerró la boca con fuerza.

—Entonces don Pedro I abdicó y viajó a Portugal para pelear por el trono con ese perro de don Miguel, como dicen que dijo. Pero don Pedro no dijo el perro de don Miguel, dijo ese hijo de puta, y eran hijos de la misma madre. Y nuestra familia, el escudero y el resto de la pandilla eran todos miguelistas y se jodieron. Se quedaron tan en la mierda que sus descendientes acabaron teniendo que venir a Brasil. El abuelo, la abuela, nuestros padres, las tías. El abuelo acabó de dueño de una panadería, pero tú no entiendes el significado de eso. Pero no te vayas a enojar conmigo porque te digo todo el tiempo que no entiendes esto o aquello, pues incluso yo comencé a ver las cosas a fondo hasta muy recientemente.

—¿Por eso estás triste? —preguntó Zé Pequeño.

—¡Ah! Zé —dijo Zé Grande tan desamparado que Zé Pequeño tuvo ganas de llorar.

—Todos ellos —continuó Zé Grande— son orgullosos, tienen el orgullo mayor de aquellos que no son, pero podrían haber sido. Y yo los voy a desgraciar a todos.

—¿Y es por eso que estás triste? —preguntó Zé Pequeño.

—Ya nadie me detiene —dijo Zé Grande con la misma cara del día en que Zé Pequeño le preguntó si aguantaría un martillazo en el brazo y él se arremangó la camisa y dijo, sacando el músculo, puedes pegar, y Zé Pequeño pegó con fuerza y él puso esa cara.

—Nadie me entiende, pero yo los entiendo a todos. Tu padre, que era el menor, murió de úlcera en el estómago, tomando vino caliente y tocando guitarra, envuelto en su capa negra de Coimbra: él creía más en el escudero que todos los demás. Es uno de los que más amo en la familia, después del tío Jacinto, que dicen que estaba loco. No conocí a ninguno de los dos. Tu madre, la última en llegar aquí, vino contigo en la barriga y él se quedó allá para morir.

—Mamá dice que te pareces al tío Jacinto.

—Es porque no quiero saber nada de la panadería y el tío Jacinto ni muerto sería panadero.

—Pero mamá siempre dice que es la mejor panadería de Rio de Janeiro —dijo Zé Pequeño.

—Puede ser —dijo Zé Grande—. Pero termino con nuestra familia. La panadería y el escudero: las cosas no combinaban.

—Pero la panadería es buena —dijo Zé Pequeño.

—Tía Helena miraba tanto hacia el pasado que al médico le pareció bien que tuviera un hijo para poder mirar hacia el futuro, a pesar de ser vieja para eso. Tuvo a Francisquinho, pero el anillo, ¡el anillo!, está dentro de una caja de terciopelo.

Zé Pequeño estaba perturbado. Nunca había visto a Zé Grande de esa manera, nunca había oído a Zé Grande hablar con esa voz, y nunca había oído a Zé Grande decir aquellas cosas.

—Mi padre era de una familia de montañeses analfabetos, criadores de ovejas. Conoció a mamá aquí; les gusta casarse entre ellos. Papá acabó lógicamente en la panadería del padre de ella. Él y el tío Joaquim, que se casó con la tía Helena. Solo que un día, cuando estaba detrás de la caja registradora el corazón de papá falló; estaba cansado de trabajar, trabajaba desde los ocho años, como una bestia, era más joven que tú y ya trabajaba dieciséis horas al día. ¡Cuánto tardé en darme cuenta de toda esa historia! El tío Joaquim todavía aguanta, ¡pero su cara! ¡Y padre a los cincuenta años! Les gusta casarse entre ellos.

Llegaron cerca de un vendedor de palomitas.

—¿Quieres palomitas? —preguntó Zé Grande.

—No, no quiero —dijo Zé Pequeño.

—¿Qué te pasa, Zé? Si te fascinan las palomitas —dijo Zé Grande esforzándose por parecer el Zé Grande de antes.

—Está bien —dijo Zé Pequeño fingiendo que era el Zé Pequeño de antes. Claro, sin embargo, que si Zé Grande no era más el mismo, él tampoco podría serlo.

Volvieron a sus casas, cada uno a la suya, en silencio. Vivían en el mismo barrio. Antes de entrar a casa Zé Pequeño miró alejarse a Zé Grande.

Tía Ermelinda estaba con su madre.

—¿Viste a José? —preguntó tía Ermelinda.

—Sí —dijo Zé Pequeño.

—¿Está en casa? —preguntó tía Ermelinda.

—Sí. Salimos a comprar palomitas. Después se fue a su casa.

Zé Pequeño fue a su cuarto, tomó un libro, volvió a la sala, y se sentó en un sillón sosteniendo el libro de manera que ninguna de las dos mujeres pudieran ver su rostro.

—¿Y hablaste con él? —dijo Regina, madre de Zé Pequeño.

—No, de qué sirve, es tan necio —dijo tía Ermelinda.
—Igual que el tío Jacinto —dijo Regina.
Las mujeres hablaban bajo. Zé Pequeño cerró los ojos para poder oír mejor, pues las letras del libro le estaban molestando.
—¡Ay! Dios mío, he rezado tanto —dijo tía Ermelinda.
—Los hijos solo nos dan sosiego cuando son pequeños —dijo Regina.
Se hizo un silencio. Contra su voluntad, Zé Pequeño miró por encima del libro y, tal como se lo temía, su madre lo miraba. Sus miradas se cruzaron y su madre se levantó y lo abrazó con fuerza, arrodillada en el piso para que los cuerpos se encontraran mejor. Besó varias veces su rostro. «Este chico solo me da alegrías», exclamó.
—Crecen, crecen, y los perdemos —dijo tía Ermelinda ofendida.
Al oír eso, la madre de Zé Pequeño lo agarró por el cuello casi quitándole el aire.
Después de eso poco, o casi nada, se dijo que pudiera aclarar el misterio. Las dos mujeres enmudecieron y Zé pequeño se cansó de mirar el libro en esa posición incómoda. Más tarde la tía Ermelinda se fue.
Era sábado. Zé Pequeño pegó estampas en su álbum, anduvo por la casa, arregló sus libros de cuentos, jugó con una pelota de goma, hizo la tarea, escuchó el partido de futbol por radio y se fue a acostar en cuanto su madre se lo mandó. Pero no se durmió enseguida. Ni las estampas, ni la pelota, ni el libro de cuentos, ni el partido de futbol y mucho menos la tarea, habían conseguido disipar sus preocupaciones. Necesitaba hacer algo. Entonces se volvió muy fuerte. Primero casi igual y después igual que su primo. Dobló una barra de hierro; capturó a un ladrón armado con cuchillo que entró en la casa de la tía Ermelinda; salvó a Zé Grande del ataque de ocho vagabundos; toda la familia se reunió para oír sus palabras; y él habló y todos respondieron: «Es verdad, es verdad, tienes razón» y satisfechos se pusieron a cantar, acompañados por su madre con la mandolina.

El domingo iba a haber arroz con pulpo en la casa de la abuela. Nadie hacía un arroz con pulpo igual al de la abuela; la tía Ermelinda era la que más se acercaba.
Estaban todos reunidos, con excepción del abuelo, pues él y doña Maria Amélia nunca estaban juntos en el mismo recinto. La abuela se sentó en la cabecera, a un lado el tío Joaquim, al otro Zé Grande, a su lado Zé Pequeño y después la tía Ermelinda, la tía Regina, la tía Helena, cerrando el círculo.

La cacerola llegó a la mesa, traída por la sirvienta. Regina se levantó y sirvió el plato del abuelo. «Llévaselo a papá», le dijo a la sirvienta. La abuela sirvió los demás platos.

Comenzaron a comer en silencio. Cuando llegó a la mitad de su plato, el tío Joaquim apartó la silla, se arrodilló y dijo: «Esta cosa divina debe ser comida de rodillas».

—Déjate de payasadas —dijo la abuela, orgullosa.

—Tienes mucho que aprender aún para hacer uno igual al de mamá —le dijo la tía Helena a la tía Ermelinda.

—Es verdad, es verdad —dijo la tía Ermelinda, forzando el acento y todos rieron. Todos, menos Zé Grande.

Dejando de reír en medio de su risa, Zé Pequeño percibió que un nuevo día no acaba con los viejos problemas. Para los otros debía haber una salida que no existía para Zé Grande. Él dijo nadie me detiene, pensó Zé Pequeño: cuando yo crezca tampoco me detendrá nadie.

Mientras tanto, el resto de la familia hablaba sobre los platillos de la abuela.

—¿Y las *febras em vinha d'alhoss?** —preguntó la tía Helena.

—Nadie las hace igual.

—Ni Maria do Gago, allá en la santa patria.

—Las *febras* de Maria do Gago eran una delicia —dijo la abuela modestamente—, venía gente de Vila Real para comerlas, esa provinciana sí que sabía hacerlas.

—Toda la buena comida la inventaron los pobres. Carne barata, rabos, costillas, tripas, cuya preparación se fue refinando —comenzó la tía Helena.

—Tripas —interrumpió el tío Joaquim—, ay, Jesús, doña Maria Amélia, tiene usted que hacer unas tripas al modo de Oporto para este su pobre yerno.

—¿Solo eso quieres? —preguntó la abuela, sabiendo lo que vendría después.

—Y una sopa de ajo, un bacalao a la Gomes de Sá rociado con aceite, unos filetes de hígado frito, un caldo de nabizas, unas sardinas en escabeche de diez días, un *sarrabulho*;** todo lo que usted hace es digno de reyes —dijo el tío Joaquim.

—A quien le gusta mucho el *sarrabulho* es a mi nieto José. Como a todos los hombres fuertes —dijo la abuela.

—A mí también me gusta —dijo Zé Pequeño.

---

* Platillo portugués que se prepara con carne deshebrada al mojo de ajo.
** Platillo portugués que se prepara con sangre, hígado y riñones de cerdo.

—A ti también, a ti también —dijo la abuela.
Zé Grande se quedó callado.
—Comiste poco hoy —dijo la abuela.
—No tengo hambre —dijo Zé Grande.
—Necesitas comer, *saco vazio não se põe em pê** —dijo la abuela.
—Es verdad —dijo Zé Grande.
Le llevaron otro plato al abuelo.
—¿Si yo todavía fuera joven saben cómo terminaría este banquete? —preguntó el tío Joaquim—. Con una sopa de *cavalo cansado:*** un tazón lleno.
Con esto el almuerzo terminó. Tío Joaquim se levantó diciendo que iba a «echarse una siestita».
—Zé y yo vamos a dar una vuelta —dijo Zé Grande.
—¿Adónde van? —preguntó tía Ermelinda.
—A dar una vuelta.
—Sí, pero ¿adónde? —insistió tía Ermelinda.
—Una vuelta, mamá, una vuelta, por ahí.

En la calle, Zé Grande dijo:
—Mira, Zé, vas a conocer a una persona.
Zé Grande caminaba de prisa por la calle; para alcanzarlo, Zé Pequeño tenía que correr cada tanto. Al final llegaron a un lugar donde Zé Grande se detuvo y se puso feliz de repente, como si lo hubiera tocado una varita mágica, sonrió, y Zé Pequeño también sonrió y se puso feliz sin saber por qué hasta que dejó de mirar a su primo y miró hacia donde él miraba y vio a la muchacha caminando y en ese instante, como sucedía cuando corría en el caballo que estaba dentro de su cabeza al jugar al muchachito y al bandido haciendo con la boca el fondo musical de su onírico galope lúdico, una música comenzó a sonar, una música que provenía de la muchacha, pero no era ella quien la hacía, una música que ahogaba los demás sonidos y los envolvía como si fuera una nube.
Zé Grande tomó las manos de la muchacha, y ambos se quedaron mirando el uno al otro sin decir una palabra, sonriendo y dejando de sonreír y sonriendo de nuevo, sin apartar los ojos, un largo rato.

* Refrán portugués que dicen las madres a sus hijos para obligarlos a comer. Literalmente, un saco vacío no se sostiene.
** Originalmente eran pedazos de pan remojados en vino barato. Actualmente es una mezcla de vino, miel y yema de huevo con pan molido.

Después, Zé Grande le dijo a Zé Pequeño: «Esta es mi novia y será mi mujer dentro de poco».

La joven estiró la mano y le acarició la cabeza a Zé Pequeño, metiendo suavemente las puntas de los dedos entre sus cabellos. Era alta, casi de la altura de su primo.

—Aparte de ti, él es el otro amigo que tengo en mundo —le dijo Zé Grande a la muchacha.

—¿Cómo te llamas —preguntó la muchacha—. Yo me llamo Maria Aparecida.

—José.

—José... adoro ese nombre —dijo Maria Aparecida, y nuevamente ella y Zé Grande comenzaron a sonreírse uno al otro.

Estaban en una plaza. Se sentaron en un banco. Maria Aparecida entre los dos Zés. Su brazo desnudo rozaba el hombro de Zé Pequeño; de su cuerpo salía un perfume diferente al de todas las mujeres que conocía.

—Mamá nos vio —dijo Zé Grande.

—¿Nos vio? —preguntó Maria Aparecida y Zé Pequeño sintió que se le tensaba el cuerpo.

—Nos vio —dijo Zé Grande, apoyando los codos en las piernas y doblando la cabeza sobre las manos extendidas.

—¿Dijo algo? —preguntó Maria Aparecida.

—Solo dijo que me había visto —contestó Zé Grande, la cabeza aún agachada.

—No le habías contado nada... sobre nosotros... —dijo Maria Aparecida.

—No. ¡Que se jodan!

—Te dije, mi amor, que no era posible, que ellos... ellos... no... me aprobarían nunca.

—Que se jodan —repitió Zé Grande, levantando la cabeza.

¿Qué habrán hecho?, pensó Zé Pequeño. ¿Qué ruindad, maldad, qué error cometieron? Entonces Zé Pequeño también apoyó los codos en las piernas y metió la cara entre las manos sin saber qué hacer.

—Yo tuve otras mujeres —dijo Zé Grande, con apuro.

—Lo sé, mi amor.

—Otra mujer.

—No importa.

—Pero te amo a ti.

—Lo sé —repitió Maria Aparecida.

—Quiero que lo sepas todo. Y tú también, Zé.

Zé Pequeño no sabía qué decir.

—Zé, qué infierno que seas pequeño.
—Somos portugueses —continuo Zé Grande—. Ser portugués es una tragedia.
—Yo soy brasileño.
—Tu padre tocaba la guitarra, estudió en Coimbra, lloraba cuando leía los sonetos de Camões.
Después se hizo otro silencio.
—¡Carajo! —continuó Zé Grande. Algo que Maria Aparecida, por su parte, nunca le había oído decir, y entonces miró asustada a su enamorado.
—Dentro de mí existe el dolor de los corazones que voy a herir, Zé, si fueras mayor nos pondríamos una enorme borrachera.
Zé Pequeño se levantó y abrazó a Zé Grande.
—Lo que importa son ustedes dos. Mi madre que se joda, que se joda mi abuela, doña Maria Amélia, doña Amélia cocinera de pulpos con nabizas, y doña Helena, guardiana del anillo, el anillo, el sello... Los hombres, el abuelo, el tío Joaquim, esos me entienden hace más de cuatrocientos años.
Zé Pequeño y Maria Aparecida escuchaban con seriedad.
—¿Dónde quieres vivir? —preguntó Zé Grande.
—En cualquier lugar —dijo Maria Aparecida.
—¿Lejos?
—Lejos; cerca de ti —dijo Maria Aparecida.
—Entonces prepárate porque nos vamos.
—¡José...! —dijo Maria Aparecida, asustada.
—Vámonos, con ellos no hay arreglo posible... Y estando lejos yo, siempre pueden fingir que he muerto...
—¿Crees que debamos...? —preguntó Maria Aparecida.
—Nos vamos a casar, no te toco hasta que nos casemos —dijo Zé Grande.
—¿Me perdonas? —dijo Maria Aparecida, enjugándose las lágrimas.
—¿Estás oyendo alguna radionovela? —bromeó Zé Grande. Y pensaba, muy en el fondo: la miseria confunde a las personas, si yo viviera, como ella, en un vulgar cuarto de los suburbios y tuviera como ella la oportunidad de casarme con la hija del dueño de la panadería (la rubia hija del rey, a quien yo amaba), yo también temería echar todo a perder y por momento buscaría soluciones fáciles. Pero solo por momentos. Solo por instantes. El amor está por encima de todo esto o si no, no es amor.
Mientras tanto Maria Aparecida había dicho: «Sabes que no me gustan las radionovelas».

—Si te dijera: Vámonos a la cama, ahora, ¿irías? —dijo Zé Grande.
Maria Aparecida miró a Zé Pequeño.
Zé Grande dijo en voz baja:
—Responde.
—Iría. Quiero.
—¿Aun sabiendo que mañana, un día, puedo dejarte?
—Eso no me interesa. No quiero pensar en lo que va a ocurrir. Sé que no vas a amarme toda la vida.

Mientras la ame, esa es toda la vida, pensó Zé Grande, y sintió que le ardían los ojos. Le pasó el brazo sobre el hombro y le dijo: «Te amaré siempre», con voz aún más baja.

Después de eso se quedaron callados, con el aire cansado de quien ganó parte de una larga y difícil batalla.

Zé Grande se levantó.
—Ve a tu a casa. Prepara las maletas. Nos vamos mañana. Yo ahora me voy a comprar los boletos.
—¿Mañana? —preguntó Maria Aparecida levantándose.
—Sí. Ve. No hay tiempo que perder.

Zé Grande se fue caminando apresuradamente. Maria Aparecida se volvió a sentar en el banco.
—Yo no quería que sucediera nada de eso, que se peleara con la familia...

Zé Pequeño la miró seriamente, abstraído.
—Lo juro por Dios —exclamó Maria Aparecida.
—Tengo que irme a casa —dijo Zé Pequeño, sin mirar a Maria Aparecida.

Después de dar algunos pasos, Zé Pequeño miró hacia atrás y vio que Maria Aparecida seguía sentada en el banco.
—¿No vas a hacer lo que te mandó? —preguntó imperativo.

Maria Aparecida se levantó, restregándose los ojos con el dorso de la mano.
—Ya voy.

Zé Pequeño esperó a que la muchacha se alejara. Después se fue a casa de la abuela.

Todos seguían alrededor de la mesa, cubierta con el mantel de bordados azules. Cuando Zé Pequeño apareció se hizo un pequeño silencio súbito y avergonzado.
—¿Dónde está José? —preguntó la tía Ermelinda.
—Él, él... no sé —dijo Zé Pequeño.
—¿No sabes? Cómo, ¿no salieron juntos? —pregunto Regina.

—Pero no sé —dijo Zé Pequeño.
—¡No le mientas a tu madre! —ordenó Regina.
—No estoy mintiendo —dijo Zé Pequeño.
—Sí está mintiendo —dijo la abuela—, a mí nunca me ha engañado un niño.
—El abuelito me está esperando —dijo Zé Pequeño.
Zé Pequeño salió casi corriendo al cuarto del abuelo. Tocó a la puerta diciendo: «Soy José».
El abuelo destrabó la puerta. Zé Pequeño entró.
—Olvidaste el pajarito —dijo el abuelo.
—Sí —dijo Zé Pequeño.
—¿Te lo vas a llevar ahora?
—¿Usted quiere a José? —preguntó Zé Pequeño.
—Lo quiero. Sabes, se parece a mi padre... Mi padre era fuerte como él, un hombre guapo que enloquecía a las mujeres... Mi madre le tenía unos celos inmensos, hizo de todo para arruinarle la vida... Era una marimacha... Las mujeres de nuestra familia son todas unas brujas...
Con el pulgar, y delicadamente, el abuelo empezó a limpiarse la nariz, que a esas alturas estaba vacía. El abuelo y el nieto se miraban frente a frente y no había nada entre ellos que obstaculizara esa mirada.
—¿Qué te pasa? —preguntó el abuelo.
—Todo el mundo está en contra de José —dijo Zé Pequeño.
—Ellas se cansaron de mí, yo resistí y vencí —diciendo eso el abuelo cogió su bastón y con dificultad se puso en pie—. Vencí.
En ese instante tocaron a la puerta.
—¿Quién es? —preguntó el abuelo, con voz fuerte y gruesa.
—Soy yo, Regina.
—Ahora estoy ocupado con mi nieto —dijo el abuelo.
—Abra, por el amor de Dios, necesito hablarle.
La puerta se abrió. El rostro de Regina estaba descompuesto.
—Debe ir usted a la sala, inmediatamente —dijo Regina—. ¡Y tú no sabías nada! —le murmuró a Zé Pequeño.
—¿Y doña Maria Amélia? —preguntó el abuelo.
—Fue ella quien me mandó por usted —dijo Regina.
—¡Ah! —dijo el abuelo.
Apoyado en su bastón el abuelo caminó hacia la sala, seguido por Zé Pequeño y Regina.
En la sala estaban doña Maria Amélia, la tía Ermelinda, la tía Helena y el tío Joaquim. Y también Zé Grande, que decía:
—Cuando ustedes llegaron aquí tenían miedo de tener hijos. Yo tendré los que ella quiera, espero que sean muchos.

—Hijo mío, ¿cómo puedes decir una cosa así... Los pobrecitos, ellos no tienen la culpa...

—¿Pobrecitos por qué? —preguntó Zé Grande.

—Tú sabes...

—No sé —gritó Zé Grande.

—Sí sabes...

—No sé, no sé. ¿Por qué no me lo dice? ¿Tiene miedo?

—José —dijo la abuela—, lo que quieres hacer es una estupidez.

—¿Por qué? —la desafió Zé Grande.

—Porque sí —dijo la abuela.

—Yo digo —dijo la tía Ermelinda—, que no puedes casarte con esa, con esa...

—Vamos, mamá, dilo —desafió Zé Grande, con amargura.

—... con esa negra... Eso es lo que es, hijo mío, una negra...

—Y el tataranieto del escudero no puede casarse con una... mulata, no puede, ¿verdad? Mulata, su padre era portugués, sépanlo, nació en la tierra de ustedes, pero no había un escudero en su familia... Ya verán que esa mierda de escudero ni siquiera existió...

—¡Contrólate! —gritó el abuelo.

—¿No existió? —grito tía Helena—. ¡Estás realmente loco! ¿El conde de Sabrosa, escudero mayor del reino no existió? ¡Deliras! Cabalgaba a la derecha del rey, ayudaba al rey a montar su caballo y cuando el rey iba en carruaje cabalgaba al lado de la puerta... Era un noble importante, un hombre alto y hermoso, valiente y poderoso. ¡Era padre del abuelo de tu padre y su sangre corre por tus venas!

La tía Helena se sentó, con la mano sobre el hígado, que tenía débil.

—Yo te pido... —dijo tía Ermelinda.

—Debes terminar con esa muchacha hoy mismo —dijo la abuela.

El abuelo, que estaba sentado, se levantó y dijo, engrosando aún más su voz:

—¡Dejen que el muchacho se case con quien se le dé la gana!

—No se meta en esto —dijo la abuela.

—Fue vuestra señoría quien me llamó —dijo el abuelo entre dientes, con tal odio que doña Maria Amélia palideció—, y aunque no me hubiera llamado y yo supiera lo que pasaba aquí, vendría aquí a decirles: ¡Que se case con la mujer que eligió! y decirles hembras infelices, que quien manda en esta casa soy yo —y dio un violento bastonazo en la mesa, un estruendo que hizo que las mujeres se juntaran y corrieran por la sala como una bandada de golondrinas.

—No se atreva —dijo doña Maria Amélia, entre las mujeres amontonadas en un rincón.

—¿Qué? ¿Qué? —dijo el abuelo levantando el bastón sobre su cabeza como si fuera un hacha y caminando torpe y furibundo hacia las mujeres.

—Papá, papá... —imploró tía Ermelinda.

El abuelo se detuvo. Volteó hacia Zé Grande y le dijo:

—¡Vete! ¡Sé hombre!

—Se arrepentirá —dijo tía Ermelinda, llorando compulsivamente—. Pobrecito de mi hijo, mi pobre hijo...

Zé Pequeño corrió tras Zé Grande que se retiraba.

En la calle Zé Grande le mostró a Zé Pequeño unos papeles.

—Ya tengo los boletos —dijo. Su pecho parecía haberse vaciado—. No me voy a arrepentir, pero si me arrepintiera, ellos no se van a enterar, no vuelvo nunca más, no me van a ver nunca más.

No había nada más que decir. Se miraron, como dos niños.

—¡Que se jodan! —dijo Zé Grande, en un soplo. Y se fue.

Madona

No tenía un plan muy definido; pero algo era seguro: yo no quería a Elizabeth, ni a ninguna de las otras chicas conocidas. Yo quería algo, algo diferente y que valiera la pena. Desde el cuarto llegó la voz de mi padre, ¿y la máquina de afeitar? Metí rápido la cara en el libro de química, antes de que mi madre respondiera ya la puse ahí. Me quedé mirando las páginas del libro, sin leer, claro está, lo que hacía era pensar. Uf, dijo mi madre, cómo cansa hacer maletas. Mi madre se cansa por nada.

Mi madre entró a mi cuarto, preguntando, ¿de veras no quieres venir?, y yo, fingiendo sorpresa, levanté los ojos del libro y respondí, ¿eh? ¿De veras no quieres ir?, insistió ella. Repetí que el lunes tenía prueba, que tenía que estudiar, que estaba atrasado en la materia: ¿cómo era posible ir a pasar el fin de semana en Teresópolis? Está bien, está bien, Shirley vuelve hasta el domingo por la noche: no dejes de ir a comer a casa de tu abuela, dijo ella. Respondí sí, sí, levantando apenas los ojos del libro. Pero una madre no desiste así como así; exigió una promesa, prométeme que vas a ir a comer a casa de tu abuela; entonces me puse la mano izquierda sobre el corazón y levantando la derecha dije, prometo que voy a ir a comer a casa de mi abuela; enseguida agregué: esta química es difícil. En ese momento entró mi padre y dijo, hasta la vuelta hijo mío, juicio, ¿eh?; solo eso, mi padre y yo conversamos poco, discutimos mucho, pero conversamos poco. Respondí, hasta la vuelta papá, hasta la vuelta mamá, buen viaje.

Oí los ruidos que hacían al salir del departamento. Corrí a la ventana y, escondido, los vi subirse al automóvil, que el automóvil arrancaba y entonces, solo entonces, pasó mi aflicción y di un salto enorme en el aire mientras gritaba ¡yabadabadú! Después, me desvestí y desnudo intenté bailar un twist, pero no se puede desnudo, y entonces me puse las bermudas, camisa sport, sandalias, lentes oscuros y me largué a la playa.

Encontré enseguida al tipo ese que vino a decirme que el día estaba bueno para romper olas, como si yo tuviera ganas de romper olas.

Sérgio, oí el grito finito, miré y era la aburrida de Elizabeth que venía caminando hacia mí; eso le sale bien: caminar, camina bonito, pero también es lo único; también tiene un buen cuerpo, nada despreciable; pero es muy aburrida. Hola Sérgio, dijo, mientras yo respondía, ¿cómo va todo? y por su parte ella respondió, todo maravilloso. Enseguida nos quedamos en silencio, el viento le movía el cabello. Puse una cara que quería decir, mira, puedes seguir adorándome, pero yo no quiero nada contigo, ¿entendiste? Pero ella no entendió porque me preguntó, ¿qué vas a hacer hoy en la tarde? Le contesté que iba a estudiar. Me dijo que había una buena película en el Rian. ¿De quién?, pregunté y respondió que era de Ingmar Bergman, pero cuando me pareció raro que una película de Bergman la pasaran en el Rian, que solo pasa porquerías, me dijo que estaba jugando, que era una película de Rock Hudson. Me enojé, ¿te parece que tengo cara de ver películas de Rock Hudson? Se enojó conmigo, dijo, ah, qué tonto eres, y regresó a su sombrilla. Caminando bonito. Era una de las pocas chicas a las que de espaldas le quedaba bien el bikini.

Di vueltas por la playa mirando a las chicas. Las mejores son las que leen libros; con astucia acaban aceptando todo. Pero lo malo es que las que leen libros en la playa son casi siempre feas. Las que juegan voleibol a veces sirven, a veces no sirven; las que llegan a la playa muy pintadas y peinadas y nunca se meten al agua, no valen nada, solo van con algunos tipos a lugares públicos donde haya mucha gente, quieren ser vistas por quien sea, hombre, mujer, niño o viejo, solo eso quieren.

Le pregunté al salvavidas si había visto a Carminha, pero Carminha no había aparecido. ¿Y la que anda siempre con ella?, pregunté. ¿La de la moto?, preguntó él. Tampoco se había asomado.

A la hora del almuerzo estaba con mis amigos en un bar. Ni me acordaba de mi abuela. Pensaba que la mañana ya había pasado como blanca nube. Y sin embargo, la primera frase que le dije a mis amigos en el bar fue que el lugar donde hay más mujeres en el mundo es Rio de Janeiro. Y se está poniendo cada vez mejor, respondió un tipo. No hay la menor duda, dijo otro; y fue en ese momento que vi, en la mesa de enfrente, a una chica. Enseguida tuve la idea, así sin más, de que aquello iba a funcionar, que me hizo encender un cigarro e intentar encontrar los ojos de la chica. Finalmente, nuestros ojos se encontraron —ella se arregló el pelo y le sonrió a la amiga de al lado, debía ser para mostrarme los dientes, eran lindos; después encendió un cigarro y empezó a soltar el humo de manera provocativa. ¿Me estará coqueteando?, pensé. Creí que sí, pero resolví probar, no quería hacer un papelón allí, delante de todo el mundo. Primer paso: cambiar de mesa, ir a conversar con alguien en otra, colocada en tal posición que la joven, para verme, tuviera que voltear la cara ligeramente. Me fui a otra mesa. Salud, le dije a los tipos que estaban allí; de ahí veía a la joven de perfil. Ella giró el rostro un poquito; pero eso no bastaba para verme, cuando mucho yo debía aparecer todo borroso. Ella volteó más, nuestros ojos se encontraron, mi corazón latió con fuerza. Para mí no fue suficiente, yo quería ir a lo seguro. Segundo paso: ir detrás del lugar donde ella estaba; así, ella tendría que voltear del todo, para saber dónde estaba yo, si salí, si me quedé. Si estuviera interesada, claro.

Fui a una mesa estratégicamente colocada. Tenía la suerte de que conocía a todo el mundo. Vista desde atrás su cabeza también era linda. La canija muchacha era toda linda. ¿Cómo serían sus piernas? El pecho ya podía preverlo: era regular. Me senté, me puse a platicar. Escuchaba por encima: una parada así no es fácil, viejo, te voy a decir: con un amague del cuerpo dejó al zaguero huérfano de padre y madre; por un instante la pelota quedó presa en su pecho como si fuese una medalla, después la dejó resbalar por el cuerpo y antes de patear miró al arquero que, fascinado, dejó entrar la pelota sin hacer un movimiento siquiera; qué tipazo.

La joven comenzó a girar el rostro, por etapas. Pero para verme tenía que mover el trasero en la silla, no era un águila de zoológico, para girar el rostro 180 grados. Eso fue lo que hizo. Nos miramos nuevamente. Hice un movimiento con la cabeza: afuera. Ella rio y volvió a la posición anterior. ¿Y ahora?, pensé. Volví a la primera mesa. Estábamos frente a frente, cuando mucho a tres metros de distancia.

Voy, voy, voy, empecé a decir para mis adentros. Yo fumaba, ella fumaba. Ella hacía muecas sutiles, yo debía estar haciendo lo mismo. Al final me llené de valor y caminé hacia ella. Hola, un sonido corto, pero todo trémulo, mío. Hola, respondió ella. ¿Te vas a quedar aquí mucho tiempo? Había otras personas en la mesa pero yo no tenía valor para mirarlas. Metí las manos en los bolsillos, me pasé las manos por el pelo, pateé una corcholata en el piso. Entonces me respondió, después de lo que me pareció un largo rato en el que me observó, sonriendo: un poco más, estoy esperando a mi novio. Sonreí también, no acusé recibo, dije está bien, y me batí en retirada; se estarían riendo de mí, pensé mientras mi rostro se incendiaba; qué papelón, qué hija de...

Me senté en una de las mesas, no me acuerdo cuál, loco por salir de aquel bar infecto lo más rápido posible, sintiéndome, ahora, pálido, mal vestido; si tuviera un Ferrari me quedaría en la puerta y cuando ella saliera ¡prum!, ¡prrrurrum!, pero me escabullí mansamente, con el rabo entre las piernas, me fui muy lejos, a más de dos kilómetros, donde encontré a ese tipo, que jugaba voleibol conmigo en la playa, era aburrido y tonto, pero servía para desahogarse —¡mira nada más, esperando al novio y lanzándoseme! Por eso no me caso, dijo el burro; lanzándoseme, repetí, y él, queriendo tranquilizarme, me dijo que eran todas unas sinvergüenzas, novias, casadas, todas. ¿Vas a venir mañana?, me preguntó el jugador de voleibol. Le dije que sí. De allí me fui a otro bar, pero ahí no pasaba nada. Llamé a mi abuela y le dije, no voy a almorzar con usted, voy a almorzar con unos amigos. Del otro lado mi abuela me hizo prometerle que comería bien. Igualito que mi madre. Se lo prometí. Entonces me fui a casa, saqué jamón del refrigerador, preparé un sándwich y comí el sándwich mirando el libro de química. La portada.

Me cambié de ropa: unos Lee, camisa roja, unos mocasines de primera. Tomé la libreta de direcciones, encendí un cigarro, sostuve el teléfono entre la cabeza y el hombro, marqué. ¿Está Glorinha? No estaba. Marqué de nuevo. ¿Está Katia? No estaba. De nuevo. ¿Está Ana Maria? No estaba. Aún más, ¿Está Gilda? No estaba. Aventé el teléfono, desconsolado. Prendí la radio. No podía estar sentado. Le eché una mirada al libro de química, a la portada, y salí.

Fui al cine, solo. La película era un bodrio. Al salir pensé, ahora es la tarde la que se está acabando. Fui al Bob's a comer un sándwich, tomar una naranjada, mirar a las muchachas. De entrada no había nada, pero de repente la cosa comenzó a mejorar. Detrás de la caja, comprando una ficha, estaba esa chica a quien solo le veía los ojos, y nunca había visto unos ojos así, no eran los ojos bonitos y brillantes de una muñeca, eran unos ojos profundos e intensos, pero tiernos, y en ellos se balanceaba una sombra, como la sombra de una rama de árbol mecida por el viento. Y luego vi a otra mujer, pero esa era boca, una boca limpia, abierta, de labios gruesos y justo en ese mismo instante vi a una tercera muchacha, o más bien, vi sus piernas largas, largas. Esas visiones me caían encima como una casa desmoronándose. ¿A cuál escogería? Una pierna bien formada es la cosa mejor formada que existe; una pierna es una pierna, hay que respetar: cruzadas, en la silla, con la rodilla como cúpula poderosa; o sosteniendo a una mujer, como era el caso, mostrando la perfección de sus goznes; una pierna es una pierna, si la pierna está bien formada, pero bien formada, el resto, de allí para arriba, también es bueno: el lugar donde terminan, las salientes y entrantes, los hemisferios inferiores, la línea del vientre, la curva de la cintura y la firmeza estrecha de su diámetro —esto está comprobado: lo único que no se garantizan son los pechos, que a veces son tímidos y frágiles. ¿Escoger los ojos? ¿Ser acariciado por luces y colores y sombras? ¿Oír y entender los ojos, y no las estrellas, establecer señales universales de amor, celos, miedo, rabia, solidaridad, mal humor en un estimulante descifrar de códigos? ¿O buscar la boca? Que primero debe verse y volverse a ver en sus mil gestos; y después aproximarse a ella, boca cerrada junto a boca cerrada, sin tocarse, pero muy juntas de manera que solamente los calores de los labios se encuentren y de esa manera se acaricien; y después los labios se toquen como el ala del pajarito roza a veces la hoja del árbol; y después los labios recorran como gotas de agua las respectivas estructuras: la comisura derecha, la comisura izquierda, la pulpa inferior —un largo caminar en pocos centímetros; y después los labios se estrujen; y después los labios se coman con avidez y voracidad, servidos por las hadas y los elfos esmaltados y brillantes de su gruta.

Elegí las piernas. Las piernas comían una *cheeseburger*. Inicié otro juego de posiciones tácticas. En la tercera posición le sonreí a la chica. Ella respondió con otra sonrisa, ahí me aproximé, me apoyé en el mostrador donde estaba y le dije ¿cómo estás? Bien, me dijo. Pero sin entusiasmo. Yo puse mi mejor cara y continué ¿vienes siempre aquí?, a lo que respondió, a veces. Le dije que yo ya estaba harto de ese lugar; mientras acababa de comer el sándwich y me limpiaba la boca con una servilleta de papel, ella me preguntó, muy casualmente ¿juegas en la red de la Figueiredo Magalhães, verdad? Le respondí que sí y le pregunté si me había visto jugar y dijo que sí, dos veces. Me llamo Sérgio, le dije. Ella se llamaba Sônia, vivía en la Barata Ribeiro. Hasta ahí fuimos. Sônia miraba a la gente de alrededor; pasaba el peso de una pierna a otra, repetía la maniobra inversamente. La conversación moría. Le pregunté qué iba a hacer en la noche. ¿Yo? dijo ella, sorprendida, como si en el salón de clases la profesora le preguntara súbitamente, ahora tú Sônia, dime el ablativo de la palabra rosa. Y ella no lo supiera. ¿O ya tienes planes?, insistí. ¿Planes?, no, yo, no —todavía no lo sé, dijo Sônia. Le pregunté si quería ir al cine, pero me dijo que ya había ido al cine ese día. Entonces, a dar una vuelta. ¿Qué tal si damos una vuelta?, pregunté. Terminó diciéndome que estaba cansada, que había jugado tres horas de tenis de playa en la mañana, y le dije no me vas a decir que un partidito insignificante como ese te dejó cansada y ella, plácidamente, mirando a los lados, mientras cerraba los ojos y con la punta del índice derecho se sacaba algo del párpado inferior del ojo izquierdo respondió, sí. El gesto me contagió como un bostezo: yo también me tallé el ojo izquierdo con la punta del dedo índice derecho. En ese momento me dijo, chao, y se retiró con un aire de pereza. Pendeja, pensé. ¿Quién tiene piernas necesita tener cabeza?

Quien no tiene cabeza necesita tener piernas, decía siempre mi abuela.

Ya era de noche y yo estaba en la estación dos con ese tipo llamado Fabinho, un tipo menudo, pardo grisáceo, hablador, de los que se las saben todas y pelo negro ondulado, ligero, de bigotito. Vale la pena ir, va a ser una gran fiesta, decía; y esa gran fiesta era en la casa de una tal Licinha, cuyo padre era contrabandista, nadaba en billetes. La casa es genial, tiene cuatro televisiones, dos estéreos, dijo Fabinho, y yo le dije que ya estaba hasta la madre de esas fiestecitas y me dijo que esa iba a estar buena, que había mujeres a montones, ahí dije, ¡¿sí?!

Uy, nomás de verlo, la última vez que estuve allí, te voy a contar, colega; y me contó que la última vez había mujeres a montones, y que él tuvo que romperse el coco para saber cuál elegir. Consiguió una chica de atarantar, un mujerón de un metro ochenta, un espectáculo, y le respondí, sin despreciar, un metro ochenta es demasiada mujer para ti, hasta para mí, y él, Fabinho, dijo, al hombre pequeño le gustan las mujeres grandes, al hombre grande las mujeres pequeñas, es la ley de los contrastes, todo gran conquistador era de baja estatura, Napoleón, eh, Casanova. ¿Casanova también?, le pregunté. También, dijo Fabinho, yo leí su biografía, era un tipo de este tamañito.

Le hice garantizar a Fabinho que la fiesta sería buena; te lo garantizo, si no, puedes escupirme la cara, dijo él. ¿Y cómo entro?, le pregunté. Cualquiera entra; es solo llegar y entrar, respondió él.

Y así, allá por las tantas, estaba tocando el timbre de la casa. Una mujer abrió la puerta, bloqueando la entrada con el cuerpo, dejando solamente un paso estrecho; para entrar tendría que refregarme en sus pechos gordos. No me atreví. Además, me dijo: ¿Sí?, y eso exigía una explicación. ¿Cómo se llamaba la joven?, pensé agitado, ¿Luizinha? ¿Lazinha?, ¿Leinha?, ¿Luzinha?, la mujer no tardó en decirme, ¿sí? de nuevo; ¿Celinha?

¿Sí?, dijo la mujer. ¡Es solo llegar y entrar!... Mierda, le voy a escupir la cara, pensé. Desde dentro de la casa llegaba sonido de música, voces. Soy amigo de Fabinho, dije y no me salió nada más, me puse rojo, deseando que la mujer me cerrara la puerta en la cara y terminara pronto con ese sufrimiento. Pero ella dijo riendo, de mí un poco y para mí un poco, tenga la bondad de entrar, y se apartó, dándome el paso.

Entré inseguro, buscando a algún conocido. El tocadiscos sonaba a muchos decibeles, un sonido potente, sin la menor distorsión. Dime qué tocadiscos tienes y te diré quién eres. Cuatro hileras de bailarines bailaban *hully-gully*, los movimientos alternados, sincopados, cadenciados, sincronizados —pla, pla, ahora palmas, tlic-tlic, los dedos tronaban, los hombros se encogían, los cuerpos caminaban, cada formación maniobraba correctamente dentro del ritmo. Encantado, me quedé viendo la belleza de las chicas: los cuerpos tenían una cierta torpeza deportiva, un cierto abandono, hasta llegué a olvidar que estaba solo, en medio de ese montón de jóvenes desparramados por los rincones, sentados en los sillones, en los sofás de ese inmenso salón, casi todos con una copa en la mano.

Fui al bar: ya estaba en el segundo whisky cuando Fabinho apareció diciendo ¿y?, ¿y?, ¡ja!, ¡ja!, ¡ja!, y yo le respondí, Fabinho, eres un monstruo, y él, ¿no te dije?, ¿no te dije?, y yo ¿dónde está la rubia gigante? y él explicó que estaba en el congelador, ¡ja! ¡ja!, estudiando neolatinas para el examen, mientras él preparaba otros golpes. Ya sé: Casanova, Napoleón... dije. Él saltó, no lo crees, ¿verdad?, no lo crees solo porque soy pequeño. Sentí su tufo a whisky. ¿Estaría yo también así? Lo creo, lo creo, le dije, yo también leí la biografía de Napoleón y al escuchar eso se quedó más tranquilo y dijo, hum. ¿Bailas *hully-gully?*, le pregunté. *Hully, twist, surf, chicken, washwash, hitchhiker, gogo, sirtaki, monkey, ska, limbo, frug, woble, madison,* bailo de todo, hasta tango, si lo tocan, respondió él, y, en ese momento pasó una muchacha a quien Fabinho agarró del brazo diciendo, Ana Luísa, quiero presentarte a mi amigo Sérgio. Mucho gusto por aquí, mucho gusto por allá y ya estábamos hablando sobre *surf,* después de haber estado de acuerdo en que el *twist* estaba superado. Le dije que no sabía bailar *surf* y ella me dijo que me enseñaba pero primero tenía que cambiar el disco, y fue hasta el tocadiscos y cambió el disco y comenzó, mira es así, los pies no se despegan del piso, con los brazos haces este movimiento, ¿ves?, ¿viste?, ahora tú. Lo intenté y ella dijo, no, no, estás muy duro, el baile es como un deporte, cuanto menos contraído estés mejor y continué intentándolo, sin éxito y ella me pidió que hiciera de cuenta que estaba encima de una tabla en Waikiki, siendo llevado por la ola y para mantener el equilibrio meciera los brazos, las caderas, el tronco. Moví todo mal y Ana Luísa me agarró los brazos, sus manos tenían un apretón sabroso, y dijo que yo estaba de pie caminando sobre las aguas, como Nuestro Señor Jesucristo con la diferencia de que yo me deslizaba rápido mientras que Jesús tenía que caminar de manera convencional. ¿Entendiste?, ¡ahora baila! Pero yo dije que prefería platicar con ella y Ana Luísa me miró, dijo, es muy agradable de tu parte decir eso.

Salimos al balcón pues en la sala había mucho barullo: le dije que me parecía que esa historia de Jesucristo era muy interesante, se rio de una manera diferente y le dije, eres diferente. Entonces me quedé pensando en algo inteligente que decirle pero solo recordaba algo que había leído en un libro y que no tenía la menor gracia. Di la frase, dijo ella y yo le dije que no había leído todo el libro, solo había leído la primera línea. Dila, dijo ella; yo dije: es más o menos así; el abejorro no fue hecho para volar y no puede volar, pero sin embargo vuela, contrariando a sir Isaac Newton y Orville Wright. Debe ser un autor norteamericano, dijo ella; debe ser, dije yo. Le pregunté si ella le encontraba alguna gracia a aquella frase; ella quería saber por qué le había dicho eso pero no supe explicárselo y ella preguntó por qué no había puesto a Santos Dumont en lugar de Wright. Yo había pensado en eso pero quería mostrarle que había leído el libro citando la frase correcta. Pero no leíste el libro, ni yo, por lo tanto podemos citar mal la frase, dijo ella. Dije, creo que estoy empezando a enamorarme de ti, ella se rio, yo continué, en serio, ahora estoy citando correctamente, leí todo el libro; y nos miramos, muy sutiles, y nuestros rostros se fueron aproximando y nuestras bocas se encontraron. Abajo estaba el mar. Era una época del año, y una hora, en que la luna deja una estela brillante sobre las aguas. Estábamos solos. ¿Tienes novia?, preguntó ella, yo respondí que tenía un montón, lo mismo que ninguna. ¿Y ella? Ella había tenido un amor imposible, cosas de niñas, dijo. ¿Igual que el sarampión? Me reí. Pero ella no se rio, dijo seriamente, tienes razón, y después: creo que eso les ocurre a todas. Nos besamos nuevamente. Le dije: vámonos de aquí. ¿Adónde?; a cualquier lugar. Quiso saber si no me estaba gustando la fiesta; le dije más o menos, ¿y a ti?, ella dijo, más o menos, pero no puedo irme, etc. Claro que no podía irse, ella vivía allí. ¿Pero esta no es la casa de una tal Licinha? Es mi hermana. Nadie te habló de Ana Luísa, ¿no? ¿Sabes por qué? Porque soy muy aburrida y en la mayoría de las fiestas ni aparezco, me quedo en mi cuarto leyendo; dicen que soy extraña; extraña, me gusta esa palabra, ¿a veces no te da por una palabra? Codo, por ejemplo, me parece horrible. ¿Cuál es la palabra que te parece más fea?

Me quedé pensando en la palabra más fea. Cuando era niño solía reírme al escuchar algunas palabras, casi siempre nombres de partes del cuerpo humano; ciertos órganos y partes y sus funciones todavía hoy me hacen reír. Se lo dije.

No me refiero a esas, dijo ella.

Ya sé, me apresuré a decir.

Ella: Costra, por ejemplo, detesto esa palabra.

¿*Anhangabaú*?,* pregunté.

Horrible.

---

* Palabra relacionada con el espíritu del mal.

¿Zarzaparrilla?

Esa me gusta, y también luciérnaga, salamandra, madona. Sé si me gusta o no por el sonido, por la forma; escribo en un papel y me quedo mirando o repitiendo la palabra —garrapata, ga-rra-pa-ta, garrapata: no me gusta. Ombligo, hubo una época en que me gustó; después le tuve horror. Ahora no sé. ¿Te gusta ombligo?

Ombligo, respondí. Om-bli-go. Om-bli-go. Om-bligo. Me parece que no.

¿Qué se hace con una joven seria? ¿Qué es una joven seria? Una mujer honesta es aquella a la que el amante tiene temor de comprometer, según Fabinho, que probablemente se lo escuchó a otra persona. La joven seria es la que te hace desistir incluso antes de intentarlo. Ana Luísa estaba bien, pero no para esos dos días en que el departamento estaba vacío, inútilmente. Además, era muy blanca.

Después de ese pensamiento inventé un pretexto para separarme de ella. Se quedó en el balcón, no quiso volver a la fiesta. ¿Estaba triste? Diablos, no había tiempo que perder.

Fabinho estaba bailando. Aplaudieron cuando terminó. Me acerqué y le dije, hola. Hola, respondió agitado. Le dije: Estoy un poco perdido aquí. Arréglatelas, viejito, respondió. Me las estoy arreglando. ¿Y Ana Luísa? Es simpática, pero... Entonces Fabinho me dijo que ella era de otro planeta. Así es, dije, yo quería una muchacha más alegre, ¿me entiendes? Repitió: arréglatelas.

Dejé a Fabinho por ahí y me fui al bar. Me quedé parado, esperando. Me sentía como aquel jugador mineiro* de futbol que se quedó inmóvil en medio del campo y cuando el entrenador le preguntó si iba a permanecer allí igual que un cero a la izquierda, contestó: correr atrás de la pelota yo no corro, pero si paso cerca de ella, me la llevo. Me reí como loco, pensando en eso. Pensé también que ya debía de estar borracho pues me estaba riendo de chistes viejos que yo mismo me contaba.

Si pasa cerca me la llevo, le dije al mesero. ¿A quién?, preguntó. No tiene importancia, respondí. Vupt, me puse manos a la obra, el hielo me enfrió los labios. Tlin, tlin, tlin: qué lindo ruidito. Pedí otro, que siguió el mismo camino. Glub, glub, glub. ¿Tienes una copita?, le pregunté al mozo. Tenía. ¿Podrías hacerme el favor de llenarla con ese néctar almizclado, no alabastrino? ¡Epa!, tremendas esas palabras, ¿no? Almizclado,

* Natural del estado de Minas Gerais.

al-miz-cla-do, a-la-bas-tri-no. ¿Te gustan? Me miró como si estuviera loco y me dijo, ni sé qué quiere decir eso. ¿Y ombligo? insistí. Ya te estás pasando, ¿no es mejor parar? dijo él. Lo agarré por el cuello del saco y murmuré, pasarme de ninguna manera, llena el vasito que voy a tomármelo de un solo trago, como si fuera John Wayne. Vupt.

Dónde está Ana Luísa, le pregunté a todas las mujeres que pasaban cerca de mí, hasta que vino una y dijo, yo soy Licinha. Yo soy Sérgio, ¿dónde está Ana Luísa?, quiero terminar con ella una conversación sobre abejorros y ombligos. Pero Ana Luísa se había ido al cuarto, debía estar leyendo, cuando se iba al cuarto nadie la sacaba de ahí.

Fui hasta el balcón vacío y me quedé exclamando bajito, analuiísa, analuiísa. La extrañé, ¿qué importaba que fuera tan blanca?; me habían dicho que las mujeres no deben ser ni muy blancas ni muy negras, pero eso es una tontería, ¿o no es una tontería?, muy blanca: infernal, debe brillar en la oscuridad, desnuda sobre una sábana azul, desnuda, fosforescente, fluorescente, fluorescente en el cuarto todo apagado; me vi, en la penumbra, aproximándome reverente y receloso y ávido y encantado con la magia de aquella suave combustión —¿y quién de nosotros tendría un pacto con el diablo: yo, que veía a una mujer desnuda en la oscuridad, o ella, que en la oscuridad hacía ver su carne fantasmagórica? La deseaba tanto, por encima de todas las cosas, principalmente porque el día y la noche se acababan, un día que se acabó es un día que se acabó, no vuelve más, está perdido, desaparecido, es un bien que se fue, un pedazo perdido del tesoro, del tesoro de pocas riquezas —adiós pájaro, río, pedazo de nube.

Mientras tanto la fiesta terminó y fui saliendo en la confusión con el resto de la tropa. En la calle un grupo tocaba samba en el techo de un Volkswagen. Caminé por la calle, mirando el suelo, con ganas de que una joven bonita e inteligente y sensible y tierna y rica, de esas que viven en grandes palacetes, me viera y sintiera lástima por mí: qué joven tan triste, me parte el corazón verlo; pero quien me vio fue Fabinho, que me saludó de lejos, acompañado por una muchacha más alta que él: ¿soñando, eh, grandote? No respondí, me fui caminando por las calles vacías hasta que me paré en una esquina y escribí en la calle, con orines, Ana Luísa; y, como tenía reservas, agregué dos corazones, uno de ellos atravesado por una flecha incompleta.

Más tarde estaba en casa, en la casa en silencio, o casi en silencio —se escuchaba el despertador viejo de la cocina; la casa vacía. Como mis padres son escandalosos pensé, si estuvieran aquí habría mil ruidos; televisión, discusiones, ronquidos de mi padre, o si fuese tarde, como aquel día, la voz de mi madre directa del cuarto, ¿eres tú, Sérgio?

Come algo antes de acostarte, hay leche en el refrigerador. Una madre solo está satisfecha cuando los hijos están en casa durmiendo.

Pero la casa estaba en silencio.

Me acosté. Entonces oí ¡dónde se ha visto dormir vestido y con zapatos! —pero lo que pasaba era que me estaba quedando dormido, no era mi madre, era mi sueño que comenzaba.

Y que olvidé cuando desperté al día siguiente, a las once, con el timbre del teléfono. Era Elizabeth; quería saber si iba a ir a la playa. Le pregunté sobre el clima. Había un sol increíble; dije que tal vez fuera. ¿Estás resfriado?, me preguntó Elizabeth. No, ¿por qué? Estás ronco, dijo ella. Le expliqué que me había acostado tarde el día anterior. ¿Ah, sí? ¿Fuiste a alguna fiesta? Sí. Su voz tembló; hum, muy bien; antes me invitabas. Puse las cosas en claro: te invité un par de veces. Elizabeth replicó: cinco veces, fuimos a cinco fiestas juntos; últimamente te ha dado por ignorarme; me quedé muy triste por tu culpa ayer en la playa. La conversación comenzaba a ponerse difícil. Estas chicas son la muerte, si uno se descuida le ponen una argolla de oso de circo en la nariz. Le dije: no hay nada entre nosotros. ¿Entonces por qué me buscas?, gritó Elizabeth. Hice voz de sorpresa: ¿¡yo?!, ¿te busco a ti? Nuevo grito de ella: sí, tú. Ahora grité yo: estás loca. Pero ella no cejaba: la semana pasada, sin ir más lejos, fuimos al cine juntos, ¿te acuerdas? Ahí le pegué el tiro en la nuca: me acuerdo, sí, prácticamente me arrastraste hasta el cine, ¿qué podía hacer?

Una vez colgado el teléfono descubrí que tenía un dolor de cabeza del demonio. Fui al baño a mirarme la cara en el espejo. Saqué la lengua. Caramba, la lengua es algo feo, pensé; y pensé también que la puntita de la lengua de una joven bonita, es bonita. Escondí la lengua y miré mi rostro, el pelo quemado por el sol, la frente amplia, los ojos inteligentes insertos separadamente bajo unas cejas gruesas, la boca ancha, los dientes bien puestos, el mentón de líneas definidas. Así me veía y viéndome hice varias muecas, cara de malo, cara de bueno, cara de triste, cara de cínico, cara de enamorado, cara de valiente, cara de sorprendido, cara de amable, cara de desprecio, cara de absorto, cara de ternura, cara de comprensión, y mil otras caras que me dejaron muy satisfecho conmigo mismo.

Busqué por la casa una pastilla, que encontré y tomé con un vaso de leche. La pastilla estaba, como debía ser, en el buró de mamá, cerca de la foto que tomé en São Lourenço.

Después fui a la playa, a jugar voleibol. El grupo ya estaba ahí, en torno a la red. Se formaron los dos equipos. Me tocó la red. Del otro lado, para bloquearme estaba Luís. Había varias sombrillas abiertas a lo largo del campo, marcado por una cinta roja. Elizabeth estaba bajo una de las sombrillas.

Le di una tremenda mala suerte al partido. Luís bloqueaba todo. Cuando yo evadía el bloqueo la pelota salía. Elizabeth echaba porras al equipo contrario; perdí el partido. Les di mala suerte, le dije a Luís. Mala suerte, ¿no?, dijo él. Y para colmo, continué, ayer me acosté tardísimo, borracho. Pues yo ni dormí, dijo Luís, vine directamente a la playa. Claro que eso no podía ser verdad, a mí no me engañaba. ¿Jugamos un partido de dobles?, le pregunté. Aceptó. ¿Por una Coca-Cola? Ok, por una Coca, respondí. Elegí a Ricardo, él eligió a Toninho. Mojamos la arena con la regadera. Pasé cerca de Elizabeth y le pregunté: ¿qué pasó?, ¿no me dijiste que ya no querías verme, qué estás haciendo aquí? ¡Chistosito!, me dijo, solo estás tú en la playa, ¿no?, antes de que llegaras yo ya estaba aquí. ¿Vas a echarme porras en los dobles?; le pregunté. ¿Para qué?, dijo ella, igual vas a perder. Y puso cara de desprecio —el lado izquierdo del labio superior se levantó, dejando aparecer un pedazo del canino; el ojo derecho se cerró mientras la línea de la ceja se suspendía y se transformaba en un arco; el hombro izquierdo se sacudió hacia delante y hacia arriba al mismo tiempo que, para acabar con la afectación, el rostro giraba hacia la derecha.

El suelo está caliente, vamos a jugar uno solamente, sin cambiar, dijo Luís.

Yo quería ganar el partido. Vamos para arriba, le dije a Ricardo. Pero el juego no era nada fácil. Luís jugaba muy bien. Su toque era una cosa de locos, daba la impresión, por el giro de la muñeca, que la pelota iba hacia delante, recta, pero se desviaba y pasaba rasante la red, a mi lado. Empecé a ponerme nervioso, a perder saques. Peleaba con Ricardo: tírate, le decía, pareces una camelia; no porque alguna vez hubiera visto una camelia, sino por aquella historia de dar dos suspiros y después morir. Nuestros cuerpos brillaban de sudor. Yo estaba cansadísimo y los otros también: cuando alguien se caía abría los brazos y se quedaba extendido algunos segundos, solo algunos segundos, pero el partido era tan feroz que por poco que fuera el tiempo que el tipo se quedaba extendido servía para aliviar un poco la falta de aire, el dolor en el bazo, el tropel del corazón. Comencé a sentir perdido el partido cuando estaba diez a diez. Ellos hicieron cuatro puntos enseguida, ahí sacamos ventaja y yo pasé al saque, resuelto a apelar a la ignorancia.

Saqué con toda mis fuerzas, por arriba; Luís defendió, pero la pelota salió. Catorce a once. Volví a sacar, violentamente, haciendo que la pelota describiera una curva y cayera en la arena, indefendible. Catorce a doce. Tuve la impresión de que podía ganar con el saque. Golpeé nuevamente la pelota, un saque perfecto, rasante a la red. ¡La quemaste!, gritó Luís, ¡la quemaste! ¿La quemé?, claro que no, protesté, pero los tipos que estaban ahí dijeron que la pelota había rozado levemente la red. La ventaja volvió al otro lado. Luís, en el saque, mandó desde abajo una pelota alta, alta de veras, para ver si el sol me incomodaba; yo me coloqué bien, para poder responder con un toque leve a Ricardo; la pelota fue bajando, desde allá arriba; acomodé las manos, me puse en guardia, mientras acompañaba con los ojos el descenso de la pelota, que me golpeó los dedos, bajó por entre mis manos, cayó al suelo. Mala mano, gritó alguien. El juego había terminado. Miré a Elizabeth; me miró seria y eso me hizo un gran bien: finalmente estaba de mi lado. Sentí ganas de ir a hablar con ella; besarla como si fuera mi hermana, invitarla al cine, olvidar los planes locos para el fin de semana. ¿Mi hermana? Me quedé en medio de la cancha, jugando con la pelota, pensando, pensando, dudando. Luís fue a meterse al agua, sin humillarme, podía haberse burlado, pero no lo hizo. Me sentí triste, infeliz. Elizabeth estaba ahí, esperando, queriendo ayudarme. Debía estar mirándome, con ese modo infernal que tienen las mujeres de mirar a los hombres que les gustan, una mirada que sale desde dentro, fija, parecida a la mirada de ciertos perros. Quería ver eso, pero no la miré, no miré, quería pero no miré, le di un puñetazo a la pelota y salí corriendo y me sumergí en el agua, que estaba helada.

Me fui a casa. Quise dormir pero no lo logré, tenía hambre, hambre de algo diferente que no sabía qué era. Me comí una zanahoria cruda. Mañana ya es lunes, pensé. Con un departamento y una buena charla... Mañana ya es lunes. Anduve por la casa, fumé varios cigarros, prendí la radio. Después sonó el teléfono.

¿Pianista? ¿Eh? ¡No, uf!, ¡les tengo horror! Ah, es muy aburrido. ¿Cuándo? No, yo no voy a esas cosas. Pero sé que no me gusta... ¿Con Lucinha? Eso fue hace mucho tiempo. Me acuerdo, sí... Es verdad, me gustó, pero creo que era porque estaba encima del piano. ¡Qué trepado ni qué ocho cuartos, recostado! Así escuchando de cerca, la cosa de hecho no estaba tan mala... ¿Quién? Ese tipo es extranjero, ¿no? Caramba, el tipo hacía una mímica del diablo... Ah, de vez en cuando se pasaba la mano por la cabellera mientras con la otra arremetía. ¿Este es mejor? ¡No lo creo! ¿Cómo es que nunca he oído hablar de él? Ignorante tu madre... Muchas cosas nada, lo que necesito es aprender química. Ya lo sé, pero de ese pan estoy necesitando ahora, o mejor el lunes. ¿Quién? ¿Una blancucha con dientecitos de conejo? ¿En el yate? ¿Qué día? No, yo no fui, ¿Morena alta?... ¡No!... ¡No sé quién es, cuate!, estás loco, recordaría esa facha. No pongo los pies por allá hace un montón de tiempo. Esa sí sé quién es, está llena de mañas, no me cae bien. Mira, tengo mucho tiempo para refinarme. ¡Todo eso es una estupidez! No tengo a quién llevar... ¡Conozco, pero estoy harto de todas ellas! Esa es la peor... ¿Qué, solo puedo entrar si voy acompañado? ¡Yo sé que es una casa de familia! Mira, vamos a hacer una cosa, si tengo ganas voy, ¿está bien? Sí. A qué hora... ok. ¿Delfim Moreira qué número? Está bien, voy a ver. Hasta luego.

En la calle Delfim Moreira.
En el centro de la rueda estaba el Pianista, con los brazos cruzados sobre el pecho, hablando poco pero prestando atención, moviendo la cabeza juiciosamente, frunciendo el ceño. De repente yo estaba sentado y el Pianista tocaba, algo muy delicado. Se quedó largo tiempo tocando, parecía que aquello no se iba a acabar jamás. El Pianista cerraba los ojos, en los momentos más líricos; noté que muchos de los oyentes también tenían los ojos cerrados. ¿No para?, le pregunté a una señora a mi lado, que tenía los ojos abiertos. ¡Shhhh!... hizo ella, poniendo un dedo sobre los labios. En ese justo momento alguien me dio un codazo y se levantó detrás de mí. Era una joven, a quien acompañé con los ojos y que desde el fondo del salón me hizo un gesto de ven acá. ¿Pero cómo podía levantarme sin crear una conmoción? Y si el Pianista abriera los ojos en ese instante y me viera saliendo, ¿qué hacía yo? ¿Le hacía un adiosito? ¿Hacía una mueca señalando mi barriga? Esperé cinco minutos más; miré hacia atrás y allí estaba ella, extendiendo los brazos y abriendo mucho los ojos. Abrí los míos, devolviendo el gesto. Qué lío. La muchacha no estaba mal. Pensé, bajito: ¿quién sabe?, ¿quién sabe? Vamos a ver... Con una vergüenza inmensa me levanté y me fui al fondo del salón.
Eres tímido, ¿verdad?, dijo ella, ¿te acuerdas de mí? No me acordaba nada, pero no era tan estúpido como para decírselo. Preferí: creo que solo nos vimos una vez, ¿no? Una vez y media, dijo ella. ¿Una y media? Una y media, y explicó que una vez me había visto y otra vez había soñado conmigo y eso solo valía media. ¿Una pesadilla?, pregunté. No, fue un buen sueño, soñé que eras mi peluquero, dijo ella. Como inicio de plática me gustó, la muchacha era atrevida, estaba haciendo un papel que su actriz preferida había hecho en una pelícu-

la cualquiera. Eso era bueno. Deseé que fuera una película de Fellini. Fue cuando recordé su nombre —eres Gina, ¿cómo estás?, dije, satisfecho. Ah, ah, ah, dijo ella, estoy bien, ¿qué has hecho? Respondí: estudiar, nada, solo estudiar. Me miró, diciendo, no quiero saber nada de estudiar, lo dejé; no se aprende nada en el colegio, ¿no crees? Lo creo, y le dije que lo creía, que en el colegio solo se aprenden tonterías, cosas que no importan. Por eso dejé de estudiar dijo ella; voy a ser escritora, o artista de teatro, algo así.

En la sala el Pianista tocaba.

¿Quieres ver lo que escribí?, preguntó Gina, sacando un papel de la pequeña bolsa que llevaba. Me entregó el papel.

> Teresa llegaba con su hermosa sonrisa y se quitaba la ropa. Teresa no tenía precio —no costaba nada, ni el transporte. Tenía un aspecto de niña de trece años. Venía porque quería, porque se sentía amada por aquel hombre, que la comprendía. A veces él le compraba una rosa.
>
> Teresa conocía el lugar de cada cosa. Ella misma tomaba la *robe de chambre*, desaparecía dentro de ella y se iba a la cama. Después volvía a su casa, a su familia, a las cosas hechas de cristal y terciopelo, de secretos mutuos, de cortesías y adaptaciones.
>
> ¿Y él?

Salimos de la sala, nos detuvimos en el corredor. Se veía la cocina, apagada.

¿Solo eso?, pregunté, pero mi corazón latía más que eso, descubría significados, y se entusiasmaba. Aún no termino, dijo ella, es solo el comienzo; ¿te gusta? (¡Alborozo, ah, corazón!) Dije: si te digo que no me gusta, ¿te molesta? Claro que no; si no consigo ser escritora voy a ser artista.

Se escuchaba al Pianista tocando. Ese Pianista está exagerando, dijo Gina, dentro de poco me va a salir sangre de la nariz. Aclaró: cualquier cosa que la emocionara, molestara o irritara, le hacía sangrar la nariz. No hay médico que lo arregle, hasta con mi primer beso fue así, me emocioné tanto que empecé a sangrar por la nariz; el muchacho se llamaba Dadinho —se asustó muchísimo, decía: qué pasó, qué pasó, y yo, diablos, sangre por la nariz.

Me reí: ¿te imaginas el día de tu boda? ¡Ah!, exclamó ella, crees que lo que escribí es mentira. Dije: me dejas sin palabras, yo no había sospechado tanto. ¡No habías!... dudó ella. Le di mi palabra de honor; caray, además sería de mal gusto que yo imaginara algo así. (¿La mujer piensa más en el himen que el hombre?) ¿Es verdad o mentira?, preguntó Gina. Yo no sabía qué responder. Mi corazón sentía que era verdad, por eso había latido tanto: la cama, la *robe de chambre*, el secreto: verdad, verdad, el corazón quiere siempre lo que es bueno. ¿Pero qué responder? De repente la respuesta pasó a ser una cosa importantísima, si me equivocaba perdería todo, todas las fichas estaban en ese número. Los huevos en esa única canasta. ¿Es mentira o verdad?, insistió. Me escapé: tú sabes que yo sé la verdad. Ella: entonces, ¿es verdad? Yo: no dije eso; quiero decir que sé si la verdad es la verdad o la verdad es la mentira. Gina: entonces, tu salvación depende de eso. Yo: ¿la salvación o el premio? Gina, con un grito: anda, dímelo ya. Yo también grité, no sé por qué, grité: es mentira, es sueño, es imaginación.

Ella se apartó de mí, apoyándose en la pared, diciendo, loco, loco, fuiste condenado. La tomé de la mano, que se soltó: ¿Era verdad? Era verdad... yo no tengo imaginación... dijo. Protesté: ¿por qué condenado?, quise ser discreto, una forma de ocultar la verdad. Ella entonces dijo que la discreción no era una forma de decir mentiras; que yo tendría que decir: seré mentiroso: es mentira y ahí yo estaría diciendo la verdad y hubiera acertado y ganado el premio. Me defendí, pero no tenía salida, ella hacía las reglas del juego, ponía y disponía, ella era la dueña del premio, ella mandaba. Tal vez hubiera inventado todo en aquel instante, pero lo cierto es que mi corazón estaba partido, había cometido el peor error de mi vida. El peor error de mi vida, le dije, hablando bajo, con la voz dolorida, poniendo cara y ojos de sufrimiento, mientras el Pianista tocaba el fondo musical de mi tristeza y de repente mi angustia se volvió real y el espejo imaginario en que yo reflejaba mis patrañas desapareció y me dejó solo, encerrado en mí mismo. Ella dijo, eso es bueno para mi súperyo, pero no me conmueve ni un poco, quiero que lo sepas, y me miró como los niños miran a los adultos, como dirigiendo la mirada a un objeto, sin importarle la duración de la mirada o, más relevante aún, sin importarle el desvío de la mirada.

Después me invitó a hacer un plan sensacional, con su hermana Gilda y un tipo llamado Pedrinho. Parece que ya estaba todo arreglado pues cuando bajamos, un Volkswagen ya estaba esperándonos. Ese Pedrinho era un tipo pálido que tronaba los dedos de las dos manos al mismo tiempo, un dedo tras otro, solo con la presión de los pulgares; algo gracioso; levantaba las dos manos hacia arriba, como si fuera a tocar las castañuelas y ahí ploct, ploct —unas doce veces por lo menos oí el ruidito de las articulaciones de la falange con la falangina, de la falangina con la falangeta en el corto instante en que nos acomodábamos en el auto. Y después, mientras manejaba como un loco por la ciudad, seguía tronando los dedos. ¿Adónde vamos?, pregunté; nadie me respondía; ¿a Petrópolis?, pregunté cuando llegamos a la avenida Brasil; nada; ¿a Caxias?; ya verás, espera, ¿tienes miedo de ser raptado?, me dijo Gilda, hermana de Gina; Gilda, a pesar de que los asientos delanteros eran separados, lograba el prodigio de estar prácticamente sentada en las rodillas de Pedrinho, con el brazo por encima de su hombro; se besaban, con el auto a 120, mientras Pedrinho miraba la ruta por el rabillo del ojo izquierdo. Diablos. ¿Este Volks está envenenado?, pregunté. Y de qué manera, amigo, y de qué manera, tiene más cicuta que el buche de Sócrates, dijo Pedrinho haciendo sonar los dedos profusamente.

Llegamos al aeropuerto del Galeão, subimos a la terraza, y yo todavía a ciegas. Allá están, allá están ¡qué belleza!, dijo Gina. ¿Los aviones?, pregunté. ¿Pues qué más podía ser?, sí, los aviones, pero espera a que enciendan los motores, dijo Gina. En ese justo instante se encendieron los motores, una lucecita roja empezó a girar sobre la cabina y el avión comenzó a deslizarse lentamente por la pista, como un pájaro, emitiendo un zumbido agudo y fino. Se va a colocar en la cabecera, dijo Pedrinho. Todos encendimos un cigarro. A lo lejos se veía el reflector. Allá viene, allá viene, se me eriza la piel, dijo Gilda. Como una bala, como una fiera en busca del enemigo, como una fuerza detrás de un choque de fuerzas el avión pasó frente a nosotros y alzó el vuelo en un arranque fantástico. Qué belleza, dijimos uno después del otro. ¿Qué calificación?, preguntó Gilda. Nueve, dijo Pedrinho, diez es solamente para el Boeing, y aun así dentro de ese esquema. Las muchachas temblaron. ¿Tienen miedo?, preguntó Pedrinho. Ellas dijeron que no.

Bajamos a tomar un café. El aeropuerto estaba lleno, aquel día salían varios vuelos internacionales. Había una urgencia en el aire, una ansiedad, una prisa que no se ve en los muelles o en la estación ferroviaria. Las mujeres del aeropuerto son más bonitas. Frente a mí estaba una mujer que parecía una princesa, pero no la bella durmiente, una princesa que había perdido la inocencia. ¿Qué escondía su gesto desdeñoso, su ostentosa simplicidad, la riqueza silenciosa de su ropa? ¿Qué tendría en su bolsa?: ¿un pasaporte, dinero de varios países, los colores del rostro? ¿Cómo sería su ropa íntima? ¿Tendría marido? ¿Tendría amantes? ¿Qué la hacía Princesa?

Es él, es él, dijo Pedrinho, ¿oyen? Está yendo hacia la cabecera, vámonos. Y salimos corriendo hacia el estacionamiento, entramos en el auto desordenadamente. Yo a ciegas.

En la ruta asfaltada los letreros decían que estaba prohibido estacionarse en cualquier lugar. Llegamos hasta la entrada de la base aérea y volvimos a la entrada del aeropuerto. Después repetimos el mismo movimiento. Frente a las bardas rematadas por luces rojas Pedrinho dijo por aquí pasa. Le temblaba la voz.

Ese es su reflector, creo que ahora vamos a llegar a las luces rojas en el momento justo, dijo Pedrinho. Pasamos por el portón de la Base. El vigilante pareció mirar en nuestra dirección. Al llegar frente a la barda saltamos todos. ESTÁ PROHIBIDO PARAR, escrito con grandes letras. Pedrinho se trepó al techo del auto. Gina, Gilda y yo nos subimos al techo. Allá viene, dijo alguien. El reflector nos golpeó en la cara, una luz blanca y fuerte que hacía que todo en derredor fuera más negro aún. Y él, el avión, La Cosa, llegó corriendo por encima de nosotros, haciendo el barullo más grande del mundo; ¡Dios mío! gritó una de las chicas. Cuando pasó encima de mi cabeza, cerré los ojos y me tapé los oídos, pero el ruido me entraba por la boca, me hacía doler los dientes, me tapaba los poros, algo insoportable de tan grande, como la certeza de la muerte inmediata.

Qué cosa infernal, gritó Pedrinho, arrodillado en la calle; pero su voz apenas se oía, a pesar de que el avión ya estaba lejos. Gina daba vueltas por el camino, echando sangre por la nariz; Gilda se había encerrado en el auto, cubriéndose la cabeza con los brazos. Corrí hacia Gina, que mantenía las dos manos cubriéndole los oídos y caminaba en medio del camino con los ojos cerrados. La sangre le cubría la boca, el mentón, le manchaba el vestido. Intenté quitarle las manos de los oídos pero no lo logré. La llevé así al auto. Vámonos de aquí, dijo Pedrinho; su voz parecía salir de un barril.

El viaje de regreso fue casi en silencio. Qué maravilla, dijo alguien. Pedrinho manejaba despacio y no tronaba los dedos. Dijo, no debemos contarle esto a nadie porque todo el mundo va a querer hacerlo y ya no será posible.

Nos detuvimos cerca de la casa de Gina, en una calle oscura. Pedrinho besó a Gilda, pero ninguno de los dos parecía demasiado entusiasmado; se separaron y se quedaron fumando. ¿Y yo? Yo, cuyos planes surgieron todos desde el fondo de mi cabeza; confuso: una mujer, una mujer, que fuera sabia, fuerte, tuviera calor y energía, que sacara de mí la larva fría que ocupaba un espacio de mi vida, que me hiciera olvidar cosas que no recordaba, que me ahogara, me cansara, me dejara rendido y por encima de todo fuera enorme, absoluta y envolvente como la tierra que cubre la sepultura.

Miré a la joven que tenía a mi lado; ¡ah!, ¡Gina!, pensé, no eres tú, no es nada de eso. Su cara todavía estaba medio sucia, una suciedad hecha con sangre y Helena Rubinstein que el pañuelo no había conseguido borrar del todo. No eres tú, Gina, no es nadie, ¡no es, no es!

¿No es qué?, preguntó Gina. Con permiso, dije, y la empujé, le pisé el pie, ¿te volviste loco?, apachurré a Gilda, me bajé.

Me bajé y me fui caminando al lugar donde vivía, sintiendo. Cuando llegue a viejo esto se pasa; si llego a viejo. En la puerta de mi edificio vi que no estaba solo. Buenas noches, dije y ella me miró sin responder. ¿Trabajas aquí?, pregunté. Ella respondió, trabajo en el cuarto piso. Le dije ven, quiero hablar contigo, y caminé hacia la escalera, ella siguiéndome. Subimos. Nos detuvimos en la oscuridad. ¿Cómo te llamas? Marli. Hice que me excitara, le di instrucciones precisas que ella ejecutó dócilmente; la poseí, ambos de pie, curvados como los animales que éramos; sus manos me agarraban con fuerza, su cuerpo temblaba por la posición y el ansia, un gemido se expandía dentro de su pecho como si fuera vapor de agua hirviendo; en ese instante culminante su boca buscó la mía, pero volteé la cara: ¿como si fuera a dolerme?, ¿a perderme? —también, pero sobre todo como si fuera a robarme.

Se arregló la ropa. Dijo, mi amor, y eso me dejó inquieto, pues en ese momento yo realmente era su amor ¿y mi amor cuál era? Vete, le dije, vete, no hagas ruido; ella susurró ¿mañana?, mientras se quitaba los zapatos. No contesté.

Bajé la escalera, volví al vestíbulo, me subí al elevador, entré al departamento, me quité la ropa, fui al baño, me lavé, me acosté en la cama.

Y en la cama pensé, comencé a pensar: tuve mala suerte, tuve mala suerte —tuve mala suerte, tuve mala suerte, tuve mala suerte—, como borreguitos saltando la barda, la cosa no se acababa y yo no me dormía. Mientras tanto otro pensamiento se asomaba, algo que me espiaba en la oscuridad de mi cuarto: todavía no había visto lo ruin del mundo, pero faltaba poco, muy poco, para que eso ocurriera.

Los grados

Estoy feliz, me siento como si fuera un, un... un animal. Siento que si diera un salto los músculos me llevarían lejos; soy ligero, aunque mi peso sea poderoso; con una dentellada arranco, si quiero, un pedazo de la carne de la mujer que está a mi lado, con ropa y todo. En medio de esos pensamientos de euforia surge el recuerdo de algunos bisteces difíciles de masticar... y la voz de ella leyendo la portada del disco: caramba, cantos gregorianos y todo.

Meto la panza; no quiero tener el aire de lechuza de ciertos amigos. Las arrugas de mi rostro no se ven en la penumbra en que nos encontramos. Ser viejo. Soy un hombre, todavía. Ella baila al compás de la música. Me besa la espalda mientras apoyo la cabeza sobre los brazos. Es un genio, me pregunta: dime el nombre de esa cosa.

Yo: *(pensando)* Ah, ah, ah, si me muero, ¿qué queda?
Ella: ¿Cómo se llama?
Yo: Carmina Burana.
Ella: ¿Cómo?
Yo: Carmina Burana.
Ella: ¿Ca-ca qué?
Yo: Carmina Burana.
Ella: ¿Me lo escribes en un papelito?

Estás muy loca, digo. ¿Por qué?, responde, ¿tú estás loco? Todo el tiempo me ve de esa manera extraña; algo que me recuerda a un gato observando disimuladamente a un ratón. ¿Pero por qué? Hace poco me pareció sentir un cierto desdén, no en la mirada, en su boca. Absurdo.

¿Estoy loco? La opereta está terminando dice ella. Se viste. Tiene pecas. Yo tengo arrugas. ¡Ah, ah, ah, ah, ah, ah, ah, ah, ah!, ¡que los parió! Meto otra vez la panza. Ella ahora está vestida, se acuesta en la cama y lee nuevamente la portada del disco. ¿Qué pasa por su cabeza? ¿Y por la mía? El cabello le cae por la cara. Estoy agotado. Cuando era joven no tenía las mujeres que quería; las tengo ahora de viejo, lo juro. Pero me canso fácilmente. ¡Diablos! Antes andaba por las calles como un loco, buscando una mujer, cualquiera, y no la conseguía; ahora las tengo, pero me falta fuerza. Perro mundo, este.

La muchachita acostada en la cama, lista, disponible, pregunta, ¿ese Carl Orff es conocido? Respondo: Para el que lo conoce. Ella, oliéndome las manos: ¿qué jabón es este? Pienso y digo: Phebo. Ella dice, no. Entonces ¿cuál?, pregunto. Ella: otro, uno rosa, otro rosa. Intento: ¿Lux? Ella acerca mi mano a la nariz y dice, es uno rosa, otro rosa. ¿Qué marca es, entonces, eh?, pregunto. Ese perfume, querido, no es Phebo ni Lux, y me acaricia el pelo, el pecho, y me besa bajo el brazo, y en la espalda, y en los omóplatos, y en el cuello, y en la nariz. Me gusta esa manía: ella enteramente vestida y yo enteramente desnudo. La música la perturba: es una opereta diferente esa: ah, estoy corrompiendo a estas muchachitas: nunca más serán las mismas: de un solo golpe liquido a Rodgers & Hammerstein, Lerner & Loewe.

Tengo que irme, digo. Yo ya estoy lista, responde ella, y continúa: no cambias, siempre lo mismo. Le pregunto: ¿qué quieres decir con eso? Ella responde: apareces y desapareces, no envejeces, no adelgazas, no engordas. Estás loca, le digo. Diablito, dice ella, me tienes temblando de miedo; ¿cuánto tiempo hace que nos conocemos? ¿Dos años? Qué sé yo, ¿tú que crees?, respondo. Ella dice: dos años, un instante, en estos dos años te he visto veinte veces, ¿verdad?

    Yo: ¿Veinte veces?
    Ella: ¿Solamente... ?
    Yo: ¿Solamente, preguntaste?
    Ella: ¿Eh?
    Yo: ¿Preguntaste o afirmaste?
    Ella: ¿Preguntaste o afirmaste qué?
    Yo: Que eran solamente veinte veces.
    Ella: ¿Tú qué crees?
    Yo: Yo pregunté primero.
    Ella: Es poquísimo. ¿Ya te dije que tienes cara de santo?
    Yo: Soy un santo.
    Ella: No estoy jugando. Voy a traer su retrato para que lo veas. De ese santo que te hablo.
    Yo: ¿Retrato?
    Ella: Es igualito, igualito... los mismos ojos tristes, esa misma arruga, aquí...

Muy suavemente sus dedos corren por las arrugas de mi cara. Cuéntame un cuento, antes de que me vaya, me pide. Y se quita la ropa con la naturalidad de alguien que se sienta en un sillón; le gustan mis historias y quiere oírlas cómodamente. Qué gracioso: apenas el año pasado el cuarto no era lo suficientemente oscuro para que ella se desnudara y a pesar de las cortinas cerradas, de la penumbra, se encogía y se cubría con las manos, afligida y avergonzada.

Comienzo: Te voy a contar: El Héroe estaba en la casa de una joven: muy bonita, judía, con la pierna rota. Además del Héroe había un montón de personas en la casa de la joven; esas personas no importan, son irrelevantes; pero no se iban y el Héroe y la joven judía se miraban ansiosos, aunque de manera secreta y rapidísima; y el tiempo pasaba y cuando parecía que todos se iban un muchacho bromista inventaba firmar en el yeso de la pierna rota o si no transformar amor en *odio* en el juego de palabras inventado por Lewis Carroll —y todo comenzaba otra vez, para sufrimiento del Héroe y de la joven judía. Hasta que de madrugada todos decidieron despedirse. Uno todavía dijo: ¿te vas a quedar sola?, ¿no necesitas que alguien se quede contigo?, y la judía respondió enfática, mi criada duerme conmigo, no te preocupes. Al fin salieron todos. En la puerta de la calle platicaron un poco y, enseguida, cada cual siguió su camino. ¡Cómo le latía el corazón al Héroe! Quince minutos después estaba otra vez en la puerta del edificio de la judía, mirando la ventana del noveno piso, donde ella vivía; cuando apareció, se miraron e incluso a lo lejos, su mirada ardía. Después la judía envolvió una llave en un papel blanco y miró bien dónde estaba nuestro Héroe y le tiró la llave con increíble puntería: el paquetito fue a caer directamente al fondo del desagüe de la calle. Era la llave de la puerta del edificio. El Héroe se desesperó: intentó levantar la reja, intentó meter la mano por la abertura de la reja, se cansó con esas labores inútiles; jadeante por el esfuerzo, maldecía a la judía con todas las groserías que conocía; después, desesperado miró la ventana y murmuró bajito ¿y ahora?, ¿y ahora?, con tanto dolor, que ella escuchó y sintió desde allá arriba, desde el noveno piso, y respondió también con un murmullo tan necesitado que bajó como una gaviota hambrienta sumergiéndose en el mar y entró por los oídos del Héroe: *¡espera!* ¿Esperar? ¿Qué iba a hacer? ¡Qué bueno sería que llegara alguien a abrir la puerta de la entrada! Pero nadie llegaría a una hora así y si llegara no tendría valor para aprovecharse y entrar en el edificio. Pero esperó y nada ocurría y por eso comenzó a sonreír e incluso a reírse a carcajadas con rabia y desprecio, de sí mismo y de la judía. De repente se calló, asustado, pues vio un bulto horrible que se arrastraba como un animal por el vestíbulo del edificio hacia la puerta de entrada, hacia él, el Héroe. Su cuerpo tembló de miedo, y continuó temblando aun después de que vio lo que era, ahora ya no de miedo, sino de excitación y fascinación: era la judía que se arrastraba con la pierna enyesada y que poco después abría la puerta. El Héroe la tomó en brazos y la cargó hasta el elevador y hasta la cama, sin sentir peso alguno pues nunca se había sentido tan fuerte en su vida.

Ella: ¿Qué hicieron en la cama? Ellos... ellos... ¿y la pierna enyesada?

¿Qué hicieron? ¡Ah! Escucha: el Héroe estaba loco por la joven de la Pierna Rota, loco porque ella era judía, loco porque sus cabellos eran del color del fuego, loco porque su cuerpo estaba todo cubierto de pecas, loco porque era linda, loco porque estaban en el principio de su amor —pues bien, después de que ella, para poder ir a la cama con él, hizo lo que hizo, ¿te parece que ambos le darían importancia a algo vulgar como el yeso de una pierna? ¿¡Eh, eh!? Se lanzaron y se abismaron, se entregaron uno al otro, se disfrutaron orgullosamente... la cosa más bonita que les ocurrió en la vida.

Ella: ¿Tú?
Yo: *(las lágrimas me corrían por el rostro)* Sí... a los veintiún años...
Ella: No llores...
Yo: No es nada, es que eso no va a ocurrir nunca más: una mujer sensacional haciendo de todo para acostarse conmigo.
Ella: ¿Y yo?
Yo: ¿Y yo?
Ella: Sí. ¿Y yo?
Yo: Tu pierna no está rota.
Ella: Cuéntame mi cuento. Quiero oír *mi* cuento.
Yo: ¿Sin retoques, ni adornos?...

Yo le cuento historias, historias de hombres, de mujeres, de hombre y mujer: la historia de mi joven vecina que sale de casa el sábado de carnaval y vuelve el miércoles de ceniza diciendo: «una vez más llegué entera a casa, nunca llego sin un pedazo»; o del elevadorista del edificio de mi oficina que, sin que nadie lo supiera, vivía en el elevador —él, su mujer y dos hijos; o la historia de la pareja loca de amor que se encerró dentro de un cuarto y cogió sin parar una semana hasta que terminaron odiándose uno al otro.

Muchas historias, pero la historia de ella nunca la conté; no obstante, su complacencia me irrita, la casualidad con que encara, o mejor *no* encara, nuestra diferencia de edad, su docilidad, y su inteligencia, su magnífica y arquetípica ignorancia, su belleza, su salud, su tranquilidad me dan rabia, ganas de castigarla.

Yo: ¿Sin retoques ni adornos?...
Ella: Cruda...
Yo: ¿Desnuda?...
Ella: Como convenga a la verdad.

Vamos a empezar entonces diciendo que cualquier semejanza es mera coincidencia y la historia se llamará la historia de la mujer cuyo marido no le daba dinero para su vanidad. ¿Puedo continuar?
«Eres casado, ¿verdad? Si no lo fueras no me confiaba...» Eso después de una larga treta en que los dos nos enredamos; claro: «Sí».
(Tiempo después, en la cama: «¿Cómo se llama tu esposa?» No lo dije. Ella insistió: «¿No quieres decirlo?». «No, mi amor, no quiero que exista en tus pensamientos, ella tiene que ser un pez en el acuario, mudo, distante, indiferente.»)
«Mi marido no me da dinero para mi vanidad»...
Ella tenía auto...

Ella: Basta.
Yo: Desnuda y cruda...
Ella: Está bien, sigue.

...piscina, casa enorme llena de aparatos eléctricos, seis criados; pero: ropa y joyas —nada. Un sujeto raro: ingeniero; construía por todas partes, había letreros con su nombre en todas partes, me perseguía; a veces me detenía y me quedaba viendo la placa con su nombre —ahí pensaba en la mujer. Un día de mayor excitación tuve ganas de treparme a una escalera y escribir en el letrero, después de su nombre: fulano de tal: «cornudo».
Venía a verme vestida con la mayor pobreza. No: simplicidad; ni joyas, ni pintura; nada. ¿Eso la empeoraba? ¡Idiota! La mejoraba, dejaba a un lado los rococós, las estilizaciones, esas porquerías que las mujeres creen que adornan, pero que solo sirven de diversión —y entonces ella, ¡ah! era solo cuerpo, simetría, hambre, represalia.

Ella: ¿Represalia?
Yo: El marido no le daba dinero para su vanidad.
Ella: ¿Por qué represalia? ¿Y si estuviera interesada en el amante?
Yo: ¿Un viejo?
Ella: Y sin embargo...
Yo: ¿Y sin embargo...?
Ella: Y sin embargo más joven que muchos que, que ella había conocido...
Yo: ¿Muchos...?
Ella: Sigue, sigue con la historia.

El rostro limpio, toda ella cruda, pura —no podías darle un pellizco, de tan estirada que tenía la piel. ¿Piel?, no tenía piel, solo tenía carne, una carne firme, en todas las partes del cuerpo, fíjate bien: si quisiera, mataría una pulga apretándola con la uña de mi pulgar contra su barriga; tan impresionante que me daban ganas de darle cabezazos en el cuerpo, ya que no podía morderla. Y yo le *daba* cabezazos en su vientre rígido, curvado como un toro que quisiera volver al verde útero bovino de su madre, un útero que fuera Dios y la Nada, y ella me sostenía la cabeza dirigiendo sus arremetidas —como las de un ariete que fuera a traspasarla rompiendo las puertas de su carne— y se reía hasta que nos entrelazábamos sudando y yo sentía el sabor de su sudor en mi boca, nuestro sudor que estallaba en nuestras barrigas, mi sudor empapándome las pestañas, envanecido por sudar tanto, orgulloso por el largo tiempo que aguantaba dentro de ella. «¿Cómo se llama tu mujer?», eso lo preguntaba de repente. Bueno, bueno, el nombre de mi mujer no podía decirlo, eso es definitivo: yo no tenía mujer, era, y soy, soltero. Inventé un nombre: Maria —todas las mujeres deberían llamarse Maria y vestir de negro, con la espalda y los brazos a la vista. «¿Te gusta que se vea bonita, tu mujer?», me preguntó ella. «De negro, con los brazos y la espalda a la vista», respondí. «Él no. Me regaló un Portinari, sabes, pero le gusta que ande así.» «¿Así, así?», le pregunté a ella, acostada en la cama, desnuda como si fuese un sol o una víbora. «No, así como llegué.»

Ella: ¿Eres soltero?
Yo: Sí.
Ella: Una historia muy ilustrativa, esa.
Yo: Y un poco aburrida, también.
Ella: Aburrida no, cuadrada: principio, mitad, fin.
Yo: ¿Fin?
Ella: ¿Te acuerdas del día que fuimos juntos a la playa?

Yo: Me acuerdo.
Ella: ¿De veras te acuerdas?
Yo: Más o menos.
Ella: El día en que resolvimos calificar a todas las mujeres bonitas de la playa. ¿Te acuerdas?
Yo: Ahora recuerdo.
Ella: Pasamos delante de un cojo de pelo largo y barba y dijiste «vamos a calificar a ese tipo también», ¿te acuerdas?
Yo: Me acuerdo. Estaba a la última moda: pelo como el de Búfalo Bill, barbita, aire de tedio, y desfilaba.
Ella: Le pusiste cero.
Yo: ¿De veras? Creo que fue por estar a la última moda.
Ella: Un cojo, aunque a la última moda, merecía más que un cero.
Yo: Le puse cero, y no se lo quito.
Ella: Ese día no le pusiste diez a nadie. Buscaste, buscaste en la playa enorme, me dolían los pies de tanto caminar y ningún diez. Yo tuve nueve.
Yo: La calificación más alta.
Ella: Buscas cosas imposibles de encontrar.
Yo: ¡Rrrr!
Ella: Como una persona que sea al mismo tiempo enano, cura, negro, jorobado y homosexual. Eso no existe.
Yo: Enano, cura, negro, jorobado, homosexual y miope, con anteojos. No desisto, un día lo voy a encontrar, ya verás.
Ella: ¿Entonces te acuerdas de ese día?
Yo: Me acuerdo.
Ella: Te pedí que me ayudaras, ¿te acuerdas?
Yo: Me acuerdo.
Ella: Y desapareciste, durante meses, ¿te acuerdas?
Yo: Me acuerdo.
Ella: Meses, meses, un día volviste, diciendo que habías ido a Estados Unidos. ¿Te acuerdas?
Yo: Me acuerdo.
Ella: ¿Habías ido a Estados Unidos?
Yo: No.

(Sí *había* ido, pero la verdad, para efectos de aquella conversación, era mejor que *no* había ido.)

Ella: ¿Por qué me mentiste?

Yo: Me pareció que si nos íbamos juntos a la cama ibas a querer abandonar a tu marido y venirte a vivir conmigo. Por rectitud.

Ella: Pero acabamos yendo a la cama y yo no abandoné a mi marido.

Yo: Un error de cálculo mío, felizmente.

Ella: Pues hoy decidí venir aquí, y también ponerte una calificación. Una calificación alta significa que abandonaré a mi marido y me vendré a vivir contigo.

Ella comienza a vestirse mientras protesto, qué locura, piensa bien lo que vas a hacer, yo no sirvo para estar casado, mi carácter no se presta, soy un viejo solterón empedernido...

Calzones, liguero, medias, brasier, fondo, vestido, zapatos —y se va al baño.

¡Estoy lleno de manías!, le grito para que me escuche y ella suelta una carcajada de esas que en los dibujos de Walt Disney hacen que se partan los vidrios de las ventanas. Me quedo preocupado: es una carcajada de esas hechiceras de nariz curva, asexuadas, que traman la desgracia del muchachito y el muchachito, el muchachito, ¡cielos!, soy yo.

Ella sale del baño y ambos estamos serios. Me mira de arriba abajo, el rostro impasible. Una mirada inesperada, que me sorprende.

Me lleno de valor y le pregunto: ¿Qué me saqué?

«Cero», dice ella.

Busco en su cara algo que me diga que es solo un juego, pero no consigo ver nada, ni para bien ni para mal. Ella sale y me deja solo, un viejo.

El collar del perro

El auto no pudo subir hasta lo alto del monte, donde había un claro. Vilela se bajó, acompañado por Washington y Casemiro. Había llovido; el camino enlodado ensuciaba los zapatos de los tres. Desde arriba, inmóviles, unas seis personas observaban cómo se aproximaban los que subían; pero cuando llegaron, voltearon la cara o miraron al suelo.

Vilela se aproximó al cuerpo caído. En la frente negra tenía un orificio rojizo; la parte de atrás de la cabeza había desaparecido: en su lugar había un agujero donde se veían restos de sesos, astillas de huesos mezclados con cabellos, coágulos de sangre oscura llenos de moscas. La sangre empapaba la camisa, en el pecho y la espalda.

Washington se acercó afianzando del brazo a una mujer.

—Nadie vio nada. Usted sabe cómo es esto —rio, balanceando la cabeza; su pecho silbaba—. Esta es su mujer.

—¿Usted es su mujer? —preguntó Vilela.

—Es su mujer —dijo Washington.

—¿Usted es su mujer? —preguntó nuevamente Vilela.

Mujer: (un sonido bajo, ininteligible).

—Más alto, no la escucho —dijo Vilela.

—Sí —dijo la mujer.

—¿Cómo se llamaba? —preguntó Vilela.

—Claudionor —dijo Washington.

—¿Claudionor?

—Nono —dijo la mujer.

—Trabajaba para el *bicheiro** Barata —dijo Washington.

—¿Usted sabe quién hizo esto? —preguntó Vilela.

—No, señor —dijo la mujer.

Washington se apartó. Vilela miró a la mujer en silencio. Una radiopatrulla se detuvo al pie del monte. Un agente se bajó y comenzó a subir. Subía con prisa, equilibrándose en el suelo resbaloso.

---

* Empresario del *jogo do bicho*, especie de lotería que se juega clandestinamente en Brasil.

—¿Quién es el comisario aquí? —preguntó al llegar.
—Soy yo —respondió Vilela.
—Hay otro trabajo para usted allá abajo —dijo mirando sin interés el cuerpo caído—. Mataron a un tipo dentro del autobús Triagem-Leme.
—¿Dentro del autobús?
—Cinco tipos, con cuarenta y cinco, un tiroteo de los mil diablos.
—Llama a los peritos por radio.
—Ya los llamamos.
—¿Alguien lo vio?
—Todo el mundo lo vio. Fue una fiesta de san Juan.
—¿Dónde está el autobús?
—En la Ricardo Machado.
—¿Quién quedó allá?
—Errepé dieciséis.
—Baja y pide nuevamente a los peritos y una carroza para este.
—Están en el rancho de un tal Severino Marinero. Lo escuché por el radio.
—¿Todavía?
—Usted camina más rápido que ellos, doctor. Qué domingo, ¿eh?
—De veras.
—¿Se imagina cómo van a salir los periódicos mañana?
—Sí... Todavía no aparece ninguno de ellos. Este es el tercer local con cadáver-y-todo y ninguno de ellos ha aparecido.
—El personal de la Central se está jodiendo a esa basura. Ahora tendrán que arreglárselas.
—¿Por qué? ¿Qué pasa?
—Cosas, doctor, cosas.
—Está bien. Vuelve al autobús.
El guardia comenzó a bajar, con el quepis en la mano, abanicándose. Vilela gritó:
—¿Quién era el tipo que mataron?
—¿En el autobús?
—Sí.
—Un tal Alfredinho. Personal de Batata.
Vilela caminó hasta donde estaba Washington.
—Mataron a otro tipo, dentro del autobús, en la Ricardo Machado.
—Lo sé, doctor, lo escuché cuando usted conversaba con el agente ese. Mi oído es tremendo, desde mi casa en la Praça da Bandeira escucho cuando un barco entra al puerto.
—Voy para la Ricardo Machado. Quédate aquí, espera a los peritos. Después arrastra a quien creas necesario a la comisaria.

—¿A quién doctor?

—A la mujer. Y a alguien más que pueda saber algo.

—Yo preferiría ir con usted, al autobús.

—¿Por qué?

—Quisiera ver eso...

—Eres muy curioso.

—Ya se dio cuenta, ¿verdad? Pero no es solo curiosidad, no. Tengo una teoría.

—Después me la cuentas, ahora no.

—Cuando usted quiera.

—Mientras tanto vas desarrollando tu teoría.

—Está bien. Lo otro es que creo que es mejor que Casemiro se quede aquí, conoce a la gente de este monte mejor que yo. Vea, ya está cuchicheando con unos tipos en aquel rincón, ¿lo ve?

—¡Casemiro! —gritó Vilela.

Casemiro tardó un poco en atender el llamado de Vilela. Siguió platicando con tres hombres. Cuando vino, lo hizo despacio. Era un hombre pesado, que caminaba lentamente.

—Te quedas aquí, Casemiro. Washington y yo nos vamos abajo. Otro caso.

—Llenaron de plomo al Alfredinho, al manco aquel, gente de Batata —dijo Washington.

Casemiro movió la cabeza de lado a lado.

—La cosa está fea, creo que voy a conseguirle un soplón.

Vilela simuló no haber oído.

—Espera a los peritos, la carroza, después lleva a la mujer a la comisaría y a uno o dos tipos que te parezca que están ocultando el juego.

Vilela y Washington bajaron del monte. A la izquierda se veía Barreira con sus casuchas alineadas asimétricamente; a la derecha, a lo lejos, las chimeneas de las fábricas. El pecho de Washington empezó a silbar de nuevo. «¡Monte miserable!»

Al llegar al auto ambos golpearon varias veces con los pies en el asfalto para quitarse el lodo de los zapatos. «Si me fuera a vivir a un monte iría a vivir al de Cantagalo. Por lo menos vería la Laguna.»

Había muchas personas en torno al autobús. Las dos patrullas estacionadas a un lado. Un guardia cuidaba la puerta del autobús. «Es el comisario», avisó Washington. El guardia le dio el paso a Vilela. Vilela entró. «Allá al fondo, doctor», dijo el guardia. Desde la entrada

Vilela no veía nada. Caminó en dirección a la puerta trasera. Abandonados, en varios asientos, un zapato, una bolsa de mercado con verduras a la vista, un periódico, un paraguas. En el último asiento, encogido en el fondo, con los brazos y piernas doblados, comprimidos contra el piso, la cabeza metida debajo del asiento, estaba el cuerpo de un hombre. Vilela escuchó el silbido de Washington detrás de él.

—Intentó hacerse chiquito, meterse debajo del asiento para ver si escapaba, pero no lo consiguió. Una vez vi a un tipo de un metro ochenta meterse en uno de esos nichos de medidor de gas, algo increíble, se dobló todo, quedó del tamaño de un gato. Pero no sirvió de nada, lo reventaron ahí mismo. Costó mucho trabajo sacarlo del agujero.

Había marcas de balas por todos lados.

—¿Quién vio algo? —preguntó Vilela al agente que estaba fuera del autobús.

—Este es el conductor del autobús, doctor.

—¿Cómo fue la cosa?

—Le cerraron el paso al autobús con un taxi negro. Bajaron cuatro hombres del taxi; uno de ellos enseguida disparó contra el parabrisas; subieron al autobús bajando a todo el mundo, solo quedó un pasajero que había tomado el autobús en una parada que hice frente al galpón de la Mercedes. Los hombres iban tras él. Gritaba pidiendo que no lo mataran, yo lo oía desde lejos. Le pegaron más de cien tiros. Después todo quedó en silencio y volví.

—¿Viste la placas del taxi?

—Doctor, lo único que yo pensaba era en salirme rápido y arrastrándome. La pinta de los tipos era brava.

—¿Habías visto a alguno de ellos antes?

—Solo vi que había unos criollos.

—¿Eran todos negros?

—No sé, doctor. Creo que dos de ellos sí eran.

—¿Quién más vio algo? —le pregunto Vilela al guardia—. Mira, de aquí te vas a la Comisaría —le dijo al conductor.

—¿Y el autobús, doctor?

—El autobús también se va. Tú: cuéntame lo que viste —el hombre se sostenía los pantalones, tratando de tapar una rasgadura a la altura del muslo.

—Yo salí por la ventana. Los hombres entraron dando culatazos, puñetazos y patadas a todo el mundo, hasta a las mujeres, gritando «¡afuera todo el mundo, afuera, afuera!». Después de que recibí el primer golpe intenté salir por la puerta pero había un montón de gente empujándose para huir y la única forma de salir fue por la ventana.

No sé ni cómo fue, pero sé que de pronto ya estaba afuera, corriendo.

—¿Les viste bien las caras?

—No vi ninguna cara. Parecía el fin del mundo. Solo quería escapar.

—¿Y ese que te golpeó?

—Solo vi un diente de oro que le brillaba en la boca.

—¿Dónde están los demás pasajeros?

—Se fueron —dijo el guardia.

—¿Y toda esa gente?

—Curiosos, doctor. Solo se van a ir cuando la carroza se lleve el cadáver.

—Quiero el lugar aislado para los peritos. Deben llegar dentro de poco. Vámonos, Washington.

En la puerta de la Comisaría estaba el agente Demétrio.

—Dentro de poco van a llegar unos testigos. Anota sus nombres y direcciones. La patrulla anotó algunos, tal vez todos. Revísalos, ¿sí? —dijo Vilela.

—Casemiro quiere hablar con usted.

Casemiro estaba en la oficina del comisario.

—¿Quieres hablar conmigo?

—Conseguí a un tipo que nos va a ayudar. Él sabe quién mató a Claudionor.

—Excelente.

—Pero dice que solo se lo va a decir a usted.

—Está bien. Tráelo.

—Aquí no viene, está aterrado.

—Entonces busca un lugar para que hable con él.

—Ya lo escogió él. En la ciudad. No quiere arriesgarse. Quiere hablar solo con usted, pero no quiere que nadie sepa, ni aquí en la Comisaría, que va a abrir el pico.

—Está bien. ¿En qué lugar de la ciudad, a qué hora?

—En el Paseo Público. Ya debe estar esperándolo.

—¿Cómo voy a identificarlo?

—Él estaba en el Tuiuti, en medio de aquella gente que espiaba el cuerpo de Claudionor. Lo vio a usted.

—¿Cómo es?

—Es un mulato, que cojea de una pierna. Vende peines, espejos, lápices, en la zona comercial; su puesto está en la calle Uruguaiana. Se llama Marreco.

—¿Marreco?

—Le dicen Marreco. El nombre verdadero no lo sé. Nos sopla desde hace mucho tiempo. Para compensarlo, cuando hay una oleada de esas de perseguir ambulantes siempre encontramos un modo de salvarlo.

Vilela llamó a Washington y a Demétrio.

—Voy a salir.

—¿Quiere que vaya con usted? —preguntó Washington.

—No. Quédate aquí ayudando a Demetrio a conseguir los nombres de los testigos. Después, se pueden ir todos. No es necesario llamar al escribano. No hay que levantar un acta; los testimonios se pueden tomar otro día.

En el Paseo Público, Vilela anduvo caminando de un lado a otro, durante unos quince minutos. Nadie se le acercó. Después atravesó la calle y miró los anuncios del cine. Un mendigo, ciego, sentado en un banquito, con un pandero y un radio de pilas, tocaba y cantaba, acompañando la música que salía de la radio: «Hoy que me voy a acabar, solo volveré cuando comience a clarear». Vilela regresó al Paseo Público. Se sentó en una banca. Súbitamente, el hombre apareció cojeando y se sentó a su lado.

—Pensé que ya no venías —dijo Vilela.

—Estaba usted caminando, doctor, muy a la vista.

—Casemiro dijo que tienes algo que contarme.

—Sí, doctor, pero lo que le voy a decir es para que quede entre nosotros. No es nada fácil, y yo tengo una familia que mantener.

—Está bien, queda entre nosotros.

—El que hizo eso fue el mafioso Bambaia. Bambaia lo ordenó.

—¿Bambaia?

—Es un tipo malo, doctor.

—¿Cómo sabes que fue él?

—Lo sé. El que me lo dijo es de fiar. Pero prefiere morir antes que contárselo a la policía.

—¿Por qué mataron a Claudionor?

—Bambaia vive del *jogo do bicho* y parece que la gente del señor Batata se endureció y ellos lo castigaron para dar el ejemplo.

—¿Y el tal Alfredinho? ¿Y Severino Marinheiro? Ellos trabajaban para el mismo banquero y también fueron asesinados. ¿Lo sabías?

—El señor Casemiro me lo dijo. No se lo puedo garantizar porque de eso no me informaron, pero también debe ser cosa de Bambaia.

—¿Dónde vive Bambaia?

—Tiene una casucha en Barreira, no sé bien dónde. Pero él anda por todos lados, por Tuiuti, en el Buraco da Lacraia, en Esqueleto. Está enfermo, pero no para, se muestra en un montón de lados diferentes.

—¿Y los demás integrantes de la banda? ¿Sabes sus nombres?
—¿De quién, doctor?
—Los otros tipos que asaltan con él, ¿quiénes son?
—No sé, doctor. Solo sé lo que le dije. Eso lo sé con precisión, y lo que no sé con precisión, no lo digo. Yo oigo muchas cosas, pero solo cuento lo que es seguro. Aprendí que cuando uno habla de más siempre sale mal parado.
—Puedes decirme. No te va a pasar nada.
—Soy soplón pero no hago porquerías. No le voy a joder la vida al inocente. Pero hay gente en Barreira que lo sabe.
—¿Quién?
—Gente...

Se quedaron callados. Marreco se levantó. Se quedó de pie un rato. Después se fue cojeando en dirección a Lapa.

Vilela fue hasta la parada del autobús. Subió al autobús, sacó un libro del bolsillo y comenzó a leer inmediatamente.

Washington estaba sentado en la silla de Vilela. Se levantó del escritorio cuando entró el comisario.

—Todo está bajo control, doctor. Los cadáveres ya están en el congelador del forense; parece que las autopsias van a ser mañana. Los peritajes ya se hicieron y mandé levantar la clausura de los lugares. Puse en estas hojas todo lo que necesita para el registro.

Vilela se sentó.

—Llama a peritaje.

Washington hizo la llamada.

—Habla el comisario Vilela. Quisiera hablar con uno de los peritos que estuvieron en Tuiuti, en la Ricardo Machado...

—Hola —dijo una voz, poco después—: el perito Martins, al habla.

—Quería que me adelantara una información, si fuera posible.

—Dígame.

—Las heridas causadas en las víctimas, en esos casos, ¿fueron hechas por las mismas armas?

—Todavía es pronto para saberlo —dijo el perito—. Se usaron dos tipos de armas, cuarenta y cinco y treinta y ocho. El examen de los proyectiles podrá revelar si salieron de los mismos cañones. Y eso va a tardar algo todavía.

—Lo sé —dijo Vilela—. Pero tengo que hacer unas investigaciones y quería saber si existe la posibilidad de que los tiros hayan sido disparados por las mismas armas.

—Es posible. Recogimos proyectiles y cápsulas de ambos calibres, en los tres lugares. En cuanto el médico forense saque los proyectiles de los cadáveres comparo todo, hago los informes y se los mando inmediatamente.

—No me urgen los informes. Cuando tenga algún resultado le agradecería mucho una llamada suya anticipando el informe. El informe puede quedar para después. ¿Está bien?

—Cómo usted diga, doctor.

—Muchas gracias.

Vilela colgó.

—¿Dónde está Casemiro?

Washington llamó a Casemiro.

—Miren —le dijo Vilela a los dos—, ya sé quién mató a Claudionor y creo que él participó en los otros dos casos también. Es un tal Bambaia. ¿Lo conocen?

—¿Quién se lo dijo, doctor? —preguntó Washington.

—No puedo decirlo.

Washington calló.

—¿Conocen a ese sujeto? —preguntó Vilela.

—Lo he oído nombrar —dijo Casemiro—, es un vendedor de marihuana, asaltante de casinos de *bicho*, un tipo peligroso. Ya estuvo preso aquí en la comisaría, pero hace mucho tiempo, antes de que usted llegara. Averiguaciones. El personal de Vigilancia lo detuvo, estuvo unos días en la cárcel, pero después lo soltaron.

—Eso fue hace más de dos años —continuó Casemiro—. Pero en aquella época creo que él no hacía nada importante. Se le podía aprehender por vagancia, pero la cárcel ya estaba llena de gente a disposición, que no iba al reclusorio porque no había lugar y la solución era levantar pocas actas. El comisario Pastor hacía todo para enviarlos al reclusorio, o bien a la penitenciaría, pero no hubo manera, hubo tipos que se quedaron en la cárcel más de un año, esperando que terminara el proceso.

—Hubo dos tipos que incluso después de condenados continuaron presos aquí en la comisaría. El comisario Pastor decía que eso era ilegal y absurdo, pero ¿qué no es ilegal y absurdo en este país? —dijo Washington.

—¿Conoces a ese tal Bambaia? —preguntó Vilela.

—He oído hablar de él —dijo Washington.

—Sí, ¿qué oíste?

—Poca cosa, doctor, esta zona la conozco poco. Vengo de Madureira. El que conoce bien esto es Casemiro —dijo Washington, haciendo ademán de retirarse.

—Quédate, no he terminado. Ese Bambaia parece que vive o vivió en Barreira. ¿Tenemos a alguien allá?
—Está el Pernambuco-Come-Gordo.
—¿Quién es?
—Es compinche de Demétrio.
—Llama a Demétrio.
Demétrio entró.
—Demétrio, cuéntale al doctor la historia del Pernambuco-Come-Gordo.
—Doctor, ahora él anda derecho, es decir, más o menos, pero antes, hace muchos años, usted ni debía ser de la casa aún, el Pernambuco-Come-Gordo era el tipo más malo que había en toda esa zona. Asaltaba, marcaba, mataba: un mulato enorme que daba puñaladas y tiros, mandaba y desmandaba en Barreira y nadie tenía valor para ir hasta allá dentro a agarrarlo. Hasta que un día vino a la comisaría el fallecido comisario Moreira. Era un hombre que nunca reía. Llamó al personal de Vigilancia y lo mandó tras Pernambuco. Investigaron Barreira, día y noche, hasta que atraparon a Pernambuco, después de un tiroteo endiablado. Para agarrar al hombre se precisaron diez, y aun así solo se desmayó. Lo tiraron en el piso de la sala del comisario, atado con cuerdas, todo reventado por los palos y garrotazos, con la sangre saliéndole por cuanto agujero tenía, hasta del culo, con perdón de la palabra. El comisario Moreira se inclinó sobre él, dicen que esa fue la primera vez que lo vieron riendo, pero duró poco pues cuando comprobó que Pernambuco todavía estaba vivo tuvo un acceso de cólera y saltó sobre su cuerpo gritando: «¡Pedí que lo trajeran muerto!, ¡pedí que lo trajeran muerto!» mientras zapateaba enloquecido encima de su pecho y su panza. Pernambuco fue a parar al hospital, tenía un hueso partido, una costilla clavada en el pulmón, la vejiga reventada, el riñón suelto, decían que iba a morir. Estuvo meses, más para allá que para acá pero al final se escapó. Anduvo desaparecido, mucho tiempo. Después apareció de nuevo, abrió una tiendita en Barreira. Se hizo amigo de nosotros. Amigo de verdad. Pero no aflojó, ya mató a dos, pero el comisario Freitas, encargado del caso se hizo de la vista gorda: ahora es nuestro amigo, tenemos que arreglarle las cosas, ¿no le parece?
—Necesito hablar con ese hombre —dijo Vilela.
—¿Cuándo? —preguntó alguien.
—Hoy, a cualquier hora.
—Puedo mandarle un mensaje, doctor. No le va a molestar verlo a usted. Pero es mejor que sea en Barreira, él no sale de allá —dijo Demétrio.

—Entonces manda el mensaje. Mientras tanto voy a hacer el registro de los casos.

El día comenzaba a oscurecer. Las luces de la comisaría se encendieron. Solo en su oficina, Vilela terminó de escribir en el Libro de Registro de Casos: a qué hora tuvo conocimiento de los hechos, por intermedio de quién, los hechos en sí, su clasificación en el Código Penal, los testigos debidamente calificados, las providencias tomadas.
Después sacó un libro del cajón y comenzó a leer. Era un libro pequeño, que leía con mucha atención, a veces releyendo algunas páginas.
Demétrio entró en la oficina.
—El Pernambuco-Come-Gordo lo está esperando.
—Voy para allá —dijo Vilela—. Ven conmigo.
—¿Yo, doctor? —preguntó Demétrio.
—Sí, tú.
—¿No es mejor que cenemos antes? Usted todavía no ha cenado y dejar de cenar no es bueno, sabe, ni aun cuando uno es joven y fuerte como usted.
—¿Qué chofer está de turno hoy?
—Orlando —dijo Demétrio, frunciendo la nariz.
—Avísale que va a salir con nosotros.
Demétrio volvió con Orlando.
—¿Vamos a salir, doctor? — preguntó Orlando.
—Sí.
—¿Es cerca, doctor? —preguntó Orlando delicadamente.
—Sí, es cerca. ¿Ya cenaste?
—No, señor.
—Entonces ven a cenar con nosotros.
Salieron los tres y subieron a una camioneta vieja. La puerta no cerraba bien. El motor tardó en arrancar.
—Qué bueno sería tener una camioneta como esa en la que usted fue al monte hoy en la tarde, ¿verdad, doctor? —dijo Orlando.
—Esa es una camioneta de la policía especializada. ¿Tú crees que una comisaría piojosa como la nuestra va a tener una camioneta nueva? Hace treinta años que estoy en la policía, he visto entrar jefe tras jefe, intendente tras intendente, gobernador, presidente, todo cambia, solo la policía sigue en la misma miseria —dijo Demétrio, buscando, sin conseguirlo, una forma cómoda de sentarse.
—Hay especializadas que tienen camionetas iguales a la nuestra —dijo Orlando.

Demétrio gruñó, soplando fuerte por la nariz, sin responder.
—¿Dónde hay un buen restaurante por aquí? —preguntó Vilela.
—Está el portugués cerca de la Plaza. Dicen que la comida es buena. Yo no sé, nunca he ido, lo que gano no me alcanza para frecuentar restaurantes, ni siquiera esas porquerías de barrio —dijo Demétrio.
La cena transcurrió en silencio.
Vilela pagó la cuenta y volvieron a la camioneta.
—¿Adónde, doctor? —preguntó Orlando escarbándose los dientes.
—A Barreira.
—¿A Barreira? ¿Qué va a hacer en Barreira a esta hora?
—Tengo una entrevista con una persona —respondió Vilela.
—¿Pero a esta hora, doctor? Eso es peligroso, ¿verdad Demétrio? Déjelo para mañana por la mañana.
—Vamos ahora. ¿Qué esperas para arrancar?
Orlando arrancó.
—Esta es una zona brava —dijo Orlando en cuanto el auto se puso en movimiento—. Usted sabe, si dejamos el auto solo, en una de esas calles, los vagabundos son capaces de robar todo, los rines, hasta las llantas, aunque sea un carro de policía.
Silencio.
—¿Está usted armado? Oí decir que usted nunca anda armado. Eso es arriesgado como el demonio, y ahora se va a meter allá, en Barreira...
—No estoy armado. Pero tú sí, ¿no? —dijo Vilela.
—Claro, doctor, no estoy loco como para no andar armado, cuando un vagabundo de esos juró agarrarme a traición.
—Ningún vagabundo te la juró —dijo Demétrio—. Ni siquiera eres policía. No tienes ni credencial. No podrías ni andar armado.
—¿Yo no soy policía? —preguntó Orlando.
—Trabajas en la policía, pero no eres de carrera. Eres igual que los dactilógrafos y los escribientes de la Central.
—Doctor, me parece mejor que lo deje para mañana —dijo Orlando, mientras se secaba el sudor de las manos refregándoselas alternadamente en los pantalones.
—Será hoy mismo —dijo Vilela.
—¿Cuál es la entrada?
—La principal —dijo Demétrio.
Poco después Demétrio dijo:
—Párate aquí.
Demétrio y Vilela bajaron.

—Quiero hablar algo en privado con usted —dijo Demétrio.

Se apartaron un poco del auto.

—Es mejor que deje a Orlando aquí —susurró Demétrio—. Es un cobardón, si pasa algo va a salir corriendo, por eso no sirve de nada que venga con nosotros. Además, no es policía de hecho, y no tiene obligación de arriesgarse.

—Te quedas en la camioneta —le gritó Vilela a Orlando.

—Puedo ir, doctor, si usted quiere, puedo.

—No, te quedas. No sea que se roben las llantas de la camioneta.

—No, doctor, no se preocupe.

Vilela y Demétrio se fueron caminando.

—¿Corremos algún riesgo? —preguntó Vilela.

—Doctor, usted es un hombre respetado.

—¿Pero esa gente me conoce?

—Lo conocen, ellos saben todo lo que pasa en la comisaría. Pero si fuera necesario algo tengo aquí mi arma. El problema es que el último tiro que disparé fue hace más o menos veinte años.

—¿Veinte años?

—Veinte años. Eso para que vea en qué policía se metió.

—Pero ¿para qué usas eso? Debes saber que con ese revólver no le pegas a un elefante ni a cinco metros.

—Ya lo sé, ya lo sé, pero yo no disparo nunca, y ya que tengo que usar revólver, prefiero usar uno livianito. Estoy viejo, doctor, ya no tengo edad para cargar un cañón mediano, o largo, en la cintura. Me duelen los riñones.

Vilela y Demétrio siguieron caminando. Las casuchas por donde pasaban estaban oscuras y silenciosas, no se escuchaba el ruido del radio sonando alto que habían notado al comienzo de la caminata. Un pesado silencio había caído sobre la favela.

—Todo el mundo ya sabe de su llegada —dijo Demétrio.

—¿De mi llegada?

—De su llegada o de la llegada de algo malo para ellos. Están todos a la expectativa. Esa gente está cansada de sufrir.

—¿Cómo es posible algo así?

—No sé, pero sé que es posible. Usted mismo lo está viendo.

Llegaron a un claro, donde había una casucha toda iluminada. La radio se escuchaba alto, transmitiendo un programa humorístico. Voces, risas.

—A ese no le avisaron —dijo Vilela.

—Ese es el almacén de Pernambuco-Come-Gordo —dijo Demétrio.

Aproximándose, Vilela vio un mostrador, estanterías con botellas, mercancías. Un hombre enorme salió al encuentro de Vilela. Caminaba suavemente, como una mujer o un gato; era gordo, vestía una camisa blanca de mangas cortas, que destacaba sus gruesos brazos oscuros y su pecho amplio; su rostro redondo brillaba, pero no por el sudor.

—Buenas noches, doctor.

—Buenas noches, tú eres...

—Pernambuco-Come-Gordo, doctor. ¿Cómo le va señor Demétrio? Cuánto tiempo, ¿no?

—Así es, Pernambuco, ya pasó un año.

—Nos estamos volviendo viejos —dijo Pernambuco-Come-Gordo.

—Yo me estoy volviendo viejo —dijo Demétrio—, comparado conmigo eres un niño de pecho.

Se rieron.

—El doctor quiere algunas informaciones tuyas, Pernambuco —dijo Demétrio.

—Claro que sí, claro que sí —dijo Pernambuco-Come-Gordo—, creo que ya sé qué quiere usted.

—No quiero perjudicarlo —dijo Vilela.

—No se preocupe, doctor, no me va a perjudicar. ¿Sabe por qué? Porque nunca abandono a este amigo —dijo golpeándose la barriga. Se levantó la camisa y mostró la culata de una parabelum, metida en el cinturón—. Perdóneme, doctor, sé que esto es ilegal y hiere lo consagrado en lo jurídico. Pero como dijo el doctor Freitas, tengo una licencia especial para portar esta arma, siempre y cuando no me salga de los límites de la jurisdicción.

—Si el doctor Vilela quisiera, la revocaría —dijo Demétrio.

—Claro, claro —dijo Pernambuco-Come-Gordo.

—Tu permiso está prorrogado —dijo Vilela.

—Gracias, doctor. Mire, doctor, sin esta máquina ellos ya me hubieran encontrado hace mucho tiempo. Hay muchos tipos por ahí usando cuarenta y cinco, pero tienen que disparar de cerca, no tienen ni mano, ni brazo, ni ojo para usar esta arma. Este brazo ya me lo rompieron, doctor, fue nuestra propia gente la que lo rompió, pero cuando lo estiro, con la máquina en la mano, ni siquiera tiembla. Y cuando disparo puedo atinarle a cualquier cosa que pase corriendo frente a mí, animal u hombre, creo que hasta un pajarito.., pero nunca he hecho tiros de prueba, me parece una maldad... Ellos lo saben, estos bandidos de Barreira, y no se meten conmigo.

—Esa es la pura verdad —dijo Demétrio.

Se hizo un silencio.

—Yo quería saber si tienes alguna información sobre quién mató a Claudionor, a Alfredinho y a Severino Marinheiro. ¿Has oído algo?

—Sí, doctor. Fue Bambaia y su banda.

—¿Los tres crímenes?

—Los tres.

—¿Quiénes forman su banda?

—Una bola de vendedores de marihuana y asaltantes: Waldir Criollo, Valdir Beicinho, Zé Orhela-de-Cachorro, Groselha. Todos usan cuarenta y cinco, con excepción de Zé Orhela-de-Cachorro, que usa una treinta y ocho. Pero vea usted, doctor, tres hombres con cuarenta y cinco y tuvieron que disparar más de cincuenta tiros para matar a Alfredinho.

—No fueron cincuenta —dijo Vilela—. Fueron como máximo veinte disparos.

—Esta gente exagera mucho. Yo ya le hubiera restado la mitad. A los números los divido siempre a la mitad.

—Haces muy bien.

—En la banda también hay un muchacho que lleva las armas. Bambaia no es tonto. Cuando no están asaltando, las armas están todas en una mochila grande, de escuela, que carga Berico, para evitar que en uno de esos rondines imbéciles los agarren con las herramientas.

—¿Dónde puedo encontrarlos?

—Es difícil de decir. Vagan por todos estos montes de aquí, de esta zona.

—¿Bambaia tiene mujer?

—No tiene, doctor. La enfermedad no lo ayuda. Tiene una cara muy fea.

—¿Qué es lo que tiene?

—Dicen que es lepra. Yo nunca lo he visto, pero los que lo han visto dicen que su cara está toda llagada y los ojitos más cerrados que los de un chino.

—¿Y los otros?

—El único que anda metido con mujeres es Valdir Beicinho. Dicen que hasta tuvo una mujer en la zona del Mangue.

—Bien, si sabes algo más me avisas.

—Le mando a decir con el señor Demétrio. ¿Está bien, doctor?

—Sí.

Vilela y Demétrio salieron de Barreira y caminaron hacia el auto, donde estaba Orlando con las ventanas cerradas. Fueron a la comisaría donde Washington los esperaba.

—Doctor, los reporteros estuvieron buscándolo. Están furiosos. Quisieron armar un alboroto aquí adentro y tuve que joderme a dos para que dejaran de fastidiar. Ni se imagina.

—¿Pero al final qué pasó?

—Se quejaron mucho de que no les avisaron. Ahora no tienen cadáver para poner en la primera página.

—¿Siempre se les avisa? ¿Quién les avisa?

—Todo el mundo les avisaba. Pero ahora es diferente.

—¿Por qué ahora es diferente?

—¡Ah, doctor...!

—¿Ah, doctor qué?

—Usted es una dulce paloma, no entiende.

—No importa si entiendo o no. O me dices las cosas directamente o no mereces mi confianza a partir de este momento.

—Me pone usted en cada aprieto.

—Vamos, habla ya.

—Anduvieron haciendo unos reportajes sobre corrupción en la policía dando el nombre de la gente que estaba involucrada.

—Los periodistas cumplían con su obligación. Los funcionarios honestos no tienen por qué quejarse de eso —dijo Vilela.

—Sí, doctor, pero el caso es que ellos también recibían su tajada.

—¿Los periodistas?

—Ellos también lo hacen, doctor, los reporteros. Su pleito es que quisieron meter los pies en Costumbres, pero no pudieron. Entonces en vez de fastidiar a la gente de la jefatura que también está en la mira, resolvieron hacer una jugadita para asustar. Lo que quieren es meterse con todo en Costumbres. A los que se joden es a nosotros, la tropa. Lo máximo que salió en los diarios fueron nombres de detectives.

Vilela fue a su escritorio, se sentó. Washington permaneció donde estaba.

—Uno de los reporteros tomó su libro de encima de la mesa. Tuve que arrancárselo de las manos —dijo Washington.

—Quiere decir que hay gente, arriba del detective, que recibe... —dijo Vilela.

Washington se quedó callado.

—¿Hay? —preguntó Vilela.

—El único que no lo hace es usted.

Washington se rascó la cabeza.

—Vamos, contesta.
—Sí, doctor —dijo Washington.
—¿Aquí?
—El único que no recibe es usted.
—¿En Prevención también? —preguntó Vilela.
—Todos.
—No soy santo, doctor —respondió Washington, encarando al comisario.
—No, tú eres otra cosa —dijo Vilela.
—Yo tengo una familia que mantener —dijo Washington.
—Eso fue lo que me dijo Marreco —dijo Vilela.
—¿Quién, doctor? —preguntó Washington.
Vilela no respondió.
—Aquí ganamos una miseria, nuestro trabajo es de responsabilidad —dijo Washington.
—No voy a discutir contigo —dijo Vilela.
—Doctor, no se enoje tanto. El dinero del *bicho* no tiene nada de malo. Todo el mundo juega al *bicho*. Es la cosa más honesta que existe en Brasil.
—¿Casemiro también está metido en esto?
—Él es el recaudador, doctor. Todos los fines de mes recorre los lugares y recauda la parte de cada uno.
Vilela se quedó solo en su oficina. Después salió. Fue hasta el lugar donde estaba sentado Demétrio.
—Voy a mi cuarto. Llámame solamente si fuera urgente o un caso complicado.
El cuarto tenía una cama, una silla, un buró. No había sábanas ni funda en la almohada dura. La luz del cuarto era débil, amarilla. Vilela se quedó en la oscuridad. Se acostó, después de quitarse el saco y aflojarse el nudo de la corbata. Se puso un cenicero sobre el pecho, donde tiraba las cenizas que no veía del cigarro que fumaba lentamente. Oyó la llegada de una patrulla y se preparó para bajar. Pero Demétrio no le avisó. Si hubiera querido habría podido dormir.
Se levantó. Bajó las escaleras.
—¿Qué quería la radiopatrulla?
—Trajo a un borracho. Lo metí en la celda —dijo Demétrio.
—Sácalo —dijo Vilela.
Demétrio se levantó y fue hasta una de las celdas y abrió la puerta. Había unos doce hombres acostados. Algunos se despertaron. «Tú», dijo Demétrio a uno de ellos, «ven para acá.» El hombre salió tambaleándose. Demétrio cerró la puerta.

—¿Qué hago con él, doctor?
—Suéltalo.
—Doctor, no puede ni caminar.
—Entonces que se duerma en el depósito. Ahí por lo menos el piso es de madera.

Vilela salió a la puerta de la calle. Se quedó viendo la calle vacía. Cuando volvió, Demétrio dormitaba. Washington y Casemiro ya se habían ido. En la comisaría solo había dos policías, uno de ellos durmiendo.

El día comenzaba a despuntar cuando Vilela oyó llegar la camioneta que hacía la ronda. Subió entonces a la oficina del comisario, diciéndole antes a Demétrio, que se había despertado con la llegada del rondín, «no quiero que me molesten».

ORGÍA DE SANGRE, VIOLENCIA Y MUERTE EN S. CRISTOVÃO

Tres personas fueron asesinadas ayer, a plena luz del día, sin que la policía tomara la menor providencia para descubrir a los autores de esos monstruosos crímenes.

La ciudad está a merced de la saña de los marginados. La policía no hace nada. Los habitantes de esta ciudad ya no pueden salir a la calle bajo pena de ser asaltados y perder sus haberes o ver su propia vida estúpidamente sacrificada. Se mata a tiros, apuñaladas, a palazos en esta ciudad abandonada. Hace meses que venimos combatiendo la ineficiencia de la policía, la corrupción de sus cuadros, apelando a las autoridades a fin de que se le ponga un basta a todo esto. ¿Cuál es el resultado? Las autoridades permanecen insensibles a nuestros llamados y advertencias y la policía, en vez de reaccionar con brío a los justos ataques que ha recibido de nosotros, mejorando los servicios que presta a la infeliz población de esta ciudad, continúa ineficaz y corrupta, inútil y negligente y para coronar esta acumulación de fracasos y vicios, trata de esconder de la prensa acontecimientos como los de las Masacres de São Cristovão, hechos que el público tiene el derecho a saber y la prensa la obligación de informar.

El comisario Vilela intentó de todas las formas perjudicar el trabajo de la prensa, negándose a ser entrevistado y dando instrucciones a sus subordinados para dificultar nuestras actividades. Y eso hicieron mientras, escondido en algún lugar, el comisario Vilela tranquilamente leía un libro de versos. El comisario Vilela viene de la Escuela de Policía. Nosotros siempre apoyamos a la Escuela de Policía. Es una pena que hombres como el comisario Vilela contribuyan a desprestigiar a una institución que siempre mereció nuestro respeto, tal vez infundadamente, como nos vemos obligados a constatar con tristeza. Al comisario Vilela le gusta leer. Debía estar leyendo poesía en el momento en que ocurrieron aquellas indignantes y vergonzosas matanzas. Cuando llegamos a entrevistarlo solamente encontramos, sobre su mesa, un libro que el servilismo del detective Washington Luiz Gomes no consiguió ocultarnos. Se llamaba *Claro enigma*. Es ese el enigma de la policía —un enigma claro, fácil de resolver con una limpieza de sus cuadros, una razia en sus núcleos de corrupción, una reorganización de sus servicios. Solo así la ciudad podrá tener la policía que necesita y que merece. (Otras noticias sobre el tema en la pág. 4.)

—El reportero que estuvo aquí, Honorio, dijo que él no fue quien escribió esto. Dijo que fue el secretario de redacción del diario. Acaba de llamarme para decirme eso —dijo Washington.

Vilela dobló el periódico y lo colocó sobre de la mesa.

—¿Qué importa quién fue? —dijo Vilela. El pecho de Washington silbaba—. ¿Por qué no vas a dormir un poco? Tienes un aspecto horrible. Cité para hoy en la tarde a una reunión con un grupo de Vigilancia que nos va a ayudar en el caso de Bambaia —dijo Vilela.

—¿A qué hora quiere que esté aquí?

—A las cuatro.

Washington salió.

Vilela llamó a Demétrio.

—Quiero la lista de los detenidos. Averiguaciones, delitos flagrantes. Todo.

Demétrio trajo la lista. Escrita en papel tamaño oficio, con tinta. Arriba: nombre, día y fecha de entrada, motivo del encarcelamiento, a disposición de, observaciones.

—Tienes gente suficiente en averiguaciones —dijo Vilela.

—Allá abajo se tardan en mandar el Boletín —dijo Demétrio.

—Estas dos mujeres: están aquí desde hace cuatro días.

—Vienen de Robos y Hurtos.

—Ya lo sé. Está escrito aquí. Mándame a alguien de Robos y Hurtos para hablar con él.

—No hay nadie aquí, ahora.

A las dos Vilela recibió un llamado de la Central diciendo que los hombres de Vigilancia solo podrían llegar en la noche.

Washington, Pedro, Melinho y Deodato salieron de diligencia hacia la nochecita. Regresaron justo cuando Vilela volvía de cenar. Traían un mulato delgadito, esposado.

—Este es Jaiminho, doctor —dijo Washington.

—¿Quién es? —preguntó Vilela.

—Él sabe dónde se esconde Bambaia —dijo Washington.

—Lo sabe, pero no lo quiere decir —dijo Melinho, mientras se quitaba el saco. Usaba el revólver en una funda americana de cuero blanco, debajo del brazo izquierdo, las cachas casi encajadas en el sobaco.

—Yo no sé nada, doctor —dijo Jaiminho. Vilela notó que los dientes de adelante estaban casi todos cariados.

—Quítale las esposas —dijo Vilela.

Deodato le quitó las esposas.

—Si sabes dónde se esconde Bambaia es mejor que lo digas —dijo Vilela.

—No lo sé, doctor, le juro que no lo sé —dijo Jaiminho. Cerraba la boca solo para lamerse, repetidamente, el labio inferior grueso y caído.

—Se está haciendo el loco —dijo Deodato.

—Métalo a la celda —dijo Vilela.

Deodato miró a Washington rápidamente.

Washington agarró a Jaiminho del brazo. «Vamos.»

En la puerta, Washington le dijo en voz baja a Deodato: «El doctor está cansado».

Vilela se quedó solo en la sala.

Entró en la sala el agente Aderaldo, que saludó a Vilela.

—¿Hace cuánto que estás en la policía? —le pregunto Vilela.

—Voy a cumplir treinta, ahora en febrero.

—Es un montón de tiempo.

—Ya merezco una jubilación.

Vilela salió de la sala. Por el corredor de paredes blancas y sucias se dirigió a las salas del fondo donde se localizaban las secciones de Robos y Hurtos, y Vigilancia. La sala de Robos y Hurtos estaba vacía, pero en la de Vigilancia había gente: Washington y los otros. Washington estaba sentado en la mesa, sosteniendo una palmeta. Estaba pálido, le silbaba el pecho. Sobre la mesa había una lata de grasa vacía, con agua. Al lado estaba Jaiminho, la boca abierta, el labio caído. Su cuerpo curvado, su cabeza caída, estaban en una posición de perro recién apaleado.

—Yo mandé guardarlo —dijo Vilela.

Nadie respondió.

—Déjame verte las manos —le dijo Vilela a Jaiminho.

Jaiminho extendió las dos manos hinchadas hacia Vilela.

Vilela a Deodato: «Lleváselo a Aderaldo y dile que yo mandé guardarlo».

—Doctor, yo no sé nada, no sé por qué me están haciendo esto —dijo Jaiminho.

—Llévatelo —dijo Vilela.

Vilela esperó a que saliera Jaiminho. Después: «No quiero que pase esto aquí, Washington. Es la última vez que te lo advierto».

—Pero esa es la única forma, doctor.

—Ya discutimos eso antes, Washington. Te lo advierto: si te agarro a ti o a alguien haciendo eso de nuevo mando a la víctima a examen de cuerpo del delito y abro una averiguación. ¿Nos entendemos?

Washington no respondió.

—¿Y esa lata de agua?

—Es para mojarle las manos. Mojada la mano arde más y se hincha —dijo Washington.

Vilela y Washington se miraron. Washington bajó los ojos. «No me gusta ver que golpeen a los otros», dijo Vilela, rompiendo el silencio de la sala.

—Esto se hace en todo el mundo, doctor... —dijo Melinho.

—No es verdad —dijo Vilela.

—Yo también pensé mucho en eso —dijo Pedro—. Nosotros no tenemos los recursos de otras policías. El asunto es meter miedo. El día que dejen de tenernos miedo está todo perdido.

—La policía se está ablandando —dijo Washington—, y el resultado es este que está viendo: los números de asaltos y robos aumentan día a día. Yo hice el curso de detective de la Escuela. Allá no hay un *stand* de tiro, pero en compensación enseñan Psicología y Derecho Constitucional. Je, je.

—Antiguamente le cortaban la mano al ladrón para impedir que volviera a robar. ¿Te parece que eso era lo correcto? —preguntó Vilela.

—Sería bueno —respondió Washington—. Garantizo que disminuiría el número de robos.

—Habría un montón de mancos por aquí —dijo Melinho.

—Pero esa práctica no acabó con los ladrones —dijo Vilela.

—Habría que ver por qué dejaron de cortarles las manos —dijo Washington.

—Dejaron de hacerlo porque era inútil —insistió Vilela.

—No hay caso, doctor, no me va a convencer de que debemos tratar a esos vagabundos con bondad —dijo Washington.

—Yo no quiero que sean tratados con bondad. Lo que no quiero es que sean tratados con odio, ¿entendiste? —dijo Vilela.

—Pero yo no los odio, doctor. Cuando aprieto es para que confiesen los asaltos que cometieron, los robos. Es solo para eso, para que confiesen. Una vez resuelto el caso los dejo. Les doy cigarros, les doy comida, los dejo salir de la celda para que se bañen de vez en cuando. Una vez hasta aposté en el *bicho* por uno de ellos que soñó con su madre muerta y me pidió (llegó a arrodillarse dentro de la celda) que apostara por él el precio de la sepultura. Aposté doscientos cruceiros, dinero mío, pues él no tenía nada. Si ganaba le entregaba toda la lana a él.

—Me acuerdo de ese caso, fue en Madureira —dijo Melinho.

—Y hubo otro tipo (eso fue en la Plaza da Bandeira), un lancero de dedos largos y piel fina (eso sí que era una piel fina, parecía la mano de una señorita que nunca tocó una cocina) me llamó a la celda y me dijo: «Señor Washington, me agarré unas purgaciones tremendas, ¡me está ardiendo como un carajo!». Yo le dije: «¿Cómo? ¿Aquí adentro?», pero me estaba burlando del tipo, pues llevaba dos días encerrado y la gonorrea solo aparece después de tres. «¿Está usted jugando conmigo?» me preguntó, «fue antes de que usted me metiera preso y fíjese, nunca pensé que me iba a pasar esto, ¡era una joven de familia!» Le dije: «Déjame ver, sácate el asunto», lo exprimió, lo exprimió y no salió nada. «¿Qué pasó?», le pregunté, enojado, pensando que quería tomarme el pelo. Se puso nervioso, hasta llegó a tartamudear. Me dijo: «Caray, señor Washington, ahora que me acuerdo acabo de orinar, es por eso que no sale nada». Yo le dije: «Está bien, dentro de dos horas vuelvo y si me estás mintiendo ya verás». Pero antes de las dos horas me mandó llamar y por su cara de satisfacción vi que todo había salido bien. No hizo falta que lo exprimiera, la pus estaba casi goteando. ¿Y sabe lo que hice? Mandé comprar penicilina que yo mismo le apliqué, varias veces, de acuerdo con el folleto. Después de algunos días quedó como nuevo. ¿Si lo hubiera odiado habría hecho algo así como transformarme en enfermera para cuidar de su salud? Odio... Cuando agarré al tipo ese le reventé las manos con la cachiporra, pero no fue de rabia, sino para que soltara la lengua. ¿Y sabe una cosa? Había robado en cuanto suburbio había, pero aun así fue absuelto. Pero fue bueno, porque se regeneró, se convirtió en vendedor de plaza, lo que, por otra parte, no me llamó la atención. Tenía una labia endiabladamente buena. Cuando lo detuve le dije: «Muchacho, no sé por qué te metiste en la ratería, tienes mucha más habilidad como charlatán».

—El día que te expulsen de la Policía también puedes convertirte en vendedor de plaza —dijo Melinho.

Todos rieron, inclusive Washington.

—¿Ve, doctor?, no soy malo. Pero tampoco soy blando. Creo que la policía en esta ciudad no puede ser blanda. Con más de trescientas mil personas de las favelas sueltas en los montes no podemos jugar a la policía inglesa.

—Existe un millón de gente en las favelas —dijo Vilela.

—¿Y el número aumenta cada día que pasa, ¿no? —dijo Washington.

—¡Un millón! —dijo Pedro desde el fondo de la sala—. Es un montón.

—No sé cómo aguanta esa gente. A mí no me molestaba no tener agua corriente para bañarme, para lavarme la cara. ¡Pero no tener letrina! ¡Eso es demasiado! —dijo Washington.

—¿Adónde va a parar toda esa mierda? —preguntó Pedro.

—No había pensado en eso —dijo Vilela—. Deben existir pozos.

—En la próxima redada vamos a buscar esos pozos. Creo que van a ser más difíciles de encontrar que Bambaia —dijo Melinho.

—Cuando llueve baja todo por las zanjas, mezclado con orines, restos de comida, porquería de los animales, lodo, y todo va a parar al asfalto; una parte entra por las alcantarillas, otra parte se convierte en polvo fino que va a parar a las salpicaderas de los autos y a los departamentos elegantes de las grandes damas que no tienen la menor idea de que están sacudiendo mierda en polvo de los muebles. Les daría un ataque si lo supieran.

—¿Están cansados? —preguntó Vilela.

—No, doctor. ¿Por qué?

—Estaba pensando en hacer otra redada hoy, por Tuiuti. A las once debe llegar un grupo de Vigilancia que conseguí para hoy y no quería perder la oportunidad.

—¿Cuántos hombres, doctor? —preguntó Melinho.

—Como mínimo, unos seis —respondió Vilela.

Un poco después de medianoche llegó el refuerzo de Vigilancia. Traían dos autos de transporte de presos.

Salieron de la comisaría en las dos camionetas. Eran doce, sin contar a los choferes.

Se estacionaron abajo, cerca de la subida principal del monte. Bajaron de las camionetas y se reunieron en torno a Vilela. Algunos hombres portaban ametralladoras.

—¿Cuántas salidas tiene este monte? —preguntó Vilela.

—Tres —dijo Pedro—. También hay una barranca, que está inmediatamente después de la enorme gruta de allá arriba, pero por allí nadie puede salir, es muy alta y lisa —dijo Pedro.

—Que se queden dos hombres en cada salida. Uno con ametralladora. No quiero que nadie suba con ametralladora. Si no van a acabar dándonos a nosotros. Pedro, distribuye a la gente por las salidas. ¿Quién sabe disparar ametralladora?

Se levantaron cinco manos. Tres de los hombres que levantaron las manos ya portaban metralletas.

—Ustedes tres se quedan abajo. Uno en cada salida. Aquí se quedan las dos camionetas y va un auto de transporte a cada una de las otras salidas. Nadie puede salir del monte. El que baje va preso, dentro de los autos. El que trabaja, a esta hora está durmiendo. ¿Nos entendemos?

Los hombres, que se mezclaban, encendían y apagaban linternas de mano.

Los dos autos de transporte partieron.

—Nadie dispara sin avisar: alto, es la policía. Y quien escuche esa orden se identifica enseguida. Basta con decir su propio nombre. Para evitar un accidente. Yo diré. Vilela. ¿Tú? —Vilela fue iluminando el rostro de uno por uno con la linterna.

—Washington.

—Melinho.

—Pedro.

—Salim.

—Deodato.

Todos, con excepción de Vilela, llevaban en las manos un revólver y una linterna. Vilela solo tenía una linterna. Algunos tenían una cachiporra metida en el cinturón, sobre la barriga.

Llegaron a una encrucijada.

—Tres van por aquí —susurró Vilela—. Melinho, Salim y Deodato. Melinho manda. Washington, Pedro y yo vamos por este lado. Ellos se quedan en una tiendita que hay allá arriba. Melinho sabe dónde queda, ¿verdad?

—Sí.

—Deben estar fumando marihuana y bebiendo cachaza. No sé si vamos a encontrar la banda de Bambaia, pero quien esté allá va a querer resistirse a la prisión y por eso es necesario tener cuidado. Washington, Pedro y yo vamos a llegar primero. Tú, Melinho, no hagas nada hasta que nosotros lleguemos. Entonces te apareces colocándote lateralmente, de manera que si hay un tiroteo no quedemos unos frente a otros.

Los dos grupos se separaron.

—No hacía falta que viniera —dijo Washington.

Vilela no respondió.

Pedro se adelantó. Iban en fila india, muy próximos unos de los otros; la noche estaba oscura y apenas se veía el camino de tierra. Se pisaban. Nadie hablaba.

Llegaron al lugar de la tiendita. Una lámpara pequeña, colgada del techo, de un cable largo, iluminaba débilmente el ambiente. Cuatro hombres bebían y conversaban, de pie, recargados en un mostrador. Del otro lado un hombre les servía.

—¿Conoces a alguno de ellos? —dijo Vilela, con los labios pegados al oído de Washington.

—Creo que no. No sé, de lejos esos criollos tienen todos la misma cara.

En la tiendita uno de los hombres levantó la mano como si fuera a golpear al otro. Este metió la mano en la barriga del primero, con un movimiento rápido. Se oyó una carcajada.

—Se están divirtiendo —dijo Pedro.

—¡Policía, quietos! —gritó Vilela. Los hombres voltearon, asustados. En ese momento la luz de la tiendita se apagó. Vilela arrojó el haz de la linterna sobre uno de los hombres. Tenía una pistola en la mano, con la que comenzó a disparar en dirección a la linterna. Vilela apagó la linterna. A su lado tronaron los revólveres de Pedro y Washington. Desde la tiendita tiraban repetidamente.

—Están huyendo —dijo Pedro.

—Se fueron hacia la barranca —dijo Washington—, allá están acorralados —le silbaba el pecho. En la oscuridad parecía un fantasma.

—Vamos —dijo Vilela.

—¿Dónde está Melinho?

Pedro metió dos dedos en la boca y soltó un chiflido agudo.

—Vamos —repitió Vilela—. Muéstrame el camino Pedro. Melinho ya aparecerá.

Pedro comenzó a correr. Vilela y Washington lo siguieron con dificultad. Sin parar, Washington sacó el cargador vacío de su arma colocando en su lugar, con un golpe seco, un cargador lleno. «Esa es la única ventaja de la automática», dijo.

Llegaron a la barranca.

—Bajaron —exclamó Pedro.

Corrieron los tres hasta la orilla. A pesar de la oscuridad se podía ver a dos hombres bajando, con el cuerpo pegado a la piedra, como si fueran lagartijas, avanzando lentamente. Desde arriba, los policías contemplaban admirados el descenso de los dos hombres. Mantenían el equilibrio gracias a un perfecto desplazamiento de fuerzas por los músculos del cuerpo. Desaparecieron.

—¿Crees que todos bajaron por ahí? —preguntó Vilela.

—Nunca pensé... —dijo Pedro.

—Esos tipos deberían estar en el circo. Ganarían una fortuna —dijo Washington.

—...una barranca de estas... —continuó Pedro.

Un estampido.

—Fue por el lado de la tiendita —dijo Washington.

Con Vilela al frente volvieron apresuradamente por el mismo camino que habían recorrido. De pie, iluminado por la débil luz de la tiendita, vieron a Salim, con el revólver en la mano.

—¿Tú disparaste? —preguntó Vilela.

—Sí. Le pegaron a Melinho —dijo Salim.

Dentro de la casucha, Deodato estaba sentado en el suelo; con la cabeza apoyada en su muslo derecho estaba Melinho. Más adelante, tirado, el cuerpo de un hombre. «Es el dueño de la tiendita, tiene los ojos abiertos, pero ya estiró la pata», dijo Salim.

Vilela se arrodilló cerca de Melinho.

Melinho volvió el rostro y miró a Vilela. Respiraba despacio, leve, cuidadosamente.

—¿Duele, Melinho? —preguntó Vilela.

—No... Lo que pasa es que tengo miedo de respirar hondo.

—Esto no es nada. Te vas a pasar un tiempo papando moscas en el Felinto Müller.

—¿Fue un solo tiro? No tengo valor para mirar.

Vilela abrió la camisa de Melinho.

—Fue uno solo —dijo Vilela.

—¿Cuarenta y cinco? —preguntó Melinho.

—¿Qué? —preguntó Vilela.

—¿Es de una cuarenta y cinco? —preguntó Melinho, levantando la voz.

—No. Debe ser de treinta y dos, el orificio es muy pequeño, parece más un arañazo —dijo Vilela.

—Así que uno de esos sinvergüenzas tenía una pistolita de juguete, ija, ja, ja! Después dicen que esa banda solo carga artillería pesada —dijo Washington.

—Vas a bajar el monte en sillita —dijo Vilela.

—¿No sería mejor buscar una camilla? —preguntó Deodato.

—No hay tiempo que perder. No fue nada, pero no hay tiempo que perder. Mira, Salim, ¿te acuerdas cómo era la sillita de cuando éramos chicos? Eso, ahora agárrame el brazo izquierdo. Tú y Pedro hagan lo mismo, Washington; pero quédate cerca de mí. ¿Aguantas levantar solo a Melinho, Deodato?

—Sí.

—Es levantador de pesas, doctor. Nuestro Señor Jesucristo no le da de entrada un cuerpo así a nadie —dijo Pedro.

—Cuidado. Mucho cuidado —dijo Vilela.

Deodato movió la cabeza de Melinho de su muslo y la apoyó suavemente en el suelo. Colocó la mano derecha bajo las piernas de Melinho y la izquierda bajo la espalda. Enseguida, apoyando su propia rodilla derecha en el piso levantó levemente el cuerpo de Melinho colocándolo cuidadosamente en la cama de brazos que se había preparado.

Lentamente comenzaron a bajar el monte. Al frente, Deodato iluminaba el camino y sostenía la cabeza de Melinho.

—¿Dónde estaban ustedes? —preguntó Washington.

—Estábamos atrás de la tiendita, queríamos agarrarlos por sorpresa. De pronto comenzó el tiroteo —dijo Salim.

—¡Atrás, puta madre!, ¡atrás! —exclamó Washington.

—Quiere decir, quiere decir... —comenzó Pedro.

—Cállate la boca —gritó Vilela.

Melinho gimió. Comenzó a respirar con dificultad. Vilela sintió la sangre tibia de Melinho en las manos y los brazos. «Un poco más rápido», dijo.

El rumor ronco que salía de la garganta de Melinho paró.

Se oía el silbido del pecho de Washington.

Llegaron abajo.

—Le dieron a Melinho. Hay un tipo muerto allá arriba, en la tiendita —dijo Vilela a los hombres que llegaron a su encuentro—. Nosotros vamos para el Souza Aguiar.

Pusieron a Melinho en el asiento trasero de la camioneta. Pedro se arrodilló en el piso del auto, sosteniendo a Melinho. Adelante subieron Vilela y Deodato. Washington se colocó al lado del conductor diciendo: «Acelérale».

—¿Está desmayado? —preguntó Vilela.

—Sí —dijo Pedro—. Fue uno de nosotros el que le disparó, ¿no? Washington o yo, ¿no? El tiro es de una cuarenta y cinco, un agujero así solo puede ser de una cuarenta y cinco.

—¿Usted pensó que podía morirse y no quería que lo supiera, verdad doctor? Ahora entiendo por qué nos regañó allá arriba —dijo Washington.

—¿Por qué no siguieron las instrucciones? —le preguntó Vilela.

—Fue Melinho. Él dijo vamos a agarrar a los tipos antes de que llegue el doctor. En cuanto llegamos atrás de la tiendita y nos preparábamos para actuar comenzó el tiroteo.

—¿Ustedes llegaron disparando? —preguntó Vilela.

—No, tratamos de ver cómo estaba la situación, pero ahí el tiroteo ya había acabado. Vi entonces a Melinho caído y lo llevé adentro de la tiendita. Cuando encendí la luz ese tipo ya estaba muerto allí dentro.

—Fui yo el que le disparó —dijo Pedro—. Fui yo, fui yo...
—Calma, Pedro, pudo haber sido cualquiera —dijo Vilela.
—O Washington o yo. Usted no disparó ningún tiro. O Washington o yo, pero siento que fui yo —dijo Pedro.
—Pudo haber sido uno de esos vagabundos. No sabemos qué ocurrió en el momento del tiroteo. Ellos pudieron haber visto a Melinho... cómo vamos a saber... —dijo Washington.
—Sí, pudo haber pasado eso —dijo Vilela.

La camioneta llegó al hospital. Colocaron a Melinho en una camilla. Mientras empujaban su cuerpo por el largo pasillo del hospital, un enfermero le aplicaba una transfusión de sangre. «A la sala de operaciones inmediatamente», dijo un médico. Melinho parecía estar durmiendo. Su nariz estaba más fina y su rostro y sus manos habían adquirido una tonalidad caqui.
—¿Podemos entrar? —preguntó Vilela en la puerta de la sala de operaciones.
—Es mejor que esperen afuera —dijo el médico.
—¿Tiene algún chance? —preguntó Vilela.
—De tener, tiene, pero la herida es grave y perdió mucha sangre —respondió el médico, entrando en la sala.
De pie, en el pasillo, los policías esperaban.
—¿Melinho tiene hijos? —preguntó Vilela.
—¿Que si tiene hijos? Tiene ocho —dijo Washington.
—¡Ocho! —dijo Vilela.
—Siempre es igual. No conozco un solo policía que haya muerto o quedado lisiado en servicio que no estuviera lleno de hijos.
—Yo tengo seis —dijo Washington.
—Usted es soltero, ¿no? —preguntó Pedro.
—Sí —dijo Vilela—. Pero cuando me case espero no tener muchos hijos.
—Es porque usted no es proletario como nosotros. Los proletarios son los que tienen muchos hijos —dijo Washington.
La puerta de la sala de operaciones se abrió. El médico se quitó el tapabocas y dijo:
—Desgraciadamente no pudimos hacer nada. Hemorragia aguda. Lo siento mucho.
—¿Está muerto? —preguntó Deodato.
El médico hizo un gesto afirmativo con la cabeza.
Los policías se quedaron callados. El médico se alejó.

Vilela caminó hasta la puerta que daba a la calle. Washington lo siguió.

—Qué calle tan fea... —dijo Vilela.

—Alguien le tiene que avisar a su mujer. Debe estar en la casa durmiendo —dijo Washington.

—Voy a decirle al investigador de guardia que se ocupe del traslado del cuerpo de Melinho hasta el forense —dijo Washington.

—¿Tú le avisas a su mujer? —preguntó Vilela.

—Yo no, doctor. Por favor.

—Ustedes eran amigos...

—Doctor, yo no sirvo para eso, es necesario que alguien calme a su mujer, ¿cómo voy a calmarla yo? Diciéndole, mira, está todo bien, ahora además de coser ropa ajena también vas a tener que lavar ropa ajena.

—¿La mujer cose ropa ajena?

—No sé, la mía cose.

—¿Entonces no quieres ir?

—Discúlpeme, pero no tengo corazón ni cabeza para eso.

—¿Y si voy yo? ¿Vas conmigo?

Washington hizo una mueca.

—Alguien tiene que ir —continuó Vilela.

—¿Quiere ir ahora?

—No, vamos mañana por la mañana, ¿no te parece mejor? Ahora vamos a hablar con el investigador de guardia para tratar el traslado del cuerpo de Melinho.

—Yo le llamo —dijo Washington. Poco después volvió con el investigador, además de Deodato y Pedro.

—Tú te vas a ocupar del traslado del cuerpo. No quiero que la prensa sepa nada, nada de nada —dijo Vilela.

—No se preocupe —dijo el investigador.

—No quiero que la mujer se entere de la muerte del marido por la radio.

—No hay cuidado. Voy a decirle a la gente del forense que tampoco abra el pico —dijo el investigador.

—Gracias —dijo Vilela, saliendo.

Fueron hasta la camioneta.

—Ahí no, que está sucio —dijo el chofer a Pedro que intentaba sentarse en el último asiento.

Cuando llegaron a la comisaría, Washington le preguntó a Vilela:

—¿Se va a su casa?

—Estoy pensando en eso —dijo Vilela—. Solo para bañarme y afeitarme.

Washington y Deodato intercambiaron una mirada.

Entraron en la comisaría.

—¿Todo tranquilo? —preguntó Vilela al agente que estaba de servicio.

—Todo tranquilo.

—Voy a quedarme —dijo Vilela.

—Pero usted necesita descansar un poco.

—Yo sé cuidarme —dijo Vilela.

—Yo solamente quería ayudar, no hace falta que me hable así —dijo Washington.

—¿Qué estás tramando? A ti no te gusta que los demás te tomen el pelo, ¿no? Pues a mí tampoco —dijo Vilela.

Washington suspiró.

—Lo único que quiero es interrogar al vagabundo que está allá adentro.

—¿A Jaiminho?

—Sí, doctor, él sabe dónde está Bambaia, si no lo apretamos no dice nada.

—Solo sabes trabajar con la porra. Esa es la manera que tienes de descubrir la verdad...

—Si no les duele no hablan.

—¿Y si el tipo fuera un masoquista?

—¿Cómo, masoquista?

—¿Y si le gusta que lo castiguen? ¿No sería inútil golpearlo?

—Ah, sí... Pero ahí yo no le estaría haciendo nada malo.

—Pero te lo estarías haciendo a ti mismo, ¿entendiste?

—Usted es demasiado profundo para mí. Yo no leo esos libros que usted lee.

—¿Pero no sientes algo de vergüenza cuando golpeas a uno de esos infelices?

—Una vez hubo un tipo que mató a una familia entera (marido, mujer y tres hijos chicos) para robar unos objetos de poco valor. Le dije: «sabemos que fuiste tú, dinos dónde escondiste los objetos», pero él ni siquiera respondía, se quedaba mirando al piso sin responder una palabra. Se llevó una paliza fenomenal. ¿Sabe lo que ocurrió? Ya no se sostenía en pie, tenía un aire desgraciado y miserable. Levantó la cabeza, rehecho, y contó todo con voz firme. Le dije: «si hubieras cantado enseguida no hubiera sido necesario que sufrieras tanto». Él respondió: «no importa», ¿y sabe una cosa?, creo que esa paliza le hizo bien. Bien de veras.

—Es posible. ¿El psicólogo de la Escuela no te explicó por qué?

—Lo olvidé. Sé que eso ha ocurrido muchas veces.

—Pero es preciso que él se sienta culpable, etc., etc...

—Siempre somos culpables de algo. A veces no sabemos de qué.

—Si uno no sabe, no es culpable.

—Jaiminho es culpable, y sabe que es culpable.

—¿Culpable de qué?

—Culpable de esconder a Bambaia.

—No servirá de nada, Washington. Comprendo que quieras cumplir con tu deber de la mejor manera. Pero estás equivocado.

—Yo también quiero entender su manera, doctor Vilela. Palabra de honor. No piense que todas esas cosas que me ha dicho en estos últimos meses me entran por un oído y me salen por el otro. Voy a casa y me quedo pensando. Pero esa historia de interrogar con base en la psicología no me convence. Ese Jaiminho, por ejemplo, no le veo condiciones para contar lo que sabe a no ser, a no ser...

Se quedaron callados. Vilela miró a Washington, las paredes, el piso. Después: «¿Qué hora es?».

—Las tres cuarenta y cinco.

—Entonces hay tiempo. Mira, presta atención a lo que te voy a decir. Será como si fuera una obra de teatro. ¿Has trabajado en el teatro?

—¿Yo, doctor?

—Cuando ibas a la escuela, o algo por el estilo.

—Nunca, doctor.

—Será tu primer papel. Llama a Deodato.

Deodato y Washington escucharon a Vilela durante quince minutos.

—¿Usted cree que va a dar resultado? —preguntó Deodato.

—Sí —dijo Vilela—. No tenemos nada que perder. De cualquier manera tenemos que hacer tiempo para ir a la casa de la mujer de Melinho, por la mañana.

Jaiminho dormía en la celda. «Despiértate», dijo Washington, empujándolo con el pie. Jaiminho se despertó inmediatamente. Se levantó. «¿No tienes camisa?», preguntó Vilela. Jaiminho se agachó y recogió la camisa doblada, que le servía de almohada. «Vístete», le dijo Vilela.» ¿Ya es de mañana?», preguntó Jaiminho. «Vas a dar una vuelta con nosotros», dijo Deodato.

Los cuatro subieron a la camioneta. Deodato manejaba. Cuando el auto entró en la avenida Brasil, Deodato dijo: «Capaz que esto va a traer líos, doctor.»

—¡Qué líos ni que líos! —dijo Washington.

—¿Trajiste la lona? —preguntó Vilela.

—Discúlpeme, pero no sé para qué es la lona. Solo va a servir para entorpecer el trabajo de los buitres.

—Quiero que los buitres tarden en aparecer, ¿entendiste?

—Pero el lugar está lleno de buitres. Allí viven, los buitres y los pepenadores —dijo Washington.

—¿Entonces? ¿No nos vas a decir dónde se esconde Bambaia? —le preguntó Vilela a Jaiminho.

—Yo no lo sé, doctor. Lo juro por Dios —dijo Jaiminho.

—Nunca oí a nadie jurar tanto en mi vida. Qué tipo tan falso —dijo Washington.

—Doctor —dijo Deodato—, esto va a traer líos.

—Te desconozco, Deodato. ¿Qué te está pasando? —dijo Washington.

—Es capaz de no saber nada —dijo Deodato—. Vamos a acabar liquidándolo inútilmente.

—Estás queriendo gastar demasiadas velas con un difunto barato —dijo Washington.

—No hay ningún riesgo —dijo Vilela—. Si pasa algo yo lo arreglo.

Poco después, Deodato detuvo el auto.

—¿Aquí está bien, doctor?

—Sí.

Se bajaron.

Deodato se puso un pañuelo en la nariz. «¡Qué peste!»

—Vamos más adentro —dijo Vilela.

Caminaron entre la basura.

—¡Eh!, exclamó Washington—. ¿Vio?, el muy hijo de su madre ni siquiera voló —con la linterna iluminó a un buitre que saltaba, sin prisa, con las alas medio abiertas.

—¿Qué es esa luz? —preguntó Vilela.

—Debe ser algún pepenador. Hay un montón de pepenadores que viven en medio de la basura. Hacen sus chozas y viven de lo que consiguen en la basura. El basurero saca todo antes, para venderlo, pero siempre sobra alguna cosa para el pepenador —dijo Washington.

—No sé cómo aguantan el olor —dijo Deodato.

—Se acostumbran. Mi padre siempre decía que la costumbre es una segunda naturaleza —dijo Washington.

—Siento mi cara cortando el olor, como si fuera un cuchillo cortando queso —dijo Deodato.

—Vamos a quedarnos aquí. Quítale la ropa —dijo Vilela.

—Yo no hice nada —dijo Jaiminho.

Vilela iluminó el rostro grisáceo de Jaiminho con la linterna.

—Quítate la ropa.

Jaiminho se quitó la camisa y el pantalón.

—¿Qué van a hacer conmigo? —preguntó.

—No te preocupes, en un rato nos vamos y te dejamos solo en medio de los buitres; solo que temo que no vas a poder sentir el perfume delicioso que estamos sintiendo ahora —respondió Washington.

—Voy a darte una última oportunidad —dijo Vilela—. ¿Dónde se esconden Bambaia y sus secuaces: Beicino, Groselha, toda la banda? ¿Dónde?

—No sé, doctor, le juro que no. ¡Que se muera mi madre!

—No sirve de nada, doctor —dijo Washington.

—Si quieren irse ya, váyanse ya, que yo voy a matar a este perro —gritó Vilela a Deodato.

—Si usted dice que no va a haber problema, me quedo —dijo Deodato, dentro de su papel, pero sorprendido por el grito de Vilela.

—Arrodíllate —gritó Vilela, sacando del cinto una automática negra.

Jaiminho se arrodilló.

—No sé nada, —sollozó. Su cuerpo temblaba.

Vilela recargó el cañón del arma en el pecho de Jaiminho, que comenzó a castañear los dientes.

—En la cabeza, doctor —dijo Washington.

Vilela levantó el arma apoyándola en las sienes de Jaiminho, que siguió con ojos de terror el movimiento de la pistola. La linterna incandescente se reflejaba en sus ojos.

A pesar de que el arma estaba apoyada en la cabeza de Jaiminho, la mano de Vilela temblaba.

—¡Voy a matar a este tipo! —gritó Vilela.

Washington dio un golpe en el arma asegurada por Vilela, en el instante de la detonación.

—¡Le cuento, le cuento! —exclamó Jaiminho. Se oyeron las alas de los buitres asustados levantando el vuelo, en el breve silencio que se hizo.

Vilela comenzó a caminar lentamente. Washington lo siguió.

—Ya iba a matarlo —dijo Vilela.

—Eso presentí. Solo tuve tiempo de darle un empujón al arma.

—Me dieron ganas de dispararle a la cabeza...

Se oía la voz de Jaiminho, hablando apresuradamente.

—Era cierto, doctor, todo acabó siendo cierto —dijo Washington.

Vilela balanceó la cabeza. Washington lo agarró del brazo. Caminaron hacia Deodato.

—¿Sabes dónde está su escondrijo? —le preguntó Deodato.

—No —dijo Washington.

—En nuestras narices. En una casucha que está detrás del puesto de la Fundación León XIII. ¿Vamos para allá?

—No, ahora no. Después... —dijo Washington.

—Pero ellos pueden...

—Después, después... —dijo Washington—. Ahora vamos a volver a la comisaría.

Una luz cenicienta comenzaba a clarear en el ambiente. Los montones de basura adquirían nitidez. Se veía una barraca baja, casi escondida por una pila alta de basura. Había decenas de buitres.

—Ponte la ropa —le dijo Deodato a Jaiminho. Se subieron a una camioneta.

—Era todo cierto, doctor, ¿no es así? —dijo Washington. Vilela no respondió. El viaje se hizo en silencio.

Cuando llegaron a la comisaría, Washington dijo:

—¿No es mejor que se vaya usted a su casa? Despreocúpese, yo voy a visitar a la mujer de Melinho.

—Yo también voy.

A las ocho cuarenta y cinco llegaron a casa de la viuda de Melinho. Washington tocó el timbre.

Una mujer abrió la puerta.

—Buenos días, Marlene, este es el doctor Vilela, comisario del Distrito.

La mujer los hizo pasar. Intentó ocultar la aflicción que sentía por la presencia del comisario. ¿Qué venía a hacer en su casa? Marlene estaba lavando los trastes cuando llegaron los policías y todavía apretaba un trapo húmedo con las manos.

Un niño de seis años apareció en la sala y se quedó mirando a los dos hombres.

—¿Me permites conversar un poco con tu madre, hijo?

—¿Le pasa algo a José? —preguntó ella, abrazando al niño.

—Hubo un accidente y él, y él fue herido.

—¿Puedo ir a verlo? Ve a llamar a doña Rosa para que se quede contigo, mamá tiene que salir. Anda, ve corriendo.

El niño salió.

—Fue una herida grave —dijo Vilela.

Los policías guardaron silencio, como si la llegada de doña Rosa fuera a hacer su misión más fácil. Cuando la mujer llegó, Marlene le pidió que se quedara con su hijo pues iba a visitar a su marido al hospital.

—Las heridas fueron muy graves... —dijo Vilela.

—Marlene... él... —dijo Washington.

—¿Puede morirse?

—Calma, Marlene —dijo doña Rosa—. Ella no está bien, no, joven, anda mal de los nervios.

Marlene abrió la puerta de la calle.

—Voy ahora para allá, ¿usted me lleva a donde está él?

—Señora mía, es mejor decirle la verdad. Su marido no resistió las heridas y...

—¿Y qué más? ¿Y qué más?

—Lo siento mucho. Está muerto.

—José murió, doña Rosa —balbuceó Marlene.

—La policía se encargará de todo. En cuanto termine la autopsia vendrá un auto por usted. Existen algunas formalidades... Lo siento mucho.

Mientras Marlene se abrazaba sollozando a doña Rosa, los policías se retiraron.

Dentro del auto, se quedaron callados un rato, antes de arrancar.

—Flores artificiales sucias en un florero de falso cristal. Muebles viejos arruinados. Ni siquiera un libro a la vista. Ropa descolorida. Un Sagrado Corazón de Jesús en la pared, también descolorido. El niño descalzo. Hubo un momento en el que la tristeza de las cosas fue mayor que el dolor de las personas.

—Caray, doctor, hasta parece que nunca había entrado a la casa de un pobre.

—Ya había entrado, sí. Pero mis ojos no siempre saben ver.

—A veces me cuesta mucho trabajo entenderle, doctor —dijo Washington bostezando, cansado.

Vilela levantó la mano y tocó leve y cariñosamente el hombro de Washington. Después sonrió, con la boca cerrada, una sonrisa breve, que se deshizo lentamente.

LÚCIA McCARTNEY
1967

Cuando abrió el cuarto sello, oí la voz del cuarto ser viviente que decía «Ven». Miré entonces y había un caballo verdoso; el que lo montaba se llamaba Muerte y el Hades lo seguía. Se les dio poder sobre la cuarta parte de la tierra para matar con la espada, con el hambre, con la peste y con las fieras de la tierra.

Libro del *Apocalipsis*
(palabra griega que significa revelación)

Desempeño

Logro agarrar a Rubão, lo acorralo contra las cuerdas. El hijo de puta se apoya, me agarra, pone su rostro en el mío para que no le dé cabezazos; estamos abrazados, como dos enamorados, casi inmóviles — fuerza contra fuerza. El público empieza a abuchear. Rubão me da un pisotón en el dedo del pie, nos soltamos, me da un rodillazo en el estómago, un puntapié en la rodilla, un golpe en la cara. Escucho los gritos. El público lo aclama. Otro bofetón: griterío en las gradas. No puedo distraerme, no puedo, no puedo hacerles caso a esos hijos de puta chupavergas. Intento agarrarlo, pero no me deja, quiere pelear de pie, es ágil, sus cortes son como patadas de caballo.

Los cinco minutos más largos de la vida pasan en un ring de vale todo. Cuando el round termina, el primero de cinco con uno de descanso, a duras penas llego a mi esquina. Príncipe me echa aire con la toalla, Pedro Vaselina me da masaje. Esos putos gritan apoyándolo a él, ¿verdad? No te fijes en eso, dice Pedro Vaselina ¿Sí o no?, insisto. Sí, me dice Pedro Vaselina, no sé qué les pasa, siempre le van al que mejor pinta tiene, pero hoy no está funcionando. Trato de ver a la gente en las graderías, hijos de puta, maricones, culeros, mamadores —me dan ganas de sacarme la verga para sacudirla en sus caras. Cuidado en los ataques, burla su guardia rápido, no te avientes a lo loco, él está entero y tú, y tú, bueno, ¿anduviste de cogelón ayer? Cuando te golpee no te quedes mirando al público con cara de pendejo, ¿qué carajos te pasa?, ¿tu mamá te está viendo? Puta madre, tienes que estar atento con ese cabrón, no le quites los ojos de encima, nada de mirar al público, y que no te preocupen los bofetones, no te quitan nada y él tampoco gana nada. Cuando te dio el último golpe y la perrada aplaudió se puso a hacer tantos dengues que parecía joto de Cinelândia. Ahí es cuando tienes que agarrarlo. Paciencia, PACIENCIA, ¿me oíste?, guarda energía que ya estás medio jodido, dice Pedro Vaselina.

Suena la campana. Estamos en medio del ring. Rubão hace una finta de torso frente a mí, los pies bien plantados, mueve las manos, la izquierda adelante, la derecha atrás. Me quedo parado, viéndole las manos. *¡Vap!...*, la patada me pega en el muslo, me tiro encima de él, *¡plaf!...*, un golpe en la cara casi me tira al suelo, miro al público, el ruido que viene de allá parece un latigazo, soy una bestia, qué mierda, si sigo *¡plaf!...* haciéndoles caso a esos chupavergas voy a acabar jodiéndome, *¡plaf!...* — ¡bloquea, bloquea!, escucho que me dice Pedro Vaselina — debo tener la cara hinchada, me cuesta ver con el ojo izquierdo — levanto la izquierda — ¡bloquea! — *¡blam!*, un gancho de izquierda me alcanza por la derecha — ¡bloquea!, la voz de Pedro Vaselina se adelgaza como la de una mujer — levanto las dos manos — *¡bum!*, la patada me da en las nalgas. Rubão gira y de espalda me pega con el pie en el cuello — de las graderías viene un ruido como de una ola reventando en la playa — con un físico como ese vas a terminar en el cine, mujeres, fresas con crema, auto, departamento, película en tecnicolor, mucho billete en el banco, ¿dónde está?, corro hacia él con los brazos abiertos, *¡plaf!...*, me aplasta — Rubão salta encima de mí, ¡me va a montar! — me arrastro serpiente gusano hacia las cuerdas — el árbitro nos separa — me quedo acostado flotando en la rechifla inyección de morfina. Campanazo.

Estoy en mi esquina. Nunca te había visto tan mal, de físico y de técnica, ¿cogiste hoy?, ¿te metiste alguna píldora? Es la primera vez que uno de nuestros luchadores corre a las cuerdas, estás mal, ¿qué te pasa? ¿Así quieres luchar contra Carlson? ¿Contra Iván? Estás haciendo el ridículo. Déjalo, dice Príncipe. Pedro Vaselina: lo van a despedazar, conforme vayan las cosas en este round voy a tirar la toalla. Acerco la cara de Pedro Vaselina a la mía, le digo escupiéndole entre ceja y ceja, si tiras la toalla te reviento, maricón, te meto un fierro por el culo, lo juro por Dios. Príncipe me echa encima un montón de agua, para ganar tiempo. Campanazo.

Estamos en medio del ring. Tiempo, ¡segundos!, dice el árbitro — no puedes ir así de mojado, no lo vuelvas a hacer — Príncipe me seca fingiendo apuro — segundos, ¡ya!, dice el árbitro. De nuevo en medio del ring. Inmóvil. El corazón se me sale por la garganta, regresa al pecho, pero todavía late con fuerza. Rubão se mueve. Le miro bien la cara, está muy confiado, respira por la nariz sin apretar los dientes, no tiene un solo músculo tenso en la cara, un tipo con miedo pone mirada de caballo, pero él está tranquilo, apenas se le ve el blanco del ojo. Muy rápido hace una finta, amenaza, yo bloqueo, me da una patada en la rodilla, un dolor terrible, menos mal que fue de arriba hacia abajo, si hubiese sido en horizontal me habría quebrado la pierna — *¡zum!*, el golpe en el oído me deja sordo de un lado, con el otro oído escucho a la perrada delirando en la gradería — ¿qué hice?, siempre apostaban por mí — ¿qué les hice a estos mierdas chupapitos *¡plaf, plaf, plaf!* para que se pusieran en mi contra? — con un físico así vas a terminar en el cine, Leninha, ¿dónde estás?, putona — retrocedo, golpeo las cuerdas con la espalda, Rubão me agarra — ¡al suelo!, chilla Pedro Vaselina — todavía estoy bloqueando, pero ya es tarde: Rubão me da un rodillazo en el estómago, se aleja; por primera vez se queda inmóvil, a unos dos metros de distancia, me mira, debe estar pensando en arremeter para terminar — estoy atontado, pero él es cauteloso, quiere estar seguro, sabe que en el suelo soy mejor y por eso no quiere arriesgarse, quiere cansarme primero, no anda a ciegas — siento unas tremendas ganas de bajar los brazos, los ojos me arden por el sudor, no puedo tragarme la baba blanca que tengo pegada en la lengua — levanto el brazo, preparo un golpe, amenazo — él no se mueve — doy un paso adelante — no se mueve — doy otro paso adelante — da un paso adelante — los dos damos un lento paso hacia delante y nos abrazamos — el sudor de su cuerpo me hace sentir el sudor de mi cuerpo — la dureza de sus músculos me hace sentir la dureza de mis músculos — el aliento de su respiración me hace sentir el aliento de mi respiración — Rubão me agarra por debajo de los brazos — trato de aplicarle una llave — coloca la pierna derecha detrás de mi derecha para derribarme — mis últimas fuerzas — pobre Leninha — el tipo me va a derribar — intento agarrarme a las cuerdas como un asqueroso cobarde — el tiempo no pasa — quiero luchar en el suelo, quiero irme a casa — Leninha — me caigo de espaldas, giro antes de que me monte — Rubão me rodea el cuello con el brazo, me inmoviliza — *¡tum, tum, tum!*, tres rodillazos seguidos en la boca y en la nariz — suena la campana — Rubão se va a su esquina con aplausos.

Pedro Vaselina no dice nada, tiene cara triste de segundón, de perdedor. Es complicado, mi amigo, dice Príncipe limpiándome el sudor. La mierda, respondo, un diente se me mueve en la boca, colgando apenas de la encía. Me meto la mano, me saco el diente con rabia y lo aviento a los chupavergas. Todos rechiflan. No hagas eso, dice Pedro Vaselina, dándome agua para enjuagarme, de nada sirve provocar. Escupo fuera del balde el agua roja de sangre para ver si le salpica a algún chupapitos. Campanazo. Al centro, dice el árbitro.

Rubão está entero. Yo estoy destrozado. Ni siquiera sé en qué round estamos. ¿Es el último? Último o penúltimo. Rubão va a querer liquidarme ahora. Me le tiro encima para ver si le pego en la cara con la cabeza — Rubão se desvía, me agarra entre las piernas, me bota fuera del ring — los chupavergas deliran — tengo ganas de irme — si fuese valiente me iría, con el short nomás — pero ¿a dónde? — el árbitro está contando — irme — siempre hay un árbitro contando — auto, departamento, mujeres, billetes — siempre un árbitro — polea de ochenta kilos, barra de cuarenta, vida difícil — Rubão me espera, el árbitro le pone la mano en el pecho para que no me ataque en el momento en el que estoy regresando — realmente estoy jodidísimo — me agacho, entro al ring — al centro, dice el árbitro — Rubão me agarra, me derriba — rodamos por la lona, lo sujeto entre mis piernas — con la cara frente a mi verga — nos quedamos así un rato, descansando — Rubão empuja su cuerpo hacia delante y me da un cabezazo en la cara — la sangre me llena la boca de un sabor dulce asqueroso — le pego con las manos abiertas en los oídos, Rubão baja un poco el cuerpo — súbitamente se libra de mi pierna izquierda con una montada parcial — estoy cagado, si logra la montada completa estoy jodido y mal pagado, cagado y destrozado, cagado y despedazado, cagado y acabado — hace una breve pausa antes de tratar de montarme definitivamente — ¡cagado, cagado! — doy un giro brusco, rodamos por la lona, nos paramos, ¡puta madre!, conmigo montado-montada-completa sobre él, ¡puta madre!, mis rodillas en el suelo, su tórax entre mis piernas, inmovilizado — ¡lo monté, carajo, lo monté! — alegría, alegría, viento ardiente de odio de la perrada que se reía viendo cómo me molían a golpes la cara — maricones de mierda, hijos de puta cobardes — le pego en la cara a Rubão justo arriba de la nariz, uno, dos, tres — ahora en la boca — de nuevo en la nariz — puñetazo, bofetón, golpe — siento que se quiebra un hueso — Rubão levanta los brazos para tratar de contener los golpes, la sangre le empieza a salir por toda la cara, por la boca, la nariz, los ojos, los oídos, la piel — ¡la llave de brazo, la llave de brazo!, grita Pedro Vaselina, metiendo la cabeza bajo las cuerdas — es fácil aplicar una llave de brazo en una montada, para defenderse, el que está abajo tiene que levantar los brazos, basta caer a uno de los lados con el brazo de él entre las piernas, el tipo se ve obligado a golpear la lona — un silencio de muerte en el estadio — ¡la llave de brazo!, grita Príncipe — Rubão me ofrece el brazo para terminar con el sufrimiento, para poder golpear el suelo rindiéndose, rendirse bajo una llave es algo digno, rendirse bajo los golpes es vergonzoso — los chupavergas y las putas se quedaron callados, ¡griten!, la cara de Rubão es una pasta roja, ¡griten! — Rubão cierra los ojos, se cubre el rostro con las manos — un hombre montado no se acobarda — Rubão debe estar rezando para desmayarse y terminar de una vez, ya vio que no le voy a dar la llave de misericordia — perrada — me duelen las manos, le pego con los codos — el árbitro se arrodilla, Rubão se desmayó, el árbitro me quita de encima de él — en medio del ring el árbitro me levanta los brazos — las luces están encendidas, de pie en las gradas hombres y mujeres aplauden y gritan mi nombre — levanto los brazos bien alto, los aplausos y los gritos aumentan — salto de alegría — los aplausos aumentan — salto — aplausos cada vez más fuertes — miro conmovido a la gradería llena de admiradores, me inclino lanzando besos a los cuatro rincones del estadio.

Lúcia McCartney

I

Abro los ojos: Isa, bandeja, tostadas, plátano, café, leche, mantequilla. Me estiro. Isa quiere que coma. Quiere que me acueste temprano. Cree que soy una niña.

Isa se ha me ha pegado más desde que su marido se fue. Isa dice que va a volver, pero no creo. Primero, ella no estaba casada con su marido. Segundo, creo que no se gustaban mucho: de vez en cuando ella se vendía y él desaparecía por días. Creo que ahora desapareció para siempre. Isa espera que el marido vuelva, en cualquier momento. Sus camisas están bien planchadas, ordenadas en la cómoda y ella mandó a arreglar los binoculares, el tipo estaba loco por los caballos. Ella no sale más de la casa, ni siquiera para una movida limpia, hasta ahora nada.

El Renê me llama para una movida en la noche. Le digo que bueno. Anoto la dirección.

El grupo está en la playa. Quedan de ir al Zum Zum. Les digo que a lo mejor voy. Si mi movida termina temprano voy. Pero no les cuento nada de mi movida. No saben. Dos ya se acostaron conmigo, solo dos. Vamos a una discoteca, a bailar, tomar algo y después me voy para la casa. Es más camaradería que otra cosa. Es solo un brillo, nos divertimos un rato y listo.

II

El departamento es muy bonito. Somos cuatro chicas y ellos también son cuatro. No conozco a ninguna de las otras chicas, pero también las debe haber mandado el Renê. Como nadie conoce a nadie, empiezan con esas elecciones desagradables de siempre. Los clientes del Renê son todos mayores, muy educados pero muy lentos para decidir.

DIÁLOGO, POSIBLE *(pero inventado)*

UN TIPO MAYOR

Estimado amigo:
- ¿quiere quedarse con la morenita de pelo corto?
- aunque reconozco sus innegables encantos, me inclino por la joven rubia de ojos verdes.
- acepto cualquier acuerdo. Quédese con la rubia. Yo me quedo con la morena.

OTRO TIPO MAYOR

Bueno, bueno, mi distinguido y querido compañero
- jamás pensaría en privarlo de su elegida. Se la cedo con insuperable placer.
- la rubiecita es realmente un encanto.
- la morenita tiene un aire melancólico que me seduce. Y la rubia es un ser espléndido, lleno de luz que me atrae como si fuese una libélula.

Bebemos y conversamos. Tres son cariocas y uno es paulista. El paulista es el que menos habla. No me gustan mucho los paulistas, son ignorantes y brutos y creen que todo lo resuelven con plata. Ojalá que el paulista no me escoja. Me mira y casi me meto el dedo en la nariz para que le dé asco. Pero no lo hago, incluso le sonrío, una sonrisa de chica tímida que sé hacer. Los cariocas están divirtiendo al paulista, sin subordinarse, deben ser todos del mismo nivel.

DIÁLOGO *(verdadero)*

EL TIPO PAULISTA

Tú
- ¿eres carioca?
- ¿qué te gusta?
- ¿qué poetas te gustan?
- ¿te gusta Kafka?
- ¿eres la primera miss que dice que ha leído a Kafka y que realmente lo leyó?
- ¿has leído a Pessoa, etc.?

YO

Yo { sí.
me gusta la música y la poesía.
me gusta Fernando Pessoa, Beethoven, Lennon & McCartney. Alguna vez me llamé Lúcia McCartney.
también me gusta Kafka. ¡Ese pobre hombre convertido en insecto! (Cuento la historia llamada *La metamorfosis*).
ni soy ni lo he leído. Un muchacho me contó la historia, se llama *La metamorfosis*. Siempre hace gran efecto en las conversaciones.
he leído a Pessoa, etc.

Cada cual se va a una habitación. El Renê sabe que no me gusta la promiscuidad. Me voy a la habitación con el paulista. Me siento en un sillón. Él también se sienta. Después apoya la cabeza en mi regazo, dice que no tiene ganas de hacer nada, «a esos tipos les dio con que tenía que irme con una chica a la cama, pero mejor vamos solo a conversar, ¿te parece?». Le digo que Ok. Dice que no quiere echar a perder las cosas. Le digo que bueno. (Quiero ir al Zum Zum.) Le paso la mano por el pelo. «No quiero hacer eso», me dice, quitándose la ropa. Yo también me quito la quito y nos acostamos, él siempre diciendo que no quiere, pero toqueteándome igual.

Después de lavarnos, separadamente, se viste, pone la plata en mi cartera. Se queda muy callado, con un aire medio distraído, medio cansado, medio desinteresado como el de los tipos mayores. Vamos a la sala, donde ya están los otros, pues perdimos mucho tiempo con esa indecisión suya. Están todos bailando. Me mira un poco y me dice «te puedes ir». Le pregunto si no quiere mi teléfono y se queda pensando un buen rato, mirándome a mí y a la sala donde están los otros, el tipo es realmente indeciso, y después de no sé cuánto tiempo me dice, «bueno».

Estoy en el Zum Zum con los chicos. De vez en cuando pienso en el tipo. ¿A qué se dedicará?

III

Lo que más me gusta en el mundo es dormir. Despertar a las doce e ir a la playa. Hoy es 4 de diciembre y hay un sol fantástico. Me desperezo. Isa llega con una bandeja. «Te hice unos huevos», me pone el plato hondo delante, «ahora llegas después de las seis, perdiendo el tiempo con esos muchachones». Me gusta bailar, a ella no; me gustan los hombres (hermosos, jóvenes, fuertes), a ella le gusta su marido, que ni siquiera está casado con ella, y que nadie sabe por dónde anda; a mí no me gusta quedarme sola. «¡Isa, por favor!, no jodas», me levanto, pongo un disco y empiezo a bailar, me gusta pasar todo el día oyendo música, necesito oír música, es como el aire para mí. «Te lo digo por tu bien.» «Ya sé que me lo dices por mi bien.» «Nadie aguanta esa vida que llevas.» «No le veo ni un problema.» «Piensa en el futuro.» «El futuro no me interesa, y no me jodas más, si no, me voy.» «El José Roberto te llamó, el tipo de São Paulo que estuvo contigo ayer.»

Isa quiere saber cosas del paulista, pero decido no comentarle nada para que deje de molestarme. Tampoco sé nada de José Roberto. Ni siquiera sabía que se llamaba José Roberto. José Roberto no es nombre de un tipo mayor. Va a llamar de nuevo.

LLAMADA

—Hola.
—¿Quién es?
—¿Con quién quiere hablar?
—Con doña Lúcia, por favor.
—¿De parte de quién?
—De José Roberto.
—Soy Lúcia.
—¿Cómo te va? ¿Cómo estás?
—Bien. ¿Y usted?
—Bien.
(Se calla. También me callo. Me pongo nerviosa.)
—¿Alguna novedad?
—Quiero que nos veamos.
—¿Cuándo?
—Hoy.
—¿A qué hora?
—A la hora que puedas.
—Puedo a cualquier hora. Después de las cuatro.

—¿Prefieres por la tarde o a la noche?
—A cualquier hora.
—A la noche, entonces. ¿A las ocho? Podemos cenar juntos.
—Está bien. ¿Usted viene, yo voy?, ¿cómo lo hacemos?
—Ven tú.
—¿A la misma dirección de ayer?
—No, a otra. Anota, por favor.

IV

Huele bien y me habla con mucha suavidad. Estamos solos. Me dice que ayer había mucha gente, «quería estar a solas contigo». Parece algo incómodo, como si nunca hubiese salido con una prostituta. Se sienta lejos de mí. «¿Nunca has salido antes con una prostituta?» «Sí, muchas veces, no sé cuántas.» «Entonces, ¿por qué finges?» «No estoy fingiendo.»

Prepara los tragos. Sobre la mesa de la sala veo un montón de revistas y un papel: *José Roberto, estuve aquí y no te encontré, llámame, un beso, Suely.* Tomo la nota, hago una pelotita y la tiro por la ventana. La noche está muy oscura, no veo el mar pero siento su olor. De noche el mar tiene un olor diferente, el mar cambia de olor varias veces al día.

«Para ti», José Roberto me da un frasco de perfume. Joy. Me encantan los perfumes. Me pongo un poco en el brazo. «¿Quieres oír música?» Me lleva a una habitación donde hay una radio inmensa, me pone unos audífonos que me cubren completamente las orejas y escucho la música más linda del mundo. «Espectacular, me voy a quedar toda la noche» —se ríe— «¿por qué te ríes?» —me responde, pero no lo escucho— «¿qué?, ¿qué?» Entonces me quita los audífonos: «no hace falta que grites tanto». Con esos audífonos uno cree que habla, pero grita, como un sordo. Eso debe haber pasado con otras chicas.

ESCENA *(subjetiva)*

—¿Eso ya ha pasado con otras chicas?
—¿Qué cosa?
—Colocarse audífonos y gritar como sorda, como yo.
—No. Pasó con mi madre, pero ella no es exactamente una chica.
—¿Tienes madre?
—¿Crees que soy muy viejo para tener madre?
—¿Y ella ya ha venido para acá?
—Sí.

—¿Y tú traes a tu madre al mismo lugar que traes a tus..., a esas...
—Yo vivo aquí. Cuando estoy en Rio. ¿Esas qué?
—Creo que me estás mintiendo. Esas fulanas.
—No te he mentido.
—¿Y quién es la Suely?
—Suely. Nunca he oído ese nombre.
—Mentiroso.
—Yo nunca miento.
—Entonces que te vaya bien. Adiós.
—Espera. ¡No te vayas, por favor!

Me quito los audífonos.

ESCENA *(verdadera)*

—¿Eso ya ha pasado con otras chicas?
—¿Qué cosa?
—Colocarse audífonos y gritar como sorda, como yo.
—Siempre pasa, por eso me reí.
—¿Con todas las chicas que vienen para acá?
—Sí.
—¿Son muchas? ¿Miles?
—Miles no. Muchas.
—¿Y quién es la Suely?
—Una amiga.
—Soy muy celosa. Boté el papel de la Suely, así no sabrás su teléfono.
—Lo tengo en una libreta. De todas maneras muchas gracias por los celos.
—Si supiera cocinar te haría algo. Quiero quedarme aquí.
—Pido comida por teléfono. ¿Te gusta la champaña?
—Cualquier cosa.

Dos meseros llegan con una fuente, hieleras, botellas. ¡Qué comida! «Estoy medio entonada.» «Entonces detente un poco, porque lo que vamos a hacer exige plena conciencia.» José Roberto me lleva a la pieza.
«Me decían la Rama.» «La rama más linda del mundo», me dice él, besándome. Me voy con todo, me entrego, me doy, está dentro de mí, rezo para que se demore mucho, pido «¡demórate mucho, mucho!, ¡no acabes!», me deja loca, me derrite y mi corazón late en el pecho, en la garganta, en el estómago, ¡qué rico, qué rico, qué rico, qué rico, qué rico!

DIÁLOGO

—Nunca he visto a José Roberto. Llama y me dice: mándame una chica, tú ya sabes cómo me gustan.
—¿Cómo le gustan?
—Inteligente, bonita y depravada.
—Yo no soy depravada.
—Si es muy inteligente no tiene que ser muy depravada, dice él.
—Me enamoré.

(René suelta una carcajada.)

—¿Qué tipo de persona es?
—No sé. El otro día le mandé una virgen. La chica estudia. Ellos ya estaban en la cama cuando descubrió que la muchachita se había ido de pinta. Se puso hecho una furia. Le dio una lección de moral, le ordenó que se vistiera y le hizo prometer que no lo volvería a hacer y la mandó de vuelta al colegio. Y le pagó el doble, sin siquiera tocarla. Es un tipo muy raro.

V

José Roberto está en São Paulo. Ya han pasado siete días. A Isa le dio con mudarse a Ipanema. Consiguió un departamento, compró un aval (de esos que se ofrecen en el diario) y quiere mudarse esta semana. Recibí una carta de José Roberto.
(No tiene fecha, ni nada.)

Hoy me dieron ganas de escribirle a una persona que no conozco, o que, aun conociéndola, no la fuera a ver nunca. Fui al cine y volví al departamento. La película era mala. En mi libreta tengo un montón de direcciones, pero no llamé a nadie. Hay una chica llamada Neyde, es bonita, inteligente. Siento (¿o sentía?) una gran atracción física y mental por ella. Nuestra piel combina, nuestros gustos combinan, nuestros órganos sexuales combinan. Tres o cuatro veces tomé el teléfono para llamarla, pero no la llamé. En la mesa del teléfono había una hoja de papel donde dibujaba círculos y cuadrados. El equipo estaba encendido, Eleanor Rigby, llovía, llovía mucho, los círculos y los cuadrados se habían convertido en Lúcia, Lúcia, l u c, ucia, LÚCIA, etc. No llamé a Neyde, ¿pasado, pasó? La soledad es buena (pero) después de vaciarme con una mujer o de hartarme con una mujer.

Estaba solo, y no quería, como siempre quise, una mujer cerca de mí, para disfrutarla física y espiritualmente y después echarla, y esa es la mejor parte, echar a una mujer y quedarme solo, pensando y pensando.

Pensar en ti es lo que hago ahora. Eres mi Minotauro, siento que entré al laberinto. Alguien será devorado. ¿Adiós?

José Roberto

Deliro con la carta de José Roberto. Es lo máximo. «¿Por qué lloras?», pregunta Isa. «Echo de menos a José Roberto.» «Ese tipo es un loco», dice Isa después de leer la carta, «tú eres otra loca, siempre he vivido rodeada de locos, deja de llorar, idiota.» Isa mete la mano al bolsillo de la bata (debe haber sido por eso que el marido se piró), y cuando se enoja mete la mano al bolsillo y rompe el género, «¡mierda, cagué de nuevo el bolsillo!, ¡idiota!»

«¿Crees que voy a verlo de nuevo?» «Me vas a decir que estás enamorada.» Isa cree que eso es una estupidez, que solo estoy entusiasmada, porque José Roberto es diferente a los muchachos del grupo, tiene más experiencia, sabe más. «Y mira, si por casualidad se aparece, no te abras de inmediato, a los hombres no les gustan las mujeres que se andan ofreciendo.»

Quedé con Isa en que si José Roberto me busca me voy a hacer la linda, a fingir que no me interesa.

LLAMADA

—Hola.
—¡José Roberto! ¡Querido!
—¿Cómo estás?
—Bien. Te echo mucho de menos.
—Yo también.
—Me encantó tu carta. La he leído más de cien veces. Hasta cuando me baño la llevo conmigo.
(¡Él se calla!)
—¿Dónde estás?
—En mi departamento.
—Voy para allá.
—Es que voy a salir.
—Quiero verte.
—Hoy no, no puedo.
—Por favor, tengo que verte.
—Lo siento, pero no puedo.

—Estoy triste, José Roberto, me siento infeliz, quiero verte.

(*Isa toma el teléfono*: «Caballero, a ver si deja de atormentar a mi hermana, no anda bien y usted la empeora, para que sepa leí su carta, usted también está loco. ¿Cómo?, ella tomó un taxi y se fue para allá». *Voy corriendo a vestirme, vuelvo a la sala. Isa irritada me pasa el teléfono.* «Dijo que no tomaste el taxi, que te llame, si no va a colgar el desgraciado.»)

—Vine por un asunto y ya me voy.

—Tienes a una mujer adentro.

—Hoy voy a São Paulo y vuelvo en cinco días. Dentro de cinco días, aquí en mi departamento, a las ocho.

¡Él tiene una voz tan bonita! Estoy en Le Bateau, en medio de un tremendo ruido, pero solo escucho la voz de él. (En el interior de mi cabeza.)

El grupo dice que estoy en la luna, bailando con los ojos cerrados, y riéndome sola. ¡No saben nada! ¡No saben lo que es el amor! Son todos unos idiotas.

VI

Han pasado cuatro días. Nos mudamos a Ipanema y no tenemos plata, pues el departamento es más grande y necesita muebles nuevos, y tuvimos que pagarle un mes adelantado al aval que compró la Isa. Ella tiene una cita por día, por la tarde, con unos viejos amigos. Es una gran mujer, no le faltan citas, pero no le gusta salir de noche. Creo que todavía está esperando al marido.

Recibo carta de José Roberto.

La soledad es muy importante. El teléfono sonaba sin parar. Les había dado el día libre a las empleadas. El timbre de la puerta sonaba. Fui a oír música con audífonos, bloqueando el mundo exterior. Pero a cada rato me quitaba los audífonos y SIEMPRE sonaba un timbre, alguien me buscaba, ¿quién sería? ¿Sufriría?

Decidí salir de casa, ir a algún lugar donde ciertamente no encontraría a quien me quisiera encontrar. Solo una de las pistas de bolos estaba ocupada (por tres jóvenes). Ocupé la pista más distante. A cada strike el recogedor de pinos aplaudía, lentamente, con flojera; yo solo le veía las piernas, delgadas, protegidas por unos pantalones descoloridos cortados a la altura de las rodillas.

Una chica apareció y se sentó en una mesa cercana. Traté varias veces de hacer una jugada con efecto pero no tuve éxito.

«¿Quieres que marque por ti?», preguntó la chica sentándose frente a mi tarjeta.

«Bueno», le dije.

Jugué mientras ella marcaba. Terminada la décima jugada le pregunté: «¿Quieres jugar?». Ella respondió: «No. Ya he jugado mucho. Mira el tablero, hace más de seis meses que estoy a la cabeza y nadie me gana. Ninguna mujer, si se entiende». En el tablero decía ELIETE 275 - 11 DE MAYO. «Me cansé», continuó ella, «me dejé crecer las uñas...»

Jugué mientras conversábamos trivialidades. Terminado el juego llamé al mesero, le pedí una Coca, me puse la corbata, la chaqueta y la chica desapareció. Me quedé frustrado. Un desconocido total no te puede hacer mal. Además, ella tenía una sonrisa tan bonita, sabía hablar (música) y cruzar las piernas. Puse una nota en la bola y se la mandé al recogedor. Me mostró la cara y sonrió; tenía pocos dientes. Le aplaudí, de la forma burlona y perezosa que él había usado conmigo.

Ella estaba en la puerta esperándome.

«Doscientos setenta y cinco no es poca cosa», le dije.

«Yo jugaba todos los días», me dijo.

Salimos.

«Eliete», le dije.

«Y tú, ¿cómo te llamas?»

«José Roberto.»

«Dijiste Eliete como quien dice el león es el rey de los animales.»

«¿Quieres tomar algo?», pregunté.

«Sí», dijo ella.

Eliete usa el pelo corto como tú y sus ojos tienen el mismo brillo negro de los tuyos. Es una sensación agradable, estar frente a frente, sin apuro y sin mentiras disponibles, recíprocos, mientras bebemos y el mundo fluye suavemente.

Te extraño mucho. Lúcia. Lúcia. ¿El león es el rey de los animales?

José Roberto

Es tan bueno recibir una carta como esa, inteligente. Una vez peleé con un novio que se atrevió a escribirme una carta que empezaba diciendo: espero que estas mal trazadas líneas, etc. No pude ni mirarlo a la cara. José Roberto me hace pensar. Él cree que puedo pensar, que sé pensar. ¿Se habrá acostado con la chica de los bolos? Creo que sí. Ay, Dios mío, yo debería haber estado con él, marcándole el juego en lugar de esa puta. ¡Parecida a mí! Me voy a cortar el pelo bien cortito, voy a ser la única que tenga esa cara, ya va a ver.

VII

Llego al departamento antes de las ocho. Me recibe con una revista gringa en la mano. Me dan ganas de reír, al verlo me río y lo abrazo, feliz. José Roberto apenas sonríe, divertido y sorprendido con mi entusiasmo y con mi cara nueva. Me pasa la mano por la cabeza, trata de tomar mi pelo, suelto la cabeza, siempre abrazada a él, mi cuerpo pegado al suyo, hirviendo. «¿Cuántos años tienes?» Él tiene treinta y seis, pero no me importa, puede que sea mayor, pero es mejor que todos los otros. «¿Y tú?» «Dieciocho», repite, lentamente, como si estuviera diciendo una palabra mágica.

«Salí todas las noches del Zum Zum al Le Bateau, del Le Bateau al Sachinha, todas las noches, ¿no te importa?» «Tú sabes lo que puedes y no puedes hacer.» «Quiero darte celos.» Él ríe, misteriosamente, me besa en el rostro, no sé lo que está pensando o sintiendo, pero celos ciertamente no hay en su corazón (y en su cabeza).

No quiero saber a qué se dedica. Me dice que tal vez es un espía ruso (o norteamericano) o trapecista de circo o poeta o fotógrafo o farmacéutico. Puede ser todo eso, o cualquier otra cosa. Es extraño, a veces habla por teléfono en inglés, francés y creo que una vez en alemán. O portugués, frases cortas, enigmáticas. Pero nada de eso me molesta, puede ser lo que le plazca, el secreto me atrae aún más.

Ir a la cama con él es cada vez mejor. Sabe amar, me enloquece, horas seguidas. Me deja muerta —me quedo dormida de inmediato y cuando despierto está tranquilamente leyendo un libro, o fumando pipa y oyendo música en esos audífonos que tiene, listo para volverme a amar.

Mañana va a São Paulo, o a Buenos Aires o a Lima, no me quedó muy claro. Son las doce de la noche y dice que tiene algo que hacer, que tiene que salir. Solo eso, «tengo que salir». Pone un montón de dinero en mi cartera, «para que vayas a la disco». Bajamos juntos, él lleva una carpeta. José Roberto me besa en la cara y me sube a un taxi. En ese instante veo un enorme auto negro que se acerca, y José Roberto se sube. El semáforo en rojo ubica mi taxi al lado de su auto. El chofer va vestido de negro, gorro negro, ropa negra y tiene una cara dura. José Roberto me ve, le hago una señal, me la devuelve, ajeno, distante, cerrando los dedos sobre la mano abierta, como lo hace la reina de Inglaterra en el cine.

DIÁLOGO *(inventado, después de un sueño)*

CLIENTE *(José Roberto)*

¿Por qué
- te vendes?
- eres prostituta?
- te acuestas con los hombres?

PROSTITUTA *(yo)*

Porque
- gano poco
  - en la oficina.
  - en la tienda.
  - en la tele.
- me perdí.
- perdí mi empleo.
- me gusta.
- tengo un hijo que mantener.
- estoy esperando un nombramiento.

No soy prostituta.
¿No te vas a quitar la ropa, cariño?

CLIENTE *(José Roberto)*

La plata que ganas es
- ¿fácil?
- ¿mucha?
- ¿vil?

¿Sabes qué es el complejo de Edipo?

¿Has oído hablar de
- Freud?
- Sófocles?

Después me la quito.

PROSTITUTA *(yo)*

Gano
- más o menos.
- más que una dactilógrafa.
- más que un gerente de banco.
- más que una obrera.
- más que un coronel de ejército.

Los conozco a los dos, pero prefiero a Sócrates (porque tomó la cicuta).
¿No te vas a quitar la ropa, cariño?

CLIENTE *(José Roberto)*
Después me la quito.
¿Una prostituta es una mujer inmoral?

PROSTITUTA *(yo)*
No me avergüenzo de ser prostituta.

Mi trabajo no es peor que
- el de una lavandera que lava calzoncillos.
- el de una masajista.
- el de una empleada que limpia baños.
- el de una dentista.
- el de una ginecóloga.

¿Qué piensas del amor libre?
¿No te vas a quitar la ropa, cariño?

CLIENTE *(José Roberto)*

El amor libre
- no acabará con la prostitución.
- es una iniquidad.
- es injusto
  - con los feos.
  - con los pobres diablos.
  - con los pobres de espíritu.
  - con los pobres.
- te deja botado si no eres
  - artista de cine.
  - hermoso.
  - conquistador.
  - rico.
  - poderoso.
  - famoso.

Después me la quito.

PROSTITUTA *(yo)*
¿No te vas a quitar la ropa, cariño?

CLIENTE *(José Roberto)*
Después me la quito.

PROSTITUTA *(yo)*

Mi vida
- da para una novela
  - linda.
  - triste.
  - edificante.
  - pornográfica.
  - nueva.
  - hermética.
- rinde como para una samba (de festival).
- es terrible.
- es un puñal de dos filos fatales:
  - amar es sufrir.
  - no amar es sufrir más.

¿No te vas a quitar la ropa, cariño?

CLIENTE *(José Roberto)*
¿Cuáles son los mejores clientes?
Después me la quito.

PROSTITUTA *(yo)*
Tú — eres el mejor cliente.
¿No te vas a quitar la ropa, cariño?
(El cliente se quita la ropa y debajo de la camisa tiene otra camisa y debajo del pantalón tiene otro pantalón y debajo del zapato tiene otro zapato. La ropa ya está casi tocando el techo. José Roberto sigue quitándose ropa con una rapidez cada vez mayor y diciendo cosas importantes, en alemán.)

CARTA *(reconstitución mnemónica)*

Ilmo. Sr. Isaac Zaltman
Programa HOY ES DÍA DE ROCK
Radio Mayrink Veiga
Presente

Estimado Sr. Zaltman,
Siempre escucho su programa HOY ES DÍA DE ROCK, el mejor de la radio brasileña. Muchas gracias por transmitir diariamente la música de los BEATLES. Siga siempre así.

Lúcia McCartney

CARTA *(ipsis litteris)*

«Palabras, palabras, palabras», le dice Hamlet a Polonio en el segundo acto.
Palabras, palabras, palabras, dirás tú, víctima también de la misma duda existencial del personaje shakespeariano, al leer esta carta. Uno de los poemas de John Lennon cuenta la historia de una muchacha que abandona a la familia en busca de aventuras. «Ella lo tenía todo», dicen los padres perplejos al leer la carta de despedida. Es un viernes, la muchacha sale subrepticiamente, apretando la sábana contra el pecho y lamentando no haber podido decir en la carta todo lo que quería. Tiene una cita con un hombre que para ella representa aventura, alegría, diversión. *«Fun is the one thing that money can't buy.»* La letra entera está en la portada del disco. Seguro que la conoces. La música de tu hermano (¿o exnovio?) McCartney es muy bonita también. Saliste de casa (que era un edificio de ladrillos, convenciones y miseria) para entrar en un circuito cerrado, sin aire ni luz, como el túnel de una madriguera. Túnel que no puede ser el camino de la liberación individual que tal vez estuvieras buscando.
Enfrenta la realidad con sus dificultades y asperezas.

José Roberto

«Sujeto idiota y presumido», dice Isa después de leer la carta. «Es más idiota y falso que loco. Creído. Viejo aprovechable. Atrevido.» «No es viejo.» Isa le tiene mala fe a José Roberto. Cree que si yo le gustara se volvería una especie de protector mío. Horrible esa palabra. Mi protector. Mi general. Si pudiera, yo sería su general. Pobre Isa. No necesito ningún protector, necesito amor.
Pero todo empezó mal. ¿El túnel es el hecho de ser una puta? ¿La liberación individual es portarse bien? ¿Tener un empleo decente? Él

no me entiende, Dios mío, cómo es posible, si él no me entiende, ¿quién me va a entender? «Llora, debilucha», dice Isa, saliendo de la pieza, golpeando la puerta.

Isa está cada vez peor, reclamando que llego tarde (o temprano) todos los días. Me siento muy infeliz y quiero ver a José Roberto. Me paso los días escribiendo cartas. (Para José Roberto.) Apenas despierto (a las doce) empiezo a escribir cartas. (Que no mando.) Hoy me siento muy angustiada. Él no necesitaba despedirme como si fuera un súbdito (¿una súbdita?).

GUSANO ENROLLADO EN MI CUELLO
LAGARTIJA ANDANDO EN MI PECHO
CUCARACHA ENROSCADA EN MI PELO
RATÓN ROYÉNDOME LA BOCA:

DIÁLOGO

—José Roberto estuvo aquí.
—¿A qué hora?
—Por la tarde.
—¿Por la tarde? Pero si él sabía que hoy tenía la primera clase del curso de inglés.
—Se va, Lúcia. Vino a dejarte un cheque. Dijo que se va a quedar muchos años fuera.
—¿Muchos años? ¿Eso dijo?
—Dijo que a lo mejor ni volvía. Dijo, no soy dueño de mí ni de nadie, dile eso.
—¿Qué significa esa frase?
—No sé.
—¿Estaba triste?
—No sé. Su cara no decía nada.
—No lo puedo creer, no lo puedo creer. Él me ama.
—¡Habla despacio! No te entiendo.

«Seis de la mañana, ¿son horas de llegar?», repite Isa. Le grito: «Me voy, quiero pasar un buen fin de semana lejos de todo, donde nadie me moleste, voy a desaparecer, si José Roberto llama (¿de dónde?) dile que me morí. Tengo que irme, Isa, si no, cuando llegue (¿de dónde?) y me llame voy a salir como corderito, te lo juro, me duele el cuerpo entero de tanto que echo de menos a ese hombre.»

Isa: «Estoy rodeada de locos por todas partes».

VIII

En São Paulo, en casa de mi tía. Hace una semana que estoy aquí. El refrigerador tiene un candado. Mi tía llama idílica a la parte de la casa donde viven las empleadas. Su pasatiempo (el de mi tía) es hablar mal de las empleadas, de los vecinos, del gobierno, del marido y de los artistas de cine, radio y televisión. Mi tío llega todos los días como a las siete, con el *Estado de S. Paulo* bajo el brazo y dice siempre la misma frase: «Uf, qué día, no he tenido tiempo ni de leer el diario», siempre con la misma inflexión y la misma falta de significado o destinatario. (Como el diario, que el fin de semana mi tía lo vende por peso.)

Mi tío prende la tele.

ESCENA *(verdadera, con pequeñas adaptaciones)*

LOCUTOR: ¡El presidente de la República pide la unión de todos los brasileños!
MI TÍO: ¡Este país no tiene vuelta!
MI TÍA: ¡Son todos ladrones!
MI TÍO: ¡Y los que pagamos somos nosotros!
LOCUTOR: ¡Gloriosos destinos de la nación brasileña!
MI TÍA: ¡La plata se la llevan las amantes y los parientes!
(Comedor)

MI TÍA: ¡La hija está embarazada y lo quieren esconder, pensando que los otros son imbéciles!
MI TÍO: ¡Pobres! ¡Hija única!
MI TÍA: ¿¡Pobres!? El único que no vio lo que iba a pasar fue el que no quiso. ¡Esa fulana no podía terminar de otra forma!

(De vuelta a la sala de televisión)

CANTANTE: Larali, laralá, etc.
MI TÍA: Larali, laralá, ¡pero la policía la agarró tomando de esas pildoritas!
MI TÍO: ¡¿Fulana?!
MI TÍA: ¡Fulana, sí señor! No sabes nada. ¡Gastaron un dineral para tapar el escándalo!

Hoy es el séptimo día de mi destierro. Soy la mujer más infeliz del mundo. No tengo padre ni madre. (Pero creo que es bueno que se hayan muerto, para que no queden como mis tíos. Padre y madre no hacen falta. Un hermano sí, por eso Isa se convirtió en mi hermana, ella es un poquito tonta y pesada, pero es mi hermana, no de sangre, de corazón.)

Me paso los días y las noches oyendo música en la radio de pilas y escribiendo cartas. Querido José Roberto, te amo te amo te amo te amo te amo te amo te amo te amo te amo. Rasgo. Querido José Roberto, no puedo vivir sin ti, quiero estar cerca de ti, puedo ser tu empleada o cocinera o lustradora o tu lavadora de ropa o tu alfombra o tu pipa o sandalia o tu perro o cucaracha o ratón, cualquier cosa de tu casa, no tienes que hablarme, ni mirarme. RASGO. En su casa no hay cucarachas, perros, ratones. ¿Perro tiene acento? ¿Acento tiene acento? Soy muy ignorante para escribirle. (Se me olvida que ni siquiera sé dónde está.)

No sé dónde está.

Mi corazón está negro. El aire que respiro atraviesa un camino de carne podrida cancerosa que comienza en la nariz y termina con una puntada en algún lugar de la espalda. Cuando pienso en José Roberto un rayo de luz me corta el corazón. Ilumina y duele. A veces pienso que mi única salida es el suicidio. ¿Quemarme? ¿Barbitúricos? ¿Tirarme por la ventana? Hoy por la noche voy a la disco.

El cuarto sello (fragmento)

1. El Exterminador se puso la automática en una cartuchera especial en la espalda, arriba de la región glútea. El arma quedaba acostada, la cacha hacia la derecha o la izquierda, indiferentemente. Con increíble rapidez, el Exterminador sacó su 54 Ultraplana apuntándola contra el pecho del Cacique. El Cacique ni pestañeó. Él mismo le había enseñado ese ardid al Exterminador.

—Aprendí eso en una antigua novela norteamericana sobre terroristas negros —dijo el Cacique—. Es un truco viejo, pero igual impresiona. Hoy ya nadie lee, pero todo lo que he aprendido lo saqué de los libros.

Una pequeña sonrisa en su boca de labios delgados.

El Exterminador había venido de fuera. Se le identificaba con la letra R.

—¿Y el Exterminador RJ? ¿Por qué no lo hace él? —preguntó R.

Había cinco exterminadores infiltrados en São Paulo, Rio de Janeiro, Recife, Belo Horizonte y Porto Alegre. Su función era matar a las autoridades, técnicos y burócratas de alto nivel que nunca aparecían en público y así permanecían lejos del alcance de los ESCUADRONES. *(ESCUADRONES: grupos de especialistas en atentados personales con explosivos.)*

—Se le va a hacer difícil —respondió el Cacique.

—¿Cuál es el objetivo? —preguntó el Exterminador con acento carioca, las eles sonando como u.

—El GG. *(GG: Gobernador General.)*

—No será fácil —dijo el Exterminador con acento gaucho, la ele vibrando en el cielo de la boca. Una pequeña demostración de habilidad para impresionar o divertir, al Cacique. R podría infiltrarse en cualquier parte del país o del exterior. Asumía cualquier papel. Ni el IVE se daría cuenta de la impostura. *(IVE: Identificador Vocal Electrónico.)* R controlaba los mínimos gestos, comer, andar, sentarse, correr, fumar, hasta la forma de pensar la condicionaba al personaje asumido. El entrenamiento de los Exterminadores para engañar y matar era tan elaborado y difícil como el de los antiguos astronautas.

—Vas a recibir un aviso. Este es nuestro último contacto antes de que hagas el trabajo. Aprovecha la primera oportunidad que aparezca —dijo el Cacique.

—Ok —dijo el Exterminador.

—Otra cosa —dijo el Cacique—, en un mes más los BBB van a empezar una nueva programación. Eso tal vez te ayude. Nada más. *(BBB: especialistas en incendios y saqueos, sigla derivada del grito de los terroristas afroamericanos del siglo XX, Burn, Baby, Burn.)*

El Exterminador vio la impasible cara arrugada del Cacique. Después se retiró en silencio.

2. Por el vidrio irrompible, GG verificó que quien estaba en la antesala era su secretaria, Dª. Nova. GG apretó el botón que accionó un mecanismo que atrancó una de las puertas blindadas de la antesala y al mismo tiempo abrió la otra puerta que daba acceso a su sala.

La secretaria entró con las manos arriba, la libreta de dictado metida en el cinturón.

—¿Cómo está mi agenda? —preguntó GG.

La secretaria bajó las manos lentamente, con las palmas siempre hacia delante; cuando llegó a la altura del cinturón, con la punta de los dedos de la mano derecha retiró la libreta mientras mantenía la mano izquierda extendida horizontalmente. Después afirmó la libreta con ambas manos, manteniéndolas alejadas a cuarenta y cinco centímetros del cuerpo. Exigencias del RDE. *(RDE: Reglamento de Defensa Especial.)*

—El miércoles está libre —dijo la secretaria.

—Pan Cavalcânti desembarca hoy en Galeão. Avisar al DEPOSE para que alguien lo vaya a esperar. Quiero entrevistarme con él el miércoles, a las 16:00. *(DEPOSE: Departamento de Policía Secreta.)*

—¿Intercom, circuito cerrado o *vis-à-vis*?

—Circuito cerrado —dijo GG.

3. En la portería del hotel, con grandes letras de vapor de mercurio, estaba escrito: SI NO CONOCE DESDE HACE MUCHO TIEMPO A ESE(A) HOMBRE (MUJER) QUE ESTÁ CON USTED, NO SE ACUESTE CON ÉL (ELLA). PROTÉJASE.

—Si la gente le hiciera caso a eso, nadie se acostaría con nadie —dijo la mujer.

La mujer se rio. El Exterminador siguió serio.

—¿IS? —preguntó el portero. *(IS: Identificación Social.)*

El Exterminador movió la cabeza negativamente.

—Sobretasa de veinte por ciento —dijo el portero.
—Ok —dijo el Exterminador.
—¿Qué hora es? —preguntó el portero.
—No sé —dijo el Exterminador.
—Diez por ciento más —dijo el portero.
—Ok —dijo el Exterminador.
El Exterminador y la mujer se fueron a la habitación.
El Exterminador atrancó la puerta.
El Exterminador y la mujer se quitaron la ropa.
La mujer se acostó en la cama.
El Exterminador abrió la cartera de la mujer y sacó un IAAP de cuero y aluminio. *(IAAP: Instrumento de algolagnia activo-pasiva.)*
Desde la cama, excitadamente, la mujer preguntó:
—Tú no eres un SS, ¿verdad?
Su cuerpo estaba todo erizado. *(SS: Súper Sádico, personas que solo sienten placer matando a su pareja durante el acto sexual.)*
—¿Tú qué crees? —preguntó el Exterminador fríamente.
—No sé, dijo la mujer.
—Date vuelta —dijo el Exterminador.
—¿Me vas a matar? Si me vas a matar déjame tomar antes un EEE —dijo la mujer. *(EEE o 3E: Estupefaciente de Efecto Espantoso.)*
—Date vuelta —dijo el Exterminador golpeando el IAAP con fuerza sobre los pechos de la mujer.
La mujer se cubrió los pechos con las manos.
El Exterminador golpeó a la mujer en el estómago.
Delgadas líneas de sangre brotaron de la piel de la mujer.
La mujer se dio vuelta. Tenía las nalgas contraídas. Gemidos sofocados salían de su boca. El Exterminador golpeó la espalda y las nalgas de la mujer.
El Exterminador se acostó al lado de la mujer, sobre las marcas de sangre que su cuerpo dejó en la sábana. El Exterminador abrazó a la mujer con fuerza, mordiéndola en la boca hasta sentir la sangre dulce que le mojó la lengua.
—Amor, ámame, amor —dijo la mujer, pronunciando pasionalmente La Gran Palabra del CO.
—Amor, amor —dijo el Exterminador. *(CO: Código de Obscenidades: colección de palabras de uso rigurosamente prohibido.)*

4. Pan Cavalcânti se sentó en el CTCI, mirando el cuadrado de plástico negro que tenía delante. *(CTCI: Compartimento de Transmisión de Circuito Interno.)*

El cuadrado negro se iluminó y apareció el rostro de GG.

—Pan, ¿cómo te va? ¿Hace cuánto sin vernos?

—Un año —dijo Pan.

—Te ves bien. Me gusta tu color.

—Es la tele. En realidad no estoy rosado, estoy verde —dijo Pan.

—Yo también —dijo GG.

Los dos hombres se examinaron, cada uno en su cuadrado.

—Te necesito —dijo GG.

—¿Cómo? —preguntó Pan.

—Quiero que asumas el DEUS —dijo GG. *(DEUS: Departamento Especial Unificado de Seguridad.)*

—Ok, pero alguien tiene que reemplazarme en Pernambuco —dijo Pan.

—Eso ya está listo —dijo GG.

—Ok —dijo Pan.

—El IPTMM ha observado una creciente inquietud en las FUVAGs. Es casi seguro que el BBB se aprovechará de eso —dijo GG. *(IPTMM: Instituto de Pesquisa de Tendencias Motivacionales de la Masa. FUVAG: Favela Urbana Vertical de Alto Grado.)*

—Tal vez sí, tal vez no. Muy obvio.

—No podemos arriesgarnos. Son veinte millones de personas en las FUVAGs. Recuerda que la última vez murieron quince mil solo en la Región Sur —dijo GG.

—Me acuerdo —dijo Pan.

—El ministro de Planificación fue asesinado la semana pasada. Lo mataron en la cama, a él y a sus dos mujeres. Todavía estamos a oscuras, investigando. Era absolutamente imposible el *vis-à-vis* con él. Esta noticia es secreta.

—Ok.

—Informaciones, con rango de exactitud de ochenta, dicen que el Cacique entró al país desde Estados Unidos.

—El Cacique —dijo Pan excitadamente—, ¿aquí?

—Ochenta por ciento de exactitud —dijo GG.

—Entonces tenemos que preocuparnos del ambiente en las FUVAGs. ¿Cuánto tenemos de GASPAR? *(GASPAR: Gas Paralizante.)*

—Suficiente. Pan, escucha, no quiero que te preocupes de las explosiones urbanas. Eso es rutina. Quiero que te concentres en el Cacique. Queremos agarrar al Cacique. Será una gran victoria psicosocial.

5. Lunes 18. El ajetreo en la estación de metro de la calle Uruguaiana con Presidente Vargas era intenso. A las diecisiete horas explotó la

primera bomba, cerca de una de las ventanillas. Enseguida, otras cinco explosiones, la última destruyó varios vagones de un tren. Muchos gritos y gemidos. Olor a ropa y carne quemada.

A las diecisiete y treinta alrededor de doscientas mil personas empezaron a destruir los bares, almacenes, farmacias y tiendas de las vecindades de Avenida Nossa Senhora de Copacabana. Los doscientos mil se desplazaron enseguida al centro de la ciudad, a encontrarse con la masa que destruía las estaciones de metro.

Grupos de BBB, comandados por radio, armados de metralletas, se distribuyeron por la ciudad tirando bombas EXPLA en edificios y vehículos. *(EXPLA: Explosivo Plástico.)*

6. Martes 26. Según los cálculos electrónicos, solo ocho mil personas murieron en las refriegas de la semana. Los sociólogos quedaron sorprendidos del pequeño número de bajas. Las Fuerzas de Represión Antisocial, usando GASPAR y IE-IE-IE dominaron la situación. Trescientas mil personas quedaron desprotegidas. *(IE-IE-IE: Irritante Epidérmico Triple Concentrado.)*

7. En un auto con vidrios a prueba de balas, Pan recorrió los dos grandes guetos de la Región Sur, las FUVAGs de Copacabana e Ipanema. Los camiones de la Limpieza Pública recogían los cadáveres para llevarlos a los hornos crematorios subterráneos de la Praça Quinze de Novembro y del Largo da Carioca. Los cadáveres no eran identificados. Serían cremados con la ropa que llevaban puesta. Del balcón de un viejo edificio en ruinas alguien disparó a uno de los guardias de la Limpieza Pública. Dos guardias examinaron al colega caído en el suelo. Después lo pusieron con los otros cadáveres en uno de los camiones.

Por la radio, en código, Pan transmitió el siguiente mensaje:

ATENCIÓNDEUSATENCIÓNDEUSJEFESDEDIVISIÓNREUNIÓN-
HOYALASOCHOLLEVOPRISIONEROIMPORTANTEPAN.

Manejando a alta velocidad, Pan llegó a Santa Cruz. Paró el auto en el garaje de un edificio nuevo, subió al piso setenta y cuatro.

En la puerta del departamento 7404 había embutido un micrófono que tenía escrito arriba IVE.

—Encargo para el Jefe —dijo Pan apoyando la boca en el micrófono.

La puerta se abrió. En la sala había un joven de lentes. El disparo de Pan le perforó los lentes, entró por el ojo y se alojó en la cabeza del muchacho, que cayó al suelo. Los lentes quedaron en su rostro. El ruido del arma fue un poco más intenso que un soplido. Supersilenciador.

El Jefe, que estaba acostado en la cama, se levantó al ver que Pan entraba en su pieza. Por el movimiento del cuerpo, Pan vio que el Jefe era zurdo. Con gran precisión Pan le disparó al codo izquierdo, partiéndole el brazo.

—Te quiero vivo —dijo Pan.

8. En los subterráneos del DEPOSE un viejo guardia le enseñaba a un guardia más joven a montar el PERSAB. *(PERSAB: Persuasión Absoluta, instrumento de tortura física. No confundir con PERCOM: Persuasión Compulsiva, también un instrumento de tortura, pero psíquica.)*

—El PERSAB es fácil de montar —dijo el viejo—, basta con conocer un poco de mecánica y un poco de electrónica.

El viejo enchufó el cable de los dos audífonos en el panel electrónico.

—Si la luz roja se prende cuando aprietes el botón eso indica que está bien encendido. ¿Ves que es fácil?

El guardia joven seguía atentamente todo lo que hacía el viejo.

—Las uniones de corriente se meten en el enchufe. No hay que confundir la parte de la corriente con la parte del equipo de sonido. Una lleva la letra E, ¿te fijas? La otra es C. La verificación se hace también con una luz roja, ¿ves? Clic.

Constrictor testicular, sonda uretral escamada, lavativo gaseoso y líquido, agujas especiales. El guardia coloca los instrumentos en una mesa cubierta con un mantel blanco al lado de la cama de hierro.

—Este trabajo es muy fácil de hacer. Te voy a dar un consejo: toma esta oportunidad con uñas y dientes. Aquí tienes un buen empleo para el resto de la vida. Mientras el carácter de nuestro pueblo no cambie, estás garantizado. Y cambiar el carácter de nuestro pueblo es imposible, ¿no te parece?

9. El Jefe estaba acostado en la cama de hierro.

La cámara y el micrófono de TV, operados en la sala de GG, se acercan al rostro del Jefe.

—Solo queremos saber dónde está el individuo llamado Cacique —dijo GG por los parlantes.

—No sacamos nada con hablar —dijo Pan—, le reventamos los tímpanos. Hay que hacerle las preguntas por escrito, todavía puede ver algo.

En uno de los rincones de la sala el guardia viejo movió la cabeza.

Pan escribió en una tarjeta blanca con letras grandes: EL GOBERNADOR GENERAL TE ESTÁ VIENDO POR TELEVISIÓN. QUIERE SABER DÓNDE ESTÁ EL CACIQUE. SI HABLAS TE SALVAMOS.

—Límpienle los ojos —dijo Pan.

Los dos guardias secan los ojos del Jefe con esponjas y pañuelos.

Al ver la tarjeta, el Jefe cerró los ojos.

—Es duro —dijo Pan—, ni siquiera hemos podido saber hace cuánto que manda a los BBB.

—Tu trabajo, Pan, ha sido altamente comentado, realmente brillante —dijo GG.

Pan le da una vuelta al aparato constrictor testicular.

El guardia viejo le dice bajito al joven:

—Nunca vi un trabajo tan mal hecho. Así lo va a matar. Quien dirige es él, que no parece tener experiencia, pero está con las órdenes, ¿entiendes?

Pan escribió en otra tarjeta la palabra EUNUCO y la colocó frente a los ojos del Jefe. *(EUNUCO: Eunuco.)*

El Jefe cerró los ojos.

—Ponme al día con lo que está pasando —dijo GG apagando la televisión.

La cámara y el micrófono retroceden hacia la pared.

El Jefe permanece inmóvil en la cama.

—Lo han apretado demasiado —dijo el guardia viejo.

—¿Por qué? —preguntó Pan.

—El doctor Baltar, que era sociopsicólogo, a veces dejaba al sujeto apresado por un mes, sin tocarlo, sin ponerle el aparato, para que el miedo creciera.

—¿PERSAB o PERCOM? —preguntó Pan secamente.

—PERSAB.

—Ese doctor no estaba apurado y yo sí. ¿Y qué es de él?

—Lo agarraron —dijo el guardia viejo, avergonzado—. Un Exterminador.

Pan les dio la espalda a los guardias, curvándose sobre el cuerpo del Jefe. Pan colocó el oído en la boca del Jefe.

—Silencio —dijo Pan a los guardias.

Pan levantó la cabeza del Jefe, una de las manos en el mentón, la otra en la nuca. La boca de uno y el oído de otro quedaron pegados por un tiempo.

—Lo confesó todo. Tengo que hablar con GG —dijo Pan.

Pan salió con prisa.

—Esto es lo que hay que hacer: terminar el trabajo, se consulta el CONTROL y se decide, de acuerdo con el computador electrónico, hacia dónde va el preso, si hay que liquidarlo o recuperarlo —explicó el guardia viejo. *(CONTROL: Control.)*

El guardia llamó a INTERCOM y pidió CONTROL. *(INTERCOM: Intercomunicación Directa.)*

—Preso C-TBS-1.487-018. Destino.

—Un momento —respondió CONTROL.

Poco después CONTROL decide, para sorpresa del guardia, que el preso debía ir a Recuperación.

10. Por INTERCOM Pan llamó a GG.

—Scramble —dijo Pan.

—Listo. Nadie puede entrar a la línea. Adelante —dijo Pan.

—El Jefe habló. Necesito entrevista urgente. Supersecreta. *Vis-à-vis* —dijo Pan.

—¿*Vis-à-vis*? Tú sabes que *vis-à-vis* es solo para casos excepcionales —dijo GG.

—El caso es excepcional. Tu vida corre peligro, no confíes en nadie —dijo Pan.

—Bueno, ven —dijo GG.

11. Por el vidrio GG observó a Pan. Pan parecía tranquilo. GG apretó el botón.

Pan entró con las manos arriba.

—No tenemos tiempo que perder. Doña Nova es un Exterminador. Tenemos que apresarla inmediatamente —dijo Pan.

—¿Doña Nova? Imposible —dijo GG.

—El Jefe confesó todo. No podría haberlo inventado, el trabajo de Doña Nova es secreto.

—Digo que eso es imposible —dijo GG.

—No vamos a perder tiempo —dijo Pan, con impaciencia.

—La voy a llamar —dijo GG.

—No. Puede tener un miniexplosivo de alta potencia escondido en el cuerpo. ¿Hay otra salida de aquí? Quisiera sorprenderla.

—Hay una salida de emergencia detrás del estante —dijo GG.

—Entonces ábrela porque voy a salir por ella —dijo Pan.

Una luz roja se encendió en el INTERCOM.

—Un momento —dijo GG, sacando el receptor.

GG escuchó un momento.

—Era CONTROL —dijo GG, apagando el INTERCOM—. Dijeron que el Jefe fue muerto en el DEPOSE. Le quebraron el cuello.

Por un segundo, GG miró el rostro de Pan. Súbitamente GG se metió la mano en la chaqueta, pero el Exterminador fue más rápido. Su 54 Ultraplana detonó abriendo un agujero arriba del ojo derecho de GG, que cayó de bruces sobre el brazo que sostenía el arma aún dentro de la chaqueta.

El Exterminador se curvó sobre el cuerpo caído. Apoyó el cañón del arma en la base del cráneo de GG y disparó de nuevo.

«Hay que tener cuidado, la medicina actual está muy adelantada», pensó el Exterminador mientras pisaba los sesos de GG esparcidos por el suelo.

El caso de F.A.

—La ciudad no es lo que se ve del Pão de Açúcar. ¿Fue en casa de Gisele?
—Sí —respondió F.A.
—Esa francesa es mezquina y mala, una ambiciosa de mierda, según dicen.
—Doy lo que sea —dijo F.A.
—Mmm —respondí.
—Tú dijiste que el dinero lo compra todo. Gasto lo que haga falta —dijo F.A.
—Sí. Continúa.

—El que me recibió fue el pederasta, la Gisele no estaba. Fui corriendo a la habitación mientras él decía «una cosa especial, le va a gustar, ella es nueva en el oficio». Tenía miedo de que me reconocieran, en la sala había algunas personas, dos hombres, una mujer. Cuando entré en la habitación, ella se apoyó en la pared con una de las manos en la garganta. Asustada, ¿me entiendes?
—Sí, ¿y?
—Yo le dije: no tengas miedo, solo quiero conversar contigo. Ella siguió asustada, con los ojos muy abiertos, sin decir una palabra. Le tomé suavemente la mano, la senté a mi lado en la cama. Estaba rígida de espanto, apenas respiraba.

F.A. se pasó la mano por los ojos.
—Estoy apurado —le dije—. Estuvimos dos horas en la habitación. No la toqué. Hablé, hablé, hablé, le dije que eso también me horrorizaba. Y es verdad, ya no aguanto los encuentros mecánicos con esas infelices, sin amor, sin sorpresa. Al final se puso a llorar. Habló solo una vez, para decirme que desde que salió de casa yo era la primera persona que la trataba como ser humano. Tenía una reunión de Consejo y no podía quedarme mucho. Le pagué y me fui.

—¿Le pagaste a quién?

—A la Gisele. Ella había llegado y estaba en la sala.

—¿Gisele dijo algo?

—Creo que sí. Me preguntó si me había gustado, algo por el estilo. Le dije que estaba apurado. Pagué el doble.

—¿Por qué?

—No sé, creo que quise impresionar a la Gisele. No, impresionar a la chica.

—La chica no va a saber nada. Deberías haberle dado el dinero a ella.

—Me dio vergüenza.

—Ya se lo has dado a otras. ¿El maricón estaba en la sala de espera?

—No, solo la Gisele.

—¿Te llamó alguien después?

—No.

—¿Llamaste a alguien?

—Ah... sí. Mandé llamar a la chica. La Gisele dijo que no podía contestar, que tenía que ir para allá.

F.A. me sujetó del brazo:

—La chica está en la cárcel, quiero sacarla de ahí antes de que se corrompa. Tienes que ayudarme.

—¿Has vuelto?

—No...

—¿La viste una sola vez y te dejó babeando?

—Bueno... la vi más de una vez...

—Cuenta esa mierda completa, por Dios.

—Volví unas cuatro veces.

F.A. se quedó callado.

—Desembucha ya, estoy apurado.

—La chica se escapó de la casa después de hacerse un aborto. El papá le dio una paliza. Una pariente del novio consiguió la dirección de la Gisele. La Gisele la obliga a prostituirse amenazándola con el Juzgado de Menores.

—Eso se parece a una novela que se llama *La esclava blanca de la Avenida Río Ídem* —le dije.

—¿Te parece divertido? —preguntó F.A. ofendido.

—¿Acaso me estoy riendo? Sigue.

—No me acosté con ella ni una vez. Ayer avisé que la iba a sacar de allí. Ella se puso a temblar y me dijo que tuviera cuidado

—¿Cuidado? ¿De un maricón y una puta francesa?

—Ya sabes, no me puedo exponer, un escándalo así me arruinaría. Pero no son solo los dos. Ahora anda por allá un grandote de bigote. Se pone a leer historietas en la sala; cuando paso me mira con desprecio.

—¿Te ha dicho algo?

—No, pero tengo la impresión de que en cualquier momento me va a escupir o a darme un puñetazo. Es difícil pasar por esa sala de espera. No sé qué es peor, el gorila o los… clientes…

—No necesito saber nada más. Espera noticias mías. Vete para la casa. Déjame la llave.

—¿La llave de aquí?

—Ya no la estás usando, ¿verdad? ¿Cómo voy a traer a la chica sin la llave?

—¿Y cómo voy a saber?

—No sé.

—¿Ah, no?

—No.

—Pero tú tienes un plan, ¿verdad?

—No tengo una mierda de plan.

—Pero ¿cómo?... Dime… de qué forma…

Estaba apurado, impaciente.

—Vete para la casa, con tu mujer, tus hijos, con tus colegas consejeros; yo me las arreglo.

F. A. se pasó la mano por los ojos, puso cara de infeliz.

—Vamos, vamos, la llave —le dije.

—¿Necesitas dinero? —preguntó F. A. mientras me daba la llave.

—Por ahora no.

—¿Cuándo me traes a la chica?

—No sé.

—Quiero llevarla a París el mes que viene. Voy en una misión del gobierno. Una excelente oportunidad.

—Apuesto a que ya hablaste de eso con ella.

F. A. se puso incómodo. El desgraciado había hablado. El huevo en el culo de la gallina.

—Vámonos —le dije.

Bajamos.

—Cuidado con mi chofer, no confío en él. Mi mujer lo contrató —dijo F. A.

—Déjame en la Gustavo Sampaio —dije.

Viajamos en silencio. Varias veces F. A. me miró ansioso. Cuando me bajé me apretó la mano con fuerza, «llámame, manda noticias», dijo.

Ziza, la empleada de Marina, me abrió la puerta.
—¿Está doña Marina? —pregunté.
—No, señor.
—La voy a esperar —dije.
—Sí, señor.
Fui a la sala, puse el tocadiscos, me quité los zapatos, me acosté en la cama, llamé por teléfono.
—¿Está la Gisele?
—¿De parte de quién?
—De Paulo Mendes.
—Un momento.
—*Aló* —un acento francés fuerte.
—Soy Paulo Mendes.
—*Pardon*, pero no sé de quién se trata.
—Soy un amigo de Orlandino.
—Ah, *oui*, ¿cómo está Oglandín?
—Bien. Le manda un abrazo a... usted, señora.
—Muchas gracias.
—Necesito su ayuda.
—*Oui*...
—Quiero una chica nueva, sin mucha experiencia...
—Aquí hay muchas chicas... ¿Usted viene o quiegue que la mande a su depagtamento?
—Prefiero ir. ¿No tendrá usted una chica de ese tipo?
—Cgueo que tengo lo que usted busca ¿Tiene la diguección?
—Sí, Orlandino me la dio. En media hora más estoy por allá.
Me puse los zapatos. Ziza llegó con un café.
—Dígale a doña Marina que vuelvo más tarde, en unas tres horas más.
Me tomé el café. Me subí a un taxi.
El putero de Gisele quedaba en el séptimo piso. Una puerta de madera trabajada. Toqué el timbre. Una empleada abrió la puerta.
—Doña Gisele —dije.
—Tenga la bondad de entrar —dijo la empleada—. Una sala de espera alfombrada, cortinas, cuadros, todo caro y de mal gusto.
Gisele tenía la apariencia de una gorda a mitad de una dieta, pero no estaba nada mal.
—¿Señog Paulo Mendes?
—Sí.
—¿Me acompaña?

Pasamos por otra sala. Ni rastro del grandote. Pasamos por una cocina, sin alacenas ni fogón. Salimos del departamento por la parte de atrás. Estábamos en el pasillo de servicio.

—Tenemos que tener cuidado. La policía bgasileña es muy voluble —dijo Gisele, tocando el timbre de la puerta trasera de otro departamento.

En medio de la puerta, un ojo mágico.

Abrieron la puerta. Al contrario de lo que me esperaba, no entramos por la cocina. Una sala de espera, con las mismas alfombras rojas, los mismos cuadros y el grandote leyendo historietas. Me miró rápidamente, lo justo para grabarse mi cara y volvió a leer su revista.

Fuimos a otra sala. Cuatro chicas.

—Neuza —llamó Gisele.

—Buenas noches —dijo Neuza.

Baiana. No era eso lo que buscaba.

—¿Eres baiana? —pregunté.

—De Salvador. ¿Cómo supiste?

—Música.

—Es exactamente lo que quiere —dijo Gisele.

—¿Me permites? —dije a la baiana.

Me llevé a Gisele a un rincón.

—No me gustan mucho las norteñas.

Tenía que arriesgarme.

—¿No tienes a alguien de Minas? Me encantan las mineras.

—¿Minega? —preguntó Gisele con una sonrisa forzada.

—Minera... goiana... del centro... ¿me entiendes?

—No tengo minega.

—Bueno, ¿y entonces qué puedo hacer? Me voy con la baiana ahora mismo.

—Hay una de Espírito Santo.

—¿Cuál? —pregunté.

—Esa de lentes.

Lentes claros, ojos fríos, depravados. Ya que tenía que coger con alguien, que fuera con ella.

—Con ella, entonces —dije.

—Ella no es inexpegta —dijo Gisele con la misma sonrisa sospechosa.

—¿Con esa pinta de colegiala?

—Magda —llamó Gisele.

La baiana me miraba, todavía en disputa.

—¿Qué tal, Magda?

—Los voy a dejar solos. El vegde —dijo Gisele, desapareciendo enseguida.

La habitación tenía cortina verde, alfombra verde, colcha verde, lámpara verde, toalla verde.

Me quedé media hora en la habitación, tiempo de idiota, para que Gisele no sospechara. Pero fue bueno. Me olvidé de F. A. durante casi todo el tiempo.

—Me vuelven loco las mineras —le dije después a Magda.

—Aquí no hay mineras.

—Qué mala suerte. ¿Están solo ustedes cuatro? —pregunté.

—Te gusta variar, ¿no?

—Sí.

—Todos los hombres son iguales.

—Es verdad. Eres una chica inteligente.

—Sí, pero no entiendo qué hace aquí un hombre guapo como tú.

—¿Aquí solo vienen los feos?

—No, pero cuando un tipo atractivo como tú viene para acá es porque quiere algo diferente. Y tú no quisiste nada diferente.

—Bueno, nosotros no jugamos precisamente a papá y mamá —le dije.

—Me refiero a cosas peores que las que hacemos...

—Queda para otro día.

—Podemos encontrarnos en otro lugar. Tengo un departamento en Copacabana...

—Ah, ¿entonces no vives aquí con Gisele?

—No.

—¿Ninguna de las chicas?

—Solo tres.

—¿Esas tres que se quedaron en la sala?

—No, solo una de ellas, la baiana.

—Un momento. Me estás confundiendo. ¿Cuántas son al final?

—Somos seis. A las otras dos no las has visto porque una salió a comprar y la otra nunca aparece.

Puta mierda. ¡Tanto que se demoró en soltarlo!

—¿Por qué no llega nunca?

—No sé. La Gisele armó un tremendo misterio, pero yo estoy aquí desde hace poco. Llegué de Espírito Santo hace unos veinte días.

—¿Esa chica que no llega es minera?

—Tienes una manía, ¿eh?

—Sí. ¿Es minera?

—Creo que no. La he visto una sola vez, cuando llegué, pero parecía que hablaba como carioca. No sé.

—¿Y cómo es?

—Muy alta, fuma mucho, es bonita, nerviosa, vive comiéndose las uñas.

—¿Cómo se llama?

—Miriam, pero no sé si ese es el verdadero nombre.

—¿Y el tuyo verdadero?

—Eloína. ¿Te gusta?

—Sí.

—A mí no. ¿Dónde vas a pasar el carnaval?

—No sé. Yo me divierto todo el año, así que cuando llega el carnaval salgo de vacaciones. Pero a veces alguna chica me echa a perder los planes. Tengo que irme. ¿Te pago a ti o a Gisele?

—Como quieras, cariño. Me llamas, ¿bueno? Vamos a hacer algo rico.

Prometí que la llamaría.

Gisele en la sala de espera conversaba con el grandote y con el maricón. Se quedaron callados cuando me vieron.

Le pagué a Gisele.

—¿Te gustó la chica? —preguntó Gisele.

—Mucho —respondí.

—Cuando no esté aquí, puedes hablag con mi socio, Célio.

Célio me dio la mano. Era una mano suave como nalguita de bebé. Estaba maquillado como una de las putas de la casa. Tenía una mirada febril. Sus largos caninos parecían los de un lobo.

—Encantado —dijo Célio, lamiéndose los labios.

Salí, tomé un taxi para la casa de Marina.

Ziza me abrió la puerta.

—Doña Marina ya llegó —dijo Ziza.

Marina estaba acostada viendo una teleserie en la tele portátil.

—¿Le dijiste a Ziza lo que quieres para la comida?

—Primero voy a llamar —respondí.

Llamé a F.A.

—¿Es alta?

—Mucho.

—¿Fuma mucho?

—No.

—¿No?

—No, para nada.

—¿No puedes hablar?

—Justamente —respondió F.A. con alivio.
—Ok. No fuma nunca, ¿verdad?
—Justamente.
—¿Se come las uñas?
—No, no.
—¡Mierda! —exclamé.
—A veces... —dijo F.A.
—¿A veces qué? ¿A veces se las come? —pregunté.
—Positivamente, no. Las extremidades son largas, íntegras, cuidadas. Es un comportamiento parecido que ocurre a veces.
—¿La mano en la boca o algo así? —pregunté.
—Parecido.
—¿Se chupa el dedo.
—¡Eso mismo! —exclamó F.A.
—Calma.
—¿Tienes alguna... información positiva? —preguntó F.A.
—No. Mañana hablamos. Yo te llamo.
—Espera... tú...
Colgué.
—Tengo que salir, cariño —le dije a Marina.
—¿Cómo?
—Tengo un montón de cosas que hacer.
Marina apagó la tele y se levantó.
—Pensé que ibas a comer conmigo y que después iríamos al cine y después... Ya hace una semana... No soy de fierro...
—Mañana vengo, ninfómana —dije, dándole una palmada en el trasero.
—¿Ninfómana? ¿Una semana entera? Creo que tienes otra mujer, aparte de la tuya.
—Otras —dije, y salí.
Ziza traía un café, pero no me paré a tomarlo. Las discusiones con mujeres se demoran, se alargan y ya no paran. Con los hombres también se alargan, pero terminan luego.
Tomé un taxi y fui a casa de Mariazinha.
Hipótesis imaginadas en el taxi. 1) Eloína dijo la verdad y Miriam no era minera, se comía las uñas, fumaba y, en consecuencia, no era una chica para F.A. 2) Eloína mentía y Miriam era minera, no se comía las uñas y no fumaba y, en consecuencia, era la chica de F.A.
¿Eloína había dicho la verdad o mentía?, pensé en el taxi. No parecía estar mintiendo. Podía ser mala observadora, a fin de cuentas solo había visto a Miriam una vez, hace veinte días, pero normalmente el

mal observador no ve y deja de ver cosas. Eloína vio a Miriam fumando, comiéndose las uñas. F.A. vio a la chica chupándose el dedo. ¿Chupando cómo? Tenía que conversar con F.A. para saber de qué forma la chica se chupaba el dedo. Podría estar usando uñas postizas y seguir con el hábito de llevarse los dedos a la boca sin comerse las uñas; sin embargo, también podría haber dejado de fumar después de que la vio Eloína.

El taxi llegó a casa de Mariazinha.

—No me voy a quedar mucho —dije a Mariazinha—, tengo que irme temprano a casa. Mi mujer desconfía.

—¿Ah, sí? —dijo Mariazinha asustada.

—No sé cómo —respondí.

—¿Y ahora?

—No sé, cariño.

Llamé por teléfono.

—¿Está Raul?

—No está, no se va a demorar.

Dejé un recado.

—Pensé que comerías conmigo —dijo Mariazinha.

—Y que después iríamos al cine, ¿no? —continué.

—Sí.

—Cariño, con esta vida de perro que llevo...

—Trabajas demasiado...

—¿Qué puedo hacer?..

—¿Cuándo te veo? Ya viene el carnaval...

—Te llamo mañana. Pórtate bien.

—¿Puedo ir a Le Bateau hoy? Con una amiga y su pareja...

—Claro, querida, confío en ti.

Tomé un taxi. Hipótesis: Eloína había dicho la verdad, o lo que ella pensaba que era la verdad. Premisa aceptada. Nueva conclusión: a pesar de eso, Miriam era la chica de F.A. La chica de F.A. no se llamaba Miriam, se llamaba Elizabeth. Pero una puta no tiene nombre estable. Miriam-Elizabeth eran entonces la misma persona que se comía las uñas y fumaba exageradamente frente a Eloína el día 2 de enero y que el 5 de enero se chupaba el dedo con uñas largas frente a F.A. Uñas postizas colocadas tal vez por la zwimigdal* Gisele-Célio.

Llegué a casa. Celeste me abrió la puerta y fue corriendo a ponerse la dentadura. Volvió con unos dientes enormes diciendo «le prepa-

---

* Hace referencia a la Zwi Migdal, organización mafiosa judía que ayudaba a huir de los pogroms a mujeres judías polacas para llevarlas a América del Sur y obligarlas a convertirse en prostitutas.

ré un pollito». Me bañé y me fui derecho a la mesa. Celeste me preparó un pollo con farofa,* rosbif, champiñones y ensalada de espárragos frescos. Le pedí que abriera una botella de Grão Vasco, que despaché comiendo queso de Serra da Estrela con tostadas.

—Hoy llamaron de nuevo preguntando por su señora —dijo Celeste.

Le parecía divertido que me hiciera pasar por casado.

—¿Contestaste?

—No, señor, no tenía los dientes puestos. Nadie iba a creer que una mujer sin dientes era su señora.

—¿Por qué no te pusiste los dientes?

—Con estos dientes todavía no hablo bien —dijo Celeste.

Y era cierto.

—Si llaman de nuevo mañana, di que eres mi esposa. Si es igual que la otra vez que llamó una chica diciendo que era la amante de tu marido, dile que no te gustan las ofensas y cuelga.

—¿Puedo contarles un chisme en vez de eso?

—Sí, cuento contigo.

—Claro que puede, señor. Esas mujeres son una verdadera plaga para usted, Dios mío, je, je.

Sonó el teléfono. Era Raul.

—Raul, ¿tú conoces a una francesa cabrona que se llama Gisele? Tiene un socio marica que se llama Célio.

—Sí.

—Te escucho.

—Fue amante de un senador poco después de que llegó de Francia, la pilla. Se estableció frente al Senado, allí mismo donde está hasta hoy, creo que en otro piso. El Senado se trasladó a Brasilia, el senador murió. ¿Quieres saber su nombre?

—Por ahora no.

—Poco después de la muerte del senador empezó a prostituirse, se volvió cabrona como toda francesa que se precie. Hoy le hace a los dos: a la putería y al caficheo.

—¿Protección?

—¿Protección?

—Pero Raul, tú sabes de qué te hablo.

—Común. El viejo esquema. Una vez la procesaron, hace unos cuatro años.

—¿Quién es su abogado?

---

* Plato de harina de mandioca con mantequilla, huevos, carnes, etcétera.

—Antunes, un cojo. ¿Lo conoces?
—Sí, fuimos compañeros de curso.
—Es un tipo muy vivo.
—Sí, ya lo sé. Vivo y pillo. ¿Y Célio, el marica socio de Gisele?
—Tiene un salón de belleza. Lo usa para atraer chicas. Queremos agarrarlo, pero está difícil la cosa. Estuvo preso una vez, pero Antunes consiguió un amparo.
—¿Y un grandote de bigote? ¿Sabes quién es?
—No tengo la menor idea.
—Creo que está allá hace algún tiempo. Ok, Raul, después paso por la comisaría para saludarte.

Puse el despertador a las once, me acosté, el despertador sonó y me despertó, me puse el sarong, bajé por el ascensor de servicio, subí al auto.

La Noche de Hawái estaba llena. Un montón de mujeres con sarong y pareo.

—¡Eh, guapetón! —dijo una chica exquisita.
—Epa —respondí.

Dimos una vuelta agarrados por el salón. Su pareo estaba completamente abierto por delante, no estaba fijo a la cintura, sino amarrado en el culo, que, a propósito, era genial. El culo.

—Deja que me suba a tu espalda —me pidió.

Fingí que no la había oído.

—Déjame —insistió.
—Búscate a otro —respondí—, no tengo ganas de salir de caballo en el diario *Manchete*. Si realmente quieres subirte a mi espalda vamos a otro lugar.
—¿A dónde? ¿Al Bola? —dijo haciéndose la tonta.
—A casa.
—¿Y tu mujer? —dijo señalando mi anillo.
—Fue a Pindamonhangaba a visitar a su madre.
—Pero tendría que ser al final del baile. Ahora quiero saltar.
—Entonces salta. Si al final del baile seguimos con la misma idea vamos, ¿Ok?

Un caos el baile, todo mezclado, putas, madres de familia, doncellas, artistas, estudiantes, ratas de playa, hijitas de mamá, comerciantes, vedettes, ricos, manicuristas. Pero lo que más había eran putas. Estaba lleno de putas. Y un montón de tipos mayores con barriga y muchachones musculosos. Por la espalda de uno de estos pasó una chica de culo genial, la cabeza de él entre las piernas de ella. Él saltaba, suave y le sacaban fotos, la chica era realmente infernal.

Un cliente me dio un abrazo.

—Si no fuera por usted, estaría pasando el carnaval en la cárcel. Usted no, tú, tú, mi hermano, ¿eh, tú? ¿Quieres una rayita?

Me puso el frasco en la mano. Lo dejé hablando solo, me fui al baño y me metí una, después otra, hasta que un frío helado me bajó por dentro hasta el talón. El ruido de la orquesta y de las voces cantando aumentó como si todos, músicos y mujeres, estuviesen dentro de mí. Cuando volví, el salón parecía más lleno.

En el medio del salón empezó una tremenda trifulca. Yo ya estaba cansado de andar viendo peleas. Salí y me fui a la piscina. En la piscina jugaban a tirar chicas al agua. Tiré una mujer al agua y volví al salón. Me encontré de nuevo con el cliente.

—¿Quiere otra? —preguntó.

—No, gracias.

—Vamos a una fiesta en Joá. Esto está muy aburrido. ¿Quieres ir?

—Depende de las mujeres.

El cliente me llevó a su mesa. Una morena, bien negrita, linda, y otras cuatro mujeres, blancas, también bonitas, pero yo solo miraba a la negra.

—Voy a ir, pero quiero a la morena —dije.

El cliente conversó con un tipo de la mesa. Había tres barbudos en la mesa. No oía lo que decían, pero la conversación era agresiva. Palabrotas para allá, palabrotas para acá. La morena se lo merecía. Le sonreí, y ella nada, pero se quedó mirándome un rato.

—Olvídate, el Rodolfo dice que nadie se queda con su chica.

—El Rodolfo que se vaya a la misma mierda. No se puede ni levantar de la silla, va a desperdiciar ese material —le dije.

Agarré a la morena y salí. Nadie me siguió. El Rodolfo se iba a demorar en salir de la mesa.

—¿Adónde me llevas? —preguntó la morena.

—A mi casa, tengo que hacer una llamada.

Hice bastante ruido cuando llegué, hablé alto para que Celeste no se apareciera.

Nos fuimos a la habitación. La chica se acostó en la cama y prendió la tele.

—Mira nuestro baile —dijo.

—Te amo, pero primero voy a hacer una llamada.

—¿Amor a primera vista?

—Eso mismo. ¿Hola? ¿Está Gisele?

—¿De parte de quién?

—De Paulo Mendes.

—Un momento.
—¿Te llamas Paulo Mendes?
—Puedes decirme Paulito. Hola, ¿Gisele? Es Paulo Mendes.
—Me llamo Sandra.
—Paulo Mendes... ¡Ah!, tú estuviste aquí en la tagde...
—Justamente.
—¿Qué deseas?
—Quiero una chica... pero no quiero esas mujeres manoseadas que había ahí.
—¿Cómo?
—Otra cosa... pura... ese tipo de chica que se pone a llorar cuando se acuesta con uno.... ¿me entiendes?
—Me estás poniendo en ridículo —dijo Sandra.
—Oglandín dice que no lo conoce —dijo Gisele.
—¿Cómo?
—Dijo que no sabe quién es usted, señog.
—Orlandino está loco. ¿Qué le pasa?
—Dice que no lo conoce, señog.
—¿Y qué espera que haga? —pregunté.
—Nada —respondió Gisele.
—Voy a hablar con ese idiota. Gisele... ¿y sobre la chica que te mencioné?
—No cgueo que tenga a alguien así. Tal vez debiega buscag en otgo lugag.
—Qué pena. Mañana paso por allá.
—Pego yo no tengo ese tipo de chica.
—Hasta mañana, Gisele. Buenas noches —terminé jovial, pero la francesa estaba fría al otro lado. ¿Desconfiada?
—Yo no voy a llorar en la cama —dijo Sandra.
—¿Llorar? Vamos a reír, cariño, quítate el pareo.
Y realmente nos reímos, reímos hasta más no poder, la negra era fuego.
A las cinco de la mañana Sandra dijo:
—Llévame a casa antes de que empiece a clarear. No quiero desfilar por el barrio de Fátima en parco a pleno sol.
Dejé a Sandra en su casa.
Volví. Puse el despertador a las ocho. Antes de dormir me quedé unos diez minutos pensando en la negra. Una cosa bonita, Sandra riéndose, acostada en la cama, ojos grandes, sin una caries.
A las ocho:
—¿El señor está? —pregunté.

279

—Está durmiendo. ¿De parte de quién?
—Del general Souto.
—No ha despertado todavía, general.
—Cuando despierte dígale que me llame.

El puto estaba durmiendo. Mi papá era inmigrante. El papá de él era ministro. Mientras yo limpiaba pisos y mesones y vendía calcetines, de las siete de la mañana a las siete de la noche y me iba corriendo al colegio, sin comer, y me quedaba hasta las once, ese puto ganaba medallitas en el colegio de curas y pasaba las vacaciones en Europa.

Sonó el teléfono.
—¿El general Souto?
—Sí.
—Entiendo. El general Souto que yo conocí murió hace cuatro años. ¿Alguna novedad?
—¿Cómo se llama la chica? (Quería una confirmación.)
—Elizabeth.
—Hay una Miriam. El 2 de enero estaba fumando y se comía las uñas. El 5 había dejado de fumar y de comerse las uñas; en vez de eso se chupaba el dedo. Miriam es Elizabeth.
—¿Has visto a esa Miriam?
—No.
—¿Estás sobrio?
—Me acabo de tirar a una tremenda morena.
—Estoy hablando en serio.
—Yo también.
—Si crees que esa Miriam es Elizabeth, ¿por qué no la sacas de allá y me la muestras? Te digo de inmediato si es o no.
—Gisele anda desconfiada.
—¿De qué?
—De mí.
—¡Dios mío...!
—No le pongas color. Dios no existe, y si existiera no haría ni una mierda por ti.
—¿Y qué vas a hacer?
—No sé.
—Te gusta martirizarme...
—¡Chúpalo...!
—¿Y para qué esa pornografía?
—¡Que tengas sexo con su majestad!
—¡Quiero a esa chica!
—Ya la vas a tener. Calma.

—Calma, calma, es lo único que sabes decir.
—Calma —le dije, y corté.
Sonó el teléfono, sonó. Fui al baño, me duché con agua helada. Llamé a Aristides, cafiche profesional.
—Hola —dijo después de que el teléfono sonara unas veinte veces.
—Aristides, soy yo.
—¿Quién? —voz pasada a sueño.
—Don Mandrake.
—Ah, ¿cómo le va?
—Bien. Necesito una información.
—Dígame.
—Gisele y Célio.
—Ella es francesa y él un marica loco.
—Sí, ¿y un tipo de bigotes que anda por allá?
—El Mortero, se llama Mortero, unos dicen que por un puñetazo, otros que por un palazo en la cara. La francesa anda loca por él. Por lo tanto...
—Es por el palo. ¿Algo más?
—Fue poli, lo expulsaron, andaba matando mendigos, ¿se acuerda?
—Sí —¿Raúl me estaba jodiendo?
—Es lo único bueno que ha hecho en la vida. Aparte de eso, pura maldad. No le dé la espalda.
—Ok. Y una puta que se llama Elizabeth o Miriam, ¿la conoces?
—Mire, hay doscientas mil putas que se llaman Elizabeth o Miriam en Rio.
—Ok, gracias. Y tú, ¿cómo andas?
—Bien, bien. Mire, el marica es cosa seria. ¿Se acuerda de Madame Satán?
—Oí hablar, no soy tan viejo.
—Yo también oí hablar. Los más viejos dicen que el Célio es peor que Madame Satán. En el baile de São João el año pasado rompió la jeta a seis polis, disfrazado de ave del paraíso, lleno de plumas.
—Un marica insólito. Un abrazo, chao.
Corté. Prendí el tocadiscos, encendí un puro, me acosté en el sofá. Apareció Celeste.
—¿Va a tomar desayuno?
—Alfamagrifos.
—¿Cómo?
—Dime: alfamagrifos.
—Mi dentadura es nueva.
—Farofa frita.

—Eso es más difícil todavía.
—Quiero jugo de naranja y un pedazo de queso. ¿Hay queso?
—Claro, señor.
—Entonces manos a la obra.
Llamé por teléfono.
—¿Gilda?
—Cariño, ¿estás aquí?
—Sí, de pasada.
—¿De pasada?
—Voy a Paraná.
—¿Te voy a ver?
—Lo veo difícil...
—Ah, mi amor, ya viene el carnaval...
—Así supe...
—No te burles. ¡Te echo tanto de menos!
—Yo también.
—¿Me lo juras?
—Sí.
—¿Por lo que hay de más sagrado?
—Por lo que hay de más sagrado.
—¿Quieres ver a tu madre muerta?
—Quiero ver a mi madre muerta.
—¡Te adoro!
—Yo también.
—¿Me escribes?
—Sí, chao.
—¿Chao? Mi amor, mira, espera un poco...
—No puedo, estoy en el aeropuerto. Están llamando para embarque. ¿Me oyes?
   —El queso se acabó —dijo Celeste.
—¿Me oyes? Mi avión ya va a partir. Un beso, adiós.
Corté.
—¿Se acabó el queso?
—Sí, señor.
—Entonces deme un jugo de naranja nada más.
Me quedé pensando. Gisele era mala. El bigotudo mataba mendigos. Célio, el marica, era más macho que Madame Satán. Cuando era bien chico fui a Lapa, entré a la Bol y me tomé medio litro de leche. Un viejo camarero me dijo: «Lapa ya no es la misma». Yo no creo en palabras de viejo. Para mí Lapa ha sido siempre esa mierda.

¿Entrar con todo y sacar a Miriam-Elizabeth, igual como saqué a la Helô, la loca, del Sanatorio de Botafogo?

Me vestí, bajé, tomé un taxi.

En la sala de espera de la oficina había un cojo y un tuerto. Clientes de mi colega L. Waissman.

—El chico está en el WC, esperándote —apuntó L. Waissman.

—Puta, ¿tan de mañana?

—Los problemas empiezan temprano —dijo L. Waissman. L. Waissman era el tipo más triste del mundo. Vivía recordando los tiempos en que había tranvías y probaba que cada cojo que aparecía había caído bajo el tranvía y recibía una indemnización de la Light. En ese tiempo tenía un inmenso vivero de testigos de Rio, un mirón en cada hospital y a casi todos los escribanos distritales en el bolsillo.

—¿Y qué mierda voy a hacer con ese cojo? —preguntó L. Waissman.

—¿Cómo?

—Le fueron a cortar un callo con una Gillette, agarró una infección, se gangrenó y le cortaron la pierna. En Goiás. Los médicos del interior no bromean cuando trabajan. Me mandaron al tipo, pero no puedo hacer nada. Ya no tengo a nadie en los hospitales. No tengo más testigos. Si el profesor Barcelos estuviera vivo. No había juez que no creyera en él.

Golpeé la puerta del baño.

—Está ocupado.

—Soy yo.

—Ya voy.

No iba a salir. Cuando tenía miedo se quedaba cagando horas y horas. En la primera consulta manchó los pantalones y tuvo que contarme el caso sentado en el escusado.

—Abre, Evaristo.

Entré.

—Discúlpeme.

—¿Qué pasa?

—Estuve en la notaría de la décima quinta y el escribano me dijo que el juez va a decretar prisión preventiva. Si me meten preso, mi mamá se muere, tiene el corazón en un hilo.

—¿Le diste plata? —pregunté.

—Sí.

—¿Cuánto?

—Cincuenta —¡Prr-prr-prr!—. Disculpe...

—No hay problema. ¿Qué es lo que te dijo ese muñeco?

Prr-prr-prr.

—El escribano. ¿Qué te dijo? —seguí.
—Dijo que iba a salir del paso.
—Ese tipo es una rata. Eso de la prisión preventiva es maniobra suya. No hay dinero para él nunca más. Descansa.
—Qué alivio.
—Hasta luego.
Salí.
—Cierra la puerta, Evaristo.
Los débiles en este mundo no tienen cómo, están cagados, eso lo sé. Eché un vistazo a los papeles que estaban en la mesa.
Batista, mi secretario-conserje-sirviente, entró diciendo que un cliente me quería ver.
Era F. A.
—¿Has amado alguna vez en tu vida? —preguntó F. A.
—Ja, ja —respondí.
—Eres... una piedra. Vas a morirte sin amar, como Superman.
—Amo a seis mujeres, siete, incluyendo a la morena. Siete. Cuenta de mentiroso. Amo a siete mujeres. Una es morena y otra es japonesa.
—No te creo.
—Es verdad. Amo a cualquier mujer que se acueste conmigo. Mientras dura el amor, amo como un loco.
—Cambias de mujer todas las semanas —dijo F. A.
—Nada que ver. A Mariazinha la conocí en un baile del Municipal, estaba bailando samba arriba de una mesa y le di una mordida en la nalga, hace un año de eso.
—¿Y por qué hiciste eso? —preguntó F. A.
—¿Qué cosa?
—La mordida en la... en la chica.
—No sé. Había quinientas mujeres sobre la mesa, todas las mesas tenían una chica arriba exhibiéndose, creo que me enojé por eso. Y Mariazinha tenía el culo casi afuera.
—Y ella, ¿qué hizo?
—Pegó un grito. Entonces los tipos de su grupo se juntaron y se me fueron encima y ya sabes cómo es la cosa, siempre hay alguien que se mete, fue un caos espectacular, duró unos cinco minutos, pero creo que hasta al gobernador le gustó. Cuando salí de la enfermería ella estaba en la puerta y me dijo «bien hecho». Le respondí «te amo», y realmente la amaba, y la amo hasta hoy.
—Yo amo a Elizabeth —dijo F. A. Se le llenaron los ojos de lágrimas.

—Tal vez se llame Miriam o tal vez Zuleima, Ester, Nilsa.
—Pero me gusta pensar en ella como Elizabeth.
Con el dorso de las manos F.A. se limpió el rostro mojado.
—Estoy triste —dijo F.A.
Me quedé callado, mirándolo a la cara.
—Por favor —dijo F.A.
—Voy a buscar a la chica. Llama a Gisele y acuerda una hora para ir a verla. Hoy a la noche. Tengo que estar seguro de que todavía está allí.
—Voy a quedar agradecido toda la vida, toda la vida —dijo F.A.
—Llama.
—¿Y qué le digo a Gisele?
—Acuerda en una cita.
F.A. llamó.
—Hola —dijo F.A.
Me fui corriendo a la oficina de L. Waissman, donde había una extensión.
—¿Cómo está el señog?
—Bien, gracias. Señora Gisele, mire, quiero ir hoy día.
—Venga a la hoga que guste.
—Iré en la noche, a las nueve, a las veintiuna horas.
—Lo estagué espegando.
—Yo, yo quisiera ver a Elizabeth.
—¿Elizabeth? No lo sé... lo veo difícil...
—¿Difícil?, ¿por qué difícil? —la voz de F.A. temblaba. El idiota había entrado en pánico.
—La chica es muy joven... No quiegue haceg más esa cosa...
—Dígale que soy yo.
—¿Pog qué no escoge a otga?
—Usted sabe muy bien que no quiero a otra.
—La chica no quiegue más...
—¡Dígale que soy yo, dígale que soy yo!
—Ella no quiegue veg a nadie...
—¡Necesito verla, señora Gisele!
—Usted es una pegsona tan buena que voy a veg si lo puedo ayudag. Voy a convegsag con la chica. Su madgue se va a opegag y necesita el dinego...
—Yo le pago la operación. Pago lo que sea.
—Yo lo agueglo, no se pgueocupe. Venga a las nueve.
—Estaré a las nueve en punto.
—Buenas tagdes.

Volví a mi oficina. F.A. todavía estaba con el teléfono en la mano, absorto. Colgué el teléfono.
—¿Lo oíste todo? —preguntó F.A.
—Sí.
—Hoy tengo una comida en la casa del embajador de la India.
—No se pgueocupe. Vaya a su cena, yo me ocupagué de todo.
—¿Se te ocurre algún plan?
—No, bueno, sí, pero no te lo voy a contar. Hasta luego.
—¿Adónde vas?
—A ninguna parte. Tú te vas.
Saqué de mi despacho a F.A.
Tomé el teléfono.
—¿João?
—Sí...
—¿Cuándo me vas a pagar los quinientos?
—Puta, compadre, tú desapareciste, nunca más te volví a ver. Apuesto que estás hecho una vaca.
—¿Quieres salir para ver?
—¡Ja, ja!
—Eres tú quien debe estar con unos ciento veinte de cintura.
—Estoy entrenando todos los días. Tienes que venir. Lo remodelé todo.
—Algún día. Necesito un tipo rechoncho, fuerte, que no sea muy idiota.
—¿Para qué?
—Para quedarse cerca de una comisaría. Tal vez no tenga que hacer nada, tal vez tenga que hacer mucho. Aparte de corpulento tiene que tener experiencia, y hablar poco, evidentemente.
—Tengo uno así, se llama José, es medio raro, muy callado, pero es como un caballo de fuerte. Ponte de acuerdo con él. ¿Puedo aprovechar para hacer una consulta?
—Claro.
—Un amigo entró en la ciento cincuenta y cinco. ¿Te lo puedo mandar a la oficina?
—¿Qué se robó?
—Es un sinvergüenza. Se robó unos relojes, poca cosa.
—¿Es muy amigo tuyo?
—Es mi hermano.
—Mándamelo mañana. Y manda a ese tal...
—José.
—José, ahora mismo. Nos vemos.

El tipo era grande, buena pinta, pero tenía una cara muy seria. Fue hasta mi escritorio, me miró de frente y me dijo «el João me mandó», con voz baja y seca.

Le pedí que se sentara.

—Una cabrona francesa y un marica encerraron a una chica en un putero y quiero sacarla de allá. Tiene un guardaespaldas, fuerte, expoli. Los tres son capaces de toda la mugre. La francesa se llama Gisele, el marica Célio y al guardaespaldas lo vamos a llamar Grandote. Su apodo es Mortero, pero pienso en él como el Grandote. Lo expulsaron de la policía por ladrón, mató a unos mendigos. ¿Los conoces?

—No.

—El Grandote debe andar armado, pero no creo que use el arma de fuego en la primera. Va a empezar con una macana o algo así. Hay que liquidarlo luego. La francesa y el marica también son muy peligrosos. Olvídate de que ella es mujer. Olvídate de que el otro es maricón. No vamos a matar a nadie, pero si hace falta hay que quebrar algunos huesos ¿Ok?

—¿El Grandote es zurdo o diestro?

—No sé.

—¿El marica anda armado también?

—No sé.

—¿La chica que está presa sabe que vamos?

—No.

—¿Cómo vamos a entrar?

—Yo voy por la puerta delantera, pero debo salir a un pasillo de servicio, para después entrar de nuevo a donde está la chica. Tú esperas escondido en la escala de servicio. Cuando abran la puerta te doy un silbido fuerte. Tienes tres segundos para aparecer. En esos tres segundos te garantizo que nadie va a cerrar la puerta.

—Bueno —dijo José—. Voy a llevar dos cuerdas de nailon.

—Nos encontramos a las ocho en Cinelândia, frente al Odeon.

F. A. me llamó dos veces pero no contesté, le mandé a decir que todo estaba bien.

Salí, fui al Foro a ver cómo andaban algunos procesos. Quien piensa que un abogado trabaja con la cabeza se equivoca, un abogado trabaja con los pies. Todas las peticiones son iguales, mientras menos mejor, para facilitarle la vida al juez.

Volví al despacho, atendí a dos clientes (artículos 155 y 129) y después llamé a mis mujeres. Todas querían verme, pero no podía ver a nadie. Si tuviera que ver y tirarme a alguna sería con la morena. Inventé las disculpas de siempre. Todas aceptaron, menos Neide, que dijo:

—Si sigues desaparecido te voy a poner los cuernos.
—¿Desaparecido?
—A mí no me engañas.
—Fui a São Paulo.
—Aquí —dijo ella.
—Si no me quieres creer, no me creas.
—No te creo —dijo colgando.
Esas mujeres no tienen juicio.

A las ocho estaba frente al Odeon. A esa hora el número de maricas todavía es bajo. Aun así, uno se me paró cerca y empezó a suspirar; yo fingí que no lo veía. Después llegó un amiguito y los dos empezaron a desfilar frente a mí, de un lado para otro, cuchicheando y soltando risitas.

Cuando llegó José, los homosexuales quedaron más alborozados todavía. La vida de un marica no es fácil.

José y yo fuimos al Paseo Público, buscamos una banca vacía.

—¿Tienes alguna duda? —pregunté.

—Espero en la escalera, oigo tu silbido y entro corriendo al departamento. Tiro al suelo a quien se ponga por delante.

—¿Y si estoy yo por delante?

—Es mejor que no.

—Ok. ¿Trajiste la cuerda?

José abrió la chaqueta, varias vueltas en la cintura.

Estuvimos en silencio, mirando las veredas llenas, al otro lado de la calle, las luces de los cines. Yo pensaba «puta mierda, esta ciudad me gusta más que el carajo».

—¿En qué piensas? —pregunté.

—En muchas cosas —dijo José. No quería conversar.

Cinco para las nueve, dije vamos.

—¿Qué tipo de silbido me vas a dar? —preguntó José.

Me metí dos dedos a la boca y silbé.

—Es mejor que no uses los dedos, podrías estar con las manos ocupadas.

El tipo no era tonto.

Subimos al séptimo piso por el ascensor de servicio.

—Ésta es la puerta —le mostré. Eran cuatro puertas. Bajamos por la escalera de servicio. En medio de la escalera, entre el sexto y el séptimo piso paramos—. Aquí nadie te ve. Deben ser unos ocho metros de distancia como máximo. Nos vemos.

No había comunicación entre el pasillo de servicio y el pasillo de recepción. Bajé por el ascensor de servicio hasta el primer piso, pasé al ascensor principal, subí, bajé en el séptimo piso.

Gisele abrió la puerta.
—¿Usted?
—¿Qué tal, Gisele?
—¿Desea alguna cosa?
—Una pequeña.
—Aquí no tenemos las chicas que usted quiegue.
Gisele se dio vuelta y miró al fondo de la sala. Dudaba si irse o no. Una sospecha fundada solo en la intuición. Entré.
—Hoy solo está la Neuza. A usted no le gustó...
—La Neuza sirve.
Gisele miró el reloj, vacilante.
—Bueno, tenga la bondad —dijo ella.
Atravesamos la sala, cocina, salimos al pasillo de servicio. Gisele tocó el timbre de otro departamento. Miré la escalera, ni sombra de José. Simulé un ataque de tos.
El Grandote abrió la puerta. Paré de toser por un momento y pegué un silbido fuerte. Seguí tosiendo y di dos pasos mirando la cara del Grandote. El Grandote estaba alerta, parecía un perro sorprendido, con las dos orejas paradas. Oí el ruido de los pasos de José acercándose. Entré, sosteniendo la puerta de la manilla. El puñetazo del Grandote me dio en el pecho. En ese momento surgió José y el Grandote le pegó en la cara, pero José también entró. El Grandote apareció con una porra en la mano. Un golpe de José en la cabeza lo tiró al suelo. Esa pelea iba a durar. Corrí a las habitaciones. Gisele estaba adelante con un objeto de metal en la mano. Le di una patada en la pierna, Gisele se dobló. Le metí con fuerza el puño en la barriga blanducha. Gisele cayó agarrando el objeto. Le pisé la mano.
—¿Dónde está Elizabeth? —pregunté.
Gisele miró detrás de mí. Me di vuelta y Célio me metió las uñas en los ojos. Sentí que me ardía la cara, como si me hubiesen cortado con una navaja. Mi visión derecha se nubló. Le pegué con todo en la nariz. Se me tiró encima, me mordió el brazo. Le di un puñetazo en la cabeza. Quedó completamente calvo. Sin peluca se veía horrible. Me arañó el cuello. Yo sangraba, veía cada vez peor con el lado derecho. Capaz que el hijo de puta me dejó ciego. Le di un golpe en la oreja. Célio cayó. Le di una patada en la cara, justo encima de la boca, el marica iba a tener que gastar un buen billete con el dentista y el cirujano plástico.
Apareció José, sudando, con la chaqueta rasgada, un enorme hematoma en la cara, sangre escurriéndole por la cabeza.

—Está amarrado —dijo José jadeando.
—No le quites los ojos a esos dos —dije a José.
Célio estaba desmayado en el suelo y la francesa estaba sentada con los ojos cerrados, apoyada en la pared.
En la sala estaban Eloína, Neuza y otra más, asustadas.
—¿Tú eres Elizabeth? —pregunté.
—No, no, me llamo Georgia.
—¿Dónde está Elizabeth? —pregunté a Eloína.
—Fue a su habitación.
—Muéstrame.
Agarré a Eloína de la muñeca, fui al pasillo.
—Aquí —dijo Eloína.
Elizabeth-Miriam estaba en medio de la habitación con los ojos desorbitados.
—No tengas miedo —le dije.
Le expliqué que F.A. me había mandado.
—Vámonos —continué.
—No, no... yo me voy a quedar aquí —dijo ella.
Empujé a Miriam-Elizabeth a la sala. Se fue pegándole a las paredes. Le mostré a Célio y Gisele.
—O vienes conmigo o te quedas con esas dos lacras —le dije.
—Vete con él —dijo Gisele, sin abrir los ojos. Apenas se le oía la voz.
Bajamos por el ascensor de servicio. Nos subimos a mi auto en el patio interno.
—Gracias —le dije a José—, ¿dónde te dejo?
—En Flamengo, cerca de Buarque de Macedo.
—Después pasa a mi despacho para pagarte. ¿Cuánto quieres?
José se quedó callado.
—Pide un buen precio, no soy yo el que va a pagar. El tipo es rico.
—No es nada. El João pidió y yo le hice un favor.
—Entonces déjame mandarte un regalo, ¿de acuerdo?
—Bueno.
—¿Qué puede ser?
—Un tocadiscos, ¿te parece?
—Te voy a mandar uno estéreo —le dije.
José se bajó en Flamengo.
—¿Adónde me llevas? —preguntó Miriam-Elizabeth, temblando.
—Al departamento de F.A.
Llegamos a mi departamento. Cerré las puertas del frente y de atrás, me metí las llaves al bolsillo. Fui al baño a verme los destrozos

que me dejó Célio. Un corte en el ojo derecho hasta la barbilla, otro corte en el cuello, las heridas ya estaban coaguladas. Tenía la cara para la historia. Me quité la camisa. La herida del brazo era la peor, los dientes filosos de ese perro habían entrado hondo en la carne. En el botiquín había un Merthiolate, me lo pasé por el brazo y la cara.

—¿De qué se va a operar tu mamá? —pregunté a Miriam-Elizabeth.
—¿Operación?

Ya estaba viendo mejor. Cerré el ojo izquierdo y me quedé mirando a Miriam-Elizabeth con el puro ojo derecho.

Llamé a F. A.
—¿Está el consejero?
—Fue a una comida, todavía no ha llegado. ¿Quiere dejarle algún recado?
—Dígale que vino el senador Ferreira Viana.

Corté. Seguí probando el ojo derecho. Ya estaba viendo perfectamente.

—¿Por qué no te sientas? Tenemos mucho de qué hablar —dije a Miriam-Elizabeth.
—Quiero ir al baño.
—Te muestro el baño.

Me quedé parado en la puerta del baño.
—Permiso —dijo.
—Lo siento, pero me voy a quedar aquí. Este baño tiene un pestillo por dentro y no te quiero perder de vista. No te voy a mirar, no te preocupes.
—Me da vergüenza —dijo.
—Mala suerte —respondí.

Miriam-Elizabeth entró. Esperé afuera, solo con un brazo adentro. La oí orinar.

—¿De qué se va a operar tu mamá?
—Del estómago.
—¿Tiene úlcera?
—Sí.
—¿En Minas?
—¿Cómo?

Miriam-Elizabeth unió con fuerza las manos como si estuviera rezando.

—¿Mujer con úlcera en el interior de Minas?
—No le entiendo…
—Es muy raro que una mujer tenga úlcera en el interior de Minas.
—¿Usted es médico?

—¿Qué crees?
—No sé. Me hace preguntas que no sé responder.
—¿Cómo te llamas?
Miriam-Elizabeth me miró a los ojos.
—¡No me mientas, puta!
—Laura.
Sonó el teléfono.
—Te estoy llamando desde las nueve —dijo F. A.
—¿Dónde estás?
—En la Embajada de la India. ¿La chica está ahí?
—Sí.
—¡Gracias a Dios! ¿Está bien? ¿Habló de mí?
—Conversamos un poco, pero fue suficiente. Es una estafadora, con Gisele y el marica te querían sacar plata.
—¿Cómo? ¿Cómo?
—Ella va a hablar contigo.
Le pasé el teléfono a Miriam-Elizabeth-Laura.
—Es cierto... discúlpame... discúlpame... ¿cómo?... sí, eso mismo... estoy arrepentida... tú eres muy bueno...
Miriam-Elizabeth-Laura me devolvió el teléfono.
—Quiere hablar contigo.
Me acerqué el teléfono al oído. F.A. hablaba bajo, con miedo de que lo oyeran.
—Yo amo a esa mujer, ¿me entiendes?, no me interesa lo que es...
—Te estaba engañando...
—No importa para nada.
—La plata es tuya.
—Eso mismo.
—¿Quieres que ella duerma aquí? —pregunté.
—Sí, mañana por la mañana paso.
Colgué.
Tomé la mano de Miriam-Elizabeth-Laura.
—Vamos a la cama, viene hasta mañana por la mañana.
Su mano apretó la mía. Miriam-Elizabeth-Laura ya no tenía miedo.

*** (Asteriscos)

***
Según lo anticipó esta columna, el director José Henrique, invitado para dirigir la trilogía GT, *producirá solamente* Direcciones. *«Las tres obras deberían ser presentadas concomitantemente, pero la comercialización del teatro nacional y la pereza y la estupidez y la alienación de los espectadores no permiten la puesta en escena de una obra de seis horas de duración», señaló a esta columna el joven director.*
***

Los ensayos de la obra Direcciones *continúan realizándose con carácter de urgencia. La foto muestra al director José Henrique dándole una bofetada a la actriz Célia Regina.*

ENTREVISTA

P: *¿Cómo te decidiste a enfrentar el gran desafío de escenificar la* Guía de teléfonos?

JH: No sé, creo que me cansé de los viejos textos del teatro del absurdo, de la crueldad, de la incomunicabilidad, etc. Me sentía encerrado en un microsegmento del multicodalismo del conocimiento humano. El año pasado me encontré con Tynan en Londres y me dijo: «El gran director de teatro aún no ha nacido». En el avión me vine pensando, Welles, Barrault, Vilar, todos pura *hybris* y nada más.

P: *¿Y Stanislavsky?*

JH: ¿Has leído su libro?

P: *¿Qué libro?*

JH: *Mi vida de artista* o algo así. El tipo era un idiota. A lo mejor habría sido un buen autor representando obritas de Gorki y Chéjov, pero director, director de verdad, no era. Cuando esta momia murió ni tú ni yo habíamos nacido.

P: *¿Cuándo fue eso?*

JH: En el treinta y muchos, antes de la segunda guerra. ¿Ves que es antiguo?

P: *¿Decidiste dirigir la* Guía de teléfonos *para demostrar que eres un gran director?*

JH: No necesito mostrar a (...) nadie que soy un gran director. Escogí *Guía de teléfonos* porque es una obra (conjunto de informaciones sobre el mundo) muy importante, constantemente renovada, postactual, donde el contexto domina sobre el texto y la analogía sobre las relaciones de cantidad. Cuando imprimas esto manda colocar la frase «conjunto de informaciones sobre el mundo» entre paréntesis.

P: *Parece que no estás ensayando las tres piezas que integran* Guía de teléfonos. *¿Se les puede representar aisladamente sin deformación en su significado, como ocurre con la edipiana de Sófocles, por ejemplo?*

JH: Sófocles escribía obras compactas. Lo que hay de común entre *Edipo Rey*, *Edipo en Colono* y *Antígona* es la presencia de Antígona e Ismene en todas ellas, diciendo cosas diferentes. Mejor dicho, en *Edipo Rey* ni siquiera eso pasa porque ellas están mudas. En *Guía de teléfonos* hay una profunda e inseparable relación y dependencia entre *Direcciones* y *Suscriptores* y de estas con *Páginas amarillas*. Pero lamentablemente no podré ensayar la trilogía, me demoraría seis horas y los oligofrénicos que frecuentan el teatro no soportarían tanto tiempo con el estómago vacío. Y los empresarios solo quieren ganar dinero, como los editores, los *marchands de tableaux*, los exhibidores y demás explotadores de los artistas e intelectuales. Como solo podía llevar una, opté por *Direcciones*, en que la temática de la estética como ciencia de la sensualidad se confronta con la desublimación represiva de la sociedad tecnológica.

P: *Dicen que la puesta en escena de* Guía de teléfonos *es un marco tan importante para el teatro como el trasplante de cerebros para la medicina.*

JH: Creo que esa comparación es muy poco acertada. El arte ha sido siempre más importante que la ciencia, de la que la medicina es uno de los ramos menos relevantes. Tú mencionaste a Sófocles. ¿Recuerdas a algún médico de su tiempo? Pero conoces a Esquilo, Eurípides, Aristófanes, Heródoto, Tucídides, Sócrates, Platón, Xenofonte, Fidias, Praxíteles, centenas de nombres célebres contrapuestos solamente a Hipócrates, que era más un *public relations* de la medicina que un médico propiamente dicho. El médico más famoso de hoy representa, como mucho, dos líneas de *Guía*. Después de muerto ni siquiera eso. Los técnicos solo valen mientras están vivos.

P: *¿Cuál es tu próximo proyecto?*

JH: La *Psychopathia sexualis*, de Krafft-Ebing, en la que las mujeres harán los papeles de los hombres y los hombres los papeles de las mujeres. Pretendo desmitificar el sexo y su psicopatología. Más allá de las taras de los pacientes de Ebing, están insolubles los problemas de adecuación dependencial que pretendo exponer por primera vez en un escenario.

TV

VIDEO	AUDIO
Primer plano del animador	Y ahora, estimados telespectadores, invito ante nuestras cámaras y micrófonos al gran director teatral José Henrique. Aplausos para él, que bien se lo merece.
Gente sentada aplaudiendo	*Aplausos*
Primer plano del animador *José Henrique caminando* *Primer plano del animador* *Primer plano de José Henrique* *Primer plano del animador*	¿Ya empezaste a ensayar tu obra, José Henrique? Señoras y señores, José Henrique está dirigiendo la trilogía *GT*, el mayor acontecimiento teatral de la temporada. ¿Qué tal, José Henrique?
Primer plano de José Henrique *Primer plano de un espectador* *Primer plano de José Henrique* *Primer plano del animador* *Primer plano de un espectador* *Primer plano de José Henrique* *Primer plano de un espectador*	Por ahora es temprano para decirlo. Quiero decir, los ensayos andan bien. Quiero decir, todavía no han empezado. Pero eso no es problema. Problemas vamos a tener con el público, que es cretino, y con la censura, que siempre está compuesta de sujetos que le tienen horror a la vida y al arte. Todo censor es un asesino en potencia, todo espectador un débil mental.

PROGRAMA

JOSÉ HENRIQUE — LA DIRECCIÓN COMO CREACIÓN

«Mi biografía no le interesa a nadie», suele decir el joven director de *Direcciones*. José Henrique surgió repentinamente en el teatro brasileño dirigiendo *¡Días felices!* Puso a los dos personajes de la obra completamente desnudos, la mujer manchada de excrementos y el hombre de sangre. «Hoy en día no perdería el tiempo con Beckett.» Sin embargo, alcanzó la consagración con la adaptación de *Juliette*, de Sade. «El público normalmente está formado por violadores latentes, homosexuales reprimidos e incestuosos sublimados, todos con complejo de culpa. Es obvio que la obra del divino Marqués les provocaría un gran efecto catártico.» José Henrique ya no piensa seguir dirigiendo a Sade. «Sade me interesó como una experiencia de consustanciación del sexo de la violencia con la violencia del sexo. Pero eso ya está superado. El orgasmo es un plato de papas fritas.»

GUÍA DE TELÉFONOS — UN DESAFÍO SIN OPOSICIÓN DESDE 1876

Cuando la Bell Telephone System publicó su primer catálogo en el siglo XIX nadie se dio cuenta de las potencialidades dramáticas de la empresa. En 1956, John Gurrisi, un oscuro estadounidense de origen italiano, residente en una habitación pobre del edificio 281 de la calle Dartmouth, en Boston, trató de conseguir recursos para la representación de *Yellow Pages. Looking for Something? No, I Found It.* Gurrisi, que trabajaba en la Biblioteca Pública en Copley Square, a pocos pasos de su residencia, fracasó en sus objetivos y desapareció de Boston. Sería interesante poder encontrarlo, pues Heinrich Boechner, de Múnich, se suicidó tras anunciar que estaba preparando la representación de *Das Fernsprecherbuch*. Eso pasó en 1960. Durante muchos años nadie más se atrevió a enfrentar la gigantesca complejidad del texto. Fue en Brasil que, por un joven director llamado por muchos loco, la gran obra acabó siendo representada. «Yo recién había terminado de leer *Psicolingüística. Problemas teóricos y de investigación* de Osgood y Sebeck», dice José Henrique, «y tenía esto en la cabeza: las relaciones entre el observador y lo observado, una vieja historia que Parménides conocía muy bien. El hombre sufre limitaciones en su capacidad para percibir y conceptualizar. Pero el mundo se coloca dentro del molde de nuestras percepciones. Yo hago trizas ese molde, ¿me entienden? Y llego al meollo del significado de las cosas, libre de los parámetros de tiempo y espacio y de las perplejidades neurofisiológicas. Hago trizas el molde, ¿entienden?»

INFORME

Confidencial
De Alceu Figueiredo (censor)
Para A. R. Abaeté (director)

Estimado señor:
Conforme el reglamento, presento a su señoría mi informe sobre la obra *Direcciones*.

El 2 de mayo del presente año el texto de la obra fue sometido a esta sección para su aprobación. Se trata de una guía de teléfonos, de esas con direcciones, de la que se había arrancado la primera página y en su lugar se había puesto otra con la siguiente información: «*Direcciones*. Dirección: José Henrique. Una producción del Teatro Libre».

Mandé llamar al responsable de la producción de la obra. Vino el propio director y mantuve con él un diálogo que intentaré reproducir lo más fielmente posible.

Lo invité gentilmente a sentarse. Mientras ondulaba los extremos de sus negros bigotes me preguntó si habíamos encontrado alguna impropiedad en el texto. En su fisonomía no había nada que indicase ironía o falta de consideración.

—Señor José Henrique —le dije—, en veinte años de censura, este es el texto más extraño que he encontrado.

—Veinte años de censura, una considerable experiencia —dijo José Henrique.

Nos quedamos callados por un tiempo. Confieso, señor director, que el teatro actual me perturba mucho. Los autores que antes solíamos analizar, Albee, Pinter, LeRoi Jones, Simpson, Grass, no ofrecían las dificultades que presentan los modernos. *Mictorio* fue censurado por mí, lo recuerdo bien, en menos de dos horas. Pero *Direcciones* estaba conmigo hacía más de quince días y seguía perplejo.

No encuentro ni un diálogo en su obra dije.

—La obra no es mía, ni la ciudad es mía —dijo José Henrique, tomándome del brazo y llevándome a la ventana—. ¿Ve esa ciudad? Calles, gente hacinada muriendo, copulando, escapando, naciendo, matando, comprando, robando, vendiendo, soñando.

—No le entiendo —le dije con toda honestidad.

—Imagine un edificio en avenida Nossa Senhora de Copacabana. ¿Habla?
—No.
—Entonces usted no lo está imaginando, solo lo está viendo, viéndolo por fuera, pero la imaginación ve por dentro, ¿me entiende?

Me dieron ganas de responder negativamente, pero me limité a pedirle que siguiera.

—Un amigo mío, un criminal, se tatuó un corazón en el brazo y escribió dentro *amor de madre*. La policía lo mató a tiros y él nunca supo que fue víctima del amor de madre, ¿me entiende?
—Siga.
—Un burócrata se sienta en una mesa y escribe una norma que se va a convertir en decreto. Alguien que se acerca a su boca logra oír el rechinar de sus dientes, ¿me entiende?

Señor director, nuestra conversación fue entera en ese diapasón. Confieso que ya no recuerdo todo lo que se dijo ni por qué. Un hombre extraño don José Henrique. Su obra debe tener las mismas oscuridades. Sin embargo, no veo inconvenientes para que se represente, siempre y cuando esté autorizada para mayores de veintiún años.

CRÍTICA

I (Fragmento)
La luz se enciende. El inmenso escenario está dividido en tres niveles. Cada nivel está dividido en líneas verticales. Dentro de cada línea ocurren, entre otras, las siguientes cosas: un hombre desnudo golpea a una mujer desnuda con un látigo de siete tiras, en cuyas puntas hay pedazos de metal, mientras la mujer da gritos horripilantes; un viejo sin dientes, en una vieja cocina, se mete con manos temblorosas enormes trozos de guayaba en la boca, como si se estuviera matando; un hombre gordo sentado en una taza de baño lee el Jornal do Brasil, *se levanta, muestra las nalgas al público y se limpia el ano laboriosamente con pedazos del diario; tres jóvenes bien vestidas golpean furiosamente con martillos y barras de fierro a un hombre caído de cuyo cuerpo salen borbotones de sangre. Mientras tanto, en el escenario de arriba, un niño fabrica una cometa con hojas de seda verde y enseguida la encumbra y se engancha en los cables de un poste, el niño trata de sacarlo, el cable se rompe, golpea el suelo con una explosión y el plano superior queda a oscuras; simultáneamente, en el plano medio una medalla es colocada en el pecho de un general, una mitra en la cabeza de un obispo, un bebé en la mano de la madre del año, se ofrece una caja de herramientas a un obrero estándar, se le coloca un protector genital al atleta del año, etc., etc.*

Este es solo el prólogo. ¿Y los sonidos? Bocinas, máquinas de escribir, himnos, explosiones, tambores, campanas, pitos, timbres, motores, turbinas, sierras, llanto de niños, tiza en un pizarrón, lija, eructos, pedos, platos y vidrios quebrados, teléfonos, palmas que al final se mezclan en uno de los sonidos más pavorosos, aterrizantes y fascinantes que nadie jamás ha oído.

Es imposible describir esa experiencia multidimensional. Algunos espectadores se desmayaron, otros huyeron de la sala, transidos de pavor. Pero los que se quedaron vieron abrirse las puertas del infierno y del cielo de la condición humana, como parecen ser las direcciones de la propia obra.

II (Fragmento)
Con diez minutos de obra, un hombre que estaba en la segunda fila salió del teatro (acompañado por una mujer que nerviosamente miraba al suelo) gritando «¡basura, basura!». Después salieron otras personas diciendo «este país está perdido», «un caso policial», «esto es demasiado», «basta de porquería». Podrían estar todos equivocados. En la historia del teatro la renovación fue siempre recibida con ataques e incomprensión. Pero los indignados espectadores que abandonaron la sala en que se exhibía la obra Direcciones *(parte de una absurda trilogía llamada* Guía de teléfonos*) tenían la razón.*

La obra, o se llame como se llame, es indescriptible. Centenares de cosas pasan al mismo tiempo. «Es multifacética, como la vida misma», dijo el otro día su director José Henrique. Todas las facetas están frente a nosotros, bajo luces coloridas súbitamente alternadas por blancos y negros totales. Decidí seguir una de las facetas, lo que no fue fácil, pues un determinado acontecimiento (llamémoslo así) que ocurre, digamos, en el extremo izquierdo del escenario, puede, sin más ni menos, continuar en el extremo derecho o en el centro, arriba o abajo, etc., etc. Decidí seguir, Dios sabe con qué dificultad, y estábamos solo en el prólogo, lo que ocurría con un niño. Ese niño, que tanto podía ser un niño rico groseramente disfrazado de pobre o un niño pobre groseramente disfrazado de rico, se sienta en una mesa que tanto puede ser una mesa vieja o una preciosa antigüedad. Sobre su cabeza está escrito en letras de gas neón de varios colores, prendiendo y apagando, cada vez una letra, después palabra por palabra, después la frase entera BERNARDO COME MIERDA DE NIÑOS. Frente a él se ve una bacinica dorada (¿lata, oro?) de donde el niño, con una cuchara plateada (¿plata, metal ordinario?) saca pedazos de excrementos (¿o mazapán simulando heces?; la persona que estaba a mi lado asegura que sintió olor a heces) que come con el rostro impasible. El Homo cacans *productor reemplazado por el* Homo cacans *consumidor. La pieza entera está hecha con alegorías de ese tipo, que pueden fascinar a algunos críticos ignorantes (como la mayoría de los críticos), pero no a los que saben separar lo bueno de lo malo, independiente de la forma... o del olor.*

III (Fragmento)

Direcciones *es teatro de escenario, teatro de director, teatro de actor, casi teatro de texto. En todo el espectáculo hay un dejo de tradición y conformismo. Una pérdida de tiempo hablar de lo que vimos ayer. Basta de ingenuidad y de falta de imaginación. Es por eso que el teatro está muriendo.*

Ámbar gris

Como todos saben
el animal más inteligente
que existe es el cachalote.
No va a la luna porque
solo quiere ser feliz
y tampoco (lo confieso) tiene
dedo pulgar.
Pero le basta oír una sola vez
la *Novena* de Beethoven,
o las obras completas de Lennon & McCartney,
o el *Ulises*, o los *Elementos de la biología*,
que su mente computapleja
lo almacena todo y reproduce nota por
nota, palabra por
palabra, en cualquier momento,
por el resto de la vida.
«Profesor Lilly,
su excelencia es el mayor neurofisiólogo
especialista en
Physeter macrocephalus,
¿quién es más inteligente:
el hombre o el cachalote?»
«El cachalote, evidentemente.»
«Profesor Lilly,
su excelencia, que es
especialista en
Delphinus delphis,
¿quién es más inteligente:
el hombre o el delfín?
«Empatan. Pero los astutos manierismos,

trucos y trampas del delfín
me llevan a suponer
que el C.I. del delfín
es un poco superior.
Permítame que llame
—sigue el doctor Lilly—
a mi joven (y linda)
asistente, la doctora
Margaret Howe, que vivió con
un delfín llamado Peter,
durante dos años y medio.»
«Nuestra vida sexual fue un fracaso»,
dice la doctora Margaret,
«él quería,
yo quería.
Peter incluso estaba aprendiendo inglés,
pero yo agarré una pulmonía
en el fondo de nuestra piscina oscura,
y sin más ni menos,
acabamos.»
«De cualquier forma»,
dice el doctor Lilly,
«la comunicación interespecies
ya es un hecho.»

Mi interlocutor

...dice que mi hijo se quiere casar con la mujer equivocada. Dice que es una mujer perspicaz y persuasiva y cuando pregunto cuál es el problema de ser: sagaz, penetrante, agudo, sutil, discerniente, convincente, suasorio, aconsejador —responde: «Pero no la mujer de nuestro hijo, no la mujer de nuestro hijo».

Con ese tipo de persona es mejor no discutir. Finjo limpiar la mugre de una uña y nos quedamos en silencio, a ratos. Sé a dónde vamos, ese juego no es nuevo. Pero esta puede ser la jugada final.

—Pero no es solo eso —recomienza él, exhibiendo una vergüenza que no existe.

—¿Entonces qué? —pregunto, ahora más atento que nunca a la tarea de limpiarme las uñas; llevo realmente mi minuciosa mímica al extremo de chuparme estrepitosamente los dientes, como si estuviera sacándome un residuo alimenticio metido entre dos de ellos. Eso debe haberle dado valor:

—Parece que el pasado de ella es un tanto oscuro.

—Aclara ese punto, por favor —digo, y mi actitud casi comercial parece sorprenderlo.

—¿Cómo?

—Acláralo, acláralo, dale luz a lo oscuro.

—¡Ah! —dice sonriendo como si hubiese descubierto en mi frase una broma embutida—, bueno... mira, nadie sabe lo que hizo... mejor dicho, lo saben...

Describo a mi interlocutor: es un viejo gordo, de pelo largo y abundante. Parece una vieja gorda, a pesar del bigote con canas que se dejó crecer para quedar con cara de hombre. Su voz es fuerte, agradable, siempre ha sido un maestro de la palabra: timbre claro, sintaxis perfecta, semántica precisa. Nos maravillaba a todos, amigos y colegas. Fue profesor y al final de las clases los alumnos aplaudían después del siempre presente broche de oro elocuente contra el conformismo o la ignorancia o la opresión o la vejez: «El mundo es de los jóvenes», tronaba el viejo profesor y la casa se derrumbaba.

Y, sin embargo, en esa misma época mantenía a una mujer en una cárcel privada y la mantiene hasta hoy, ya jubilado.

—Eres cinco años mayor que yo, ¿no? —le digo, pues sé que se enoja, no fue por nada que se dejó crecer el camuflador bigote.

—Somos del mismo curso —responde él.

—En el colegio sí, pero perdiste cinco años debido al asma o a otra enfermedad cualquiera.

Él se detiene, ya sé su alternativa: discutir la edad o dejar de lado mi provocación y volver al tema inicial donde quien golpea es él.

—Tal vez tengas razón, pero volviendo a esa... esa joven con quien Antônio se va a casar, dicen, dicen...

Ayudo a mi interlocutor:

—... ¿que es una puta?

Veo la sorpresa, la rabia, la frustración en su rostro. Como una culebra al descubrir que el veneno de sus dientes no es letal, mi interlocutor pierde su poder: se arquea, se pone una mano en el corazón (yo ya lo había visto hacer eso en clase) y dice:

—El hombre es un animal cruel.

Él, mi interlocutor, y yo nos odiamos. Ese odio nos ha acompañado toda la vida. Ahora estamos aquí, sentados nuevamente, ya viejos, sin valor para destrozarnos de una buena vez. Años de bellaquerías y dimes y diretes y torpezas y calumnias y lóbregos cuchicheos injuriosos es el balance, hasta ahora.

—Destruyámonos de una vez —propongo. Estoy viejo, viudo y creo que mis golpes van a herir más hondo. Él tiene, por ejemplo, a la mujer en una cárcel privada. Insisto, pues, en la grandeza, en este instante final—. Siempre fuiste cobarde.

—No te lo admito... solo porque tu hijo... no lo admito —dice él, agitando nerviosamente las manos abiertas, como un acelerado limpiador de vidrios.

Tengo ganas de darle un puñetazo y de escupirle en la cara, pero abreviaría tal vez la prueba final. La prueba final no es saber si soy más fuerte que él, eso ya lo sé. No será ventaja entonces abofetearlo (y escupir) en ese miserable harapo. Al menos por ahora. Además, no creo que la violencia física le haga mal.

—Un día salí por la calle a buscar a mi mujer. Entonces apareció esa mujer alta. Me gustan las mujeres altas.

Mi interlocutor se encoge en la silla. Debajo del odio y del asco de su cara casi logro ver su cerebro trabajando. No vino al encuentro final, solo vino a una escaramuza que incluye a la mujer que se va a casar con mi hijo, y le digo: ¡es aquí, y ahora! Repito:

—Me gustan las mujeres altas. ¿Te gustan las mujeres altas? —y como él amenaza con decir algo, me anticipo—: después... después me respondes. Era una mujer alta, que al principio pensé que en otros tiempos no muy distantes había sido lozana y firme. Fue en la calle: la miré a los ojos, sentí la respuesta, me acerqué y vi que estaba a mi disposición. Así empezó un extraño caso de amor y perversión que ciertamente estarás ansioso de oír.

Mi interlocutor da un enorme salto hacia delante. Un salto sorprendente, lo confieso, que le debe haber costado bastante. Él siempre fue frágil, de poco aliento, flébil y flácido, así es como lo recuerdo en el colegio. En lo alto de su salto, que se dirige contra mí, cambia de idea y en el suelo, después de balancear sus gastadas papadas, empieza a correr hacia la puerta. Se escapa el infeliz.

Lo sigo. Llegamos juntos a la puerta, que bloqueo con mi cuerpo, cierro y pongo la llave en mi bolsillo.

—Me vas a oír —le digo.

Él se pone las manos abiertas en los oídos y empieza a recitar en voz alta algo incomprensible, cuyo objetivo es evidentemente no escuchar con claridad mi voz.

Le doy un golpe de mano abierta en la nuca, como se hace con los conejos. Por falta de práctica, el golpe no le afecta como esperaba. Sale corriendo por la sala, tirando al suelo el teléfono. Lo sigo (mantiene las manos en los oídos) gritando «me vas a oír, me vas a oír». Después de un puñetazo en la cabeza, también sin mayores resultados, se refugia en mi habitación, se acuesta de bruces en la cama, entero encogido, las manos en los oídos, el rostro entre los codos, un gato escondido con la cola para fuera.

—Me vas a oír —le grito al oído, mis labios rozan su rechoncha y sudada mano.

Él reinicia su arenga, también gritando, pero ninguno de los sonidos que emite puede ser identificado como una palabra de nuestra lengua o de la de algún otro pueblo civilizado.

Agarro una cuerda. Primero hago un nudo en una de sus muñecas, después tiro esa misma muñeca para atrás de su espalda, forzándole el brazo hasta que duela, así logro la entrega del otro brazo, que sigue el camino del primero. Amarro los dos, fuertemente.

Estamos cansados. Ya no somos niños, pero él logra mantener sin intermisión, todavía con la voz jadeante, el ritmo de su declamación esotérica. Aun así, empiezo a decir.

—Ella nunca tuvo apariencia de salud, desde chica tuvo el tejido descompuesto: la corrupción era una marca de fábrica que la había alcanzado por entero y por igual. La carne de las piernas, tú sabes cómo me gustan las piernas, ¿verdad?, en realidad, como me gustas tú.

Él grita tan fuerte que yo también tengo que gritar para ser escuchado. Un dueto, así, no es posible. Urge amordazarlo. Estoy apurado. Trato de rasgar la sábana de la cama sin éxito. Saco varias corbatas del ropero. En otras circunstancias sería un acto de disipación o desperdicio de corbatas tan finas, pero ahora, a esa altura de los acontecimientos, importa muy poco.

Trato de meterle una de las corbatas en la boca. No es fácil la maniobra; no quiere abrir la boca, tengo que pellizcarle las mejillas, me muerde la mano (nunca ha tenido carácter el desgraciado), la corbata no entra entera, sobra un pedazo donde se lee *hecha a mano / seda pura*; todo eso, evidentemente, aumenta mi ira:

—La carne de sus piernas —digo con rabia, mientras amarro con fuerza dos corbatas más, también de seda pura, sobre su boca—, la carne de sus piernas perdió la integridad: como si trozos de carne de diferente origen se hubiesen amontonado y montado en forma de pierna, como un rompecabezas; manchas oscuras se esparcen por sus miembros inferiores, tal vez marcas de patadas. Sin embargo, la pierna se mantenía con forma de pierna, de la misma manera que una longaniza se mantiene con forma de longaniza a pesar de la discontinuidad y autonomía de las carnes que la rellenan. ¿Qué provoca eso, la pierna de mil carnes espurias manteniendo, como abejas volando, su formación? No era tripa de cerdo lo que la envolvía, la piel era fina, ni era juventud, que es lo que pega la carne al hueso como el cemento al ladrillo, pues juventud ella no tenía. ¿Qué era?, ¿qué era?, ¿qué era?

Grito con la mayor ferocidad: «¿Qué era? ¿QUÉ ERA?». Imposibilitado de cerrar los oídos, mi interlocutor cierra los ojos. Con la mordaza escondiendo sus bigotes se parece más que nunca a una mujer vieja.

—¿Me oyes, vieja chismosa? Escucha bien porque esto te interesa. Esa mujer alta y podrida no se desintegraba, como un miasma incorpóreo al viento, porque tenía una cosa, un poder agregado. Al verla, aprendí de inmediato esto: entre el nacimiento y la muerte, solo el amor, el amor de orgasmos y órganos, existe. Únicamente ella podría darme esa verdad. Me acerqué y vi que me estaba esperando, oscura, gastada, corrompida, obscena. Mi cuerpo tembló en un frenesí. «Ven», le dije. «Voy a buscar mis cosas», dijo ella. Salimos juntos. Las ropas de ella cabían en una maleta; el resto vino en las manos, un gato siamés y un caleidoscopio. Fuimos a mi casa. Ella se puso una bata roja larga que se arrastraba por el suelo. Por primera vez rio. Sus dientes eran blancos y puros, saludables, como su lengua rosada, que me extendió como saludo. ¡Ah!, las ojeras de la cara, su mortificación, sus ojos amarillentos, fuimos derecho a la habitación, le lamí los pies, dedo por dedo, suela, tobillo, ella lamió mi rodilla helándome el tuétano de la espina, después se envolvió como si fuera lodo, prensa, peste, pozo negro, muerte: era un amor de perdición.

Mi interlocutor deja de debatirse, de gemir. Mantiene los ojos cerrados, finge dormir, pero una gota de sudor frío le baja por la frente y se desliza por las mejillas: disimula, como los ratones y ciertos insectos.

Débil, aplastable por un tacón de zapato, una cosa menor y pobre, miserable.

—No sabía que era tu mujer —digo.

Luego me arrepiento, sorprendido de mí mismo; él también se sorprende y me mira con desconfianza. ¿Pena por él? Él es rico, tiene mucho dinero. (Se hizo profesor para limpiar el origen rastrero del dinero que heredó de su padre.) ¿Y ella no volvió a él? ¿¡Hum!? Inmediatamente la puso en una cárcel privada. Nadie la veía, ni los amigos. Ahí empezó mi propia sordidez. Hice una llamada anónima a la policía diciendo que el profesor Fulano mantenía a la propia esposa en una cárcel privada. El policía investigó, los vecinos no la habían visto, ni los proveedores, etc. El policía fue: dicen, etc. El profesor quedó choqueado: ¿mi mujer? Escuche, señor investigador, etc. La mujer apareció, negó, dijo que no salía de la casa porque el sol le hacía mal. Y la lluvia, agregó el profesor. El investigador fue la última persona que la vio, ¡pero ella existió durante todos estos largos años! Come y bebe, y usa crema para el cuerpo, perfumes y ropa, lee libros, ve caleidoscopios. ¡Todos estos años! Rearticulé la amistad con el marido para tener su presencia vicaria y no logré ni siquiera eso. Busqué inútilmente una brecha. ¿Él lo sabía todo? Yo sé que ella me ama y el amor no se termina así de repente. ¿Por qué me dejó y volvió con su marido impotente? ¿Estará muy, muy vieja? ¿Cómo será la vejez de mi querida? Una vieja hetaira en la decadencia de Bizancio. Quiero verla, el tiempo y la vida se escapan.

—Quiero verla —le pido a mi interlocutor.

Él mueve negativamente la cabeza, horrorizado.

—Por favor, es a mí a quien ama, debes saberlo.

Él trata de decir algo, sonidos roncos que suenan como un afligido pedido.

Me arrodillo a sus pies.

—Por favor, la amo, perdóname.

Él sigue moviendo la cabeza, triste, gruñendo desesperado.

Le pego en la cara con la mano abierta; pateo sus cojones inútiles, le escupo en los ojos, lo golpeo en las orejas, lo tiro al suelo y le piso la cara. Lo apaleo durante un buen tiempo.

Él me mira, mientras brotan lágrimas de sus ojos, mojando la mordaza. *¡Me mira satisfecho!*

(¿Quien llora no está destruido?) Cada vez llora más, las lágrimas burbujean en sus ojos felices. El cuerpo le empieza a temblar fuertemente; da una carcajada y llora tras la mordaza.

Esto me deja muy inquieto, sin otro camino a no ser ese, que él mismo escogió. Agarro el cuchillo de la cocina, un largo cuchillo cuya lámina, con tanto uso, tiene en el centro una acentuada mella. Verifico la agudeza del filo pasándole despacio el pulgar de mi mano derecha. Pero lo que importa es la punta: fina y fría.

Con un golpe rápido y preciso alcanzo su triunfante corazón.

Saco las llaves de su bolsillo, ligero.

Se llevará una sorpresa cuando me vea surgir en medio de las fantasías simétricas de su caleidoscopio.

El encuentro y el enfrentamiento

Roberto abre la puerta.
—¿Tú eres Roberto? —Dos chicas.
—Sí.
—¿Y tu primo?
—No ha llegado.
Altas, elaboradamente vestidas, pintadas y peinadas.
—¿Puedo hacer una llamada?
—Por supuesto. ¿Quieren tomar algo? Whisky, cerveza...
—Whisky.
—¿Cuál de la dos es Renata?
—Yo —al teléfono.
—Me llamo Kátia —la otra.
Roberto abre la puerta y aparece un estudio: prepara los tragos.
—¿Tu primo viene? —pregunta Kátia.
—Sí, sí —dice Roberto—. ¿Cuántos años tienes?
—Veinte —dice Renata.
—Yo tengo veintidós —dice Kátia.
Los tres beben en silencio.
—¿Estás triste?
—¿Yo? No, no —responde Roberto.
—Estás tan callado...
—Soy así mismo...
—La Rutinha dice que hablas poco.
—¿Qué Rutinha?
—La Ruth, Jacqueline.
—¡Ah!
Roberto se rasca la ceja.
—Hoy es mi cumpleaños —dice Renata.
—Felicidades —dice Roberto besando a Renata en la cara—. ¿Estás de novia?
Renata se quita la argolla del dedo.

—Sí, mira.

Le da la argolla a Roberto, mostrando el nombre grabado en la parte interna. Roberto mira sin poder leer lo que está escrito.

Renata abre la cartera.

—Este es mi novio.

Un retrato tres por cuatro. Un rostro. Al reverso, letra redonda: *Para Renata, mi amor, con cariño. J. Gomes.*

—Esta es mi señora madre.

Otra foto tres por cuatro. Una mujer gorda, un cuello tremendamente gordo.

—Y este es mi difunto padre.

Una foto más grande, seis por nueve. Un hombre calvo, de rostro delgado y tres niñas. El hombre está agachado, de perfil, dos niñas están jugando con una muñeca y la tercera mira a la cámara.

—Esta soy yo —dice Renata, señalando a la niña que no está jugando.

—Muy bien —dice Roberto devolviendo las fotos a Renata.

Llega Chico.

—Este es Chico —dice Roberto.

—Con permiso, queridas —dice Chico.

Roberto y Chico se encierran en el baño.

—¿Con cuál te quedas? —pregunta Chico.

—Con la morena —dice Roberto—. Me fascina. Tiene unas piernas rollizas de gringa de los *roaring twenties*. Parece que en cualquier momento se va a poner a bailar charleston.

—Bueno, quédate con la morena.

—Me mostró tres retratos y dijo esta es mi mamá, este es mi difunto padre, este mi novio; se llama J. Gomes.

—Si llamara al padre de mi sentido padre sería mejor.

—Yo hablo con ella.

—¿Tú crees que a la otra, a la rubia suculenta, le gusté? —una arruga en la frente de Chico.

—Sí.

—No sé...

—¿Quieres cambiar?

—No, no hace falta.

—Es grande, pero flaca. Lo que importa son los cuarenta centímetros que van... adelante: desde la punta de la costilla al pubis, y atrás: de la orilla de los dos hemisferios del culo hasta la sexta vértebra. Ahí no puede haber grasa. ¡Abajo la grasa!

—¡Abajo la grasa!

—¿Qué están haciendo? —grita Kátia.
—Conversando —dice Roberto.
—¿Abrazaditos? —pregunta Renata.
—No —Chico abre la puerta.
—Un brindis al *blind date* —dice Roberto.
Todos beben.
—A la salud de J. Gomes —dice Roberto.
Todos beben.
—Eres muy bueno —dice Renata.
Roberto y Renata se abrazan, se besan en la boca.
—¿Ustedes viven aquí? —pregunta Kátia.
—Este es nuestro Valhalla —dice Chico.
—Cariño, tengo que irme a las ocho... otro día me quedo más contigo... —dice Renata al oído de Roberto.
—Ok —dice Roberto.
—... te hago la cena.
—Hablar en secreto es mala educación —dice Kátia.
—... me gustaste —sigue Renata.
—Me voy a bañar. ¿Te quieres bañar conmigo? —pregunta Roberto.
—¿Tienes gorro? —pregunta Renata.
Roberto le muestra dos, de plástico. Renata se pone uno en la cabeza. En la ducha:
—Tú dijiste mi difunto padre. ¿Murió hace tiempo?
—Yo tenía diez años.
Renata enjabona a Roberto.
—Yo salí a él, mi mamá es muy fea.
—Vi el retrato. ¿Lloraste mucho cuando murió?
—Sí, creo que lloré.
—¿Entonces por qué no dices mi sentido padre?
—¿Sentido?
—Sentido padre.
—No sé.
—Sentido es mucho más bonito que difunto.
—¿Tú crees?
   Sí. Vamos, di sentido padre, mi sentido padre.
—Qué tontería.
—¿Tontería? ¿La muerte de tu padre fue una tontería? Vamos: sen-ti-do padre.
—Sentido padre...
—Mi sentido padre.
—Mi sentido padre.

—¿Ves? ¿No es más bonito así? Es más culto. Sentido es una palabra mucho más sofisticada que difunto.

Renata seca a Roberto.

—Si vas a la sala y dices: Chico, ¿te mostré la foto de mi sentido padre?, a él le va a encantar.

—¿Así? ¿No es mejor que me ponga una toalla?

—Solo la parte de abajo. Imagina que estamos en Samoa.

Renata se envuelve en la cintura una toalla de rayas azules, rojas, blancas y verdes.

En el somier de la sala Chico y Kátia están tomados de la mano.

—Chico, ¿te mostré la foto de mi sentido padre? —pregunta Renata.

—Criatura mía, el mundo es un valle de lágrimas —dice Chico.

—¿Qué haces tú? —pregunta Kátia.

—Soy un doble de entomólogo y telépata —dice Chico.

—Amor... —dice Renata.

—Me voy a la habitación. Quédate aquí, ¿Ok? —pregunta Roberto.

—Bueno —responde Chico.

La habitación está separada de la sala por una puerta de vidrio opaco. Roberto y Renata entran al cuarto, cierran la puerta y apagan la luz.

En la sala:

—¿Cuál de nosotros es mayor? —pregunta Chico a Kátia.

—No sé...

—¡Anda, dime! ¿Él o yo?

—¿Tú?

—Él, querida. ¡Él!

—Parecen de la misma edad.

—Ey, ustedes ahí adentro, ¿están fornicando a oscuras, en silencio como dos sepultureros? —grita Chico.

—Lo que es bueno para Henry es bueno para nosotros —responde Roberto.

—*Touché!* —grita Chico—. *Touché!*, ¿ves?, *touché*, cliché, miché.

Kátia se quita la ropa.

—*La chair est triste, hélas, et j'ai lu tous les livres* —dice Chico.

—¿Qué dijiste?

—Es mi epitafio, lo que sería mi epitafio si Mallarmé no hubiese escrito esa mierda antes. El tipo nació cien años adelantado. ¿Tú no sabes francés, analfabeta?

—Enséñame —dice Kátia, apoyándose sobre el cuerpo desnudo de Chico.

Se oye la respiración de Renata y Roberto.

Kátia: gemidos, suspiros, gritos.
Tiempo.
Chico:
—¡Roberto! ¿Terminaste?
—Cariño, eres lo máximo. Me encantas. Quiero verte de nuevo —le susurra Renata al oído a Roberto.
Roberto y Renata van al baño.
Renata:
—Promete que me verás de nuevo.
Roberto:
—Prometo que te veré de nuevo.
—¿Cuándo?
—Un día de estos.
—¿Esta semana?
—Tal vez.
—¿Me llamas?
—Sí.
—¿Cuándo?
—Un día de estos.
—Te amo, me enganché.
—Y viceversa.
—Di que te gusto.
—Ya te lo dije: viceversa quiere decir que te amo.
—No quiero que me des dinero.
—La próxima vez, ahora te doy.
—Dame la próxima vez, no hoy.
—Hoy sí, la próxima vez no. Puede que no haya una segunda vez.
—Cariño... por favor...
Renata se enrosca en Roberto.
Chico y Kátia entran al baño.
—Laocoonte siendo destruido por la serpiente —dice Chico—. Tienes que dejar el halterofilismo, compadre. Tienes una grosura de Doríforo de Policleto.
—Tu codo me está pegando en una costilla —dice Roberto.
Renata deja a Roberto.
—La fosa de Mindanao tiene diez mil cuatrocientos noventa y siete metros de profundidad. En el fondo la oscuridad es tan grande que los peces son ciegos. La ceguera también es un remedio. *Et tout le reste est littérature.*
—*Words, words, words* —dice Roberto.

—¿Tú sabes inglés, mi venus calipigia? *If I should die, said I to myself, I have left no immortal work behind me, nothing to make my friends proud of my memory, but I have loved the principle of beauty in all things, and if I had time I would have made myself remembered.*

—Qué hermoso, no entendí nada, pero lo encontré lindo.

—*Pauperum spiritu est regnum cœlorum* —dice Chico.

—Tradúcelo —dice Kátia.

—La inocencia triunfa en el paraíso, pero en el infierno lo que vale es la experiencia. Está en la Biblia.

—Yo practico yoga —dice Kátia.

—¿En serio?

—Quedo igual que una culebra. Mi casa es toda lila. El lila atrae buenos fluidos para la casa. Es el color de la vida. Deja en tu mesa un ramito de flor lila.

—¿Cualquier flor? ¿Hay flores lila?

—Las orquídeas. La mía es artificial. ¿Tú duermes bien?

—Mal.

—Concéntrate en el lila.

—Vístanse —dice Roberto.

Roberto y Chico se enrollan toallas en la cintura. Kátia y Renata se ponen los pantalones, las ligas, las medias en las ligas. Roberto y Chico bailan como hawaianos.

Kátia y Renata están vestidas.

Chico pone dinero en billetes doblados en la cartera de cada una.

—¿Cuál es tu nombre verdadero? —pregunta Chico.

—Isilda —responde Kátia.

Renata abraza a Roberto:

—Me juraste de esa manera tuya medio loca que viceversa, que me verías de nuevo.

Roberto besa a Renata en la frente.

Chico besa las manos de Kátia.

Roberto y Chico están solos. Chico se sienta en el sofá, las piernas estiradas en una silla. Roberto se sienta en el sillón.

Tiempo.

—Es una pena que no seamos homosexuales. Esas putas no entienden nuestro *wit*.

Un día en la vida

1. Polvos Royal marcha frente al escuadrón. Todos portan las monturas bajo el brazo derecho, en la mano izquierda las riendas y la brida. El sudor oscureció los uniformes verdes. Rostros pálidos de cansancio.
—¡Alto! La Caballería es arma de machos.
Silencio.
—¡Descansar!
Polvos Royal golpea la bota con el rebenque.
—No queremos mamones ni hijitos de su papá por aquí. En el ejército son todos iguales. ¡El que no tenga cojones para ser oficial de caballería que dé un paso al frente! Será transferido a la intendencia, a infantería o que lo parta un rayo.
Silencio.
—¿Y? —grita Polvos Royal.
Dos dan un paso al frente. Nadie más recuerda sus nombres.

2. Mi papá es banquero. Mi mamá está en todas las sociedades filantrópicas. Una familia de burgueses. Nunca oí un «puta mierda» dentro de casa. Entonces me enamoré de esa chica, que era la chica más bonita del mundo: un cuerpo perfecto, buena salud, pero servía café en uno de esos barecitos de la ciudad, el papá era cocinero de la marina y ella era negra. Poco después ya me la estaba comiendo. Diariamente. Después de tres meses me dieron ganas de salir con ella, ir al cine, pero no fui. Me dieron ganas de pasear del brazo con ella por la calle, ir a las fiestas con ella, pero no fui. Me dieron ganas de llevarla a mi casa, pero no la llevé. Tenía miedo de enfrentar a mi familia, a las blancuchas meadas de mi grupo, a los amigos. Pensé en pedirle dinero a mi padre e irme a París con la negrita, entrar del brazo al Crillon, pasear en los Champs-Élysées. No lo hice. Dejé a la chica. Escapé de la mujer que más he amado en toda la vida. Me mandó un montón de cartas, mal escritas, era analfabeta. Soy un cobarde, escúpeme en la cara.

3. Profesor se llena la boca de agua y escupe en la cara de Lulu.

—Mierda, ¿qué te pasa? —grita Lulu.

—¿No me lo pediste? —pregunta Profesor tranquilamente—. ¿No tienes imaginación? Estoy representando una situación de extrema autocrítica, todo simbólico, mierda. Es como si te dijera hijo de puta. Eso no quiere decir que tu madre sea una puta. Te voy a enseñar un golpe de karate —dice Profesor.

¡*Plaf*! Lulu cae al suelo.

4. Por el sorteo, Papá Noel quedó como uno de conductores del carguero del escuadrón. El escuadrón inició la marcha a las tres de la madrugada. Son las once de la mañana. Durante todo este tiempo el caballo que monta Papá Noel no ha parado de dar coces al carguero. El caballo carguero carga unas alforjas con cajas de balas y una metralleta Madsen. Papá Noel lleva en la espalda o en la espalda del caballo que monta una barraca verde con los respectivos palos y cuerdas: un capote de lana, un casco de acero, una mochila con cantimplora, el equipo Mills, un fusil Mauser 1908, una espada.

Papá Noel no puede fumarse un cigarro o chupar una naranja. Con la mano izquierda conduce su caballo, con la derecha el carguero. (Él también carga en la espalda un saco de naranjas y una gallina asada que le hizo su madre.)

5. En medio del picadero, Polvos Royal comanda: «¡Galope!». Los caballos empiezan a galopar en círculo. «¡Cruzar correas!» Los estribos están cruzados sobre el lomo de los caballos. Las piernas de los jinetes se estiran sin apoyo de los estribos. «¡Nudo en las riendas!», grita Polvos Royal, desde el centro del picadero, montado en su caballo negro. El nudo en las riendas se da sobre el pescuezo del animal para que la rienda no quede suelta y el caballo no se descontrole. El guía, el único jinete que dirige su cabalgadura, aumenta la velocidad del galope. Los otros caballos lo siguen en fila. «Tierra caballo», grita Polvos Royal. El primer jinete es Profesor. Con las manos agarradas a la cabeza, Profesor pasa la pierna derecha por el anca de su caballo y salta con las piernas juntas a la tierra del picadero, en la misma línea y en el mismo instante en que las patas delanteras de su cabalgadura llegan también al suelo; aprovechando el arranque del galope, Profesor da un impulso y se vuelve a enganchar en la montura. Duración de la vuelta: tres segundos y cinco décimos. «¡Otro!», comanda Polvos Royal.

Cubre-Mira hace un tierra caballo perfecto. «Otro»: Lulu. «Otro»: Mil Cien. «Otro.» Le toca a Casimiro. Casimiro cabalga, las manos agarradas a la cabeza.

—Casimiro —grita Polvos Royal.

—No sé hacer eso, teniente.

—Tierra caballo —grita Polvos Royal—. Puño cerrado a lo alto, afirmando el látigo.

Casimiro con los ojos desorbitados. Polvos Royal sale del medio del picadero, empareja a su caballo con el de Casimiro. Polvos Royal galopa elegante y erecto como si él y su caballo fuesen un único y perfecto animal.

—Te dije tierra caballo —dice Polvos Royal.

Todos juran después que le oyeron rechinar los dientes.

—No sé, teniente.

Con un imperceptible movimiento de las riendas llevadas en la mano izquierda, Polvos Royal conduce su cabalgadura al centro del picadero.

—¡Casimiro, tírate de cara al suelo! —grita Polvos Royal.

Casimiro mira a sus compañeros, pero ningún rostro tiene expresión humana: Casimiro está solo. *Pfr, pfr*, jadean los caballos.

—Tírate al suelo.

Solo Polvos Royal está con él. Casimiro agarra la cabeza con más fuerza, salta al suelo, pies separados, sin sincronía con el caballo; su cuerpo se proyecta hacia delante con velocidad, se golpea en el suelo y algunas veces rueda.

—Otro —dice Polvos Royal.

6. Con la punta del látigo, Polvos Royal me toca el pelo justo abajo del gorro verde que yo usaba. ¿Eres puto, poeta, pintor? No, señor, respondí. Entonces ve a cortarte el pelo. Ahora estás en el ejército. Fue mi primera cobardía. Debería haberle dicho soy poeta. SOY POETA. Pero soy el Mil Cien, un número. Las otras cobardías: diariamente, en la penumbra de la madrugada, al marchar hacia las caballerizas: ¡alto, izquierda, volver!: el caballo y yo frente a frente. Este de hoy se rehúsa a recibir el freno; es un zaino, de hocico grande. ¿Cómo lo habrán domado? ¿Acostumbrándose lentamente al hombre: un potrillo cepillado diariamente, antes del destete, llevado gentilmente por el cabestro y después por el freno, y después los arreos y después montado y conducido por otro caballo? ¿O lo habrá domado todavía salvaje algún peón apurado, su resistencia violentamente quebrada, con odio y desesperación del hombre y el animal? Habiendo sido antes

castrado. Le meto con fuerza el pulgar en el borde del hocico, siento su saliva, sus encías. Abre el hocico y le introduzco rápidamente el freno, que le pega en los dientes. Trata de impedir que le ponga el bozal, pero lo agarro de la oreja y le jalo la cabeza para abajo, le meto el bozal, afirmo la papada. La cabeza está lista. Le pongo la manta en el lomo, después la montura. Aprieto bien la cincha, dándole antes un golpe en la barriga, no vaya a ser que la esté inflando. Con el brazo estirado le toco la parte baja de la montura, levanto la correa estirada y verifico si el estribo se anida en mi sobaco. Las dos correas, la de la izquierda y la derecha, están cortas. Aumento dos espacios. El caballo está listo. Yo estoy listo. No sé qué haremos hoy. *Cross country?* ¿Tierra caballo con transposición y tijera? ¿Salto de obstáculo con la mano en la nuca? Tengo la boca seca. Todas las mañanas siento ese miedo.

Mil Cien saca el caballo de la caballeriza.

7. Ustedes me llaman Profesor porque son todos ignorantes y analfabetos. ¿Alguien sabe por qué uno llega a la caballería? ¿Alguien ha leído *Sobre la montura y dirección de los caballos* de un tipo que se llama Jenofonte? Ayer Mil Cien reclamaba que aquí hay demasiados jinetes y caballos. Somos trescientos, pero vayan sabiendo que Federico Barbarroja organizó una justa con setenta mil jinetes. Quien tenía caballo tenía castillo, salvaba doncellas, podía buscar el Santo Grial, cobraba impuestos, también ganaba guerras: el califa Omar despedazó a los persas, los egipcios, los sirios porque tenía una buena caballería. Basilio II, el emperador bizantino, usando caballos en la batalla de Cimbalongu, masacró tantos búlgaros que pasó a ser conocido como el Bulgaróctono. Cortés se apoderó de México y destruyó el imperio azteca con solo media docena de caballos. Y tenemos también a Atila. Es el mejor ejemplo del uso del caballo como instrumento de dominio, de los otros y de sí mismo. Fíjense en él: cerca de un metro y medio, cabeza enorme de cearense, ojos chicos, moreno, barba rala, canoso, nariz chata, dientes malos, ese era Atila. Imagínenselo de pie, a ver si podía agarrarse una mujer, devastar la Galia, invadir Burgundia, apoderarse de Tràves, Metz, Reims, tener al papa León el Grande de rodillas suplicándole que no invadiera Roma. Pero a caballo el tipo arrasaba, compensaba el tamañito, la impotencia sexual (la muerte de Atila al día siguiente de sus nupcias, a solas con Hildegunda, sin su caballo, nunca fue bien explicada) satisfacía todas sus frustraciones y alienaciones. Los grandes campeones de equitación son un poco más que enanos. ¿Han visto a los viejos y vírgenes que salen del hipódromo en las orillas de la Laguna? Viejos esmirriados cubiertos de piel flácida y asque-

rosa y vírgenes locas de ojos vítreos a quien el caballo da 1) la certeza de que vencerán o están venciendo en la vida, a diferencia de la mayoría de la humanidad; 2) la satisfacción sexual derivada del meneo del pubis durante la marcha (paso, trote, galope) del animal, cuyo calor ellos lo sienten en los genitales, el viejo soñando estar montado en una hembra robusta, la virgen sintiendo entre las piernas una masa de músculos y nervios como un gigantesco pene por compensar, a un solo tiempo, sus ansias de amor y su complejo de castración. ¿Por qué piensan ustedes que antiguamente las mujeres solo montaban de lado? Montar de lado es lo más difícil del mundo. Era una forma de evitar que la mujer tuviera ese tipo de sensación erótica. Otra invención de la Iglesia.

8. Todos los caballos deberían ser libres. M. Percivaux, de Toulouse (en realidad, es de Castelnaudary, una villa cercana, de menos de diez mil habitantes), come carne de caballo una vez por semana y tiene tres calzoncillos, dos pares de zapatos, un terno, cuatro camisas y se está preparando para la vejez. Un francés promedio.

9. Solo los soldados entienden el ejército, los cabos, los sargentos, los tenientes y los capitanes. Los mayores comienzan a convertirse en burócratas. Los coroneles y los capitanes hacen cosas que un padre, un vendedor de refrigeradores, un amanuense, un médico pueden hacer, pero un capitán es un capitán y un sargento es un sargento.

10. La aerofagia es una condición caracterizada por la excesiva deglución de aire, consciente o inconsciente. Es común en hombres y caballos neuróticos. Cocar es un tordillo feo que traga aire mientras presiona el pescuezo sobre la parte superior de la caballeriza. Para impedirlo, Cocar es amarrado con una cuerda dentro de la pequeña caballeriza. A veces trata de soltarse, pero la mayor parte del tiempo acepta su prisión resignadamente.

11. Ahora estoy en el ejército. Caxias era un gran tipo. El teniente dice que fumar hace mal y masturbarse también. «Mira —dijo la tarde en que me tiré de cara al suelo—, un jinete no puede estar sin mujer, pero hay que tener cuidado, el noventa por ciento de las mujeres que hay en el mundo son sifilíticas.» Estoy metido en un chaleco de yeso, me quebré dos costillas. La caballería es arma de machos.

Cadena

Después de meses de sufrimiento y soledad llega el correo:

esta cadena vino de Venezuela escrita por Salomão Fuais para correr por el mundo
haga veinticuatro copias y mándelas a amigos en lugares distantes: antes de los nueve días tendrá una sorpresa gracias a San Antonio.
Tiene las veinticuatro copias, pero no tiene amigos distantes.
José Edouard, ejército venezolano, olvidó distribuir las copias, perdió el empleo.
Lupin Gobery quemó la copia, la casa se le incendió,
la mitad de la familia murió.

Mandar entonces a amigos en lugares próximos.
Tampoco tiene amigos en lugares próximos.

Cierra la casa.
Acostado en la cama, espera una sorpresa.

La materia del sueño

Empezando por el principio: leí el anuncio en el diario y quien me abrió la puerta fue doña Julieta. Don Alberto estaba en la cama y ella me dijo: tienes que bañarlo, cambiarlo de ropa, darle comida, ponerlo en la silla de ruedas y pasearlo. Desde la cama don Alberto me sonrió, un viejito delgado de ojos azules. El trabajo no era fácil, don Alberto se hacía caca en la ropa y pipí en la cama. Era flaquito, pero costaba mucho bañarlo, y también cargarlo de la habitación a la sala y de la sala a la habitación. Doña Julieta ayudaba, y la comida que hacía era la más rica del mundo. Por la noche veíamos tele o si no ella me mandaba a leer. Tienes que leer, saca uno de los libros de mi hijo. En poco tiempo dejé de ver tele, solo leía. El señor R. era hijo de ellos, se veían poco y doña Julieta vivía reclamando, nunca viene a ver a su papá. El señor R. era un hombre delgado y calvo. Mucho. Yo quería ser como él, pero no tan flaco ni tan calvo. Quería ser hijo de los dos viejitos. Don R., ¿qué libro es mejor, pregunté un día, *Crimen y castigo* o *Fausta vencida*? A él le gustaba más *Crimen y castigo*, pero *Fausta vencida* era de su infancia. Pero también es correcto gustar más de *Fausta*, como tú. Leí: *Guerra y paz, Príncipe y mendigo, El monje de Císter, Winnetou, Pardaillan, La venganza del judío, Scaramouche, Pimpinela escarlata, Buridan, Los tres mosqueteros, El hombre invisible, Drácula, Crimen y castigo, Fausta, Fausta vencida, Yo Claudio, El conde Belisarius, La montaña mágica, Los Thibault, Cómo jugar basquetbol, El lobo estepario, Tarzán, el rey de la selva, Hombres de goma, Las mujeres de bronce, El proceso, Eurico el presbítero*. La mayoría de los libros eran muy antiguos, con fechas de más de veinte o treinta años, pero había algunos nuevos. Trabajé dos años en casa de doña Julieta. Leí centenares de libros. Un día don R. abrió la puerta del baño mientras yo estaba dentro. Doña Julieta y don Alberto estaban durmiendo. Era tarde, don R. nunca llegaba a esa hora. Me encerré en el baño. Mucho después, doña Julieta golpeó la puerta y pregunté si el señor estaba ahí y ella dijo: no vino hoy. Salí del baño y dije que me iba. Doña Julieta se puso a llorar, don Alberto también.

Yo también. ¿No eres feliz aquí?, preguntó doña Julieta. Me limpié las lágrimas y me fui. Ahora es cuando surge Gretchen, mejor dicho, dentro de poco. Conseguí algo en la calle Catete, creo que no me quise ir muy lejos de los viejos. Todos los días iba frente al departamento, al otro lado de la calle. Me quedaba sentado en la pared del parque infantil, viendo la puerta del edificio. Al quinto día apareció don Alberto empujado por un mulatito. Usaba mi delantal y fumaba. Me puse a vigilarlo de lejos, pero, excepto por fumar, no hizo ninguna otra tontería. Dio una vuelta y después entró con don Alberto. Me quedé ahí. Por la tarde salió, sin el delantal blanco. Vino al parque y jugó a la pelota con unos chicos, una media hora más o menos, después volvió al edificio. Yo seguí ahí. A las siete salió, yo seguí ahí. A las doce de la noche vi que ya no venía más. Doña Julieta todavía no confiaba en él. Conmigo había sido igual. Entonces volví a la casa donde estaba. Éramos cuatro en una habitación, todos roncaban y no me dejaron dormir en toda la noche. A las nueve de la mañana el mulatito salió con don Alberto. Por la tarde los jovencitos no estaban jugando a la pelota. Me acerqué y le dije, hoy no hay partido, los chicos no vinieron. Él dijo: pero yo tampoco tengo mucho tiempo para jugar, conseguí un trabajo con unos viejitos y no quiero que se enojen conmigo. Es un viejito y una viejita, me gustan más que mis padres. ¿Cómo es posible?, pregunté. No sé, respondió. Que te guste alguien más que tus padres, dije molesto, ¿cómo es posible? Me dijo, tú no conoces a los viejitos ni a mi papá. El mulatito tenía un ojo ciego, se lo deben haber perforado cuando niño. Capaz que se lo haya perforado el padre. También parecía un poco marica. No volví al frente del edificio, los viejos estaban en buenas manos. Comencé a pasar el día entero acostado, de pie me mareaba. Fue cuando don R. apareció. Quiso levantarme de la cama, pero me caí. Apenas pude hablar. Me puso en la cama y salió. Volvió después de un minuto, se sentó cerca de la cama. No deberías haberte ido de la casa de mis padres, me dijo. Su chofer llegó con una bandeja enorme. ¿Hace cuánto que no comes? ¿Cuatro o cinco días? Entonces tómate primero un vaso de leche. Prendió un puro, me mandó a comer el resto. Comí bistec, huevo, papas fritas, pan, pudín. Ahora vamos a conversar, tú te estabas masturbando en el baño y te quedaste preocupado porque te vi. ¿Has tenido relaciones sexuales con alguna mujer? Me daban ganas de contarle todo a don R. Cuando chico me cogía a las gallinas, eran calentitas, gozaba. Después crecí y empecé a hacerlo con bichos más grandes, cabras, yeguas. ¿Cuál es mejor, la gallina o la cabra?, preguntó don R. de la misma forma como le pregunté cuál era mejor *Crimen y castigo* o

Fausta vencida. La cabra, respondí. Eso es común entre los pastores de Arabia, echarse una cabra. Lawrence cuenta eso. ¿Ya leíste *Los siete pilares*? No lo había leído. *Los siete pilares de la sabiduría*. Estaba en la casa, dijo don R. Eso aumentó mi tristeza. ¿Fuiste a la escuela? No, señor. Aprendí a leer, pero solo sé multiplicar hasta el ocho. ¿Cuándo empezaste a masturbarte? Cuando me vine a Rio de Janeiro. ¿Has tenido relaciones sexuales con una mujer? No quiero, señor, respondí. Me miró con esos ojos llenos de ojeras y dijo: estás diciendo la verdad. Estás diciendo la verdad, repitió don R., tras meditar. Después anduvo por la habitación y dijo: primero, vas a trabajar en mi despacho; segundo, cuando vuelva de viaje te voy a traer a Gretchen. Ahora toma, cómprate ropa y búscame mañana en esta dirección: tus problemas están solucionados. La oficina de don R. estaba cubierta por una alfombra roja y siempre hacía frío, en invierno y verano. La secretaria era una mujer rubia que se cambiaba de vestido todos los días. Hasta el día del viaje vi pocas veces a don R. Entré dos o tres veces a su oficina y él estaba siempre sentado en su mesa, mirando pensativo a la ventana. Más tarde eso pasaría siempre. De la ventana se veía un pedazo de cielo y un pedazo del cerro de Santa Teresa. Ve a la casa de mis padres y diles que viajé. Fui. El mulatito me abrió la puerta, se llamaba Ivo. Quédate a almorzar, dijo doña Julieta. Ayudé a Ivo a vestir a don Alberto. ¿Así que estás trabajando con mi hijo? Mira, ve si lo haces comer un poco más. Se lo prometí, pero no me atrevía a llegar y decir, señor, coma un poco más o, señor, su madre lo mandó a comer un poco más, usted está muy delgado. Pero se lo prometí. Ivo es tan bueno como tú, dijo doña Julieta. Don Alberto, que no hablaba, por el mismo motivo que no caminaba, sonrió. Eso me apretó el corazón. Yo quería mucho a esos viejitos. Comencé a ir todos los días mientras don R. no regresaba. Tomé y leí: *El muro, Canción de amor y muerte del corneta Cristóbal Rilke, Mowgli, el niño lobo, Los siete pilares de la sabiduría, La vida errante de Jack London, Los criminales en el arte y la literatura, Gil Blas de Santillana, Los últimos días de Pompeya, Winesburg Ohio, Los Buddenbrook, Una mujer salió a caballo, Bel Ami, Almas del purgatorio, En el rastro del alfiler nuevo, Pardaillan y Fausta, El perro amarillo, Agencia Thompson & Cía., El príncipe Otón, El gran amor de Anthony Wilding, Los cazadores de cabezas, La dama de espadas, Los viajes de Gulliver, Por el Kurdistán bravío, El lobo del mar, Moby Dick, la fiera del mar, Tarzán y los hombres hormiga, Pájaros heridos, Judas el oscuro.* Cuando llegó, don R. preguntó: ¿Todavía estás viviendo en esa habitación? Sí. No vas a poder con la Gretchen. Fue entonces que entendí el significado de esa palabra. Cámbiate a un cuarto solo. Don R. tocó el timbre. Vino la secretaria.

Súbale el sueldo para que, primero, rente una habitación solo para él, segundo, compre libros. ¡Ah!, se me olvidaba, tercero, comprar un tocadiscos y discos. Tenemos que preparar el ambiente para Gretchen. Arrendé una habitación en un departamento en la calle Buarque de Macedo para estar más cerca de los viejitos. El departamento era de una viuda que tenía dos hijos, un chico de quince años y una muchacha de dieciséis, pero me decidí a cambiarme solo después de que Gretchen viniera con don R. La viuda parecía muy cansada, delgada, arrugada. Trabajaba mucho y vivía preocupada por los hijos, pero creo que eso les pasa a todas las viudas. Don R. llevó a Gretchen a su oficina. Llévatela a la casa, me dijo, después conversamos. ¿Tienes algo más que hacer?, preguntó. No tenía nada. Entonces llévatela para la casa. Por si las dudas, esperé a que la viuda y los hijos estuvieran durmiendo. Acostada en la cama, Gretchen parecía más grande que en la oficina. La acosté a mi lado y empecé a leer *El vampiro de Karnstein*. Terminé el libro y miré a Gretchen. No sabía qué hacer con ella. Empecé a leer *Lo que susurraba en las tinieblas*. Pero en las primeras páginas paré y miré a Gretchen a mi lado. Le toqué suavemente los brazos, acerqué mi rostro al suyo. Qué delicado. Me acosté sobre ella, todavía estaba aprendiendo. Dormí abrazado a ella. Cuando salí a trabajar, cerré mi habitación. Por primera vez. Después leí un poco del *Rey de fierro*. Yo leía muy rápido. Muchas palabras nunca las había visto ni sabía cómo sonaban, pero sabía lo que significaban. Paraba a cada rato para pensar en Gretchen. Estaba loco por volver a casa. Por Gretchen. Don R. me llamó. Estaba mirando por la ventana. Dijo: la gente puede ser salvada por el ángel, pero todo ángel es horrible, como en el poema o en la película. O si no, pueden ser salvadas por la muerte, pero la muerte es también el fin. La verdadera salvación es una revolución revólver como en los Beatles. Gretchen es una transfiguración, estás al revés, ahora eres otra persona. El gobierno brasileño debería darle una Gretchen a cada hombre solitario como tú por motivos sociales y/o psíquicos. Eso dijo don R. Eso es exactamente lo que me dijo. Las dos veces más confusas escribí en un papel. Me encantaría poder describir la forma que tiene don R. para hablar. La mano diestra queda cerca de la boca, media derecha, punta de lanza. A veces él decía una palabra y después la agarraba en el aire y la exprimía y yo sentía el ruido de la palabra reventándose en la mano apretada de don R. y él miraba a la gente con los labios crispados y los ojos brillando como Pardaillan lo hacía hasta cuando se comía una omelette con vino borgoña en uno de esos puestos. ¿Cómo es el vino borgoña?, pregunté a don R., yo nunca he tomado vino borgoña, ¿usted se acuerda de

Pardaillan tomando vino borgoña y comiendo omelettes? Él tenía un inmenso apetito, dijo don R. Los blancos son casi siempre secos y los tintos tienen cuerpo, son aterciopelados. Es una región de muchos vinos. A los romanos les encantaba el vino de Borgoña. Carlomagno plantó varias viñas por allá, pero yo prefiero, escribió: el bordeaux, de la región, un Saint-Émilion, distrito, un Château Ausone, marca, pero no creo que el Château existiera en la época de Pardaillan. Cuando llegué a casa, le dije a Gretchen que hoy la iba a llamar Mônica. Mônica. La besé diciendo: Mônica, Mônica. Y me fui diciendo Mônica. Mônica era mucho mejor que una gallina, o sea, Gretchen era mucho mejor. Evidentemente Gretchen no reclamaba por llamarla con otros nombres. Kátia. Roxane. Anamaria. Regina. Cabrinha. Un día la viuda tocó la puerta, creo que estaba hablando muy alto. Mientras escondía a la Gretchen, nervioso, la viuda podía oír el latido de mi corazón, el aire saliendo de Gretchen, pero cuando abrí la puerta me preguntó si estaba soñando. Muy interesante, dijo don R. Nuestros sueños no han terminado, recién han empezado. Como dije antes, nuestros actores eran todos espíritus y se disolvieron en el aire, en el aire fino y, tal como la infundada estructura de esa visión, o el tejido sin base de esa imaginación, si prefieren como opción de traducción, las torres cubiertas de nubes, los deslumbrantes palacios, los tiempos solemnes y el mismísimo gran globo, todo se disolverá, como este espectáculo sin sustancia se abrió sin dejar ningún tormento. Somos la materia de que están hechos los sueños y nuestra pequeña vida está envuelta por el sueño, y agrego, agrego, continuó don R., envuelta por el sueño. Lo que es lo mismo. La viuda está en lo cierto, tiene el discernimiento de los sufridores. Pasó un rato. Descubrí una arruga en la frente de don R. Amé a Gretchen todas las noches hablándole al oído para que la viuda no oyera, mordiéndole la oreja, el pecho, los pezones, ah, Gretchen, sumisa. Leí. Visité a los viejitos. Ivo estaba cada vez mejor. Doña Julieta me dijo estoy tan cansada, él me cansa tanto. Él era don Alberto: el tiempo realmente había pasado. Leí: *Levanten alto la viga, carpinteros, ¿Pero no se matan los caballos?, El manuscrito de Zaragoza, La peste, El gato con botas, Sin ojos en Gaza, Servidumbre humana, La vida corta y feliz de Francis J. Macomber, Santuario, Los monederos falsos, Beau Sabreur, El escarabajo de oro, Humillados y ofendidos, Luz de agosto, El Estado Mayor alemán, El naturalista del río Amazonas, Aventuras de Sherlock Holmes, Vivanti, Las joyas de Ostrekoff, Víctimas y verdugos, El misterio de Malbackt, La familia Moleyne, Triboulet, El boleto de lotería nº 9672, Aventuras de un maestro de armas en Rusia, Las mocedades del rey Enrique IV, Rocambole, El último de los mohicanos, Tarzán triunfante, La búsqueda de lo absoluto, La musa del departamento, André Cornélis, Cumbres borrascosas, Amor y perdición, La brasileña de Prazins, El apóstol, Epíscopo & Cía., Tartarín de Tarascón, Portugal y su historia, Los secretos de lady Roxana, Los poseídos, La novela de la familia Chuzzlewit, Valerio Publícola y el advenimiento de la República Romana, La primogénita de los carnavales, Aventuras del señor Pickwick, Flavio Josefo, La hermosura del alma, Las aventuras de Tom Sawyer, El puente de los suspiros.* Centenares. Un día ocurrió una desgracia que hasta me quitó las ganas de leer. No sé cómo pude con solo una o dos mordidas hacerle eso a Gretchen. No podía ni mirarla, deforme sobre la cama. La tapaba con una sábana. Traté de leer. No podía. A cada rato miraba la sábana. Traté con varios libros. Inútil. Estaba tan deprimido que decidí leer *El fin de Pardaillan*. Había guardado ese libro para un momento especial. ¡*El último libro de Pardaillan*! Ese libro lo leí con enorme atención. Pero después fue peor. Nunca estuve tan triste en mi vida. *El fin de Pardaillan* y el fin de Gretchen. Era demasiado. Era demasiado. Me acosté en el suelo. ¿Qué sería de mi vida? Me quedé en el suelo hasta que don R. llegó y me quiso levantar y me caí de nuevo. ¿Hace cuánto que no comes? No respondí. Se dirigió a mi cama y miró debajo de la sábana. Yo sabía, dijo don R. Fue entonces que vi el envoltorio que traía. Don R. abrió el envoltorio. Esta es mejor que la Gretchen, dijo soplando. Se llama Cláudia. Sus medidas son 36, 24, 36. Pulgadas, evidentemente. Altura: cinco pies y cuatro pulgadas. Don R. sopló, sopló y Cláudia fue creciendo, los pechos se inflaron, las piernas, los brazos, la cara. Don R. le puso una peluca de pelo negro. Ayúdame a vestirla, me pidió. Mi franqueza se acabó de repente. Déjeme que la vista, le dije. Don R. fue a buscar comida. Le puse los calzones de seda, el sostén, la enagua, el vestidito. Cláudia era linda. Mientras comíamos, don R. dijo: el vinilo cuando se revienta, adiós. Después fue a la cama y dijo: voy a llevarme a la Gretchen para ver si la olvidas. Con el mismo papel que trajo a la Cláudia envolvió a la pobre y desinflada Gretchen.

Siguiendo a Godfrey

Madame Thereza. *Gifted reader and adviser*. Ella no hace preguntas, pero le dirá todo lo que quiere saber. 767 Third Avenue.

Me puse el papel en el bolsillo. Tenía que ir a la Iglesia de St. Thomas en la Quinta Avenida para encontrarme con Godfrey.

Estuve escuchando el órgano media hora. Godfrey no llegó.

Podría ir a ver a Sister Dorena. Otro papel en el bolsillo: *Guarantees results in three days*. ¿Está sufriendo? ¿*Sick*? ¿Necesita ayuda?

La víspera había sido domingo y durante horas millones de judíos vestidos de azul y blanco desfilaron por la Quinta Avenida conmemorando el aniversario de Israel.

Estábamos pues en verano, al inicio, cuando en la ciudad pasaban cosas extrañas. Barthelme vio una mujer gritando en la calle y un borracho tratando de estrangular a un perro agarrado a un *parkmeter*. Pero eso fue en otra ciudad, donde los policías usan quepis blanco. Aquí usan quepis azul.

Long-distance call: Jenkins en Detroit. Quizá sabía dónde estaba Godfrey, pero Jenkins estaba en Estambul, en una convención. Mierda.

Sister Dorena atendía en la calle 59.

—Anda a verla, *go*, antes de que sea demasiado tarde. *People* viene de muy lejos, *from far away*.

¿Sister Dorena or Madame Thereza?

—*Blind, sick, or clipped*? ¿Ciego, enfermo o inválido?

Era conmigo, pero tenía que ir a Toronto.

Tomé el avión de AA a las 12:50 a.m. en La Guardia, vuelo 549-3.

La azafata vio mi libro, *Unspeakable Practices. Unnatural Acts*.

—*Sounds interesting* —dijo ella.

Después fue a donde estaba sentado y preguntó:

—¿Me presta el libro? ¿Es muy obsceno?

Una mujer linda que quiere algo conmigo. Le pasé el libro. Pero no pudimos quedar en nada, tenía que ver a Godfrey. Nunca había visto piernas tan bonitas.

Jeffrey había dicho:

—No va a ser fácil encontrar a Godfrey.

Lo sabía.

Después:

—Pero puedes encontrar a McLuhan y a MacDermott, los dos héroes de la villa.

Jeffrey se estaba burlando. MacDermott era rico en N.Y., *aquarius, aquarius.* Y McLuhan... mierda, ¿qué me importa?

Que se joda McLuhan.

—Godfrey está en el Royal York Hotel, en una convención.

El Royal York tenía doce salones de convenciones. Godfrey no estaba en ninguno.

Llamé a Dick Hart en N.Y. Había ido a una convención en Portland.

Mierdísima.

En Toronto la gente andaba con gabardina en la calle. ¡Qué verano!

Tomé el avión en Toronto a las 12:50 a.m. del día siguiente, después del banquete, AA 406-6, *back to* N.Y.

—*Are you filled with misery?* —preguntaba Madame Thereza, pero yo no podía comprometerme antes de encontrar a Godfrey.

De La Guardia me fui directo a la Iglesia de St. Thomas. El órgano estaba sonando. Godfrey no estaba.

Fui al cine con una mujer vestida de cuero.

—*I am hustling* —dijo.

—¿Cuánto? —pregunté.

Me miró de arriba abajo:

—Contigo no sé.

Fuimos a su casa. Vimos tele.

—La Iglesia cristiana ha estado siempre del lado de la opresión, contra los negros —dijo el doctor Cone, negro, delgado, barba corta, voz estridente llena de odio.

—¿Tú estás a favor o en contra de la teología negra? —me preguntó.

Apagué la tele.

Estábamos desnudos cuando habló de nuevo.

—*Is Carmichael here or in Conakry?*

Eso fue lo mismo que el día anterior Mrs. Leitch me preguntó en el banquete de Toronto.

—*Is Cleaver here or in Moscow?*

—*I don't know* —respondí.

—*Brown.*

—*Don't know.*
—¿Cuál será la lengua universal dentro de cien años? *Chinese? English?* —preguntó Mrs. Leitch.
—*I don't know.*
Monsieur Lapinte exclamó:
—*Toutes les formalités compliquées pour changer de l'argent chaque fois que l'on passe une frontière!*
—¿Y China? ¿Qué piensas de China? —continuó Mrs. Leitch.
—China está cerca —dije.
—Mi marido no es un liberal —dijo Mrs. Leitch—. *You know, he is not like us*, él no es como nosotros.
Durante el drambuie Mr. Crookstone me movió para el lado y me dijo:
—Esta casa fue construida en 1746.
Miramos las paredes.
—¿Qué es lo que quieren? ¿Destruirlo todo? Ahí está Versalles, una obra de arte, para el pueblo. ¿Alguien podría hoy construir todos esos magníficos *châteaux de France?* —preguntó Mr. Crookstone.
—*We have to fight*, tenemos que luchar —respondió Mr. Crookstone para sí mismo.
—Ok —prosiguió—. *We are the Establishment*. Ellos quieren destruir el *Establishment*. ¿Para qué? ¿Qué ofrecen a cambio? *Nothing!* Esta casa fue construida en 1746. Una obra de arte. *Nosotros* hicimos todo esto, esta joya antigua y también las modernas como el edificio del Dominiom Bank. ¡La ciencia! ¡La tecnología! ¡El arte! ¡Todo producto del *Establishment*!
—¿Quiere *altro* whisky? Yo soy italiano pero hablo *spagnolo*. *I worked* tres años en Venezuela —dijo el camarero.
Back to N.Y.
Llamé a la prostituta de cuero: «Voy para allá».
Estaba con un camisón de nailon.
Le dije:
—Mr. Crookstone me acaba de contar la siguiente historia: el fusible de la casa se echó a perder. Llamó a un electricista. Le cobraron ochenta y tres dólares y veinticinco *cents*. Ochenta y tres dólares de mano de obra y veinticinco *cents* por el fusible.
—¿Has chupado sangre? —preguntó.
—A qué punto ha llegado la situación laboral, me dijo Mr. Crookstone —le dije.
—*You are boring me* —dijo ella.
Tenía labios gruesos y pecas en la nariz.

—*I want to screw all night* —continuó.
—Ok, pero primero tengo que hacer una llamada —dije.
Llamé a Monsieur Lambert, *in Montreal, collect.*
—*Don't you know* —me dijeron del otro lado—, *Mr. Lambert died last week*, murió la semana pasada.
Mierdísima. Tal vez Lambert conocía el paradero de Godfrey.
—¿Quieres ver *Tonight*? —preguntó ella.
—Johnny Carson es un cretino —dije.
—¿Y Joey Bishop? —dijo ella.
—*He is another jerk* —dije.
—¿Quieres que apague la tele? —me preguntó horrorizada.
Ella se llamaba Joan Stimson.
—¿Ya has chupado sangre? Pues ese chico, *this boy*, estaba loco, se hizo un corte en el pecho y dijo chupa, *suck it*, le chupé la sangre, *his blood*, si no la chupaba me mataba, estaba loco, *crazy, mad*. Un gusto diferente. A veces me dan ganas de chupar sangre de nuevo. ¿Crees que eso es perverso? —preguntó.
—Si le pones un poco de sal y pimienta, no —respondí.
—*I like to fuck with music* —dijo ella.
Por la mañana, cuando me levanté, ella dijo:
—*Stay, oh!, please stay!*
Pero tenía que buscar a Godfrey.
Fui hasta 225 East, 59th Street, pero no me atreví a subir *one flt. up*, me quedé parado en la puerta. *Stop in and see her before it is too late. Sister Dorena.*
En Toronto un detective llamado Boyd mató a tiros a un joven portugués llamado Ângelo Nóbrega. *The Nóbrega Affair.* Todavía en el *Globe and Mail*: quien no es wasp no tiene oportunidades en los altos círculos de Toronto.
Avis de Convocation de l'Assemblée Annuelle et Générale Extraordinaire des Actionnaires. Notice of Annual and Special General Meeting of Shareholders. Avis est par le présent donné que l'assemblée annuelle et générale extraordinaire des actionnaires se tiendra dans la salle Ontario (étage des Congrès) de l'Hôtel Royal York 100 west, rue Front, Toronto (Ontario), Canada, le mercredi, 4 Juin, à 11 h. du matin (heure d'été de l'Est). Les questions suivantes sont à l'ordre du jour: Notices is hereby given that the Annual and Special General Meeting of Shareholders will be held in the Ontario Room (convention floor), Royal York Hotel, 100 Front Street West, Toronto, Ontario, Canada, on Wednesday, June 4, at 11:00 a. m. (Eastern Daylight Time), for the following purposes:
—¿Dónde está Godfrey?
Back to N.Y. Mr. Halpen me dijo:

—¡Todos esperan que los judíos sean los únicos cristianos de este mundo! Ganamos la guerra pero creen que no podemos dictar los términos de paz. Las cosas permitidas a las otras naciones no les son permitidas a la nuestra. Otras naciones expulsaron a millones de personas. *Rusia did it. Polonia and Czechoslovakia did it; Turkey drove out a million Greeks* y Algeria un millón de franceses; Indonesia expulsó *heaven knows* a cuántos chinos, y nadie dijo una palabra sobre refugiados. Pero todos hablan de los refugiados árabes.

En el West Side, en la calle de los diamantes, Mr. Halpern y yo comíamos un cheesecake:

—*Like Mr. Hoffer says*, todos gritan cuando alguien muere en Vietnam o cuando dos negros son ejecutados en Rodesia. Pero cuando Hitler masacró a seis millones de judíos nadie dijo nada. *The Jews are alone in this world!* ¡Los judíos están solos en este mundo!

Mr. Halpern acababa de entrar a The Jewish Defense League (156, Quinta Avenida, Nueva York 10010) cuyo *motto* era *Never Again*, Nunca Más. Nunca más muertos como corderos, nunca más en guetos, nunca más escupidos.

—*Israel must live!* —gritó Mr. Halpern.
—*I like Malamud, Roth, Bellow and I'm loking for Godfrey* —dije.
Llamé a Jeffrey.
—*Any news from Godfrey?*
—*I don't know where Godfrey is. I know that seventy per cent of all Canada's industry is in the hands of Americans* —respondió—. *And listen*, Lennon está aquí, en Windsor.

Comí sweetbreads y fumé un Dunhill, Montecristo, habano.

Back to N.Y.: no hay más *wasps* en N.Y. Si encuentras un blanco no es protestante; si encuentras un protestante no es anglosajón. Etc.

—El tiempo corre, si cometemos un error está todo perdido. Esto se convertirá en una enorme favela —dijo el senador Jacob K. Javits, abarcando la ciudad con un ancho gesto.

—Tenemos que mantener aquí a la clase media —respondió el alcalde.

Me acosté nuevamente con Joan Stimson. Estaba muy amable conmigo.

—Pasado mañana voy a Roma —le dije.
—¿Te gusta mi cuerpo? —preguntó.
—En Roma —dije— hay un lugar llamado Capilla Sixtina. Ahí hay un fresco monumental pintado por Miguel Ángel.
—Miguel Ángel, yo sé quién es —dijo Joan.

—Bueno, un vez fui —seguí— y me quedé un tiempo enorme mirando el techo hasta que me dolió el cuello. Un tiempo enorme y, sin embargo, algo se escondía de mí, algo estaba cerrado entre el techo y yo. Yo sabía todo sobre el techo, tenía toda la información, pero no ocurría ninguna revelación, ¿entiendes? Fue cuando, despegando los ojos del techo, vi una mujer a poca distancia. Su cuerpo era perfecto, era linda, y al verla, el techo y los mosaicos, los frescos, todo adquirió significado pues esas cosas *eran* aquella desconocida, un cuerpo humano camino de la galaxia. Así, mi bien amada Joan Stimson, respondo a tu pregunta diciendo que sí, que amo tu cuerpo y solo tu cuerpo y nada más que tu cuerpo. Ahora vamos a la cama porque tengo que escribir una carta después.

El cuerpo de Joan Stimson estaba hecho de un alabastro que filtraba la luz roja de su sangre como el altar de San Pedro; cada diente suyo era una pequeña obra maestra de marfil.

—Oh Godfrey, ya pasó una semana y hubo otro desfile en la Quinta Avenida, esta vez los puertorriqueños, millones de puertorriqueños desfilando y muchos más gritando arriba Puerto Rico, viva Puerto Rico.

Hoy estoy aquí con una mujer pero ayer pasé el día en el Cloisters viendo la caza del unicornio. No quieren aprisionarlo, en la última alfombra, o tal vez en la penúltima, percibí, y también el unicornio, que no sería aprisionado sino muerto. Una lanza en su pescuezo, otra en el pecho (el hombre que le incrusta la lanza tiene mi rostro de miserable hambriento), tres perros le despedazaron los muslos, la sangre corre sobre su cuerpo inmaculado. Con el largo cuerno el unicornio trata de defenderse inútilmente. El propio rey ordena la matanza ¿Por qué?

—¿Ya terminaste? —preguntó Joan.

—Sí, pero no sé a dónde mandar la carta.

—Ve a Roma a buscarlo.

—Sí. Tal vez esté en la *Messa degli Artisti* en la Basílica de Santa. Francesca Romana al tocar el *Concerto spirituale* de Fusco. O tal vez en la Chiesa de San Ignacio, en la *piazza* del mismo nombre. No sé. Ya no se puede confiar en nadie en este mundo.

Víspera

El 24 salí del Chelsea a las 8 p.m. Kay me estaba esperando en la 52 con Broadway. El Chelsea está en el 23 con la Séptima. Yendo hacia el norte, más o menos en línea recta, encontraría el departamento de Kay. Ella era alta y rubia. Camino a la cama fue tomando cerveza en el barrio alemán. Su padre era alemán, Brandt.

Salí del hotel medio entonado. Me tomé media botella en homenaje a Dylan Thomas, que vivió en el Chelsea. Estaba decidido a hacerle un discurso, pero frente a la placa solo dije «*Hi, Dylan*», la borrachera y el calor del *heather* no me dejaban hablar y Phil, el mánager, me miraba desde la portería. Cuando pisé la calle hacía dieciséis bajo cero. La nieve caía en mi cabeza. Se me pasó luego la borrachera. En la esquina miré la entrada del *subway*; la IRT tiene una línea que corre bajo la Séptima hasta Times Square, donde se desvía hacia debajo de la Broadway; en la 50 hay una estación. Es la manera más fácil de encontrar a Kay, pero ese día era víspera; fui a pie. Treinta y siete cuadras.

Tenía cincuenta dólares en el bolsillo. Los bares estaban llenos. Ponía el dinero en el mesón: «scotch»; cuando me volvía el calor al rostro me iba. No aguantaba ese día. La época más feliz de mi vida fue cuando vivía en University Place, desde mi ventana veía la docena de casas de muñeca de Washington Mews y en la ventana a la muñeca Mary Ann; íbamos a Washington Square, nos acostábamos en el cemento, los ojos azules de Mary Ann miraban el cielo de otoño, las hojas color cobre caían de los árboles y sus musas tocaban guitarra y cantaban para nosotros, los pintores ponían los cuadros en la vereda para que los viéramos: una ciudad en septiembre. Hasta que se acabó el amor. Pero no de repente, como debe acabar la vida. Fue despacio, descomponiéndose, pudriéndose. Mary Ann, ya no vales ni una borrachera. Tampoco tu gato siamés.

El mesón del bar cerca de la calle 34 estaba lleno. Por detrás de una mujer delgada estiré el brazo, pagué, tomé mi scotch. El año pasado, ese mismo día de bromas, una mujer llamada Rose fue a mi cama, y dijo:

—Estoy hirviendo, dame en la cara, con fuerza.

Mientras le pegaba ella suspiraba, se le contraía el rostro como si fuera a llorar, pero me lo pedía, «más, más», me insultaba con todos los nombres sucios que existen. Después quedó muy feliz, volvió del baño cantando, se acostó a mi lado, empezó a hablar, sin parar:

—Mi hijo me pidió un regalo pero no tenía dinero para comprarle el regalo que quería, por eso le dije «Santa Claus no te va a dejar el regalo porque le dijiste algo feo a mamá», él lloró todo el día, se le puso roja la carita y a mí me dio pena y le dije «mira, Santa Claus no está realmente enojado contigo, pero Santa tiene que darle regalos a un montón de niños, si sobra dinero Santa te va a comprar el regalo que quieres», mi hijito dijo «voy a rezar para que Santa Claus consiga dinero», y fue a rezar, ¿crees, querido, que el Macy's estará abierto a esta hora?

La mujer delgada era una vieja que usaba bastón y botines.

—Por tu rostro se ve que eres un caballero —me dijo.

—Muchas gracias —respondí, firme.

—Cuando termines, ¿me puedes ayudar a cruzar la calle?

Salimos, tambaleándonos, la viejita peor que yo. Cruzamos la 34.

—Muchas gracias —dijo.

—Un gusto —respondí—, ¿quieres que te lleve a casa?

—No, gracias, vivo por aquí cerca. Deberías usar sombrero, con toda esta nieve...

Se fue alejando despacio, discreta, ebria. Me dieron ganas de olvidar a Kay, seguir a la viejita, ir a su casa, desnudarme frente a ella, desnudo como ese niño que va a nacer mañana y va a preguntar: «¿por qué?».

Cincuenta y dos menos catorce son treinta y ocho. Pero la Penn Station ocupa dos cuadras, entre las calles 31 y 33. Veintiocho cuadras y una botella de whisky debían demorar mucho para ser recorridos. «La nieve es otra ilusión», dijo Gloria, la chica que no quería perder la adolescencia; se encerró en la casa, abrió una pequeña rendija en la puerta para dejarme entrar, rápido. Las ventanas quedaban atrancadas, «si abres la ventana, la adolescencia se va a escapar», como un pajarito, una ráfaga de perfume de flor; las piernas más bonitas del continente americano. «¿Vamos afuera a andar en la nieve?», pero ella no quería y no podía. Desde la ventana del Bellevue me quedé mirando los autos transitando por la Franklin D. Roosevelt Drive, los barcos del East River y, del otro lado, Queens, humo saliendo de una chimenea, como si nada estuviera pasando; quise llorar, con una pena enorme por ella, y por mí, pero la pena era tanta que no alcanzaba ni para llorar, salí de ahí golpeando las paredes hasta que me sangró la mano y nunca más volví. Adiós, Gloria, ¿quién estará pagando tus cuentas en el hospital, cariño?

Me gusta la calle porque en la calle nadie me encuentra. Es mi último refugio. La calle y el cine. Si no hubiera calle ni cine estaría pedido. Perdido ya estoy, estaba muerto. Salí del Bellevue con las manos en los bolsillos y anduve un día y una noche y, temprano por la mañana, cansado, entré al primer cine que abrió las puertas en la 42, doble función; vi todas las películas de la 42 y de la Broadway, de las 9 a.m. a las 5 a.m., veinte horas seguidas de películas, me comí dos paquetes de palomitas y me tomé cinco jugos de naranja y fue allá dentro del cine que me puse a llorar; cuando salí me sentía bien, hasta la mano se me había cicatrizado.

Iba andando por la Séptima. La Séptima no tenía nada que mostrar, de la West Varick hasta el Harlem River. En los tiempos de Gloria Pernalonga yo solo andaba por la Quinta. En la Quinta desfilaban las mujeres más bonitas del mundo y también las más feas. Y no hay nada mejor que ver una mujer bonita después de ver una fea. Gloria Pernalonga era linda; al verla andar me daba la sensación de que pasaban muchas cosas: un tigre y una gacela corriendo, un pájaro volando, un ejército marchando, una orquesta tocando con amplificadores estereofónicos de seis bandas para cada instrumento; ella realmente había inventado una forma de andar, tan notable que quedaba sin aliento solo con verla. Me gustaba acostar la cabeza sobre sus piernas, frotarle la cara, la boca, el pelo, la nariz, pero también hacía eso en la barriga de Mary Ann y en los pechos de Kay: mi vida era aburrida, no hacía más que repetir cosas repetidas.

La tristeza duraba menos que la alegría, menos que la nieve en mi cabeza. En la calle 34, veinte cuadras de fuego, mi isla se había convertido en algo desconocido, distante, oscuro. Yo esperaba, salía caminando; ¿qué esperaba? Esperaba. ¿Qué?

Los pezones de Kay eran chicos, pero quedaban en medio de una ancha rueda rosada; los pechos eran grandes y sólidos, bonitos, pero la rueda rosada los hacía parecer frágiles, obscenos, maternales. Kay era rosada. Mary Ann era gris azulada. Gloria Pernalonga era beige claro. Yo amaba a Gloria. Amaba a Mary Ann. Amaba a Kay. Las amaba a las tres, como si fuesen una tienda de oxígeno.

Cuando llegué a casa de Kay le dije:

—Estoy borracho, querida.

—Ya veo —respondió ella.

—¿Qué hay para tomar? —pregunté.
—¿Me vas a decir que quieres seguir tomando? —dijo ella.
—Sí —respondí.
—No tengo nada —dijo ella.
—Anda, tu amante latino quiere tomar —le dije.
—Amante de mierda —dijo ella y me reí a carcajadas, porque me tiraba a esa perra germánica con un furor y una constancia que nunca he tenido con otra mujer, incluyendo a Gloria Pernalonga.
—Amante de mierda —repitió Kay.
—Ey, ey, ¿qué pasa? —dije.
—Borracho —dijo ella.
—¿Quieres pelear? —pregunté.
—Sí —dijo ella.
Le di un puñetazo en los pechos.
—¿Ves lo que me hiciste hacer? —le dije con rabia.
—Vete —respondió Kay, pálida, con la mano en el pecho.
—¿Para siempre? —pregunté.
Kay no respondió. Fue hacia la ventana, se sentó en un sillón, mirando la oscuridad de afuera. Era en esa ventana que se pasaban solitarias las noches en su departamento miserable.
—No —dijo Kay—, no quiero que te vayas. Te voy a hacer un café.
Kay me trajo café.
—Esperé horas ¿Sabes qué día es hoy? —dijo Kay.
—No sé ni quiero saber —respondí, pero evidentemente sabía y ella sabía que yo sabía, el comercio no me deja olvidarlo, iluminaba todas las vitrinas, colocaba avisos en la tele, en la radio, creo que hasta la compañía de teléfonos debía estar metida en la conspiración.
—No quiero café —dije.
—Ya no me amas —dijo Kay.
Grité:
—Voy a tomar hasta el 31 sin parar y este fin de año no va a ser igual que los otros, va a ser realmente el fin, ya vas a ver, espérate sentada en esa silla asquerosa y vas a ver.
Salí riendo a carcajadas como un loco, las más estruendosas carcajadas que alguien ha soltado en la isla.

Zoom

Despierto toda la noche. Libro abierto sobre el pecho. (No estoy loco.) Las manos cerradas, el pulgar levantado. Vigilado hace más de media hora, el libro abierto sobre el pecho. Ojos desorbitados.
En el bus.
Siento un olor a excremento. Golpeo la puerta. Sol fuerte y negras sombras. Departamento 111. Pero eso fue antes de golpear la puerta. Dos camas de soltero, dos veladores, una mampara, un bidé. (Antes, antes, ¡vamos!, antes.) Golpeé la puerta. Golpeo la puerta. Vamos: golpeo la puerta.
«A sus órdenes, a sus órdenes.» MÉDICO — una cruz roja. «Soy médico, saque la lengua.»
«No tengo nada, solo quiero que me dé una rece-» — rojo, viejas, sucias en el respaldo — «¡Ah, siéntese!»
Duchas, aguas, estetoscopio. Los puños dados vuelta escondiendo la suciedad. Mantelitos de croché, las salas de un adivino. «Veamos su corazón.» Estetoscopio en el pecho. «Soy médico (que tiene varios sillones de cuero rojo. ¿Esos hoyos parecen anos, años?, pero yo soy un) especialista.» Pago. «Vuelva después.» Escribe. Miro hacia la fuente del duque de Saxe. Fea princesa Leopoldina. Siete treinta, nuevamente Saxe, ciento cuarenta centímetros. (Orden, orden, el progreso no vale nada, pero el orden es necesario.)
Gran Hotel. Un vaso de plástico. Dicen que la comida es buena.
Pelo blanco, lentes, era amigo de mi padre. Son las nueve. Me tomo el agua lentamente. Don José Maria: «¿Qué agua es buena para tirarse pedos?, me encanta tirarme pedos» — «duque de Saxe» — «mi mujer murió, ¿lo sabía? Deme su vaso» — murió, así no tengo que recordar cómo se llama — «¿a qué hora?» — «ciento cuarenta gramos, mire, mire el vaso, el grado» — «mi hija Beatriz» — «¿A qué hora?» — José Maria lava el vaso.
En el Palace.

«Fui cajero viajante con su padre, las legumbres más frescas, las mejores partes de las gallinas, el secreto es ser de los primeros.» No quiero que la hija se dé cuenta de que estoy mirando. Pelo negro, ojos negros, anchos como una hoja; fruta madura.

Las mejores partes de la gallina. Un ojo de vidrio no gira dentro de su cavidad. Le gusta tirarse pedos y tiene un ojo de vidrio.

111. Trajo solo seis libros. Finjo que mi ojo derecho es de vidrio, intento que el ojo vea sobre el tocador una gallina que no existe dentro de un plato en las mismas condiciones; el mentón me pega en el pecho, así murió Cristo en la cruz.

En el comedor. La gente, chaquetas, corbatas, anillos, pulseras, susurran, se miran entre sí.

Crenoterapia: ¿caballo, colchón?

Cuando me acuesto me desvelo.

Mañana del día siguiente. Por entre las hojas de los árboles, rayos de sol, José María y la hija Beatriz. Me escondo haciendo ejercicios respiratorios; un aire cálido me sale de la boca en ráfagas de humo. Quiero leer en paz.

De repente la mujer me coloca la máquina en la mano. Los humos de nuestras bocas se encuentran. «Apriete aquí», pero no a-prie-te a-quí, austauí o algo parecido. Una gringa. Aprieto, pose, aprieto, pose. Ridículo. No me mira a los ojos: metida, camisa de seda a rayas de manga larga, abotonadura de hombre, ignorante, pantalones negros ceñidos.

«¿De Milán?» «Siimmmiláaan.»

Ella fuma. Empezó a hacer más calor, adiós humo de mi boca, solo en la de ella, la metiche. «¿En Brasil?» «Ooochoaaaaños.» Ruido de fondo: víscera y agonía —barril— fantasma. «¿Sola?» «Mittttíiiaaa.»

Aparece la tía. Desconfía de los hombres, lleva pan para los patos, los ojos se desorbitan, las cejas articulan «¿quién es ese chico?». Dientes muy blancos, tal vez verdaderos, una verruga en la nariz, astuta. La tía, Rosa. Regina, la gringa loca. «Entonces hasta luego», estiro la mano. Rosa sale corriendo hacia el lago, yo atrás de ella «hasta luego», estirando la mano, ella se apura, Regina se queda. Rosa *stop*, rostro incendiándose, suda y suspira: «¡tan joven y tan bonita!». De nuevo sale corriendo, yo también, preso en el secreto, los pechos en la blusa de seda azul se balancean, noto que está con pantalones largos rosados. Da pan a los patos como si los estuviera apedreando. «¿Ella te dijo? ¿Hum, ey, han?» «No.» «Sorda, separada, con una hija de dos años. Podría decir más cosas todavía.»

La historia del viacrucis a los lados de la escala. Yeso. Le arranco la cabeza a un muñeco. Llevo morralla en el bolsillo izquierdo, que la mano es ciega; billetes en el bolsillo derecho. «¿Dónde queda el cementerio?» «Allá atrás de ese cerro.» «¿Y el papá de João?» «Murió con un tremendo dolor de estómago. Vendía verduras.» «¿Quién es João?», saco ingeniosamente del bolsillo un billete. «Allá»: remiendos, chaqueta de algodón, un sombrero de fieltro, pantalones blancos, un botón de lata cierra la camisa sin cuello: João. (Unos pajaritos huyen.) Pestañas inmensas. «¿Seis años?» «Once.» Pálido, sentado en el peldaño, cuidadosamente escupe a una hormiguita que le pasa cerca del pie. Sobre el peldaño, la mulata pone los billetes. «Hubo gente que murió de sed en el abrigo de los pobres.» «No lo entierres con ropa nueva, guarda la ropa para el vivo.» La mulata llora: «por lo menos los zapatos, se pasó la vida descalzo».

En el casillero 111 carta de don José María me invita a jugar canasta, con la hija y doña Aurora, una señora muy distinguida. Al teléfono nos estudiamos como dos enemigos en la oscuridad con puñal en mano. «¿Beatriz?» «Sí.» Silencio.

Gran Hotel. (Orden. Orden.) Ante la imposibilidad de recostarme en la tina, que no existe, me acuesto en la cama. Un grupo de viejos, viejas, niños, todos muy comportados, hablando en voz baja, comiendo con la boca cerrada, dejando la limpieza con mondadientes para el cuarto.

A las cuatro estoy en el lugar de encuentro. Mi novia quedó en encontrarse conmigo, llovía. Esperé horas y después la llamé «¿por qué no fuiste?». «Llovía.» Llovía, habría ido en camilla. Orden. Orden, eso fue hace muchos años. Son las cuatro y media, hidro-tera-peutas-pistas-puntas. Crenoterapia. Regina aparece. Se limpió la piel, se arregló el pelo, anduvimos en silencio, ojos pintados «perdoooonnaameaaaatraséee». La sorda me mira a cada rato.

Nació en Brasil. Se hace pasar por extranjera para justificar la prosodia.

A los dos nos gustan las novelas, folletos de remedios. Ella lee los labios. Yo leo sonidos. Un metro sesenta y cinco, cincuenta kilos. Era pobre y no podía operarse, aprendió a hablar con las monjas: (me pone la mano en la garganta, muestra; siento la carne) después se casó, se operó, siguió sorda, el marido le dio una bofetada en la cara, leyó en su boca: ¡vaca! ¿Para qué me cuenta todas esas cosas? Se fuma un cigarro tras otro. Trato de explicarle qué es el silencio, el sonido entra por la punta de los dedos. Me rehúso a ir a ver con ella *Espía desnuda*. «Mañana en la piscina.»

Flash. Flash. Flash. Titulares: en el más estruendoso — ¡orden!, ¡orden! Una página en blanco — *interpretatio cessat in claris*. Orden.

Piel de un blanco opaco, uniforme. Sorda de cuerpo bonito. Me acuesto a su lado.

Aparece Beatriz. Música. Estoy preso al ritmo de su cuerpo. Una toalla roja. Me estremezco de frío.

Regina sacude la punta de la toalla, muslos fuertes y largos. La espía desnuda era dura con los hombres, maldades, intrigas, besos.

Trampolín — Regina acostada sobre la barriga, dos viejas en el remolino, chap, chap — várices, *travelling*. Saber nadar es tan importante como saber leer. Blanco constante, los poros apenas se ven. Ni leche, ni hoja de papel — rostro, brazos, pierna, pecho, barriga. Muerdo a la sorda.

111. Debajo del agua despacio. Quien no tiene tina. Pecho y espalda, axilas. Algodón en la punta de un lápiz, barba cerradísima. Me acuesto, lectura.

Parque: Regina de nuevo se atrasa. Guardia: «Es hora de cerrar, joven». Regina aparece. «Fuuuuui a compraaar una bluuuuusa.» La tía. (Todos los días cambia de película.) Hace frío. Caminamos. Estamos dentro del bar. La tía habla con las alemanas, várices. La mano de Regina tiembla sacando rápidamente la llave del llavero. Las nueve, digo sin sonido, la nuca hacia la tía y várices, apodero llave, corazón late. «Setenta y ocho la más joven, ochenta y uno la mayor. Nadan todos los días.» Chap, chap, chap. «Otra caipiriña.» Tiramos tapitas con clavos y billetes chicos al techo de madera. Paf. «Bravos.» Paf. La tía borracha. Regina ve a su Arão y escapa para vomitar.

Dejamos a Regina en casa.

Rosa, para ganar tiempo: «¿No quieres ir al cine?».

Yo, para ganar tiempo: «¿Qué película?».

Rosa: «*El hijo del capitán Blood*».

Yo: «¿Es buena?».

Rosa: «No sé... Aquí no hay nada mejor que hacer. ¿O crees que hay algo mejor que hacer?».

Yo: «Creo que no».

Rosa: «Podríamos escuchar música. ¿Te gusta la música?».

Yo: «Sí».

Rosa: «¿Y entonces?».

Yo (Varios libros en el 111, pero no voy a leer ni una página. Tengo ganas de comerme a Regina, la sorda vomitadora; morderle la espalda blanca opaco; darle un mordisco en la manzana del rostro.): «Hoy no».

Rosa (Es de noche, apenas le veo la cara; arquea su pulmón preenfisemático, cuarenta cigarros por día desde los trece años.): «Tengo excelentes discos».

Yo: «Me siento medio mareado hoy día».

Rosa: «¿Tú también? Queda para otra vez, voy a comprar pan», y atraviesa la calle oscura, desaparece.

En el 111. Espero desnudo, en el espejo grande. Juego con el ojo de vidrio. En homenaje a don José Maria trato de tirarme un pedo, sin éxito. Con el ojo de vidrio de juguete acompaño la manilla grande, pierdo la apuesta. 21.25.

El ascensor está abajo. Quinto. 501. Sala. Salón. En el sofá, de cabeza a la puerta, Regina. Mesa, mesita, libros, tocadiscos. «¿Te mejoraste?» «Noooooo.» (En realidad un poco.)

Frío, beso nuevamente, en el cuello. La sorda quiere oír música. En la punta de los dedos. Suéter marrón. Baila por la sala.

Soy sordo, me pongo algodón en los oídos, Regina me tapa las orejas con fuerza. Con la punta de los dedos siento la música. Soy ella. «Te amo.» «Tee adooooro.» Regina tiene problemas con mi camisa, finalmente quedo desnudo. Llevo a Regina en brazos hasta la cama.

111. En la sábana, en el cuerpo, olor a otra piel, tufo de perfume ácido. Juego con el ojo de vidrio. Juego al enterrado, paro por falta de aire. Termina la hora del café, *pendentif*, bastón de viejo cojo de *lorgnon*, es hora de piscina.

Escenas de celos de la sorda, cree que ahora que nos acostamos no quiero saber más de ella.

Aparece Beatriz, su mirada atraviesa la piscina, pájaro, rayo láser: es lejos, ni el blanco ni el negro del ojo: ella me observa con todo el rostro, nariz, frente, mentón, órbitas. Una cosa fulminante entre nosotros dos.

Descubro una verruga en la cara de Regina. ¡Nürburgring, Mónaco, Reims, Aintree, Monza, Zandvoort. ¡Zuum! ¡Rooarr! Orden. Orden. Los viejos tienen riñones, hígado, arterias. Nosotros tenemos pene, músculos, huesos, vagina, amamos el cuerpo. Orden. Descubro una verruga, una mancha blanda en la cara de Regina.

Me ofrece un bistec con papas fritas. «¿Me amas?» «Sí.»

Bajo despacio por la alameda por donde hacen eco las aguas del lago. Rejas del parque. ¿Qué voy a hacer allá? Me siento en un banco. ¿Voy al Palace? Incrustada en mi pecho, Beatriz, respiro hondo para ver si ella se convierte en gas carbónico. ¡Uf, uf!, qué infeliz soy. De repente, por completo estremecido: sin estruendo el mundo queda diferente. Beatriz tras la reja, zoom entra por los ojos míos. Nuestras manos se agarran. Estamos mareados, el amor llega a doler, quedamos de encontrarnos en Rio, ella embarca hoy, sigo mañana, y viviremos felices para siempre.

En el comedor, tomo sopa con la sorda. Mañana embarco. «¡Yoooo nooteeeguustooo!» ¡Habla bien, caramba! Bajo las escaleras a tropezones, en lo oscuro. Orden. Orden.

Los inocentes

El mar ha lanzado a la playa pingüinos,
/tortugas gigantes, tollos, cachalotes.
Hoy: mujer desnuda.
Depilada parecería una enorme mantarraya podrida.
Sin embargo, el pelo y los vellos recuerdan un animal de la
/familia del mono;
Cuerpo lila de manchas claras mármol de Carrara
/hinchado expuesto;
sangre, tripas, los huesos perdieron calor y pudor;
ojos, labios, boca, vagina: los peces lo devoraron.
Unos bañistas instalan casetas cerca de la cosa muerta,
rápidamente envuelta por un enorme círculo de arena,
/indiferencia, asco.
Un policía se limpia el sudor de la frente, mira una gaviota,
/cielo azul.
Luego el vehículo: cuerpo cargado.
Espacio blanco vacío cercado,
por el colorido de las casetas, pañuelos, biquinis, sombreros,
/toallas,
por todos lados.
Llega una familia:
«Mira, parece que nos reservaron un lugar.»

J. R. Harder, *executive*

En el aeropuerto, Mr. Watson le pregunta al joven funcionario que está siendo entrenado para reemplazarlo:
—¿Quiere que le cuente la primera vez que vi a Mr. Harder?
Mr. Watson y don Jaime en el aeropuerto. Hace calor.
—La cara roja, el aire de aburrimiento contenido, un *gentleman*, el pelo blanco, todo él muy *neat* y *clean*, la forma de mirar sutilmente por encima, los *natives not us, see? Oh, sorry!*, a veces pienso que tú.
—No hay problema.
—Tu inglés es muy bueno.
—Sí, claro. Continúe.
Caminando por el pasillo. *Hall* de los ascensores. *An enormous cigar*. Una hoja suave. Una hoja uniforme. Un habano difícil. Un habano de Fidel Castro. Watson divaga.
—Watson, por favor...
—*Yes, yes.* Mr. Harder prendió el puro. Dio una piteada. En ese momento llegó el ascensor. Las puertas se abrieron. Mr. Harder tranquilamente tiró el puro en la caja de arena que había en el vestíbulo. El puro entero. Mr. Harder sabía que estaba prohibido llevar puros encendidos en el ascensor. Un puro de esos cuesta un octavo del sueldo de un obrero no especializado.
Hace calor.
—Un inglés nunca haría algo así. Él era de Texas. *Besides* un inglés nunca prende un puro en un vestíbulo.
Hace calor.
—Y, sin embargo, hace mucho por este país —Watson mira a Jaime a los ojos—. La grandeza de las naciones son los hombres.
Don Jaime ríe.
—¿Sabías que cuando vino era riquísimo? No tenía que ser *pioneer* en una tierra extraña. Y Mrs. Harder también; heredó del viejo Mitchell, que tenía una *coil factory in Columbus, Ohio*.

Reunión con el director técnico y el director de ingeniería. Ambos beligerantes. Al final los dos meneaban las cabezas como la *couple of yes man*. Los que tienen miedo a hacer cosas arriesgadas terminan no haciendo nada. Pope.

—*Just imagine*, un texano citando a un poeta nacido en London en 1688, traductor de Homero y Virgilio. ¿Y los escoceses? Los escoceses de la contabilidad contra Mr. Harder. «*Money, Mr. Murphy* —dijo Mr. Harder a General Comptroller—, *is a good servant but a bad master.*» ¿Y sabías que esa frase no es de Pope? Todos pensaban que lo era, hasta yo... ¿Sabes de quién es esa frase?

—¿Shakespeare?

—Bacon, Francis Bacon. Lo descubrí después. Francis Bacon. Quién podría esperar que él, un *executive* de Texas, leyera a Bacon, *The Baron Verulam, Viscount St. Albans*, autor de la *Instauratio magna*... Mr. Harder, un hombre misterioso, *a very misterious man*, Mr. Harder...

—¿Te gustaba?

—No sé. Sí, de la manera resentida que a un secretario le gusta su jefe. Tal vez pensaba en ser un *executive myself*. Quien me trajo a la compañía fue el viejo Blachford. Fui su secretario por cinco años. Él me puso ese rótulo de secretario que nunca más salió. Treinta años. Hubo un tiempo en que pensé dejar la compañía pensando que en otro lugar mis méritos serían mejor reconocidos. Pero me fui quedando... comodidad... y finalmente tengo mis *fringe benefits*... ¿Y a ti? ¿Te gustaba Mr. Harder? *All the same size*, ¿recuerdas?

—Sí.

—Ustedes llegaron, él se rio y dijo *all the same size*. Te pusiste furioso y preguntaste *what is so funny?*, ¿recuerdas?

—Sí. Yo pensaba que era más grande que Ferraz, pero éramos un grupo de enanos del mismo porte, sobre todo cerca de un individuo como él.

—¡Ahahahahahahahahaha!, me acuerdo, yo también me acuerdo. Al final del día fui a casa con Mr. Harder. En el auto se iba riendo, cada vez más, *like a madman*, y cuando llegó a casa, al departamento del Copa, gritó *Peggy, all the same size!*, y se afirmó el estómago como un niño luchando contra un ataque de risa y rodó por el suelo de tanto reír y solo se detuvo cuando la mujer le trajo gin tonic con *cashew nuts*.

Un avión aterriza, pero no es el esperado. Mr. Watson usa un sombrero de paja. Don Jaime no usa sombrero; el cuello y los puños de su camisa blanca están almidonados.

—No quiero discursos ni bandejas de plata...

Otro avión aterriza. Con un pañuelo Mr. Watson limpia la cinta del sombrero.

—No quiero discursos ni bandejas de plata, dijo cuando decidió jubilarse.

—¿Lo echaron?

—¡No, oh, no! El Board no quería que se fuera, *but he was sick* y no pudo quedarse. Se fue a Honolulu, una manía de los norteamericanos. Seis meses allá, seis meses acá, por el calor y el impuesto sobre la renta. Después de jubilarse lo seguí cuidando. El año pasado estaba muy extraño y triste. Rasgó todas las cartas que recibió, dentro de los sobres. No leyó ni siquiera los *financial statements*, cosa que siempre hacía poniendo una lente gruesa sobre los papeles. Tíralo a la basura, me dijo. Estaba vestido con un camisón para poder ir más rápido al baño. Puso una botella de whisky frente a nosotros y comenzamos a beber en silencio. «¿Te imaginas lo que es tener un hijo de cuarenta años, *a forty years old son?*», preguntó Mr. Harder.

Mr. Watson cambia el tono de voz, remedando a Mr. Harder:

—*He was a beautiful boy*. A veces me iba más temprano a casa para jugar con él. *So funny, so cute*, me enorgullecía salir con él, ser visto por los otros, decir *he is my son*. Por la mañana despertaba y venía a mi cama, recostaba la cabeza en mi brazo, yo preguntaba *you love daddy* y él respondía *love daddy*.

La voz de Mr. Watson se pone más triste que la de él mismo.

—*He is forty years old now, an ugly and stupid man, my son, hum, Watson?* —Mr. Watson suspira—. Nos tomamos la botella entera. *Poor* Mr. Harder. Ese día me habló por primera vez de Honolulu, pero no habló mucho, dijo *the mean is seventy four degrees*, solo eso, la media es setenta y cuatro grados.

—Eso puede significar una cosa que no sea Honolulu.

—La temperatura media en Honolulu es esa, *seventy four point four*... El año pasado fue un año terrible. A pesar del camisón, ensució todas las alfombras. Debido al ano de plata. ¿Alguna vez viste a Mr. Harder comer el *breakfast*? Para empezar, una gran cantidad de papaya picada con azúcar, una porción suficiente para cinco, después pan tostado con *strawberry jelly*, café, queso, tocino con huevos. Ese día tuve la impresión de que él comía y la comida iba saliendo por el ano de plata. Los empleados vinieron, limpiaron el suelo y aromatizaron el ambiente. Sonó el teléfono, contesté y una voz de mujer dijo: «¿Por qué no se viste ese viejo indecente? ¿No le da vergüenza? ¿No sabe que hay familias y señoritas? ¡La policía ya va a venir a llevarse a ese ordinario!». Qué absurdo: la policía llevarse a Mr. Harder solo porque hacía esas inconveniencias a ventana abierta. Todo el mes de mayo, como hoy, vengo a esperarlo, se queda hasta septiembre, yo me ocupo de todos los detalles, esta vez va a ser más fácil porque él no va a volver a Hololulu... Pero el año pasado fue todo *extremely difficult*. Él ya estaba paralítico y al momento de embarcar se fue en una *lifting van*, un camión de mudanza, cerrado. No encontré nada donde cupieran él y la enorme silla de ruedas. El elevador de carga que iba a colocar a Mr. Harper en el avión se demoró en llegar y se quedó un buen rato encerrado, solo, dentro del camión. Nadie se acordó de abrir la puerta y hacía mucho calor. Mr. Harder se enojó mucho. No fue fácil ponerlo en el avión. Fue la primera vez que los vi pelear a los dos. Después de que el elevador de carga puso a Mr. Harder en el avión, yo, con la ayuda de cuatro personas, logré acomodarlo en el asiento. Después fui a buscar a Mrs. Harder. Cuando venía con ella, ya dentro del avión, hacia el asiento junto al de Mr. Harder, me gritó, *take her away! I don't want to travel with her. Away!* Ella no dijo una palabra. Era una mujer orgullosa.

—Creo que ese es el avión de él.
—Sí, es ese. Iba a llegar en la Pan American.
—Esta vez será más fácil sacar a Mr. Harder de adentro.
—No sé. *His coffin* debe ser *enormous*.

Los músicos

Hace calor. Los grandes espejos de la pared llegaron de Europa en el fondo de una bodega; cristal puro. «Tu abuela hizo risitas y besitos, se enamoró dentro de ese espejo.» Respondo: «Mi abuela nunca vio ese espejo, ella llegó en otra bodega». En ese momento llegan los músicos, tres: piano, violín, batería; el más joven, el pianista, tiene cuarenta años, pero también es el más triste, rostro de quien va a perder las últimas esperanzas, todavía le queda un poco, pero sabe que las va a perder algún día de calor tocando los *Cuentos de los bosques de Viena*, mientras allá abajo la gente come bebe suda sin ni por un instante levantar los ojos hacia el mesón donde él trabaja con los otros dos: Stein, al violín —cincuenta y seis años, hace medio siglo: golpeado con una vara fina, encerrado en el baño, privado de comida «ni aunque me muera vas a ser un gran concertista», y cuando Sara, su madre, murió, él tocó a Strauss en el restaurante con el corazón lleno de alegría—, Elpidio en la batería, cincuenta años, mulato, se pone un pañuelo en el cuello para protegerse la ropa, al gerente no le gusta, pero él no se puede cambiar de camisa todos los días, tiene ocho hijos, si fuese rico —«haría hijos en la mujer de los otros, pero soy pobre y los hago en la mía nada más»— y todos empiezan, no exactamente al mismo tiempo, a tocar el vals de la *Viuda alegre*. En la mesa de al lado está el tipo casado con Miss Brasil. Todas las mesas están ocupadas. Los camareros pasan apurados llevando platos y fuentes. En el aire, un gran murmullo.

Mañana de sol

Madureira flecha luz mano en la cartera dinero en la mano. Dinero en el bolsillo, tres pasos, ¡LADRÓN!, ¡LADRÓN! ¡SOCORRO! La mujer agarra a Madureira. Calle San Clemente. Dos Policías Militares corren — botar el dinero — brazos tomados por la mujer — Policía Militar.
 Me robó mi plata, señor policía.
 Esa mujer está loca.
 PM: vamos a la comisaría.
 Yo no hice nada, señor carabinero, soy un trabajador padre de familia.
 Me robó mi plata.
 PM: vamos a la comisaría.
 El PM agarra el brazo de Madureira. Madureira suelta el brazo, corre. A la derecha, a quinientos metros, está la subida al cerro; a la izquierda, a seiscientos metros, está el cuartel de la policía militar. Madureira corre más rápido que un caballo. Quinientos, cuatrocientos, trescientos, faltan cien metros.
 De la puerta del cuartel salen cuatro PMs. Cien metros para cada lado, Madureira ya corrió medio kilómetro, los PMs están descansados, llegan juntos, Madureira y un PM, la macana le da con fuerza en la cabeza a Madureira pero él nada siente, agarran a Madureira, un PM le quita el cinturón del pantalón.
 Cortejo en la calle San Clemente hacia la comisaría en la calle Bambina: Madureira agarrándose los pantalones con la mano izquierda, el brazo torcido para atrás sujeto por PM: la mujer: PM: PM: populacho.
 Las nueve. Un sol lateral azul da nitidez a las cosas.
 En la puerta de la comisaría el populacho se aglomera, obstaculizando.
 Los que entran se dirigen a la sala del comisario.
 Comisario está en su mesa de trabajo, cara delgada de: hambre y pensamiento.

Madureira y Comisario se miran, comunicación instantánea, privada, veloz, abstracta.

Madureira reacciona: ¡SEÑOR!, Madureira se tira de rodillas al suelo, abre los brazos: soy un trabajador, padre de familia, ¡no soy un ladrón!

Silencio, dice el comisario, tan bajo que Madureira deja de hablar, se pone la mano en el oído malo para entender lo que viene después: primero vamos a oír a los conductores, después a la señora, después al señor.

Primer conductor, soldado 1021, del Segundo Batallón de la Policía Militar, Everaldo: Calle San Clemente, a las nueve. Mujer pidiendo socorro, carterista, flagrante, intento de fuga.

Segundo conductor, soldado 928, del Segundo Batallón de la Policía Militar, Ademir: Calle San Clemente, víctima agarrada por un carterista, arresto en flagrante, dinero aprehendido.

PM coloca dinero sobre la mesa del comisario.

Diez cruceiros.

Con la palabra, la víctima: Maria Matos, funcionaria pública, separada, residente en la calle 19 de Febrero, 16, casa 4: iba a la feria, encontronazo, cartera cae, hombre pide disculpas agarra la cartera del suelo, diez cruceiros desaparecieron ¡socorro!, agarra al hombre llega PM.

Ese dinero es mío, ¡yo no he robado nada!, grita Madureira.

Identifíquese, dice Comisario.

Madureira: Aristides Monteiro, brasileño, cuarenta y ocho años, tornero mecánico: Calle San Clemente, encontronazo con la mujer, cartera cae, grito, llega PM comienza a golpear, le sacan dinero, obrero padre de familia.

Déjame ver tu mano, dice comisario.

Madureira estira la mano abierta.

Comisario pasa levemente los dedos sobre la palma de la mano de Madureira.

Mano de Madureira tiembla: estoy hace más de un año sin trabajar, la situación no está buena, señor, estoy viviendo de trabajitos.

Comisario: llama al Pompeu y al Benício.

Es la primera vez que entro en una comisaría.

Entra Pompeu, jefe de la Sección de Vigilancia de la DD.

Pompeu: miren quién anda por acá...

Comisario: ¿conoces a este hombre?

Pompeu: es el Madureira, señor, carterista, nunca le habíamos podido echar el guante. ¿Cómo pasó?

Comisario: la víctima se agarró a él.

Madureira: ¿pero qué pasa? Yo me llamo Aristides, soy obrero, padre de familia, tengo ocho hijos.

Entra Benício, jefe de la Sección de Robos y Hurtos de la DD.

Pompeu: mira quién está aquí, Benício.

Benício: el Madureira, miren nada más. ¿En chirona?

Pompeu: en chirona, lo agarraron.

Benício: miren nada más. ¿Fue esa mu-señora que está aquí?

Comisario: ¿conoces al preso?

Benício: señor, es el Madureira, uno de los mayores carteristas de la ciudad. Muy pillo, jamás lo pudimos agarrar en flagrante.

Comisario: ¡llama al escribano!

¿Escribano? Grita Madureira. En la calle el populacho oye gritos, pone atención estremecido: valió la pena esperar.

¡Flagrante no, señor! Soy padre de familia, ¡flagrante no! ¡Tengo ocho hijos!

Arrodillado, Madureira llora.

Vive en Quintino, pero roba en toda la ciudad, dice Benício.

Entra escribano: ¿señor?

Comisario: descripción del flagrante: hurto calificado: la víctima es esta señora. Conductores los dos PMs.

¡Señor!, ¡reviénteme, déjeme quince días sin comer, póngame en el catre, pero no diga que fue flagra, por lo que más quiera!

Comisario: llévenselo a la notaría.

Madureira se agarra a la mesa: ¡Señor!, por lo que más quiera, flagra no, hágame un lavado, quiébreme los dientes, póngame en la maquineta.

Benício: ¿maquineta?

Pompeu: ¿maquineta?

¡Pero no me dé flagra, por lo que más quiera! ¡Nunca le he hecho mal a nadie!

En la calle aumenta el número de espectadores.

A la notaría, dice el Comisario.

Madureira trata de correr por la sala. Se debate. Dos PMs lo afirman. Madureira da patadas. PMs arrastran a Madureira.

Señor, deme mi dinero, quiero irme.

Tiene que declarar.

Se oyen gritos de Madureira siendo llevado a la notaría.

Es el dinero de la feria, dice Víctima.

Los gritos de Madureira aumentan.

Quiero irme.

No se puede ir. Venga a la notaría.

En la notaría: dos sillas boca abajo: agarrado por cuatro PMs Madureira da patadas, cabezadas, grita, muerde: macanazos en la cabeza, espalda, pecho, cara.

Quiero irme, repite Víctima.

Madureira ve al Comisario, grita, sin dejar de debatirse: ¡flagrante no!, ¡una desgracia!

A la celda, dice Comisario.

Inmediatamente Madureira deja de luchar. Gracias, Señor. Los PMs no perciben su entrega, lo llevan fuertemente agarrado.

Madureira en la celda: gracias, Señor.

Comisario fuera de la celda: no has entendido, Aristides...

Madureira: ¿me va a colocar flagrante?

Comisario: sí. Solo estoy esperando que te calmes un poco. Es mejor que te calmes, si no te complicas con dos más: resistencia y desacato.

Madureira: el flagrante va a ser mi desgracia, son dos años de cárcel: mis hijos se van a morir de hambre.

Comisario: lo siento mucho.

Comisario vuelve a su sala.

—¿Tengo que quedarme aquí? —pregunta Víctima.

—Sí.

—No me importa perder el dinero.

—No va a perder su dinero.

—Quiero irme.

—Tiene que declarar en el flagrante.

—¿Va a estar mucho tiempo preso?

Entra el guardia: Señor, el hombre se volvió loco, está golpeando las rejas con la cabeza. Comisario va a la celda.

En la celda: Madureira golpea las rejas con la cabeza sin parar. La sangre le cubre el rostro, salpica la camisa, manos agarradas a las rejas.

Comisario al guardia: ve al colegio que está aquí al lado y trae al director o a algún profesor.

Madureira sigue golpeando las rejas con la cabeza, con los ojos cerrados.

Entran el guardia y el profesor. El profesor mira asustado.

Madureira golpea las rejas con la cabeza.

Silencio.

—¿En qué puedo ayudarlo? —pregunta Profesor.

—Ese hombre se llama Aristides Monteiro, arrestado en flagrante de hurto. Ahora se está provocando en sí mismo lesiones corporales. Mírele bien la cara y recuerde su nombre: Aristides Monteiro.

—Yo, yo no, sí —dice el Profesor.

Madureira abre los ojos y ve al comisario. Se miran por dentro de un duro ducto que los aísla, negro tubo de silencio, revelación.

Madureira deja de golpear las rejas con la cabeza. Pobres mis hijos.

Comisario abre la puerta de la celda, sujeta suavemente el brazo de Madureira. Juntos caminan hacia la notaría.

Relato de un parte en que cualquier semejanza no es mera coincidencia

En la madrugada del 3 de mayo una vaca marrón camina por el puente del río Coroado en el kilómetro cincuenta y tres a Rio de Janeiro.

Un autobús de pasajeros de la empresa Única Auto Ómnibus, patente GB-80-07-83 y SP-81-12-27, transita por el puente del río Coroado hacia São Paulo.

Cuando ve la vaca, el chofer Plínio Sérgio trata de desviarse. Golpea a la vaca, choca contra el muro del puente, el autobús se precipita al río.

En el puente la vaca está muerta.

Bajo el puente están muertos: una mujer vestida de pantalón largo y blusa amarilla, de veinte presuntos años y que nunca será identificada; Ovídia Monteiro, de treinta y cuatro años; Manuel dos Santos Pinhal, portugués, de treinta y cinco años, que usaba un documento de socio del Sindicato de Empleados en Fábricas de Bebidas; el niño Reinaldo, de un año, hijo de Manuel; Eduardo Varela, casado, cuarenta y tres años.

El desastre fue presenciado por Elias Gentil dos Santos y su mujer Lucília, residentes en las cercanías. Elias manda a la mujer a la casa a buscar un cuchillo. ¿Un cuchillo?, pregunta Lucília. Un cuchillo, rápido, idiota, dice Elias. Él está preocupado. ¡Ah!, percibe Lucília. Lucília corre.

Aparece Marcílio da Conceição. Elias lo mira con odio. Llega también Ivonildo de Moura Júnior. ¡Y esa idiota no llega con el cuchillo!, piensa Elias. Tiene rabia de todos, le tiemblan las manos. Elias escupe varias veces al suelo, con fuerza, hasta que se le seca la boca.

Buenos días, don Elias, dice Marcílio. Buenos días, dice Elias entre dientes, mirando a los lados. ¡Ese mulato!, piensa Elias.

Qué cosa, dice Ivonildo, después de asomarse por el muro del puente y ver bomberos y policías allá abajo. En el puente, aparte del chofer de un auto de la Policía de Caminos, están solo Elias, Marcílio e Ivonildo.

La situación no está buena, dice Elias mirando la vaca. No logra quitarle los ojos a la vaca.

Es cierto, dice Marcílio.

Los tres miran la vaca.

A lo lejos se ve la figura de Lucília corriendo.

Elias volvió a escupir. Si pudiera, también sería rico, dice Elias. Marcílio e Ivonildo mueven la cabeza, miran la vaca y a Lucília, que se acerca corriendo. A Lucília tampoco le gusta ver a los dos hombres. Buenos días, doña Lucília, dice Marcílio. Lucília responde moviendo la cabeza. ¿Me demoré mucho?, le pregunta, sin aliento, al marido.

Elías afirma el cuchillo como si fuese un puñal; mira con odio a Marcílio e Ivonildo. Escupe al suelo. Corre hacia la vaca.

En el lomo está el filete, dice Lucília. Elias corta la vaca.

Marcílio se acerca. ¿Después me presta el cuchillo, don Elias?, pregunta Marcílio. No, responde Elias.

Marcílio se aleja, caminando rápido. Ivonildo corre a gran velocidad.

Van a buscar cuchillos, dice Elias con rabia, ese mulato, ese cornudo. Sus manos, su camisa y su pantalón están llenos de sangre. Deberías haber traído una bolsa, un saco, dos sacos, imbécil. Anda a buscar dos sacos, ordena Elias.

Lucília corre.

Elias ya ha cortado dos pedazos grandes de carne cuando surgen, corriendo, Marcílio y su mujer, Dalva, Ivonildo y su suegra, Aurélia, y Erandir Medrado con su hermano, Valfrido Medrado. Todos llevan cuchillos y machetes. Se tiran sobre la vaca.

Lucília llega corriendo. Apenas puede hablar. Está embarazada de ocho meses, sufre de verminosis y su casa queda en lo alto de un cerro, el puente en lo alto de otro cerro. Lucília trajo un segundo cuchillo. Lucília corta la vaca.

Alguien me presta un cuchillo o si no lo requiso todo, dice el chofer del auto policial. Los hermanos Medrado, que trajeron varios cuchillos, le pasan uno al chofer.

Con una sierra, un cuchillo y un machete aparece João Leitão, el carnicero, acompañado de dos ayudantes.

Usted no puede, grita Elias.

João Leitão se arrodilla cerca de la vaca.

No puede, dice Elias empujando a João. João cae sentado.

No puede, gritan los hermanos Medrado.

No puede, gritan todos, excepto el chofer de la policía.

João se aleja; a diez metros de distancia se detiene; se queda observando con sus ayudantes.

La vaca está semidescarnada. No fue fácil cortarle la cola. Nadie pudo cortarle las patas y la cabeza. Nadie quiso las tripas.

Elias llenó los dos sacos. Los otros hombres usan las camisas como si fueran sacos.

El primero en retirarse es Elias con la mujer. Prepárame un bistecazo, le dice sonriendo a Lucília. Voy a pedirle unas papas a doña Dalva, voy a hacerte también unas papas fritas, responde Lucília.

Los despojos de la vaca están extendidos en una poza de sangre. João llama con un silbido a sus dos ayudantes. Uno de ellos trae un carrito de mano. Los restos de la vaca son colocados en el carrito. En el puente solo queda la poza de sangre.

FELIZ AÑO NUEVO
1975

Singula de nobis anni praedantur euntes.

                      Horacio: *Epístolas*

L'empereur si l'araisonna:
«Pourquoy es tu laron en mer?»
L'autre responce luy donna:
«Pourquoy larron me faiz clamer?
Pour ce qu'on me voit escumer.
En une petiote fuste?
Se comme toy me peusse armer,
Comme toy empereur je feusse.
Mais que veux-tu? De ma fortune
Contre qui ne puis bonnement,
Qui si faulcement me fortune,
Me vient tout ce gouvernement.
Excusez moy aucunement.
Et saichiez qu'en grant povreté,
Ce mot se dit communement,
Ne gist pas grande loyauté.»

                  François Villon, *Le Testament*

Feliz Año Nuevo

Vi en la televisión que los grandes almacenes estaban anunciando como locos ropa cara para estrenar en las fiestas de Año Nuevo. Vi también que las casas de artículos finos para comer y beber habían vendido todas sus existencias.
 Pereba, voy a tener que esperar que amanezca y conseguir cachaza, gallina y farofa* de los macumberos.
 Pereba entró al baño y dijo, qué peste.
 Ve a mear a otra parte, no hay agua.
 Pereba salió a mear a la escalera.
 ¿Dónde te agenciaste la tele?, preguntó Pereba.
 Mentira que me la agencié. La compré. El recibo está allí encima. Ay, Pereba, ¿piensas que soy tan ignorante como para tener algo comprometedor en mi cuchitril?
 Me estoy muriendo de hambre, dijo Pereba.
 Por la mañana llenaremos la barriga con las ofrendas de los *babalaós*** solo por joder.
 No cuentes conmigo, dijo Pereba. ¿Te acuerdas de Crispín? Dio un bocado en una macumba aquí, en la Borges de Madeiros, y la pierna le quedó negra, se la cortaron en el Miguel Couto y ahí está, jodido, caminando con muletas.
 Pereba siempre fue supersticioso. Yo no. Tengo estudios, sé leer, escribir y hacer la raíz cuadrada. Me cago en la macumba que me dé la gana.
 Prendimos unos porros y nos quedamos viendo una telenovela. Micrda. Cambiamos de canal, pum bang-bang, otra micrda.
 Todas las señoras están estrenando, van a recibir el año nuevo bailando con los brazos en alto, ¿has visto cómo bailan las blancuchas? Levantan los brazos, creo que para mostrar los sobacos, lo que

---

* Comida popular hecha con harina de mandioca y manteca.
** Adivinos.

realmente quieren es enseñar el coño pero no tienen los huevos suficientes y enseñan el sobaco. Todas le ponen el cuerno a los maridos. ¿Sabías que su vida es dar las nalgas por ahí?

Lástima que no nos las estén dando a nosotros, dijo Pereba. Hablaba despacio, cansado, enfermo.

Pereba, no tienes dientes, estás bizco, eres negro y pobre, ¿crees que las mujeres te las van a dar? Ay, Pereba, lo mejor que puedes hacer es hacerte una puñeta. Cierra los ojos y dale.

¡Yo quería ser rico, salir de la mierda en la que estaba metido! Tanto rico y yo jodido.

Zequinha entró a la sala, vio a Pereba haciéndose una puñeta y le preguntó ¿qué haces Pereba?

Se encogió, se encogió, así no se puede, dijo Pereba.

¿Por qué no fuiste al baño a jalártela?, dijo Zequinha.

El baño apesta, dijo Pereba. No hay agua.

¿Las mujeres de aquí del edificio ya no las dan?, preguntó Zequinha.

Le estaba rindiendo homenaje a una rubia guapa, con vestido de noche y llena de joyas.

Estaba desnuda, dijo Pereba.

Veo que están hechos una mierda, dijo Zequinha.

Se quiere comer los restos del Iemanjá, dijo Pereba.

Era broma, dije. Zequinha y yo habíamos asaltado un supermercado en Leblon, no era mucha lana, pero nos pasamos un tiempo en São Paulo, bebiendo y cogiendo, nos respetábamos.

A decir verdad yo tampoco ando de suerte, dijo Zequinha. La cosa está ruda. Esos hombres no bromean. ¿Viste lo que le hicieron al Buen Criollo? Dieciséis tiros en la cabeza. Pescaron a Vevé y lo estrangularon. ¡Al Minhoca, carajo! ¡El Minhoca! Crecimos juntos en Caxias, era tan miope que no enfocaba de aquí hasta allá, y también era medio tartamudo —lo pescaron y lo arrojaron en el Guandu, todo reventado.

Al Tripé le fue peor. Le prendieron fuego. Lo achicharraron. Esos hombres no dan cuartel, dijo Pereba. Y pollo de macumba no como.

Pasado mañana van a ver.

¿Vamos a ver qué?, preguntó Zequinha.

Solo estoy esperando a que llegue Lambreta de São Paulo.

¡Mierda! ¿Estás en tratos con Lambreta?, dijo Zequinha.

Sus fierros están todos aquí.

¿Aquí?, dijo Zequinha. Estás loco.

Me reí.

¿Qué fierros tienes?, preguntó Zequinha.

Una Thompson, una carabina doce, de cañón corto, y dos Magnum.

¡Puta madre!, dijo Zequinha. ¿Y ustedes aquí sentados, jalándosela? Esperando que amanezca para comernos la farofa de la macumba, dijo Pereba. Hubiera tenido éxito en la tele por su manera de hablar, la gente se moriría de risa.

Fumamos. Nos terminamos una botella de aguardiente.

¿Puedo ver el material?, dijo Zequinha.

Bajamos por la escalera, el elevador no funcionaba, hasta el departamento de Dona Candinha. Tocamos. La vieja abrió la puerta.

Buenas noches, Dona Candinha, venimos a recoger el paquete.

¿Ya llegó Lambreta?, dijo la vieja negra.

Ya, dije, está arriba.

La vieja trajo el paquete, caminando con dificultad. Le pesaba demasiado. Cuídense, hijos, nos dijo.

Subimos por la escalera y volvimos a mi departamento. Abrí el paquete. Armé primero la Thompson y se la pasé a Zequinha. Recuerdo esta máquina, ¡tarratatatata!, dijo Zequinha.

Es vieja pero no falla, dije.

Zequinha cogió la Magnum. Una joya, dijo. Después cogió la Doce, se puso la culata al hombro y dijo: todavía le apunto a un policía en el pecho con esta belleza, muy de cerca, ya sabes cómo, para poner al puto de espaldas a la pared y dejarlo allí pegado.

Pusimos todo sobre la mesa y observamos. Fumamos otro poco.

¿Cuándo y para qué usarán el material?, dijo Zequinha.

El día 2. Vamos a reventar un banco en la Penha. Lambreta quiere meter el primer gol del año.

Es un tipo vanidoso, dijo Zequinha.

Es vanidoso pero vale. Ha trabajado en São Paulo, Curitiva, Florianópolis, Porto Alegre, Vitoria, Niterói, sin contar Rio. Más de treinta bancos.

Sí, pero dicen que da las nalgas, dijo Zequinha.

No sé si las da, ni tengo el valor para preguntarle. Nunca se ha descarado conmigo.

¿Lo has visto con alguna mujer?, dijo Zequinha.

No, nunca. Bueno, puede ser cierto, pero qué importa.

Los hombres no deben dar las nalgas. Menos un tipo importante como Lambreta, dijo Zequinha.

Un tipo importante hace lo que quiere, dije.

Es verdad, dijo Zequinha.

Nos quedamos callados, fumando.

Con los fierros en la mano y nada de nada, dijo Zequinha.

El material es de Lambreta. ¿Y dónde lo usaríamos a estas horas?

Zequinha jaló aire, fingiendo que tenía algo entre los dientes, creo que él también tenía hambre.

Estaba pensando en que asaltáramos una casa lujosa donde haya una fiesta. El mujerío está lleno de joyas y conozco a un tipo que compra todo lo que le llevo. Y los barbados tienen la cartera llena de billetes. ¿Sabes que tiene un anillo que vale cinco de los grandes y un collar de quince en esa covacha que conozco? Paga en el acto.

Se acabó el tabaco. También la cachaza. Comenzó a llover.

Al carajo tu farofa, dijo Pereba.

¿Qué casa? ¿Tienes alguna en mente?

No, pero está lleno de casas de ricos por ahí. Robamos un auto y salimos a buscarla.

Coloqué la Thompson en una bolsa de supermercado, junto con los cartuchos.

Le di una Magnum a Pereba, otra a Zequinha. Metí la carabina en el cinturón, con el cañón hacia abajo y me puse una gabardina. Cogí tres medias de mujer y unas tijeras. Vámonos, dije.

Robamos un Opala. Avanzamos hacia San Contado. Pasamos varias casas que no nos interesaron, o estaban muy cerca de la calle o tenían demasiada gente. Hasta que encontramos el lugar perfecto. Tenía un jardín grande en la entrada y la casa estaba al fondo, aislada. Oíamos ruido de música de carnaval pero pocas voces cantando. Nos pusimos las medias en la cara. Corté con las tijeras los agujeros para los ojos. Entramos por la puerta principal.

Estaban bebiendo y bailando en un salón cuando nos vieron.

Esto es un asalto, grité muy fuerte, para ahogar el sonido del tocadiscos. Si se quedan quietos nadie saldrá lastimado. ¡Tú, apaga esa mierda de tocadiscos!

Pereba y Zequinha fueron a buscar a los sirvientes y llegaron con tres meseros y dos cocineras. Al suelo todo el mundo, dije.

Los conté. Eran veinticinco. Todos tumbados en silencio, quietos como si no estuvieran siendo registrados ni viendo nada.

¿Hay alguien más en la casa?, pregunté.

Mi madre. Está arriba en su cuarto. Es una señora enferma, dijo una mujer toda emperifollada, de vestido largo, rojo. Debía ser la dueña de la casa.

¿Niños?

Están en Cabo Frio, con sus tíos.

Gonçalves, ve arriba con la gordita y trae a su madre.

¿Gonçalves?, dijo Pereba.

Eres tú. ¿Ya no sabes ni tu nombre, burro? Pereba cogió a la mujer y subió la escalera.

Inocêncio, amarra a los barbados.

Zequinha amarró a los tipos con sus cinturones, los cordones de las cortinas, los cables de los teléfonos, todo lo que encontró.

Registramos a los tipos. Muy poco dinero. Los cabrones estaban llenos de tarjetas de crédito y chequeras. Los relojes eran finos, de oro y platino. Les arrancamos las joyas a las mujeres. Un puñado de oro y brillantes. Pusimos todo en la bolsa.

Pereba bajó las escaleras, solo.

¿Y las mujeres?, dije.

Se alebrestaron y tuve que poner orden.

Subí. La gordita estaba en la cama con la ropa rasgada, la lengua de fuera. Muertita. ¿Para qué se hizo la remolona y no las dio enseguida? Pereba andaba necesitado. Además de cogida, mal pagada. Limpié las joyas. La vieja estaba en el pasillo, tirada en el suelo. También había estirado la pata. Toda peinada, con el cabello arreglado, teñido de rubio, ropa nueva, rostro en espera del año nuevo, pero ya estaba más para allá que para acá. Creo que murió del susto. Le arranqué los collares, prendedores y anillos. Uno de sus anillos no salía. Con asco, mojé con saliva el dedo de la vieja, pero incluso así no salía. Me encabroné y le di una mordida, arrancándole el dedo. Metí todo en la funda de una almohada. El cuarto de la gordita tenía las paredes forradas de cuero. El baño era un hoyo cuadrado grande de mármol blanco, encajado en el suelo. La pared era toda de espejos. Todo perfumado. Volví al cuarto, empujé a la gordita al piso, puse la colcha de satén sobre la cama con cuidado, quedó lisita, brillante. Me bajé los pantalones y cagué sobre la colcha. Fue un alivio muy justo. Después me limpié el culo con la colcha, me subí los pantalones y bajé.

Vamos a comer, dije, metiendo la funda en la bolsa. Los hombres y las mujeres estaban todos en el suelo, quietos y cagados, como borreguitos. Para asustarlos más les dije: al cabrón que se mueva le reviento los sesos.

Entonces, de repente, uno de ellos dijo con calma, no se enojen, llévense lo que quieran, no vamos a hacerles nada.

Lo miré. Tenía un pañuelo de seda de colores alrededor del cuello.

También pueden comer y beber lo que quieran, dijo.

Hijo de puta. La bebida, la comida, las joyas, el dinero, todo para ellos eran migajas. Tenían mucho más en el banco. Para ellos, no dejábamos de ser tres moscas en la azucarera. ¿Cómo se llama usted?

Mauricio, dijo.

Señor Mauricio, ¿quiere levantarse por favor?

Se levantó, le desaté los brazos.

Muchas gracias, dijo. Se nota que es usted un hombre educado, instruido. Pueden marcharse, no daremos aviso a la policía. Dijo esto mirando a los otros, que estaban inmóviles, asustados, en el piso, haciendo un gesto con las manos abiertas, como quien dice, calma mi gente, ya convencí a esta basura.

Inocêncio, ¿ya terminaste de comer? Tráeme una pierna de pavo de esas que están ahí. Sobre una mesa había comida suficiente para alimentar al presidio entero. Me comí la pierna de pavo. Cogí la carabina 12 y cargué los dos cañones.

Señor Mauricio, ¿quiere hacer el favor de acercarse a la pared?

Se recargó en la pared.

Recargado no, no, a unos dos metros de distancia. Un poquito más para acá. Ahí, muchas gracias.

Le disparé justo en medio del pecho, vaciando los dos cañones, con aquel tremendo ruido. El impacto lanzó al tipo con fuerza contra la pared. Se fue resbalando lentamente y quedó sentado en el suelo. Tenía un hoyo en el pecho como para meter un pastelillo.

Viste, no quedó pegado a la pared, carajo.

Tiene que ser en la madera, en una puerta. La pared no sirve, dijo Zequinha.

Los tipos tirados en el piso tenían los ojos cerrados, no se movían. No se oía nada, salvo los eructos de Pereba.

Tú, levántate, dijo Zequinha. El desgraciado había elegido a un tipo flaco, de cabello largo.

Por favor, dijo el tipo muy bajito.

Ponte de espaldas a la pared, dijo Zequinha.

Cargué los dos cañones de la 12. Tira tú, la patada de esta me lastimó el hombro. Apoya bien la culata si no, te parte la clavícula.

Verás como este sí va a pegarse. Zequinha disparó. El tipo voló, los pies se despegaron del suelo, fue bonito, como si estuviera dando un salto hacia atrás. Se estrelló con estruendo en la puerta y allí se quedó pegado. Fue poco tiempo, pero el cuerpo del tipo quedó aprisionado por el grueso plomo en la madera.

¿No te dije?, Zequinha se frotó el hombro adolorido. Este cañón está cabrón.

¿No vas a cogerte a una vieja de estas?, preguntó Pereba.

No estoy en las últimas. Me dan asco estas mujeres. Me cago en ellas. Solo cojo con mujeres que me gustan.

¿Y tú... Inocêncio?

Creo que voy a cogerme a esa morenita.

La muchacha intentó impedirlo, pero Zequinha le dio unos coscorrones y se quedó quieta, con los ojos abiertos, mirando al techo, mientras era ejecutada en el sofá.

Vámonos, dije. Llenamos las toallas y las fundas con comida y objetos.

Muchas gracias a todos por su cooperación, dije. Nadie contestó.

Salimos. Nos subimos al Opala y regresamos a casa.

Le dije a Pereba, dejas el coche en una calle desierta de Botafogo, tomas un taxi y regresas, Zequinha y yo nos bajamos.

Este edificio está bien jodido, dijo Zequinha, mientras subíamos con el material por la escalera inmunda y destrozada.

Jodido pero está en la zona sur, cerca de la playa. ¿Quieres que me vaya a vivir a Nilópolis?

Llegamos arriba muy cansados. Metí los fierros en el paquete, las joyas y el dinero en la bolsa y los llevé al departamento de la vieja negra.

Doña Candinha, le dije, mostrándole la bolsa, esto quema.

Pueden dejarla, hijos, los hombres no entran aquí.

Subimos. Puse las botellas y la comida sobre una toalla en el suelo. Zequinha quiso beber y no lo dejé. Vamos a esperar a Pereba.

Cuando llegó Pereba, llené los vasos y dije, que el próximo año sea mejor. Feliz Año Nuevo.

Corazones solitarios

Yo trabajaba en un diario popular como reportero de casos policiacos. Hacía mucho tiempo que no ocurría en la ciudad un crimen interesante que implicara a una linda y rica joven de sociedad, muertes, desapariciones, corrupción, mentiras, sexo, ambición, dinero, violencia, escándalo.

Un crimen así ni siquiera en Roma, París, Nueva York, decía el editor del diario, estamos en un mal momento, pero pronto cambiará. La cosa es cíclica, cuando menos lo esperamos estalla uno de esos escándalos que da material para un año. Está a punto de reventar, solo queda esperar.

Me despidieron antes de que estallara.

Solamente hay pequeño comerciante matando a socio, pequeño maleante matando a pequeño comerciante, policía matando a pequeño maleante. Cosas pequeñas, le dije a Osvaldo Peçanha, editor en jefe y dueño del diario *Mujer*.

También hay meningitis, esquistosomiasis, mal de Chagas, dijo Peçanha.

Pero fuera de mi área, dije.

¿Has leído *Mujer?*, me preguntó Peçanha.

Admití que no. Me gusta más leer libros.

Peçanha sacó una caja de puros del cajón y me ofreció uno. Prendimos los puros. Al rato el ambiente era irrespirable. Los puros eran corrientes, estábamos en verano con las ventanas cerradas y el aire acondicionado no funcionaba bien.

Mujer no es una de esas publicaciones a color para burguesas que están a dieta. Está hecha para la mujer de la clase C, que come arroz con frijoles y si engorda es su problema. Échale un vistazo.

Peçanha me aventó un ejemplar del diario. Formato tabloide, encabezados en azul, algunas fotos fuera de foco. Fotonovela, horóscopo, entrevista con artista de televisión, corte y confección.

¿Crees que podrías hacer la sección *De mujer a mujer,* nuestro consultorio sentimental? El tipo que lo hacía renunció.

De mujer a mujer estaba firmada por una tal Elisa Gabriela. *Querida Elisa Gabriela, mi marido llega borracho todas las noches y...*

Creo que puedo, dije.

Estupendo. Comienzas hoy. ¿Qué nombre quieres usar?

Pensé un poco.

Nathanael Lessa.

¿Nathanael Lessa?, dijo Peçanha, sorprendido y molesto, como si hubiera dicho un nombre feo u ofendido a su madre.

¿Qué tiene de malo? Es un nombre como cualquier otro. Y estoy rindiendo dos homenajes.

Peçanha dio unas chupadas a su puro, molesto.

Primero, no es un nombre como cualquier otro. Segundo, no es un nombre para la clase C. Aquí solo usamos nombres que gusten a la clase C, nombres bonitos. Tercero, el diario rinde homenaje solo a quien yo quiero y no conozco a ningún Nathanael Lessa y, finalmente —su molestia iba en aumento, como si sacara algún provecho de ella— aquí nadie, ni siquiera yo mismo, usa seudónimos masculinos. ¡Mi nombre es Maria de Lourdes!

Le eché otra ojeada al diario, en especial al directorio. Solo había nombres de mujer.

¿No te parece que un nombre masculino da más crédito a las respuestas? Padre, marido, médico, sacerdote, jefe, todos son hombres diciéndoles lo que tienen que hacer. Nathanael Lessa suena mejor que Elisa Gabriela.

Eso es justamente lo que no quiero. Aquí se sienten dueñas de su nariz, confían en nosotros como si fuéramos sus comadres. Llevo veinticinco años en este negocio. No me vengas con teorías sin comprobar. *Mujer* está revolucionando la prensa brasileña, es un periódico diferente que no da noticias viejas de la televisión de ayer.

Estaba tan molesto que no le pregunté qué se proponía *Mujer.* Tarde o temprano me lo diría. Yo solamente quería el trabajo.

Mi primo, Machado Figueiredo, que también tiene veinticinco años de experiencia, en el Banco de Brasil, suele decir que está siempre abierto a teorías sin comprobar. Yo sabía que *Mujer* le debía dinero al banco. Y encima del escritorio de Peçanha había una carta de recomendación de mi primo.

Al oír el nombre de mi primo, Peçanha palideció. Le dio un mordisco al puro para controlarse, luego hizo como si fuera a chiflar, y sus gruesos labios temblaron como si tuviera un grano de pimienta en la lengua. Enseguida abrió la boca y golpeó con la uña del pulgar sus dientes sucios de nicotina, mientras me miraba de una forma que debía considerar llena de significados.

Podía añadir Dr. a mi nombre: Dr. Nathanael Lessa.

¡Diablos! Está bien, está bien, rezongó Peçanha entre dientes, comienzas hoy.

Así fue como pasé a formar parte del equipo de *Mujer*.

Mi mesa estaba cerca de la mesa de Sandra Marina, que firmaba el horóscopo. Sandra era conocida también como Marlene Katia cuando hacía entrevistas. Era un joven pálido, de largos y ralos bigotes, también conocido como João Albergarla Duval. Acababa de terminar la carrera de comunicación y vivía lamentándose, ¿por qué no estudié odontología?, ¿por qué?

Le pregunté si alguien se encargaba de traer las cartas de los lectores a mi mesa. Me dijo que hablara con Jacqueline, en facturación. Jacqueline era un negro grande de dientes muy blancos.

Se ve mal que yo sea el único aquí que no tiene nombre de mujer, van a pensar que soy maricón. ¿Las cartas? No hay ninguna carta. ¿Piensas que las mujeres de clase C escriben cartas? Elisa las inventaba.

Apreciado Dr. Nathanael Lessa. Conseguí una beca de estudios para mi hija de diez años, en una escuela elegante de la zona sur. Todas sus compañeritas van al salón de belleza, por lo menos una vez a la semana. Nosotros no tenemos dinero para eso, mi esposo es chofer de autobús de la línea Jacaré-Cajú, pero dice que va a trabajar horas extra para mandar a Tania Sandra, nuestra hijita, al salón de belleza. ¿No cree usted que los hijos merecen todos los sacrificios? Madre Dedicada. Vila Kennedy.

Respuesta: Lave la cabeza de su hija con jabón de coco y péinela con pasadores. Quedará igual que en el salón. De todas maneras, su hija no nació para ser muñequita. De hecho, ninguna hija. Use el dinero de las horas extra para otra cosa más útil. Comida, por ejemplo.

Apreciado Dr. Nathanael Lessa. Soy bajita, gordita y tímida. Siempre que voy al mercado, al súper, a la tienda, me atienden hasta el final. Me engañan con el peso, me dan mal el cambio, los frijoles tienen bichos, la harina de maíz está mohosa, cosas así. Antes sufría mucho pero ahora me resigno. Dios los está mirando y en el Juicio Final van a pagarlo. Sirvienta Resignada. Penha.

Respuesta: Dios no está mirando a nadie. Tú misma tienes que defenderte. Sugiero que le grites a todo el mundo, que hagas escándalo. ¿No tienes algún pariente en la policía? También sirve un pillo. Arréglatelas, gordita.

Apreciado Dr. Nathanael Lessa. Tengo veinticinco años, soy mecanógrafa y virgen. Conocí a un muchacho que dice que me ama mucho. Trabaja en el Ministerio de Transportes y dice que quiere casarse conmigo, pero que primero quiere probar. ¿Qué te parece? Virgen Loca. Parada de Lucas.

Respuesta: Escucha esto, Virgen Loca, pregúntale al tipo qué va a hacer si no le gusta la experiencia. Si dice que te deja, dale la prueba porque es un hombre sincero. No eres grosella ni sopa para que te anden probando, pero hombres sinceros hay pocos, vale la pena intentar. Fe y adelante, firme.

Salí a almorzar.

De regreso Peçanha me mandó llamar. Tenía mi trabajo en la mano.

Hay algo aquí que no me gusta.

¿Qué?, pregunté.

¡Ah! ¡Dios mío!, qué idea tiene la gente de la Clase C, exclamó Peçanha, balanceando la cabeza pensativamente, mientras miraba al techo y hacía boca de chiflido. A las que les gusta ser tratadas con malas palabras y a patadas son las mujeres de la clase A. Acuérdate del lord inglés ese, quien dijo que su éxito con las mujeres se debía a que trataba a las damas como putas y a las putas como damas.

Está bien. ¿Entonces cómo debo tratar a nuestras lectoras?

No me vengas con dialéctica. No quiero que las trates como putas. Olvida al lord inglés. Pon alegría, esperanza, tranquilidad y confianza en las cartas, eso es lo que quiero.

Dr. Nathanael Lessa. Mi marido murió y me dejó una pensión muy escasa, pero lo que me preocupa es estar sola, a los cincuenta y cinco años. Pobre, fea, vieja, y viviendo lejos, tengo miedo de lo que me espera. Solitaria de Santa Cruz.

Respuesta: Graba esto en tu corazón, Solitaria de Santa Cruz: ni dinero, ni belleza, ni juventud, ni una buena ubicación dan la felicidad. ¿Cuántos jóvenes ricos y hermosos se matan o se pierden en los horrores del vicio? La felicidad está dentro de nosotros, en nuestros corazones. Si somos justos y buenos, encontraremos la felicidad. Sé buena, sé justa, ama al prójimo como a ti misma, sonríele al cajero de INPS* cuando vayas a cobrar tu pensión.

Al día siguiente Peçanha me llamó y me preguntó si podía también escribir la fotonovela. Producimos nuestras propias fotonovelas, no es material italiano traducido. Elige un nombre.

---

* Instituto Nacional de Previsión Social.

Elegí Clarice Simone, eran otros dos homenajes, pero no le dije eso a Peçanha.
El fotógrafo de las novelas vino a hablar conmigo.
Mi nombre es Mônica Tutsi, dijo, pero puedes llamarme Agnaldo. ¿Tienes la papa lista?
La papa era la novela. Le expliqué que acababa de recibir el encargo de Peçanha y que necesitaba por lo menos dos días.
¿Días? Ja, ja, se carcajeó, con un ruido de perro grande, ronco y domesticado que le ladra a su dueño.
¿De qué te ríes?, pregunté.
Norma Virgínia escribía la novela en una hora. Tenía una fórmula.
Yo también tengo una fórmula. Vete a dar una vuelta y regresa en quince minutos y tendrás tu novela lista.
¿Que pensaba de mí ese fotógrafo idiota? Que yo hubiera sido reportero de la fuente policiaca no significaba que fuera una bestia. Si Norma Virgínia, o como se llamara, escribía una novela en quince minutos, yo también. Al fin y al cabo he leído a todos los trágicos griegos, los ibsens, los o'neals, los becketts, los chéjovs, los shakespeares, las *four hundred best television plays*. Era solo tomar una idea de aquí, otra de allá y listo.
Un niño rico es robado por los gitanos y dado por muerto. El niño crece pensando que es un gitano auténtico. Un día se encuentra a una muchacha riquísima y se enamoran. Ella vive en una rica mansión y tiene muchos automóviles. El gitanillo vive en un carromato. Sus familias se oponen a que se casen. Hay problemas. Los millonarios mandan a la policía a arrestar a los gitanos. A uno de los gitanos lo mata la policía. Un primo rico de la muchacha es asesinado por los gitanos. Pero el amor de ambos jóvenes enamorados es superior a todos esos reveses. Deciden huir, romper con sus familias. En la fuga encuentran a un monje piadoso y sabio que bendice su unión en un antiguo, pintoresco y romántico convento en medio de un bosque florido. Los jóvenes se retiran al lecho nupcial. Son hermosos, esbeltos, rubios de ojos azules. Se desnudan. Oh, dice la muchacha, ¿y esa cadena de oro con la medalla llena de brillantes que tienes en el pecho? ¡Ella tiene una igual! ¡Son hermanos! ¡Eres mi hermano desaparecido!, grita la muchacha. Se abrazan. (Atención, Mônica Tutsi: ¿qué tal un final ambiguo?, haciendo aparecer en la cara de los dos un éxtasis no-fraternal, ¿eh? Puedo también cambiar el final y hacerlo más sofocliano: descubren que son hermanos solo después del hecho consumado; desesperada la muchacha se lanza por la ventana del convento destripándose allá abajo.)

Me gustó tu historia, dijo Mônica Tutsi.

Un pellizco de Romeo y Julieta, una cucharadita de Edipo Rey, dije modestamente.

Pero no sirve para que la fotografíe. Tengo que hacer todo en dos horas. ¿Dónde voy a encontrar la rica mansión? ¿Los automóviles? ¿El convento pintoresco? ¿El bosque florido?

Ese es tu problema.

¿Dónde voy a encontrar, continuó Mônica Tutsi, como si no me hubiera oído, a los dos jóvenes rubios, esbeltos, de ojos azules? Nuestros artistas son todos medio mulatos. ¿Dónde voy a encontrar el carromato? Escribe otra, muchacho. Regreso en quince minutos. ¿Y qué es eso de sofocliano?

Roberto y Betty son novios y se van a casar. Roberto, que es muy trabajador, ahorra dinero para comprar un departamento y amueblarlo, con televisión a color, aparato de sonido, refrigerador, lavadora, enceradora, licuadora, batidora, lavavajillas, tostador, plancha y secadora de pelo. Betty también trabaja. Ambos son castos. La boda está fijada. Un amigo de Roberto le pregunta, ¿te vas a casar virgen? Necesitas que te inicien en los misterios del sexo. Tiago lleva a Roberto a casa de la Superputa Betatrón. (Atención, Mônica Tutsi, el nombre es un toque de ciencia ficción.) Cuando Roberto llega allí verifica que la Superputa es Betty, su noviecita. ¡Oh! ¡Cielos! ¡Terrible sorpresa! Alguien dirá, tal vez un portero, ¡crecer es sufrir! Fin de la novela.

Una palabra vale mil fotografías, dijo Mônica Tutsi, estoy siempre en la peor parte. Vuelvo al rato.

Dr. Nathanael. Me gusta cocinar. Me gusta mucho también bordar y tejer crochet. Y más que nada me gusta ponerme un vestido largo, pintarme los labios de rojo carmesí, ponerme bastantes chapas, y ponerme rímel en los ojos. ¡Qué sensación! Es una pena tener que quedarme encerrado en mi cuarto. Nadie sabe que me gusta hacer esas cosas. ¿Estoy mal? Pedro Redgrave. Tijuca.

Respuesta: ¿Mal por qué? ¿Le haces daño a alguien con eso? Ya tuve otro paciente que, como a ti, le gustaba vestirse de mujer. Llevaba una vida normal, productiva y útil a la sociedad, tanto que llegó a ser un profesionista ejemplar. Viste tus vestidos largos, píntate la boca de escarlata, dale color a tu vida.

Todas las cartas deben ser de mujeres, advirtió Peçanha.

Pero esa es verdadera, dije.

No creo.

Le entregué la carta a Peçanha. La miró poniendo cara de policía examinando un billete groseramente falsificado.

¿Crees que sea una broma?, preguntó Peçanha.
Puede ser, dije. Y puede no ser.
Peçanha puso su cara pensativa. Después:
Agrégale a tu carta una frase estimulante, como por ejemplo, escribe siempre.
Me senté a la máquina.
Escribe siempre, Pedro, sé que este no es tu nombre, pero no importa, escribe siempre, cuenta conmigo, Nathanael Lessa.
Mierda, dijo Mônica Tutsi, fui a hacer tu dramón y me dijeron que está calcado de una película italiana.
Desgraciados, bola de babosos, solo porque fui reportero de la fuente policiaca me tachan de plagiario.
Cálmate, Virgínia.
¿Virgínia? Mi nombre es Clarice Simone, dije. ¿Qué estupidez es esa de creer que solo las novias de los italianos son putas? Mira, yo conocí una novia de esas muy serias, incluso hermana de la caridad y, cuando se dieron cuenta, también era puta.
Está bien, amigo, voy a hacer las fotos para tu historia. ¿La Betatrón puede ser mulata? ¿Qué es Betatrón?
Tiene que ser pelirroja, pecosa. Betatrón es un aparato para la producción de electrones, dotado de gran potencial energético y alta velocidad, impulsado por la acción de un campo magnético que varía con rapidez, dije.
¡Mierda! Eso sí que es nombre de puta, dijo Mônica Tutsi, con admiración, retirándose.
Comprensivo Nathanael Lessa. He usado gloriosamente mis vestidos largos. Y mi boca ha sido tan roja como la sangre de un tigre y el romper de la aurora. Estoy pensando en ponerme un vestido de satén e ir al teatro municipal. ¿Qué te parece? Y ahora voy a contarte una gran y maravillosa confidencia, pero quiero que guardes el mayor secreto de mi confesión. ¿Lo juras? Ah, no sé si decirlo o no decirlo. Toda mi vida he sufrido las mayores desilusiones por creer en los demás. Soy básicamente una persona que no ha perdido su inocencia. La perfidia, la estupidez, la falta de pudor, el cinismo, me dejaron muy impresionada. Oh, cómo me gustaría vivir aislada en un mundo utópico hecho de amor y bondad. Mi sensible Nathanael, déjame pensar. Dame tiempo. En la próxima carta contaré más, tal vez todo. Pedro Redgrave.
Respuesta: Pedro. Espero tu carta, con tus secretos, que prometo guardar en los arcanos inviolables de mi recóndita conciencia. Continúa así, enfrentando altanero la envidia y la insidiosa alevosía de los

pobres de espíritu. Adorna tu cuerpo sediento de sensualidad, ejerciendo los desafíos de tu mente valerosa.
Peçanha preguntó:
¿Estas cartas también son verdaderas?
Las de Pedro Redgrave, sí.
Extraño, muy extraño, dijo Peçanha golpeando con las uñas en los dientes, ¿o tú qué crees?
Yo no creo nada, dije.
Parecía preocupado por algo. Preguntó por la fotonovela, sin interesarse por mi respuesta.
¿Qué tal la carta de la cieguita?, pregunté.
Peçanha cogió la carta de la cieguita y mi respuesta y leyó en voz alta: Querido Nathanael. No puedo leer lo que escribes. Mi abuelita adorada me lo lee. Pero no creas que soy analfabeta. Lo que soy es cieguita. Mi querida abuelita me está escribiendo la carta, pero las palabras son mías. Quiero enviar unas palabras de consuelo a tus lectores para que ellos, que sufren tanto con pequeñas desgracias, se miren en mi espejo. Soy ciega pero soy feliz, estoy en paz, con Dios y con mis semejantes. Felicidades para todos. Viva el Brasil y su pueblo. Cieguita Feliz. Carretera del Unicornio, Nova Iguaçu. P. S. Olvidé decir que también soy paralítica.
Peçanha encendió un puro. Conmovedor, pero Carretera del Unicornio suena falso. Me parece mejor que pongas Carretera del Catavento, o algo así. Veamos ahora tu respuesta. Cieguita Feliz, te felicito por tu fuerza moral, por tu fe inquebrantable en la felicidad, en el bien, en el pueblo y en el Brasil. Las almas de aquellos que se desesperen en la adversidad deberían nutrirse con tu edificante ejemplo, un haz de luz en las noches de tormenta.
Peçanha me devolvió los papeles. Tienes futuro en la literatura. Esta es una gran escuela. Aprende, aprende, aplícate, no te desanimes, suda la camiseta.
Me senté a la máquina.
Tésio, banquero, habitante de la Boca do Mato, en Lins de Vasconcelos, casado en segundas nupcias con Frederica, tiene un hijo, Hipólito, del primer matrimonio. Frederica se enamora de Hipólito. Tésio descubre el amor pecaminoso entre los dos. Hipólito pide perdón al padre, huye de casa y vaga desesperado por las calles de la ciudad cruel hasta ser atropellado y muerto en la avenida Brasil.
¿Cuál es el meollo aquí?, preguntó Mônica Tutsi.
Eurípides, pecado y muerte. Te voy a decir una cosa: conozco el alma humana y no necesito de ningún antiguo griego para inspirarme.

Para un hombre de mi inteligencia y sensibilidad basta con mirar a su alrededor. Mírame bien a los ojos. ¿Has visto persona más despierta, más alerta?

Mônica Tutsi me miró directo a los ojos y me dijo:

Creo que estás loco.

Continué:

Cito a los clásicos solo para mostrar mis conocimientos. Como fui reportero de la fuente policiaca, si no hiciera esto no me respetarían los cretinos. He leído miles de libros. ¿Cuántos libros crees que ha leído Peçanha?

Ninguno. ¿Frederica puede ser negra?

Buena idea. Pero Tésio e Hipólito tienen que ser blancos.

Nathanael. Yo amo, un amor prohibido, un amor vedado. Amo a otro hombre. Y él también me ama. Pero no podemos andar por la calle de la mano, como los demás, intercambiar besos en los jardines y en los cines, como los demás, tumbarnos abrazados en la arena de las playas, como los demás. No podemos casarnos, como los demás, y juntos enfrentar la vejez, la enfermedad y la muerte, como los demás. No tengo fuerza para resistir y luchar. Es mejor morir. Esta es mi última carta. Manda decir una misa por mí. Pedro Redgrave.

Respuesta: ¿Qué es eso, Pedro? ¿Vas a desistir ahora que encontraste a tu amor? Oscar Wilde sufrió como el demonio, fue desmoralizado, ridiculizado, humillado, procesado, condenado, pero aguantó el embate. Si no puedes casarte, júntate. Hagan testamento, uno a favor del otro. Defiéndanse. Usen la Ley y el Sistema para su provecho. Sean como los demás, egoístas, astutos, implacables, intolerantes e hipócritas. Exploten. Expolien. Es legítima defensa. Pero, por favor, no hagan ninguna locura.

Mandé la carta y la respuesta a Peçanha. Las cartas solo se publicaban con su visto bueno.

Mônica Tutsi apareció con una muchacha.

Esta es Mônica, dijo Mônica Tutsi.

Qué coincidencia, dije.

¿Qué coincidencia qué?, preguntó la muchacha Mônica.

Que tengan el mismo nombre, dije.

¿Se llama Mônica?, preguntó Mônica apuntando al fotógrafo.

Mônica Tutsi. ¿Tú también eres Tutsi?

No. Mônica Amélia.

Mônica Amélia se quedó mordiéndose una uña y mirando hacia Mônica Tutsi.

Me dijiste que te llamas Agnaldo, dijo ella.

Afuera soy Agnaldo. Aquí dentro soy Mônica Tutsi.
Yo me llamo Clarice Simone, dije.
Mônica Amélia nos observó atentamente, sin entender nada. Veía dos personas circunspectas, demasiado cansadas para bromas, desinteresadas de su propio nombre.
Cuando me case, mi hijo, o mi hija, va a llamarse Hei Psiu, dije.
¿Es un nombre chino?, preguntó Mônica
O, si no, Fiu, Fiu, chiflé.
Te estás volviendo nihilista, dijo Mônica Tutsi, retirándose con la otra Mônica.
Nathanael. ¿Sabes lo que son dos personas que se gustan? Eso éramos nosotros dos, Maria y yo. ¿Sabes lo que son dos personas perfectamente sincronizadas? Éramos nosotros, Maria y yo. Mi platillo favorito es el arroz, frijoles, col a la mineira, farofa y chorizo frito. ¿Imaginas cuál era el de Maria? Arroz, frijoles, col a la mineira, farofa y chorizo frito. Mi piedra preciosa preferida es el rubí. La de Maria, verás, era también el rubí. Número de la suerte, el 7; color, el azul; día, lunes; película, del oeste; libro, *El principito;* bebida, cerveza; colchón, el Anatón; equipo, el Vasco da Gama; música, la Samba; pasatiempo, el Amor; todo igualito entre ella y yo, una maravilla. Lo que hacíamos en la cama, amigo, no es para presumir, pero si fuera en el circo y cobráramos la entrada nos haríamos ricos. En la cama ninguna pareja alcanzó jamás tanta locura radiante, fue capaz de *performance* tan hábil, imaginativo, original, pertinaz, esplendoroso y gratificante como el nuestro. Y lo hacíamos varias veces al día. Pero no era eso lo que nos unía solamente. Si te faltara una pierna seguiría amándote, me decía ella. Si fueras jorobada no dejaría de amarte, respondía yo. Si fueras sordomudo continuaría amándote, decía ella. Si fueras bizca no dejaría de amarte, respondía yo. Si fueras panzón y feo, continuaría amándote, decía ella. Si estuvieras toda picada de viruela, no dejaría de amarte, respondía yo. Y estábamos intercambiando estos juramentos cuando un deseo de ser honesto me golpeó, hondo como una puñalada, y le pregunté, ¿y si no tuviera dientes, me amarías? Y ella respondió, si no tuvieras dientes continuaría amándote. Entonces saqué mi dentadura y la puse encima de la cama, en un gesto grave, religioso y metafísico. Quedamos los dos mirando la dentadura sobre la sábana, hasta que Maria se levantó, se vistió y dijo, voy a comprar cigarros. Hasta hoy no ha vuelto. Nathanael, explícame qué fue lo que sucedió. ¿El amor acaba de repente? Algunos dientes, míseros pedacitos de marfil, ¿valen todo? Odontos Silva.
Cuando iba a responder apareció Jacqueline y dijo que Peçanha me estaba llamando.

En la sala de Peçanha había un hombre de anteojos y patillas.

Este es el Dr. Pontecorvo, ¿qué es... qué es usted realmente?, preguntó Peçanha.

Investigador motivacional, dijo Pontecorvo. Como iba diciendo, hacemos primero un acopio de las características del universo que estamos investigando. Por ejemplo: ¿quiénes son los lectores de *Mujer*? Supongamos que es mujer y de la Clase C. En nuestros estudios anteriores ya estudiamos todo sobre la mujer de la Clase C, dónde compra sus alimentos, cuántos calzones tiene, a qué hora hace el amor, a qué horas ve televisión, qué programas de televisión ve, en suma, un perfil completo.

¿Cuántos calzones tiene?, preguntó Peçanha.

Tres, respondió Pontecorvo, sin vacilar.

¿A qué hora hace el amor?

A las 21:30, respondió Pontecorvo con rapidez.

¿Y cómo descubren todo eso? ¿Tocan a la puerta de doña Aurora, en el conjunto residencial del INPS, ella abre la puerta y ustedes dicen, buenos días doña Aurora, a qué hora coge usted? Escucha, amigo mío, estoy en el negocio hace veinticinco años y no necesito a nadie para que me diga cuál es el perfil de la mujer de la Clase C. Lo sé por experiencia propia. Ellas compran mi diario, ¿entiendes? Tres calzones... ¡Ja!

Usamos métodos científicos de investigación. Tenemos sociólogos, psicólogos, antropólogos, estadísticos y matemáticos en nuestro staff, dijo Pontecorvo, imperturbable.

Todo para sacarle dinero a los ingenuos, dijo Peçanha con no disimulado desprecio.

Además, antes de venir, reuní algunas informaciones sobre su diario, que creo que serán de su interés.

¿Y cuánto cuesta?, preguntó Peçanha con sarcasmo.

Se la doy gratis, dijo Pontecorvo. El hombre parecía de hielo. Hicimos un pequeño estudio sobre sus lectores y, a pesar del reducido tamaño de la muestra, puedo asegurarle, sin sombra de duda, que la gran mayoría, la casi totalidad de sus lectores, está compuesta de hombres, de la Clase B.

¿Qué?, gritó Peçanha.

Eso mismo, hombres, de la Clase B.

Primero Peçanha se puso pálido. Después se fue poniendo rojo y después morado, como si lo estuvieran estrangulando, la boca abierta, los ojos desorbitados, y se levantó de su silla y caminó tambaleante, con los brazos abiertos como un gorila loco en dirección a Pontecorvo. Una visión chocante, incluso para un hombre de acero, como Pontecorvo, incluso para un exreportero policiaco. Pontecorvo reculó ante el avance de Peçanha hasta que, con la espalda pegada a la pared, dijo, intentando mantener la calma y compostura: tal vez nuestros técnicos se hayan equivocado.

Peçanha, que estaba a un centímetro de Pontecorvo, tuvo un violento temblor y, al contrario de lo que yo esperaba, no se lanzó sobre el otro como un perro rabioso. Comenzó a arrancarse sus propios cabellos mientras gritaba: farsantes, estafadores, ladrones, abusivos, mentirosos, canallas. Pontecorvo, ágilmente, se escabulló hacia la puerta, mientras Peçanha corría tras él aventándole los mechones de pelo que se había arrancado de la cabeza. ¡Hombres! ¡Hombres! ¡Clase B!, graznaba Peçanha con cara de loco.

Después, ya totalmente sereno —creo que Pontecorvo huyó por la escalera—, Peçanha, sentado nuevamente detrás de su escritorio me dijo: Es a esa clase de gente a la que Brasil está entregada, manipuladores de estadísticas, falsificadores de informaciones, charlatanes con sus computadoras creando la Gran Mentira. Pero conmigo no hay modo. Puse al hipócrita en su sitio, ¿verdad?

Le dije cualquier cosa, afirmando. Peçanha sacó la caja de puros del cajón y me ofreció uno. Nos quedamos fumando y hablando sobre la Gran Mentira. Después me dio la carta de Pedro Redgrave y mi respuesta con su visto bueno, para que la llevara a composición.

En el camino, descubrí que la carta de Pedro Redgrave no era la que yo le había enviado. El texto era otro:

Apreciado Nathanael, tu carta fue un bálsamo para mi corazón afligido. Me dio fuerza para resistir. No haré ninguna locura, prometo que...

La carta terminaba ahí. Había sido interrumpida en la mitad. Extraño. No entendí. Había algo equivocado.

Fui a mi mesa, me senté y comencé a escribir la respuesta a Odontos Silva:

Quien no tiene dientes tampoco tiene dolor de dientes. Y como dijo el héroe de la conocida pieza *Mucho ruido y pocas nueces,* nunca hubo un filósofo que pudiera aguantar con paciencia un dolor de dientes. Además de eso, los dientes son también instrumentos de venganza, como dice el Deuteronomio: ojo por ojo, diente por diente, mano por mano, pie por pie. Los dientes son despreciados por los dictadores. ¿Recuerdas lo que Hitler le dijo a Mussolini sobre un nuevo encuentro con Franco? Prefiero arrancarme cuatro dientes. Temes estar en la situación del héroe de aquella obra *Tudo legal se no fim ninguém se ferra* —sin dientes, sin deseo, sin nada. Consejo: ponte los dientes nuevamente y muerde. Si la dentellada no es buena, da puñetazos y patadas.

Estaba en la mitad de la carta de Odontos Silva cuando comprendí todo. Peçanha era Pedro Redgrave. En vez de devolverme la carta en la que Pedro me pedía una misa y que yo le había entregado junto con mi respuesta hablando sobre Oscar Wilde, Peçanha me entregó una carta, inacabada, por equivocación realmente, y que debía llegar a mis manos por correo.

Tomé la carta de Pedro Redgrave y fui hasta la oficina de Peçanha.

¿Puedo pasar?, pregunté.

¿Qué hay? Entra, dijo Peçanha.

Le entregué la carta de Pedro Redgrave. Peçanha leyó la carta y advirtiendo el error que había cometido, palideció como era natural. Nervioso, revolvió los papeles en su mesa.

Era todo una broma, dijo, intentando prender un puro. ¿Estás enojado?

En serio o en broma, me da igual, dije.

Mi vida da para una novela... dijo Peçanha. Esto queda entre nosotros, ¿de acuerdo?

No supe bien qué quería él que quedara entre nosotros, que su vida daba para una novela o que él era Pedro Redgrave. Pero le contesté:

Claro, solo entre nosotros.

Gracias, dijo Peçanha. Y dio un suspiro que le rompería el corazón a cualquier otro que no fuera un exreportero de la fuente policiaca.

Abril, en Rio, en 1970

Todo comenzó cuando el tipo que se sentó cerca de mí en el césped me dijo, fíjate en el escupitajo de Gérson. En aquel momento no le di importancia, había hecho de todo para llegar hasta allí, pero mi cabeza estaba en el partido del domingo y no relacionaba unas cosas con otras. El partido del domingo iba a ser observado por Jair da Rosa Pinto, técnico del Madureira, gran crac de la selección, y algo por dentro me decía, Zé, va a ser la oportunidad de tu vida. Le dije a mi novia, que era mecanógrafa de la empresa, no me quedo de mensajero ni un mes más, también le dije que Jair da Rosa Pinto iba a verme el domingo, pero ella se estaba divirtiendo, ni caso me hizo. Espérame, deja que te cuente. Me levanté de la cama, le expliqué, mira si juego bien y Jair da Rosa Pinto me lleva para el Madureira, ya la hice, nadie me lo asegura, pero me jaló de nuevo hacia la cama e hizo aquella locura, mi muchacha es de fuego.

El tipo se llamaba Braguinha. Mira el escupitajo de Gérson, me dijo en el segundo tiempo del entrenamiento. Braguinha había llegado en el descanso, todo el mundo lo conocía; le decían, Braguinha ¿qué te está pareciendo?, y él respondía, vamos a destrozar a los gringos. Yo sacudía la cabeza y me reía con él, afirmando. Quería integrarme, me había colado y no quería que me sacaran, con solo mirarme a los ojos los tipos verían que mi lugar era otro, ni como reportero podría pasar.

Fijé los ojos en Gérson. El futbolista se la pasa escupiendo. Pasó cerca, dio uno de esos pases de treinta metros y escupió. ¿Viste? Limpio, transparente, cristalino. ¿Sabes lo que significa eso?, me preguntó Braguinha. Dudé, ¿será que estaba criticando a Gérson? Está lleno de tipos aquí que no aceptan a Gérson, ¿qué iba a decir? Me quedé callado, negué con la cabeza y el propio Braguinha respondió, condición física, muchacho, condición física, para escupir así el tipo tiene que estar en forma. Vamos a destrozar a los gringos.

Braguinha me contó que entrenaban todos los días y no veían mujeres, ni siquiera a las propias; nada de Rose, no, Jairzinho no pone pie en la Mangueira, ni Paulo César cruza la puerta del Lebatô, los tipos se toman las cosas en serio. Mujer, ni la madre.

Yo ya había oído eso de que las mujeres acaban con los tipos y nunca lo había creído, pero aquel día no sé por qué, comencé a creer que así era y le pregunté a Braguinha, ¿usted es médico? y él me respondió no, no soy médico pero sé del asunto, vi a un jugador de futbol de dieciocho años acabado por culpa de una mujer. Mierda, dieciocho años es mi edad. Ve el escupitajo de Tostão, está medio jodido, con lo del ojo paró seis meses, mira su escupitajo. Tostão pasó cerca y escupió una bellota de goma blanca. Parece malvavisco, dijo Braguinha, está al treinta por ciento, pero cuando esté listo escupirá un chorrito de agua filtrada como el zurdo de oro. Así le decían a Gérson.

Cuando terminó el entrenamiento, los elegantes rodearon a los jugadores. Era un lugar magnífico, para jugar polo, el juego ese en el que un sujeto monta a caballo y va dando bastonazos a una pelotita. Había un césped vasto que nunca acababa y unas mujeres diferentes a Neli, mi chica. No es que Neli se quedara fuera, pero esas mujeres eran diferentes, creo que por la ropa, la manera de hablar, de caminar, llegué a olvidar a los jugadores, nunca había visto mujeres iguales. Creo que ellas no andaban por las calles de la ciudad, montaban a caballo por allí, escondidas, solamente los ricachones las veían. Aquello sí que era vida, me quedé viendo la piscina, el césped, a los meseros llevando bebidas y botanas para allá y para acá, todo tranquilo, todo limpiecito, todo bonito.

No era la ropa, eran sus cabellos y el aroma, esa era la diferencia entre Nely y las muchachas que montaban a caballo, pensé mientras iba por la calle haciendo ejercicio, corriendo hasta la parada del autobús de Rocinha; eran los cabellos y el aroma, y la ropa, pinche vida, yo quería tener una mujer de esas, pero para tener una mujer de esas tenías que ser por lo menos de la selección. Tenía que adueñarme del balón el domingo, del Madurerira a la selección, balón a Zezinho, y ¡goool! La multitud gritaba dentro de mi cabeza.

Nely vivía en un departamento con sala y un cuarto en la playa de Botafogo, con una amiga que sabía de nuestro caso, una muchacha medio jorobada llamada Margarida, muy buena persona; cuando yo llegaba a dormir con Nely ella se iba a la sala, se acostaba en el sofá y fingía no oír los gemidos del cuarto.

Ya no me quieres, me dijo Nely, te preparo macarrones, comes, y ahora quieres irte diciendo que vas a dormir a tu casa. ¿Qué historia es esa? ¿Piensas que soy tonta?

No quería decirle que estaba pensando en el escupitajo de Gérson, pensando en el juego del domingo, y le dije, no me siento bien, creo que estoy enfermo, no sé si podré jugar mañana.

No te sientes bien, gritó Nely, ¿y te comiste dos kilos de macarrón? ¿Crees que soy idiota?

Creo que fue el macarrón, comí de más.

¿Comiste de más? ¿Entonces por qué te estás comiendo ese pan, burro?, preguntó Nely.

No me había dado cuenta de que estaba comiendo pan, tenía la cabeza en otra parte. Nely volteó a ver a Margarida, que cenaba con nosotros y le preguntó, Margarida ¿crees que alguien puede creerle lo que está diciendo? No sé, dijo Margarida, levantándose apresurada de la mesa.

Vas a encontrarte con otra mujer, dijo Nely. Su cara angulosa, los labios gruesos me fueron dando ganas, me quedé en ese estado, incluso di un paso hacia ella, pero pensé en el escupitajo de Gérson, el esputo transparente entre los dientes, le dije, te quiero, mi amor, pero entiéndeme, hoy no, entiéndeme hoy no, mañana en la noche. Juro por mi madre que no voy a encontrarme con ninguna mujer.

¡Tú no tienes madre!, gritó Nely, estrellando un plato en el piso.

Era cierto. No tenía madre, ni conocía a mi madre, pero solo juraba por mi madre y Nely lo sabía. Era un hábito.

Voy a decirte la verdad, no estoy enfermo, pero mañana Jair da Rosa Pinto, del Madureira, va a ver el partido, si juego bien me lleva a hacer una prueba, necesito estar en forma, entiéndeme, le dije.

¡Mentiroso, vas a encontrarte con otra mujer!

No, lo juro por mi... palabra de honor, ayer me dijo un tipo que sabe de esto, que los atletas no pueden andar con mujeres la víspera del partido. Quería decirle más, y una como tú, ni hablar, me deja en los huesos, es la noche entera sin parar, pero temí que me rompiera otro plato en la cabeza.

Caminé hacia a la puerta. Nely me abrazó, me solté del abrazo, no puede ser, hoy no puede ser, vengo mañana en la noche.

Si te vas ahora no hace falta que vuelvas nunca más, exclamó Nely furiosa. Cuando me vio abrir la puerta gritó, ¡vete, mentiroso, flojo, debilucho, ignorante, pobretón!

Me fui, molesto. Llegué a la pensión, me acosté, me quedé un tiempo enorme pensando en el lío que me había armado. No me incomodaba que me llamara mentiroso ni flojo, aunque carajo, después de todo lo que había hecho con ella tenía gracia ser llamado flojo, dudo que encontrara otro con más disposición que yo, pero que me llamara ignorante, pobretón, eso me dolió. No tenía derecho a decir eso de mí solo porque ella era mecanógrafa y cursó el bachillerato, soy huérfano, mi madre murió cuando nací, mi padre era pobre, murió poco después, dejándome peor, solo podía terminar igual, ignorante, pobretón. ¿Qué quería ella que fuera? Solo se me pasó la tristeza cuando recordé que Clodoaldo también era huérfano y debía haber pasado por las mismas cosas que yo pasé.

Me quedé un tiempo enorme despierto, sin poder pensar en cosas buenas, pensando en la oportunidad pero sin lograr imaginar el partido, las jugadas sensacionales, el público gritando gol. Si me llamaran, entrenaría en cualquier equipo, en Rio, Belo Horizonte, incluso en el interior de São Paulo, Bahia, cualquier lugar; quería tener un chance. La única vez que entrené en un equipo profesional fue en São Cristóvão, en un día lluvioso, el campo estaba hecho un lodazal. ¿Quién ha visto a un medio rendir en el lodo? Jugué diez minutos, diez minutos, había un montón de tipos formados, solo para el medio campo, todos con la misma angustia que yo. Después del entrenamiento le pregunté al hombre si quería que regresara y él me dijo tranquilamente, no, gracias, sin importarle mi sufrimiento, cagándose en mí.

Pasé la mañana del domingo en cama. Almorcé a las once, carne, arroz, ensalada de lechuga y jitomate, igual que la selección en día de juego. Solo me faltaron los champiñones. Metí el uniforme en una maleta de plástico, zapatos de fut, short blanco, playera azul, medias blancas, tomé el autobús, bajé en la Central, tomé el tren.

Don Tião, nuestro técnico, ya estaba en el campo. Había también algunas personas esperando a que empezara el partido. Fui al vestidor a cambiarme. Don Tião nos reunió para decirnos cómo quería que jugara el equipo. Le pregunté, ¿ya llegó Jair da Rosa Pinto? Don Tião respondió ¿el Jajá de la Barra Mansa? No sé, no lo he visto. Mira, cuando avances, el Tiago se queda, Gabirú viene a buscar el juego, a ayudar en el medio campo. Otra cosa, cuidado con el punta de lanza de ellos, el tal Jeová. Si es preciso, vayan sobre él.

Cuando salimos del vestidor al campo, ya estaba todo lleno de gente, de pie, porque no había gradas. Intenté ver a Jair da Rosa Pinto, no lo logré, debía de andar por allí, con los ojos puestos en mí. Sentí frío en el estómago. Comencé a saltar, calentando el cuerpo, sintiendo el cuerpo, sintiendo los músculos por debajo de la piel, corrí, salté, se me pasó el frío del estómago, qué buena cosa sentir los músculos debajo de la piel.

Ellos ganaron el volado, escogieron el campo. Pirulito hizo el saque, retrasando hacia mí, envié una curva para Gabirú, en la punta, pero el balón cayó en los pies del adversario. Corrí para ver si recuperaba la jugada. En cuanto ellos triangulaban encima de mí pensaba, mierda, comencé adornándome y ahora estoy como un tonto, no sé qué estoy haciendo.

El primer tiempo fue angustioso. Yo daba el primer combate contra Jeová. Después de que me rebasó dos veces resolví reaccionar, irme directo a su pie de apoyo. Comencé a ponerme nervioso, le grité a Tião, ve si recula también, mierda. El tipo solo quería quedarse en el medio campo, jugando de armador mientras la gente se jodía allí atrás. Un minuto antes del medio tiempo le di otra patada a Jeová. Se levantó, me miró y me dijo, ¿qué te pasa, cuate? Escupimos al mismo tiempo, mi escupitajo salió fino, pero el de él, hijo de puta, salió todavía más fino. Yo escupí torciendo la boca y soplando el escupitajo con fuerza hacia fuera, mientras que él, el muy cínico, ni siquiera abrió la boca, con un ruidito de la tráquea el escupitajo brotó de sus labios cerrados.

En el vestidor don Tião me dijo, Zé, necesitas cuidar más los pases. Le contesté, está bien. De repente suspiré, estaba sintiendo algo raro. Dije, desanimado, ¿no sería bueno cambiar de vez en cuando con Tiago? Tião se rascó la cabeza, no sé, me parece mejor que sigas plantado a la entrada del área, la táctica está dando resultado, así nos quedamos.

Puse una toalla encima de la banca y me acosté. No quise pensar en nada, no tenía ganas de imaginar las cosas buenas que todavía podían suceder, algún día. Me quedé callado. Solo abrí la boca para preguntar, ¿alguien ha visto a Jair Rossa Pinto? Nadie lo había visto.

El sol seguía fuerte en el segundo tiempo. De salida, el extremo izquierdo de ellos llegó hasta la línea de fondo, centró, Jeová saltó más que nadie, dio un cabezazo tan fuerte que nuestro portero no vio por dónde entró el balón. Jeová salió dando puñetazos al aire, el gesto que inventó Pelé.

Vamos a cambiar ese marcador, les dije a los compañeros, poniéndome el balón bajo el brazo y corriendo hacia el centro del campo, para dar el saque, igual que Didi al final de la Copa del 58.

No lo cambiamos. Ellos metieron otros goles, pegaron dos veces en el poste, dominaron todo el tiempo. De tanto correr, quedé exhausto, con la boca seca, no me atrevía a escupir para no ver la bolota de malvavisco.

Cuando terminó el partido, dentro del campo, Tião me dijo, la cabeza en alto Zé, le pasa a todo el mundo, hay días en que todo sale mal, así es. Yo estaba tan ofuscado que solo en ese momento me di cuenta de que mi juego había sido una mierda, no había hecho sino correr en el campo como un mediocre. De reojo, vi a Jeová conversando con un tipo. No alcanzaba a ver quién era. Pensé, seguro que es Jair da Rosa Pinto, invitándolo a entrenar al Madurerira. Me sentí tan infeliz que no tuve el valor de ver, saber, si era o no era. Corrí al vestidor.

Fui el último en salir. Comenzaba a oscurecer. En la sombra de la tarde el campo se veía todavía más feo. Estaba solo, todos se habían ido ya. Me fui caminando, pasé junto a un montón de basura, me dieron ganas de tirar allí la mochila con el uniforme. Pero no la tiré. Apreté la mochila contra el pecho, sentí los tacos de los botines, me fui caminando así, lentamente, sin deseos de volver, sin saber a dónde ir.

Tomando el control

Yo andaba medio jodido sin encontrar trabajo y mortificado por vivir a costa de Mariazinha, que era costurera y defendía una lana escasa que apenas alcanzaba para ella y su hija. De noche ya ni gracia tenía en la cama, preguntándome, ¿conseguiste algo?, ¿tuviste más suerte hoy? Y yo lamentándome, que nadie quería emplear a un tipo con mis antecedentes; solo un pillo como el Porquinho que quería que fuera a recogerle una mercancía a Bolivia, en ese negocio yo podía participar bien, solo que si me detenían, de nuevo iba a cargar con veinte años más. Y el Porquinho respondía, si quieres seguir padroteando a la costurera es tu problema. El hijo de puta no sabía lo que era estar allá dentro, en la cárcel; fueron cinco años y cuando pensaba en ellos parecía que no había hecho otra cosa en toda mi vida, desde niño, sino estar refundido en la cárcel, y pensando en eso fue como le permití al Porquinho rebajarme frente a dos comemierdas, muriéndome de odio y de vergüenza. Y ese mismo día, para colmo de mis males, cuando llego a casa Mariazinha me dice que quiere hablar seriamente conmigo, que la niña necesitaba un padre y que yo no aparecía por casa, y que la vida estaba mal y difícil, y que me pedía permiso para buscar otro hombre, un trabajador que la ayudara. Yo pasaba los días fuera, con vergüenza de verla sudar sin parar sobre la máquina de coser y yo sin dinero y sin trabajo, y me dieron ganas de romperle la cara a esa hija de puta, pero tenía razón y le dije tienes razón, y me preguntó si no le iba a pegar y le dije que no, y me dijo que si quería que me hiciera algo de comer y le dije que no, que no tenía hambre, y realmente me había quedado sin hambre, a pesar de haber pasado todo el día en blanco.

Comencé a buscar trabajo, aceptando lo que fuera, menos complicaciones con los del orden, pero no era fácil. Fui al mercado, fui a los bancos de sangre, fui a esos lugares en donde siempre se consigue algo, fui de puerta en puerta ofreciéndome de afanador, pero todo el mundo pedía referencias y referencias, yo solo tenía las del director del presidio. El panorama estaba negro y yo casi perdiendo la cabeza, cuando me encontré a un cuate que había sido guardaespaldas conmigo en una disco de Copacabana y me dijo que conocía a alguien que estaba necesitando a un tipo como yo, con huevos y decidido. Callé que había estado en la cárcel, dije que había vivido haciendo de todo en São Paulo y que ahora estaba de vuelta y él dijo voy a llevarte allá ahora mismo. Llegamos a la disco y mi compinche me presentó al dueño, que me preguntó, ¿ya has trabajado en esto? Le contesté que sí y él preguntó si conocía gente de la policía y le dije que sí, solo que yo de un lado y ellos del otro, pero eso no se lo dije, y el dueño habló, no quiero blandengues, esta zona es brava, y yo le dije, déjemelo a mí, ¿cuándo empiezo?, y él respondió hoy mismo: vestidas, negros y traficantes no entran, ¿entendiste?

Llegué corriendo a la casa a dar la buena noticia a Mariazinha y ella no me dejó ni hablar, diciéndome que había encontrado a un hombre, un sujeto decente y trabajador, carpintero de la tienda de un judío de la calle del Catete, y que quería casarse con ella. Pinche mierda. Sentí un vacío por dentro y Mariazinha dijo, pues claro, con tu pasado nunca vas a encontrar trabajo, habiendo estado tanto tiempo preso, y Hermenegildo es muy bueno, y fue hablando bien del hombre que había encontrado; escuché todo y no sé por qué, creo que por respeto a Mariazinha, no le dije que al fin había encontrado un empleo, la pobre ya debía estar harta de mí. Solo le dije que quería platicar con el tal Hermenegildo y me pidió que no, por favor, te tiene miedo porque estuviste en la cárcel y yo le contesté ¿miedo?, mierda, lo que debía de tener es vergüenza, dame su dirección.

Trabajaba en una tienda de muebles y cuando llegué estaba esperándome con dos colegas más y vi que estaban todos asustados, con cachiporras de madera cerca de la mano y le dije, saca a tus colegas, vine a platicar en paz, y los tipos salieron y él me contó que era cearense* y que quería casarse con una mujer honesta y trabajadora siendo él también honesto y trabajador, que le gustaba Mariazinha y él a ella. Fuimos a una cantina, después de que le pidió permiso a Isaac, y tomamos una cerveza y yo ahí con ese hijo de puta al que debería matar a golpes, pero en vez de eso lo que estaba haciendo era entregarle a mi mujer, pinche mierda.

Volví a casa de Mariazinha. Había hecho un paquete con mis cosas, no muy grande, me lo puse bajo el brazo. Mariazinha tenía el pelo

---

* Natural de Ceará, región pobre del noreste brasileño.

recogido y un vestido que me gustaba y me dolió el corazón cuando le estreché la mano, pero solo le dije adiós.

Anduve por la ciudad con el paquete bajo el brazo, haciendo tiempo, y luego me fui a la disco. El dueño me consiguió un traje oscuro y una corbata, y me ordenó quedarme en la entrada. Estaba allí recostado para cansarme menos cuando llegó un mariconazo vestido de mujer, peluca, joyas, labial, tetas postizas, todo emperifollado y le dije, no puede entrar, señora. ¿Señora?, no seas bestia, gentuza, dijo, torciendo la boca con desprecio. No entra de ninguna manera, desista, le dije, sin moverme de la puerta. ¿Sabes con quién estás hablando?, me preguntó el maricón. Yo le dije, no señora, ni me interesa, ya puede ser la madre del año que igual no entra. Creo que a media conversación alguien fue a llamar al dueño, pues apareció en la puerta y le dijo al puto, disculpe, el portero no lo reconoció, disculpe, tenga la bondad de entrar, fue una equivocación, y todo propio dejó pasar al maricón y acompañó al tipejo adentro. Después regresó y me dijo, con cara de pocos amigos, que le había impedido el paso a un tipo importante. Para mí, travesti es travesti, y quien ordenó impedirles el paso fue usted, le dije. Coño, dijo el dueño, ¿dónde aprendiste el oficio? ¿Qué no sabes que existen los maricones en las altas esferas y que no se les impide el paso?, a ver si usas un poco la cabeza, no porque seas guardia de un club tienes que ser tan burro. Vamos a ver si entendí, le dije, molesto porque había llamado a ese mojón de mierda señor, mientras que a mí me había llamado burro, vamos a ver si entendí bien, yo le impido el paso a todos los invertidos menos a los que son sus amiguitos, pero el problema es saber quiénes son sus cuates, ¿verdad? Y finalmente, ¿por qué no dejar pasar a los invertidos que no son importantes?, también son hijos de Dios, y otra cosa, personas que le tienen coraje a los maricones lo que en verdad tienen es miedo a cambiar de lado. El dueño me miró con rabia y miedo y murmuró entre dientes, después hablamos. Me di cuenta enseguida de que el desgraciado me iba a despedir al final del día y que iba a quedarme de nuevo en la calle de la amargura. Pinche mierda.

Fue llegando gente, aquello era una mina, el mundo estaba lleno de pendejos que se tragaban cualquier porquería mientras el precio fuera caro. Pero esos tipos, para tener esa lana tenían que estar pisoteando a alguien, aquí tiene a su pendejo jodido, a sus órdenes, gracias.

Debían ser las tres y adentro estaban todas las mesas ocupadas, la pista llena de gente bailando, la música a todo volumen, cuando llegó el mesero a la puerta y me dijo, te habla el patrón. El patrón es un cabrón, le dije, pero seguí al mesero. El dueño del lugar estaba en el bar y me dijo apuntando a una de las mesas, el tipo de allá se está portando de manera inconveniente, sácalo. Desde lejos identifiqué al sujeto, uno de esos que de vez en cuando le da por hacerse el macho desesperado indomable, pero que no pasa de ser un baboso queriendo impresionar a las mujeres y allí estaba ella, la muchachita, jalando el brazo del hombrón y él fingiendo la furia sanguinaria, tirando una y otra silla al suelo. No me impresionan esos tipos. Había sacado a muchos, en mi época de guardaespaldas, basta cogerlos por la ropa, no hace falta mucha fuerza, y ellos mismos se van saliendo enseguida, hablan alto, protestan, amenazan, pero no cuestan trabajo, no son nada, es lo único que hacen, y al día siguiente le cuentan a sus amigos que cerraron la disco y que no me rompieron la cara únicamente porque la muchachita no se lo permitió. Entonces pensé en el dueño del lugar, me iba a dejar en la calle, pinche mierda, ya estaba cansado de que abusaran de mí y allí delante de esa pagoda china, llena de brillos y espejos, lista para ser destrozada, ¿iba a desperdiciar la oportunidad? Le dije al cabrón, solo para irritarlo, ¿nerviosito?, tú y esa puta de junto se me van largando ya. ¿Y no se acobardó el cabrón y salió mansamente? Pero para mi suerte vi en la mesa de al lado a tres grandulones, encarándome, ansiosos por madrearme, y en ese momento comencé a decirle al más feo, ¿qué me ves?, ¿quieres una madriza? Para obligarlo a reaccionar le di un buen madrazo en la cara a la mujer que estaba junto a él. Entonces se armó el desmadre, de pronto había diez tipos peleando, el negro que recogía las sobras también repartía golpes y se metía al conflicto, corrí hacia el bar y no quedó una sola botella, las lámparas se fueron al carajo, se fue la luz, un tremendo huracán que cuando pasó dejó solo las paredes de ladrillo en pie. Después de que la policía llegó y se fue, le dije al dueño del lugar, vas a pagarme el hospital y también el dentista, creo que perdí tres dientes en este rollo, me la jugué para defender tu antro, merezco una lana de gratificación que, pensándolo bien, quiero ahora. Ahora. El dueño estaba sentado, se levantó, fue a la caja, cogió un fajo de dinero y me lo dio. Cogí mi paquete y me fui. Pinche mierda.

Paseo nocturno (parte I)

Llegué a casa con el portafolios lleno de papeles, informes, estudios, investigaciones, propuestas, contratos. Mi mujer, jugando solitario en la cama, con un vaso de whisky en el buró, me dijo, sin apartar los ojos de las cartas, te ves cansado. Los sonidos de la casa: mi hija en su cuarto ensayando impostación de voz, la música cuadrafónica del cuarto de mi hijo. ¿No vas a soltar el portafolios?, preguntó mi mujer, quítate esa ropa, tómate un whiskito, necesitas aprender a relajarte.

Me fui a la biblioteca, el lugar de la casa donde me gusta aislarme y, como siempre, no hice nada. Puse el grueso de las investigaciones sobre la mesa, no veía ni las letras ni los números, esperaba. No paras de trabajar, apuesto a que tus socios no trabajan ni la mitad y ganan lo mismo, entró mi mujer en la sala con el vaso en la mano, ¿ya puedo pedir que sirvan la cena?

La camarera servía a la francesa, mis hijos habían crecido, mi mujer y yo estábamos gordos. Es el vino que te gusta, chasqueó la lengua con placer. Mi hijo me pidió dinero cuando tomábamos café, mi hija me pidió dinero a la hora de los digestivos. Mi mujer no me pidió nada, teníamos una cuenta bancaria común.

¿Vamos a dar una vuelta en el coche?, la invité. Sabía que no iría, era hora de la telenovela. No sé qué chiste le encuentras a pasear en coche todas las noches, pero ese coche costó una fortuna, hay que usarlo, soy yo la que cada vez me apego menos a los bienes materiales, me respondió mi mujer.

Los coches de los muchachos bloqueaban la puerta del garaje, impidiendo que yo sacara el mío. Saqué los dos coches a la calle, saqué el mío a la calle, metí los dos coches nuevamente en el garaje, cerré la puerta, todas esas maniobras me dejaron algo irritado, pero al ver la defensa protuberante de mi coche, el refuerzo especial doble de acero cromado, sentí mi corazón latir acelerado lleno de euforia. Arranqué con la llave el motor, oculto en el cofre aerodinámico, era un motor poderoso que generaba su fuerza en silencio. Salí como siempre, sin saber a dónde ir, tenía que ser una calle desierta, en esta ciudad que tiene más gente que moscas. En la avenida Brasil no se podía, había mucho movimiento. Llegué a una calle mal iluminada, llena de árboles oscuros, el lugar ideal. ¿Hombre o mujer? Realmente no había gran diferencia, pero no aparecía nadie, comencé a ponerme tenso, me pasaba siempre e incluso me gustaba, el alivio luego era mayor. Entonces vi a la mujer, podía ser ella, aunque fuera menos emocionante, por ser fácil. Caminaba apresuradamente, cargando una bolsa de papel, algo de la panadería o la verdulería, vestía falda y blusa, andaba deprisa, había árboles en la banqueta, de unos veinte metros, un interesante problema que exige una gran dosis de pericia. Apagué las luces del coche y aceleré. Se enteró que la atropellaba cuando oyó el rechinar de las llantas contra la banqueta. Le di a la mujer por encima de las rodillas, justamente en medio de las dos piernas, un poco más sobre la izquierda, un golpe perfecto, oí el ruido del impacto partiendo los dos grandes huesos, giré rápido hacia la izquierda, pasé como un cohete rozando uno de los árboles, y me deslicé rechinado llantas, de regreso al asfalto. Buen motor, el mío, pasaba de cero a cien kilómetros en once segundos. Incluso hubo tiempo para ver que el cuerpo todo descoyuntado de la mujer había ido a parar, teñido de sangre, sobre un muro, de esos bajitos de casa de suburbio.

Examiné el coche en el garaje, pasé la mano orgullosamente por las salpicaderas, la defensa sin marcas. Pocas personas en el mundo entero igualaban mi habilidad en el uso de esas máquinas.

La familia estaba viendo la televisión. Ya diste tu vueltecita, ¿ahora estás más tranquilo?, me preguntó mi mujer, acostada en el sofá, mirando fijamente la pantalla. Me voy a dormir, buenas noches a todos, respondí, mañana voy a tener un día terrible en la oficina.

Paseo nocturno (parte II)

Iba hacia casa cuando un coche se acercó al mío, tocando el claxon insistentemente. Conducía una mujer. Bajé las ventanas del coche para entender lo que decía. Una bocanada de aire caliente entró con el sonido de su voz: ¿Ya no me reconoces?
Nunca había visto a esa mujer. Sonreí cortésmente. Otros coches tocaron el claxon detrás de nosotros. La avenida Atlántica, a las siete de la noche es muy concurrida.
La mujer, moviéndose en el asiento de su coche, sacó el brazo derecho y me dijo, toma, un regalito.
Estiré el brazo y me puso un papel en la mano. Después arrancó el coche, con una carcajada.
Guardé el papel en el bolsillo. Llegando a casa lo leí. Ângela, 287-3594.
Por la noche, salí, como siempre.
Al día siguiente marqué el teléfono. Contestó una mujer. Pregunté si estaba Ângela. No estaba, había ido a clase. Por la voz se notaba que debía ser la empleada. Pregunté si Ângela era estudiante. Es artista, respondió la mujer.
Llamé mas tarde. Contestó Ângela.
Soy el del Jaguar negro, dije.
¿Sabes que no logré identificar tu coche?
Te recojo a las nueve para cenar, dije.
Espera, calma. ¿Qué pensaste de mí?
Nada.
¿Yo te ligo en la calle y tú no pensaste nada?
No. ¿Cuál es tu dirección?
Vivía en la Lagoa, en la curva de Cantagalo. Un buen lugar.
Estaba en la puerta, esperándome.
Le pregunté dónde quería cenar. Ângela respondió que en cualquier restaurante, siempre y cuando fuera fino. Estaba muy diferente. Usaba demasiado maquillaje, lo que volvía su rostro más experimentado, menos humano.

Cuando te llamé la primera vez me dijeron que habías ido a clase. ¿Clase de qué?, le pregunté.

Impostación de voz.

Tengo una hija que también estudia impostación. ¿Eres actriz?

Sí. De cine.

Me gusta mucho el cine. ¿En qué películas has actuado?

Solo en una, que está ahora en fase de montaje. El título es medio bobo, *Las vírgenes chifladas,* no es una película muy buena, pero estoy comenzando, puedo esperar, tengo solo veinte años.

En la semioscuridad del coche parecía tener veinticinco.

Estacioné el coche en la Bartolomé Mitre y fuimos caminando al restaurante Mario, en la calle Ataufo de Paiva.

Está siempre lleno frente al restaurante, dije.

El portero guarda el coche, ¿no sabías?, dijo.

Lo sé demasiado bien. Una vez me lo abolló.

Cuando entramos, Ângela lanzó un mirar desdeñoso hacia las personas que estaban en el restaurante, yo nunca había ido a aquel lugar. Procuré ver a algún conocido. Era temprano y había pocas personas. En una mesa un hombre de mediana edad con un muchacho y una muchacha. Solo otras tres mesas estaban ocupadas, con parejas entretenidas en sus conversaciones. Nadie me conocía.

Ângela pidió un martini.

¿Tú no bebes?, preguntó Ângela.

A veces.

Ahora dime, hablando en serio, ¿de verdad no pensaste nada cuando te pasé el recado?

No. Pero si tú quieres, pienso ahora, dije.

Piensa, dijo Ângela.

Existen dos hipótesis. La primera es que me viste en el coche y te interesaste por mi perfil. Eres una mujer agresiva, impulsiva y decidiste conocerme. Algo instintivo. Arrancaste un pedazo de papel de un cuaderno y escribiste rápidamente el nombre y el teléfono. Por otra parte, casi no logro descifrar el nombre que escribiste.

¿Y la segunda hipótesis?

Que eres puta y sales con una bolsa llena de pedazos de papel escritos con tu nombre y teléfono. Cada vez que encuentras un tipo en un coche grande, con cara de rico e idiota, le das el papelito. Por cada veinte papelitos repartidos, unos diez te llaman.

¿Y qué hipótesis escoges?, dijo Ângela.

La segunda. Que eres puta, dije.

Ángela se quedó bebiendo su martini como si no hubiera oído lo que le había dicho. Tomé mi agua mineral. Me miró, tratando de demostrar su superioridad, levantando la ceja —era mala actriz, se veía que estaba perturbada—, y dijo: tú mismo reconociste que era una nota escrita deprisa dentro del coche, casi ilegible.

Una puta inteligente prepararía todos los papelitos en casa, de esa manera, antes de salir, para engañar a sus clientes, dije.

Y si te jurase que la primera hipótesis es la verdadera, ¿lo creerías?

No. O mejor, no me interesa, dije.

¿Cómo que no te interesa?

Estaba intrigada y no sabía qué hacer. Quería que yo dijera algo que la ayudara a tomar una decisión.

Simplemente no me interesa. Vamos a cenar, le dije. Llamé al mesero con un gesto. Elegimos la comida. Ángela tomó dos martinis más.

Nunca en mi vida había sido tan humillada. La voz de Ángela sonaba ligeramente pastosa.

Si yo fuera tú no bebería más, para poder estar en condiciones de huir de mí, en el momento en que fuera preciso, le dije.

No quiero huir de ti, dijo Ángela vaciando de un trago lo que quedaba en la copa. Quiero otro.

La situación, ella y yo en el restaurante, me aburría. Después mejoraría. Pero conversar con Ángela no significaba ya nada para mí, en aquel momento interlocutorio.

¿A qué te dedicas?

Controlo la distribución de tóxicos en la zona sur, dije.

¿De verdad?

¿No viste mi coche?

Podrías ser un empresario.

Elige tu hipótesis.

Yo escogí la mía, dije.

Industrial.

Erraste. Traficante. Y no me está gustando ese foco de luz sobre mi cabeza. Me recuerda cuando estuve preso.

No creo una sola palabra de lo que dices.

Fue mi turno de hacer una pausa.

Tienes razón. Es todo mentira. Mírame a la cara. Ve si consigues descubrir algo, dije.

Ángela me tocó levemente la mandíbula, levantando mi rostro hacia el rayo de luz que bajaba del techo, y me miró intensamente.

No veo nada. Tu rostro parece el retrato de alguien posando, un retrato antiguo, de un desconocido, dijo Ángela.

Ella también parecía el retrato antiguo de un desconocido.
Miré el reloj.
¿Nos vamos?, dije.
Subimos al coche.
A veces pensamos que algo va a resultar bien y resulta mal, dijo Ângela.
El azar de uno y la suerte del otro, dije.
La luna dejaba en la laguna una estela plateada que seguía al carro. Cuando era niño y viajaba de noche, la luna siempre me acompañaba, traspasando las nubes, por más que el carro corriera.
Voy a dejarte un poco antes de tu casa, dije.
¿Por qué?
Soy casado. El hermano de mi mujer vive en tu edificio. ¿No es aquel que queda en la curva? No me gustaría que me viera. Él conoce mi coche. No hay otro igual en Rio.
¿No vamos a volver a vernos?, preguntó Ângela.
Me parece difícil.
Todos los hombres se enamoran de mí.
Lo creo.
Y tú no eres gran cosa. Tu coche es mejor que tú, dijo Ângela.
Uno complementa al otro, dije.
Se bajó. Fue caminando por la calle lentamente, demasiado fácil, y además mujer, pero yo tenía que llegar pronto a casa, se estaba haciendo tarde.
Apagué las luces y aceleré el coche. Tenía que golpearla y arrollarla. No podía correr el riesgo de dejarla viva. Ella sabía mucho de mí, era la única persona que había visto mi rostro, entre todas las demás. Y también conocía mi coche. Pero ¿cuál era el problema? Nadie sobrevivía.
Golpeé a Ângela con el lado izquierdo de la defensa, arrojando su cuerpo hacia el frente y le pasé por encima, primero con la rueda delantera —y sentí el sonido sordo de la frágil estructura del cuerpo despedazándose— y luego la atropellé con la rueda trasera, un golpe de misericordia, porque ya estaba liquidada, quizá sintiera todavía un distante rastro de dolor y perplejidad.
Cuando llegué a casa mi mujer estaba viendo televisión, una película a color, doblada.
Hoy tardaste más. ¿Estabas muy nervioso?, dijo.
Sí. Pero ya pasó. Ahora me voy a dormir. Mañana voy a tener un día terrible en la oficina.

Día de los enamorados

Si hay algo que no tolero es el chantaje. Si no fuera por eso, no hubiera salido de casa aquel sábado, ni por todo el dinero del mundo.

El abogado Medeiros me llamó y me dijo, es un chantaje y mi cliente paga. Su cliente era J.J. Santos, el banquero.

Mandrake, continuó Medeiros, el asunto tiene que quedar cerrado sin dejar rastro, ¿entiendes?

Entiendo, pero va a costar mucha plata, dije, mirando a la princesa rubia que estaba conmigo.

Lo sé, lo sé, dijo Medeiros. Lo sabía, había sido político, había pasado por el gobierno, era ministro jubilado, lo conocía todo.

Aquel sábado comenzó mal. Desperté irritado, con dolor de cabeza. Crudo de una noche completa de libaciones. Anduve por la casa, oí a Nelson Gonçalves, abrí el refrigerador y me comí un pedazo de queso.

Tomé mi auto y manejé hasta Itanhangá, donde los elegantes juegan polo. Me gusta ver a los ricos mezclándose. Fue allí donde encontré a la rubia. Parecía una flor húmeda, la piel saludable y limpia, los ojos brillando de salud.

Los jugadores de polo van a parar al infierno, dije.

¿Qué?, preguntó ella.

En el juicio final los ricos se joden, respondí.

¡Un socialista romántico!, rio con desprecio.

Esa era la rubia que estaba en mi departamento cuando llamó el abogado Medeiros.

J.J. Santos, el banquero de Minas, ese mismo sábado discutía con su esposa si iban o no a la boda de la hija de uno de sus socios.

No voy, dijo la mujer de J.J. Santos, ve tú. Ella prefería quedarse viendo la televisión y comiendo galletas. Con diez años de casados estaban en el punto en que uno se resigna y muere prisionero o manda a la mujer lejos y queda libre.

J.J. Santos se puso un traje oscuro, camisa blanca, corbata plateada.

Jalé a la princesa rubia y le dije, ven conmigo. Era el día de los enamorados.

¿Has leído algún libro de poesía?, me preguntó.

Mira, le respondí, nunca he leído ningún libro, excepto los de derecho.

Se rio.

¿Tienes todos los dientes?, le pregunté.

Tenía todos los dientes. Abrió la boca y vi las dos hileras, arriba y abajo. Cosas de rico.

Llegamos a mi departamento. Le dije, lo que va a pasar aquí, entre nosotros dos, será diferente de todo lo que te ha pasado antes, princesa mía.

Haz el tráiler, dijo ella.

Cuando nací me nombraron Paulo, que es nombre de papa, pero me convertí en Mandrake, una persona que no reza, y habla poco, pero hace los gestos indispensables. Prepárate, princesa, para algo nunca visto.

En ese momento sonó el teléfono. Era el abogado Medeiros.

El altar estaba cubierto de flores. La novia, acompañada por el padre, desfiló lentamente por la nave de la iglesia, al son de las voces de un coro afinado. El novio, como siempre, estaba con cara de idiota esperando a la novia, en el altar.

A las ocho J.J. Santos salió de la iglesia, se subió a su Mercedes y fue a la casa de los padres de la novia, en Ipanema. El departamento estaba lleno. J.J. Santos felicitó a las personas, bromeó con los novios, y media hora más tarde salió sin ser advertido. No estaba seguro de lo que quería hacer. Lo que no quería era volver a casa, ver las viejas películas dobladas de la televisión a color. Se subió al auto y salió por la playa de Ipanema, en dirección a la Barra de Tijuca. Vivía en Rio hacía solo un año, encontraba la ciudad fascinante. Unos quinientos metros más adelante, J.J. Santos vio a la joven, parada en la banqueta. Las bocinas de su coche emitían música estereofónica y J.J. Santos estaba emocionalmente predispuesto. Nunca había visto una muchacha tan bonita. Tuvo la impresión de que ella lo miraba, pero debía de estar equivocado, no parecía el tipo de golfa de playa, de esas que están pescando los clientes que pasan en automóvil. Estaba al final del Leblon cuando decidió volver, tal vez la muchacha estuviera aún allí, quería verla de nuevo. La muchacha estaba allí, sí, inclinada en la puerta de un Volkswagen —¿discutiendo el precio? J.J. Santos se detuvo unos veinte metros atrás, haciendo señales con las luces altas de su coche. La muchacha volteó, vio el magnífico Mercedes y dejó al tipo del Volkswagen hablando solo. Llegó caminando lentamente, con perfecto equilibrio físico, sabiendo colocar el pie en el suelo y distribuir el peso en los músculos del cuerpo mientras se movía.

Metió la cara por la ventanilla y dijo, hola. Su rostro era muy joven, pero su voz indicaba mayor madurez.

Hola, respondió J.J. Santos, mirando alrededor, con miedo de que alguien lo viera allí parado, sube.

La muchacha subió y J.J. Santos arrancó.

¿Cuántos años tienes?, preguntó J.J. Santos.

Dieciséis, respondió la muchacha.

¡Dieciséis!, dijo J.J. Santos.

Tonto, ¿qué importa? Si no me voy contigo, me voy con otro.

¿Cómo te llamas?, preguntó J.J. Santos, con la conciencia más aliviada.

Viveca.

En otro lugar de la ciudad, donde yo estaba:

Me llamo Maria Amélia. No me digas princesa, ¡qué cosa más ridícula!, protestó la rubia.

Vete al carajo, respondí.

Eres vulgar, grosero e ignorante.

Eso mismo. ¿Quieres pirarte?

¿Qué significa eso?

¿Quieres largarte? Pues te largas.

¿Ni hablar sabes?

Exactamente.

¡Es un anormal!, se carcajeó la rubia, divertida, brillándole todos los dientes.

Yo reí también. Estábamos los dos muy interesados uno por el otro. Me fascinan las mujeres ricas.

Finalmente, ¿cómo te llamas? ¿Paulo, Mandrake, Picasso?

La pregunta no es esa, respondí. Tienes que preguntarme, finalmente, ¿quién eres tú?

Finalmente, ¿quién eres tú?

No sé, respondí.

¡La paranoia está atacando también a la clase C!, dijo la rubia.

J.J. Santos sabía que la Barra estaba llena de hoteles. Nunca había frecuentado ninguno, pero había oído historias. Se dirigió al más famoso.

Eligió la suite presidencial.

La suite presidencial tenía alberca, televisión a color, radio, comedor, y el cuarto estaba todo lleno de lámparas y forrado de espejos.

J.J. Santos estaba emocionado.

¿Quieres tomar algo?, preguntó a la muchacha.

Un guaraná, respondió ella modestamente.

El camarero trajo guaraná y Chivas Regal.

J.J. Santos tomó un trago, se quitó el saco y le dijo, voy al baño, ponte cómoda.

Cuando salió del baño la muchacha estaba desnuda, acostada en la cama, de espaldas. J.J. Santos se desvistió y se acostó a su lado, haciéndole cariños, mirándose en los espejos. Entonces la muchacha se volteó panza arriba, con una sonrisa en los labios.

No era una muchacha. Era un hombre, con el pene reflejándose, amenazadoramente rígido, en los innumerables espejos.

J.J. Santos saltó de la cama.

Viveca se puso de espaldas, nuevamente. Girando la cabeza, miró cara a cara a J.J. y le preguntó con dulzura, ¿no me quieres?

Pe-pederasta sin-ve-vergüenza, dijo J.J. Cogió sus ropas y corrió hacia el baño, donde se vistió apresurado.

¿No me quieres?, dijo Viveca, todavía en la misma posición, cuando J.J. volvió al cuarto. J.J. Santos, afligido, cogió el saco y sacó la cartera del bolsillo. Siempre llevaba mucho dinero en la cartera. Aquel día tenía dos mil cruceiros en billetes de quinientos. Cosas de mineiro. Los documentos estaban en la cartera. El dinero había desaparecido.

¡Además me robaste el dinero!

¿Qué? ¿Qué? ¿Me estás llamando ladrón? ¡Yo no soy ladrón!, gritó Viveca, levantándose de la cama. Súbitamente apareció una navaja en su mano. ¡Llamándome ladrón! Con un gesto rápido, Viveca dio el primer golpe en su propio brazo y un hilo de sangre brotó en la piel.

J.J., aterrado, hizo un gesto de asco y miedo.

¡Soy maricón sí, soy MA-RIII-CÓN!, el grito de Viveca parecía que iba a romper todos los espejos y lámparas.

No hagas eso, suplicó J.J. aterrado.

Tú sabías lo que soy, me trajiste aquí sabiéndolo, y ahora me desprecias como si fuera basura, sollozó Viveca, mientras se daba otro navajazo en el brazo.

Yo no sabía nada, pareces una muchacha, maquillada, con esa peluca.

Esto no es peluca, es mi propio cabello, ¿ves cómo me tratas? Otro navajazo en el brazo, ya a estas alturas cubierto de sangre.

¡Deja de hacer eso!, pidió J.J.

¡No dejo! ¡No dejo! ¡No dejo! ¡Me llamaste ladrón, ladrón, ladrón! Soy pobre pero honesto. ¡Tú tienes dinero y piensas que los demás son basura! ¡Siempre quise morir destruyendo a un poderoso, como en la película *La viuda negra!* ¿Viste *La viuda negra?*, preguntó Viveca, apoyando la navaja en el pescuezo, sobre la carótida, saliente por el esfuerzo de los gritos.

Perdóname, pidió J.J.

Demasiado tarde, dijo Viveca.

En ese momento yo llegaba al departamento con la rubia rica. Se sentó en el sillón, formándose aquella aura entre los dos, dos personas soberanas transitando tranquilamente una hacia la otra.

Haz el tráiler, dijo ella.

Prepárate, princesa para algo nunca visto.

En ese instante llamó el abogado Medeiros.

Mi cliente, el banquero J.J., se ligó a una mujer en la calle, la llevó a un hotel y, una vez allí, descubrió que era un travesti. El travesti le robó dos mil cruceiros. Discutieron y el travesti, con una navaja en la mano amenaza cometer un suicidio, si no recibe diez mil cruceiros en efectivo. Mi cliente me pidió el dinero, aquí lo tengo. Queremos dar el dinero y cerrar el caso. Tú tienes experiencia en casos policiales y nos gustaría que te encargaras. Nada de policía, damos el dinero y queremos la mayor discreción. El asunto tiene que ser zanjado sin dejar rastro, ¿entendiste?

Entendí, pero va a costar mucha lana, dije, mirando a la princesa rubia a mi lado.

Lo sé, lo sé, dijo Medeiros, dinero no falta.

J.J. y Viveca estaban dentro del Mercedes, estacionados en la playa.

J.J. al volante, pálido como un difunto. A su lado, Viveca mantenía la navaja próxima al cuello. Parecía realmente una muchacha. Estacioné mi viejo coche al lado del enorme carrazo.

Trabajo con el doctor Medeiros, dije.

¿Trajiste el dinero?, preguntó Viveca, con aspereza.

Fue difícil conseguirlo, hoy es sábado, me disculpé humildemente. Vamos a buscarlo ahora.

Abrí la puerta del auto y empujé a J.J. hacia fuera.

Subí y arranqué, todavía con la puerta abierta, dejando a J.J. estupefacto en la banqueta.

¿Es lejos?, ¿dónde está el dinero?, preguntó Viveca.

Es cerca, dije, acelerando.

¡Quiero mi dinero enseguida, si no, hago una locura!, gritó Viveca, golpeándose el brazo. El gesto era seco y violento, pero la navaja pasaba levemente por su piel, lo suficiente para que saliera sangre y asustar a los tontos.

¡No hagas eso, por el amor de Dios!

¡Haré una locura!, amenazó Viveca.

No debía de conocer bien Rio, o en todo caso no sabía dónde estaban localizadas las comisarías. En la puerta de la comisaría del Leblon estaban los polis platicando. Frené el coche, casi encima de ellos, y salté fuera, gritando, ¡cuidado!, ¡el travesti está armado con una navaja!

Viveca saltó del coche. La situación era verdaderamente confusa para él. Uno de los policías se le acercó y Viveca le tiró un golpe, hiriéndole la mano. El policía dio un paso atrás, sacó una cuarenta y cinco de la cintura y dijo, tira esa mierda si no quieres morir ahora mismo. Viveca vaciló. El otro policía que se había aproximado le pateó la barriga y Viveca cayó al suelo.

Entramos todos a la comisaría. Unos cinco policías nos rodeaban.

Viveca lloraba.

Pido perdón a todos los señores policías presentes, especialmente al muchacho al que herí y de lo que tanto me arrepiento. Soy hombre, sí, pero desde niño mi madre me vestía de niña y siempre me gustó jugar con muñecas. Soy hombre porque me llamo Jorge, solo por eso, mi alma es de mujer y sufro por no ser mujer y no poder tener hijos, como las otras. Soy infeliz. Entonces el hombre del Mercedes me recogió en la playa y me dijo, ven conmigo, niño; y yo le respondí, no soy niño, soy mujer; y él me dijo, nada de mujer, entra rápido, hoy estoy con ganas de otra cosa. Me dijo que me daba quinientos cruceiros, y yo tengo que mantener a mi madre y a mi abuela, y me fui con él. Una vez allí, y después de hacer todas las inmoralidades conmigo, me golpeó y me cortó con la navaja. Entonces yo le quité la navaja y le dije que me mataría si no me daba los quinientos cruceiros. Dijo que no los tenía y llamó por teléfono a su amigo y llegó ese hombre, que prometió darme el dinero y me trajo acá y yo perdí la cabeza, ustedes perdonen. Soy una persona delicada, enloquecí con las injusticias y maldades que me hicieron.

¿Cómo se llama su cliente?, dijo un policía suspicaz.

No lo puedo decir. Él no cometió ningún crimen. Este travesti está mintiendo, dije.

En realidad yo no tenía certeza de nada, pero el cliente es el cliente.

¡Mintiendo!, ¿yo? Las lágrimas corrían por el maquillaje de Viveca. ¿Solo porque soy frágil y pobre y el otro es fuerte y rico voy a ser crucificado?, gritó Viveca, entre sollozos.

Los ricos no mandan nada aquí, dijo uno de los policías.

¿Y ese coche?, dijo el policía herido, en medio de la confusión. Felizmente nadie más lo oyó.

Es mío, lo compré ayer, todavía no está a mi nombre, dije, mientras el policía escribía en una hoja de papel.

Vamos a esperar al comisario, dijo el policía.

Este tipo le robó dos mil cruceiros a mi cliente. Debe haberlo escondido en algún lugar de su cuerpo, dije.

Puede registrarme, vamos, ¡registre!, desafió Viveca, abriendo los brazos.

Ninguno de los policías parecía interesado en registrar a Viveca. Entonces tuve ese impulso. Le jalé el pelo a Viveca con fuerza. Me quedé con mechones de pelo en la mano y cuatro billetes de quinientos volaron por el aire y fueron a caer al suelo.

Ese es el dinero que le robó a mi cliente, dije, aliviado.

Él me lo dio, fue él quien me lo dio, lo juro, dijo Viveca, sin mucha convicción.

Antes de encerrar a Viveca en la cárcel vieron que tenía una serie de marcas antiguas en los dos brazos. Aquel truco torpe ya debía de haber sido usado muchas veces.

Va a tener que esperar al comisario, dijo el policía herido.

Le di mi tarjeta. Paso más tarde por aquí, ¿le parece bien? Otra cosa, haga de cuenta que no encontramos el dinero, ¿de acuerdo? Mi cliente no va a incomodarse.

Vamos a necesitar hablar con usted, si no hoy, un día de estos. Lo miré y vi que quería llegar a un arreglo.

De acuerdo. Solo llámeme, dije.

Salí volando en el Mercedes. Llegué al hotel y busqué al gerente. Cogí dos billetes de quinientos de los veinte que llevaba en el bolso, se los di y le dije, quiero ver el registro de un huésped que estuvo aquí hace unas dos horas.

No puedo hacer eso, dijo.

Le di dos billetes más. El tipo es cliente mío, le dije.

¡No quiero problemas!

Dame enseguida las fichas, carajo, si no vas a acabar teniendo un lío gordo. El que estaba con él es un menor y vas a acabar jodiéndote.

El gerente me trajo las fichas. Allí estaba el nombre de J.J. completo. Profesión empleado bancario. Empleado bancario, ¿ironía o falta de imaginación? En la otra ficha estaba escrito Viveca Lindfords, residente en Nova Iguaçu. ¿Cómo, de dónde había sacado aquel nombre? Guardé las fichas en el bolsillo.

Me fui corriendo a casa. Qué carrazo. Tenía que hacer el cambio a mi nombre con fecha del viernes, para proteger al cliente... Llegué a casa y entré gritando, ¡princesa! Aquí estoy. Pero la rubia había desaparecido. Los bolsillos llenos de dinero, el Mercedes en la puerta ¿y luego? Me sentía triste e infeliz. Nunca más vería a la rubia rica, lo sabía.

El otro

Llegaba todos los días a la oficina a las ocho y media de la mañana. El auto se detenía en la puerta del edificio y yo bajaba, caminaba diez o quince pasos y entraba.

Como todo ejecutivo, me pasaba las mañanas hablando por teléfono, leyendo memorandos, dictando cartas a mi secretaria y desesperándome con los problemas. Cuando llegaba la hora del almuerzo, ya había trabajado duramente. Pero siempre tenía la impresión de que no había hecho nada útil.

Almorzaba en una hora, a veces en hora y media, en uno de los restaurantes cercanos, y regresaba a la oficina. Había días en que hablaba más de cincuenta veces por teléfono. Las cartas eran tantas que mi secretaria, o uno de los asistentes, firmaba por mí. Y siempre, al final del día, tenía la impresión de que no había hecho todo lo que había que hacer. Iba a contrarreloj. Cuando había un día feriado, a media semana, me molestaba, pues me quitaba tiempo. Me llevaba trabajo a casa, en casa podía trabajar mejor, el teléfono no sonaba tanto.

Un día empecé a sentir una fuerte taquicardia. Además, el mismo día, al llegar por la mañana a la oficina, apareció junto a mí, en la avenida, un tipo que me siguió hasta la puerta diciendo «doctor, doctor, ¿podría ayudarme?». Le di unas monedas y entré. Poco después, cuando hacía una llamada a São Paulo, mi corazón se disparó. Durante algunos minutos latió con un ritmo fortísimo, dejándome extenuado. Tuve que recostarme en el sofá hasta que se calmó. Estaba atontado, sudaba mucho, casi me desmayé.

Esa misma tarde fui al cardiólogo. Me hizo un examen minucioso, inclusive una prueba de esfuerzo, y al final dijo que necesitaba bajar de peso y modificar mi vida. Me hizo gracia. Entonces, me recomendó que dejara de trabajar durante algún tiempo, pero le dije que eso también era imposible. Al final me prescribió una dieta alimenticia y me mandó caminar por lo menos dos veces al día.

Al día siguiente, a la hora de almorzar, cuando salí a hacer la caminata recetada por el médico, el mismo tipo de la víspera me detuvo para pedirme dinero. Era un hombre blanco, fuerte, de cabello castaño y largo. Le di algo de dinero y seguí de frente.

El médico había dicho, con franqueza, que si no me cuidaba podría padecer un infarto en cualquier momento. Ese día me tomé dos tranquilizantes, pero eso no fue suficiente para quitarme completamente la tensión. Por la noche no me llevé trabajo a casa. El tiempo pasaba. Intenté leer un libro, pero mi atención estaba en otra parte, en la oficina. Prendí la televisión pero no logré soportarla más de diez minutos. Volví de mi caminata, después de cenar, y me quedé impaciente sentado en un sillón, leyendo el periódico, irritado.

A la hora de almorzar el mismo tipo me alcanzó y me pidió dinero. «¿Todos los días?», le pregunté. «Doctor», me respondió, «mi madre se esta muriendo, necesita medicinas, no conozco a nadie bueno en el mundo más que a usted.» Le di cien cruceiros.

Durante algunos días el tipo desapareció. Un día, a la hora del almuerzo, yo iba caminando cuando apareció súbitamente a mi lado. «Doctor, mi madre murió.» Sin parar, y apretando el paso, le respondí «lo siento mucho». Apresuró sus pasos, alcanzándome, y me dijo «murió». Intenté deshacerme de él y comencé a caminar rápidamente, casi corriendo. Pero él corrió atrás de mí, diciendo «murió, murió, murió», extendiendo los dos brazos con esfuerzo, como si le fueran a colocar el ataúd de su madre en las palmas de las manos. Finalmente, me detuve acezante y le pregunté «¿cuánto es?». Con cinco mil cruceiros enterraba a su madre. No sé por qué, saqué la chequera del bolsillo y le hice allí, en plena calle, un cheque por esa cantidad. Me temblaban las manos. «Y ya basta», le dije.

Al día siguiente no salí a dar mi vuelta. Almorcé en la oficina. Fue un día terrible, en que todo salía mal: no aparecían los papeles en los archivos, perdimos un concurso importante por una mínima diferencia. Un error en la planeación financiera nos obligó a hacer nuevos y complejos cálculos presupuestarios con urgencia. Por la noche, ni siquiera con los tranquilizantes conseguí dormir.

En la mañana fui a la oficina y en cierta forma las cosas mejoraron un poco. Al mediodía salí a dar una vuelta.

Vi que el tipo que me pedía dinero estaba de pie, medio escondido en la esquina, acechándome, esperando a que pasara. Me di la vuelta y caminé en sentido contrario. Poco después escuché el ruido de tacones de zapatos sonando en la acera como si alguien estuviese corriendo tras de mí. Apuré el paso, sintiendo una opresión en el corazón, como si alguien me persiguiera, un sentimiento infantil de miedo contra el cual quise luchar, pero en ese instante él me alcanzó diciendo, «doctor,

doctor». Sin detenerme, le pregunté «¿ahora qué?». Manteniéndose a mi lado, dijo «doctor, tiene que ayudarme, no tengo a nadie en el mundo». Respondí con toda la autoridad que puede ponerse a una voz «consiga un empleo». Me contesta «no sé hacer nada, tiene que ayudarme». Corríamos por la calle. Tenía la impresión de que las personas nos observaban con extrañeza. «No tengo que ayudarlo de ninguna manera», le respondí. «Sí tiene, usted no sabe lo que puede suceder», y me sujetó el brazo y me miró, y por primera vez vi su rostro, cínico y vengativo. Mi corazón latía nervioso y cansado. «Es la última vez», le dije, deteniéndome y dándole dinero, ya ni sé cuánto.

Pero no fue la última vez. Todos los días aparecía, repentinamente, suplicante y amenazador, caminando junto a mí, arruinando mi salud, diciéndome es la última vez doctor, pero nunca era la última. La presión se me subió todavía más, sentía que el corazón me estallaba solo de pensar en él. No quería volver a ver a ese tipo, ¿qué culpa tenía yo de que fuera pobre?

Decidí dejar de trabajar un tiempo. Hablé con mis colegas de la dirección, que estuvieron de acuerdo en que me ausentara dos meses.

La primera semana fue difícil. No es fácil dejar de trabajar de repente. Me sentía perdido sin saber qué hacer. Pero al poco tiempo me fui acostumbrando. Mi apetito aumentó. Comencé a dormir mejor y a fumar menos. Veía la televisión, leía, dormía después del almuerzo y caminaba el doble de lo que caminaba antes, sintiéndome excelente. Me estaba volviendo un hombre tranquilo y pensaba seriamente en cambiar de vida, dejar de trabajar tanto.

Un día salí a dar mi paseo habitual cuando el mendigo apareció inesperadamente. ¿Cómo diablos consiguió mi dirección? «Doctor, ¡no me abandone!» Su voz era de pena y resentimiento. «Solo lo tengo a usted en el mundo, no me vuelva a hacer eso, necesito algo de dinero, ¡esta es la última vez, se lo juro!» —y acercó mucho su cuerpo al mío, mientras caminábamos, y yo podía sentir su aliento ácido y podrido de persona hambrienta. Era más alto que yo, fuerte y amenazador.

Caminé en dirección a casa, él acompañándome, con el rostro fijo vuelto hacia mí, vigilándome curioso, desconfiado, implacable, hasta que llegamos a mi casa. «Espere aquí», le dije.

Cerré la puerta, me dirigí a mi cuarto. Volví, abrí la puerta y al verme dijo «no haga eso, doctor, solo lo tengo a usted en el mundo». No terminó de hablar o si habló no lo oí, con el ruido del disparo. Cayó al suelo, entonces vi que era un muchacho delgado, con espinillas en el rostro y una palidez tan grande que ni la misma sangre, que fue cubriendo su cara, consiguió ocultar.

Amarguras de un joven escritor

El día comenzó mal ya desde la mañana, cuando fui a la playa. No podía ver el mar, me hacía daño, por eso atravesaba la avenida Atlántica con los ojos cerrados, después giraba el cuerpo, abría los ojos y caminaba de espaldas por la arena hasta encontrar mi sitio, donde me sentaba dándole la espalda al océano. Al atravesar la calle, sentí un miedo súbito, como si un coche me fuera a atropellar, y abrí los ojos. No vi ningún coche, pero vi el mar, solo un segundo, sin embargo, un desgraciado instante de la visión dantesca de aquella horrenda masa verde azulada fue suficiente para provocarme una crisis de sudores fríos y vómitos, allí mismo en la calle. Cuando terminó el ataque me fui a casa, me quité los pantalones y me dejé caer en la cama agotado, pero enseguida tocaron el timbre, y vi por la mirilla una figura toda encapuchada en el corredor oscuro. Me asusté, estaba solo, Lígia estaba de viaje, solo podía ser un ladrón queriendo asaltarme, o un asesino, la situación en la ciudad no era buena. Intenté llamar a la policía, pero mi teléfono estaba descompuesto y el embozado tocaba el timbre insistentemente, poniéndome los nervios de punta. ¡Socorro!, grité desde la ventana, con la voz débil de miedo, pero el ruido de la calle no permitía que la gente me oyera, o quizás era que no les importaba. El timbre seguía sonando, el enmascarado no se iba, y yo, desnudo, dentro de casa, lívido de miedo, no sabía qué hacer. Recordé que en la cocina había un cuchillo grande. Abrí la puerta blandiendo el cuchillo amenazadoramente, pero era una monja vieja quien estaba allí parada, con la cosa esa que usan en la cabeza. Me había equivocado. Cuando me vio desnudo, con el cuchillo en la mano, la hermana salió corriendo, gritando por el pasillo. Cerré la puerta aliviado y volví a la cama, pero poco tiempo después el timbre sonó de nuevo; era la policía. Abrí la puerta y la policía me citó a declarar el lunes, a causa de la queja de la monja que decía que había llamado a mi puerta para pedir limosna para los huérfanos y había sido amenazada de muerte. ¿No te da vergüenza andar desnudo?, preguntó el policía. Increíble, no se podía andar desnudo ni siquiera dentro de casa. El domingo fue aún más complicado. Lígia, que volvió inesperadamente, me vio en el cine con una muchacha, y allí mismo, mientras estaban pasando la película, me dio de trancazos, un escándalo, me dieron veinte puntos en la cabeza. No puedo seguir viviendo contigo, mira lo que me hiciste, le dije cuando fue a recogerme al hospital, y Lígia abrió la bolsa y me mostró un enorme revólver negro y me dijo, si me engañas con otra mujer te mato. Confusiones que empezaron mucho antes, cuando gané el premio de Poesía de la Academia y mi foto salió en el periódico y creí que sería inmediatamente famoso, con las mujeres arrojándose a mis brazos. El tiempo fue pasando, y nada de eso ocurría, un día fui al oculista y al decirle a la recepcionista, profesión escritor, preguntó ¿estibador? Mi fama duró veinticuatro horas. Fue entonces cuando apareció Lígia, entró a mi departamento emocionada y ansiosa diciendo, no sabes las dificultades que tuve que vencer para encontrar tu dirección, ¡oh!, mi ídolo, haz de mí lo que quieras, y me conmovió, el mundo ignoraba mis logros y aparece esa muchacha venida de lejos para postrarse a mis pies. Antes de irnos a la cama me dijo dramáticamente, guardé el tesoro de mi pureza y de mi juventud para ti, y soy feliz. En fin, no tenía adónde ir y se instaló en mi departamento, cocinaba para mí y cosía ropa ajena, a pesar de ser mala costurera arreglaba la casa, pasaba a máquina la larga novela que yo estaba escribiendo, hacía las compras en el supermercado con su dinero. Era un buen arreglo, lo malo es que me obligaba a trabajar ocho horas diario en la novela —ve hablando, me decía, mientras mecanografiaba apresuradamente en la máquina. También controlaba mi bebida, y cuando le dije que todo escritor bebía, dijo que todo eso era mentira, que Machado de Assis no bebía y que gracias a ella todavía no me había vuelto un pobre e infeliz alcohólico. Yo aguantaba todo eso, pero cuando me abrió la cabeza pensé que tenía que hacer algo para salir de aquello sin que me diera un tiro, y una buena manera era fingirme impotente, cosa que ningún brasileño hace, ni siquiera para salvar el pellejo, pero mi desesperación era tanta que estaba dispuesto a correr el riesgo de salir a la calle y que Lígia dijera, apuntándome con aquel dedo grande y huesudo, ahí va ese, premiado por la Academia pero impotente. Cuando le conté a Lígia lo que me sucedía, me arrastró al médico y le dijo, doctor, está muy joven para ser impotente, ¿no le parece?, debe ser un virus o un parásito, quiero que le mande usted hacer todos los exámenes —y el médico me miró y dijo, ¿no eres al que premiaron en la Academia? Así es la vida. Volvimos a casa, nos tumbamos y en cuanto Lígia se durmió me levanté y saqué el revólver de su bolsa para tirarlo a la basura, pero el edificio donde vivíamos era antiguo y no tenía depósito de basura y me quedé con el revólver en la mano y solo me venía a la cabeza la imagen de Marcel Proust, con su bigote y flor en la solapa, blandiendo el paraguas hacia las nubes, exclamando ¡zut!, ¡zut!, ¡zut! Al fin decidí salir y tirar el arma en una alcantarilla. Era entrada la noche, y cuando me agaché sobre la atarjea tratando de meter el revólver por la rejilla, llegó un negro con una navaja en la mano diciendo, pasa la lana y el reloj y si no te rajo. ¡Carajo, mi reloj japonés de cuarzo que no me quito de la muñeca ni para dormir y que se atrasa solo un segundo en seis meses! Me levanté y solo hasta entonces vio el negro el revólver en mi mano, dio un paso atrás asustado, pero ya era tarde, yo había apretado ya el gatillo, ¡bum!, y el negro cayó al suelo. Volví corriendo a casa diciendo, maté al negro, maté al negro, mientras en mi cabeza polifásica Joyce le preguntaba a su hermana ¿puede un sacerdote ser enterrado con sotana?, ¿puede haber elecciones en Dublín durante el mes de octubre?, hasta que llegué al cuarto, aún con el revólver en la mano, ¡zut!, ¡zut!, ¡zut! Y sin saber con certeza lo que hacía, volví a colocar el revólver en la bolsa de Lígia. Pasé el resto de la noche sin dormir. Cuando Lígia despertó le dije, puedes matarme, pero me marcho, y comencé a vestirme. Lígia se arrodilló a mis pies y dijo, no me abandones, justo ahora que estás a la moda, con tu cabello negro peinado con brillantina, serás explotado por las demás mujeres, fuimos hechos el uno para el otro, sin mí nunca acabarás la novela, si me dejas me mato, dejando una terrible carta de despedida. La miré bien y vi que Lígia estaba diciendo la más absoluta verdad y por algunos instantes dudé entre qué sería mejor para un joven escritor, ¿un premio de la Academia o una mujer que se mata por él dejando una carta de despedida, culpándolo de ese gesto de amor desesperado? Para mí la novela ya acabó, dije, y puse una cara sarcástica y salí dado un portazo con estruendo. Me quedé parado en el pasillo un rato, esperando que Lígia abriera la puerta y me llamara como lo hacía siempre cuando discutíamos, pero ese día no ocurrió. Tuve ganas de regresar, me sentía solo y además de eso estaba preocupado por la muerte del negro, pero seguí de frente y caminé por las calles hasta que entré en un bar a tomar una cerveza. En la mesa contigua había una mujer y le sonreí, ella me devolvió la sonrisa y al momento estábamos sentados en la misma mesa. Era estudiante de enfermería, pero lo que le gustaba era el cine y la poesía, Fernando Pessoa, Drummond, Camões (el lírico), lo de siempre. Fellini, Godard, Buñuel, Bergman, siempre lo mismo, rayos, siempre las mismas figuras. Está claro que la idiota no me conocía. Cuando le dije que era escritor, noté que su rostro se llenaba de expectativa, pero al decir mi nombre, preguntó desanimada, ¿cómo?, y se lo repetí y sonrió sin ganas, nunca lo había oído. Tomamos caipiriña, en mi cabeza una niebla agradable, Conrad diciendo que vivió todo aquello y la muchacha repitiendo la pregunta, ¿sobre qué escribes? Sobre personas, dije, mi historia es sobre personas que no aprendieron a morir, y tomamos algunas caipiriñas más. Escribe una historia de amor, dijo la enfermera, y ya era noche avanzada y me dirigí a casa, entré tambaleante y le pregunté a Lígia que estaba en la cama durmiendo, ¿la historia que estamos escribiendo es de amor?, pero Lígia no me respondió, permaneció en su sueño profundo. Entonces vi el recado en el buró, junto con el frasquito vacío de tranquilizantes: José, adiós, sin ti no puedo vivir, no te culpo de nada, te perdono; quiera Dios que seas algún día un buen escritor, pero me parece difícil; viviría contigo, aunque impotente, pero tampoco de eso tienes la culpa, pobre infeliz. Lígia Castelo Branco. Sacudí a Lígia con fuerza, pero estaba en coma. Intenté telefonear, pero mi teléfono estaba descompuesto, zut, zut, Gustave, *le mot juste*, bajé las escaleras corriendo, cuando llegué a la cabina vi que no tenía ficha para el aparato y a aquella hora estaba todo cerrado. Y de repente, ¡maldición! Apareció un asaltante, ¡rayos!, ¡maldita desgracia!, pero no, no, ahí reconocí al asaltante, era el mismo negro al que yo le había disparado, ¡estaba vivo! Él también me reconoció y salió corriendo tal vez con miedo de recibir otro tiro. Corrí detrás de él gritando ¡eh!, ¡eh!, ¿tienes una ficha de teléfono?, mi mujer la está pasando mal, necesito llamar a urgencias y corrimos unos mil metros hasta que él se detuvo, respirando con dificultad, estaba desnutrido y enfermo, y apenas consiguió decir, jadeante, por favor no me dispares, soy casado y tengo hijos que mantener. Le dije, quiero una ficha de teléfono. Tenía una ficha que prestarme, amarrada a un hilo de nylon. Llamé a emergencias, jalé la ficha hacia arriba y se la entregué al ladrón preguntándole si no quería ir hasta mi casa, a darme apoyo moral. Fuimos, y el ladrón, que se llamaba Eneas, hizo café para los dos mientras yo me lamentaba de la vida. No lo tomes a mal, dijo Eneas, pero creo que tu mujer estiró la pata, está fría como una lagartija. Llegaron los de urgencias, el médico examinó a Lígia y dijo, voy a tener que avisar a la policía, no toques nada, estos casos de suicidio tienen que ser comunicados, y me miró extrañado, ¿habría leído todo el recado? Al oír la palabra policía, Eneas dijo que era la hora de retirarse, ya sabes cómo es esto, lo siento mucho, amigo, y se marchó, dejándome solo con el cadáver. Lloré un poco, a decir verdad muy poco, no por falta de sentimiento, pero es que mi cabeza estaba en otras cosas. Me senté a la máquina: José, mi gran amor, adiós. No puedo obligarte a amarme con el mismo amor que yo te dedico. Tengo celos de todas las bellas mujeres que viven a tu alrededor intentando seducirte; tengo celos de las horas que pasas escribiendo tu importante novela. Oh, sí, amor de mi vida, sé que el escritor necesita de soledad para crear, pero esta alma mezquina mía de mujer enamorada no se conforma en compartirte con otra persona o cosa. Mi querido amante, ¡fueron momentos maravillosos los que pasamos juntos! Siento tanto no poder ver terminado ese libro que será sin duda una obra maestra. ¡Adiós! ¡Adiós!, quiéreme mucho, acuérdate de mí, perdóname, pon una rosa en mi sepultura el Día de Muertos. Tu Lígia Castelo Branco. Firmé, haciendo la letra redondita de Lígia, y coloqué la carta en el buró, después cogí la carta que ella había escrito, la rompí, le prendí fuego a los pedacitos y tiré las cenizas en la taza del escusado. Impotente y mal escritor —¡mierda!, ¿qué hice yo para que me tratara así?—; yo era gentil y apasionado, ¿no? —mientras pensaba en eso saqué una cerveza del refrigerador—, trataba a Lígia con consideración y dignidad, ¿no?, si alguien dominaba a alguien, era ella la que me dominaba, ella era una persona libre, yo estaba obligado a hacer gimnasia, dieta, dejar de beber —me levanté y cogí otra cerveza—, y ahora ella decía que era difícil que me convirtiera en un gran escritor; ¿qué fue lo que hice?, amé y fue así como ella me pagó, tragándose un frasco de Valium y dejando una carta llena de calumnias —cogí otra cerveza y miré a Lígia en la cama, ahora su rostro estaba en reposo—, era bonita, y mucho más en esos momentos en que estaba pálida, sin pintura, y se le veían las pecas en el rostro y los labios quedaban desarmados —me levanté y tomé otra cerveza—, pobre Lígia, ¿por qué te metiste con un escritor?, y me acerqué a ella y la tomé por el hombro que empezaba a ponerse duro además de frío, y le dije ¿eh?, ¿eh?, ¿por qué te metiste con un escritor?, somos todos unos egoístas asquerosos, y tratamos a las mujeres como si fueran nuestras esclavas, tú ganabas el dinerito para mantenernos y yo hacía filosofía, ¿eh? —y me levanté, cogí otra cerveza y volví cerca de Ligia, pues todavía no había terminado mi discurso y continué—, desperdiciamos nuestra vida pensando que dos personas podían ser una sola, pobres ingenuos esperanzados, —y juro que en ese instante el pecho de Lígia se dilató como si hubiera suspirado—, los gusanos van a comerte, amor mío —y tomé otra cerveza, ¡zut!, por qué había tanta cerveza, aquello sí que era un ama de casa—, los gusanos van a comerte, pero quiero que sepas esta verdad —en ese instante, mi ebria memoria falló y me quedé allí, al lado del feo cadáver sin saber qué decir, besé los labios de Lígia con insoportable asco, y cogí la última botella de cerveza del refrigerador, después de todo no era tan buena ama de casa, mi sed aún no había acabado, y en ese instante llegó la policía. Dos hombres, uno me preguntó enseguida quién era yo y el otro cogió la carta, y los dos la leyeron y no le dieron más importancia, continuaban una conversación anterior —hasta que uno de ellos preguntó, ¿andaba nerviosa?—, hicieron preguntas que yo no entendía, el tiempo no pasaba, yo quería dormir, uno me preguntó ¿el teléfono está descompuesto?, tenemos que llamar a los peritos, y el otro dijo, matarse por un raquítico de esos, las mujeres están locas, y salió a llamar a los peritos por el radio de la patrulla, mientras el colega se quedó fumando tranquilamente —era una mañana opresiva—, desde la ventana yo veía todas las chimeneas de los edificios de departamentos echando una humareda blanca, millares de basurales humeantes regresando por el aire, como un ángel maldito, la basura de fuera —mi cuerpo era raquítico pero era mío, así como mi pensamiento polifásico—, entonces llegaron los peritos, con máquinas fotográficas, libretas de apuntes, cintas métricas; llegaron dos hombres más, vestidos con una especie de uniforme que parecía una versión pobre de un traje elegante de verano, y tiraron el cuerpo de Lígia en una caja de aluminio y llevaron a Lígia hacia los gusanos —no aprendiste a morir, desgraciada, ¿tampoco tú? —y el policía a cargo me notificó que tendría que declarar al día siguiente, harían la autopsia al cuerpo y después quedaría a mi disposición—¿para qué? —y se fueron, llevándose la carta de Lígia. Imaginé los periódicos del día siguiente, Hermosa Mujer se mata por Joven Escritor —no tengo la culpa de lo que ocurrió, dijo el Joven y Renombrado Escritor al ser entrevistado por este diario, lamento mucho la muerte de esta pobre y alocada criatura, es todo lo que puedo decir —el reportaje de este diario descubrió que no es la primera vez que una mujer se mata por amor al Joven Escritor, hace dos años, en Minas Gerais (no, Minas Gerais no, mejor en el mismo Rio) hace dos años, en Rio de Janeiro, una francesa estudiante de antropología —basta de pensamiento polifásico pensé, y salí y fui hasta el bar y estaba en la tercera caipiriña cuando se sentaron en una mesa de junto dos muchachas y una me empezó a decir hola. Hola, yo, cogí mi vaso y pasé a su mesa; una era modelo de anuncios de televisión y la otra no hacía nada. ¿Y tú? Soy asesino de mujeres —podría haber dicho, soy escritor, pero es peor que ser asesino, los escritores son amantes maravillosos, por algunos meses, y maridos asquerosos para el resto de la vida— ¿y cómo las matas? —veneno, el lento veneno de la indiferencia— una se llamaba Iris, la que no hacía nada, y la otra Susana, dime Suzie. No recuerdo nada más, me emborraché y desperté crudo al día siguiente —con menos de treinta años y ya sufriendo las lagunas de memoria de los alcohólicos, además de ver doble mi palimpsesto después de la cuarta caipiriña. Salí, compré los diarios y solo *El Día* daba la noticia de la muerte de Lígia; costurera se mata en Copacabana, era el título, en la sexta página, y en letra pequeña estaba escrito que el compañero de la costurera había dicho que la mujer sufría de los nervios. Fui al ministerio público y esperé dos horas a que me atendiera. Puso papel en la máquina: Que el Declarante vivía maritalmente con Lígia Castelo Branco, la suicida, Que el día 14 de julio salió de casa a tomar una copa, dejando a Lígia en la casa que habitaban, en la calle Barata Ribeiro, 435, depto. 12, Que al volver, horas después, verificó que la referida Lígia estaba en coma, y llamó a urgencias, Que, al llegar, el médico constató la muerte de Ligia, Que Lígia dejó una carta aclarando que se había suicidado, Que la policía avisada por el médico llegó poco después, siendo el local sujeto a peritaje y el cuerpo llevado para el Instituto Médico Forense. Firmé debajo donde él me indicó. En el ministerio había un fotógrafo de prensa que me preguntó si tenía un retrato de la muchacha, suicidio ¿verdad? Un caso de amor loco, le dije, y los diarios no sacaron nada, la carta de ella es conmovedora. El fotógrafo me dijo que estaba con un novato que era una bestia, aprendiz y analfabeto, que él mismo iba a escribir el asunto, ¿cuál es el nombre de ella?, ¿y el tuyo? Y me fotografió desde varios ángulos mientras yo decía, soy escritor, premiado por la Academia, estoy escribiendo una novela definitiva, la literatura brasileña está en crisis, una gran mierda, ¿dónde están los grandes temas de amor y muerte? Me fui a dormir esperando el día siguiente y salió todo en el periódico, destacado, mi fotografía, flaco, romántico, pensativo y misterioso y debajo el pie de foto comillas amor y muerte no se encuentran en los libros comillas. El título era Modista de la Sociedad se Mata por el Amor De Conocido Escritor. Lígia Castelo Branco, la hermosa y conocida modista de la alta sociedad, se mató ayer, después de romper con su amante, renombrado novelista brasileño. Mi corazón latía de satisfacción, la carta había sido transcrita con integridad y bajo el retrato de Lígia estaba escrito comillas bella joven se mata pero al mundo no le importa comillas. La noticia hablaba además de mi libro, mencionaba mis palabras en el ministerio público, inventaba una vida elegante para Lígia, felizmente el periodista era un mentiroso. A trabajar, bramé en mi pensamiento polifásico, y volví corriendo a casa, me senté frente a la máquina de escribir, dispuesto a terminar mi novela en una sola acometida, incluso sin mi Anna Grigorievna Castelo Branco Snitkina. Pero no salía una sola palabra, ni una siquiera, miraba el papel en blanco, me retorcía las manos, me mordía los labios, bufaba y suspiraba, pero no me salía nada. Entonces procuré recordar la técnica que usaba: Ligia tecleaba mientras yo caminaba y dictaba las palabras. Me levanté e intenté repetir el mismo proceso, pero era imposible, gritaba una frase, corría, me sentaba a la máquina, escribía rápidamente, después me levantaba, caminaba, dictaba otra frase, me sentaba, escribía, me levantaba, dictaba, me sentaba, caminaba, me sentaba, me levantaba, pero al poco tiempo comprobé que eran enteramente idiotas las palabras que estaba escribiendo en el papel. Con Lígia yo no leía las palabras a medida que iban siendo escritas, es eso, pensé; con Lígia caminaba por la sala, arrojando las palabras sobre ella, mientras ella golpeaba velozmente el teclado y yo solo veía el resultado más tarde, a veces al día siguiente. Intenté escribir, sin leer lo que estaba escribiendo, dejando correr mi pensamiento, pero vi que todo estaba resultando una porquería infumable, entonces, entonces horrorizado, comprendí todo —con las manos trémulas y el corazón helado, cogí las hojas mecanografiadas por Lígia y leí lo que estaba escrito, y la verdad se reveló brutal y contundente, quien escribía mi novela era Lígia, la costurera, la esclava del gran escritorzuelo de mierda, no había allí una palabra que fuera verdaderamente mía, era ella quien había escrito todo y aquello iba a ser verdaderamente una gran novela y yo, el joven alcohólico, en lo más mínimo percibí lo que estaba ocurriendo. Me acosté en la cama con ganas de morir, sí, sí, como dijo aquel ruso, la vida me enseñó a pensar, pero pensar no me enseñó a vivir, y entonces sonó el timbre y entró un hombre calvo, barrocamente vestido, pañuelo rojo en el bolsillo, anillo de rubí, corbata dorada con un alfiler de perla, camisa de colores y traje a rayas, que se presentó como el detective Jacó y me pidió que escribiera el nombre de Lígia completo en un papel, y yo lo escribí y él se marchó y yo volví a acostarme en la cama, triste y con hambre, un hambre tan fuerte que me hizo levantarme e ir al bar, donde bebí varias cervezas, lo que alivió mi dolor. Volví a casa y releí la novela de Lígia: una obra maestra irrefutable, podría ser publicada tal cual, solo si alguien supiera que no había sido terminada, y eso nadie lo sabía, notaría que faltaba algo, pero pensándolo bien ¿qué sería eso?, ¿qué estaba esperando Lígia para dar el libro por terminado? Eso era fácil de responder, Lígia no iba a acabar nunca, la novela que ella fingía que estaba escribiendo era lo que me unía a ella, Lígia temía que el fin del libro fuera el fin de nuestra relación y en medio de mi pensamiento polifásico surgió la certeza de que Lígia no se quería suicidar, solo asustarme; si hubiera querido suicidarse podría haberse dado un tiro en la cabeza, manejaba las armas a la perfección ¿por qué iba a tomarse mis malditas pastillas? El timbre sonó y era Jacó, el detective, ahora con ropa de colores, otro alfiler en la corbata; entró, se sentó diciendo, me están matando los pies ¿puedo quitarme los zapatos?, usaba calcetines de colores y sus pies exudaban perfume, hedor que aumentó cuando Jacó sacó un frasquito del bolso y roció más perfume sobre los calcetines. Estás en problemas, hijo mío, el peritaje comprobó que falsificaste la firma de la muerta y las pastillas se compraron con una receta a tu nombre y además de eso ya intentaste matar a una monja sin motivo alguno de no ser satisfacer tu ya ahora comprobado carácter violento. Protesté, ¿violento?, yo soy un alma gentil y dulce, usted no me conoce, y me callé, pues Jacó levantó el pie derecho hasta su nariz, lo olió y dijo, yo lo que más odio es el olor a queso, y además de eso, prosiguió, está la discusión entre la muerta y tú, tenemos la declaración del médico, y finalmente —Jacó sacó del bolsillo un calzador de piel de tortuga que decía Hotel Casa Grande y se colocó cuidadosamente los zapatos— finalmente, aparecieron dos muchachas en la delegación que dijeron haberte oído decir en un bar que ya habías envenenado a algunas mujeres, vámonos, hijo. Puedo explicarlo todo, dije, pero Jacó me interrumpió, lo explicas en la delegación, vámonos. Cogí el libro y bajamos juntos, me subí a la patrulla, mi pensamiento polifásico —Novelista Famoso Acusado de Crimen Mortal, Editores en Fila Golpeando las Rejas de la Cárcel— consagr

La petición

Durante dos días, Amadeu Santos, portugués, viudo, bizcochero, rondó por el depósito de botellas de Joaquim Gonçalves, sin valor para entrar. Pero aquel día llovía mucho y Amadeu estaba cansado, la pierna le dolía por el reumatismo. Además de eso, la bronquitis crónica le hacía toser sin parar.

Amadeu caminó en medio de las pilas de botellas empolvadas hasta el fondo del depósito donde, sentado en una mesa, estaba Joaquim. De niños, habían emigrado juntos y no se veían desde hacía cinco años, cuando discutieron por motivos que Amadeu ni siquiera recordaba. Pero de cualquier manera estaban peleados, aunque Amadeu no supiese por qué. Pero Joaquim debía de saber, y eso volvía aún más incómoda la visita de Amadeu.

Joaquim estaba sentado en un viejo escritorio, haciendo cuentas a lápiz, en un pedazo de papel de envolver pardo. Era un hombre calvo y los cabellos que le quedaban eran grisáceos. Joaquim, al ver a Amadeu, no lo reconoció inmediatamente. Amadeu era, en su recuerdo, un hombre fuerte y guapo, y frente a él estaba un desecho flaco y abatido, visiblemente minado por las privaciones y por la enfermedad.

¿Cómo estás, Joaquim?, dijo Amadeu, sin valor para extenderle la mano.

Voy tirando, como Dios manda, respondió Joaquim, secamente.

Y los negocios, ¿cómo van?

No me quejo, dijo Joaquim imaginando cuál sería el propósito de la visita de Amadeu. La ropa mugrosa, los zapatos viejos, mostraban que a Amadeu no le iba bien. Pero los negocios no son como eran antes, añadió Joaquim previendo ya una posible petición de dinero. No creo que tenga la audacia de pedirme nada, pensó Joaquim, después de todo somos enemigos, no nos hablamos hace años.

¿Puedo sentarme?, preguntó Amadeu, que sentía las piernas adoloridas.

Siéntate, dijo Joaquim.

Amadeu se sentó y permaneció en silencio, mirando al suelo. Joaquim volvió a hacer sus cuentas en el papel, pero de vez en cuando levantaba los ojos y observaba a Amadeu, somos de la misma edad, pero yo no estoy tan acabado, pensó con una sensación amarga de venganza. También sintió, muy en el fondo, un sentimiento de lástima, contra el cual luchó. Había esperado aquel momento de venganza durante los últimos cinco años. Pero no sentía ningún placer.

Sin levantar los ojos del suelo, Amadeu le dijo:

¿Podrías prestarme quinientos cruceiros? No ando bien de salud y tuve que dejar de trabajar.

Joaquim levantó los ojos de las cuentas y dijo: ¿Quinientos cruceiros? Aunque no lo parezca, eso para mí es mucho dinero.

Lo sé, pero no tengo nadie a quién pedirle, dijo Amadeu humildemente. En el fondo de sus ojeras enfermizas, sus ojos estaban opacos de vergüenza.

¿Y tu hijo el doctor? ¿Por qué no le pides a él?, dijo Joaquim con sorna.

Mi hijo murió.

Amadeu le contó que su hijo Carlos, después de graduarse, se había casado con una colega de la facultad, una muchacha bahiana, y que se habían mudado para la tierra de ella, donde pretendían ejercer la medicina. Un año y medio después, ya con un hijo pequeño, Carlos murió en un accidente de automóvil.

Hasta hoy no conozco a mi nieto, dijo Amadeu.

Joaquim se había peleado con Amadeu a causa de su hijo médico. Joaquim también tenía un hijo, Manuel, que era un vago, ignorante, al que no le gustaba estudiar y ni siquiera había terminado el bachillerato. Las relaciones entre ambos se fueron envenenando a medida que Carlos estudiaba y Manuel se pasaba los días vagando por las calles. El día en que Carlos se recibió, Joaquim, sintiéndose personalmente afrentado, le dejó de hablar a Amadeu.

El dinero no se da en maceta, dijo Joaquim, en un tono de voz más suave. Pasé años y años envidiando a un muerto, pensó. ¿Por qué no vendes la carretilla?

Ya la vendí, respondió Amadeu. Podía haber añadido que un día, al trasladar unos muebles, se desmayó en la calle Leandro Martins y tuvo que ser hospitalizado con urgencia. La carretilla fue vendida para pagar los gastos. Amadeu tampoco le dijo que desde hacía seis meses debía el alquiler del miserable cuarto en que vivía, y que se alimentaba solo con una magra sopa por día.

¿Por qué no le pides dinero a tu nuera?

Me da vergüenza, dijo Amadeu. Se sentía como si estuviera desnudo y sucio en medio de una plaza. Pero estaba dispuesto a aguantar su humillación hasta el fin.

¿Para qué quieres tanto dinero? Un boleto de autobús para Bahia cuesta menos.

Quiero darle algo a mi casero, dijo Amadeu. Ha sido muy bueno conmigo. Es Magalhães, de Covilhá, no sé si lo conoces.

Joaquim no lo conocía.

La miseria de Amadeu, y principalmente la muerte de su hijo doctor, habían disipado parte del antiguo resentimiento.

No sé si tengo todo ese dinero aquí, dijo Joaquim levantándose y yendo hasta una vieja caja fuerte en el rincón de la sala. Amadeu intuyó que Joaquim iba a prestarle el dinero, y por su mente comenzaron a desfilar imágenes de su nueva vida en Bahia, con la nuera (que no se había casado otra vez) y el nieto. Hacía años que su mente cansada no se poblaba con pensamientos tan felices. La pierna, que desde que había llegado al depósito de botellas le dolía horriblemente, dejó de dolerle. Su corazón se llenó de cariño por su paisano y amigo, y se acordó del viaje que habían hecho juntos siendo aún niños, en el barco de emigrantes, de la adolescencia compartida sin dinero, pero con salud, y recordó hasta el último detalle, como si hubiera sido el día anterior, de una fiesta en la iglesia de la Peña, un domingo, tumbados debajo de un árbol, con las muchachas, que serían después sus mujeres, tomando vino de una botella y embriagándose maravillosamente. Necesito decirle algo bueno, pensó Amadeu, hasta ahora solo le conté mis desgracias y le pedí dinero.

¿Cómo va Manuel? ¿Está bien?, preguntó Amadeu.

Joaquim estaba inclinado sobre la caja fuerte, contando el dinero, cuando Amadeu le hizo la pregunta. Reaccionó como si hubiera recibido una descarga.

¿Qué?, exclamó Joaquim.

¿Cómo va Manuel?, repitió Amadeu, sorprendido por el tono de voz de Joaquim.

Joaquim aventó el dinero dentro de la caja fuerte, cerrándola con fuerza.

¿Por qué me preguntas eso?, dijo Joaquim con más amargura que la rabia que sentía.

Yo..., yo, balbuceó Amadeu.

¡Sabes muy bien cómo va ese desgraciado!

No sé nada, protestó Amadeu. Pero Joaquim no prestó atención a lo que Amadeu decía, y gritó:

El holgazán no hace nada, ni para botellero sirve. Duerme todo el día y por la noche se va a pasear. Un hombre de más de treinta años, viviendo a costa del padre, del padre no, de la madre, que es una mala cabeza chocha y me saca dinero del bolsillo para dárselo a él. Un día lo mato, parásito inútil.

Yo no sabía... dijo Amadeu tristemente. Antes un hijo muerto, pensó. Y una lágrima seca, hecha casi solamente de sal, resbaló desde su ojo, una lágrima por su hijo y por el hijo de Joaquim.

Cuando vio la lágrima brillante corriendo lentamente por el rostro de Amadeu, Joaquim guardó silencio, compungido. Lentamente, Amadeu se levantó y, antes de salir, caminando con dificultad, le dijo adiós.

Joaquim permaneció sentado un breve instante. Yo no soy esa persona, pensó, avergonzado por su mezquindad, y corrió hacia la puerta de la calle gritando: ¡Amadeu, Amadeu, vuelve, yo te doy el dinero, vuelve!

Pero al llegar a la calle, la encontró desierta. Joaquim voceó el nombre del amigo algunas veces más, mientras corrían por su rostro lágrimas abundantes y húmedas, de hombre gordo y fuerte.

El campeonato

Todos nosotros, animales de sangre caliente, sabemos que todo va a acabar.

En el Hotel Aldebaran se realizaba el gran campeonato (no oficial) de conjunción carnal. Una actividad que debería ser común a todos los humanos, pero estaba circunscrita a los profesionales.

Cuando me contrataron no me incomodé. Vivía de arbitrar las últimas grandes confrontaciones de nuestra naturaleza primitiva y no podía perder tiempo con reflexiones filosóficas.

El campeonato de conjunción carnal había sido declarado fuera de la ley. Pero eso no impidió el encuentro extraoficial entre Miro Palor (rima con valor) y Maurição Chango (rima con tango). Y nadie mejor que yo para contar la historia de ese extraordinario acontecimiento.

Mi nombre es Açoreano, Mediador de profesión. Soy honesto, organizado, soberbio y malhumorado.

Mi último arbitraje, antes de que J.R. me llamase, ocurrió en el concurso entre dos renombrados gourmets, Vinícius Pensil y Aniceto Martorelli, habiendo este ingerido, frente a mí, un kilo de salmón canadiense ahumado, 500 gramos de *escargots à la provençale*, 300 gramos de caviar negro del mar Caspio, 400 gramos de truchas *meunière*, 900 gramos de faisán *à la façon du chef*, 500 gramos de *pâté truffé de Strasbourg*, dos botellas de Trockenbeerenauslese, dos botellas de Château Latour *(grand millésime)* y media jaca,* de 750 gramos. Un mártir del *joie de vivre*. En su inhumación dio un discurso su Exc.[a] el magistrado de Aleada Uchoa, presidente honorario de la Real Sociedad Gastronómica, de cuya sede salió el féretro. De todos los gastrónomos que conocí, en los diversos concursos que arbitré, Aniceto tuvo la muerte más gloriosa. Explotó en una monumental congestión, en el momento exacto de ser proclamado vencedor, todavía en el fragor entusiasmado

---

* Fruta de la jaqueira, árbol de la familia de las moráceas, muy abundante y muy apreciada en Brasil.

del aplauso unánime de los asistentes, inmediatamente después de engullir el último gajo de jaca.

El campeonato de conjunción carnal estaba prohibido. Una comisión de sabios de alto nivel investigaba sus efectos sobre el desarrollo psicosocial de los jóvenes.

El último campeón era un hombre flaco, calvo, nervioso, llamado Miro Palor.

Una tarde, en el sauna del Hotel Superpalace, Palor se encontró con un individuo musculoso y grande, llamado Maurição Chango. Palor tenía el récord oficial, con catorce conjunciones en veinticuatro horas. Maurição al ver a Palor, abrió los brazos, golpeó con fuerza su pecho musculoso y, delante de todos los que estaban allí —Gorki, el Corrector Autorizado; M. Ribas, Reserva de Segunda; el Mayorista Zamir Jacob; el Médico Axelrud; el Ejecutivo J.R., que fue quien me contrató— delante de toda esa gente dijo «yo hago más que eso». «¿Más de catorce en veinticuatro horas?», la gente se espantó. Solo Palor se quedó quieto, en su rincón del sauna, como si eso no tuviera que ver con él, imperturbable, sabiendo tal vez que el destino del campeón era ser desafiado sin tregua. Entonces J.R. propuso un campeonato mundial de conjunción carnal, extraoficial.

Fueron a hablar con Palor. El poseedor del récord, con la mano en el mentón, mirando hacia el suelo, dijo: «este caballero no tiene categoría para desafiarme». J.R., el Ejecutivo, garantizó que financiaría todo el evento, ofreciendo además una bolsa de quinientos mil, libre de impuestos. Era difícil resistir, Palor aceptó.

Existía el problema de la supervisión del concurso. La Confederación Nacional Deportiva de Conjunción Carnal estaba en receso. El campeonato, pese a ser realizado secretamente tendría que ser vigilado. Entonces J.R. me mandó llamar y yo llegué, todo vestido de negro, con mis dos asistentes y ante los organizadores dije: «mis decisiones son irrefutables, quiero carta blanca, yo soy de las Azores, conmigo nadie discute, yo soy la Ley y el Juez».

Elaboré el reglamento de la competencia en la jerga utilizada por juristas & picapleitos en la redacción de contratos y otros instrumentos legales, que en traducción libre significaría más o menos esto: De las 12 del sábado a las 12 del domingo, el contendiente que realice el mayor número de conjunciones carnales será considerado el vencedor. Los contendientes permanecerán cada uno en su habitación, asistido por uno de mis fiscales, incluso durante sus necesidades fisiológicas menos nobles. Como estimulantes adicionales solamente podrán ser utilizados recursos audiovisuales, comprendidas películas mudas y sonoras, en color y *black & white*, proyección de diapositivas y material impreso. Se prohíbe la colaboración de terceros, sea quien sea. Además del contendiente, del vigilante y de la pareja, que podrá cambiar después de cada conjunción, nadie entrará en las respectivas habitaciones, durante las veinticuatro horas de disputa. Yo podré entrar a cualquier hora, como Árbitro Incontestable. Está prohibido el uso de estimulantes conocidos como neoafrodisiacos. Está prohibido el uso de electrodomésticos. Solamente será computada la conjunción que obedezca acumulativamente a los siguientes requisitos: introducción vaginal del pene, sin importar el tiempo de su transcurso, seguida de *emissio seminis*, también *intra vas*, mínimo de medio centímetro cúbico. *Copula genitalis*. Cualquier infracción será puesta en conocimiento del Árbitro Incontestable que podrá, a su juicio, descalificar *in limine* al infractor, adjudicando la bolsa al otro contendiente.

Nota: En nuestra sociedad, el orgasmo resultante de una conjunción carnal simple tenía una incidencia estadística muy baja. Las personas normales, o, más precisamente, la mayoría de las personas, usaba electrodomésticos, y los ciudadanos más sofisticados se valían de coadyuvantes psicoquímicos leves denominados realizadores simbólicos, que permitían el autoéxtasis.

Dispuse rentar un pequeño hotel a la orilla del mar, el Aldebaran, para la realización del campeonato. En las habitaciones se instalaron equipos para transmitir TV en circuito cerrado; en el salón principal se colocaron dos pantallas de doscientas pulgadas, para que los apostadores pudieran seguir los principales lances del concurso.

La presentación de los competidores fue señalada para las diez de la mañana del sábado. Cada competidor acreditó a un asesor, o asistente. Maurição indicó a Gorki, y Palor presentó a Ursinho Meireles, maestro en artes y tecnotrónica.

Los asesores fueron los encargados de la planeación táctica y estratégica de las respectivas campañas. Básicamente ambas planeaciones obedecían a parámetros semejantes, adoptando la misma sistemática y metodología. Los puntos principales eran: 1) las parejas, su reclutamiento, contratación, concentración y jerarquización; 2) los recursos audiovisuales —películas, diapositivas, carteles, gráficos, música & ruido, *display* y análisis de *feedback;* 3) la alimentación, que consistía en el equilibrio de las raciones y en la fijación de criterios nutritivos adecuados; y finalmente 4) el entretenimiento, que comprendía juegos táctiles, cómics, *sheepcounting* y pseudoonfalopsiquismo. En ambas planeaciones fueron previstas las variantes posibles, en hipótesis centrales y secundarias.

Una hora antes de la presentación de los competidores, Ursinho Meireles distribuyó información sobre las parejas de Palor. Eran quince, todas con las medidas regulares establecidas por la Sociedad Nacional de Normas Biométricas, es decir, dotadas de perfecta relación de proporción entre altura, peso, centimetraje de la cintura, del muslo, del busto, de las caderas, del cuello y del tobillo. Tres tenían epidermis negra; cuatro, epidermis parda de variados tonos; tres, epidermis blanca y pelo rubio auténtico; cuatro epidermis blanca y pelo negro o castaño-oscuro, y finalmente una de etnia asiática definida. La menor tenía quince años y la mayor 26 (edad promedio: dieciocho años y seis meses). La más baja de estatura (la china), medía 1.50 de altura, y la más alta 1.77 (altura promedio: 1.66). La más delgada (también la china) pesaba 39 kilos y la más gorda 61 kilos (peso promedio: 51.2 kilos).

Gorki no dio información sobre las compañeras de Maurição. Las veríamos durante las conjunciones.

El sábado, a las diez, comenzó la presentación de los competidores. En la sala principal del Aldebaran había ochenta y seis personas importantes, la mayoría del sexo femenino.

Oí a la próspera escritora Eudora Blinis decir en voz alta, al grupo de personas ricamente vestidas que le acompañaban, «adoro el primitivismo, la brutalidad, la *naiveté*, la candidez y la crueldad de ese tipo de rivalidad heterosexual».

Maurição y Palor desfilaron sin ropa, colocándose, finalmente, cada uno en su pedestal para que los apostadores pudieran examinar atentamente, además de la postura, otras señales más íntimas de aptitud & vocación.

Yo oía las frases en el aire, «Atención a los músculos lumbodorsocervicales de Palor, índice de robusta disposición», decía el médico Axelrud.

—Sus partes no son gran cosa —afirmó un hombre pálido, vestido de pierrot.

—Hay que temer la respiración abdominal profunda de Maurição —dijo uno de los Apostadores del Sur.

—Quiero ver el brillo de sus ojos, todo esta ahí —exclamó una mujer de overol negro pegándose con fuerza en la cabeza.

Nota: La impotencia *coeundi* dejó de ser, como en el siglo pasado, una enfermedad social. La neurosis, la angustia, la frustración, tienen otra etiología.

Gorki, después de la salida de los concursantes, anunció que Maurição emplearía los siguientes recursos audiovisuales: cinco películas danesas, sonoras, a color, una de ellas basada en la vida de Albert Fish, el conocido caníbal estadounidense; cuatro carteles, un sintetizador erótico 9009, de sexta generación; diez revistas olfativas; una colección de cien diapositivas, proyectadas en aparato dotado de sistema *instant-swap-with-dissolve*, que permitía cambiar rápidamente la posición de las figuras, y un juego de espejos multivisión.

—Fue analizada la correlación estímulo-respuesta de esos elementos —añadió Gorki—, siendo excelente el resultado. Difícilmente Palor podrá acompañar el ritmo de Maurição. No tendrá ni gracia.

Los seguidores de Maurição manifestaron con júbilo su alegría y yo grité «¡silencio!, ¡silencio!, esto no es un circo, sacaré del recinto a aquellos que atenten contra el decoro con gritos y silbidos», y enseguida todos se callaron.

Ursinho Meireles subió al pedestal donde hasta hacía poco estuviera Palor.

—Nosotros no vamos, como anduvieron diciendo en este salón, a usar la metodología clásica. De los procesos académicos el único que tal vez Milo Palor use será el pseudoonfalopsiquismo. Nuestra estrategia, de gran sencillez, está basada en tres principios. Primero, el ritmo progresivo parabólico con punta de carga coincidente, una técnica desarrollada por Palor en la ocasión en que disputó y ganó el campeonato de la región sureste. Palor introducirá en el proceso algunas modificaciones para mejorar aún más su rendimiento, y una cosa garantizo: en estas veinticuatro horas, Palor dormirá por lo menos ocho. Como decía Shakespeare, «*sleep... balm of hurt minds, great nature's second course, chief nourisher in life's feast*».

Ursinho Meireles era un hombre de cultura clásica y no fue esa la única cita de su autor favorito.

—El segundo principio básico de la estrategia de Palor es la alimentación —dijo Ursinho—. Constará de ostras con limón, carne cruda, leche helada, huevos de tucán calientes. Nada de alcohol. Como decía Shakespeare, «*alcohol raises the desire, but spoils the performance*» —finalmente, Ursinho cerró su alocución diciendo que el último principio básico era la meditación.

—Palor, entre una conjunción y otra, meditará el tiempo necesario para librarse de los condicionamientos polisémicos represivos multiestratificados. El ser humano es un animal y debe hacer todo para mantener su pureza de instintos. Como decía Shakespeare, «*what a piece of work is man... the beauty of the world!, the paragon of animals!*».

Cuando Ursinho acabó, los apostadores, ya impacientes, a pesar de que todavía faltaban quince minutos para las doce, intentaron hacer otra manifestación grosera de aplausos, que reprimí con la expulsión de media docena de exaltados.

A las doce en punto comenzó la confrontación.

Verifiqué que Palor no estaba usando la tela antiséptica entre él y su pareja.

—¿No vas a usar la tela? —pregunté.

Desde la cama, Palor, iniciando la conjunción, dijo «no señor».

Inmediatamente el público, que todo lo veía y oía, quedó paralizado. Nadie practicaba la conjunción carnal sin tela antiséptica y, por lo tanto, comenzaron a hacer hipótesis, incluso yo. ¿Estaría Palor cayendo en la depravación, en el sentido de un regreso al pasado, cuando la gente tenía olor & bacterias? ¿O coludido con algún Apostador del Sur fingía un efecto suicida? ¿O acababa de inventar una nueva técnica, un *breakthrough* indecodificable?

Nota: Cuando inventaron la enzima U-2, que eliminó el olor de las heces, el poeta J.O. Matos escribió su famosa oda: «el hedor, el calor, el amor, el fervor; he aquí el hombre que acabó».

Palor terminó su primera conjunción en 45 segundos y su volumen seminal fue de medio centímetro cúbico exacto.

Maurição terminó en un minuto y doce segundos, y su volumen seminal fue de un centímetro.

Cuando anuncié las cifras de Palor, hubo gritos de horror y aplausos que yo, también impresionado con el desempeño del campeón, dejé pasar. Era récord de volumen para la primera etapa, realmente solo un campeón seguro y confiable se arriesgaría a ser descalificado emitiendo exactamente el volumen mínimo previsto en el reglamento. Cuanto menos semen gastase el contendiente, más sobraría para las nuevas conjunciones.

El semen era eyaculado en condones especiales, colocados en las partes íntimas de los concursantes. Mis asistentes, después de cada conjunción, retiraban los condones y medían, en un aparato llamado jismeter, la cantidad de líquido encontrado. Enseguida, los técnicos examinaban el semen en un pequeño laboratorio que yo había mandado instalar en el hotel.

El laboratorista elaboró un boletín con las características del medio centímetro de Palor: Color, blanco opalescente. Peso específico, 1,028; pH 7.50. Presencia de fructosa, fosforicolina, ergotionina, ácido ascórbico, espermina, ácido cítrico, colesterol, fosfolípidos, fibrinolisina, fibrinogenasa, fosfato, bicarbonato, prostaglandina, hialuronidasa. Y 500 millones de espermatozoides.

Maurição inició la segunda etapa a las doce horas y quince minutos, o sea, trece minutos y 48 segundos después de terminar la primera conjunción. Su tiempo de duración bajó a un minuto, y el volumen también fue menor, 750 milímetros.

—Le dije que controlara su naturaleza copiosa —informó Gorki a los apostadores—, Maurição tiene mucho que dar, pero en este juego no se puede ser pródigo.

Palor inició su segunda etapa a las 13 horas y 45 minutos, precisamente una hora después de completar la primera. Durante esa hora de intervalo se mantuvo sentado en la clásica posición de los adeptos de Tabor, contemplándose fijamente el ombligo. Palor bajó el tiempo a treinta segundos y mantuvo el volumen de 500 milímetros. Un prodigio de dominio psicosomático.

A las dieciocho horas, Maurição había completado ocho conjunciones, y Palor completaba cuatro. Tiempo promedio de Maurição: un minuto y dos segundos. Tiempo promedio de Palor: ¡48 segundos! Volumen promedio de Maurição: 800 milímetros. Volumen promedio de Palor: 522 milímetros cúbicos.

Maurição estaba en posición supina, con los audífonos del sintetizador puestos para estimularse y una mujer de ojos verdes como pareja, cuando entré en la habitación. En ese instante eyaculó, haciendo una mueca fea como si hubiera recibido un golpe violento en los testículos. Mi asistente le quitó el condón vejado, cuidadosamente.

—¿Cuánto tiempo? —preguntó Maurição a mi asistente—. Diez minutos —dijo el asistente.

—¡Diez minutos! —dijo Maurição, afligido.

Palor estaba solo, en su cuarto.

—¿Podemos desconectar los micrófonos, dejar solo la imagen?

—De acuerdo con el reglamento no es posible, los apostadores deben *ver y oír* todo —le dije.

—Entonces que oigan —dijo Palor.

—Voy a ganar este campeonato —dijo Palor después de una breve reflexión—. ¿Entiende usted que todos los campeonatos buscan solo preservar nuestra naturaleza animal? ¡No somos insectos! ¡Somos animales! ¿Oyeron apostadores?, ¡despierten apostadores! ¡Somos animales!

Mirando a Palor, vi que sabía que estaba acabando. Ese es el destino de todos, los de sangre caliente, saber que están acabando.

—Estamos presenciando —dijo Palor— el gran instante final de la conjunción carnal. El hormiguero nos espera. ¿Me entiende?

Respondí que entendía.

—El amor está acabando, porque el amor solo existe porque somos animales de sangre caliente. Y hoy estamos finalmente representando el último circo poético de la alegría de coger, que intenta oponer las vibraciones del cuerpo al orden y al progreso, a los coadyuvantes psicoquímicos y a los electrodomésticos. La vocación del ser humano es ser humano. No es ser organizado, ni fértil, ni tener el estómago lleno a la hora debida, ni tener como ideal el paraíso de una placenta infinita.

Palor ganó el campeonato. Efectuó quince conjunciones carnales, en las veinticuatro horas, batiendo su propio récord.

Maurição completó solo diez conjunciones.

Al despedirme de Palor, en el Aldebaran vacío, le dije:

—¿Nos volveremos a ver?

—No lo sé. No lo creo —dijo Palor.

El gobierno oficializó nuevamente los campeonatos. Han pasado muchos años y nunca más vi a Palor. Ni yo ni nadie. Su récord nunca fue superado. Es verdad que este tipo de deporte dejó de ser practicado ya hace algún tiempo. Ya nadie se emociona con él, aquí en el hormiguero.

Nau Catrineta

Desperté oyendo a tía Olímpia declamar la *Nau Catrineta** con su voz grave y potente de contralto.

>Reniego de ti demonio
>que me ibas a tentar
>mi alma es solo de Dios
>el cuerpo lo doy al mar.
>Tomolo un ángel en brazos
>y no lo dejó ahogar,
>dio un alarido el demonio,
>se calmaron viento y mar,
>y por la noche Nau Catrineta
>estaba en tierra a varar.

Recordé entonces que era el día de mi vigésimo primer aniversario. Las tías debían de estar todas en el pasillo, esperando que me despertara. Estoy despierto, grité. Entraron a mi cuarto. Tía Helena cargaba un viejo y gastado libro con pasta de cuero y presillas de metal dorado. Tía Regina traía una bandeja con mi desayuno, y tía Julieta una cesta con fruta fresca, recogida en nuestro vergel. Tía Olímpia vestía el traje que usó al representar *École des femmes*, de Molière.

Es todo mentira dijo Helena, ni el demonio dio un alarido, ni ningún ángel salvó al capitán; la verdad está toda en el viejo Diario de a bordo, escrito por nuestro remoto abuelo Manuel de Matos, que tú ya leíste, y en este otro libro, *El decálogo secreto del tío Jacinto*, que vas a leer hoy por primera vez.

En *El decálogo secreto* estaba definida mi misión. Era el único varón

---

* *Nau Catrineta* es uno de los romances más conocidos en Brasil, originario de Portugal, relativo a los viajes marítimos. Trata sobre el naufragio que padeció Jorge de Albuquerque Coelho, hijo del fundador de Lisboa, en 1565 a su regreso de Brasil.

de una familia reducida, además de mí, cuatro mujeres solteronas e implacables.

El sol entraba por la ventana y yo oía pájaros cantando en el jardín de la casa. Era una hermosa mañana. Mis tías preguntaron ansiosas si había elegido ya a la muchacha. Respondí que sí.

Te haremos una fiesta de aniversario hoy por la noche. Tráela, para que la conozcamos, dijo tía Regina. Mis tías me cuidaron desde que nací. Mi madre murió de parto y mi padre, primo hermano de mi madre, se suicidó un mes después.

Les dije a las tías que conocerían a la dulce Ermelinda Balsemão, esa noche. Sus rostros se llenaron de satisfacción. Tía Regina me entregó el *Decálogo secreto del tío Jacinto* y todas salieron solemnemente del cuarto. Antes de comenzar la lectura del *Decálogo*, le llamé por teléfono a Ermê, como yo la llamaba, y le pregunté si quería cenar conmigo y las tías. Aceptó satisfecha. Abrí entonces el *Decálogo secreto* y comencé a leer los mandamientos de mi misión: Es obligación inexcusable de todo primogénito de nuestra Familia, por encima de las leyes circunstanciales de la sociedad, de la religión y de la ética...

Mis tías sacaron de armarios y baúles sus más pomposos vestidos de gala. Tía Olímpia vistió su ropa favorita, que guardaba para ocasiones muy importantes, el traje que usó para representar *Fedra* por última vez. Doña Maria Nunes, nuestra ama de casa, construyó enormes y elaborados peinados en la cabeza de cada una; como era usual entre las mujeres de la familia, las tías nunca se habían cortado el pelo. Me quedé en el cuarto, después de leer el *Decálogo*, levantándome de la cama de vez en cuando para ver el jardín y el bosque. Era una misión dura, que mi padre había cumplido y mi abuelo y mi bisabuelo y todos los demás. Saqué a mi padre de la cabeza enseguida. Aquel no era el mejor momento para pensar en él. Pensé en mi abuela que era anarquista y fabricaba bombas en el sótano de aquella casa sin que nadie lo sospechara. Tía Regina acostumbraba decir que todas las bombas que explotaron en la ciudad entre 1925 y 1960 fueron fabricadas y lanzadas por la abuela. Mamá, decía tía Julieta, no soportaba las injusticias y esa era la manera de demostrar su desaprobación; los que murieron fueron en su mayoría culpados y los pocos inocentes sacrificados habían sido mártires de una buena causa.

Desde la ventana de mi cuarto vi, iluminado por el claro brillo de la luna llena, el coche de Ermê, con la capota levantada, entrar lentamente por el portón de piedra, subir el camino flanqueado de hortensias y detenerse frente a la alta casuarina que se erguía en el centro del césped. La brisa fresca de la noche de mayo desarreglaba sus finos cabellos rubios. Por instantes, Ermê parecía oír el sonido del viento en el árbol; después, miró en dirección a la casa, como si supiera que yo la estaba observando, y se pasó la bufanda alrededor del cuello, transida de un frío que no existía, a no ser dentro de ella. Con un gesto abrupto, arrancó el coche y se dirigió, ahora resueltamente, hacia la casa. Bajé a recibirla.

Tengo miedo, dijo Ermê, no sé por qué pero tengo miedo. Creo que es esta casa, es muy bonita, pero ¡es tan sombría!

Le tienes miedo a las tías, le dije.

Llevé a Ermê a la Sala Pequeña, donde estaban las tías. Quedaron impresionadas con la belleza y la educación de Ermê, y la trataron con mucho cariño. Enseguida vi que había recibido la aprobación de todas. Será esta misma noche, le dije a tía Helena, avisa a las demás. Quería terminar pronto mi misión.

Tía Helena contó, animada, aventuras de los antepasados, que se remontaban al siglo XVI. Todos los primogénitos eran y son obligatoriamente artistas y carnívoros y, siempre que es posible, cazan, matan y comen a la presa. Vasco de Matos, uno de nuestros abuelos, comía hasta los zorros que cazaba. Más tarde, cuando comenzamos a criar animales domésticos, nosotros mismos matábamos los carneros, conejos, patos, gallinas, cerdos y hasta los becerros y vacas que comíamos. No somos como los demás, dijo tía Helena, que no tienen el valor para matar o incluso ver matar un animal y solo quieren saborearlo inocentemente. En nuestra familia somos carnívoros conscientes y responsables. Tanto en Portugal como en Brasil.

Y hemos comido personas, dijo tía Julieta; nuestro remoto abuelo, Manuel de Matos, era el segundo oficial de la *Nau Catrineta* y se comió a uno de los marineros sacrificados para salvar a los otros de la muerte por hambre.

Oíd ahora, señores, una historia de asombrar, viene allí *Nau Catrineta*, con mucho para contar... recité, imitando el tono grandilocuente de tía Olimpia. A todas las tías, con excepción de Olímpia, les dio un ataque de risa. Ermê parecía seguirlo todo con curiosidad.

Tía Julieta, apuntándome con su largo dedo, blanco y descarnado, donde brillaba el Anillo con el Escudo de Armas de la familia dijo: José está siendo entrenado desde pequeño para ser artista y carnívoro.

¿Artista?, preguntó Ermê, como si aquello le divirtiera.

Es Poeta, dijo tía Regina.

Ermê, que era estudiante de letras, dijo que adoraba la poesía —después quiero que me enseñes tus poemas— y que el mundo necesitaba mucho de los poetas. Tía Julieta le preguntó si conocía el *Cancionero portugués*. Ermê dijo que había leído alguna cosa en el Garret, y que entendía el poema como una alegoría de la lucha entre el Mal y el Bien, acabando este por vencer, como era usual en tantas homilías medievales.

¿Entonces crees que el ángel salvó al capitán?, preguntó tía Julieta.

Es lo que está escrito, ¿no? De cualquier forma, son solo versos salidos de la imaginación fantasiosa del pueblo, dijo Ermê.

¿Entonces no crees que ocurrió un episodio verdadero, semejante al del poema, en el navío que llevaba de aquí para Portugal, en 1565, a Jorge de Albuquerque Coelho?, preguntó tía Regina. Ermê sonrió delicadamente, sin responder, como hacen los jóvenes con los viejos a quienes no quieren desagradar.

Diciendo que conocían, ella y las hermanas, todos los romances marítimos que tratasen del tema de la *Nau Catrineta*, tía Regina salió de la sala para volver después, cargada de libros. Este es *El náufrago salvado*, del poeta castellano Gonzalo de Berceo; este, las *Cantigas de Santa María*, de Alfonso el Sabio, este, el libro del pobre Teófilo Braga; este, la Carolina de Michaëlis; este, un romance incompleto del ciclo, encontrado en Asturias con versos reproducidos de las versiones portuguesas. Y este, y este otro, y este —y tía Regina fue tirando los libros sobre la mesa manuelina en el centro de la Sala Pequeña— todos llenos solo de especulaciones, raciocinios sin fundamento, falsas proposiciones, impostura e ignorancia. La verdad histórica la tenemos aquí en este libro. El *Diario de a bordo*, de nuestro remoto abuelo Manuel de Matos, segundo del navío que en 1565 llevó de aquí para Portugal a Jorge de Albuquerque Coelho.

Después de esto pasamos a la mesa. Pero el asunto no estaba concluido. Era como si el silencio de Ermê estimulara a mis tías a hablar aún más del asunto. En el poema, que los juglares se encargaron de difundir, el capitán es salvado de la muerte por un ángel, dijo tía Julieta. La verdadera historia, que está en el diario de nuestro remoto abuelo, nunca se supo para qué fuera protegido el nombre y el prestigio de Albuquerque Coelho. ¿Te están gustando los calamares? Es una receta antigua de la familia y este vino viene de nuestra hacienda en Vila Real, dijo tía Regina. El historiador Narciso Azevedo, de Oporto, que tiene parentesco con nosotros, felizmente no de sangre —está casado con nuestra prima Maria da Ajuda Fonseca, de Sabrosa—, alega que durante el viaje, algunos marineros hicieron la petición a Albuquerque Coelho de que les autorizara a comerse a varios compañeros que habían muerto de hambre, y que Albuquerque Coelho se había negado enérgicamente diciendo que mientras estuviese vivo no permitiría la satisfacción de tan brutal deseo. Pues bien, dijo tía Olímpia, en verdad lo que pasó fue totalmente diferente; los marineros que murieron de hambre habían sido tirados al mar y Manuel de Matos notó que muchos, tal vez todos los tripulantes del navío, inclusive Jorge Albuquerque Coelho, morirían simultáneamente de hambre. Hablando de esto, este cabrito que estamos comiendo fue criado por nosotros mismos, ¿te agrada al paladar? Antes que Ermê respondiera, tía Julieta continuó: la tripulación fue entonces reunida por Manuel de Matos, nuestro remoto abuelo, y mientras Jorge Albuquerque Coelho se retraía postrado en el lecho de la cabina, se decidió, por mayoría de votos —y aquí uso las propias palabras del diario, que sé de memoria— dejar al azar la ventura de saber quién habría de morir. Y la suerte fue echada cuatro veces y cuatro marineros fueron muertos y comidos por los supervivientes. Y cuando la *Nau Santo Antonio* llegó a Lisboa, Albuquerque Coelho, que se sentía orgulloso de su fama de cristiano, héroe y disciplinador, prohibió a todos los marineros que hablaran del asunto. De lo que al final se reveló nació la versión romántica de la *Nau Catrineta*. Pero la verdad, cruda y sangrienta, está aquí en el *Diario* de Manuel de Matos.

La sala pareció oscurecerse y una bocanada de inesperado aire frío entró por la ventana, balanceando las cortinas. Doña María Nunes, que nos servía, se encogió de hombros y por unos instantes se oyó un fuerte silencio profundo, casi insoportable.

Esta casa es tan grande, dijo Ermê, ¿vive alguien más aquí?

Solamente nosotros, dijo tía Olímpia. Nosotros mismos lo hacemos todo, con la ayuda de doña María Nunes; cuidamos del jardín y del vergel, nos encargamos de la crianza de animales domésticos, limpiamos la casa y cocinamos, lavamos y planchamos la ropa. Esto nos mantiene ocupadas y saludables.

¿Y José no hace nada?

Es Poeta, tiene una misión, dijo tía Julieta, la Guardiana del Anillo.

¿Y porque es poeta no come? No tocaste la comida, dijo Ermê.

Estoy guardando mi hambre para más tarde.

Cuando terminó la cena, tía Helena preguntó si Ermê era religiosa. Las tías siempre rezaban una novena en compañía de doña María Nunes, en la pequeña capilla de la casa, después de la cena. Antes de que salieran a la capilla —Ermê declinó la invitación, lo que me agradó, pues podríamos quedarnos juntos, solos— besé tía por tía, como siempre hacía. Primero tía Julieta, un rostro flaco y huesudo, nariz larga y ganchuda, los labios finos del dibujo de la hechicera de mis libros de hadas de la infancia, ojos pequeños y brillantes, contrastando con la palidez del rostro —hasta entonces no sabía por qué era ella la Guardiana del Anillo, tuve ganas de preguntarle, ¿por qué eres tú quien usa el Anillo? Pero presentí que lo sabría muy pronto. Tía Olímpia era morena, de ojos amarillentos, me besó con sus labios gruesos y su boca ancha y su nariz grande y su voz modulada; para cada sentimiento ella tenía una mímica correspondiente, casi siempre expresada en el rostro por miradas, muecas y guiños. Tía Regina me miró con sus pequeños ojos astutos y desconfiados de perro pequinés —era tal vez la más inteligente de las cuatro—. Tía Helena se levantó cuando me acerqué a ella. Era la más alta de todas y también la más vieja y la más bonita; tenía un rostro noble y fuerte, parecido al de la abuela Maria Clara, la anarquista lanzadora de bombas, y estaba señalada por las hermanas como arquetipo de la familia; las hermanas decían que todos los hombres de la familia eran guapos como ella, pero la fotografía del tío Alberto, el otro hermano, más joven que mi padre y que murió de peste en África cuando luchaba al lado de los negros, mostraba una figura de fealdad monumental. Tía Helena pidió permiso para decirme una palabra en privado. Salimos del comedor y conversamos unos instantes tras las puertas cerradas.

Cuando volví, las otras tías ya se habían retirado.

Es graciosa la forma en que se hablan. Solo se tratan de tú esto, tú lo otro, dijo Ermê.

Usamos el *você** para los empleados y para los desconocidos sin importancia, le dije. Así era en Portugal y se continuó en Brasil, cuando la familia llegó acá.

Pero no tratan a la ama de llaves de *você*.

¿Doña Maria Nunes? Pero si ella es como de la familia; está en nuestra casa desde tiempos de la abuela Maria Clara, antes incluso que mi padre y mis tías hubieran nacido. ¿Sabes cuántos años tiene? Ochenta y cuatro.

Parece un marinero, con el rostro lleno de arrugas, quemada por el sol, dijo Ermê. Es diferente a ustedes, ¡tú eres tan pálido!

Es para tener cara de poeta, le dije. Vamos al lugar que más me gusta de la casa.

Ermê miró los estantes llenos de libros. Es aquí donde paso la mayor parte de mi tiempo, le dije. A veces duermo aquí en este sofá;

---

* En Brasil existen dos formas de dirigirse a una persona: *senhor*, que corresponde al español «usted», tratamiento de cortesía, y *você* que corresponde al «tú», la forma informal. En Portugal se usa el «tú», que también es común en algunas zonas del noreste de Brasil.

es una especie de cuarto-biblioteca; hay también un pequeño baño aquí al lado.

Estábamos de pie, tan próximos que nuestros cuerpos casi se tocaban. Ermê no tenía maquillaje ni en el rostro ni en el cuello ni en los brazos, pero su piel irradiaba salud. La besé. Su boca era fresca y calurosa, como vino maduro.

¿Y tus tías?, preguntó Ermê cuando la tumbé en el sofá.

Ellas nunca entran aquí, no te preocupes.

Su cuerpo tenía la solidez y el olor de un árbol de muchas flores y frutos, y la fuerza de un animal salvaje libre. Nunca podré olvidarla.

¿Por qué no buscas un empleo y te casas conmigo?, me preguntó Ermê. Me reí, pues no sabía hacer nada además de escribir poemas. ¿Y para qué trabajar? Era muy rico, y cuando mis tías murieran sería más rico aún. Yo también soy rica y pretendo trabajar, dijo Ermê. Está bien, vamos a casarnos, le dije. Me vestí, salí de la biblioteca y fui hasta la despensa.

Sin decir una palabra, doña Maria Nunes me dio una botella de champaña con dos copas. Llevé a Ermê a la Sala Pequeña y, apartando los libros que aún estaban sobre la mesa manuelina, coloqué la champaña y los vasos sobre ella. Ermê y yo nos sentamos, lado a lado.

Saqué del bolsillo el frasco negro de cristal que tía Helena me había dado aquella noche y me acordé de nuestro diálogo tras la puerta: Yo mismo tengo que elegir y sacrificar a la persona que voy a comer en mi vigésimo primer año de vida, ¿no es así?, pregunté. Sí, tú mismo tienes que matarla; no uses eufemismos tontos, vas a matarla y después a comerla, hoy, que fue el día que tú mismo escogiste y eso es todo, respondió tía Helena; y cuando le dije que no quería que Ermê sufriera, tía Helena me dijo, ¿nosotros somos de los que hacen sufrir a las personas? Y me dio el frasco de cristal negro, adornado con plata labrada, explicándome que dentro del frasco había un veneno poderosísimo, del que bastaba solo una gota para matar: incoloro, insípido e inodoro como agua pura, la muerte que causaba era instantánea —tenemos este veneno hace siglos y cada vez se pone más fuerte, como la pimienta que nuestros remotos abuelos traían de la India.

¡Qué frasco tan bonito!, exclamó Ermê.

Es un filtro de amor, dije, riendo.

¿Es verdad? ¿Lo juras? Ermê también reía.

Una gotita para ti, una gotita para mí, le dije, salpicando una gota en cada copa. Vamos a quedar locamente enamorados uno del otro. Llené las copas de *champagne*.

Yo ya estoy locamente enamorada de ti, dijo Ermê. Con un gesto elegante llevó la copa a los labios y sorbió un pequeño trago. La copa cayó de su mano sobre la mesa, partiéndose, y enseguida el rostro de Ermê se abatió sobre los fragmentos de cristal. Sus ojos permanecieron abiertos, como si estuviera absorta en algún pensamiento. Ni siquiera tuvo tiempo de saber lo que ocurrió.

Las tías entraron en la salita, acompañadas de doña Maria Nunes.

Estamos orgullosas de ti, dijo tía Helena. Moleremos los huesos y se los daremos a los cerdos con harina de maíz y mazorcas. Con las tripas haremos salpicón y sopa de ajo. Los sesos y las carnes nobles son para ti. ¿Por dónde quieres comenzar?

Por la parte más tierna, dije.

Desde la ventana de mi cuarto vi que la madrugada comenzaba a rayar. Me puse el saco, como mandaba el *Decálogo,* y esperé a que me llamaran.

En la mesa grande del Salón de Banquetes, que nunca en mi vida había visto que se usara, fue cumplida mi misión, con mucha pompa y ceremonia. Las luces de la inmensa lámpara estaban todas encendidas, haciendo brillar los negros trajes de rigor que usaban las tías y doña Maria Nunes.

No la condimentamos mucho para no estropear el sabor. Está casi cruda, es un pedazo de nalga, muy blando, dijo tía Helena. El sabor de Ermê era ligeramente dulce, como ternera lechal, pero más sabroso.

Cuando engullí el primer bocado, tía Julieta, que me observaba atentamente, sentada como las otras alrededor de la mesa, retiró el Anillo de su dedo índice, colocándolo en el mío.

Fui yo quien lo quitó del dedo de tu padre el día de su muerte y lo guardaba para hoy, me dijo tía Julieta. Ahora tú eres el jefe de la familia.

Entrevista

M —Doña Gisa me envió. ¿Puedo pasar?
H —Entra y cierra la puerta.
M —Está oscuro aquí. ¿Dónde se prende la luz?
H —Déjala como está.
M —¿Cuál es tu nombre verdadero?
H —Después te digo.
M —¡Esa sí que es buena!
H —Siéntate ahí.
M —¿Tienes algo de beber? Tengo ganas de beber. ¡Ah, estoy tan cansada!
H —En ese armario hay bebida y vasos. Sírvete.
M —¿Tú no bebes?
H —No. ¿Cómo llegaste a Rio?
M —De aventón.
H —Son más de cuatro mil kilómetros, ¿lo sabías?
M —Tardé mucho, pero llegué. Solo tenía la ropa que traía puesta, pero no había tiempo que perder.
H —¿A qué viniste?
M —Ja, ja, ja, ¡ay, Dios mío! Qué cosas... me da risa.
H —¿Por qué?
M —¿Quieres saberlo?
H —Sí.
M —Mi marido. Vivimos cuatro años felices, incluso demasiado felices. Después se acabó.
H —¿Cómo que se acabó?
M —Por otra mujer. Una muchacha que andaba con él. Yo estaba embarazada. Ja, ja, me da risa o lloro, qué sé yo...
H —Estabas embarazada...
M —El día trece de octubre estábamos cenando en un restaurante, cuando apareció esa muchacha, con la que él salía. Mi marido estaba

borracho y la miraba de manera descarada, y entonces ella no aguantó más, se acercó a nuestra mesa, le habló en secreto al oído y se besaron en la boca, como si estuvieran solos en el mundo. Enloquecí; cuando volví en mí, tenía una botella vacía en la mano y le había arrancado la blusa, una de esas blusas pegadas que resaltan el busto.

H —Las conozco... Sigue.

M —Le di con la botella vacía varios golpes en el pecho, con tanta fuerza que, desde dentro del pecho saltó un nervio hacia fuera. Cuando vio aquello, mi marido me dio un puñetazo en la cara, justo encima del ojo; solo de milagro no quedé ciega. Huí corriendo a casa. Él detrás de mí. Yo gritaba socorro para ver si mis parientes oían, vivían cerca. Porque yo no soy un perro sin dueño. ¿Oíste? Todavía hoy le decía en casa de doña Gisa a una muchacha, que no se puede decir que sea mi amiga, en esta vida nadie tiene amigos, apenas y hacemos planes juntos, le decía, estoy aquí pero no soy un perro sin dueño, el que me ponga un dedo encima va a tener que vérselas con mi familia.

H —Pero ellos están allá en el norte, muy lejos...

M —Siento que estoy en un teatro, ja, ja...

H —Huiste gritando socorro. Sigue.

M —Me encerré en el cuarto mientras mi marido rompía todos los muebles de la casa. Después derribó la puerta del cuarto y me tiró al piso y yo me iba arrastrando por el piso mientras él me pateaba la panza. Quedó una mancha de sangre en el piso, de sangre que salió de mi panza. Perdí a nuestro hijo.

H —¿Era un niño?

M —Sí.

H —Sigue.

M —Mi padre y mis cinco hermanos aparecieron en el momento en que me estaba dando de patadas en la panza y le pegaron tanto, pero tanto, que pensé que lo iban a matar a golpes; solo dejaron de pegarle después de que se desmayó y todos le escupieron y orinaron el rostro.

H —Después de eso, ¿no lo volviste a ver?

M —Una vez, de lejos, el día que me marchaba. Vino a verme con muletas, con las piernas enyesadas, parecía un fantasma. Pero no hablé con él, salí por la puerta de atrás, sabía lo que me iba a decir.

H —¿Qué te iba a decir?

M —Iba a pedirme perdón, a pedirme que volviera, iba a decir que los hombres eran diferentes.

H —¿Diferentes?

M —Sí, que podían tener amantes, que así es su naturaleza. Ya había oído eso antes, no quería oírlo nuevamente. Quería conocer otros hombres y ser feliz.
 H —¿Y conociste otros hombres?
 M —Muchísimos.
 H —¿Y eres feliz?
 M —Soy feliz, aunque no lo creas, llevando la vida que llevo.
 H —¿Y ya no te acuerdas de tu marido?
 M —Lo recuerdo apoyado en las muletas... Me dijeron que anda tras de mí y carga un puñal para matarme. ¿Puedo encender la luz?
 H —Sí. ¿Y no te da miedo que te encuentre?
 M —Me daba, ahora ya no... Vamos, ¿qué esperas?

74 grados

1. Acababa de vestirme y no debía mover más los cuadros y las esculturas, pero uno de los caballos chinos de porcelana quedaba mejor en la mesita baja de caoba. Coloqué el cartel con Lord Jim en la pared opuesta al gran espejo, el caballo de bronce debajo y el de madera a un lado. Eran trece estatuillas —tres de porcelana, cuatro de bronce, dos de acero, tres de cerámica y una de madera— y diez carteles, cinco en blanco y negro y cinco en color, todos caballos. No me gustó el número trece de las estatuillas y retiré una de ellas, de bronce, pesadota, y la llevé a la sala íntima donde estaba el piano. El arreglo quedó bien, pero continué sintiendo el mismo sobresalto en el corazón. Me miré en el espejo dilatadamente, cuando sonó el timbre.

2. Tereza abre la puerta y me mira sorprendida.
Era Elisa cargando un paquete enorme. Me sentí conmovida durante un momento, sin saber qué decir, o más bien, dije ¿tú?, solo eso. Por unos instantes me sentí confundida, un sentimiento desagradable. Siempre quise a Elisa cerca de mí, pero no ese día, no debía visitarme ese día.

3. Para ti. Le doy en el rostro un leve beso a Tereza —nuestros labios casi se tocan— ¿estaría esperando a alguien?
Elisa me trajo un regalo, un caballo de cerámica, un caballo cuadrado, con silla japonesa y orejas que parecían cuernos.

4. ¡Tereza está tan bonita!... con un vestido de seda, el pelo hacia atrás, los ojos grandes y brillantes.
Le mentí a Elisa y le dije que el caballo era bonito y caminé por la sala, intentando encontrar un lugar donde ponerlo.

5. Tereza se sienta en el sofá, cruza las piernas y pide noticias. Nos vemos tan poco últimamente. Me acuerdo cuando jugábamos a la

gallina ciega, yo cerraba los ojos y caminaba tanteando por la sala, chocando con los muebles —tú te quedabas quieta en un rincón— yo encontraba tu rostro —los huesos fuertes— reconocía el rostro con los dedos de las manos.

Elisa comenzó a hablar sobre nuestros juegos, lo que me puso aún más inquieta.

6. Tereza no pone atención a lo que digo. Los caballos de Alfredo son bonitos, ¿no?

Alfredo vivía montado en un enorme animal negro, cubierto de alba espuma hirviente y echando fuego por el hocico, le dije, y fui a la cocina. Volví con un termo y tazas y le expliqué que había dejado salir a los empleados.

7. ¿Un día entre semana? Es gracioso, dejar salir a los empleados en un día entre semana.

Por aquella cabecita tonta no debía haber pasado ni una vaga idea de lo que iba a ocurrir.

8. Vine hoy pensando que todo podría ser como antes... digo, mientras Tereza gira el termo sobre las tazas como si no me oyera.

No tenía café. Le dije que prepararía café para las dos, pero Elisa me detuvo por el brazo, dijo que no era necesario y le ofrecí un refresco que tampoco aceptó. Elisa estaba decepcionada. Ella quería las cosas como antes, pero si las cosas entre nosotros no eran ya como antes la culpa había sido únicamente de ella.

9. Veo la foto de aquel caballo. ¿No fue con ese con el que Alfredo ganó el campeonato brasileño?

Entre tantos caballos Elisa identificó a Lord Jim. En las paredes están los carteles de los otros: Picwick, Doctor Romualdo, Charles Fish, Chelsea, Príncipe de la Noche, Drumond, Penaforte, Marieta (Alfredo equinizó a su propia madre) y Duquesa.

10. Son lindos los caballos.
Yo los odiaba.

11. Es mejor marcharse. Tereza no quiere realmente que esté aquí. Le llamo a Daniel. No está, la secretaria anota el recado de que estoy en casa de doña Tereza.

Le dije a Elisa que dejara a Daniel en paz, los idiotas como él nunca están cuando se necesitan, y, además de eso, ella no podía esperar nada de un tonto que nunca aprendió a montar a caballo.

12. Tereza no se acuerda de nuestro juego de limpiar la cabeza para que el último pensamiento a la hora de la muerte no sea la basura que acumulamos.
Claro que me acordaba de nuestro juego. Tenía miedo de morir recordando una bobada, como un conjunto de mariposas. Yo cerraba los ojos y decía, querida, me estoy muriendo, y forzaba mi pensamiento para recordar un trecho de Mozart, un gesto del cuerpo.

13. Tereza está cerca de mí y me pone la mano sobre el hombro y me mira fijamente.
Me acordé de su piel suave...

14. Oigo el timbre.
Me aparté de Elisa y abrí la puerta.

15. No conseguí ocultar la irritación y la decepción al ver a Pedro. Sería mejor que no hubiera aparecido en aquel momento.
¡Un hombre entra y abraza a Tereza! Salgo corriendo por la puerta.

16. Entro. Está haciendo calor. Me desperté sudando a mares.
Elisa salió corriendo, la loca. Pedro se sentó en el borde de la silla, sin gracia, lo que me dejó muy satisfecha. Le pregunté si podía ofrecerle algo. Dijo que aceptaba un café y le respondí que no había café, que mi amiga y yo nos lo habíamos terminado. Me preguntó si ella se había sentido mal de repente. Le contesté que sí. Un cólico.

17. Nunca tuve un cólico en mi vida. Ni dolor de cabeza. Nada. Mi salud es de hierro. No tengo ni una caries, mira.
Pedro abrió la boca y me mostró todos los dientes. Le pregunté si no comía caramelos ni dulces, esos alimentos que producen caries y respondió que comía de todo, que los caramelos los trituraba con los dientes así, rack, rack, rack.

18. Siempre envidié a las personas que tienen buenos dientes, pasé mi vida entera en el dentista, desde niña. Para sacarme las muelas del juicio tuve que ser hospitalizada, estaban incrustadas en el hueso, un horror.

Abro la boca, con los dedos detengo mis labios y muestro a Tereza mis muelas del juicio.

19. Su padre también era jinete, pero no competía.
Ella quiere saber cosas de mi padre.

20. No recordaba haber visto a Pedro compitiendo en Rio. Le pregunté si había participado en el torneo brasileño del año pasado. Había ganado, yo solo había visto a Pedro saltar una vez, en mi finca, aquel sábado, pero había sido suficiente.
Con Lord Jim cualquiera ganaba el campeonato.

21. Pedro señaló una foto de Lord Jim en la pared y me dijo que le viera el pescuezo, un ángulo perfecto de noventa grados, que mirara el largo lomo, que mirara las patas. Parecía un hombre hablando de la mujer amada.
Tiene genio fuerte y boca sensible, arrancó hacia el obstáculo como si fuera un rayo, así que lo monté.

22. Pedro pensó que Lord Jim hacía quince metros por segundo, pero hace dieciocho. Pedro me agradeció haberle dejado montar a Lord Jim. Le dije que no tenía nada que agradecer, que lo estaba probando, a él, a Pedro.
¿Cómo probándome?

23. Al principio, cuando empezó a telefonearme, decía que era jinete, jugaba al polo, saltaba obstáculos, era amigo de Alfredo, pero yo nunca lo había visto en ninguna parte, en el hipódromo, en el Itanhangá, y creí que era mentira y decidí probarlo. Nadie, ningún otro jinete, además de Alfredo, había conseguido saltar con Lord Jim, los tiraba a todos al suelo, rehusando el obstáculo antes de saltar.
Los caballos son mejores que los hombres. Él no tuvo la culpa, fue un accidente.

24. Llego a la valla y lo miro y lo dejo que me mire, y lo huelo y lo dejo que me huela, apoyo mi mano en su piel y dejo que apoye su boca en la piel de mi mano. Vamos a entendernos bien, Lord Jim.
Me dijo que era hacendado en Minas Gerais, que estaba en Minas, en su hacienda, cuando Alfredo se accidentó montando a Lord Jim. Cuando Pedro supo de la agonía de Alfredo en el hospital, vino corriendo, dispuesto a dar su vida por él.

25. Pedro apareció de repente aquel día en el hospital diciendo que era amigo de Alfredo, y después desapareció seis meses. Pregunté a todo el mundo si alguien conocía a un tal Pedro de Alcântara, jinete, pero nadie lo conocía.

Admiro a los caballos de su marido, lo que hizo por Brasil en las Olimpiadas. Debería tener una estatua en la plaza.

26. Llamé a los mejores médicos, los mejores de Rio y de São Paulo, pero se había roto la médula bien arriba, no podía ni hablar ni moverse, respondía guiñando los ojos, estaba consciente, pero no conseguía hacer ningún movimiento, ni siquiera respirar, el aire le era inyectado en los pulmones por un tubo metido en la tráquea.

Pobrecito.

27. Es a través de la médula como la cabeza manda al cuerpo a hacer las cosas, y el cuerpo de Alfredo estaba totalmente separado de su mente. Quería hablar conmigo aquellos días de sufrimiento, decirme algo, y yo sabía qué era, pero fingía no saber. Le preguntaba otras cosas —¿quieres que apague el aire acondicionado?— y él mantenía los ojos bien abiertos, una respuesta negativa. ¿Quieres que llame a Hermes, tu socio?, y él ni pestañeaba. Yo le hacía mil preguntas idiotas, y él, como yo ya esperaba, ni pestañeaba. Quería hablar de los caballos. Sabía exactamente las preguntas que quería que yo le hiciera. ¿Era sobre los caballos, Alfredo, de lo que querías hablarme? Yo sabía que sí y él pestañearía mil veces alucinadamente, pero no le hice esa pregunta. ¿No quieres que venda los caballos, es eso? Y él también confirmaría feliz, pero tampoco le hice esa pregunta. ¿Quieres entonces, Alfredo, que lleve los caballos al criadero de Teresópolis, y los deje allí, corriendo libremente por el prado hasta que mueran, no es eso?, pero nunca le hice aquella otra pregunta que él quería oír.

Pobrecito.

28. ¿Qué tal un café?

Le dije a Pedro que haría café y me dijo que no era necesario que me molestara, que le daba igual tomar un vaso de agua. Le dije que tenía champaña helada y Pedro dijo que aceptaba solo un vaso de agua y algo de comer, pues no había tomado café ni almorzado. Empezaba a aburrirme.

29. Fui a ver qué comida podía preparar, diciéndole a Pedro que los empleados tenían el día libre.

Tereza sale de la sala. Estoy frente a la foto de Lord Jim; al poco mi cuerpo asume la postura de su jinete, mis hombros se elevan, mi espalda queda más recta, mi mano izquierda sube a la altura de la cintura para sujetar las riendas, mi brazo derecho se extiende a lo largo del cuerpo. Cabalgo.

30. Nunca sabía dónde guardaban las cosas las idiotas de mis empleadas. Rompí un vaso y se me cayeron los sartenes y al fin volví a la sala, con caviar, un paquete de tostadas, cubiertos, vasos, media botella de champaña y una botella de agua. Pedro estaba frente al cartel de Lord Jim.
Cabalgo.

31. Tereza pone la mesa.
Preparé una tostada y le di a probar a Pedro. Comenzó a masticar y puso cara de repugnancia, tragando con dificultad. Empujé el resto en su boca. Tragó la tostada con gran sufrimiento. Le pregunté si no le gustaba y Pedro quiso saber qué le estaba dando. Le respondí que era caviar.

32. No me gusta la comida que me da; está muy salada, un montón de bolitas negras finitas, que Tereza dice que es hueva de pez. Lo vi enseguida.
Le pregunté qué era lo que le gustaba, y Pedro respondió que filete con papas fritas. Pero arroz con frijoles no tenía en mi casa, engordaba terriblemente.

33. Me como la tostada igual, estoy acostumbrado a soportar el hambre, en las maniobras era siempre así, llegábamos después de horas de cabalgar y tenía primero que quitarle los arreos al caballo, cepillarlo, darle agua y forraje, y era después cuando íbamos a comer.
Había hecho el servicio militar en la caballería, lo que es común entre los jóvenes que montan bien, y en la caballería lidiaban con el más noble de los animales, y yo le dije, en broma, que creía que el más noble de los animales era el perro.

34. Ella quiere comparar al caballo con el perro, pero el caballo no le lame la mano a nadie. Existen perros sin la menor compostura, como esos falderos de señora. No es casualidad que, cuando una persona no sirve, le llamen perro. El peor rocín, esos de noria, es más digno que cualquier perro. Son todos unos parásitos esos perros. ¿Ganó alguien alguna guerra con perros?

Le pregunté si san Jorge era el santo de los caballos y Pedro me dijo irritado que los caballos no necesitaban santo, los santos eran los que necesitaban caballos.

35. Yo montaba en la hacienda, cuatro horas al día, por lo menos.
Debía tener brazos y piernas fuertes y le toqué los brazos, que parecían una barra de acero, y cuando le iba a tocar la pierna se descompuso, con un rápido movimiento de retracción.
Ella me coge la pierna. No me gusta que... —me... me bebo un vaso de agua y le digo que bebo seis litros de agua al día. Es bueno para los riñones.

36. Continuaba aburrida y me levanté y vi la bolsa de Elisa, olvidada sobre el sillón. Cogí la bolsa, la abrí y espié su contenido. Tomé la identificación de Elisa. La foto no era de las mejores, pero todas las fotos de credencial son horribles.
Ella saca de la bolsa de la amiga un frasco de perfume y rocía el aire.

37. Era muy carnavalesco para mi gusto el perfume que Elisa usaba. En la bolsa tenía lápiz de cejas, dos barras de labios, dos cajitas de plata, una con rímel y cepillito para las pestañas, y otra con maquillaje en polvo.
Saca de la bolsa un montón de llaves, un pañuelo, un cepillo de pelo.

38. Con la punta de los dedos saqué de la bolsa una carta, dirigida a Elisa, con letra de hombre, y le pregunté si no creía que debíamos abrirla. Mi corazón latía furiosamente.
Ella quiere abrir la carta de la amiga y yo le pregunto: ¿para qué?

39. Mi querida hija, estuve aquí y no te encontré, la medicina de la que te hablé ayer, buena para el hígado, es té de boldo, lo encontrarás en las tiendas de hierbas y homeopatía, un abrazo para Daniel y muchos besos, Wanda. Wanda era su madre, era la madre de Elisa. Había escrito homeopatía sin hache y con y griega. Adoré la carta.
Tengo veinticinco años.

40. Yo era mayor que él. Su padre siempre le decía que de edades solo interesa la del caballo. Continué bebiendo champaña.
Le digo que me gusta. Quiere saber de qué manera. De la manera en que a un hombre honesto le gusta una mujer.

41. Cuando veníamos de la finca, el sábado, Pedro me llevó a la Barra, quería ver la puesta de sol.
Mi padre tiene ocho hijos.

42. La puesta de sol no me conmovía ya, era una mujer sin ilusiones. Cuando Alfredo murió todos sus amigos estuvieron encima de mí, pero con displicencia, sin mucho afán, como desentendiéndose de un deber penoso. Cuando les decía que no, ni siquiera insistían, nadie quería hacer el trabajo de seducirme, sufrir la molestia de amar a una mujer adulta y viuda, potencialmente carente de cariño y atención.
Soy un hombre serio.

43. Le pregunté si no quería seducirme.
Le digo que tengo un secreto pero ella no quiere oírme.

44. ¿Me seduces después?
No soy hacendado. Soy un miserable que no tiene donde caer muerto.

45. Nací en una hacienda de cría de caballos, en Minas, a los dieciocho años senté plaza, era sargento de caballería en Tres Corazones; cuando su marido se accidentó salí del cuartel, sin licencia, para estar cerca de él; era mi ídolo desde que ganó las Olimpiadas; cuando quise volver al cuartel ya había sido procesado como desertor y me escondí en la hacienda donde mi padre es un viejo peón y allí continué haciendo el trabajo que hacía antes de ingresar al ejército, domar caballos salvajes, entonces sentí algo y cogí todo el dinero de mi familia y vine a buscarla.
¿Viniste a seducirme o no?

46. Soy un miserable buscado por la policía del ejército.
¿Viniste a pedirme matrimonio?

47. Me acerqué a él, lo abracé, lo besé en la boca. Estaba frío, parecía preocupado por algo. Le dije que nada impedía que nos fuéramos a la cama. No tenía ganas de acostarme con él, pero el rechazo que percibía me hacía insistir.
Le explico que no fui educado de ese modo, que respeto a las muchachas, que respeto la memoria de Alfredo, que me acuerdo de él ganando la medalla de oro en las Olimpiadas y que tenemos bastante tiempo, que antes debemos ser novios.

48. Anda, cógeme, le dije, ¿no sientes deseo por mí? Y respondió que iba contra sus principios pero que por mí cometería cualquier torpeza.

Ella me lleva al cuarto, se quita el vestido y se queda con medias negras, calzones negros, sostén negro y zapatos negros, ridícula, me dan ganas de reír. Se me acerca y mete sus manos entre mis piernas. ¿Por qué haríamos esa locura si tenemos toda una vida por delante?

49. Le pregunté, a gritos, qué rayos de sargento o exsargento de caballería era. Y dijo que estaba emocionado, me pidió otra oportunidad, y de repente sentí que no deseaba ni a él ni a ningún hombre, nunca más.

Me llama pobretón y miserable y dice que no quiere casarse conmigo. No sabe quién se encargará de los caballos, no le importa.

50. Él quería los caballos, no quería nada conmigo, los caballos necesitaban un padre que era él, Pedro. Le dije que, por mí, los caballos podían morir, que iba a venderlos todos a la fábrica de salchichas.

Ella ríe como una loca y amenaza con matar a los caballos y me llama impotente.

51. Pedro me agarró por el pescuezo con sus manos grandes ásperas y me fui quedando sin aire.

Ella se debate entre mis manos como si fuera una muñeca de trapo.

52. Hasta que todo desapareció, se apagó.

La coloco en el suelo y me tumbo sobre ella, coloco el oído en su pecho y no oigo nada. Los caballos de la sala están todos iluminados y me levanto oyendo el ruido sordo de las patas de un caballo sobre la arena de un picadero, el resoplar del animal, el rumor de los arreos crujiendo, sonido y luz. Cabalgo.

53. Suena el timbre. Llevo el cuerpo de Tereza al cuarto.

Un hombre abre la puerta. Tiene el rostro sudado y la camisa mojada. Pregunto por Tereza.

54. La muchacha que olvidó su bolsa llega y pregunta si está Tereza. ¿Salió a la tienda? ¿Teresa compra comida en la tienda?

55. ¿Eres amigo de Tereza?, le pregunto, y él me dice que van a hacerse novios.

Absurdo. Tiene que estar mintiendo.

56. Pero discutimos a causa de los caballos.
A la muchacha también le gustan mucho los caballos, dice que son animales lindos, pero yo creo que no son animales, son una especie de gente de cuatro patas.

57. Me pregunta quién es más guapo, él o un caballo, le digo que él: es muy guapo, tengo que reconocerlo. Se pone en cuatro patas y me manda trepar a su espalda.
Ella monta en mi espalda y salgo corriendo a cuatro patas por la sala, a toda velocidad. Para no caer tiene que agarrarse con fuerza de mi camisa, y mi pelo.

58. Quiero demostrarle a ella que es una porquería montar sobre mí, pero que si fuera sobre un caballo se sentiría una reina, grande y libre, pudiendo saltar por encima de las cosas, a galope.
No sé qué hacer o decir. Me quedo sentada en su espalda, enganchada, con las piernas abiertas.

59. Poco a poco fui volviendo en mí.

60. Esas mujeres elegantes de la ciudad están todas locas.
Nos quedamos así, él a cuatro patas y yo montada en él.

61. Tardé en recordar lo que había ocurrido, hasta que sentí el dolor en la garganta de los dedos de aquel bruto.

62. ¿No era mejor estar encima de un caballo?
Recuperé totalmente la conciencia y oí sus voces, Elisa y Pedro en la sala.
Quiere que le diga que un caballo es mejor que él y se lo digo.

63. Tomé la estatuilla de bronce que estaba en la salita cerca del piano. Estaban en la sala, Elisa trepada en su espalda. Sentí tanto odio que tuve un sabor amargo en la boca.
Tereza surge semidesnuda, desgreñada, acusándome de vagabunda.
¡La mujer está viva! Grita, me da con la estatuilla en la cabeza.

64. Pedro se tambaleó, atontado, levantando las manos para defenderse y le di de nuevo en la cabeza con fuerza y cayó al suelo con el rostro cubierto de sangre.

Tereza me pregunta qué indecencia era la que estábamos haciendo en el suelo. Nos tumbamos en el sofá abrazadas. Tereza me dice que él intentó matarla.

65. Le pregunté a Elisa por qué me había rechazado aquel día que parecía tan lejano y me dijo que no esperaba aquel gesto mío de amor.
Ahora estamos juntas. Nos amamos.

66. Pedro gemía en el suelo. El desgraciado aún no había muerto. Elisa me miró asustada. Le dije, anda, dale.
Me levanto, cojo la estatuilla de bronce y golpeo repetidamente la cabeza de Pedro. Gime un poco y después enmudece. Vuelvo a los brazos de Tereza.

67. Bajamos al sótano, cogimos una enorme maleta negra, de tela reforzada, que traje de París llena de ropa nuevecita, una maleta donde cabría un caballo, y colocamos en ella el cuerpo de Pedro.
Tereza lo sujeta por los brazos y yo por las piernas. Su cuerpo es pesado. Acabamos de cerrar la maleta cuando suena el timbre. Tengo miedo.

68. Miré por la ventana y vi al idiota de Daniel en el pasillo.
Tereza me dice que le abra la puerta y platique con él mientras ella se viste.

69. Elisa parece nerviosa. Recibí un recado para venir a recogerla a casa de Tereza, pero el coche de Elisa está frente a la casa. Por lo tanto, el recado debe haber sido mal entendido por la secretaria. *Cogito ergo sum.*
Daniel comienza enseguida a pontificar de manera desagradable, preguntando a cada momento ¿correcto?, ¿correcto? Es un hombre insoportable.
Cuando volví a la sala, después de vestirme de prisa, encontré a Daniel de pie en medio de la sala, y a Elisa sentada en uno de los sofás. Daniel me preguntó qué había dentro del maletón.

70. Le digo a Daniel que dentro de la maleta está el cuerpo de un hombre. Tereza suelta una carcajada. Estamos muy nerviosas.
Soy paciente con la estupidez de las mujeres. Dentro de la maleta no cabe el cuerpo de un hombre.

Caben hasta dos cuerpos, Daniel, y cuando dije eso mis ojos se encontraron con los de Elisa y todo se combinó en un segundo, sin una sola palabra.

71. Pareciera que Daniel nos quiere facilitar las cosas. Se agacha, coge la estatuilla de bronce que Teresa y yo olvidamos en el suelo.
No me gustan las cosas fuera de su sitio. La maleta y el caballo, tirados allí en medio de la sala, me afectan los nervios. Tereza dice que quiere mostrarme algo, me pide que cierre los ojos. Es una mujer idiota.
Él cerró los ojos y yo, tomando la estatuilla con las dos manos, lo golpeé con fuerza en la cabeza.

72. ¿Se volvió loca esa imbécil? Dolor.
Daniel se tambalea, pero no cae, se apoya, medio encorvado, en el sofá. Le quito la estatuilla de las manos a Tereza y le pego muchas veces en la cabeza a Daniel, que cae al suelo gimiendo.
Cuando vi que Elisa estaba cansada de golpear a Daniel y que no moría, cogí la estatuilla y lo golpeé hasta que quedó sin habla.

73. Me sentí bien cuando lo golpeaba, le dije a Elisa. A ella también le gustó, pero me dijo que tenía miedo.
Le pregunto a Tereza qué vamos a hacer con los cuerpos, y me dice que vamos a colocarlos en el coche de Daniel y dejarlo todo en una playa desierta. Después volvemos a casa, cenamos y más tarde comienzo a llamar a los hospitales, a la policía diciendo que mi marido no llegó a recogerme a casa de mi amiga.

74. Cuando Pedro estuvo conmigo en la finca nadie lo vio. No teníamos cara de asesinas. Nunca seríamos descubiertas.
Es tan fácil matar una o dos personas. Principalmente si no tienes motivo para hacerlo.

Intestino grueso

Le llamé al Autor, para concertar una entrevista. Dijo que sí, siempre que se le pagara —«por palabra»—. Le respondí que no podía tomar decisiones, tendría primero que consultarlo con el Editor de la revista.
—Puedo regalarte ocho palabras, ¿las quieres? —dijo el Autor.
—Sí.
—Adopte un árbol y, mate a un niño —dijo el Autor colgando el teléfono.
Para mí las ocho palabras no valían un pepino. Pero el Editor pensaba de manera diferente. Acordaron el precio por palabra entre ellos.
Le pedí una cita al Autor en su casa. Me recibió en la biblioteca.
—¿Cuándo comenzó a escribir? —le pregunté, prendiendo la grabadora.
—Creo que fue a los doce años. Escribí una pequeña tragedia. Siempre he pensado que una buena historia tiene que acabar con alguien muerto. Sigo matando gente.
—¿No cree que esto denota una preocupación mórbida por la muerte?
—Puede ser también una preocupación saludable por la vida, lo que en el fondo es lo mismo.
—¿Cuántos libros tiene en esta sala?
—Cerca de cinco mil.
—¿Los ha leído todos?
—Casi.
—¿Lee diariamente? ¿Cuántos? ¿A qué velocidad?
—Leo al menos un libro por día. Mi velocidad, hoy, es de cien páginas por hora. He leído más rápido.
—¿Cuándo lo publicaron por primera vez? ¿Tardó mucho?
—Sí. Ellos querían que escribiera como Machado de Assis y yo ni quería ni sabía.
—¿Quiénes son ellos?

—Los tipos que editaban los libros, los suplementos literarios, las publicaciones de letras. Querían a los *negrinhos do pastoreio, guaranis, sertões** de la vida. Yo vivía en un edificio del centro de la ciudad y desde la ventana de mi cuarto veía anuncios de luz neón y oía ruido de motores de automóviles.

—¿Por qué se volvió escritor?

—La gente como uno se vuelve santo o loco, o revolucionario o bandido. Como no había verdad ni en el éxtasis ni en el poder, me quedé siendo entre escritor y bandido.

—Supe que lo acusaron de escritor pornográfico. ¿Lo es?

—Sí, mis libros están llenos de miserables sin dientes.

—Sus libros se venden bien. ¿Hay tanta gente interesada en esos marginados de la sociedad? Una amiga me decía el otro día que no le interesaba leer historias de personas que no tienen zapatos.

—Zapatos tienen, a veces. Lo que les falta, siempre, son dientes. La caries aparece, comienza a doler y el tipo, al fin, va al dentista, uno de esos que tienen en la fachada un anuncio de acrílico con una enorme dentadura. El dentista le dice cuánto cuesta taparle el diente. Pero sacarlo es mucho más barato. Entonces sáquelo, doctor, dice el sujeto. Así se va un diente, y después otro, hasta que el tipo termina con uno o dos solamente, los del frente, apenas para darle un aspecto pintoresco y hacer reír al público, si por casualidad tuviera la suerte de aparecer en el cine animando al Flamengo en un partido contra el Vasco.

El Autor se levanta, va hasta la ventana y mira hacia fuera. Después toma un libro del estante.

—Pero no escribo solo sobre marginales que intentan alcanzar la lumpen *bourgeoisie*; también escribo sobre gente fina y noble. ¿Has leído este libro, *Cartas de la duquesa de San Severino*? El duque de San Severino es un hombre muy rico, al que no le gusta su esposa, la joven y linda duquesa de San Severino. A la madre del duque, la vieja duquesa de San Severino, no le gusta la nuera, pues esta, al casarse con su hijo, era una simple baronesa. La joven duquesa sufre horribles momentos en el castillo, principalmente durante las solemnes cenas, cuando se discuten árboles genealógicos —la familia del duque va hasta Pipino el Breve, mientras que la de la exbaronesa comienza apenas en el siglo XVII. No pudiendo soportar esas humillaciones y ofensas, la joven duquesa decide ser psicoanalizada por un profesor maduro y sabio de quien, al final, se enamora. Pero el analista se niega a tener relaciones físicas con la joven duquesa, alegando que se trata de

---

* Personajes y lugares de las obras clásicas de la literatura brasileña.

una transferencia y no de un gesto espontáneo de amor. Desesperada, la joven duquesa pasa a interesarse en el cultivo de orquídeas raras, lo que la redime de todos los sufrimientos. Claro que esto es solo un resumen de una historia de colores edificante, plena de interesantes caracterizaciones, en un estilo que permite al lector penetrar en el núcleo central del significado de la palabra sin mucho esfuerzo, pero, no por eso, de manera menos gratificante. Es una novela que tiene flores, belleza, nobleza y dinero. Reconozca que esto es algo que todos anhelamos tener.

—Y está también la presencia de la ciencia, en la persona del psicoanalista: ¿un símbolo?

—Deliberadamente cándido. Escribí el libro a la manera de Marcel Proust, evidentemente. En el comienzo del libro, la joven duquesa recuerda sus tiempos de niña, aún baronesita, en los jardines del palacio, degustando magdalenas al atardecer, aprendiendo a bailar minuet y a tocar clavicordio. Después sigue la muerte horrible del padre, el viejo barón, en el naufragio del *Lusitania*; la locura de la madre, la vieja baronesa, internada en una clínica de Suiza, localizada entre pinos y picos cubiertos de nieve. Finalmente el casamiento frustrado, el romance con el profesor Klein, y el cultivo de orquídeas. El libro termina con las orquídeas, una especie de himno bucólico y panteísta.

—Y la joven duquesa tiene todos los dientes, supongo.

—Bueno, algunos son postizos. Pero eso no se dice muy claramente. ¿Para qué decepcionar a los lectores? Solo en un pasaje me refiero a la dificultad que tiene de comer un durazno, una cita poética —*do I dare,* etc.— para buenos entendedores. Por otra parte, sus dientes son blancos, perfectos. Ya se dijo que lo que importa no es la realidad, es la verdad, y la verdad es aquello en lo que se cree.

Me levanté y extendí la mano hacia el libro que el Autor sujetaba. En la portada había un enano negro, en vez de una joven duquesa. El título del libro era *El enano que era negro, sacerdote, jorobado y miope.*

—Este libro fue interpretado de varias maneras, incluso como pornográfico. ¿Hablamos sobre pornografía?

—Joãozinho y Maria fueron llevados a pasear al bosque por el padre que, en complicidad con la madre de los niños, pretendía abandonarlos para que fueran devorados por los lobos. Al ser conducidos por la floresta, Joãozinho y Maria, que desconfiaban de las intenciones del padre, iban tirando, disimuladamente, pedacitos de pan por el camino. Las bolitas de pan servirían para orientarlos de regreso, pero un pajarito se comió todo y, después de abandonados, los niños, perdidos en el bosque, acabaron cayendo en las garras de una hechicera vieja.

Gracias, sin embargo, a la astucia de Joãozinho, consiguieron ambos al fin arrojar a la vieja a una caldera de aceite hirviendo, matándola tras larga agonía llena de desgarradores gemidos y súplicas. Después los niños volvieron a casa de sus padres, con las riquezas que robaron en casa de la vieja y vivieron juntos nuevamente.

—Pero eso es un cuento de hadas.

—Es una historia indecente, deshonesta, vergonzosa, obscena, impúdica, descarada, sucia y sórdida. No obstante, está impresa en todas o casi todas las principales lenguas del universo y es tradicionalmente transmitida de padres a hijos como una historia edificante. Esos niños, ladrones, asesinos, con padres criminales, no deberían poder entrar en nuestra casa, ni siquiera escondidos dentro de un libro. Esa es una verdadera historia de marranos, en el significado popular de suciedad que tiene la palabra. Y por eso es pornográfica. Pero cuando los defensores de la decencia acusan a algo de pornográfico es porque representa funciones sexuales o funciones excretoras, con o sin el uso de los nombres vulgares comúnmente conocidos como groserías. El ser humano, alguien ya lo dijo, aún está afectado por todo aquello que le recuerda inequívocamente su naturaleza animal. También dijeron ya que el hombre es el único animal cuya desnudez ofende a quienes están en su compañía y el único que en sus actos naturales se oculta de sus semejantes.

—¿Y las palabras son influenciadas por eso?

—Claro. La metáfora surgió por eso, para que nuestros abuelos no tuvieran que decir —coger. *Dormían con, hacían el amor* (a veces en francés), *tenían relaciones, relaciones sexuales, unión carnal, coito, cópula,* hacían de todo, menos *coger*. Tuve un profesor de derecho tan eufemista que, cuando quería describir un caso de seducción —que como tú sabes se caracteriza legalmente por la cópula— hablaba latín: *introductio penis intra vas*. Los filólogos y lingüistas son también personas presas de los tabúes. Me gustaría que algún filólogo escribiera un día un libro titulado: *Coger*. Esas restricciones al llamado nombre feo las atribuyen algunos antropólogos al tabú ancestral contra el incesto. Los filósofos dicen que lo que perturba y alarma al hombre no son las cosas en sí, sino sus opiniones y fantasías respecto a ellas, pues el hombre vive en un universo simbólico; y lenguaje, mito, arte, religión son partes de ese universo, son los variados hilos que tejen la intrincada red de la experiencia humana. En 1884, un neurólogo francés, Gilles de la Tourette, describió un comportamiento anormal en el que el paciente grita todo el tiempo palabras consideradas obscenas. Las imprecaciones se acompañan de un tic nervioso muscular. Ese conjunto de síntomas recibió el nombre de síndrome de Tourette. Hasta hoy sus causas no han sido adecuadamente aclaradas, tanto que no existe una cura definitiva. Pensando que tal vez la enfermedad sea una reacción contra la rigidez intolerante de la ordenación tabuística, un médico estadounidense desarrolló una técnica terapéutica que consiste en hacer repetir al paciente las obscenidades lo más alto y lo más rápido posible, hasta quedar exhausto. Imagínate esta escena, ocurrida en el consultorio de un psicólogo, idéntica a un fragmento de la prosa delirante de Burroughs. El paciente tiene pegados al cuerpo electrodos conectados a una máquina cuyo funcionamiento está sincronizado por un metrónomo. Este metrónomo controla la velocidad en que las groserías deben ser gritadas, hasta doscientas por minuto. ¿Tú conseguirías gritar doscientas palabras por minuto?

—Creo que no —respondí, mientras colocaba otra cinta.

—En el caso de no gritar las obscenidades con la velocidad necesaria, los choques eléctricos te obligan a mantener el ritmo. El tratamiento parece tener como objetivo crear en el paciente un mínimo de inhibición, o sea, por no soportar, por falta de alivios temporales a la inhibición que sufre, el individuo estalla, siendo conducido a un tipo de comportamiento antisocial que exige reimplantar un nuevo compromiso inhibidor. El error me parece ser la suposición de que las inhibiciones son necesarias para el equilibrio individual. Me parece más verdadero lo contrario —las inhibiciones sin posibilidad de liberación pueden causar serios males a la salud de los individuos. Una sabia organización social debería impedir que fueran reprimidos esos comunicativos caminos de alivio sustituto, y de reducción de tensión. Las alternativas para la pornografía son la enfermedad mental, la violencia, la bomba. Debería inventarse el Día Nacional de la Grosería. Otro peligro en la represión de la llamada pornografía es que esa actitud tiende a justificar y perpetuar la censura. El argumento de que algunas palabras son tan perjudiciales hasta el punto de no poder ser escritas, se usa en todas las tentativas de impedir la libertad de expresión.

—¿No cree que la pornografía hablada está desapareciendo? En los campos de futbol, coros de niñas entonan deportivamente canciones como esta que oí el domingo:

> Un, dos, tres
> cuatro, cinco, mil. Yo quiero que el Flo
> se vaya a la puta que lo parió.

—Ambas palabras, puta y parió, se derivan de la grosería-llave, que es coger. Es evidente que, en este caso, las palabras tienen un efecto catártico, de alivio de tensiones y presiones. Ese fenómeno es más observable siempre que ocurre la reclusión de los individuos, en tiempos de guerra o incluso de paz, en los cuarteles, en los asilos, en las prisiones, en las escuelas, en las fábricas, en los núcleos urbano-industriales de alta concentración demográfica. En esos casos el uso de palabras prohibidas es una forma de respuesta contra la represión. Pero básicamente la pornografía que aún existe es resultado de un latente prejuicio antibiológico de nuestra cultura. Recuerdo haber leído el recelo de una escritora que temía que, de tanto ser abusado, distorsionado, transformado en lugar común, el lenguaje pornográfico dejaría de ser el lado avieso del noble lenguaje de la religión y del amor, y nada quedaría para expresar el fausto de la obscenidad que, para muchas personas, por otra parte, es la mitad del placer del acto sexual.

—Su libro, *El enano* etc... ¿puede considerarse pornográfico?

—La mayoría de los libros considerados pornográficos se caracterizan por una serie sucesiva de escenas eróticas cuyo objetivo es estimular psicológicamente al lector; un afrodisiaco retórico. Se evitan todos los elementos que puedan distraer del envolvimiento unidimensional a que es sometido. Son libros de gran sencillez estructural con la intriga circunscrita a las transacciones eróticas de los personajes. Las tramas tienden a ser básicamente idénticas en todos ellos, solo hay diferencias de grado en la escatología y en la perversión. Mientras no sea excesivamente expuesta a este tipo de literatura, la mayoría de los lectores se siente estimulada por ella. No hay nada más aburrido que la saturación erótica barata. La propia complejidad del libro que mencionaste, *El enano,* excluye el libro de esa categoría. Tú sabes que no existe enano alguno en el libro. Incluso así, algunos críticos dicen que simboliza a Dios, otros que representa el ideal de la belleza eterna, otros aun que es el grito de batalla contra la inequidad del tercer mundo.

—Pero otros dijeron también que el libro no pasa de ser una sarta de vulgaridades gratuitas, erotismo crudo y acciones groseras, innecesarias y fútiles, templada por una mente sucia.

—¿Puré o guisado? Algo similar dijeron de Joyce.

—¿Usted cree que se parece a Joyce?

—Odio a Joyce. Odio a todos mis antecesores y contemporáneos.

—Pronto hablaremos de eso. No me gustaría dejar la pornografía, por ahora, ¿le parece bien? ¿La lectura de libros pornográficos puede llevar al individuo a un comportamiento mórbido o antisocial?

—Al contrario. Para muchas personas sería aconsejable la lectura de libros pornográficos, por los mismos motivos que llevaban a Aristóteles a proponer a los atenienses que fueran al teatro.

—Entonces, para esa gente, ¿el ideal sería un teatro pornográfico?

—Exactamente. Eso que se llama pornografía nunca hace mal, y a veces hace bien.

—Pero muchas personas, incluso algunos educadores, psicólogos, sociólogos, no piensan así.

—Hay personas que aceptan la pornografía en cualquier parte, incluso, o principalmente, en su vida particular, salvo en el arte, creyendo como Horacio que el arte debe ser dulce y útil. Al atribuir al arte una función moralizante o, al menos, de entretenimiento, esa gente acaba justificando el poder coactivo de la censura, ejercido bajo argumentos de seguridad o bienestar político.

—Hablando de seguridad. ¿Existe una pornografía terrorista?

—Existe, y, al contrario de las otras pornografías, tiene un código anafrodisiaco, en el que el sexo no tiene ni glamour, ni lógica, ni higiene; solo fuerza. Pero la pornografía terrorista es tan extraña que ya fue llamada pornografía de ciencia ficción. Ejemplos destacados de este género son los libros del Marqués de Sade, los de William Burroughs, que causan sorpresa, pasmo y horror en las almas simples, libros donde no existen árboles, flores, pájaros, montañas, ríos, animales, solamente la naturaleza humana.

—¿Qué es la naturaleza humana?

—En mi libro *Intestino grueso* digo que, para entender la naturaleza humana es necesario que todos los artistas excomulguen al cuerpo, investiguen, como solo nosotros sabemos hacer, al contrario de los cientificistas, las aún secretas y oscuras relaciones entre el cuerpo y la mente, desmenucen el funcionamiento del animal en todas sus interacciones.

—La pornografía como, por ejemplo, los viajes espaciales y el sarampión, ¿tienen futuro?

—La pornografía está ligada a los órganos de excreción y de reproducción, a la vida, a las funciones que caracterizan la resistencia a la muerte —alimentación y amor, y sus ejercicios y resultados: excremento, cópula, esperma, embarazo, parto, crecimiento. Esa es nuestra vieja amiga, la pornografía de la vida.

—¿Existe una pornografía de la muerte, como quería Gorer? Disculpe que cite por su nombre a alguien, sé que no le gusta, pero fue usted quien creó el precedente, citando a Aristóteles, Joyce y Horacio.

—Sí, se está creando. A medida que la cópula se torna más mencionable y el coro de niñas entona en los estadios de futbol porras con palabrotas de la vieja pornografía, se oculta algo cada vez menos mencionable, que es la muerte como un proceso natural, resultante de la decadencia física, que es la muerte pornográfica, la muerte en la cama, por enfermedad, y que se torna cada vez más secreta, abyecta, objetable, obscena. La otra muerte —la de los crímenes, las catástrofes, los conflictos, la muerte violenta—, esa forma parte de la Fantasía Ofrecida a las Masas por la Televisión hoy, como las antiguas historias de Joãozinho y Maria. Está surgiendo, entonces, una nueva pornografía, la que podríamos denominar pornografía de Gorer.

—Usted me dijo, por teléfono, el lema: adopte un árbol y mate a un niño. ¿Eso significa que odia a la humanidad?

—Mi eslogan podría ser, también, adopte un animal salvaje y mate a un hombre. Eso no porque odie a mis semejantes, sino al contrario, por amarlos. Solo temo que los seres humanos se transformen primero en devoradores de insectos y, después, en insectos devoradores. En suma, hay demasiada gente, o pronto habrá demasiada gente en el mundo que dependa excesivamente de la tecnología, y una necesidad de ordenamiento cercano a la formación de los hormigueros. Llegará un día en que la mejor herencia que los padres puedan dejar a los hijos será el propio cuerpo, para que los hijos coman. Además ha llegado el momento de hacer, nosotros, artistas y escritores, un gran movimiento cultural y religioso universal, en el sentido de crear el hábito de alimentarnos también con la carne de nuestros muertos. Jesús, Alá, Mahoma, Moisés involucrados en la campaña. Hay un terrible desperdicio de proteínas. Swift y otros dijeron ya algo parecido, pero estaban satirizando. Lo que propongo es una nueva religión, superantropocéntrica, el Canibalismo Místico.

—¿Usted se comería a su padre?

—Como carne asada o guisada, no. Pero en forma de bizcocho, como fue mostrado en aquella película, no tendría la menor repugnancia en devorar a mi padre. Es posible también que alguien quiera devorar a la madre asada, enterita, como una gallina, para después lamerse los dedos y los labios, diciendo, mamá siempre fue muy buena. Es una cuestión de gustos.

—¿Escribe sus libros para un lector imaginario?

—Entre mis lectores existen también los que son tan idiotas como las verduras humanas, que pasan todas las horas de ocio viendo televisión. Me gustaría poder decir que la literatura es inútil, pero no lo es, en un mundo en el que pululan cada vez más técnicos. Para cada Central Nuclear se necesita una porción de poetas y artistas, de lo contrario estaríamos jodidos antes incluso de que explotara la bomba.

—¿Existe una literatura latinoamericana?

—No me hagas reír. No existe ni siquiera una literatura brasileña, con semejanzas de estructura, estilo, caracterización, o lo que sea. Existen personas escribiendo en el mismo idioma, en portugués, que ya es mucho. Yo no tengo nada que ver con Guimarães Rosa, escribo sobre personas apiñadas en las ciudades mientras los tecnócratas afilan el alambre de púas. Pasamos años y años preocupados por lo que algunos cientificistas cretinos ingleses o alemanes (¿Humboldt?) dijeron sobre la imposibilidad de crear una civilización por debajo del ecuador y decidimos arremangarnos, acabar con las charlas de cantina y, partiendo de nuestros bares de acrílico, hacer una civilización como ellos querían, y construimos São Paulo, Santo André, São Bernardo y São Caetano, nuestras Manchesteres tropicales con sus cimientos mortíferos. Hasta ayer el símbolo de la Federación de las Industrias del Estado de São Paolo eran tres chimeneas soltando al aire espesos remolinos negros de humo. Estamos matando a todos los bichos, ni el tatú aguanta, ya se extinguieron varias razas, cada día es derribado un millón de árboles, muy pronto todos los jaguatiricas serán tapetes de baño, los cocodrilos del pantanal se convertirán en bolsas y se comerá antílope en los restaurantes típicos, aquellos a los que un tipo va, pide capibara a la Thermidor, prueba un pedacito, solo para contárselo después a sus amigos y desperdicia el resto. Ya no es posible un Diadorim.*

—¿Pero existe o no existe una literatura latinoamericana?

—Solo si estuviera en la cabeza del Knopf.

—¿Qué quiere usted decir con eso de escribir *su* libro? ¿Es este el consejo que da a los más jóvenes?

—No estoy dando consejos. Incluso porque el sujeto puede intentar escribir la *Comedia humana,* aplicando a su ficción las leyes de la naturaleza o *La metamorfosis,* rompiendo esas mismas leyes, pero tarde o temprano acabará escribiendo su libro, el de él. Tarde o temprano acabará ensuciándose las manos también, si persiste.

—Última pregunta, ¿le gusta escribir?

—No. A ningún escritor le gusta realmente escribir. Me gusta amar y beber vino: a mi edad no debería perder tiempo con otras cosas, pero no consigo dejar de escribir. Es una enfermedad.

—Creo que ya tenemos bastante —dije, apagando la grabadora.

Después de transcribir la entrevista fui con el Editor.

—Esta entrevista parece un *Dialogue des morts* del clasicismo francés, de cabeza —le dije.

—Aun así vamos a publicarla —dijo el Editor.

* Personaje del escritor brasileño Guimarães Rosa.

Le llamé al Autor.

—Dijo usted que eran dos mil seiscientas veintisiete palabras y vamos a mandarle el cheque correspondiente.

El Autor ni siquiera lo agradeció. Una vez más me colgó el teléfono.

—Esos escritores piensan que lo saben todo —dije irritado.

—Por eso son peligrosos —dijo el Editor.

EL COBRADOR
1979

¡Reíd, rientes!
¡Derreíd, derrientes!
¡Risueñad las risas, ríemente risandad!
¡Derreíd sonreídamente!
¡Risas sobrerrisas – risas de sonrideros risores!
¡Hílare esreír, risas de sobrerreidores riseros!
Sorrisueños, risueños,
Sonreíd, ridiculad, risando, risantes,
Hilariando, riando,
¡Reíd, rientes!
¡Derreíd, derrientes!

V. Khlébnikov–Haroldo de Campos,
Encantaçao pelo riso

El cobrador

En la puerta de la calle una dentadura grande, abajo está escrito *Dr. Carvalho, Dentista*. En la sala de espera vacía, un anuncio: *Aguarde, el Doctor está atendiendo a un paciente*. Esperé media hora, un dolor de perros, la puerta se abrió y surgió una mujer acompañada de un tipo grande, de unos cuarenta años, con bata blanca.

Entré al consultorio, me senté en el sillón, el dentista me puso una servilleta de papel en el cuello. Abrí la boca y le dije que la muela de atrás me estaba doliendo mucho. Miró con un espejito y me preguntó cómo es que había dejado que los dientes llegaran a tal estado.

Solo sonrío. Estos tipos sí que son graciosos.

Se la voy a tener que sacar, dijo, usted ya tiene pocos dientes y si no se hace un tratamiento rápido va a perder todos los otros, incluso estos —y dio un golpe sonoro en los incisivos.

Una inyección de anestesia en la encía. Me mostró la muela en la punta de la pinza: la raíz está podrida, ¿lo ve?, dijo sin dar mucha importancia. Son cuatrocientos cruceiros.

Solo sonrío. No tengo, mi amigo, dije.

¿Qué es lo que no tiene?

No tengo los cuatrocientos cruceiros. Me dirigí hacia la puerta. Él bloqueó la puerta con el cuerpo. Es mejor que pague, dijo. Era un hombre grande, manos grandes y pulso firme de tanto arrancar dientes a los más jodidos. Y mi físico delgaducho envalentona a la gente. Odio a dentistas, comerciantes, abogados, industriales, funcionarios, médicos, ejecutivos, esa canallada entera. Todos me están debiendo mucho. Abrí la chamarra, saqué la treinta y ocho y le pregunté con tanta rabia que una gota de saliva le salpicó la cara: ¿qué tal si te meto esto en el culo? Se puso pálido, retrocedió. Apuntándole con el revólver al pecho empecé a aliviar mi corazón: saqué los cajones de los armarios, tiré todo al suelo, pateé los frascos como si fueran pelotas, saltaban y se estrellaban contra la pared. Reventar las escupideras y los motores fue más difícil, me lastimé las manos y los pies. El dentista me miraba, debe haber pensado varias veces en someterme, quería que lo hiciera para darle un tiro en esa gran barriga llena de mierda.

¡No pago nada más, me cansé de pagar!, le grité, ahora solo cobro. Le disparé en la rodilla. Debería haber matado a ese hijo de puta.

La calle llena de gente. Digo, para mis adentros, y a veces para afuera, ¡todos me deben!, me deben comida, panochas, cobijas, zapatos, casa, auto, reloj, dientes, me deben. Un ciego pide limosna sacudiendo una lata de aluminio con monedas. Le doy una patada a la lata, el ruido de las monedas me irrita. Calle Marechal Floriano, casa de armas, farmacia, banco, putas, fotógrafo, Light, vacuna, médico, Ducal, un montón de gente. Por la mañana no se puede ir hacia la Central, la multitud avanza como una enorme oruga que ocupa toda la calle.

Detesto a esos tipos que andan en Mercedes. El claxon del coche también me molesta. Anoche fui a ver al tipo que vendía una Magnum con silenciador en la Cruzada, y cuando atravesé la calle un tipo que había ido a jugar tenis en uno de esos clubes exclusivos que hay por ahí tocó el claxon. Yo estaba distraído porque iba pensando en la Magnum cuando tocó el claxon. Vi que el coche venía despacio y me paré enfrente.

¿Qué te pasa?, gritó.

Era de noche y no había nadie cerca. Estaba vestido de blanco. Saqué la treinta y ocho y le disparé al parabrisas, más para reventar el vidrio que para darle al tipo. Arrancó rápido, para atropellarme o para escapar, o las dos cosas. Me hice a un lado, el coche pasó, las llantas rechinaron en el pavimento. Se detuvo un poco más adelante. Me acerqué. El tipo estaba acostado con la cabeza hacia atrás, la cara y el pecho cubiertos de astillas de vidrio. Sangraba mucho de una fea herida en el cuello y la ropa blanca estaba toda roja.

Giró la cabeza, que estaba apoyada en el asiento, ojos muy abiertos, negros, y el blanco alrededor era azul lechoso, como una jabuticaba* por dentro y porque el blanco de sus ojos era azulado le dije: vas a morir, compadre, ¿te doy el tiro de gracia?

No, no, dijo con esfuerzo, por favor.

---

* Fruta de la jabuticabeira, árbol brasileño.

En la ventana de un edificio un tipo me observaba. Se escondió cuando lo miré. Debe haber llamado a la policía.

Seguí caminando tranquilamente, volví a la Cruzada. Qué bueno había sido reventar el parabrisas del Mercedes. Debería haberle dado un tiro también al techo y un tiro en cada puerta, el hojalatero habría tenido que sudar.

El tipo de la Magnum ya había vuelto. ¿Traes los treinta mil? Colócalos aquí en esta mano que nunca ha visto una palmatoria, dijo. Su mano era blanca, lisa, pero la mía estaba llena de cicatrices, tengo cicatrices en todo el cuerpo, hasta en el pito tengo cicatrices.

También quiero comprar un radio, le dije al mercachifle.

Mientras iba a buscar el radio, examiné mejor la Magnum. Aceitada y también cargada. Con el silenciador parecía un cañón.

El mercachifle volvió con un radio de pilas. Es japonés, dijo.

Préndelo para oírlo.

Lo prendió.

Más fuerte, le pedí.

Subió el volumen.

Puf. Creo que murió con el primer tiro. Le di dos más solo para oír puf, puf

Me deben colegio, novia, equipo de sonido, respeto, sándwich de mortadela en el café de la calle Vieira Fazenda, helado, balón de futbol.

Veo tele para aumentar mi odio. Cuando mi cólera disminuye y se me quitan las ganas de cobrar lo que me deben, veo tele y en poco tiempo regresa el odio. Me gustaría agarrar al tipo del anuncio de whisky. Está bien vestido, elegante, todo almidonado, abrazado a una rubia reluciente, y pone cubos de hielo en un vaso y sonríe con todos los dientes, tiene los dientes sanos y son verdaderos, y quiero agarrarlo con la navaja y rajarle las comisuras de la boca hasta las orejas, y todos esos dientes blancos van a quedar fuera de una sonrisa de calavera roja. Ahora está ahí, sonriendo y después le da un beso en la boca a la rubia. No pierde el tiempo.

Mi arsenal está casi completo: tengo la Magnum con silenciador, una Colt Cobra treinta y ocho, dos navajas, una carabina doce, un Taurus treinta y ocho, un puñal y un machete. Con el machete voy a cortarle la cabeza a alguien de un solo golpe. Vi en el cine, en uno de esos países asiáticos todavía bajo dominio inglés, un ritual que consistía en cortarle la cabeza a un animal, creo que era un búfalo, de un solo golpe. Los oficiales ingleses presidían la ceremonia con un aire de fastidio, pero los decapitadores eran verdaderos artistas. Un golpe seco y la cabeza rodaba, chorreando sangre.

En casa de una mujer que me recogió en la calle. Dice que estudia en el colegio nocturno. Yo pasé por eso, mi colegio fue el más nocturno de todos los colegios nocturnos del mundo, tan malo que ya no existe, lo echaron abajo. Hasta la calle donde quedaba la demolieron. Me pregunta qué hago y le respondo que soy poeta, lo que es rigurosamente cierto. Me pide que le recite un poema mío. Es este: A los ricos les gusta dormir tarde / solo porque saben que la chusma / tiene que dormir temprano para trabajar por la mañana. / Esa es otra oportunidad que / tienen para ser diferentes: parasitar, / despreciar a los que sudan para ganarse el pan, / dormir hasta tarde, / tarde / un día / por fortuna, / demasiado.

Me interrumpe preguntando si me gusta el cine. ¿Y el poema? Ella no entiende. Sigo: Sabía bailar samba y apasionarse / y rodar por el suelo / solo por poco tiempo. / Del sudor de su rostro nada fue construido. / Quería morir con ella, / pero eso fue el otro día, / todavía otro día. / En el cine Iris, en la calle de la Carioca / el Fantasma de la ópera. / Un tipo de negro, / maletín negro, el rostro escondido, / en la mano un pañuelo blanco inmaculado, / le hacía puñetas a los espectadores; / en la misma época, en Copacabana, / otro / que no tenía ni apodo / se bebía los orines de los mingitorios de los cines / y su rostro era verde e inolvidable. / La Historia se hace de gente muerta / y el futuro de gente que va a morir. / ¿Piensas que ella va a sufrir? / Es fuerte, resistirá. / También resistiría si fuese débil. / En cuanto a ti, no sé. / Fingiste tanto tiempo, golpeaste, gritaste, mentiste. / Estás cansado, / estás acabado, / no sé qué es lo que te mantiene vivo.

Ella no entendía de poesía. Solo estaba conmigo y quería fingir indiferencia, bostezaba desesperadamente. La falsedad de las mujeres.

Me das miedo, terminó confesando.

Esta cabrona no me debe nada, pensé, vive a duras penas en un cuarto con sala, tiene los ojos hinchados de tanto beber porquerías y leer la vida de las ricas en la revista *Vogue*.

¿Quieres que te mate?, pregunté mientras tomábamos whisky corriente.

Quiero que me cojas, rio ansiosa, insegura.

¿Matarla? Nunca había estrangulado a alguien con mis propias manos. No es muy elegante ni dramático estrangular a alguien, parece una pelea callejera. De todas maneras quería estrangular a alguien, pero no a una infeliz como esa. Para un don nadie, ¿solo un tiro en la nuca?

He pensado mucho sobre eso últimamente. Se había quitado la ropa: pechos caídos y blandos, los pezones pasas gigantes que alguien había pisado; muslos flácidos con nódulos de celulitis, gelatina descompuesta con pedazos de fruta podrida.

Tengo miedo, dijo.

Me acosté sobre ella. Me agarró del cuello, su boca y lengua en mi boca, una vagina pegajosa, caliente y olorosa.

Cogimos.

Ahora está durmiendo.

Soy justo.

Leo el periódico. La muerte del mercachifle de la Cruzada no fue noticia. El ricacho del Mercedes con ropa de tenista murió en el Miguel Couto y los diarios dicen que fue asaltado por el bandido Boca Larga. Solo sonrío.

Hago un poema denominado «Infancia o Nuevos olores de panocha con ch». Aquí de nuevo / oyendo a los Beatles / en la Radio mundial / a las nueve de la noche / en un cuarto / que podría ser / y era / de un santo mártir. / No había pecado / y no sé por qué me condenaban / por ser inocente / o tonto. / De cualquier forma / el suelo estaba siempre ahí / para sumergirse. / Cuando no hay dinero / es bueno tener músculos / y odio.

Leo los periódicos para saber qué es lo que están comiendo, bebiendo y haciendo. Quiero vivir mucho para tener tiempo de matarlos a todos.

Desde la calle veo la fiesta en la Vieira Souto, las mujeres de vestido largo, los hombres con ropa negra. Camino despacio, de un lado a otro, no quiero despertar sospechas y el machete adentro del pantalón, amarrado a la pierna, no me deja caminar bien. Parezco un inválido, me siento un inválido. Una pareja de mediana edad pasa a mi lado y me mira con lástima; también me doy lástima, cojeo y me duele la pierna.

Desde la calle veo a los meseros sirviendo champaña francesa. A esta gente le gusta la champaña francesa, los vestidos franceses, el idioma francés.

Estuve ahí desde las nueve, pasé por enfrente, bien armado, entregado a la suerte y el azar, y la fiesta empezó.

Los lugares de estacionamiento frente al departamento fueron ocupados rápidamente y los coches de los invitados tuvieron que estacionarse en las oscuras calles laterales. Hubo uno que me interesó bastante, un coche rojo, y en él un hombre y una mujer, jóvenes y elegantes. Se dirigieron al edificio sin hablar, él acomodándose la corbata de moño y ella el vestido y el pelo. Se prepararon para una entrada triunfal, pero desde la calle veo que su llegada es recibida como la de los otros, con desinterés. La gente se arregla en el peluquero, en el sastre, en el masajista y solo el espejo les da en las fiestas la atención que esperan. Vi a la mujer con su vestido azul ondulante y murmuré: te voy a dar la atención que mereces, no en balde te pusiste tus mejores calzones y fuiste tantas veces a la modista y te pasaste tantas cremas por la piel y te pusiste un perfume tan caro.

Fueron los últimos en salir. No caminaban con la misma energía y discutían enojados, voces pastosas, enredadas.

Me acerqué a ellos cuando el hombre abría la puerta del coche. Yo venía cojeando, él apenas si me miró rápidamente y vio a un inválido inofensivo y despreciable.

Le puse el revólver en la espalda.

Haz lo que te mando, si no los mato a los dos, le dije.

No fue fácil entrar con la pierna dura en el estrecho asiento trasero. Me acosté a medias, con el revólver apuntando a la cabeza de él. Le ordené que fuera a la Barra da Tijuca. Estaba sacando el machete del pantalón cuando me dijo, llévate el dinero y el auto y déjanos aquí. Estábamos frente al Hotel Nacional. Solo sonrío. Como ya estaba sobrio seguro quería tomarse un último whisky mientras avisaba a la policía por teléfono. Ah, ciertas personas piensan que la vida es una fiesta. Seguimos por Recreio dos Bandeirantes hasta llegar a una playa desierta. Bajamos del coche. Dejé las luces prendidas.

No le hemos hecho nada, dijo.

¿Ah no? Solo sonrío. Sentí el odio inundándome los oídos, las manos, la boca, todo el cuerpo, un sabor a vinagre y lágrimas.

Está embarazada, dijo señalando a la mujer, va a ser nuestro primer hijo.

Miré la barriga de la esbelta mujer y decidí ser misericordioso y dije, puf, arriba de donde pensaba que estaba el ombligo de ella, y me cargué al feto. La mujer cayó boca abajo. Le puse el revólver en la sien y le hice un hoyo.

El hombre lo vio todo sin decir una palabra, la cartera en la mano extendida. Agarré la cartera y la aventé al aire y cuando caía le di una patada de izquierda que la lanzó lejos.

Le amarré las manos por detrás de la espalda con una cuerda que llevaba. Después le amarré los pies.

Arrodíllate, le dije.

Se arrodilló.

Las luces del coche le iluminaban el cuerpo. Me arrodillé a su lado, le quité la corbata, doblé el cuello de la camisa dejando su pescuezo al descubierto.

Inclina la cabeza, le mandé.

Se inclinó. Levanté alto el machete, seguro en las dos manos, vi las estrellas en el cielo, la noche inmensa, el firmamento infinito y dejé caer el machete, estrella de acero, con toda mi fuerza, justo en medio de su cuello.

La cabeza no cayó y él trató de levantarse, debatiéndose como si fuera una gallina atontada en manos de una cocinera incompetente. Le di otro golpe y otro y otro y la cabeza no rodaba. Se había desmayado o muerto con la mierda de cabeza presa al cuello. Puse el cuerpo sobre la salpicadera del coche. El cuello quedó en buena posición. Me concentré como un atleta que va a dar un salto mortal. Ahora, mientras el machete hacía su corto recorrido mutilador zumbando, cortando el aire, sabía que iba a lograr lo que quería. ¡Broc! La cabeza salió rodando por la arena. Levanté alto el alfanje y recité: ¡Salve el Cobrador! Di un grito agudo que no era ninguna palabra, era un aullido largo y fuerte para que todos los bichos temblaran y se apartaran. Por donde paso el pavimento se derrite.

Una caja negra debajo del brazo. Digo con la lengua trabada que soy el plomero que va a hacer un trabajo en el departamento doscientos uno. El portero encuentra divertida mi lengua enredada y me deja subir. Comienzo desde el último piso. Soy el plomero (ahora lengua normal), vengo a hacer un servicio. Por la abertura dos ojos: nadie ha llamado al plomero. Bajo al séptimo, lo mismo. Solo voy a tener suerte en el primero.

La sirvienta me abrió y gritó hacia dentro, es el plomero. Apareció una muchacha en camisón, con un frasco de esmalte de uñas en la mano, bonita, unos veinticinco años.

Debe haber un error, dijo, no necesitamos plomero.

Saqué la Cobra de la caja. Claro que lo necesita; tranquilas, si no las mato. ¿Hay alguien más en la casa? El marido estaba trabajando y el niño en el colegio. Amarré a la sirvienta, le cerré la boca con esparadrapo. Llevé a la señora a la recámara.

Desvístete.

No me voy desvestir, dijo, la cabeza erguida.

Me deben jarabe, calcetines, cine, filete miñón y panocha, hazlo rápido. Le di un puñetazo en la cabeza. Cayó en la cama, una marca roja en la cara. No me desvisto. Le arranqué el camisón, los calzones. No traía brasier. Le abrí las piernas. Le puse las rodillas en los muslos. Tenía un pelambre abundante y negro. No se movió, con los ojos cerrados. Entrar en ese bosque oscuro no fue fácil, su panocha era apretada y seca. Me incliné, le abrí la vagina y se la escupí, gruesos escupitajos. Aun así no fue fácil, sentía que el pito se me despellejaba. Dio un gemido cuando le metí la verga con toda la fuerza hasta el fondo. Mientras le metía y le sacaba el pito le chupaba los pechos, la oreja, el cuello, le pasaba suavemente el dedo por el culo, le sobaba las nalgas. El pito empezó a lubricarse con los jugos de su vagina, ahora tibia y pegajosa.

Como ya no me tenía miedo, o porque me tenía miedo, se vino antes que yo. Con el resto de semen que salía del pito hice un círculo alrededor de su ombligo.

A ver si dejas de abrirle la puerta al plomero, le dije, antes de salir.

Salgo del desván de la calle Visconde de Maranguape. Un hueco en cada muela lleno de cera del Dr. Lustosa / masticar con los dientes delanteros / puñeta para foto de revista / libros robados. / Voy a la playa.

Dos mujeres están conversando en la arena; una tiene el cuerpo bronceado por el sol, un pañuelo en la cabeza; la otra es clara, debe ir poco a la playa; las dos tienen el cuerpo muy bonito; las nalgas de la clara son las nalgas más lindas que he visto. Me siento cerca, y miro. Se dan cuenta de mi interés y se empiezan a mover, a decir cosas con el cuerpo, a hacer movimientos seductores. En la playa somos todos iguales, nosotros los jodidos y ellos. Incluso somos mejores porque no tenemos esa barriga grande y el culo blando de los parásitos. ¡Quiero a la mujer blanca! Ella incluso está interesada en mí, me mira. Se ríen, ríen, enseñando los dientes. Se despiden y la blanca se va hacia Ipanema, el agua mojándole los pies. Me acerco y me voy junto a ella, sin saber qué decirle.

Soy una persona tímida, me han golpeado tanto en la vida, y el pelo de ella es fino y tratado, su tórax es esbelto, los senos pequeños, los muslos son sólidos y redondos y musculosos y el culo está hecho de dos hemisferios duros. Cuerpo de bailarina.

¿Estudias ballet?

Estudié, dice. Me sonríe. ¿Cómo es que alguien puede tener una boca tan bonita? Tengo ganas de chuparle uno por uno los dientes. ¿Vives por aquí?, pregunta. Sí, miento. Me muestra un edificio en la playa, todo de mármol.

De regreso a la calle Visconde de Maranguape, hago tiempo para ir a la casa de la chica blanca. Se llama Ana, palindrómico. Afilo el machete con una piedra especial, el cuello de ese ricachón estaba muy duro. Los periódicos le dieron mucho espacio a la muerte de la pareja que ajusticié en la Barra. La chica era hija de uno de esos putos que se enriquecen en Sergipe o Piauí, estafando a los miserables y después llegan a Rio y los idiotas ya no tienen acento, se pintan el pelo de rubio y dicen que son descendientes de holandeses.

Los columnistas de sociales estaban consternados. Los ricachos a los que me despaché iban a viajar a París. Ya no hay seguridad en las calles, decía el titular de un diario. Solo sonrío. Tiré un calzoncillo al aire y traté de cortarlo con el machete, como lo hacía Saladino (con un pañuelo de seda) en el cine.

Ya no se hacen cimitarras como antes / Soy una hecatombe. / No sé ni de Dios ni del Diablo. / Que me hicieron un vengador. / Fui yo mismo. / Yo soy el Hombre-Pene. / Soy el Cobrador.

Voy al cuarto donde está acostada doña Clotilde desde hace tres años. Doña Clotilde es la dueña de la casa.

¿Quiere que barra la sala?, le pregunto.

No, hijo, solo quiero que me pongas la inyección de Trinevral antes de que te vayas.

Hiervo la jeringa, preparo la inyección. Las nalgas de doña Clotilde están secas como una hoja vieja y arrugada de papel de arroz.

Me caíste del cielo, hijo, Dios te mandó, dice.

Doña Clotilde no tiene nada, podría levantarse y comprar cosas en el supermercado. Su enfermedad está en la cabeza. Y después de pasar tres años acostada, solo se levanta para hacer pipí y caca, en realidad no debe tener fuerzas.

Un día de estos le doy un tiro en la nuca.

Cuando satisfago mi odio me invade una sensación de victoria, de euforia y me dan ganas de bailar, emito pequeños aullidos, gruñidos, sonidos inarticulados, más cerca de la música que de la poesía, y los pies se me deslizan por el suelo, mi cuerpo se mueve a un ritmo hecho de meneos y saltos, como un salvaje, o un mono.

El que quiera darme órdenes puede hacerlo, pero morirá.

Tengo ganas de matar a un personaje de esos que muestran en la tele su cara paternal de sinvergüenza exitoso, una persona de sangre engrosada por caviares y champañas. Come caviar / tu día va a llegar. Me deben una chava de veinte años, llena de dientes y perfume. ¿La chica del edificio de mármol? Entro y me está esperando, sentada en la sala, callada, inmóvil, el pelo muy negro, el rostro blanco, parece una foto.

Vámonos, le digo. Me pregunta si traigo coche. Le digo que no tengo. Ella tiene. Bajamos por el elevador de servicio y salimos por el garaje, subimos a un Puma convertible.

Después de un momento le pregunto si puedo manejar y cambiamos de lugar. ¿Petrópolis está bien?, pregunto. Subimos la sierra sin decir palabra, ella mirándome. Cuando llegamos a Petrópolis me pide que me detenga en un restaurante. Le digo que no tengo dinero ni hambre, pero ella tiene las dos cosas, come vorazmente como si en cualquier momento le fuesen a quitar el plato. En la mesa de junto un grupo de jóvenes bebiendo y hablando alto, jóvenes ejecutivos que llegan el viernes y beben antes de encontrase con la Madame toda emperifollada para jugar cartas y hablar de la vida ajena mientras prueban quesos y vinos. Odio a los ejecutivos. Ella termina de comer. ¿Y ahora? Ahora vamos a volver, le digo, y bajamos por la sierra, yo manejando como un rayo, ella mirándome. Mi vida no tiene sentido, ya pensé en matarme, dice ella. Me detengo en la Visconde de Maranguape. ¿Aquí vives? Me bajo sin decir nada. Ella me sigue: ¿te volveré a ver? Entro y mientras subo las escaleras escucho que el coche arranca.

Top Executive Club. Usted se merece el mejor descanso, con cariño y comprensión. Nuestras masajistas son expertas. Elegancia y discreción.

Anoto la dirección y voy al lugar, una casa en Ipanema. Espero a que aparezca, de traje gris, chaleco, maletín negro, zapatos lustrados, pelo teñido. Saco un papel del bolsillo, como alguien que busca una dirección, y sigo al tipo hasta el auto. Estos cabrones siempre cierran el coche con llave. Saben que el mundo está lleno de ladrones, como ellos, solo que a ellos nadie los agarra; mientras abre el coche le pongo el revólver en la barriga. Dos hombres frente a frente conversando no llaman la atención. Poner el revólver en la espalda asusta más, pero eso solo se debe hacer en sitios desiertos.

Tranquilo, o te disparo en tu barriga ejecutiva.

Tiene un aire petulante, y al mismo tiempo vulgar del arribista provinciano, deslumbrado por las columnas sociales, consumista, católico, cursillista, patriota, servil, los hijos estudiando en la PUC,* la mujer dedicada a la decoración de interiores y socia de una boutique.

Por ser ejecutivo, ¿la masajista te hizo una puñeta o te chupó el pito?

Eres hombre, tú sabes cómo son las cosas, dijo. Plática de ejecutivo con chofer de taxi o elevadorista. Piensa que ya ha enfrentado todas las situaciones de crisis.

Nada de hombre, digo suavemente, soy el Cobrador.

¡Soy el Cobrador!, grito.

Comienza a ponerse del color del traje. Piensa que estoy loco y nunca había enfrentado a un loco en su maldita oficina con aire acondicionado.

Vamos a tu casa, le digo.

No vivo aquí en Rio, vivo en São Paulo, dice. Perdió el valor pero no la astucia. ¿Y el coche?, pregunto. ¿Coche, qué coche? ¿Este coche con la placa de Rio? Tengo mujer y tres hijos, cambia el tema. ¿Qué es eso? ¿Una disculpa, código, *habeas corpus*, salvoconducto? Le digo que se estacione. Puf, puf, puf, un tiro por cada hijo, en el pecho. El de la mujer en la cabeza, puf.

Para olvidar a la chica que vive en el edificio de mármol voy a jugar futbol a la cancha. Tres horas seguidas, mis piernas llenas de moretones por los golpes, el dedo gordo del pie derecho hinchado, tal vez roto. Me siento sudoroso al lado de la cancha, junto a un criollo que lee *O Dia*. El titular me interesa, le pido el periódico prestado, el tipo me dice ¿si quieres leerlo por qué no lo compras? No me enojo, el criollo tiene pocos dientes, dos o tres, chuecos y oscuros. Le digo bueno, no vamos a pelear por eso. Compro dos hot-dogs y dos cocas y le doy la mitad a él y él me pasa el periódico. El titular dice: «La Policía busca al loco de la Magnum». Le devuelvo el periódico al criollo. No lo acepta, me sonríe mientras mastica con los dientes delanteros, mejor dicho, con las encías delanteras que de tanto usarlas están afiladas como navajas. Noticia del diario: Un grupo de distinguidos de la región sur en grandes preparativos para el tradicional Baile de Navidad, Primer Grito de Carnaval. El baile comienza el día 24 y termina el día 1 del Año Nuevo; vienen hacendados de Argentina, herederos de Ale-

---

* Pontificia Universidad Católica.

mania, artistas norteamericanos, ejecutivos japoneses, el parasitismo internacional. La Navidad realmente se convirtió en una fiesta. Tragos, diversión, orgía, holgazanería.

El Primer Grito de Carnaval. Solo sonrío. Estos tipos sí que son graciosos. Un loco saltó del puente Rio Niterói y flotó durante doce horas hasta que una lancha de Salvamar lo encontró. Ni siquiera se resfrió.

Un incendio en un asilo mató a cuarenta viejos, las familias lo celebrarán.

Acabo de ponerle una inyección de Trinevral a doña Clotilde cuando tocan el timbre. Nunca tocan el timbre de la casa. Yo hago las compras, ordeno la casa. Doña Clotilde no tiene parientes. Miro desde el balcón. Es Ana Palindrómica.

Conversamos en la calle. ¿Estás huyendo de mí?, pregunta.

Más o menos, le digo. Subo con ella al segundo piso. Doña Clotilde, estoy con una muchacha, ¿la puedo llevar al cuarto? Hijo, la casa es tuya, haz lo que quieras, solo quiero ver a la muchacha.

Nos paramos al lado de la cama. Doña Clotilde mira a Ana durante una eternidad. Se le llenan los ojos de lágrimas. Yo rezaba todas las noches, solloza, todas las noches para que encontraras una muchacha como ella. Levanta los delgados brazos cubiertos de piel flácida hacia lo alto, junta las manos y dice, ¡Oh, Dios mío, cuánto te lo agradezco!

Estamos en mi cuarto, de pie, ceja contra ceja, como en el poema, le quito la ropa y ella a mí y su cuerpo es tan lindo que siento un nudo en la garganta, lágrimas en mi rostro, ojos ardiendo, me tiemblan las manos y ahora estamos acostados, uno sobre el otro, enlazados, gimiendo, y más, y más, sin parar, ella grita, la boca abierta, los dientes blancos como los de un elefante joven, ¡ay, ay, me encanta tu ansiedad!, grita. Agua y sal y semen salen de nuestros cuerpos sin parar.

Ahora, mucho tiempo después, acostados mirándonos hipnotizados hasta que anochece y nuestros rostros brillan en la oscuridad y el perfume de su cuerpo traspasa las paredes del cuarto.

Ana despertó primero que yo y la luz está prendida. ¿Solo tienes libros de poesía? ¿Y para qué son todas estas armas? Saca la Magnum del ropero, carne blanca y acero negro, me apunta. Me siento en la cama.

¿Quieres disparar?, dispara, la vieja no va a oír. Un poco más arriba. Con la punta del dedo alzo el cañón a la altura de mi frente. Aquí no duele.

¿Has matado a alguien? Ana apunta el arma a mi frente.
Sí.
¿Y te gustó?
Sí.
¿Cómo?
Sentí un alivio.
¿Como nosotros en la cama?
No, no, es otra cosa. Lo contrario de eso.
No te tengo miedo, dice Ana.
Ni yo a ti. Te amo.
Conversamos hasta el amanecer. Siento una especie de fiebre. Preparo café para doña Clotilde y se lo llevo a la cama. Voy a salir con Ana, digo. Dios escuchó mis oraciones, dice la vieja entre sorbo y sorbo.

Hoy es 24 de diciembre, día del Baile de Navidad o Primer Grito de Carnaval. Ana Palindrómica huyó de su casa y está viviendo conmigo. Mi odio ahora es diferente. Tengo una misión. Siempre he tenido una misión y no lo sabía. Ahora lo sé. Ana me ayudó a comprender. Sé que si todos los jodidos hicieran lo que yo el mundo sería más justo. Ana me enseñó a usar explosivos y creo que ya estoy preparado para ese cambio de escala. Matar uno por uno es algo místico y ya me liberé de eso. En el Baile de Navidad mataremos convencionalmente a los que podamos. Será mi último gesto romántico inconsecuente. Para empezar escogimos a los compradores asquerosos de un supermercado de la zona sur. Los mataremos con una bomba de alto poder explosivo. Adiós, machete, adiós, puñal, mi rifle, mi Colt Cobra, adiós, mi Magnum, hoy será el último día que los use. Beso mi machete. Voy a volar gente, tendré prestigio, ya no seré solo el loco de la Magnum. Tampoco saldré más por el parque de Flamengo mirando los árboles, los troncos, la raíz, las hojas, escogiendo el árbol que quisiera tener, que siempre quise tener, un pedazo de tierra. Yo los vi crecer en el parque y me alegraba cuando llovía y la tierra se empapaba, las hojas lavadas por la lluvia, el viento meciendo las ramas mientras los coches de los canallas pasaban velozmente sin mirar a los lados. Ya no pierdo el tiempo con sueños.

El mundo entero sabrá quién eres, quiénes somos, dice Ana.

Noticia: El gobernador se va a disfrazar de Santa Claus. Noticia: Menos festejos y más meditación, vamos a purificar el corazón. Noticia: No faltará cerveza. No faltarán pavos. Noticia: Los festejos navideños causarán este año más víctimas de tráfico y de agresiones que los años anteriores. Policía y hospitales se preparan para las celebraciones de Navidad. El cardenal en la televisión: la fiesta de Navidad ha sido distorsionada, este no es su sentido, eso de Santa Claus es un invento infeliz. El cardenal afirma que Santa Claus es un payaso ficticio.

La víspera de Navidad es un buen día para que esa gente pague lo que debe, dice Ana. Al Santa Claus del baile lo quiero matar yo mismo con el machete, digo.

Le leo a Ana lo que escribí, nuestro manifiesto de Navidad para los periódicos. Nada de salir matando a diestra y siniestra, sin objetivo definido. Yo no sabía lo que quería, no buscaba un resultado práctico, mi odio se estaba desperdiciando. Estaba seguro de mis impulsos, mi error era no saber quién era el enemigo y por qué era enemigo. Ahora lo sé, Ana me lo enseñó. Y otros deben seguir mi ejemplo, muchos otros, solo así cambiaremos el mundo. Esa es la síntesis de nuestro manifiesto.

Meto las armas en una maleta. Ana dispara tan bien como yo, no sabe manejar el machete, pero esa arma ahora es obsoleta. Nos despedimos de doña Clotilde. Ponemos la maleta en el auto. Vamos al Baile de Navidad. No faltará cerveza ni pavo. Ni sangre. Se cierra un ciclo de mi vida y se abre otro.

Pierrot de la caverna

Hay gentes que no se entregan a la pasión, la apatía las lleva a escoger una vida rutinaria, donde vegetarán como «piñas en invernadero», como decía mi padre. En cuanto a mí, lo que me mantiene vivo es el riesgo inminente de la pasión y sus coadyuvantes, amor, odio, placer, misericordia. Estoy grabando. Solo quiero hablar, y lo que yo diga no pasará nunca al papel, así no tengo necesidad de buscar el estilo refinado que los críticos tanto me elogian y que no es otra cosa que un paciente trabajo de orfebrería. Sin saber cómo las palabras se colocan en el papel, pierdo la noción de su velocidad y cohesión, de su compatibilidad. Pero eso no interferirá con la historia. Había alguien vigilándome tras la puerta. Regina respondió que todo era imaginación mía; la pareja que vivía allí trabajaba fuera y su única hija pasaba el día en la escuela. Al volver a mi departamento después de que Regina salió, sonó el teléfono y como siempre él, o ella, se quedó en silencio, un silencio denso, secreto, que me amenazaba y se hacía cada vez más siniestro. Grité: *¿piensas que te tengo miedo?* No podía ser Maria Augusta, nunca le tendría miedo. Cuando nos separamos, le dejé el departamento y todos los muebles, cuadros, libros, todo. Pero eso fue hace mucho tiempo, o mejor dicho, fue hace poco tiempo, pero lo puse todo tan lejos, que si no fuera por los libros ni siquiera me acordaría de su existencia. Leí en el periódico que en Londres organizaron una asociación de pedófilos y que el día de la inauguración los miembros fueron agredidos por una multitud de ciudadanos airados, la mayoría mujeres. Le cuento eso a Regina cuando me llama para preguntarme, como siempre, si la amo. Le pido que tenga cuidado con la extensión telefónica, pero no hay peligro, él está en el baño, y ambos decimos te amo, varias veces, y quedamos de encontrarnos al día siguiente. Después me recosté en el sillón y me puse a pensar. Cuando era niño me gustaba fingir que me iba a acostar para poder pensar sin que nadie me interrumpiera. Los adultos se preocupan cuando ven a un niño tranquilo pensando. Yo pasaba, y paso, la noche, o una buena parte, despierto, pensando.

A veces sobre un hecho que presencié, como la pelea de gallos que vi el otro día. En uno de los intervalos de la pelea, el gallero le sacó del pecho al gallo un espolón clavado y lo lanzó de nuevo a pelear, sangre corriendo por el cuerpo herido, las patas marcadas de nervios estremeciéndose en un temblor continuo; el gallo se estaba muriendo, feroz, y el hombre aceptaba las apuestas que hacían contra él sabiendo que perdería. Entonces me fui pensando en hacer un poema usando la muerte del animal como un símbolo. Todo arte es simbólico, pero ¿no sería preferible, más simbólico, escribir sobre personas que se están matando? ¡Caramba! Decidí escribir una novela; tal vez vuelva a hablar de eso más adelante. Dije que le había dejado los libros a Maria Augusta, pero en realidad no fue así: decidimos dividir los libros, que ella escogiera primero. Pero Maria Augusta nunca lo hizo. Por eso, de vez en cuando, voy a su casa a buscar un libro. Nuestros contactos se hacen cada vez más desagradables. La última vez ella no ocultó el enojo que la dominó al verme. Llevaba un vestido largo y joyas, como si fuera a algún lugar; tardó en hacerme pasar y luego vi por qué. Había un tipo sentado en la sala, cara rechoncha, pálida, azulosa por la barba, aunque bien afeitada; vestía a la moda, camisa de holán francés abierta en el pecho, una cadena de oro gruesa con un medallón alrededor del cuello, y olía a perfume. Se llamaba Fernando, sus uñas y sus modales eran finos, me preguntó si estaba escribiendo algo. Es una pregunta que nos hacen continuamente a nosotros, los escritores, como si nunca dejáramos de escribir; a veces lo hacemos y nos pegamos un tiro en la cabeza por eso. Le respondí que el tema del libro que estaba escribiendo era la pedofilia. Iba a decir, en el siguiente orden: que era un libro sobre la devastación de la Amazonia, que era sobre un curandero que engañaba a la gente por televisión, sobre una familia de inmigrantes miserables que vaga sin parar por Rio de Janeiro, sobre peleas de gallos. Pero salió lo de la pedofilia. Maria Augusta, advirtiendo que Fernando desconocía el significado de la palabra, le explicó con rapidez que se trataba de la atracción erótica hacia los niños, una palabra compuesta griega que originalmente no tenía connotaciones perversas. La ignorancia de Fernando me hizo sonreír y eso molestó a Maria Augusta. ¿Qué te pasa?, preguntó sarcástica, estás más calvo y canoso, avejentado, ¿algún problema de salud? Nos miramos, hostiles e implacables, a la manera de los que se han dejado de amar. Debe ser la edad, respondí, el peor de todos los venenos. Maria Augusta se llevó la mano al cuello, allí es donde ella pensaba que el tiempo depredaba más su cuerpo, y preguntó con impaciencia cuál era el motivo de mi visita. Tomé los libros que quería y salí. Por la noche me di vueltas en la cama, insomne, pero disfrutando estar solo y despierto, dueño absoluto de mis pensamientos. El teléfono sonó varias veces y grité: ¡vete al infierno!, y él, o ella, permanecía en silencio al otro lado. *Alectrionon agones, alectriomachia.* Regina y yo hacíamos el amor en el sillón cuando ella tenía que volver rápido a casa. Después de contemplar ciertas cosas, o una determinada cosa, hay que cambiar de vida. Yo pensaba en Sofía y no me sacaba de la cabeza la pulserita de oro en su tobillo, qué cosa más diabólica. Cuando nos encontramos en el vestíbulo, su rostro se puso pálido, como ciertamente también estaría el mío. Sentí como si mi alma, si es que tengo un alma, se desprendiera y subiese al cielo como una llamarada alucinante. ¿Cómo va la escuela?, pregunté. Ah, Dios mío, si es que Dios existe, no era una urna griega, era el propio ser humano, en vez de una de sus creaciones. Con la puerta abierta del elevador me preguntó si bajaba. No, no bajaba. Una pulserita de oro en el tobillo. ¿Quién era el que pensaba que a los cincuenta años su creatividad se había agotado, que ya estaba viejo y acabado? Era un escritor como yo, ¡ah, ese veneno! En Atenas había una ley que ordenaba que todos los años se celebrara una pelea de gallos en el teatro, a expensas del Tesoro, en recuerdo del discurso hecho por Temístocles sobre el valor de sus conciudadanos, antes de la batalla de Salamina. *¡Atenienses, ¿estáis dispuestos a imitar en defensa de la Libertad y de la Patria el encarnizamiento de esos animales que se matan solo por el placer de vencer?* ¿Sería una patraña, como quería el grasoso amante de mi exmujer? ¿Qué es lo que Maria Augusta veía en un personaje tan ramplón? ¿Cómo serían en la cama? ¿Tendría él fuerzas para apretarla entre los brazos, haciendo que le dolieran los huesos, la carne y el espíritu, como a ella le gustaba? ¿Morderla, no solo con los dientes? La segunda vez que la vi fue en mi casa. Sofía llevaba un vestido blanco y tenía el pelo negro amarrado con un listón, también blanco, y la pulserita le brillaba en el tobillo. Se llevó el dedo a la boca pidiendo silencio. Yo temblé, pregunté murmurando qué pasaba. Era domingo y sus padres dormían hasta más tarde y ella siempre había querido conocer mi departamento. Yo estaba aterrorizado; tal vez esa sea la mejor palabra para caracterizar lo que sentía con la presencia de Sofía en mi departamento. Todo pasó rápidamente, sin que yo pudiera notar de manera lógica y lúcida la transacción que había ocurrido, como si estuviera fuertemente dopado, y de hecho lo estaba, por la asombrosa proximidad de ella. Después se fue, llevándose discos y libros. Era ella quien me vigilaba tras la puerta, pues rara vez iba a la escuela; no sé cómo era eso posible, tal vez mentía. Dijo además que nunca me llamaba, entonces no era ella la psicópata de los telefonemas, pero eso yo ya lo sabía. ¡Caramba! Desde entonces, Sofia no salía de mi pensamiento, ni siquiera cuando Regina llegaba con su dinámico cuerpo encendido y perfumado y sus idiotas historias burguesas. Yo ansiaba hablar de Sofia, pero sabía que con Regina eso sería imposible y entonces hablaba de otras cosas que Regina me hizo ver después no eran más que metáforas evasivas de mi mente astuta. Severino Borges, cuarenta y cuatro años, habitante de una favela de Parque Alegria, en São Cristóvão, Rio de Janeiro, carpintero, era un hombre delicado y servicial. No puedo hablar mal de Severino, dijo el presidente de la Asociación de Moradores del Parque Alegria, porque siempre ha sido muy tranquilo y nunca le ha hecho mal a nadie aquí; al contrario, le ha hecho trabajos gratis a casi todo el mundo. Yo sabía que tenía esa enfermedad, pero no sé cuántos casos han sido. Vi la paliza desde lejos, dijo Maria da Penha, que vive en la favela, le pegaron tanto que me dio pena, cuando cayó lo siguieron pateando y pisando y dándole palos hasta que lo mataron. Si él hubiera hecho eso con la hermana de Lucinha, que tiene doce años, yo creo que no le habrían pegado, pero la Lucinha tiene apenas ocho años. Regina oyó todo eso en silencio y luego me preguntó si me gustaba alguna muchachita. Respondí que el amor es necesario para el desarrollo espiritual del hombre, que el sexo era inocente y bueno, una parte importante de la experiencia estética y espiritual, como el placer de la música y de la poesía. Responde a mi pregunta, dijo Regina, el otro día me dijiste que un hombre de setenta años se había casado con una niñita de doce y me pareció raro que eso te interesara y también encontré raro que te interesaras por un tipo que en Israel fue condenado a la cárcel por haber mantenido relaciones sexuales con una niña de doce años. En realidad los jueces aceptaron su defensa de que ella lo sedujo. No pude escapar de tan volcánica pasión, dijo él. Discutimos toda la tarde, Regina y yo, y por primera vez no hicimos el amor. Orden y Progreso. Cuando sonó el teléfono, contesté y me defendí de la silenciosa agresión del chistoso con una cascada de insultos y vituperios que Regina pensó eran indirectamente para ella, lo que la puso más triste. ¿Diez años de análisis para terminar con esa estructura mental? La piel de Sofia tiene la blancura del lirio de las heroínas de las novelas antiguas, un lirio blanco, profundo, capas de blanco sobrepuestas, un abismo de albura sin fondo. Como el blanco de mi sueño, un sueño donde no hay ni gente ni tramas ni objetos, solo el color blanco y el color negro, en el sueño todo comienza con tinieblas profundas y nada se ve en la oscuridad. Súbitamente todo queda claro, pero nada se ve tampoco en esa luz que encandila. Miro mucho la boca de la gente. Mi primera pareja tenía un lunar azulado en medio de la boca y quería enseñarme a bailar en el cemento de la cancha de basquetbol; tenía una barriguita blanda y complaciente, pies ligeros, le sudaba el cuello y me estrujaba contra la pared metiendo con fuerza sus piernas entre las mías. No quiero saber de tu sueño ni de la gordita, dijo Regina. Le pregunté si ya le había hablado sobre la bandera brasileña y respondió que ya conocía todas mis manías, por lo menos las antiguas, y que ella estaba interesada en el secreto que le ocultaba. Regina dijo que por primera vez habíamos estado juntos sin hacer el amor y que temía que eso pudiera tener un significado catastrófico. Caramba. Orden y Progreso. Y sonaba el teléfono: habla, cobarde, ¿no se te ocurre nada mejor que hacer? Frente a la máquina de escribir buscaba fuerza para vencer mi aburrimiento. Qué tal un texto apotegmático y aposiopésico: en la naturaleza nada se pierde, nada se crea. Solo lograba escribir oyendo música y me daban ganas de oír el concierto para oboe en fa mayor de Corelli, pero no encontraba el disco, debía de estar en casa de esa fiera, junto con mis libros. Me encanta el oboe, el corno inglés, el fagot, los platillos dobles me parten el corazón. Entonces traté de escribir con Béla Bartók y salió esto: la gente se puso en dos filas en la arena de la playa, cerca de doscientos hombres, mujeres y niños, la mayoría mujeres, en silencio, esperando reverentes la llegada del Curandero. Un viento débil soplaba desde el mar; eran las cinco de un viernes de la Pasión. Nada más. Hay algo en Bartók que inhibe mi motivación. El arte está lleno de niñas que le trastornan la mente a hombres maduros, la de Malle, la de Nabokov, la de Kierkegaard, la de Dostoievski. Dostoievski sedujo a una niña de menos de doce años y se lo contó a Turgueniev, que no le dio importancia. Su culpa está proyectada en Svidrigailov, de *Crimen y castigo*, y en Stavrogin, de *Los demonios*, ambos pedófilos violadores. Escena de *Diario de un seductor*: la niña baja del carruaje y deja ver un pedazo de la pierna y yo, Kierkegaard, me enamoro avasalladoramente. Orden y Progreso. Me encontré con la madre de Sofia en el elevador, una mujer delgada, de esas que desayunan un yogur con una galleta y se pesan dos veces al día en una balanza en el baño. Me observaba sin disimulo hasta que le devolví la mirada de la misma forma y ella se presentó diciendo que quisiera que le autografiara uno de mis libros, o dos, si no era mucho pedir. Su último libro me hizo pensar mucho, dijo ella, modulando la voz como ciertas actrices de la televisión, una tonalidad baja desprovista de emoción; trataré de imitarla: ¿está escribiendo algo? Ah, ¿se cansó de escribir sobre el amor? El amor no cansa, usted como escritor debería saberlo. Después me sorprendió tocando a la puerta de mi departamento con dos libros bajo el brazo, pidiendo el autógrafo. El marido había ido al futbol. Tengo prisa, escribí. ¿Prisa de qué? No podía tener a la hija y me agarraba a la madre. Trataré de ser lo más rápida posible, dijo Eunice con una sonrisa cómplice. Los burgueses epicúreos aburridos fingen que están en un mundo bueno y poético en que todos se acuestan con todos. De la máquina: Ellos, los gallos, empiezan a pelear con uno o dos años de edad, comen ajo, maíz, cebolla, huevos cocidos, carne cruda, masajes de alcohol y amoniaco les endurecen la piel para soportar los espolones forrados de cuero, los espolones de hueso, los espolones de metal, la mortal Arma Uno. Pedigrí de cientos de años. Una diversión real en tiempos de Enrique VIII: sospecho que esta sería otra irreconciliabilidad entre él y Moro, desdeñada por los historiadores. Caramba. Nunca escribiría irreconciliabilidad. Me gusta decir caramba porque así es como mi padre vociferaba cuando quedaba perplejo. Decía también que me muerda un mono. ¿Por qué monos y no escorpiones o culebras o perros que estaban más a mano para morderlo? Nunca lo supe, mi padre era un hombre misterioso. Orden y Progreso es realmente mío. Regina y Sofía tenían la misma piel, el mismo pelo, el mismo claroscuro del cuerpo. Pero Eunice estaba bronceada por el sol. Creo que ya lo entendí todo, dijo Eunice, no hay tiempo que perder. A decir verdad, no soy cínico, no sé ser irónico, sarcástico, soy tímido y orgulloso, pero mi orgullo no tiene arrogancia ni ostentación, solo autoestima. Sabía que me interesaría Eunice mientras fuera una persona nueva, diferente, y solo lo sería por unas horas, durante ese tiempo sentiría deseo, me haría alguna gracia. De la máquina: ¡El Poder y la Gloria de Jesús!, dijo el Curandero y la mujer, que tenía una pierna tan hinchada que no la dejaba ordenar la casa, empezó a seguir las oraciones por la tele hasta que un día, de repente, se levantó y se dio cuenta de que estaba curada. Nuestra hermana está curada, dijo el Curandero, creyó en la infinita bondad de Jesús, en la fuerza de su milagro, en el poder de la oración, en la fe. Oremos: glorioso Dios, glorioso Padre, nuestros miles y miles de telespectadores aguardan la cura de sus horrendos sufrimientos, en nombre de Jesús ordeno que salgan de sus cuerpos las enfermedades malignas, por el poder de la misericordia y la compasión, oh, Jesús, padre bendito, libera a este que tanto ha ayudado al Auxilio Divino. Imágenes de Jesús, del Curandero, música celestial, el rostro feliz de los sufrientes. Había en Eunice algo que me afligía. Estaba siempre tensa e infeliz; era frío el sudor de su cuerpo desnudo, solo en el momento del orgasmo sentía que superaba su aflicción, pero enseguida su cuerpo se crispaba y comenzaba a llorar. La iniciativa no había sido mía; después de darle los autógrafos permaneció de pie, en medio de la sala, confundida y le dije, póngase cómoda y ella preguntó dónde quedaba mi cuarto. Me daba lástima, pero también me daba rabia el dramón de alcoba que invariablemente ella ponía en escena las pocas veces que estuvimos juntos, quizá porque no tengo la costumbre de sufrir de esos instantáneos y fugaces sentimientos de culpa. Acostarme con Eunice, como con todas las otras, fue algo parecido a un viaje a una ciudad desconocida: al principio uno lo percibe todo, alerta, atento, pero después cruzamos la calle sin ver nada, y si vemos algo no lo sentimos, como un cartero entregando la correspondencia. ¡Ah, el peor de todos los venenos! me dan ganas de retroceder la cinta y oír esta grabación, pero sé que si lo hago no seguiré registrando estos acontecimientos. De cualquier manera cuando termine de dictar tiraré la cinta a la basura. Nunca podría escribir sobre hechos reales de mi vida, no solo porque esta, como la de casi todos los escritores, no tiene nada de extraordinario o interesante, sino también porque de solo pensar que alguien conozca mi intimidad me empiezo a sentir mal. Evidentemente podría camuflar los hechos con una apariencia de ficción, pasando de primera a tercera persona, añadiendo un poco de drama y comedia inventados, etcétera. Eso es lo que hacen muchos escritores y tal vez esa sea la razón por la cual su literatura es tan fastidiosa. Veamos mi vida de los últimos tres meses. Trato de escribir una novela sobre pelea de gallos u otras dos más de las cuales hablaré enseguida, y trato de cogerme a todas las mujeres que pasan cerca. Obviamente eso no basta para componer una buena obra de ficción. El papel especial en que siempre escribo, comprado en Casa Mattos, está sobre la mesa, y la trama ya está armada en mi cabeza. El protagonista es un poderoso jefe del bajo mundo (apuestas, narcóticos, contrabando y prostitución) y su gallo de cien años (pedigrí de cien años), por el que apuesta verdaderas fortunas, dando ventaja de hasta diez contra uno. El antagonista es un pobre criador de gallos de la Baixada y su desconocido gallo, pero que él, con su larga experiencia, considera invencible. El viejo convence a parientes y amigos a asociarse en una gran apuesta contra el poderoso mandamás. Será una pelea mortal, pues los gallos usarán espolones de plata, la Primera Arma. Mi prestigio de escritor y mis pretensiones exigen que la novela sea una alegoría sobre la ambición, la soberbia y la impiedad. Ahora pregunto: ¿para quién finjo yo continuamente esa patraña de seriedad y profundidad? ¿Para mis contemporáneos? Pero si los desprecio a todos, no tengo un solo amigo y nunca veo a los desconocidos, la única vez en que estuve personalmente con mis editores fue hace tres años, me entiendo con ellos por carta. Mis contactos frecuentes son solo con las mujeres con quienes mantengo relaciones amorosas. Pero tampoco es para ellas para quienes tejo mi red de mentiras, hipérboles y subterfugios, no es su admiración lo que quiero. Deseo compulsivamente a todas las que se me atraviesan, y racionalizo: una es bonita, la otra es simpática, la otra es poetisa, la otra es buena y decente, la otra es la madre de la niña a quien amo. Etcétera. ¿Qué he hecho en estos tres meses? He comido, dormido, leído algunos libros, visto tele, he ido al cine, me he metido con tres mujeres, cosas que no le interesan a nadie, ni siquiera a mí, y sin embargo aquí estoy, contándoselo todo a un objeto electrónico, cuadrado, de pilas. Jamás sería capaz de escribir sobre esto. Escribiré sobre la creación del desierto del Amazonas por las manos predatorias del hombre, sobre el terror atómico, sobre las injusticias sociales y económicas. Pero que el papel espere otro poco por las verdades trascendentales. Ahora quiero seguir hablando, a lo mejor este juguetito me va a cansar dentro de poco. Regina y Eunice me molestaban. Yo estaba preparado para Sofia, esperándola, sabía que vendría, como uno sabe cuándo va a amanecer, en aquel instante antes del inicio de la claridad. Ella apareció con su corta falda azul de colegiala, que dejaba ver sus piernas inmaculadas. Quedamos sentados uno frente al otro en mi departamento sin decir una palabra, hasta que ella preguntó: mi mamá tiene treinta y cinco años, tú eres mayor, ¿verdad? También era mayor que su padre. Mientras tomaba Coca-Cola, Sofia dijo que pasando el día entero en la casa, como era mi caso, no iba a saber nada de lo que estaba ocurriendo allá afuera, en el mundo. La gente estaba muy loca, eso es lo que pasaba allá afuera, continuó Sofia. Sabía que sería ese día, me sentí dominado por espectrales alucinaciones, como los santos, y sentí la boca seca, Dios mío, tenía apenas doce años, su aliento ardiente me entró por la nariz y extasiado vi su cuerpo revelarse, los pequeños senos redondos, la barriga enjuta por donde un delgado hilo de vello negro bajaba hasta encontrar el pubis espeso de oscuro pelo que me absorbió como un pozo, un abismo nocturno de gozo y deleite. Después, Sofia preguntó si la sangre de la sábana era de ella. Y preguntó también si el orgasmo era una especie de agonía. Parecía que todo había sido un sueño, todo el cuerpo me hormigueaba, adormecido, y la cabeza parecía haberme explotado en una miríada de ínfimas partículas suspendidas en el aire como un gas denso y entonces entendí lo que el poeta chino quería decir al afirmar que la mente es una amplia nube flotando. No me dolió nada, dijo Sofia, estuvo bueno, tenía que pasar algún día, ¿no es cierto? Orden y Progreso. Me enamoré de Sofia como nunca lo había estado en toda mi vida de amores impetuosos. Era una persona muy pura, cuando iba al baño me pedía que me quedara cerca platicando porque así aliviaba su estreñimiento, lo que de hecho pasó a ocurrir diariamente. Nunca pensé que encontraría hermosa a una mujer sentada en el escusado, pero eso es justamente lo que sucedió. Maria Augusta y Regina nunca me dejaron verlas en esa situación. Sofia y yo pasábamos horas desmenuzándonos uno al otro, descubriendo el protolenguaje del cuerpo. La piel del ano y de la vagina de Sofia era negra, más oscura que los profusos pelos que le cubrían el pubis y seguían por la línea de las nalgas hasta la espalda. Me gustaba ver y pasar suavemente el dedo por todos los rincones de su cuerpo, y ella hacía lo mismo conmigo; pasaba miel por mi cara y yo por la de ella, después nos íbamos a la cama y uno lamía la miel de la cara del otro. ¿De dónde habrá sacado toda esa sabiduría salvaje? Yo amaba a Sofia, amaba a Sofia. ¡Amo a Sofia!, gritaba por la ventana, en la playa, cuando la pasión era tan fuerte que se hacía irreprimible. Yo era muy feliz. Empecé a evitar a Regina y a Eunice. Supe que el padre y la madre de Sofia bebían mucho, era común que se emborracharan por la noche viendo televisión sin darse cuenta de que la hija los observaba con un poco de lástima y mucho desprecio. Convencí a Sofia de volver a la escuela. Nos encontrábamos por la mañana, o si no por la noche, después de que se acostaban sus padres. Sofia quería ser muy rica cuando creciera, los ricos de su imaginación eran iguales a los de Fitzgerald: imperturbables, distantes, desinteresados, nunca se excitaban ni se encrespaban, ni se irritaban, ni se exaltaban, eran corteses, amenos, atentos, galantes. Por mi parte, los que conocí eran egoístas, acaparadores, ambiciosos, avaros y codiciosos. Sofia no sabía lo que era *encrespar*. Le expliqué que era lo mismo que irritar. Sofia dijo que yo hablaba demasiado, ¿para qué tanta palabrería? No por ser escritor tienes que hablar así. Qué divertido, existe una cierta correspondencia entre el registro oral y el verbal, pero yo nunca escribiría ni se excitan, ni se encrespan, ni se irritan, eso hablado pasa, pero escrito sería cursi y torpe, como lo notó Sofia. Querer producir bellas letras es tan malo como querer ser coherente. Yo soy diferente cada semana, cada día, soy contradictorio, bruto y delicado, cruel y generoso, comprensivo e implacable. Nunca haría esta confesión por escrito, muchos ecos y muchas rimas de liceo. Sofia me preguntó que si tuviéramos un hijo cómo se llamaría. No vas a tener un hijo, respondí. No lo sé. No lo tendrás. Caramba. Hacía dos meses que no le bajaba la regla. Llamé al laboratorio y me dijeron que llevara la primera orina de la mañana. Resultado del examen de embarazo: Nombre: Sofia. Examen: test inmunológico para embarazo. Resultado: Positivo. Observación: Se usó el diagnóstico de Organon. Pensaba que eras demasiado viejo y yo demasiado joven para tener un hijo. ¡Embarazada!

¡Mierda! ¡Caramba! Traté de refugiarme en los poetas, pensé en suicidarme, un viejo pensamiento. ¿Por qué será que se pican los dientes? De seguro mi dentista se reiría con esa pregunta. Tres mujeres compartían mi cuerpo, mi verdadera casa, tres mujeres exigían que yo fuera un buen anfitrión atento a sus deseos. Orden y Progreso. Nunca tuve un hijo y no quiero ese tipo de esclavitud. Conocía a un sujeto llamado José de Alencar. Él quería ser escritor pero su nombre no lo dejaba. Dos Josés de Alencar es mucho, dijo, mientras almorzábamos en la ciudad, un día caluroso en que había tanta gente en la calle que era imposible caminar un poco más rápido. José de Alencar era dueño de una agencia de coches usados, pero me parecía que era contrabandista. La ley existe para joderte, dijo, pero yo conozco todos los trucos para burlar la ley. En Botafogo hay una clínica fantástica, la chica entra y sale y no sufre nada, como si le hicieran una limpieza facial, de dos meses es pan comido. Tin, tin, chocamos los vasos, no te preocupes, el precio es razonable, busca a la jefa de enfermeras, doña Moema, puedes usar mi nombre, soy un viejo cliente de la casa. Y contó sus proezas galantes, y mostraba un gran apetito y admitió que sentía más hambre cuando la comida era gratuita. Estaba embarazada, un feto mío dentro de la barriga, tal vez ya tenía corazón, pero aun así yo entraba diariamente en el túnel de su cuerpo y recorría los caminos del éxtasis de su carne, ¡caramba! Mi tontito, me decía, te está naciendo pelo en la peloncita, mira. Y me lamía la frente. Paseando por la playa, Sofia me preguntó si me casaría con ella cuando cumpliese dieciocho años. Faltan seis años, ¿te parece mucho o poco tiempo? Mucho. Ah, ese veneno. Al volver encontramos al padre de Sofia en el vestíbulo del edificio. Nos estaba esperando y parecía borracho. Subamos a su departamento, dijo ríspidamente. Tenía los ojos congestionados y retorcía mucho la boca para que no me quedaran dudas sobre su estado de espíritu. De vez en cuando metía amenazadoramente la mano en el bolsillo. Se llamaba Milcíades. No se había afeitado y parecía haber dormido con la ropa que llevaba puesta. Entramos a mi departamento y en cuanto cerró la puerta Milcíades sacó un revólver y me apuntó con la mano trémula. Si me disparara y me matara sería pura casualidad. Gritando, Milcíades dijo que nos había visto de la mano en la calle. Canalla, viejo cínico e inmoral, soltó, desencajado. Dejé que gritara hasta cansarse. Después le dije en muchas y repetidas palabras que trataba a su hija con mucho respeto, como si fuera un padre, lo que es cierto. Nos examinó a mí y a Sofia con una astuta mirada enloquecida, y después de algún tiempo puso el revólver en el bolsillo de la chamarra y se sentó. De cualquier forma no quiero que siga viendo a mi hija, dijo, y le ordenó a Sofía que se fuera a su casa. Cuando salió, le hice un gesto tranquilizador a Sofía. Le pregunté a Milcíades si podía ofrecerle un whisky. Vaciló un poco y respondió con voz más suave y conciliadora: con hielo. Preparé uno doble para él y otro para mí, me senté a su lado y nos quedamos bebiendo en silencio. Solo volvió a hablar en el cuarto whisky. Es legítimo, dijo Milcíades, levantando el pulgar que sostenía el vaso y derramándose líquido en la ropa. Y después, poniendo una cara que parecía la de un viejo perro abandonado con sarna, dijo: confío en usted. Estaba dormido con la boca abierta, sentado en el sofá, cuando llegaron Sofía y Eunice. Intentaron levantarlo, pero Milcíades era un hombre gordo y grande y su esfuerzo no sirvió de nada. Finalmente, con mi ayuda, logramos llevarlo a casa y acostarlo. Le quité los zapatos y la chamarra con el revólver. La criamos con todo lo que una niña necesita, dijo Milcíades con su voz pastosa y luego comenzó a roncar tranquilamente. Eunice me preguntó si quería tomar algo. La rechacé diciendo que ya había bebido demasiado. Eunice no quería que me fuera, insistió en que me quedase un poco, en la sala de sillones de plástico. En un rincón, una televisión; no había cuadros en las paredes. Ve a acostarte, le dijo Eunice a Sofía. No, no quiero, dijo Sofía, sentándose a mi lado. ¡Te lo ordeno!, gritó Eunice. Luego se enredaron en una discusión violenta y cruel que me molestó mucho. Me levanté y cuando vieron que me iba dejaron de discutir, avergonzadas tal vez, y me pidieron que me quedara. Salí con el corazón pesado y me pasé la noche leyendo. Storr: muchos especialistas que han examinado el problema de niños seducidos o que tuvieron contacto sexual con adultos han concluido que sus daños emocionales resultan del horror de los adultos que se enteraron del hecho y no de algo intrínsecamente relacionado al contacto sexual. Kinsey: algunos de los más reputados especialistas en problemas juveniles concluyeron que las reacciones de los padres, autoridades policiales y otros adultos pueden perjudicar al niño mucho más que los contactos sexuales en sí. Storr: en muchos casos en que ocurrieron repetidos contactos sexuales entre el adulto y el niño este se mostró activamente interesado en seguir con los contactos y no presentó disturbios ni anormalidades hasta ser descubierto y recriminado. Estos niños poseen una personalidad agradable y tienen una gran facilidad para las relaciones sociales. No estoy grabando esto para justificarme. No sé, estoy muy confundido, siento que oculto cosas de mí, siempre hago eso cuando escribo, pero nunca pensé que lo haría hablando en secreto con esta fría máquina. Ayer ocurrieron aquellos desagradables episodios con el padre y la madre de Sofía. Todavía no los he visto hoy. Por la mañana, Sofía y yo fuimos en coche a la clínica en Botafogo. Sofía cantaba, acompañando la música del coche: son las trampas de la suerte, son las burlas del amor. Caramba. En la sala de la clínica había seis mujeres, cuatro muy jóvenes, y dos hombres que nos miraron en silencio cuando llegamos. Un auxiliar llamó a las mujeres, que fueron conducidas por una puerta, como si fueran prisioneras. Pregunté por la jefa de enfermeras. Tardó unos diez minutos en aparecer y nos llevó a una salita. Moema era delgada, brusca, de voz estridente: ¿Qué edad tiene? Respondí: dieciséis. Moema dijo que Sofía parecía tener menos, pero que de cualquier forma el médico no operaba a personas menores de dieciocho años. ¿Cuál es la diferencia entre dieciséis y dieciocho? Soy amigo de José de Alencar. Moema me miró con frialdad y me dijo que solo el director de la clínica podría resolver el problema. Quien hace un aborto a una niña de dieciocho lo hace a una de dieciséis, quien lo hace a una de dieciséis lo hace a una de catorce, quien lo hace a una de catorce lo hace a una de doce. Finalmente apareció el director. Era un hombre gordo, enorme, vestido de blanco. Me presenté con un nombre falso. ¿Qué edad tiene?, preguntó con aspereza. Dieciséis. Se rio, los labios gruesos y húmedos brillantes estirados hacia abajo y dijo en un tono perentorio: ella no tiene dieciséis años. ¿La operaría si los tuviera?, pregunté. Tal vez, dijo, girando sobre los talones, como si fuese un trompo. Sus pies pequeños y sus piernas delgadas parecían incapaces de sostener su tronco robusto, pero se movía con rapidez y hasta con cierta gracia femenina. Si tuviese dieciséis, los riesgos para la salud de la paciente serían menores y él no quería meterse en líos operando a una niña de once años. Tiene doce, le corregí, involuntariamente. Y usted con esa cara de Pierrot queriendo engañarme, dijo riendo. Ella tiene una salud de hierro, dije, perdonando el insulto, avergonzado. Siguió riéndose, meciendo la inmensa barriga, una risa sorda y musical, Boris Godunov. Tenía los dientes amarillos de nicotina, salivaba por los bordes de la boca y con la lengua, una lengua pequeña y chata como la de un gato, repartía la saliva por los labios gruesos. No podemos tener ese hijo, doctor, le dije humildemente. Boris dejó de reír y acercó su rostro al mío. Tenía la piel llena de pequeños orificios como si hubiese sufrido una leve afección de viruela. ¿Por qué no usó la píldora, diafragma, condón, *coitus interruptus*? Meten la pata y después vienen corriendo para acá. Este es un pobre país, cinco millones de abortos por año. Caramba. No podemos tener ese hijo, repetí desanimado. Boris preguntó mi edad y cuando se la dije noté que me miró con más simpatía. Así y todo no abandonó su estilo injurioso: más para allá que para acá, ¿no? Yo amo a esta niña. Ah, el amor, el amor, sentenció Boris. Todo tiene un valor, un precio, un impuesto, una carga, un gravamen. Tomé a Sofia del brazo para irnos. Había permanecido callada; creo que en algunos momentos se divirtió con la figura de Boris. Problemas, entonó él, siempre hay un problema. Pero usted tiene suerte, haré esa locura, debe ser su cara de idiota lo que me conmueve. Quiero dinero en efectivo, doña Moema le dirá cuánto. Y salió deslizándose sobre sus zapatos blancos de gamuza. Le pedí a Moema que tratara bien a Sofia. Vi a las dos desapareciendo por una puerta. ¡La espalda de Sofia era tan delicada y frágil! Se me llenaron los ojos de lágrimas. Felizmente la visión de sus vigorosos músculos glúteos contenidos por el pantalón Lee amainó un poco mi dolor y mi miedo. Además, yo no tenía el dinero que pidió Boris. ¿De dónde sacarlo? Llamé a mi editor pero no pude encontrarlo. Caramba. En momentos como este deberían estar los amigos. Pero yo no tengo amigos. Llamé a Regina. Quedamos de encontrarnos en la sucursal bancaria. No le dije para qué era el dinero ni ella preguntó. Te lo pago, en cuanto ubique a mi editor te lo pago. Debo habérselo repetido varias veces porque me advirtió enojada: deja de tratarme como si fuera un gerente de banco, imbécil. Volví corriendo a la clínica y le entregué el dinero a doña Moema, que me dijo que Sofia estaba bien, durmiendo. Me senté en una sala de espera y por primera vez en mi vida, viendo retrospectivamente (no me percaté en el momento) logré vaciar mi cabeza de todo pensamiento, como si mi cerebro hubiese sido arrancado y dentro de mi cráneo sobrara un espacio vacío. Fue un tiempo interminable. Entonces apareció Moema con Sofia. Estaba muy pálida, los labios grises. Está bien, dijo Moema. No olvide seguir las recomendaciones médicas. Cuando llegamos al coche le di a Sofia las flores que no me había atrevido a entregarle frente a Moema. Me encantan las rosas amarillas, dijo Sofia. Luego se quedó dormida con el ramo de rosas en el regazo mientras manejaba con cuidado por las calles llenas de coches. Poco a poco mi cabeza comenzó a poblarse de pensamientos: las llamadas silenciosas, Boris, la pelea de gallos, Maria Augusta, mi editor, el Curandero de la televisión, Eunice, Regina. Bajé las ventanas del coche y respiré hondo. Lo mismo que estoy haciendo ahora, varias veces. Quedé con Sofia en que debía llegar a su casa y decir que le dolía mucho la cabeza y que se iba directo a la cama. El lavado de mañana y todos los demás los hará aquí, ya tengo la cánula y las medicinas. El teléfono suena varias veces. Nada ha cambiado, nada va a cambiar. Caramba.

Encuentro en el Amazonas

Supimos que había viajado de Corumbá a Belém, vía Brasilia, en autobús. De tanto andar tras él, ya sabía qué tipo de persona era. Estaba huyendo, pero eso no le impedía ver todos los museos e iglesias en su camino.

El único museo que había en Belém era el Goeldi. Había pasado dos días seguidos visitando el Goeldi, aun con motivos para sospechar que nos estábamos acercando. Todos lo habían visto.

Estuvo un buen rato mirando los peces. Tenía un cuaderno grueso lleno de anotaciones, dijo el hombre del acuario.

Si eso fue antier, es posible que todavía ande por aquí, dijo Carlos Alberto.

Carlos Alberto me acompañaba en esa misión. Nos sentamos en un bar y tomamos cerveza. La cerveza de Para no era mala. En cualquier parte del mundo se puede tomar cerveza sin riesgos.

¿Qué nombre estará usando ahora?, preguntó Carlos Alberto.

No sé, pero no debe ser ninguno de los que conocemos.

Había entrado por la frontera de Argentina y subía ahora hacia el norte. Sabíamos que había llegado a Brasilia y que de ahí había venido a Belém en autobús, atravesando solo en esta etapa mil novecientos un kilómetros de carretera. Desde Belém, si hubiese usado un avión de carrera, podría haber ido a Macapá, o a Santarém, o a Manaus y de ahí a Boa Vista, más al norte, cerca de la Guyana y Venezuela. O si no al noroeste, a Porto Velho y después a Rio Branco, junto a la frontera de Perú y Bolivia.

Encontrar su hotel en Belém fue una suerte. Un chofer que estaba de turno en la estación lo recordó. Era el Hotel Equatorial. El empleado de la recepción informó que había indagado sobre un vapor que subía el río hasta Manaus. El boleto había sido comprado en la agencia de viajes Lusotour.

Claro que me acuerdo de él, cómo olvidarlo. Quería un boleto para uno de los barcos que remonta el Amazonas hasta Manaus, dijo el hombre de la agencia.

¿Y abordó el barco?

No sé. Creo que sí. No tenemos control del embarque. Eso está muy desorganizado. Pero puede que haya ido en avión, porque tenía una reservación para Manaus.

Tampoco obtuvimos informaciones en el aeropuerto. Podría haber abordado o no. Los nombres de la lista de pasajeros no aclaraban nada. Inesperadamente, la gente parecía no haberlo vuelto a ver, como si eso fuera posible.

Echamos un volado para ver quién se iba directo en avión a Manaus, a esperarlo, si es que había ido para allá, y quién se iba por el río verificando en cada pueblo o ciudad en que se detenía el barco, hasta Manaus.

Manaus le tocó a Carlos Alberto.

Ya sabes qué hacer, ¿no?

Claro que sí, dijo Carlos Alberto.

Carlos Alberto llevaba poco tiempo con nosotros. Todavía era muy joven, pero muy aplicado.

El aeropuerto de Manaus es moderno y con mucho ajetreo, dije.

No hay problema. Carlos Alberto solo hablaba mucho cuando era sobre la madre que estaba eligiendo. Lo llevé al aeropuerto. Me quedé hasta que el avión partió.

Tenía que pasar una semana en Belém, esperando el barco. Despertaba a las cinco de la mañana y me ponía a oír el radio para familiarizarme con las cosas locales. Después me bañaba, me ponía un pantalón y una camisa y salía. El hotel donde me hospedaba era de medio pelo, para turistas brasileños del norte y del nordeste.

Eran las siete y media cuando llegué al zoológico. Entré por la puerta de los empleados, sin darme cuenta de que todavía no estaba abierto al público.

Fui a las jaulas de los animales. Dentro de pocos años no habría ya ninguno, toda la fauna amazónica estaba siendo diezmada. Al verme, el jaguar comenzó a juguetear; corría y rodaba con la barriga hacia arriba, como si fuera un gato. Otro animal muy bonito y elegante era la *suçuarana*, una especie de leopardo; su pelaje lila claro brillaba en la claridad matutina. Los monos, sin embargo, parecían animales tristes, infelices y maniáticos. Había uno que escondía el rostro agarrado a las rejas. Sus manos se parecían a las mías. El rostro y la mirada del mono tenían un aire de desilusión y derrota, de quien ha perdido la capacidad de resistir y soñar.

El restaurante del hotel era pequeño, pero muy eficiente. Diariamente comía manitas de cangrejo a la vinagreta y camarones al vino blanco de Rio Grande do Sul. No ganaba nada con ponerme nervioso. Tenía que ser paciente. Él podía estar remontando el río hasta Manaus. Si se quedara en medio del camino podría encontrarlo, a no ser que desembarcara, tomara otro barco y se fuera por uno de los afluentes del Amazonas. Entonces desaparecería sin dejar huellas y ni todos los poderes del mundo serían capaces de encontrarlo. Él también tenía su misión.

Si quería salir de Brasil en avión vía Manaus, como parecía, podría ir a Perú o a Bolivia, a Venezuela o Colombia. Entonces difícilmente encontraríamos su rastro de nuevo.

En Argentina le había ido mal. También en Paraguay. En Brasil había hecho un buen trabajo, considerando las circunstancias, hasta que lo cercamos —nos costó descubrir quién era— y comenzó a moverse del sureste, donde actuaba, al norte, de forma tan insólita que casi nos engaña.

Para nosotros una ciudad pequeña era la que tenía menos de un millón de habitantes. Así era Manaus. En las ciudades pequeñas teníamos que ser más cuidadosos, los forasteros eran detectados fácilmente. Además de otras dificultades.

En la víspera de mi embarque me fui a tomar un helado de frutas cerca de la plaza Bernardo Santos. Era un lugar que tenía más de ochenta tipos de helado. Yo quería uno de bacuri.

¿Está rico?, preguntó ella. Era una muchacha menuda, rubia, que apareció de repente. ¿Es usted de fuera?

Sí, respondí. Era inútil mentir. Belém era una ciudad grande, de más de un millón de personas. Quizá pasaba desapercibido, pero hay que evitar las mentiras obvias. Evidentemente la chica no ofrecía riesgo alguno, pero actuaría con ella de acuerdo con el plan.

¿De dónde?

De Porto Alegre. Era mentira, pero yo conocía bien Porto Alegre. Del otro extremo. ¿Cuántos kilómetros son hasta allá?

Miles. Cuatro mil, más o menos.

Yo soy de Macapá. Estoy estudiando aquí, soy la oveja negra de la familia.

Sus ojos eran de un verde deslavado. Con su mirada ansiosa y el rostro pequeño parecía un mono triste del Goeldi.

Yo también soy una oveja negra, le dije.

Caminamos tomando el helado.

¿Adónde quieres ir ahora? ¿Quieres cenar conmigo?, pregunté.

Comimos pescado asado en el restaurante del hotel. Los pescados del Amazonas son todos muy sabrosos. Siempre que iba al norte comía pescado, solo pescado. La cocina de Para es muy rica. Dicen los gastrónomos que es la única auténticamente brasileña. Ella comió pato con tapioca. Con tantos pescados, tucunarés, pirarucus, tambaquis, pintados y camarones, langostas, cangrejos no iba a perder mi tiempo comiendo pato como si estuviera en Francia.

En el restaurante atosigué a la chica. Me dijo que tenía diecinueve años, que era de Macapá, el padre comerciaba con maderas (uno de los que estaba devastando Brasil), recibía una mesada, vivía sola, iba a hacer el examen para estudiar administración en la Universidad de Belém. Todo eso era verdad, podía estar tranquilo.

Fuimos a mi habitación. Su cuerpo pequeño estaba muy bien hecho. Pero desnuda parecía mayor y flácida.

¿Puedo dormir aquí?, me preguntó. Eso me pasaba mucho. A veces, en las ciudades pequeñas, los perros me seguían hasta donde me hospedaba. Siempre les daba comida y les acariciaba la cabeza.

Sí, le dije.

Por la noche estuve más tiempo despierto que dormido.

Fue una semana aburrida. Carlos Alberto llamó de Manaus diciendo que estaba listo. Había hecho un reconocimiento completo en el aeropuerto.

La ciudad está repleta de contrabandistas. La cantidad de gente descargando cajas de cartón con equipos electrónicos no es normal. Gente de todo Brasil. Son unos locos. ¿Quién será el que inventó eso de Zona Franca?

Es una larga historia que no te voy a explicar por teléfono, le dije. ¿Encontraste a tu mamá?

Todavía no. Aquí hay puras burguesas asquerosas en short, paulistas y cariocas y paraenenses y gauchas, husmeando en la tienda de importaciones. Unas mierdas perfumadas.

La chica de Macapá se llamaba Dorinha. Maria das Dores. Dorinha, pequeño dolor, dolorcito. Así la llamaba.

Dorinha, me voy hoy.

¿Me puedo ir contigo?

Voy a volver.

¿Me lo juras?

Los juramentos no valen nada. Menos los míos.

Te lo juro.

Viajaba con poco equipaje. Una bolsa al hombro y una maleta. Dorinha llevó la maleta hasta el muelle Mosqueiro Soure. La bolsa nunca la dejaba. No podía, por supuesto; sería un gran error.

En el muelle había cientos de personas cargando un montón de equipaje, tanques de gas, colchones, muebles, abarrotes. El *Pedro Tei-*

xeira tenía una primera clase, con cien pasajeros, y una tercera. Había conseguido uno de los pocos camarotes con dos lugares. Un lugar había sido bloqueado. No quería viajar con nadie. La mayoría de los camarotes tenía cuatro literas, generalmente ocupadas por gente que no se conocía. Había solo dos que tenían baño propio y aire acondicionado. Los otros pasajeros usaban los baños comunes.

Mi camarote era el treinta, y estaba a estribor.

No dejes de escribirme, dijo Dorinha.

Adiós, Dorinha, dije, besándole el rostro.

Por el altavoz del muelle anunciaron que los pasajeros de tercera clase ya podían embarcar. Corrieron a la cubierta de popa y colgaron sus hamacas.

Las colocaban una sobre otra, tocándose, en una maraña que parecía algo inventado por la naturaleza, una flor en el fondo del mar. Una red de redes que no podría ser planeada ni creada por ningún arquitecto o ingeniero, pero que surgió en solo media hora, de la necesidad y del ansia de las personas.

Hacía mucho calor. Saqué la silla de mi camarote y la puse en el pasillo. Desde ahí podía ver las hamacas. Había una puerta de comunicación abierta, pero los pasajeros de tercera solo miraban el pasillo de primera con reverente curiosidad. Un hombre acompañado de su mujer e hijo cruzó la puerta. Pasó cerca de mí y oí que decía: ese que está ahí debe ser un pez gordo. En su voz no había rencor. Aceptaba que en el mundo hubiese peces gordos que viajaban en camarote y que tuvieran una silla para sentarse en el pasillo y otras personas que viajaban en hamacas colgadas como ristras de cebolla.

El camarote 28 (a estribor los camarotes tenían números pares; a babor, impares) estaba ocupado por tres hombres. Uno de ellos empezó a hablar conmigo. Me dijo que era abogado en Goiás y que se estaba mudando a Parintins.

Allá hay un solo juez, un promotor y un abogado. No saco nada con quedarme en Goiás, es mucha la competencia.

Se llamaba Ezir. En el dedo anular de la mano izquierda exhibía un enorme anillo de graduación con piedra roja.

Mi cuarto, aparte de los camarotes, tenía dos armarios y un lavabo. Verifiqué las puertas; una de contraventanas y la otra, por dentro, con una malla para evitar los insectos. El oficial de cocina me había dado dos llaves, una del camarote y la otra del baño.

Aun antes de partir el baño ya estaba sucio.

Tres largos pitidos hicieron eco en la tibia noche. El barco comenzó a moverse. Soplaba una brisa fresca y agradable. Un oficial de cocina cerró la puerta de comunicación con la tercera clase. Sentí cierto alivio. La pobreza me molestaba como si fuera una enfermedad contagiosa. Me irritaba esa gente que soporta tanta humillación y sufrimiento.

Eran las diez. Me quité la ropa y me acosté en el camarote inferior. Dormí mal. Soñé con él. No era la primera vez. Nunca lo había visto pero soñaba con él. Con la descripción que me habían hecho de él. Quería verlo, tocar su cuerpo, estaba cansado de seguirlo inútilmente.

Me levanté a las cuatro y media. En el camarote no había toallas ni jabón. Yo llevaba una toalla y un pequeño jabón del hotel. Me puse un pantalón corto y salí, cargando mi bolsa. Un viento frío me envolvió el cuerpo. El barco entero dormía.

El baño tenía tres escusados y dos regaderas. Traté de defecar, como lo hacía siempre al despertar, pero no pude. Me bañé y me sequé solo las nalgas, el pene y los testículos para ahorrar toalla. Mantuve siempre la bolsa cerca de mí.

Volví a mi camarote y me puse un pantalón de mezclilla y una camisa.

Salí a la cubierta superior abierta, en la popa.

El día amaneció nublado, casi a las seis. Todavía estábamos en el río Para. El desayuno sería servido a las siete. El almuerzo de las once a las doce, y la cena de las cinco a las seis.

Los pasajeros de tercera habían sido segregados a la cubierta inferior, pero algunos lograron escapar y durmieron en las sillas de descanso de arriba.

A las siete fui al comedor. Tenía que comportarme como un pasajero común, y había decidido adoptar la identidad de un turista del sur, interesado en visitar la Zona Franca para hacer compras.

Había estado en Manaus los primeros años de la Zona Franca. La ciudad me había dado la impresión de tener más farmacias que cualquiera en la que hubiera estado. Y el espectáculo de los compradores cargando bolsas coloridas importadas le daba un aire materialista y corrupto. Fui a comer al mejor restaurante de la ciudad un asado de piracuru. Los clientes del restaurante, que me parecían las personas más finas de la tierra, eran los mismos de cualquier parrillada de Méier o de Brás, solo que sin mulatos ni negros. Usaban relojes vistosos, se vestían como gente del sur, de saco y corbata. Me acosté con una prostituta de catorce años que tenía dientes postizos.

En el barco, mi mesa tenía, contándome, diez personas. Una pareja de extranjeros, los dos rubios, de unos treinta años; dos mujeres mayores, posiblemente compradoras; tres hombres que se habían conocido en el viaje y que dormían en el mismo camarote, uno de ellos el abogado Ezir, y una pareja que solo conocí a la hora de la comida, pues dormía hasta tarde.

Los extranjeros hablaban en voz baja. Eran educados y solícitos. Estaban en el centro de la mesa y pasaban las jarras de café y leche y el azucarero de un lado a otro con una sonrisa. Yo conocía a ese tipo de gente. El hombre llevaba una Nikon para documentar el viaje y mostrar las fotos a los amigos. Fotografiaba la inmensidad de las aguas y la pobreza de la gente y las casuchas a la orilla del río.

Traté de descubrir el origen de la pareja por el acento. Había ecos de acento italiano, reminiscencias sonoras de francés, una cierta guturalidad germánica. No fue difícil concluir que eran suizos.

Tras el café, la suiza fue a cubierta a tomar un baño de sol. Tenía buen cuerpo. En el desayuno se alimentó con frugalidad, como alguien que hace dieta para mantener el peso, rechazando los plátanos, lo que, por su parte, no hizo el hombre. Los pies de la suiza, sin embargo, eran muy feos, como los de la mayoría de las mujeres, tenía callos en los dedos y en los talones; los dedos gordos estaban chuecos, pero tenía bonitas piernas.

Cuando pasábamos por las casuchas a la orilla del río, algunas canoas se acercaban con mujeres y uno o dos niños que pedían cosas a gritos, similares a gruñidos de perro, como si esperaran que los pasajeros les arrojaran cosas, comida, quizá ropa. Pero no vi que eso ocurriera ni una sola vez.

Durante la comida conocí a la pareja que faltaba en la mesa C. El hombre era moreno y fuerte, tenía un pelo espeso, negro y ondulado, un bigote grueso y usaba anteojos oscuros. Inicialmente parecía siniestro y amenazador. Ella era delgada, bronceada por el sol, alta y más joven que él. Debía tener a lo sumo unos veinte años. Ambos reían mucho, relajados.

Los otros hombres de la mesa conversaban con Ezir. Uno de ellos era funcionario jubilado del gobierno de Para e iba a pasar la Navidad con la familia. El otro era funcionario del Ministerio de Relaciones Exteriores, ubicado en la Comisión de Límites y Fronteras, un hombre grande y parlanchín que sabía muchas cosas sobre el Amazonas y al que le gustaba contar historias pintorescas. Las dos mujeres eran pernambucanas, estaban interesadas en equipos de sonido y máquinas fotográficas. ¿Cree usted que descubran una Olimpus escondida en medio de la ropa? Podía estar tranquilo en relación con la mesa C. De cualquier forma, me senté de espaldas a la pared. Eran seis mesas, ocupadas en tres turnos, el mío era el primero. Muchos pasajeros de tercera habían pagado clandestinamente para comer en primera. La alimentación de tercera era muy precaria. Los pasajeros tenían que llevar un plato y un vaso, y comían en el mismo lugar donde estaban colgadas sus hamacas. Vi a muchos pasajeros de tercera tirando su comida al río.

En el barco no había una sola mujer que Carlos Alberto pudiera escoger como madre. No sabía lo que buscaba, pero sabía lo que no quería. Carlos Alberto fue criado en un asilo y nunca conoció a su madre. Cada mujer que veía le hacía pensar: ¿Será esa la mujer de cuyas entrañas yo habría querido salir? Pero no podía encontrarla. A las veintitrés treinta del segundo día de viaje paramos en Gurupá, en Urucuricaia. A pesar de la hora, el muelle estaba lleno. Yo sabía que siempre había gente en los muelles de las ciudades por donde pasábamos. Sería imposible que saliera sin que nadie lo viera. Pregunté a los vendedores de frutas, a los vendedores de artesanías, a las señoritas si lo habían visto bajar de otro barco.

Todos verían una aparición como esa, dijo una muchacha después de oír la descripción que le hice.

Hacía tres días que viajábamos y yo todavía no había podido defecar. Mi organismo siempre había funcionado bien. Debe haber sido por la suciedad del baño. El trabajo me dejaba un poco tenso, pero no al punto de causar esa inhibición. Después de todo, no era mi primera misión. Estuve un tiempo enorme encaramado en el escusado, como un pájaro, con la bolsa en la mano, una postura ridícula e incómoda.

La hora del día que más me gustaba era la madrugada, cuando todos dormían y soplaba una brisa fresca. La cubierta estaba siempre vacía. Veía el amanecer sentado en una de las tumbonas de la cubierta superior.

Apareció un hombre cargando una jaula con un pájaro. Era delgado, alto, larga cara huesuda de norteño. Recogí mi bolsa que estaba en el suelo mientras vigilaba sus movimientos.

¿Qué pájaro es ese?, le pregunté.

Es un xinó, me respondió. Viajaba en tercera y transportaba diez jaulas con pájaros. Cuatro eran ruiseñores.

Luego apareció mi compañera de mesa, casada con el hombre siniestro.

¿Siempre despierta tan temprano?, me preguntó.

Siempre, le dije.

Y yo ni siquiera he dormido, dijo ella.

Tomó un collar de abalorios negros que traía en el cuello, lo hizo girar en el aire y lo arrojó al río. Me miró como si esperara algún comentario. Me quedé callado. Parecía borracha.

Soy mineira. Moacyr es gaucho. Ya no aguanto más este viaje.

Su felicidad parecía haber acabado. Se llamaba Maria de Lurdes.

Encerrada en un barco, una pareja, más que un tipo solo, tiene que saber dosificar sus energías.

Durante el desayuno, Evandro, el tipo de la Comisión de Límites y Fronteras, me dijo que habíamos pasado por Almerim.

Allí, donde ves esa torre de microondas de la Embratel, está la Serra da Velha Pobre. Esos árboles de copas amarillas son palo de arco, acaban con el filo de cualquier hacha.

¿Ves allá lejos?, siguió Evandro. Son las tierras de Jari. Un mundo. En esa selva caben tres Francias. Todo de un gringo loco, Ludwig.

Evandro me miró de manera suspicaz. ¿O no sería un invento mío para desconfiar? ¿Qué respuesta estaría esperando?

Este Brasil es grande, dije.

Maria de Lurdes se acercó y me ofreció una naranja. Se la agradecí, rechazando. Evandro se acodó en el murete del barco. Maria de Lurdes se sacó el pañuelo de la cabeza y con un gesto dramático lo arrojó al río.

El amor dura poco, dijo Maria de Lurdes. Te espero hoy a las diez y media de la noche. Mi camarote es el veinticinco. Moacyr se toma una botella de cachaza y unas diez cervezas al día. Cuando llega la noche está borrado.

Maria de Lurdes se quitó la blusa y la falda y las tiró al agua. Traía un biquini rojo. Tenía un cuerpo joven y bonito. El sol fuerte hacía el agua del río más terrosa todavía y definía el contorno del bosque lejano.

¿Ves esas marsopas? Me gustaría ser una marsopa. A veces quiero tirarme al agua y salir saltando. Maria de Lurdes levantó los brazos, en su sobaco el pelo rasurado parecía duro. Me dieron ganas de estirar la mano y tocarle los pezones que se dejaban ver a través del brasier. ¿Carlos Alberto la escogería para madre? Maria de Lurdes sacó la lengua y la metió, como un lagarto, mientras me miraba a los ojos.

A las diez y media, dijo Maria de Lurdes.

Cerca, Evandro fingía mirar el río.

Almerim está hacia allá. Ya estamos en el Amazonas, dijo.

Pasé el resto de la mañana en tercera clase. Todos los días el ciego Noé tocaba el acordeón. Iba con su madre a Manaus y de ahí a Porto Velho. Lo acompañaban tres tipos que tocaban pandero, bombo y triángulo. Después la madre pasaba el pandero y la gente dejaba billetes sucios de poco valor y monedas.

La mayoría es gente que va a visitar a la familia. Pero también hay algunos comerciantes que venden de todo, labradores mudándose, un pistolero buscando aires más frescos, dijo el oficial de cocina J.M. Diariamente le daba una propina.

Muéstrame al pistolero, le pedí.

Era un hombre delgado y pálido, bigote fino, de unos cuarenta años. Un matón ordinario.

¿Pistolero de quién?

De quien le pague. No hay patrón. Trabaja a pedido de coroneles y comerciantes de la región. Mira, perdona que te lo pida, pero no me digas J.M., llámame solo João.

Me dijeron que así es como te dicen.

Dime João, solo João.

Moacyr llegó borracho a la cena. Maria de Lurdes se reía echando la cabeza hacia atrás y abriendo mucho la boca, mirándome. Ezir le guiñó un ojo a Evandro. Las dos mujeres se secreteaban.

Estamos entrando al río Monte Alegre, dijo Evandro. Es un río lleno de peces, hay tambaquis de un metro.

Hay centenares de especies de pescado en este río, dijo el funcionario jubilado.

Después de cenar me fui al camarote y me acosté. Una mariposa grande volaba en la habitación y le pegaba a mi cuerpo desnudo. La noche anterior un saltamontes entró a mi camarote y se me posó en el pecho. Sus patas se pegaron a mi piel. Cuando me lo quise quitar, me picó, un pequeño alfilerazo. Iluminado por el foco que estaba sobre mi cabeza, parecía hecho de hoja. También había una lagartija que por la noche salía de detrás de un espejo y se paseaba por el camarote buscando mosquitos. La mariposa se debatía y yo pensaba en Maria de Lurdes. Había decidido no ir a verla, pero eso no disminuía mi deseo por ella; al contrario, parecía haberlo aumentado. Su cuerpo esbelto y moreno, su boca, su lengua de reptil no salían de mi mente. Pero no podía poner en riesgo mi trabajo. Llegaríamos a Monte Alegre alrededor de medianoche.

A las once yo estaba en la proa. Divisamos las luces de Monte Alegre a estribor. La ciudad se dividía en parte alta y baja. Antes de atracar, botes con vendedores de plátanos, mangos, papayas, aguacates, quesos y dulces ya se habían acercado al barco.

El muelle estaba lleno de gente. Pasamos por varias jaulas, algunas con luces brillantes y hamacas coloridas extendidas en el centro, muchas de ellas ya ocupadas por pasajeros.

Desembarqué y hablé con gente que había estado en el muelle de Monte Alegre cuando el otro barco pasó la semana anterior. Nadie lo vio desembarcar, pero un muchacho que vendía quesos se acordaba de haberlo visto en la amurada del barco, solo, inmóvil.

Pensé que era un muñeco, dijo el muchacho.

El barco tocó tres largos pitidos que hicieron eco en la noche de luna. Yo me encontraba en la proa, cerca de la cabina de comando. La luna brillaba con tal intensidad que parecía el sol visto a través de un filtro oscuro. Soplaba una brisa pura y fresca.

Nos dirigimos al lecho madre de todas las aguas dulces, el Amazonas, dijo Evandro a mi lado. Me asusté al oír su voz. Se me acercó sin darme cuenta, a pesar del silencio. Se oía la quilla del barco surcando las aguas como si estuviéramos siendo impulsados por el viento.

Llegamos a Santarém a las tres treinta de la madrugada. Varios pasajeros bajaron. Uno de ellos, de tercera clase, bajó con una recámara completa —cama, ropero, colchón, buró— aparte de varias maletas y tres tanques de gas.

En el muelle de cemento de Santarém había algunos navíos mercantes de gran calado. Varios vendedores de artesanías exponían sus mercancías. Los suizos desembarcaron y compraron bolsos y sombreros de paja.

Maria de Lurdes bajó conmigo. Tenía los ojos enrojecidos y parecía más joven y frágil.

No sabes lo que te estás perdiendo, dijo, tratando de parecer cínica.

Sí lo sé.

¿Quién es el tipo al que estás buscando?, preguntó Maria de Lurdes al regresar al barco.

Un viejo amigo. Podía llamarlo así. Nunca nos habíamos visto, pero conocía todo de él, menos el sonido de su voz. No estaba en el expediente. Anoté mentalmente esta laguna.

Comenzaba a amanecer cuando salimos de Santarém, cortando el agua azul oscura del Tapajós, de regreso al Amazonas. Más tarde las aguas limpias del Tapajós fueron devoradas por las lodosas del Amazonas. El Tapajós es un río grande, pero el Amazonas es muy fuerte. Arranca trozos de bosque de sus márgenes. En su desembocadura empuja al mar y se adentra quince millas en el océano Atlántico.

El *Pedro Teixeira* subía cerca de la orilla, a estribor. Cubriendo las aguas y subiendo hacia el cielo azul se oía el cantar de pájaros que salían de la densa floresta. El aire era limpio y transparente. ¿Qué habrá pensado él al pasar por ahí? ¿Habrá hecho anotaciones en su gruesa libreta? En su tierra no había nada igual.

Emocionados, los suizos no paraban de sacar fotos. He sacado más de mil fotos, dijo el suizo, tratando de darle un tono modesto a su declaración.

Durante la comida, el funcionario jubilado, que se llamaba Alencar y que hablaba poco, perdió la timidez cuando el suizo le preguntó quién había sido Pedro Teixeira.

Pedro Teixeira fue la primera persona que remontó el río, en 1637, dijo Alencar. Era un capitán portugués que primero comandó la expulsión de los ingleses y luego la de los franceses, de Gurupá.

Alencar hablaba de manera pausada, temiendo que el suizo no lo fuera a entender.

Salió de Gurupá y remontó el río hasta Quito, en Ecuador. Fundó la ciudad de Franciscana, hoy Tabatinga. Instauró el modelo de posesión portuguesa en el río Napo. Su viaje tiene características políticas importantes pues determinó la expansión portuguesa en la región. Por el Tratado de Tordesillas de 1494, la Amazonia debería ser de España, pero los exploradores portugueses, con su vocación imperialista, despreciaron el tratado y en los siglos XV y XVI se fueron adueñando del Amazonas. En 1669 el capitán Mota Falcão levantó el fuerte de São José do Rio Negro, donde más tarde se erigiría Manaus. En 1694, Lobo d'Almada remontó el río Negro. Así, en el siglo XVII, cuando se dieron cuenta de que los portugueses ya habían ocupado de hecho la mayor parte de la Amazonia y que si no se les impedía su expansionismo, terminarían ocupándola por completo, los españoles propusieron otro tratado, que fue firmado en 1750, fijando los límites brasileños en el extremo norte. Por el Napo los portugueses habían ido hasta el Ecuador, por Marañon hasta Perú, por el Negro hasta Colombia y Venezuela. Un poco más y la Amazonia sería brasileña.

Veo que algunos brasileños han heredado el espíritu imperialista portugués. Usted por lo menos, dijo el suizo, gentilmente.

¿Y para qué queremos más? Ya ni podemos cuidar lo que tenemos, dijo Evandro.

No soy imperialista, dijo Alencar. ¿Sabe cuánto mide la cuenca hidrográfica del Amazonas? Casi seis millones de kilómetros cuadrados. ¿Y el bosque? No hay nada igual en el universo, y sin embargo todo va a ser arrasado. La destrucción ya comenzó. ¿De qué les sirvió a nuestros antepasados conquistar todo este territorio si ahora somos incapaces de preservarlo?

El suizo se curvó sobre su plato de arroz con frijoles, disimulando una sonrisa irónica. Eran historias pintorescas para contar cuando volviera a São Paulo, donde trabajaba en una multinacional. Y más tarde en Suiza, al mostrar sus fotos, hablaría del delirio nacionalista de mestizos miserables de dientes cariados.

Por la noche no lograba dormir pensando en Maria de Lurdes. A la una de la mañana me levanté y fui al camarote veinticinco. Había una luz prendida. Toqué.

Maria de Lurdes salió del camarote. Tenía el cuello lleno de collares, usaba un vestido largo y ancho, y un sombrero de paja.

¿Tú por aquí? ¿Te decidiste?, dijo ella. ¿Quieres ver algo? Maria de Lurdes abrió la puerta de par en par. Dentro del camarote había dos literas. En una de ellas estaba Moacyr durmiendo.

Quince días de casada y ya lo odio, dijo Maria de Lurdes.

La llevé a mi camarote. Le quité los collares, uno por uno, sintiendo en mi boca el sabor anticipado de su carne. No tenía ropa bajo el vestido.

Me urgía ponerle los cuernos, dijo Maria de Lurdes.

Cambiemos de tema, le dije.

¿Quieres hablar de amor?

Sí, quiero hablar de amor.

Nos acostamos en la litera de abajo.

Me vuelves loca, me haces llegar hasta los cielos al encuentro de Jesús, dijo Maria de Lurdes. Su cuerpo parecía hervir dentro del camarote caluroso y sofocante.

Por la mañana dijo que no quería desayunar en el comedor.

Pensándolo bien, me voy a quedar aquí hasta que termine el viaje.

Me vestí, tomé mi bolsa y salí.

Volví a la hora de la comida. Maria de Lurdes estaba durmiendo.

La desperté. Será mejor que te vistas. Tu marido va a despertar dentro de poco y va a notar que no estás.

Que se vaya al infierno.

Maria de Lurdes abrió los brazos y las piernas. Ven, me dijo.

Fui a comer, Moacyr no apareció. Evandro nos avisó que llegaríamos a Óbidos a las dos.

Él no había bajado en Óbidos.

El comandante me garantizó que todos los barcos de aquella línea paraban siempre en las mismas ciudades.

Por ejemplo, si quisiera ir a Faro o Itacoatiara tendría que tomar otro barco. Nosotros paramos siempre en el mismo puerto. Hasta Manaus solo pararemos en Oriximiná y Parintins. Nuestro recorrido tendrá cerca de mil millas marítimas, la milla marítima tiene mil ochocientos cincuenta y dos metros, o sea, en kilómetros el recorrido será de mil ochocientos cincuenta y dos kilómetros aproximadamente.

Debe haber seguido hasta Manaus, si es que tomó el mismo barco. En ese caso Carlos Alberto ya se habría encargado de él días atrás. Si hubiera viajado en avión todavía podría estar o no en Manaus. Si estuviera lo encontraríamos.

Moacyr apareció en la cabina del comandante.

Capitán, mi mujer desapareció, dijo Moacyr. A lo mejor se tiró al río. Olía a alcohol, pero su voz era firme.

Será mejor que la siga buscando, dijo el comandante.

Corrí a mi camarote. Maria de Lurdes no quiso salir. Por eso uno no debe meterse con mujeres cuando está trabajando.

Sentí que el barco disminuía la marcha. Debía estar llegando a Oriximiná.

No quiero saber más de Moacyr. Vive borracho. Aparte de eso me engañó, no tiene un peso.

El barco se había detenido.

¿Qué es lo que llevas en esa bolsa que no sueltas nunca?

La dejé en el camarote. Sabía que el barco debía permanecer en el puerto solo veinte minutos para desembarcar a un pasajero.

Oriximiná era un pequeño poblado de pocos habitantes. Su muelle, como el de todos los otros pueblos en que habíamos bajado, exceptuando Santarém, consistía en una plataforma de madera donde solo podían atracar pequeñas embarcaciones. Su posición permitía divisar en el ancho horizonte las desembocaduras del Trombetas y del Nhamundá.

Bajé. Hice la pregunta de rutina a un niño con una canasta con papayas.

El niño lo había visto. Su respuesta me aceleró el corazón.

Le vendo papaya y pescado todos los días. Vive en una casa allá arriba. En la mañana le llevé un pirambucu.

Le pedí que me enseñara la casa. Sentía la boca seca y ganas de toser.

Era una casa pequeña de ladrillos, en lo alto, con dos pequeñas ventanas pintadas de azul. Ahí es donde se había escondido del mundo, comiendo frutas y pescado y sintiendo la fuerza de la naturaleza.

El chico volvió al muelle.

Oí los tres pitidos del barco. Allí se iba mi maleta con la ropa, pero no importaba. No me apegaba a nada. No podía perder la bolsa porque ahí llevaba mi instrumento de trabajo. Como polvo que se lleva el viento así también mis compañeros de viaje podían ser barridos de mi mente por los pitidos del barco.

Sentado bajo un árbol al lado de un perro callejero esperé que la ciudad volviera a su tranquilidad perturbada por la llegada del *Pedro Teixeira*.

Toqué y abrió.

Los últimos meses había pensado en él todos los días y todas las noches.

Parecía más alto que los dos metros treinta que decían que tenía y su cabeza era todavía más blanca, su pelo brillaba en la sombra.

Quería oír su voz.

Buenos días, dije, abriendo mi bolsa.

Buenos días, respondió.

Cuando vio el revólver con silenciador apuntándole, extendió la mano con un gesto de paz.

No, dijo. No tenía acento ni miedo. Era una voz fría. Sus ojos muy azules me dieron una rápida y dolorosa impresión de que era inocente. Disparé dos veces. Cayó de espaldas al suelo. Le abrí la camisa y toqué su cuerpo. Tenía la piel suave y las tetillas rosadas. La punta de la tetilla izquierda estaba turgente como si sintiera frío. Entonces le puse el cañón del revólver y volví a disparar.

Tomé la libreta y todos los papeles y salí cerrando la puerta.

El perro se levantó y se me acercó. Tenía que encontrar un barco que me sacara de Oriximiná.

Contemplé las aguas azules del Trombetas y del Nhamundá iluminadas por el sol poniente, que en medio del bosque inmenso se encontraban con las aguas doradas del Amazonas. El silencio cubría toda la tierra. De repente mi cuerpo se contrajo en un espasmo violento y me detuve para respirar, sofocado en medio de todo aquel aire. Después comencé a temblar compulsivamente y a respirar aullando como un animal que agoniza. El perro corrió asustado. Pero luego cesaron los temblores y me envolvió un sentimiento de paz y felicidad que parecía que iba a durar para siempre.

Camino a Asunción

Mi dolmán azul de alamares blancos estaba gastado en los puños y en el cuello. Mis botas no tenían tacón y estaban agujeradas de la suela. La empuñadura de mi espada se había partido. Los soldados andaban descalzos y sus uniformes los habían remendado las chinas que seguían voluntariamente a nuestro ejército o que eran arrebatadas en los pueblos que atravesábamos camino a Asunción.

El coronel Procopio, comandante del 2°. Regimiento de Caballería, se negaba a dejarnos vestir ropas de civil.

Sabemos que el propio General Comandante lleva sobre su uniforme un poncho azul de forro rojo y que oficiales y soldados gauchos del 5°. Regimiento usan bombachas, ponchos y sombreros de vaquero, dijo Procopio, en la reunión del Estado Mayor.

Procopio era un hombre delgado, de frente angosta y quijada fina. Se pasaba las noches leyendo en la tienda. Se decía que no andaba bien de la cabeza.

No somos un bando de peones de hacienda. Somos los Dragones Reales de Minas. Nuestro regimiento fue creado por cédula real.

Cuando Procopio gritaba, su voz se hacía áspera y ronca.

Estábamos en diciembre. Acabábamos de cruzar el Chaco y la mitad de nuestro regimiento había sido diezmado por el cólera, el beriberi y el tifus. Durante la rápida marcha hacia el sur, acampamos cerca de las Coxilhas de Vileta. El campamento hervía de hombres y material de guerra. Íbamos a atacar Avaí.

A lo lejos se oía una parodia obscena del himno de la Caballería cantada por los gauchos del 5°.

Salimos de madrugada. Amaneció con un día de cielo azul y nubes muy blancas. Al cruzar un desfiladero sombrío oímos el tronar de las bocas de fuego enemigas. El alférez Rezende, que creció conmigo en Santo Antônio do Paraibuna, cayó con el pie sujeto al estribo, la cabeza una pulpa sangrienta, y fue arrastrado por su caballo en estampida hasta desaparecer en un alto pastizal. A través del matorral, los mosquetes enemigos disparaban sin cesar. El cielo se comenzó a oscurecer y luego una lluvia gruesa cayó sobre el campo de batalla.

Procopio ordenó una carga sobre las baterías del flanco izquierdo. Atravesamos un suelo cubierto de mata rala. Con las lanzas en ristre embestimos a la artillería enemiga.

¡Carguen, carguen!, gritaba Procopio.

El ruido de las patas de los caballos a galope acelerado y el de nuestros gritos era tan fuerte como el estruendo de los cañones.

El primero que maté no traía gorro, el pelo liso, de indio, mojado por la lluvia.

Muchos de los nuestros, los caballos muertos, combatían a pie. La lámina de mi espada brillaba lavada de sangre y lluvia. Un artillero enemigo, un niño, agarró mi estribo y me atacó con un facón.

Le corté la mano derecha con un golpe seco y hábil.

Poco a poco la lucha fue cesando, solo ocurrían pequeñas escaramuzas esporádicamente. El ejército enemigo había sido desbaratado. Ya no se oía el estruendo de sus cañones. Diecisiete de ellos habían sido capturados.

En los declives y montes, en los matorrales y mata yacían cuerpos muertos de muchos miles de hombres y animales. Del suelo salía un olor a tierra mojada y sangre y pólvora mezclado con la fragancia dulce de la bosta de los caballos.

El coronel Procopio y el teniente coronel Rubião estaban muertos. El mayor José Rias asumió el comando del regimiento. Los oficiales y sargentos se reunieron alrededor de su cabeza desnuda por el tifus. La piel del rostro de Rias era pálida como cera de vela de santo y sus ojos, clavados en lo hondo del cráneo, brillaban de fiebre y locura. El espíritu de Procopio parecía haber entrado en su cuerpo. ¡Vamos a Asunción! ¡Viva la Caballería!

Apareció un estafeta para avisar que el General Comandante estaba pasando revista a las tropas. José Rias recorrió el campamento gritando a los hombres que estaban acostados, durmiendo o solo mirando exhaustos al cielo.

¡A caballo! ¡De pie! Rias daba puntapiés en el rostro de quienes no respondían a sus órdenes, hundía la espada en las costillas de los tercos.

En poco tiempo los hombres montaron sus caballos. Los que habían perdido sus monturas siguieron a pie, algunos con los arreos al lado, la lanza en la mano derecha usada como apoyo para no caer al suelo de cansancio.

En medio de la niebla, al lado norte del campo, surgió el General Comandante cabalgando un tordillo, acompañado de un ayudante de órdenes. Vestía el poncho azul con forro rojo, llevaba las riendas en la mano izquierda y con la derecha mantenía un pañuelo negro contra el rostro. Un tiro le había reventado el maxilar y algunos dientes delanteros. Había manchas de sangre en su poncho. Estaba enganchado en la montura como quien ha pasado la vida entera en esa posición. Los soldados, obedeciendo el comando de Rias, se pusieron en posición de firmes.

El General inmovilizó su montura y sin soltar las riendas levantó la mano izquierda pidiendo silencio. Pero solo se oía el rechinar de las monturas y de los loros, el rechinido de las espuelas y bridas, el resuello de los caballos contenidos por los frenos. El General se quitó el pañuelo del rostro y comenzó a hablar.

Camaradas del 2°. Regimiento, Dragones Reales de Minas...

La herida de la boca no lo dejaba pronunciar las palabras correctamente. Yo dormitaba sobre mi montura y apenas entendía lo que decía.

El viejo sargento Andrade, dado por muerto, tirado al lado del carro de munición, las espuelas gastadas de fierro hundidas en la tierra extranjera, el uniforme roto y sucio de barro, se levantó, hizo un saludo militar, y cayó al suelo. Algunos soldados rieron con disimulo.

Osorio dejó de hablar. Respondió al saludo mirando el cuerpo inmóvil de Andrade, su rostro medio escondido por el pañuelo negro. Hizo un gesto al ayudante de órdenes, espoleó al caballo y partió con trote corto hacia el campamento del 5°.

Mandrake

Me tocaba jugar con las blancas y usaba el alfil en *fianchetto*. Berta preparaba un fuerte centro de peones.

Esta es la oficina de don Paulo Mendes, dijo mi voz en la contestadora, dando a quien llamaba treinta segundos para dejar su mensaje. El sujeto dijo llamarse Cavalcante Méier, como si entre los dos nombres hubiera un guion, y que estaban tratando de involucrarlo en un crimen, pero —*tlec*— se le terminó el tiempo antes de decir lo que quería.

Siempre que uno está en un juego complicado llama un cliente, dijo Berta. Tomábamos vino Faísca.

El sujeto llamó de nuevo, pidiendo que lo llamara a su casa. Un teléfono de la región sur. Contestó una voz vieja, reverencial. Era el mayordomo. Llamó al señor.

Hay un mayordomo en la historia, ya sé quién es el asesino. Pero a Berta no le hizo gracia. Aparte de ser adicta al ajedrez, se tomaba todo en serio.

Reconocí la voz de la contestadora: lo que le quiero relatar tiene que ser personalmente, ¿puedo ir a su oficina?

Estoy en casa, le expliqué, dándole mi dirección.

Fallaste, Bebé (Berta Bronstein), le dije, marcando el número.

Bueno, señor Medeiros, ¿cómo anda el asunto?

Medeiros dijo que la situación no era grave, pero que tampoco era tranquila. Medeiros solo pensaba en política, al inicio de la revolución había sido muchas cosas y, a pesar de que su despacho de abogados era el más grande de la ciudad, no lograba librarse de la nostalgia del poder. Le pregunté si conocía a un tal Cavalcante Méier.

Todos lo conocen.

Yo no. Incluso pensé que el nombre era falso.

Medeiros me contó que el hombre era un hacendado en São Paulo y en el norte, exportador de café, azúcar y soya, suplente de senador por Alagoas, un hombre rico.

¿Y qué más? ¿Tiene mala reputación, anduvo metido en problemas financieros, es un degenerado sexual aparte de latifundista?

Para ti en el mundo solo hay canallas, ¿no? El senador es un hombre público de la mayor honorabilidad, un líder empresarial, un ciudadano ejemplar, intachable.

Le recordé que el banquero J.J. Santos también era intachable y que tuve que librarlo de las garras de un travesti maniaco en un motel de Barra.

Él te regaló un Mercedes, ¿así es como se lo agradeces?

No me lo había regalado, había extorsionado, como lo hacen los banqueros, con los intereses y las tasas administrativas. Medeiros con voz meliflua: ¿cuál es el problema con Cavalcante Méier?

Le dije que no lo sabía.

Terminemos la partida, dijo Berta.

No puedo recibir al tipo desnudo, ¿o sí?, le dije.

Me estaba vistiendo cuando sonó el timbre, tres veces en diez segundos. Un hombre impaciente, acostumbrado a que le abrieran la puerta con rapidez.

Cavalcante Méier era elegante, delgado, cincuenta años. Tenía la nariz levemente torcida y los ojos profundos, color miel, intensos.

Soy Rodolfo Cavalcante Méier. No sé si usted ya me conoce.

Lo conozco. Tengo su ficha.

¿Mi ficha?

Sí. Vi que miraba el vaso que tenía en la mano. ¿Quiere un poco de vino Faísca?

No, gracias, me dijo, evasivo, me duele la cabeza con el vino. ¿Me puedo sentar?

Hacendado, exportador, senador suplente por Alagoas, servicios prestados a la revolución, le dije.

Irrelevantes, cortó, en seco.

Miembro del Rotary Club, le dije medio en broma.

Solo Country Club.

Un líder, un hombre de bien, un patriota.

Me miró y me dijo con firmeza, no juegue conmigo.

No estoy jugando. Yo también soy patriota. De manera diferente. Por ejemplo: no quiero declararle la guerra a Argentina.

Yo también tengo su ficha, me imitó. Cínico, inescrupuloso, competente. Especialista en casos de extorsión y estafa.

Me hablaba como si fuera una grabación, me hacía recordar una caja de carcajadas a la que se le da cuerda y sale un sonido que no es humano ni animal. Cavalcante Méier se había dado cuerda, la cuerda que reproducía la voz del hacendado que habla con el aparcero.

Competente sí, inescrupuloso y cínico no. Solo un hombre que perdió la inocencia, le dije.

Más cuerda a la caja. ¿Lee usted el periódico?

Respondí que nunca los leía y él me contó que una joven había aparecido muerta en Barra dentro de su propio coche. La noticia se publicaría en la noche en todos los diarios.

Esa chica era, eh, una, eh, amiga mía, ¿entiende?

¿Su amante?

Cavalcante Méier se puso nervioso.

Ya habíamos terminado. Yo creía que Marly debía buscar a alguien joven como ella, casarse, tener hijos.

Nos quedamos callados. Sonó el teléfono, bueno, Mandrake. Colgué.

Sí, ¿y después?

Nuestra relación era muy discreta, era secreta, diría yo. Nadie sabía nada. Apareció muerta el viernes. El sábado recibí una llamada, un hombre, amenazando, diciendo que yo la había matado y que tenía pruebas de que éramos amantes. Cartas. No sé qué cartas pueden ser esas.

Cavalcante Méier me dijo que no había buscado a la policía porque tenía muchos enemigos políticos que se aprovecharían del escándalo. Además, no sabía nada que pudiera esclarecer el crimen. Y que su única hija iba a casarse aquel mes.

Recurrir a la policía sería un gesto ética y socialmente inútil. Quiero que busque a esa persona por mí, que vea qué es lo que quiere y que defienda mis intereses de la mejor manera. Estoy dispuesto a pagar para evitar el escándalo.

¿Cómo se llama el sujeto?

Me dijo que se llamaba Márcio. Quiere que me encuentre con él en un lugar llamado Gordon's, en Ipanema, hoy a las diez de la noche. Va a estar en una moto, con una chamarra negra que tiene escrito Jesús en la espalda.

Quedamos en que me encontraría con Márcio y negociaría el precio del silencio. Podía valer mucho o no valer nada.

Le pregunté quién le había indicado mi nombre.

El señor Medeiros, me dijo, levantándose. Salió sin darme la mano, solo con un gesto de la cabeza.

Fui a buscar la caja de carcajadas. Revolví el ropero, el estante, muchos cajones hasta encontrarla en la cocina. A doña Balbina le encanta oír las carcajadas.

Llevé la caja a la recámara, me acosté y la prendí. Una carcajada convulsiva e inquietante, atorada en la glotis, morada, de alguien a quien le hubieran metido un embudo en el culo y las carcajadas hubieran atravesado el cuerpo y salido mortíferas por la boca, congestionando los pulmones y el cerebro. Eso exigía un poco más de vino Faísca. Cuando era niño, a un hombre que estaba frente a mí en el cine le dio un ataque de risa tan fuerte que murió. De vez en cuando me acuerdo de ese sujeto.

¿Por qué escuchas ese ruido tan horrible? Pareces un loco, dijo Berta. ¿Seguimos con la partida?

Ahora voy a leer el periódico, le dije.

Mierda, dijo Berta, tirando el tablero y las piezas al suelo. Una mujer impulsiva.

Los periódicos estaban en el buró. Joven secretaria muerta dentro de su propio vehículo en Barra. Un tiro en la cabeza. La víctima tenía joyas y documentos. La policía descarta robo. La muerta iba de su casa al trabajo y volvía temprano. Salía muy poco por la noche. No tenía pareja. Los vecinos decían que era amable y tímida. Los padres informaron que al llegar del trabajo se iba a su cuarto a leer. Leía mucho, dijo la madre, le gustaban la poesía y las novelas, era tierna y obediente, sin ella nuestra vida quedará vacía, sin sentido. En los diarios había varias fotos de Marly, alta y delgada, de pelo largo. Su mirada parecía triste. ¿O era impresión mía? Soy un romántico incurable.

Finalmente regresé a jugar con Berta. Abrí con las negras, peón del rey. Berta repitió mi jugada. Enseguida moví los caballos. Berta me repetía, creando posiciones simétricas que llevarían a la victoria al más paciente, al que cometiera menos fallas, o sea, a Berta. Soy muy nervioso, juego al ajedrez para enojarme, explotar *in camera*, allá afuera es peligroso, tengo que mantener la calma.

Traté de recordar la partida de Capablanca con Tarrasch, San Petersburgo 1914, con una apertura de los cuatro caballos y una celada terrible, pero ¿de qué celada se trataba? No podía acordarme, tenía en la cabeza al motociclista del Gordon's.

No ganas nada con mirarme con esa cara victoriosa, le dije, tengo que salir.

¿Ahora? ¿En medio de la partida? ¿De nuevo? Eres un cobarde, sabes que vas a perder y te escapas.

Es verdad, pero además tengo que ver a un cliente.

Berta, con los brazos levantados, se amarró el pelo. Los sobacos de una mujer son una obra maestra, principalmente si es delgada y musculosa como Berta. Su sobaco huele muy bien, cuando está sin desodorante, por supuesto. Un olor agridulce que me deja muy excitado. Ella lo sabe.

Voy a encontrarme con el motociclista en el Gordon's.

Ah, un motociclista.

Van a dar una de Hitchcock a las once en la tele.

No me gusta la tele, me enferman las películas dobladas, dijo Berta de mal humor.

Entonces quédate estudiando la apertura Nimzowitsch, que permite buenas celadas posicionales. Vuelvo al rato.

Berta dijo que no me esperaría, que yo no le tenía consideración ni respeto.

Cuando me detuve en la puerta del Gordon's, todavía dentro del coche, vi al de la moto. Era un joven bajo, fuerte, de pelo castaño oscuro. Estaba discutiendo de forma insolente con una chica. Ella tenía el pelo tan negro que parecía pintado, su rostro era muy pálido, diferente al de las muchachas bronceadas que frecuentan el Gordon's. Tal vez su palidez hacía más negro su pelo y al mismo tiempo este le dejaba el rostro más pálido, lo que a su vez —mientras me divertía con esa proposición, recordando el cuáquero de la caja de avena que comía cuando niño, un cuáquero con una caja de avena en la mano donde había otro cuáquero con una caja de avena en la mano, etcétera, *ad infinitum*— la chica se subió a la moto y partieron velozmente por la calle Visconde de Pirajá. No podía seguirlos, mi coche estaba bloqueado. Me bajé, entré a la barra del Gordon's, pedí una coca y un sándwich. Comí lentamente. Esperé una hora. No volvieron.

Berta estaba acostada, durmiendo, la tele encendida.

Llamé a Cavalcante Méier.

El apóstol no apareció, dije. No ganaba nada con contar lo que había pasado.

¿Qué va a hacer? Hablaba bajo, con la boca apoyada en el teléfono. Mis clientes siempre hablan así. Me molesta.

Nada. Me voy a acostar. Mañana conversamos. Colgué.

Besé suavemente los labios de Berta. Despertó.

Dime que me amas, dijo Berta.

Me levanté en la mañana con ganas de tomar vino Faísca.

A Berta no le gustaba que bebiera tan temprano, pero el vino portugués no hace mal a ninguna hora del día o de la noche. Encendí la contestadora y había un recado de Cavalcante Méier.

Llamé.

¿Leyó los periódicos?, preguntó.

Acabo de despertar, mentí. ¿Qué hora es?

Las doce. ¿Leyó los periódicos? No, por supuesto que todavía no los ha leído. La policía dice que tiene un sospechoso.

Siempre tienen un sospechoso, que suele ser inocente.

Siendo inocente entonces puedo ser sospechoso, según su lógica. Otra cosa, el tal Márcio me llamó. Dijo que viene a mi casa hoy en la tarde.

Allí estaré. Preséntame como su secretario particular.

¿Desde qué hora que estás tomando vino?, preguntó Berta al entrar a la sala.

Le expliqué que Churchill despertaba y tomaba champaña, fumaba puros y ganaba la guerra.

Leí los diarios fumándome un puro oscuro de Suerdieck. Dedicaban mucho espacio a la muerte de Marly, pero no había novedades. No se hablaba de sospechosos.

Llamé a Raul.

El crimen de la chica de Barra. ¿Cuál es la pista?

¿Qué chica? ¿La que estrangularon, la que atropellaron, a la que le dispararon en la cabeza, la que...?

La del disparo en la cabeza.

Marly Moreira, secretaria de Cordovil & Méier. Es gente mía la que lleva el caso.

Dicen que hay un sospechoso. ¿Sabes algo?

Voy a averiguar.

Cavalcante Méier vivía en la Gávea Pequena. Estacioné el coche frente al portón y toqué el timbre. Un guardia particular salió de una caseta. Usaba un revólver en la cintura y tenía cara de quien no sabía usarlo. Abrió el portón.

¿Don Paulo Mendes?, preguntó.

Sí.

Entre.

Debería pedirme una identificación.

Se tocó desconcertado la gorra y me pidió la identificación. Esos falsos profesionales están por todas partes.

Subí por una alameda flanqueada por quaresmeiras a través de un césped bien cuidado. Césped inglés, ciertamente. El mayordomo abrió la puerta. Era tan viejo como lo había previsto y en el rostro tenía el rencor y en la espalda la joroba de haber lamido zapatos durante años. La voz reverente preguntó mi nombre, me pidió que esperara.

Anduve de un lado a otro en el vestíbulo de mármol. Había una escalera ancha que llevaba al piso superior. Una joven bajó la escalera acompañada de un perro dálmata. Tenía pelo rubio, vestía jeans y una blusa ceñida. No podía quitarle los ojos de encima. Al acercarse me preguntó, impersonal:

¿Espera a alguien? Ojos azules.

Al señor Cavalcante Méier.

¿Mi papá ya sabe que está aquí? Su mirada me atravesó como si yo fuera de vidrio.

El mayordomo le fue a avisar.

Sin otra palabra, me dio la espalda, abrió la puerta y salió, acompañada del perro.

Un día, cuando era adolescente, iba por la calle cuando vi a una mujer bonita y me enamoré de manera súbita y avasalladora. Pasó cerca de mí y caminamos en direcciones opuestas, yo volteando, viéndola alejarse *agile et noble, avec sa jambe de statue*, hasta que desapareció en medio de la multitud. Entonces, en un impulso desconsolado, volteé hacia el frente y me estrellé en un poste.

Me quedé mirando la puerta por donde había salido la chica, pasándome la mano por la cicatriz de la frente que el tiempo no borró.

Acompáñeme, por favor, dijo el mayordomo.

Atravesamos una sala enorme en cuyo centro había una mesa grande redonda, rodeada por sillas de terciopelo. Y otra, con sillones y grandes cuadros en las paredes.

Cavalcante Méier me esperaba en el despacho forrado de libros.

¿Quién es la joven del perrito?, pregunté, una rubia bonita.

Es mi hija Eva. Se va a casar el 23, ya se lo dije.

Cavalcante Méier estaba, como la primera vez, vestido con ropa elegante. Bien peinado, raya al lado, ni un pelo fuera de lugar. Se parecía a Rodolfo Valentino en *La dama de las camelias*, con Alia Nazimova.

Le pregunté si había visto la película. No, no había ni nacido cuando la exhibieron. Yo tampoco, pero frecuentaba las cinetecas.

¿Cordovil & Méier tienen algo que ver con usted?

Es mi empresa de exportación.

¿Entonces la joven muerta era su empleada?

Era secretaria de mi gerente de marketing internacional.

Una sombra pasó por el rostro de Cavalcante Méier. Pocos actores sabían hacer pasar una sombra por el propio rostro. Everett Sloane sabía, Bogart no sabía. Las muecas son otro asunto.

Sonó el teléfono. Cavalcante Méier contestó.

De acuerdo, dijo.

Oí el ruido de una moto. El sonido cesó por algún tiempo y luego volvió. Cavalcante Méier pareció no darle importancia al ruido, le ordenaba al mayordomo que trajera inmediatamente a su presencia a la persona que había llegado.

Márcio, el motociclista, entró a la sala, en el rostro la misma arrogancia que había ostentado en el Gordon's. Viéndolo mejor, parecía una máscara mal puesta.

Me dijiste que estaríamos solos, ¿quién es este tipo?

Mi secretario.

El asunto es entre nosotros, dile que se vaya.

Se queda, dijo Cavalcante Méier, controlando el enojo.

Entonces me voy yo, dijo Márcio.

Esperen, calma, no vamos a crear problemas, puedo esperar afuera, dije.

Me dirigí rápidamente al salón. Desde la ventana vi a Eva sentada en el césped, el dálmata a su lado. El sol filtrado por las ramas de los árboles le doraba todavía más el pelo.

La puerta del despacho se abrió y Márcio pasó rápidamente a mi lado sin mirarme. Oí el ruido de una moto. En ese momento la chica se levantó rápidamente.

Está todo resuelto, dijo Cavalcante Méier, desde la puerta del despacho.

¿Cómo?, pregunté sin alejarme de la ventana. Eva corrió por el césped, seguida del perro, y desapareció de mi campo visual.

Llegué a un acuerdo con ese individuo. Ya no necesito sus servicios. ¿Cuánto le debo?

¿Quién fue el que dijo que el lenguaje existe para esconder el pensamiento?, pregunté alejándome de la ventana.

No sé y no me interesa. ¿Cuánto le debo?

Nada.

Le di la espalda. El mayordomo estaba en el vestíbulo. Parecía haber andado detrás de las puertas oyendo las conversaciones.

Me subí al coche. No había señales de Eva.

El vigilante me abrió el portón. Le pregunté si el motociclista se había detenido en medio del camino antes de entrar a la casa.

Se detuvo cerca del lago, para hablar con doña Eva.

El vigilante miró algo por encima del coche. Miré también y vi una mujer pálida de pelo oscuro parada a unos veinte metros. Era la chica que había visto en la parte trasera de la moto en el Gordon's. Al percatarse de que la observaba se alejó, caminando lentamente.

¿Quién es esa chica?, pregunté.

Es la sobrina del señor, dijo el vigilante. Se llamaba Lili y vivía en casa del tío.

Sonó el teléfono de la caseta. El vigilante fue a contestarlo. Al volver abrió el portón. Acerqué el coche.

¿El tipo de la moto ya ha estado antes aquí?

Yo no sé nada, dijo, dándome la espalda. Debían haberle ordenado que evitara hablar conmigo.

Llegué a casa, abrí el refrigerador, saqué una botella de vino Faísca. En la mesa una nota: podrías haber usado la celada de Würtzberg. Bastaba sacrificar a la dama, pero eres incapaz de hacerlo. Te amo. Berta.

Llamé a mi socio, Wexler.

Hoy no voy a la oficina.

Ya lo sé, dijo Wexler. Vas a jugar ajedrez con una mujer y a tomar vino y yo trabajando duro mientras tú te coges a las mujeres.

Estoy en un caso que mandó el señor Medeiros. Se lo conté todo.

Eso va a terminar en nada, dijo Wexler.

Llamé a Raul. Había quedado de cenar en el Albamar con el delegado que tenía el caso de Marly.

¿En la ciudad?, grité.

Homicidios está en la ciudad. Se llama Guedes.

Guedes era un hombre joven, precozmente calvo, delgado, de ojos castaños tan claros que parecían amarillos. Pidió una Coca-Cola. Raúl tomaba whisky. No había Faísca y pedí un Casa da Calçada. Prefiero los maduros, pero de vez en cuando uno joven heladito cae bien.

Marly tenía un Rolex de oro en la muñeca, un anillo de brillantes y seis mil cruceiros en la cartera, dijo Guedes.

Eso facilita las cosas, dijo Raúl.

Sí, pero estamos a ciegas, dijo Guedes.

Los diarios dicen que tienen un sospechoso.

Eso es para despistar.

¿Ya apareció en ese enredo el nombre del jefe de ella en la Cordovil & Méier, el gerente de marketing?, pregunté.

Artur Rocha. Los suspicaces ojos amarillos de Guedes examinaron mi rostro.

Leí su nombre en el diario, dije.

El nombre no salió en el diario. Los ojos de Guedes ardían sobre mí. Yo no iba a sacarle nada al tipo, parecía un poli decente.

Hice un pequeño trabajo para el presidente de la firma, el senador Cavalcante Méier.

Yo mismo le tomé la declaración al señor Artur Rocha. Afirmó que no sabía nada sobre la vida de la secretaria, dijo Guedes.

¿Crees que dijo la verdad?

Ya revisamos toda su vida. La chica fue asesinada el viernes, entre las ocho y las nueve de la noche. A las once Rocha estaba en Petrópolis, en casa de unos amigos. A él no le interesan las mujeres, parece que lo que realmente le gusta es ostentar su riqueza. Mandó hacer unas cuadras en su casa, en Petrópolis, y dicen que ni siquiera sabe montar. ¿Entiendes? Los ricos menores tienen cancha de tenis y piscina. Él tiene todo eso y además establos y caballos para prestarles a los amigos.

Si un gerente gana para eso imagínate el presidente, dijo Raul.

No creo que sea asalariado, debe ser socio. Nosotros tenemos sueldo, o sea, Raul y yo, usted no.

¡Eh! No me trate de usted, llámeme Mandrake, le dije.

Dicen que usted es un abogado rico.

Ojalá.

Mandrake es un genio, dijo Raul, que ya se había tomado la mitad de la botella de whisky. Es un tremendo hijo de puta. Se tiró a mi mujer. ¿Verdad, Mandrake?, ¿te acuerdas?

Hasta hoy sufro por eso, le dije.

Ya te perdoné, dijo Raul. Y también a esa hija de puta.

Su mujer se metía con cualquiera. Ya no estaban casados. Finalmente.

En principio, el crimen se configura como un crimen pasional, dijo Guedes, poco interesado en mi conversación con Raul. Artur Rocha no tiene capacidad para enamorarse o matar por pasión, o dinero, o por otra cosa. Pero tengo la impresión de que está mintiendo. ¿Tú qué crees?

Cuando investigo un crimen hasta mi madre es sospechosa, dijo Raul.

Guedes seguía mirándome, esperando una respuesta.

La gente mata cuando siente miedo, tergiversé, cuando odia, cuando envidia.

Directo del almanaque Capivarol, dijo Raul.

Sé que está mintiendo, dijo Guedes.

Más tarde, solo en mi auto, le dije a mi espejo retrovisor que todos están mintiendo.

Al día siguiente los periódicos ya no destacaban la muerte de Marly. Todo cansa, ángel mío, como decía el poeta inglés. Hay que renovar los muertos, la prensa es una necrófila insaciable. Una noticia en las columnas de sociales me llamó la atención: el matrimonio de Eva Cavalcante Méier con Luís Vieira Souto ya no se realizaría esa semana. Algunos columnistas lamentaban que el enlace se hubiera cancelado. Uno de ellos exclamaba: ¿Qué se va a hacer con todos los regalos que la ex futura pareja ya recibió de todos los rincones de Brasil? Un problema realmente serio.

Subí al coche y tomé la carretera de Gávea. Me estacioné a cien metros del portón de la casa. Puse un casete de Jorge Ben y acompañé el ritmo en el panel del auto.

Primero apareció el Mercedes. Cavalcante Méier sentado en el asiento trasero. El chofer vestido de azul marino, camisa blanca, corbata negra, gorra negra. Esperé media hora más y los portones se abrieron y un Fiat salió disparado.

Lo seguí. El coche tomaba las curvas a alta velocidad, las llantas rechinaban. No era fácil seguirlo. Hoy me muero, pensé. ¿Cuál de mis mujeres sufriría más? A lo mejor Berta dejaría de comerse las uñas.

El Fiat se detuvo en Leblon, en la puerta de un pequeño edificio. La chica bajó del coche, entró por una puerta donde estaba escrito Bernard-Gimnasia Femenina. Esperé dos minutos.

Sala de espera alfombrada, paredes llenas de reproducciones de bailarinas de Degas y carteles de baile. Detrás de una mesa de vidrio y acero una recepcionista de pelo oxigenado, bien maquillada, de uniforme rosa, me dio los buenos días y me preguntó si deseaba algo.

Quiero inscribir a mi esposa en el curso de gimnasia.

Muy bien, dijo sacando una ficha.

Me rasqué la cabeza y le dije que no quería que mi esposa frecuentara cualquier lugar, que podían llamarme anticuado, pero que así era yo.

La recepcionista sonrió con toda la boca, como lo hacen los que tienen todos los dientes y dijo que ese era el lugar adecuado, un gimnasio frecuentado por señoras y señoritas de la alta sociedad. Dijo alta sociedad a boca llena. Tenía las uñas largas, pintadas de un rojo intenso.

¿Cómo se llama su esposa?

Perola... Eh, pero... ¿quien enseña es una profesora o es un hombre?

Un profesor, pero que no me preocupara, Bernard era muy respetuoso.

Le pedí que me dejara ver un poco de la clase.

Solo un poco, dijo la rubia, levantándose. Era de mi altura, un cuerpo esbelto, de senos pequeños, toda durita.

¿También haces gimnasia?

No, este cuerpo me lo dio Dios, pero podría ser obra de Bernard, él hace verdaderos milagros.

Salió deslizándose hasta una puerta con un espejo, que entreabrió.

Las alumnas acompañaban el ritmo agitado de la música transmitida a alto volumen por bocinas dispersas en el suelo. A la orden de un golpe rápido inclinaron el tórax hacia delante, la cabeza hacia abajo, empujaron las manos entre las rodillas hacia atrás, después enderezaron el cuerpo, levantaron de nuevo los brazos y empezaron todo de nuevo.

Eran unas quince mujeres, vestidas con mallas de diversos colores, con predominio del azul, pero también había rosas y verdes. En medio de la sala, con una vara en la mano, estaba Bernard, también en mallas. Debe haber sido bailarín y ciertamente se enorgullecía de sus nalgas firmes.

¡No dobles las rodillas, Pia Azambuja! Contrae las nalgas, Ana Maria Melo.

¡Sigue el ritmo, Eva Cavalcante Méier! ¡No pares, Renata Albuquerque Lins! Bernard decía el nombre completo de las alumnas, eran apellidos importantes, de los padres, de los maridos.

La recepcionista cerró la puerta.

¿Listo?

¿Le pega siempre a las alumnas?, pregunté.

Es suave, no daña. A ellas no les molesta. Incluso les gusta. Bernard es maravilloso. Las alumnas llegan con celulitis, flácidas, con mala postura, piel fea y Bernard las deja con un cuerpo de *miss*.

Llenamos la ficha de mi mujer.

¿Pearl White?

Mi esposa es gringa. Pearl quiere decir Pérola.

No sé cuál es la gracia de andar haciendo bromas que nadie entiende, pero así soy yo.

Anduve de un lado a otro frente al Fiat, jugando con las blancas, controlando el centro 3R, 3D, 4BR, 4R, 4D, 4BD, 5BR, 5R, 5D, 5BD, 6R y 6D. Poder y radio de acción. Giuoco Piano. Siciliana. Nimzoindia.

Eva apareció con el pelo mojado, pantalones de mezclilla, blusa de malla, brazos desnudos. Llevaba una bolsa grande.

Hola. Me paré frente a ella.

¿Te conozco?, preguntó fríamente.

En casa de tu padre. Me contrató como abogado.

¿Sí...?

Pero ya me despidió

¿Sí...?

Hablaba ásperamente, pero no se iba.

Quería oír lo que tenía que decirle. Las mujeres son curiosas como los gatos. (Los hombres también son como los gatos, en fin.)

Alguien quería involucrarlo en la muerte de Marly Moreira, la joven que apareció en Barra con un tiro en la cabeza.

¿Nada más?

Un chantajista llamado Márcio afirma que tiene documentos que pueden incriminar a tu padre.

¿Y qué más?

La policía sospecha de él. Tengo más cosas que decirte pero no aquí en la calle.

Cuando llegó el mesero pidió un agua mineral. Dios mío, Bernard y Régimen Feroz habían hecho esa maravilla. Pedí vino Faísca. Nos quedamos callados.

Si mi padre corre peligro deberías hablar con él. No entiendo de qué sirve hablar conmigo.

Tu padre canceló mis servicios.

Debe haber tenido algún motivo.

Le hablé de las entrevistas que tuve con Cavalcante Méier, mi ida al Gordon's, el encuentro de su prima Lili y el motociclista Márcio. Su rostro siguió impenetrable.

¿Crees que mi padre mató a esa chica? Sonrisa de desprecio.

No lo sé.

Mi padre tiene muchos defectos, es vanidoso y débil, y otras cosas peores, pero no es un asesino. Basta con mirarlo para tener esa certeza.

Recordé los rostros de los asesinos que conocía. Ninguno tenía cara de culpable.

Alguien mató a la chica y no fue un asaltante.

Ni mi padre.

Cuando fue a ver a tu padre, Márcio, el de la moto se detuvo en el jardín a conversar contigo.

Estás equivocado. No sé quién es esa persona.

Observé bien su rostro inocente. Yo sabía que ella sabía que yo sabía que ella mentía. Ese día de sol Eva tenía un rostro botichelesco, poco brasileño, quizá por eso me resultaba más atractiva. No me gustan las mujeres quemadas por el sol. Es un artificio. La piel sabe cuál es su color, y el pelo y los ojos. Usar el sol como cosmético es una estupidez.

Eres muy bonita, le dije.

Y tú un tipo desagradable, feo y ridículo, dijo.

Eva se levantó y salió, pisando como Bernard le había enseñado.

Llegué a casa, apagué la contestadora. Berta se había ido a su casa. Me he pasado toda la vida sin soñar u olvidando la mayoría de los sueños, pero siempre me acordaba de dos sueños, siempre de esos dos. En uno soñaba que estaba durmiendo y soñaba un sueño que olvidaba al despertar, con la sensación de que una importante revelación se perdía con mi olvido. En el otro me hallaba en la cama con una mujer y ella me tocaba el cuerpo y yo sentía la sensación de ella al tocar mi cuerpo, como si mi cuerpo no fuera de carne y hueso. Despertaba (fuera del sueño, en la realidad) y me pasaba la mano por la piel y sentía como si estuviera cubierta de un metal frío.

Desperté con el ruido del timbre. Wexler.

¿En qué andabas? ¿Sabes quién anda detrás de ti? El delegado Pacheco. ¿Ahora andas metido con los comunistas?

Wexler me contó que temprano por la mañana el comisario Pacheco había aparecido en la oficina buscándome. Pacheco era famoso en todo el país.

Quiere que vayas a la comisaría a hablar con él.

Yo no quería ir, pero Wexler me convenció. Nadie escapa de Pacheco, me dijo.

Wexler me acompañó. Pacheco no nos hizo esperar mucho tiempo. Era un hombre gordo, de rostro agradable, no aparentaba la maldad que su fama difundía.

Tus actividades están siendo investigadas, dijo Pacheco, con aire somnoliento.

No sé qué es lo que estoy haciendo aquí, soy corrupto, no soy subversivo. Era otra broma.

No eres ni una cosa ni otra, dijo Pacheco con voz cansada, pero no sería difícil probar que eres las dos cosas. Me miró como un hermano mayor que mira al menor travieso.

Un amigo me buscó para decirme que lo andas molestando. No sigas.

¿Le puedo preguntar quién es su amigo? Molesto a mucha gente.

Tú sabes quién es. Déjalo en paz, payaso.

Bueno, entonces nos vamos, dijo Wexler. Su padre había muerto en el progromo del ghetto de Varsovia en 1943 frente a él, un niño de ocho años. Leía el rostro de la gente.

Cuidado con ese nazi, dijo Wexler en la calle. Y bueno, ¿en qué andas metido?

Le conté el caso de Cavalcante Méier. Wexler escupió con fuerza al suelo —no decía palabrotas pero escupía al suelo cuando se enojaba— y me agarró del brazo.

Tú no tienes nada más que ver con el caso. ¡Esos nazis! Otro escupitajo.

Llamé a Berta.

Bebé, abre con la Ruy López y te gano en quince movidas.

Mentira. Las dificultades de las negras en esta apertura son muy grandes cuando los ajedrecistas se equiparan, como nosotros. Yo nada más quería tener cerca de mí a alguien que me amara.

No tienes buena cara, me dijo Berta al llegar.

Mi cara es un collage de varias caras, eso empezó a los dieciocho años; hasta entonces mi rostro tenía unidad y simetría, yo era solo uno. Después me convertí en muchos.

Puse la botella de vino Faísca junto al tablero.

Empezamos a jugar. Ella abrió con la Ruy López, tal como habíamos acordado. En la decimoquinta mi situación era difícil.

¿Qué te pasa? ¿Por qué no usaste la defensa Steinitz para dejarle la columna del rey abierta a la torre? ¿O la defensa Chigorin, desarrollando el flanco de la reina? No puedes quedarte inerte ante una Ruy López.

Mira, Berta, Bertinha, Bertonga, Bertete, Bertísima, Bertérrima, Bertinhazinha, Bertinhona, Bebé.

Estás borracho, dijo Berta.

Sí.

No juguemos más.

Quiero abrazarte, poner la cabeza en tu pecho, sentir el calor entre tus piernas. Estoy cansado, Bebé. Además, estoy enamorado de otra mujer.

¿Cómo? ¿Y te las das de *Le Bonheur* conmigo?

Es una película mediocre, dije.

Berta botó las piezas del tablero al suelo. Mujer impulsiva. ¿Quién es esa mujer? Me hice un aborto por ti, tengo derecho a saber.

La hija de un cliente.

¿Cuántos años? ¿Tiene mi edad? ¿O ya te estás bajando? ¿Dieciséis? ¿Doce?

Tu edad.

¿Es más bonita que yo?

No sé. Tal vez no. Pero es una mujer que me atrae.

¡Ustedes los hombres son infantiles, débiles, fanfarrones! ¡Imbécil, eres un imbécil!

Te quiero, Bebé, le dije pensando en Eva.

Nos acostamos, yo pensando todo el tiempo en Eva. Después de hacer el amor, Berta se quedó dormida panza arriba. Roncaba suavemente, la boca abierta, inerte. Cuando bebo mucho, duermo apenas media hora y despierto con complejo de culpa. Allí estaba Berta, con la boca abierta, como un muerto soñando. ¡Qué debilidad es dormir! Los niños lo saben. Por eso duermo poco, me da miedo quedar desarmado. Berta roncaba. Es extraño en una persona tan suave. El sol iba surgiendo, una luz fantástica entre blanco y rojo, eso mercía una botella de vino Faísca. Terminé de beber, me bañé, me vestí, fui a la oficina. El vigilante del edificio me preguntó: ¿Se cayó de la cama?

Me senté e hice las alegaciones finales de un cliente. Wexler llegó y comenzamos a discutir cosas sin importancia, pero que nos dejaron exaltados.

Debe ser como la mierda ser hijo de un inmigrante portugués, dijo Wexler.

¿Y qué tal hijo de judío muerto en un progromo?, pregunté.

¡Mi padre era profesor de latín, mi madre tocaba Bach, Beethoven y Brahms al piano, tu padre pescaba bacalao, tu madre era costurera!

Wexler fue a la ventana y escupió.

Bach, Beethoven, Brahms, Belsen y Buchenwald, las cinco bes al piano, le dije.

Puso cara de dolor, un dolor que solo los judíos son capaces de mostrar.

Perdona, le dije. Su madre había muerto en Buchenwald, una mujer joven, que en el retrato era bonita y tenía un rostro dulce y moreno. Perdona.

El día terminó y decidí no ir a casa. No quería ver a Berta, la contestadora, nada, nadie, solo pensaba en Eva. Mis pasiones duran poco, pero son fulminantes.

Un hotel corriente en la calle Correa Dutra, en Flamengo. Recogí las llaves, me fui a mi cuarto, me acosté mirando el techo.

Había una lámpara, un sucio globo azul que yo prendía y apagaba. El ruido de la calle se mezcló con el silencio en una viscosidad opaca y neutra. Eva. Eva. Caín mató a Abel. Siempre hay alguien matando a alguien. Me pasé toda la noche dando vueltas en la cama.

Por la mañana pagué el hotel y salí a cortarme el pelo y a afeitarme.

La defensa Steinitz, le dije al barbero, no es tan eficiente como parece, la torre tiene todos sus movimientos limitados, es una pieza fuerte, pero previsible.

Tiene razón, dijo el barbero, con cautela.

La defensa Chigorin pone en riesgo a la reina y yo nunca la arriesgo, seguí. Está todo mal, el himno nacional con su letra idiota, la bandera positivista sin el rojo, toda bandera debe tener el rojo, ¿de qué nos sirve el verde de las matas y el amarillo de nuestro oro sin la sangre de nuestras venas?

Es pura falta de vergüenza, dijo el barbero.

Mientras el barbero hablaba del costo de vida yo leía el periódico.

Márcio Amaral, también conocido como Márcio el de la Suzuki, fue encontrado muerto en su departamento en el barrio de Fátima. Un tiro en la cabeza. En la mano derecha un revólver Taurus calibre treinta y ocho con un cartucho disparado en el tambor. La policía sospechaba un homicidio. Márcio el de la Suzuki estaría involucrado en el tráfico de drogas en la región sur de la ciudad.

Me vale madres, que se jodan todos, el senador canalla y su hija fumigada, la sobrina pálida, la secretaria muerta y sus padres habladores, el de la moto y Guedes, que los parta un rayo, estoy harto.

El barbero me miró asustado.

En mi departamento una nota:

¿Dónde te metiste? ¿Estás loco? Wexler quiere hablar contigo, algo urgente. Estoy en la tienda. Llámame. Te amo. Te extraño. Berta.

Todavía me gustaba Berta, pero mi corazón ya no se disparaba al oír su voz o al leer sus notas. Berta se había convertido en una persona perfecta para el matrimonio, cuando estuviera viejo y enfermo.

Llamé a Berta, quedamos de vernos esa noche. ¿Qué más podía hacer? Marqué, Wexler.

Pensé que Pacheco te había echado el guante, dijo, Raul te está buscando, dice que es importante.

El teléfono de Raul sonó, sonó, sonó y cuando ya iba a colgar, contestó.

Estaba en el baño. Guedes quiere hablar urgentemente contigo. Pasa por Homicidios, me dijo.

Le hablé a Raul de las amenazas de Pacheco. Raul me recomendó que me cuidara.

En Homicidios, Guedes me recibió rápido.

Yo juego limpio con usted, me dijo. Lea esto.

La letra era redonda, los puntos de las íes pequeños círculos: Rodolfo, no pienses que me puedes tratar de esa forma, como un objeto que se usa y se bota. Estoy dispuesta a hacer las mayores locuras, hablar con tu mujer, hacer un escándalo en la empresa, contarle a todo el mundo, a los diarios, no sabes de qué soy capaz. Ya no quiero departamento, tú no me compras como lo haces con todos. Eres el hombre de mi vida, nunca he querido ni quiero conocer a otro. Me has evitado, así no se acaban relaciones como la nuestra. Quiero verte, llámame, sin demora. Ando muy loca, nerviosa, soy capaz de todo. Marly.

¿Y?, dijo Guedes.

¿Y qué?

¿Alguna idea?

¿Qué idea puedo tener?

¿Qué le pareció la carta?

¿La examinó un perito calígrafo?

No, pero estoy seguro de que es la letra de Marly Moreira; ¿sabes dónde encontraron la carta? Con un tal Márcio Amaral, alias Márcio el de la Suzuki. Quien mató a Márcio revolvió el cuarto, posiblemente buscando la carta, pero se le olvidó registrar el bolsillo de la víctima. Ahí estaba la carta.

Novatadas, dije.

Novatadas. Trató de fingir que la muerte era suicidio sin saber los trucos. Márcio no tenía señales de pólvora en los dedos, la trayectoria del proyectil es de arriba para abajo, muchos errores, el asesino de pie y la víctima sentada. Creo que sé quién es el asesino. Un hombre importante.

Cuidado, los hombres importantes compran a todo el mundo.

No todos se venden, dijo Guedes. Él podría decir que era incorruptible, pero los que realmente no se venden, como él, no hacen alarde de eso.

El senador Rodolfo Cavalcante Méier mató a Marly, siguió Guedes. Márcio, no sabemos cómo, consiguió la carta y empezó a chantajearlo. Para esconder el primer crimen, el senador cometió otro, matando a Márcio.

Tenía frente a mí un hombre decente haciendo su trabajo con dedicación e inteligencia. Tuve deseos de contarle todo lo que sabía, pero no pude. Cavalcante Méier ni siquiera era mi cliente, era un burgués rico asqueroso y tal vez un asesino torpe y aun así no podía denunciarlo. Lo mío es sacar gente de las garras de la policía, no puedo hacer lo contrario.

¿Y entonces?, preguntó Guedes.

El senador no necesitaría matar personalmente, buscaría a alguien que le hiciera el servicio, dije.

No estamos en Alagoas, dijo Guedes.

Aquí también hay pistoleros que matan por una miseria.

Pero en esos no se puede confiar. La policía les echa el guante, los tortura y lo cuentan todo. No son matones de hacienda protegidos por el señor feudal, Guedes. Además, usted está de acuerdo en que los crímenes son cosa de novatos.

Repetí que no sabía nada de los crímenes, que mi opinión era superficial.

Raul dijo que me podría ayudar, dijo Guedes, decepcionado, cuando me despedí de él.

Armé el tablero de ajedrez. Puse una botella de Faísca en la hielera.

No quiero jugar ajedrez ni tomar vino, dijo Berta.

¿Qué pasa, querida?, pregunté, harto de saberlo.

Sigo contigo si terminas con esa chica.

No tengo nada con ella, ¿cómo puedo terminar con lo que no existe?

Te gusta, eso existe. Quiero que te deje de gustar. Una vez me dijiste que solo te gusta a quien le gustas, que solo te gusta quien tú quieres. Quiero gustarte yo, nadie más. De lo contrario, adiós, no hay más juego de ajedrez, sexo cuando se te antoje, borracheras de vino. Detesto tu vino, ¿sabes? Solo lo tomo por ti. Lo odio, lo odio, lo odio.

¿Y el ajedrez?

El ajedrez me gusta, dijo Berta, secándose las lágrimas. En vez de ser protagonista de su propia vida, Berta lo era de la mía.

Le prometí que trataría de olvidar a Eva. Dejé que me ganara usando el contragambito Blumenfeld. A decir verdad, ella ganaría de cualquier forma, pues me pasé todo el tiempo pensando en quién podría haber hecho que la carta de Marly Moreira llegara a manos de Márcio el de la Suzuki. P4D, C3AR. Cavalcante Méier ciertamente guardaría la carta con cuidado. C3AR, P3R. ¿Por qué no la destruyó? Tal vez no la recibió, interceptada por alguien. P4A, P4A. En ese caso tendría que ser alguien de su casa, si es que la carta llegó a su casa, podría haber llegado a la oficina. Mi corazonada era la casa. ¿El mayordomo? Me reí. P5D, P4CD. ¿De qué te ríes?, dijo Berta, ya verás. PxPR, PBxP, ahora Berta se rio. Alguno de los vigilantes o la esposa, a la que nunca había visto, o la hija, o la sobrina. Como decía Raul, hay que desconfiar hasta de tu propia madre. PxP, P4D. ¡Mate!, dijo Berta.

Bebé, ni Alekhine jugaría tan brillantemente, le dije.

Es que tú jugaste muy mal, dijo Berta.

Estaba dispuesto a olvidar a Eva, tal como se lo había prometido a Berta, pero al llegar a casa de Cavalcante Méier, Eva abrió la puerta y revivió mi entusiasmo. Primero había ido a la oficina y me habían dicho que el senador estaba en casa, indispuesto. En la mano llevaba un periódico con noticias sobre la muerte de Marly Moreira. El asunto apareció nuevamente en la primera página de los diarios. La pericia estableció que Márcio el de la Suzuki fue asesinado con la misma arma que mató a Marly. En una entrevista el comisario Guedes dijo que había un personaje importante involucrado y que la policía estaba a punto de detenerlo, costara lo que costara. Hablaba también del tráfico de drogas.

Necesito hablar con tu padre.

No puede atender a nadie.

Le va a interesar. Dile que la policía tiene la carta. Nada más.

Me miró con el rostro impasible de una muñeca, la piel saludable parecía de porcelana, mejillas rosadas, labios rojos, radiantes ojos azules, un estallido violento en la flor de la edad. Parecía una diapositiva colorida proyectada en el aire.

No puede atender a nadie, repitió.

Mira, niñita, tu papá está metido en un lío y quiero ayudarlo. Ve y dile que la policía tiene la carta.

Cavalcante Méier me recibió en bata corta de terciopelo rojo. Tenía el pelo cuidadosamente peinado y engominado.

La policía tiene la carta, le dije. Saben que está dirigida a un cierto Rodolfo, y creen que ese Rodolfo es usted. Afortunadamente no han encontrado el sobre y no pueden probar nada.

Yo rompí el sobre, dijo, no sé por qué no rompí la carta también. La guardé en el cajón del buró de mi cuarto.

Un vicio de banquero, guardar documentos, pensé.

Yo no maté a Marly. No tengo la menor idea de quién lo hizo.

No sé si creerle. Yo pienso que fue usted.

Demuéstrelo.

Parecía Jack Palance, Wilson el pistolero, con sus guantes negros y diciéndole «demuéstralo» a Elisha Cook Jr. antes de sacar rápidamente la Colt y darle un estruendoso tiro en el pecho y tirarlo de bruces al lodo marcado por las ruedas de las diligencias.

Hay muchos Rodolfos en el mundo. Puedo probar que nunca vi a esa chica en mi vida; ¿sabe dónde estaba a la hora del crimen? Cenando con el gobernador del estado. Él puede confirmarlo. ¿Es usted un hombre devorado por la envidia, no? Odia a los que han triunfado en la vida, a los que no terminan como abogados de ministerio público, ¿no?

Yo no odio a nadie. Solo desprecio a canallas como usted.

¿Entonces qué vino a hacer aquí? El dinero.

No, su hija.

Cavalcante Méier levantó la mano para golpearme. Le atajé la mano en el camino. Su brazo no tenía fuerza. Solté la mano de ese asqueroso, áulico explotador, sibarita, parásito.

Raul me estaba esperando en la oficina.

Guedes fue retirado hoy del caso de Marly Moreira por instrucción del jefe de Policía. Dio entrevistas a la prensa prohibidas por el reglamento. Creen que quiere un ascenso. Lo transfirieron a la comisaría de Bangu. Ya no puede abrir la boca.

Guedes no quería un ascenso. Creía en la culpa de Cavalcante Méier y quería lanzar la noticia a la calle antes de que lo acallaran todo. Un creyente en la prensa y en la opinión pública, un ingenuo, pero muchas veces ese tipo de gente logra cosas increíbles.

¿Cómo anda la cosa?, preguntó Wexler.

¡Ah, Leon, estoy enamorado!

Como siempre. Berta es una buena chica.

Es otra. La hija del senador Cavalcante Méier.

Te quieres coger a todas las mujeres del mundo, dijo Wexler, recriminándome.

Es verdad.

Era verdad, yo tenía un alma de sultán de las mil y una noches; de niño me enamoraba y me pasaba las noches llorando de amor por lo menos una vez al mes. Y de adolescente comencé a dedicar mi vida a cogerme a las mujeres, a las hijas de los amigos, las mujeres de los amigos, las conocidas y las desconocidas, me las cogía a todas, menos a mi madre.

Hay una joven en la sala de espera que quiere hablar con usted, dijo Gertrudes, la secretaria. Doña Gertrudes estaba cada día más fea, empezaba a crecerle una joroba y bigotes, tuve la impresión de que me miraba bizca, un ojo para cada lado. Una santa. Pensándolo bien, ¿realmente era así?

Eva, en la sala de espera. Nos quedamos leyendo uno la mirada del otro.

¿Juegas ajedrez?, pregunté.

No, bridge.

¿Me puedes enseñar?, pregunté.

Sí.

Trataba de controlarme para no salir volando de la sala como un escarabajo loco.

No fue mi padre, yo sé que no fue.

Te amo, le dije. Desde el primer día en que te vi.

Sus ojos parecían un soplete.

Yo también quedé muy perturbada ese día.

Estábamos de la mano cuando Wexler entró.

Raul acaba de llegar. Le dije que estabas ocupado. ¿Quieres hablar con él?

Debe ser algo relacionado al caso Marly. Voy a hablar con él. Espérame aquí, le dije a Eva.

Estaba en la puerta cuando Eva me dijo: Salva a mi padre.

Regresé.

Tendrás que ayudarme.

¿Cómo?

Empieza por dejar de mentirme.

No te mentiré más.

¿Qué conversaste con Márcio el de la Suzuki en tu casa? ¿De dónde lo conocías?

Márcio le surtía cocaína a mi prima. Pero ella dejó el vicio hace seis meses más o menos. Ese día le pregunté a Márcio si Lili había vuelto a consumir y Márcio me dijo que no. Tenía miedo de que le hubiera llevado droga.

¿De dónde sacaba Lili dinero para comprar el polvo?

Mi papá le da a Lili todo lo que pide. Es hija de su hermano, que murió cuando Lili era niña. Su mamá no quiso saber de la hija, se casó de nuevo y Lili llegó a vivir con nosotros cuando tenía ocho años.

¿Por qué me dijiste que sabes que tu papá no mató a Marly ni a Márcio?

Mi papá no sería capaz de matar a nadie.

¿Entonces es un presentimiento, una simple presunción?

Sí, dijo desviando sus ojos de los míos.

Raul estaba de pie en la sala de Wexler, yendo de un lado para otro. Guedes dice que va a denunciar al senador como asesino y que no le importa lo que pueda pasar.

Guedes está loco, dije. Tenemos que impedir que cometa esa tontería.

Raul y yo salimos a buscar a Guedes. Eva se fue a su casa, le prometí que después le llamaría.

Guedes estaba en el Instituto Oswaldo Éboli conversando con un perito amigo. Preparaba el informe para entregar a los diarios.

No fue Cavalcante Méier, le dije.

Hasta hace dos días no sabía nada del caso y ahora viene usted a hablarme con toda esa seguridad.

Le conté parte de lo que sabía.

Si no fue Cavalcante Méier, ¿entonces quién?

No sé. A lo mejor algún traficante de droga.

Revisé la vida de Marly Moreira y no existe la menor posibilidad de que estuviera metida con traficantes de droga. Y ambos fueron asesinados por la misma persona. Tu razonamiento está completamente equivocado.

Traté de defender mi punto de vista. Mencioné la coartada de Cavalcante Méier. Después de todo, el testimonio del gobernador no podría ser ignorado.

Son todos corruptos. Ya verás cómo, cuando el gobernador deje el cargo, se va a hacer socio de Cavalcante Méier.

Te va a ir mal, Guedes.

No importa. ¿Qué puedo perder?, ¿mi empleo? Estoy harto de ser policía.

Acusar a un hombre inocente es una calumnia, un crimen.

Él no es inocente, tengo mis pruebas. Los ojos de Guedes brillaban de rectitud, honradez y probidad. ¿Sabía usted que el senador Cavalcante Méier tiene licencia para un revólver Taurus treinta y ocho, el calibre de los proyectiles que mataron a Márcio y a Marly?

Mucha gente tiene un treinta y ocho en casa. ¿Cuándo es la entrevista?, pregunté.

Mañana a las diez.

Llegué a la casa de Eva cuando anochecía.

¿Qué pasó? ¿Por qué tienes esa cara?, preguntó Eva.

¿Dónde está tu padre?

En su cuarto. No se siente bien.

Tengo que hablar con él, es importante.

Me sorprendí al ver a Cavalcante Méier. Estaba despeinado, sin afeitar, los ojos enrojecidos como si hubiese bebido mucho o llorado. La mirada de Jennings, el profesor Unrat, en *El ángel azul*, luchando para no sentir vergüenza, sorprendido con la incomprensión del mundo. Junto a Cavalcante Méier estaba Lili, el rostro más pálido que nunca, la piel parecía pintada de cal. Tenía una bolsa en la mano. Un vestido negro realzaba su bello aire fantasmagórico.

Sí, fui yo, dijo Cavalcante Méier.

¡Papá!, exclamó Eva.

Cavalcante Méier sonaba falso. He visto muchas películas y reconozco a los malos actores.

Fui yo, ya les dije que fui yo. Dígale a su amigo el policía que ya me puede arrestar. ¡Fuera de mi casa!

Se me acercó como si me fuera a agredir. Eva lo detuvo.

Vete, por favor, vete, suplicó Eva.

Al salir, Lili me acompañó. Se paró junto a mi coche.

¿Puedo ir contigo?

Sí.

Lili se sentó a mi lado. Me fui lentamente por las alamedas oscuras de los jardines de la casa y bajamos por la carretera.

Está mintiendo, le dije. Debe ser para proteger a alguien. Quizás Eva.

El cuerpo de Lili comenzó a temblar, pero no salía un solo sonido de su garganta. Al pasar por un poste de luz vi que su rostro estaba bañado en lágrimas.

No fue él. Ni Eva, dijo Lili, tan bajo que apenas distinguía sus palabras.

Entonces era eso. Yo ya sabía la verdad, ¿y de qué sirve? ¿Hay realmente culpables e inocentes?

Te escucho, comienza, le dije.

Hace dos años descubrí que amaba al tío Rodolfo, pero no como a un tío o a un padre, que es lo que había sido para mí hasta entonces, sino como a un amante.

Me quedé callado. Sé cuando una persona comienza a abrir el alma hasta el fondo.

Hace seis meses que somos amantes. Él es todo en mi vida y yo en la de él.

¿Por eso mataste a Marly?

Sí.

¿Él lo sabía?

No. Se lo conté hoy. Quiso protegerme. Él me ama, tanto como yo lo amo.

Su rostro en la penumbra del coche parecía una estatua fluorescente iluminada por una luz negra.

Puedo contarte cómo fue.

Entonces cuéntamelo.

Mi tío me dijo que tenía problemas con una chica que trabajaba en una de sus empresas y con la que había tenido una relación. Ella amenazaba con hacer un escándalo y contárselo todo a mi tía. Mi tía es una mujer muy enferma, la quiero como si fuera mi madre.

Nunca la había visto. Las familias ricas tienen secretos inviolables, rostros secretos, complicidades sombrías.

Ella no sale de su cuarto, siempre hay una enfermera, se puede morir en cualquier momento.

Sigue.

Mi tío recibió la carta, creo que el lunes. Todas las noches, como a las once, yo iba a su cuarto y salía temprano, antes de que los empleados empezaran a ordenar la casa.

¿Eva sabía eso?

Sí.

Sigue, le dije.

Ese día mi tío Rodolfo estaba muy nervioso. Me mostró la carta, dijo que Marly era una loca, que el escándalo podría matar a la tía Nora y arruinarlo políticamente. El tío Rodolfo es un hombre bueno, no merece algo así.

Sigue, le dije.

Mi tío me enseñó la carta de esa Marly y después la dejó en el buró. Al día siguiente la tomé, busqué a esa mujer y le llamé. Le dije quién era y que tenía un recado para ella del tío Rodolfo. Quedamos de encontrarnos después del trabajo. Escogí un lugar solitario, donde a veces me meto al mar. Ella llegó arrogante, me dijo que le avisara al tío Rodolfo que no la tratara con desprecio. Cuando la vieja muera, amenazó, ese canalla se va a tener que casar conmigo. Yo llevaba en la bolsa el revólver de mi tío. Le di un solo tiro. Cayó hacia delante, gimiendo. Salí corriendo, me subí al coche, fui a buscar a Márcio, le pedí que me vendiera un poco de coca. Aspiré cocaína en su casa, por primera vez en más de seis meses. Estaba desesperada. Me quedé dormida y Márcio debe haber registrado mi bolsa y sacado la carta mientras dormía. Cuando el tío Rodolfo me contó que te ibas a encontrar con Márcio en el Gordon's, me anticipé para evitar que lo encontraras. Le inventé que el tío Rodolfo había mandado a la policía a arrestarlo.

Deja de decirle tío, por favor.

Siempre le he dicho así, no voy a cambiar ahora. Márcio se puso furioso y al día siguiente fue a la casa del tío Rodolfo. Tú lo viste todo, esta parte la conoces.

No todo.

Me encontré a Márcio en el jardín cuando él salía. Me dijo que el tío Rodolfo iba a pagarle, pero que no iba a devolver la carta. Le pedí una cita para comprar cocaína, dispuesta a matarlo. Márcio estaba sentado en un sillón viendo tele, lleno de polvo, Mandrix y whisky. Me acerqué y le disparé en la cabeza, no sentí nada, solo asco, como si fuera una cucaracha.

No encontraste la carta. Estaba en el bolsillo de Márcio.

Busqué por todas partes, nunca la habría buscado en el bolsillo, me repugnaría tocarlo, dijo Lili.

¿Y el dinero?

Estaba en un maletín. Me lo llevé a casa. Está todo en el ropero de mi cuarto.

Detuve el coche. Ella sostenía la bolsa con fuerza, las manos temblorosas.

Dame eso, le dije.

¡No!, respondió, apretando la bolsa contra el pecho.

Le arranqué la bolsa de la mano. Dentro el Taurus, cañón de dos pulgadas, cacha de nácar. Sus ojos eran un abismo sin fondo.

Dame el revólver, pidió Lili.

Moví la cabeza negativamente.

Entonces llévame con el tío Rodolfo.

Tengo que encontrar a Guedes. Toma un taxi. Sería bueno que contrataras luego un abogado.

Está todo perdido, ¿no?

Lamentablemente. Para todos nosotros, respondí.

La subí a un taxi. Salí a buscar a Guedes. Pensé en Eva. Adiós, querida amiga, un largo adiós. El gran sueño. No había nadie dentro de mi cuerpo, mis manos al volante parecían ser las de otra persona.

El libro de actas

1

El investigador Miro trajo a la mujer a mi presencia.

Fue el marido, dijo Miro, desinteresado. En esa comisaría de suburbio era común encontrarse con peleas de marido y mujer.

Ella tenía los dientes delanteros partidos, los labios heridos, el rostro hinchado, marcas en los brazos y en el cuello.

¿Su marido le hizo eso?, pregunté.

Fue sin querer, no quiero denunciarlo.

Entonces, ¿a qué vino?

Me dio coraje en el momento, pero ya se me pasó. ¿Me puedo ir?

No.

Miro suspiró.

Deja que se vaya, dijo entre dientes.

Usted sufrió lesiones corporales, es un crimen que se persigue de oficio, independientemente de su queja. La voy a enviar a examinar.

Ubiratan es nervioso, pero no es mala gente, dijo ella. Por favor, no le haga nada.

Vivían cerca. Decidí ir a hablar con Ubiratan. Cierta vez, en Madureira, yo había convencido a un sujeto de no pegarle más a su mujer; cuando empecé en la comisaría de Jacarepaguá también persuadí a otros dos de tratar a la mujer con decencia.

Un hombre alto y musculoso me abrió la puerta. Estaba en calzoncillos, sin camisa. En un rincón de la sala había una barra de acero y dos pesas pintadas de rojo. Debe haber estado haciendo ejercicios cuando llegué. Sus músculos estaban hinchados y cubiertos de una gruesa capa de sudor. Exhalaba la fuerza espiritual y el orgullo que una buena salud y un cuerpo lleno de músculos le dan a ciertos hombres.

Vengo de la comisaría, le dije.

Ah, o sea que fue a levantar un acta la idiota, rezongó Ubiratan.

Abrió el refrigerador, sacó una lata de cerveza, la abrió y se la tomó.

Vaya y dígale que vuelva pronto o le voy a dar.

Parece que todavía no ha entendido a qué vine. Lo vengo a invitar a que dé su declaración en la comisaría.

Ubiratan tiró la lata vacía por la ventana, cogió la barra de acero y la levantó sobre la cabeza diez veces, respirando ruidosamente por la boca, como si fuera una locomotora.

¿Cree usted que le tengo miedo a la policía?, preguntó, mirando con admiración y cariño sus músculos del pecho y de los brazos.

No hace falta tener miedo. Solo va a dar su declaración. Ubiratan me agarró del brazo y me sacudió.

Vete, poli asqueroso, me estoy enojando. Saqué el revólver de la funda.

Podría procesar por desacato, pero no lo haré. No complique las cosas, venga conmigo a la comisaría, estará libre en media hora, dije, tranquilamente y con delicadeza.

Ubiratan se rio.

¿Cuánto mides, enano?

Un metro setenta. Vámonos.

Te voy a quitar esa mierda de la mano y voy a mear el cañón, enano.

Ubiratan contrajo todos los músculos del cuerpo, como un animal erizándose para asustar a otro, y extendió el brazo, la mano abierta para arrebatarme el revólver. Le di en el muslo. Me miró atónito.

¡Mira lo que le hiciste a mi sartorio!, gritó Ubiratan mostrando el propio muslo, ¡estás loco, mi sartorio!

Lo siento, dije, ahora vámonos o te disparo en la otra pierna.

¿Adónde me llevas, enano?

Primero al hospital, después a la comisaría.

Esto no se queda así, enano, tengo amigos influyentes.

La sangre le corría por la pierna, goteaba en el suelo del coche.

¡Desgraciado, mi sartorio!

Su voz era más estridente que la sirena que nos abría camino por las calles.

2

Calurosa mañana de diciembre, calle São Clemente. Un autobús atropelló a un niño de diez años. Las ruedas del vehículo pasaron sobre su cabeza dejando un rastro de masa encefálica de algunos metros. Al lado del cuerpo una bicicleta nueva, sin un rasguño.

Un oficial de tránsito arrestó en flagrante al chofer. Dos testigos afirmaron que el autobús venía a exceso de velocidad. El lugar del accidente fue aislado cuidadosamente.

Una vieja, mal vestida, con una vela prendida en la mano, quería atravesar el cordón de aislamiento, «para salvar el alma del angelito». Se lo impidieron. Junto a los otros espectadores, se quedó contemplando el cuerpo desde lejos. En medio de la calle, el cadáver parecía todavía más pequeño.

Menos mal que es día festivo, dijo un oficial, desviando el tránsito, imagínese si hubiese sido un día normal.

Una mujer, gritando, rompió el cordón de aislamiento y levantó el cuerpo del suelo. Le ordené que lo soltara. Le torcí el brazo, pero no parecía sentir dolor, gemía alto, sin ceder. Los oficiales y yo luchamos con ella hasta quitarle al muerto de los brazos y colocarlo en el piso, donde debería estar, aguardando el peritaje.

Dos oficiales se llevaron lejos a la mujer, arrastrándola.

Esos choferes de autobús son todos unos asesinos, dijo el perito, menos mal que el lugar está perfecto, se puede hacer un juicio que ningún leguleyo va a poder desmentir.

Fui hacia la patrulla y me senté en el asiento delantero durante algunos momentos. Mi saco estaba sucio de pequeños restos del muerto. Traté de limpiarlo con las manos. Llamé a uno de los oficiales y mandé que me trajeran al detenido.

Camino a la comisaría lo miré. Era un tipo flaco, de unos sesenta años, y parecía cansado, enfermo y con miedo. Un miedo, una enfermedad y un cansancio antiguos, que no eran solo de ese día.

3

Llegué a la casa de dos pisos en la calle de la Cancela y el oficial que estaba en la puerta dijo: Primer piso. Está en el baño.

Subí. En la sala una mujer con los ojos enrojecidos me miró en silencio. A su lado un niño flaco, medio encogido, con la boca abierta, respirando con dificultad.

¿El baño? Me indicó un pasillo oscuro. La casa olía a moho, como si hubiera filtración en las tuberías, dentro de las paredes. De algún lugar venía un olor a cebolla y ajo fritos.

La puerta del baño estaba entreabierta. El hombre estaba ahí. Volví a la sala. Ya le había hecho todas las preguntas a la mujer cuando llegó el forense Azevedo.

En el baño, dije.

Anochecía. Prendí la luz de la sala. Azevedo me pidió ayuda. Fuimos al baño.

Levanta el cuerpo, dijo el forense, para soltar el nudo. Sujeté al muerto por la barriga. De su boca salió un gemido.

Aire preso, dijo Azevedo, extraño, ¿no?

Nos reímos sin placer. Pusimos el cuerpo en el piso húmedo. Un hombre flaco y sin afeitar, el rostro gris, parecía un muñeco de cera.

No dejó ni una nota, nada, dije.

Conozco a estos tipos, dijo Azevedo, cuando ya no aguantan más se matan rápido, tiene que ser rápido, si no, se arrepienten.

Azevedo orinó en el escusado. Después se lavó las manos en el lavabo y se secó en la parte inferior de su camisa.

Once de Mayo

El desayuno, el almuerzo y la merienda se sirven en los cuartos. Es un enorme trabajo llevar cacharros y jarros al cuarto de cada uno. Debe haber alguna razón para eso.

El cuarto tiene cama, bacinica y televisión. La tele está prendida todo el día. Debe haber alguna razón también para eso. Los programas los transmiten por circuito cerrado desde algún lugar del Hogar. Viejas teleseries, transmitidas sin interrupción. Hoy un hermano requisó la radio que Baldomero estaba armando. La hija le llevó las piezas poco a poco. Oír se puede, dijo el hermano, pero el esparcimiento no puede ser una fuente de injusticias, aquí todos deben tener las mismas cosas. Hasta ahí llegó el juguetito de Baldomero.

Antes de jubilarse, Baldomero era ingeniero electricista. Dice que inventó una técnica de distribución subterránea de electricidad llamada polidictioide. Yo soy, mejor dicho, era profesor de historia, mis conocimientos tecnológicos son mínimos, no sé si lo que él dice es verdad, los viejos mienten mucho. La jubilación dejó muy deprimido a Baldomero. Antes de venir aquí lo internaron en una clínica de adaptación al ocio, donde él dice, sin rencor, que lo trataron con choques eléctricos. Considerando su profesión, seguro que no fueron los primeros que recibió. Llegamos al Once de Mayo en la misma época. Él es un hombre deprimido. Cualquier día de estos se mata. Es común que los viejos se maten debido a la melancolía, el ocio, la soledad, la enfermedad. El noventa por ciento de las personas mayores de sesenta sufre alguna enfermedad.

Estoy sentado en el patio con Baldomero y un tipo llamado Pharoux que fue policía. A Pharoux le falta un ojo, que perdió en un disturbio callejero, según consta. Es un hombre de pocas palabras, desconfiado, delgado, de rostro surcado por arrugas profundas. El ojo que le falta está tapado por una venda negra. Me dan ganas de decirle que parece un pirata de novela, pero sé que no tiene sentido del humor y me quedo callado.

Desde donde estoy veo la chimenea del incinerador, echando humo. El humo es negro. ¿Qué basura quemarán? ¿Restos de comida, papeles sucios? El humo se pone blanco.

Acaban de elegir un nuevo papa, digo.

Pharoux me mira serio. Me río, pero él sigue serio. Un hombre de personalidad fuerte y mal humor.

En los muros del patio está escrito: La Vida es Bella. También está escrito: Llegó la Hora de la Cosecha.

¿Sabes qué es lo que vamos a cosechar?, le pregunto a Baldomero.

Ate de membrillo masticado, dice Baldomero.

Bostezos, digo. Iba a decir: muerte, esa es la cosecha que nos queda. Pero un viejo inerte, perezoso y aburrido solo puede abrir la boca para bostezar.

Bostezo, abro la boca todo lo que puedo. Le pregunto a Baldomero si sabe cuántos somos en el Hogar Once de Mayo.

No sabe.

Nadie lo sabe. Tal vez el gordo director lo sepa.

En mi piso son sesenta cuartos.

Hola, Guilherme, digo metiendo la cara en el primero.

Guilherme se ríe, mostrando las encías grises. Acostado en la cama, ve televisión.

Tengo una lista con los nombres de los ocupantes de todos los cuartos de mi sector. Me pasé un día entero haciéndola. Son sesenta. Nadie sabe que tengo esa lista.

Voy uno por uno.

Hola, Moura.

Pero no es Moura quien está ahí, sentado en la bacinica, viendo tele. Es otro viejo. Dice que se llama Arístides. Marco la fecha de entrada de Arístides. Y la fecha de salida de Moura.

Moura duró un mes, pero antes de desaparecer y dejarle el lugar a otro interno, Moura empezó a arrastrarse por los pasillos, sin rumbo. Ya no oía lo que le decían, no se afeitaba y al final ni se levantaba de la cama alegando debilidad y dolor de piernas.

¿Qué es lo que conversan tanto?, pregunta el Hermano.

Pharoux y yo estamos sentados en el mismo banco en el patio. No sé por qué cuando vi a Pharoux me senté al lado de él.

No estamos conversando, dice Pharoux.

¿Por qué no están viendo tele?, pregunta el hermano gentilmente. Ya pasó la hora del recreo en el patio.

Los hermanos nunca pierden la paciencia.

No me gusta la tele, dice Pharoux.

Vamos, vamos, dice el hermano, amablemente, tomándome del brazo y llevándome al cuarto, es hora de descansar.

Estoy acostado en el cuarto. No hay forma de apagar la maldita tele. Prenden y apagan el aparato por control remoto desde el mismo lugar en que la imagen es transmitida.

El hermano me trajo como si fuera un viejito. Como si fuera un viejito, dejé que lo hiciera. No quería que yo conversara con Pharoux. Con Pharoux no se metió. ¿Miedo a Pharoux? Es cierto que si el hermano no quería que conversáramos y si ya me habían alejado era mejor que él dejara a Pharoux en paz, como lo hizo.

Pharoux dijo que no estábamos conversando, pero no era cierto. Estábamos conversando.

Yo solo duermo de noche, había dicho Pharoux.

Yo duermo de día y de noche. Me quedo dormido apenas me acuesto, respondí.

Eso es lo que ellos quieren. Mientras más duerme uno, más va a querer dormir. Llegará el día en que no despierte más.

Pharoux acababa de decir eso cuando llegó el hermano.

El director me llama. Su oficina queda en una torre de la altura de la chimenea del incinerador, pero del otro lado. El Hogar es un edificio de dos pisos, dividido en ocho sectores de sesenta cuartos cada uno. Eso es una deducción, tengo acceso solo a uno de ellos, el mío, en el segundo piso. Son cuatro sectores en el primer piso y cuatro sectores en el segundo, posiblemente todos los sectores con sesenta cuartos, como el mío. Me parece que es eso. Un cuadrado. En el centro está el patio, por un lado la chimenea y por el otro la torre del director. Un edificio feo y triste.

El director es un hombre gordo y joven. Con excepción de los internos, todos son jóvenes en el Hogar Once de Mayo.

¿Cómo le va?, pregunta el director.

Me trata de usted para fingir un respeto que en realidad no siente. Todos están muy bien entrenados.

Bien.

¿Hay algo que quiera decirme, alguna queja?

No, ninguna queja.

El director se levanta después de tomar un papel de la mesa. No sé cómo cabe en su silla, que en cada lado tiene apoyo para los codos. Su trasero es muy grande. Estoy atento esperando que se voltee para mirarle el trasero grande y blando. Mi trasero es seco y flácido, como el de un gato viejo.

Tengo aquí unos informes.

Finge leer el papel.

Usted no ha seguido el Reglamento del Hogar. Mire, el Reglamento está hecho para proteger a los internos, fue elaborado por médicos y sicólogos para el bien de todos, ¿entendió? Sin embargo aquí veo que a la hora del reposo vespertino usted anda por los pasillos visitando a otros internos en sus habitaciones. Eso no es bueno para usted, no es bueno para nadie, ¿me entiende? Va contra el Reglamento.

Pensándolo bien, tengo una queja, digo.

¿Una queja? Bueno, dígala, por favor.

La comida. No es buena y me parece poco nutritiva.

Es la misma comida que se come en los cuarteles, en las fábricas, en las escuelas, en las cooperativas, en los ministerios, en todas partes. El país atraviesa por una difícil situación. ¿Usted cree que los jubilados tienen que comer mejor que los que producen? No, obviamente. Además, la comida servida en el Once de Mayo sigue los requisitos establecidos por los dietistas, observando las exigencias orgánicas peculiares de los internos.

El director se voltea, se dirige hacia su silla. No sé cómo logra meterse en la silla. Entrar en la ropa también debe ser difícil.

Sopas aguadas, digo.

No todos tienen dientes como usted. Una comida blanda es más fácil de ingerir. Tenemos que pensar por sobre todo en el bienestar de la mayoría. La mayoría, entiende, la mayoría.

Habló unos diez minutos de las necesidades de las mayorías: descanso y papillas. Terminó con una advertencia. No necesita mostrar su verdadera cara, sé algo de historia, sé cuándo me amenazan. No es eso lo que me dijo, quien lo dijo, o mejor, lo pensó, fui yo. En realidad la frase no es mía, solo la estoy citando, pero ya no me acuerdo de la fuente. Ecmnesia. El director dijo:

No quiero que se meta más en los cuartos de los otros, ¿me entendió? De lo contrario, tendré que ir lamentablemente contra mi voluntad y suspenderle el desayuno. Es el Reglamento.

Tengo muchos dientes, pero son postizos casi todos, y se me mueven en la boca. Pero es mejor tener dientes postizos que nada. Lo reconozco.

Otra cosa que conversé con Pharoux:

¿Qué es lo que más te gusta hacer? Lo que más te interesa, si es que tienes algún interés, le pregunté. Y me reí, pero él no se rio.

Comer, dijo Pharoux.

Pero la comida aquí no es buena, le dije.

No, dijo Pharoux, pero yo me como todo lo que me dan para estar vivo. Si no comes, te mueres.

En el Hogar no hay ningún médico que atienda a los internos cuando se enferman. Cualquiera de los hermanos nos medica, siempre con un analgésico, sea cual sea nuestro problema. Yo suelo tener problemas intestinales, diarreas fuertes que surgen de repente. Cuando me fui a quejar, el hermano me dio una aspirina.

No estás bien, pero te vas a recuperar. Mientras tanto usa la bacinica.

Podría haber muerto en la bacinica si Cortines no me hubiera conseguido una medicina. Cortines sabe un montón de trucos. Fue profesor de educación física. Cada vez que entro en su cuarto está haciendo gimnasia. No sé de dónde saca las medicinas y la comida extra. Es divertido.

Un joven no necesita hacer gimnasia, me dijo un día en que lo sorprendí haciendo abdominales en su cuarto. Pero un viejo, sí. Mientras más viejo, más gimnasia. No es para vivir más, es para mantenerse en pie, mientras se vive.

Mi mala suerte, siguió, fue ser incapaz de enfrentarme a los miembros de la jerarquía superior de la administración deportiva. Entonces me pusieron aquí, para que me fuera apagando como una lámpara. Pero voy a estar mucho tiempo prendido.

Cortines suelta una carcajada. Deben ser los músculos los que lo hacen reír tan alto.

Cortines es completamente calvo. Cuando se afeita, se rapa todos los días, cuidadosamente, los pocos pelos que tiene. Tiene los brazos y el cuello duros, secos, afilados.

Esta noche soñé que era Malesherbes. Me dirigía tranquilamente a la guillotina, después de haber tenido el cuidado de darle cuerda al reloj. Querían matarme porque insistía en llamar a Luis XVI su majestad. Pero yo lo llamaba así no por una cuestión de respeto o de afecto sino porque, siendo viejo, creía que estaba en mi derecho de ir contra los detentadores del poder, los que tenían la sartén por el mango, mejor dicho, la guillotina y el cañón en la mano. En el sueño.

¿Por qué será que sueño con Malesherbes y no con Getúlio Vargas o con don Pedro I o Tiradentes?

Pharoux anda siempre con un estilete de acero. ¿Qué diablos querrá este loco con esa arma? Pharoux tiene siempre un aire hostil, su cara parece decir: odiar es el más largo y el mejor de los placeres. Alguien dijo que el ser humano ama rápido y odia despacio. ¿A quién será que odia Pharoux? No debe haber sido muy bueno caer en sus garras en sus tiempos de policía.

La historia de Francia es más interesante que la historia de Brasil, ¿será eso?

La experiencia (y la misma historia) enseñan que los pueblos y los gobiernos no aprenden nada con la historia. De esta manera, nosotros «los viejos» tampoco aprendemos nada con nuestra experiencia. Es una frase idiota esa: si la juventud supiera y la vejez pudiera. ¿Por qué será que los viejos no podemos? Porque no nos dejan, solo por eso.

Se lo digo a Baldomero, pero no me pone atención. Su depresión no hace más que aumentar. Cortines y Pharoux son más atentos, pero son muy ignorantes. Conversar con ellos no tiene gracia, no entienden lo que digo. Un día Pharoux me preguntó qué era la historia y se lo respondí. Bromeando y citando no sé a quién (ecmnesia, mi memoria ya no es la misma) que la historia es algo que nunca ocurrió, escrito por alguien que no estaba allá. Me dijo que no entendía. Si no ocurrió, entonces ¿cómo es historia?, preguntó. Pharoux es así, no tiene imaginación, pero cuando le dije que el director me había llamado se interesó mucho.

¿Qué le dijiste?

Nada, no le hablé de tu estilete.

Si hablas, te mato, viejo idiota, me dijo.

El interno que lleva más tiempo en el Hogar, en mi sector, es Cortines. Seis meses. Todos los que estaban hace más tiempo desaparecieron. ¿Murieron? ¿Los transfirieron? A nadie le preocupa la rotación de los internos, después de todo aquí no se hacen amigos. Solo yo he vigilado secretamente en los cuatro meses que llevo aquí la entrada y salida de los internos. Deformación profesional.

Le pregunté a uno de los hermanos, no recuerdo su nombre, son todos iguales y nunca están mucho tiempo en el mismo sector, qué es lo que hacían con el cuerpo de los que morían. Se sorprendió con la pregunta. Y desconfió.

¿Cómo? ¿Qué quieres decir con eso?

Muchos aquí no tienen familia o si tienen, los parientes no se preocupan por ellos, casi nadie recibe visitas. En nuestro sector, solo Baldomero fue visitado por su hija, y aun así una sola vez. Tengo la impresión de que cuando mueren el desinterés continúa, y como le dije, muchos no tienen parientes, entonces...

¿Entonces qué?

Estoy pensando en mi caso, yo no tengo a nadie, si me muero ¿quién me va a enterrar?

El hermano pareció aliviado.

El Instituto, por supuesto. Los gastos los paga el Instituto, no se preocupe por eso. Vamos, vamos, vea tele, diviértase, no se ponga a imaginar cosas tristes, a preocuparse por tonterías.

Entró a mi cuarto y se quedó parado diez minutos viendo la teleserie. Antes de salir, se quedó observándome desde la entrada. Yo fingí que le ponía atención a la pantalla hasta que se fue.

Los cuartos no tienen puerta. Los viejos son sordos y ponen las televisiones a todo volumen. Como es un único programa, el sonido envuelve, brota por todas partes, pero eso no impide que los internos se duerman en cuanto entran a sus cuartos y miran la pantalla por algunos minutos.

Llevo debajo de mi camiseta los papeles con los nombres y las fechas de entrada y salida de los internos de mi sector. De vez en cuando limpian los cuartos y mandan salir al interno. Siempre van dos hermanos. Revisan todos los papeles, requisan los libros, no es por limpieza, es una fiscalización, una especie de espionaje.

Todos los internos mueren por la noche. Lins tenía una fractura en la pierna (nuestro equilibrio es precario y nuestros huesos son débiles) y se arrastraba desde la cama, que es baja, para alcanzar la bacinica, o si no se cagaba y orinaba en la cama. Una tarde pasé por el acceso y de allí salía un olor a mierda y gangrena. Lins estaba acostado en la cama viendo la tele. A la mañana siguiente el cubículo estaba vacío y olía a desinfectante.

Cuando veo a alguien tosiendo y gimiendo o muy tranquilo en su cama ya sé que por la mañana su cuarto estará vacío. No quiero decir que los mataron o cosa parecida, el Instituto no haría una cosa de esas. Soy viejo y sé que todos los viejos somos algo paranoicos; por eso no quiero inventar persecuciones y crímenes que no existen. ¿Quién dijo que la historia es un relato mentiroso de crímenes y tragedias? Se me olvida, debe ser la arteriosclerosis, empiezo a pensar una cosa y mi pensamiento divaga. ¡Mi memoria anda tan mal! Ecmnesia. Ah, sí, los papeles debajo de mi camiseta. No, no es eso. Es el hecho de que internen a los viejos para morir. Tal vez traen aquí a los viejos caquécticos, con una corta expectativa de vida. Eso explica por qué todos mueren en tan poco tiempo. ¿O será otra cosa, un proyecto más amplio, una política para todos nosotros?

En fin, me queda poco tiempo.

Este pensamiento deja mi cuerpo insensible, como si ya no existiera. No siento dolor ni tristeza, solo una especie de aprehensión de quien ya no tiene más cuerpo y le falta la noción sólida de que habita una forma, una estructura, un volumen. Como si perdiese la materia y me quedara solo el espíritu, o la mente. Eso es imposible, pero fue lo que sentí cuando, sin dolores ni otras agonías y anuncios de mi fin, sospeché por primera vez que a lo mejor solo me quedaban algunos meses.

Ahora hago mi ronda con cautela. Los hermanos, a pesar de ser jóvenes, son perezosos, y les gusta descansar después del almuerzo, incluso los que no están trabajando lo hacen. Ellos también tienen televisión en su cuarto y ven programas que nosotros no podemos ver. Por preguntas que hago, sé que también se quedan dormidos con el programa. Descontando el sueño y el olvido, la tele es muy interesante. No me acuerdo de las cosas que veo.

Baldomero no está bien. Cuando entro en su cubículo me recibe diciendo palabras incomprensibles. *Magnete, Magneticisque Corporibus...* Aepinus, Faraday, Volta, Ampère...

¿Estás bien, Baldomero?, pregunto.

Ohmmm... Ohmmm, responde, zumbando con la boca cerrada como si fuera un abejorro viejo. No resisto y me echo a reír. Mientras más me río más zumba. ¡Qué cruel es el ser humano! Baldomero se volvió loco y yo aquí riéndome de su locura. Después señala la tele y grita: ¡Jenkins, Jenkins!

¡Jenkins! Sus gritos acaban llamando la atención de los hermanos. Quieren llevarlo a la enfermería, pero él se resiste. Su cuerpo parece galvanizado (sin broma, ya no le encuentro gracia a lo que pasa) por una fuerza inesperada. Se necesitan tres hermanos para someterlo. Finalmente lo llevan a la enfermería.

Sé que me van a castigar por haberme encontrado en el cuarto de Baldomero, pero no me importa. Lo que me deprime es haber hecho de menos a Baldomero. Lloro de arrepentimiento. Sé que mi llanto copioso es otro síntoma de mi vejez; me siento infeliz, tengo miedo y siento unas ganas irresistibles de comerme un bombón de chocolate, y se me hace agua la boca. Sin dejar de llorar salivo por los bordes de los labios. Veo mi rostro baboso y llorón en el espejo del cuarto: una figura al mismo tiempo ridícula y repulsiva. ¿Soy yo realmente? ¿Para eso he vivido tantos años?

La merienda es solo una taza de café con un pedazo de pan. La sirven a las cinco. Si por algún motivo me tardo en dormir (lo que es raro) el hambre se hace insoportable y sueño con el desayuno que sirven a las seis. Café puro con pan.

El hermano con el carro del café pasa en la mañana por mi puerta y no se detiene. Tengo deseos de correr tras él y de pedirle un pedazo de pan, pero me contengo. Basta de migajas, desgraciado. Siento rabia, quien siente rabia no necesita tomar café, no necesita pan.

El director me llama a su oficina. Aparenta ser la misma persona paciente de siempre, es su máscara. Pero sé que me detesta, es una percepción sutil, que atraviesa su disfraz. Baldomero falleció. Un ataque cardiaco, dice el director.

Tengo la obligación de decirle que creemos que usted colaboró para el desenlace fatal, dice el director.

¿Colaboré cómo?

Baldomero era una persona excitable. Su visita a su cuarto en una hora inapropiada le debe haber hecho mal, su salud era precaria. Tengo que decirle que las irregularidades de su comportamiento nos están empezando a preocupar.

Baldomero estaba muriéndose de hambre y tristeza como todos aquí, le digo.

¿Hambre? Sepa que la nación gasta una parte sustancial de sus recursos con ancianos inactivos. Si quisiéramos mantener a todos los jubilados bien alimentados y felices a través de costosos programas de medicina preventiva, de terapia ocupacional, de recreación y esparcimiento, todos los recursos del país serían consumidos en esta tarea. ¿Acaso no sabe que el país atraviesa una de las crisis económicas más graves de su historia? Alguna vez fuimos un país de jóvenes y poco a poco nos estamos convirtiendo en un país de viejos.

Los jóvenes directores envejecen, le digo. Un día también usted va a envejecer.

El director me mira un momento. Su interés en mí parece haber terminado, como si yo fuera un caso perdido.

Pórtese bien, dice, amable, pero desinteresado, despidiéndome con un gesto vago.

¿Le avisaron a la hija de Baldomero?, pregunto al salir.

¿Hija?, oh, sí, dice el director, distraído.

A la hora de comer tomé una sopa desabrida. Aun así tengo diarrea. Le pido una medicina a un hermano. Se tarda mucho, pero finalmente me trae una cápsula y se retira después de comprobar que la ingerí.

Ahora se va a sentir bien, dijo.

La cápsula que me dio es diferente a las pastillas que suelo tomar. Por eso fingí que la tomaba, y la dejé escondida en la mano.

Le muestro la pastilla a Pharoux. Le pregunto si ya había visto una igual entre las medicinas que nos dan.

No me responde. Dice que quiere estar solo. Nosotros, los viejos, tenemos tendencia a la misantropía. Además, Pharoux es desconfiado, sospecha de mí.

Busco a Cortines. Como siempre, está haciendo gimnasia. Cortines abre cuidadosamente la cápsula. Adentro hay un polvo blanco. Cortines se pone una cantidad muy pequeña en la lengua.

Para mí esto es veneno, dice Cortines.

¿Cómo sabes?

Cortines no sabe, desconfía.

Debajo de su cama Cortines tiene pan y queso. Comemos. No quiere decirme de dónde los saca. Se los debe robar. Mientras comemos, Cortines se queda cerca de la puerta para vigilar a los hermanos.

Cuidado, ahí viene uno.

Hermano: ¿Qué está haciendo aquí?

Yo: Viendo tele.

Hermano (muy amable): Ah, muy bien, así se hace. La tele es muy buena, distrae, educa, si yo pudiera vería tele todo el día, como ustedes. ¿Cómo es que se llama usted?

Yo: José.

Hermano: Mira, José, tú deberías ver tele en tu propio alojamiento. ¿Hace rato que estás aquí?

Yo: No.

Hermano: Pero yo te busqué hace media hora y no te encontré.

Yo: Estaba en el patio, viendo los árboles.

Hermano: Bien, muy bien, los árboles están ahí para que los vean y admiren. Tenemos más de diez árboles en el patio, nos da orgullo eso.

Yo mantenía los restos de la cápsula en la mano.

Hermano: ¿Y los intestinos? ¿Mejoraron?

Yo: Ya me siento bien.

Hermano: Pero no puedes interrumpir el tratamiento. En tu ficha consta que periódicamente te dan crisis de diarrea.

El hermano saca de una caja una cápsula igual a la que tenía escondida en la mano. Pone agua en el jarro de Cortines y me da el jarro y la cápsula. Ya tengo una cápsula en la mano, eso me hace temblar, no voy a poder engañarlo. Él me observa, atento.

Hermano: Vamos, tómela, no le va a hacer mal.

No me queda otra que tomarme la pastilla. Si es veneno, debe ser de acción lenta y acumulativa, de lo contrario no me darían varias cápsulas para tomar. Una sola me mataría.

Me tomo la cápsula ante la mirada de horror de Cortines.

El Hermano me lleva a mi cuarto.

Sé que me voy a perder la merienda, pero no voy a morir, por ahora.

Fue una idiotez que me jubilaran. Fue todo tan rápido. Podría haber dado clases muchos años más. Mis alumnos adolescentes eran en su mayoría consumados imbéciles, pero en los cursos había siempre uno o dos para quienes valía la pena preparar y dar la clase.

Nunca entendí por qué eran tan pocos los que se interesaban por la Historia. Es cierto que la mayoría no quería saber de nada, mis colegas de otras disciplinas se quejaban de la misma apatía. Pero evidentemente la culpa no era solo de los alumnos, condicionados y despersonalizados. Ayer soñé que estaba dando clase y en el sueño disertaba sobre lo que era Bueno y Malo para la Humanidad. Yo decía que lo Bueno era el Poder y lo Malo, lo Ruin, era la Debilidad, que los débiles deberían ser ayudados a perecer. Pero de repente yo ya no estaba en el salón de clases, había una guerra, en la que los viejos, los enfermos, eran asesinados y quemados en un horno y la chimenea del horno era igual a la del Hogar Once de Mayo. Una pesadilla nietzscheana.

Hasta ahora la cápsula no me ha hecho mal. Tampoco me ha curado la diarrea. Quiero pensar con lógica y claridad. Sé que después de casi seis meses internado aquí, inerte, perezoso y aburrido, mal alimentado, solitario y melancólico, tengo que tener mucho cuidado con mis pensamientos. El ser humano necesita seguridad, dignidad, bienestar y respeto, pero aquí solo hay miseria y degradación. Me siento peor que si estuviera loco, en una camisa de fuerza, y mis pensamientos deben sufrir con eso. Deduzco que la cápsula no me ha hecho mal porque no era veneno. En ese caso realmente sería una medicina para la diarrea y ya me debería haber mejorado, lo que no ha pasado. En este instante estoy sentado en la bacinica, por tercera vez, y mis heces son un agua rala, con olor a mar. Ey, ey, le digo a la bacinica, cuidado con la falsa lógica de ese raciocinio. Es más correcto y simple deducir con base en las evidencias existentes que no tengo condiciones de decir si la cápsula es o no un veneno de efecto acumulativo como lo pensé al principio. Espero, preocupado, nuevos datos.

Quiero ver a Pharoux y a Cortines, pero no me atrevo a salir de mi cuarto. Me perdí el desayuno, pero no me quitaron la merienda. ¿Por qué?
Por la noche el hermano viene con el café, el pan y la medicina. Yo ya me había dado cuenta de que el café de la tarde sabía a café recalentado. Los hermanos habían admitido que el café se hacía una sola vez, por la mañana. Pero ¿ese sabor era realmente a café viejo? ¿Por qué insistían en que me lo tomara?
Cuando el hermano se aleja, escupo el café y la cápsula en la bacinica, a donde va también el resto del jarro.
No voy a dejar que me envenenen.
Esta noche no me domina, como siempre, un sueño turbulento. Ya estoy acostado, viendo la maldita televisión hace más de dos horas

y el sueño no llega. El sabor extraño del café de la noche es de alguna droga, concluyo excitado. Hace mucho que no me sentía tan bien. ¡Estoy derrotando a los hermanos!

Tengo que hablar con Pharoux. Con Cortines. Ellos me pueden ayudar.

La vigilancia debe disminuir por la noche, probablemente suponen que estamos todos aniquilados en nuestras camas.

Me escabullo por el pasillo, con la bacinica llena. Si me sorprenden les diré que voy a vaciarla en la gran letrina que está al fondo del pasillo. Paso por el cuarto que antes ocupaba Baldomero. Como los cuartos no tienen puerta, veo inmediatamente, iluminado por la débil luz amarillenta del techo y por el reflejo azul de la tele, acostado en la cama, a un negro delgado, de pelo blanco largo y ralo. Cuando me ve, se levanta de la cama, el cuerpo temblando, e inicia una danza grotesca: golpea el suelo con los pies, sacude los brazos y relincha como si fuera un caballo.

Tengo miedo de que el ruido llame la atención de los hermanos. Le tapo la boca al viejo con las manos. Él se calma dócilmente y se rasca las encías en mis manos, me chupa los dedos. Su saliva es espesa y hedionda. Me da asco, me limpio las manos en la pared. Emite pequeños sonidos finos como si fuese una corneta con sordina y sigue zapateando, pero sin tanto escándalo.

Padezco una enfermedad rara, me dice. Me llamo Caio, pero puede decirme el zapateador, así me llaman todos.

Mi mente senil jugándome malas pasadas: casi me había olvidado de Pharoux. Acuesto al zapateador en la cama, le pido que se quede callado, soplando bien bajo su cornetita. Me da la impresión de que está llorando, pero ya estoy acostumbrado al llanto de los viejos y tengo cosas que hacer.

Los pasillos están vacíos. Aun así camino con toda cautela hasta llegar al cuarto de Pharoux.

Pharoux duerme con la boca abierta. La venda del ojo que le falta se le cayó y en la órbita vacía hay un tejido rojo oscuro, como una costra de herida no del todo cicatrizada.

Le toco delicadamente el hombro. Pharoux, Pharoux, digo bien cerca de su oído peludo y hediondo. Lo sacudo con fuerza. Sin despertar, me da un puñetazo que me alcanza a rozar. Nada que hacer. Está dopado, sin duda. Lo mismo debe pasar con Cortines.

Vuelvo a mi cuarto. Nunca en mi vida me he sentido tan bien. Creo que mi diarrea realmente acabó. Soy más inteligente que ellos. Ya sé por qué nadie dura más de seis meses aquí. Si el interno no se muere por las humillaciones y privaciones, por la desesperación y la soledad, ellos lo envenenan y lo matan. ¡La chimenea! ¡Ese olor a carne quemada! No valemos la comida que comemos ni un entierro decente. No logro dominar mi alegría. No tengo miedo ni horror de esos terribles descubrimientos. Estoy vivo, me escapé con mis propias fuerzas del repugnante destino que me asignaron y eso me llena de euforia. Mi mente está llena de recuerdos y de reminiscencias históricas de los grandes hombres que lucharon contra la opresión, la iniquidad y el oscurantismo.

Si todos los viejos del mundo nos unimos podremos cambiar esta situación. Podemos compensar nuestra debilidad física con la astucia. Sé cómo se han hecho las revoluciones.

Pasé la noche con esos dulces pensamientos.

Los internos que así lo deseen, que son pocos, pueden estar en el patio una hora al día para tomar sol. En el patio somos muy vigilados por los hermanos. Siempre que ven que los internos están conversando en algún banco se acercan con algún pretexto, como saber de nuestra salud o hablar del clima, pero lo que quieren es saber de qué estamos hablando. Como sé eso, me senté cerca de Pharoux y fingí que dormitaba, con el cuerpo de medio lado, de forma que el hermano que estaba en el patio no me pudiera ver la boca.

No me mires, que el hermano nos está vigilando, le digo a Pharoux.

Pharoux permanece impasible, pero sé que tiene una audición perfecta. Él no puede hablar, su rostro está muy visible. Para demostrar que me escucha abre y cierra la mano que tiene sobre la pierna varias veces a intervalos irregulares.

Le cuento a Pharoux todas mis sospechas. Le hablo de mi visita nocturna al cuarto y de su estado de torpor, de la cápsula envenenada y del horno crematorio. Le pido que no se tome el café de la noche y le digo que lo iré a visitar. Quería hablar más, pero Pharoux se levanta y se va antes de que termine. Tal vez hizo eso para evitar sospechas, ya le había dicho lo esencial. Tal vez me iba a denunciar, otra hipótesis. Después de todo él fue policía, entrenado para defender la autoridad constituida, como un perro guardián. Debería haber buscado a Cortines y no a Pharoux. En realidad, Pharoux me asustaba, me daba la impresión de que era capaz de todas las traiciones y maldades.

Espero la noche en un estado de excitación y alegría que hace mucho no sentía.

¿Dónde estaba el viejo que solía ser? Mi piel sigue siendo un tejido seco despegado de los huesos, mi pene una tripa estéril y vacía, mis esfínteres no funcionan, mi memoria solo recuerda lo que quiere, no tengo dientes ni pelo ni ánimo ni fuerza. Así es mi cuerpo, pero ya no soy el llorón avergonzado, asustado y triste, cuyo mayor deseo en la vida era comerse un bombón de chocolate. Ese viejo me fue impuesto por una sociedad corrupta y feroz, por un sistema inicuo que condena a millones de seres humanos a una vida parasitaria, marginal y miserable. Rechazo ese principio monstruoso. Esperaré la muerte de manera más digna.

Pharoux está despierto en su cubículo, de pie, nervioso.

Tienes razón. Nos dopan todas las noches. Le avisé a Cortines y tampoco se va a tomar el café. Vamos a ver si también está despierto.

Vamos al cuarto de Cortines. Está sentado en la cama, flexionando los músculos del brazo.

Tenemos que hacer algo, digo.

Ese horno es para quemar a los muertos, no tengo dudas, dice Cortines.

¿Y por qué no a los vivos? ¿A los que se están tardando en morir?, dice Pharoux.

Por instantes discutimos indignados si los hermanos estarían cremando o no los cuerpos todavía vivos de los internos. La verdad es que no estoy convencido de eso. Puede ser que el horno también sea para los vivos o solo para la basura.

Sé lo que hay que hacer, dice Pharoux. Un motín. Aquí no somos otra cosa que prisioneros, y cuando quieren mejorar las cosas los prisioneros se amotinan, agarran algunos rehenes y le avisan al mundo lo que pasa.

La idea me agrada. La historia enseña que todos los derechos han sido conquistados por la fuerza. La debilidad genera opresión. Pero somos apenas tres viejos. ¡No! Tengo que olvidar que soy viejo. De nuevo estoy aceptando los condicionamientos que me impusieron.

¡Somos tres seres humanos!

Pharoux me exige hablar más bajo. Su plan es simple. Él sabe dónde está el dormitorio del director. La puerta es fácil de abrir. Es una cerradura anticuada. El director será nuestro rehén y nuestro triunfo de negociación.

Pharoux, Cortines y yo salimos por los oscuros pasillos del Hogar Once de Mayo. Pharoux lleva en la mano el estilete de acero. Su único ojo brilla; está tenso, pero tiene el aire profesional de quien sabe lo que está haciendo. Vamos al otro sector, subimos un piso. El Hogar está tranquilo, pero se escucha el sonido de los televisores prendidos. Subimos una escalerilla. Es la torre del director. Llegamos a una puerta.

Es aquí, dice Pharoux.

Pharoux saca un alambre del bolsillo, se arrodilla. Durante un buen tiempo mete y saca el alambre del agujero de la cerradura. Se escucha el ruido del pestillo corriendo por el marco.

Pharoux sonríe. Vamos a entrar. Pero la puerta no se abre, debe estar atrancada por dentro.

En un impulso golpeo la puerta con fuerza.

No pasa nada.

Golpeo nuevamente.

Oímos la voz irritada del director desde adentro.

¿Qué pasa?

Señor director, digo con voz medio sofocada, es una emergencia.

El director abre la puerta. Pharoux lo agarra. Cortines lo sujeta del cuello con una llave. Pharoux le pincha la cara con el estilete haciendo saltar una gota de sangre.

Quieto, cerdo, dice Pharoux.

El director mira a Pharoux asustado. Creo que es la primera vez en la vida que siente miedo.

Calma, por favor, calma, dice el director.

Arrastramos al director hacia dentro.

Con el cinturón de la bata del director, Cortines le amarra las manos. Pharoux le ordena acostarse en el suelo.

Estamos en la sala del departamento. Cuando llegamos a la recámara nos llevamos una sorpresa. En la ancha cama matrimonial está durmiendo una mujer. Es una joven, de piernas y brazos largos, completamente desnuda. No logro recordar cuándo fue la última vez que vi una mujer desnuda.

La mujer despierta. Se sienta en la cama. Nos pregunta quiénes somos.

¡Edmundo!, llama la mujer. Así que ese es el nombre del director.

Quédese tranquila y no le pasará nada, le digo.

Es mejor que la amarremos también, dice Cortines.

Cortines le amarra los brazos y las piernas con tiras de la sábana. Ella se somete dócilmente. Los viejos no son los únicos que se acobardan y se paralizan ante las amenazas. Si esa mujer luchara conmigo y Cortines tal vez lograría escapar. Pero supone que somos dos viejos locos y la mejor estrategia es no contrariarnos.

La dejamos en la cama, amarrada. Cortines coge unas tiras de sábana para amarrar al director. Está acostado en el suelo en decúbito supino, y Pharoux tiene el estilete contra su piel. Si se mueve, el estilete le atraviesa el cuello.

Se llama Edmundo, le digo a Pharoux.

Edmundo el inmundo, dice Pharoux. Siento que la acción despertó en Pharoux instintos destructivos reprimidos. Veo marcas de pequeñas perforaciones en el cuello del director.

Amarramos los pies del director y hacemos nuevos lazos, atándole más fuertemente las manos.

El departamento del director tiene sala, recámara, cocina y baño. Hay un solo acceso, la puerta por donde entramos. Es una puerta de madera gruesa, la cerradura es vieja, pero tiene dos trancas de acero. Estamos seguros.

Mira nada más el refrigerador, dice Pharoux.

Cerveza, huevos, jamón, mantequilla. El refrigerador está lleno.

Cortines y Pharoux van a la cocina a freírse unos huevos.

Ahora comen huevos con jamón y toman cerveza. Lo que más les gusta comer a los viejos. Y Pharoux y Cortines están felices y satisfechos como si el objetivo de nuestro motín fuera comer huevos con jamón. *Stricto sensu*, tal vez se pueda decir eso, que el objetivo final de toda revolución es más comida para todos. Pero no estábamos haciendo más que saquear el refrigerador del director de un asilo de ancianos, llamado Hogar por la hipocresía oficial.

Me como solo un pedazo de pan. Me gustaría tocarle el cuerpo a la mujer, pero de seguro ella sentiría repugnancia y eso acabaría con mi placer.

Empiezo a sentir un cansancio enorme. Me acuesto en el sofá de la sala. Creo que puedo dormir un poco, las negociaciones tal vez se alarguen. Tengo que vigilar a Pharoux para que no cometa ninguna estupidez, es muy violento... Creo que estamos iniciando una revolución, pero es necesario que nuestro gesto salga de la torre y haga pensar a los otros. ¡Dios mío! Estoy tan cansado. Antes de dormir tengo que hablar con Pharoux y Cortines. Están en la cocina, comiendo ruidosamente... tenemos que trazar nuestros planes...

Comida en la sierra en domingo de carnaval

En la subida hacia la sierra una mujer pequeña, con sombrero de alas anchas, me hizo señas para que le diera un aventón. Usaba minifalda de seda, blusa de lentejuelas rojas, guantes blancos largos casi hasta el codo. Me detuve.

¿Va para arriba? Voz de falsete. Dientes feos. Labial rojo brillante. Tenía algo en los ojos, ligeramente cerrados y con lagañas. Pestañas pintadas de rímel.

No. Disculpe, dije acelerando el coche.

Si fuese mujer la habría llevado. ¿Vergüenza de llevar a un travesti? ¿Miedo al travesti? Era tan frágil, pero ¿le tenía miedo? ¿Era eso? ¿O será que me había enojado con él por no ser mujer y yo quería que el destino me pusiera una mujer que me llevara a un lugar que no fuera ese al que me dirigía?

Al ver el muro de piedra se me encogió el corazón. Cuando atravesé el portón empecé a llorar. Metí reversa y seguí por la carretera. Había pasado tanto tiempo desde la última vez que lloré que se me había olvidado cómo era.

Volví, ahora podía mirar la casa sin sobresaltos. Aquellos árboles estaban ahí desde el inicio del mundo, y también los pájaros, los sapos, las ardillas y el lagarto negro de manchas amarillas que habitaba la orilla del río.

La señorita Sônia está en la alberca, venga conmigo, dijo el mozo que me recibió en la terraza de la casa.

No hace falta, conozco el camino.

Coches estacionados en las alamedas. El césped y el jardín estaban bien cuidados. Había pérgolas nuevas, cubiertas de enredaderas.

Me detuve a cierta distancia de la alberca rodeada de mesas cubiertas por enormes sombrillas coloridas. La gente en traje de baño se asoleaba en tumbonas, nadaba, conversaba, bebía y comía botanas servidas por meseros vestidos de negro. Solo un grupo de amigos cercanos, dijo Sônia. Eran unas cien personas.

¿Tú eres Zeca?, preguntó una muchacha con una pequeña tanga. Soy Suely, hermana de Sônia, ella está en la alberca. ¿Por qué no te pones tu traje de baño?

No traje.

Suely me tomó de la mano. Ven, te voy a conseguir uno.

No, no quiero meterme a la alberca.

Estás muy pálido, con un color horrible.

No quiero, gracias.

¿Quieres tomar algo?

No, gracias. ¿Me puedes hacer un favor? Llama a Sônia.

No quería que me presentaran a esa gente, sonreír, dar la mano.

Sônia vino corriendo. Su cuerpo quemado al sol parecía hecho de cobre. Quiso besarme en la boca, pero volteé la cara.

¿Qué te pasa? ¿Estás enojado?

No.

Ve a ponerte el traje de baño.

No lo traje.

Te voy a traer uno. El agua de la alberca está deliciosa.

No quiero meterme a la alberca.

Estás demasiado blanco. Desentonas.

¿Desentono de qué o de quién?

De mí, por ejemplo. Sônia rio, dientes muy blancos. Ven que te quiero presentar a mi mamá y a mi papá.

Después.

Quieren conocerte.

Después.

¿Qué es lo que te pasa?

Nada. Qué bonita casa.

Y todavía no has visto nada, este sitio es enorme. ¿Ves eso de allá? Es un bosque tan grande que llegas a perderte en él. Y al otro lado del río hay un huerto con más de mil árboles frutales. Solo de jabuticabeiras hay más de cien.

A nuestro lado apareció un hombre en traje de baño con un vaso. Me puso la mano con el vaso en el hombro y la otra mano en el hombro de Sônia.

¿Así que este es el joven que anda con mi hija? ¿Dónde está tu vaso? ¿No estás tomando nada? ¿Y tu traje de baño?

Sin esperar respuesta me tocó el brazo con el vaso frío, sonrió y se alejó. Luego se detuvo a hablar con una pareja.

Te extrañaba mucho, dijo Sônia.

¿Y el lagarto de la orilla del río?

Sônia me miró sin entender durante algunos segundos.

¡Ah!, el lagarto. Mi papá lo mandó matar, mi mamá le tenía mucho miedo. ¿Cómo sabías que aquí había un lagarto?

Esta casa fue mía, le dije. Pasé toda mi vida aquí.

¿Ah sí? Qué curioso. Nosotros la compramos el año pasado. ¿Entonces se la compramos a ustedes?

Miré su rostro perfecto, saludable.

¿Hicieron una correa de reloj con la piel del lagarto?, pregunté.

Papá, ven un momento, qué curioso.

El padre de Sônia dejó de conversar con la pareja y se acercó a nosotros.

¿No estás tomando nada? ¿No quieres un trago?

Papá, ¿tú sabías que esta casa era de Zeca?

No, no lo sabía, dijo el padre de Sônia, no llegué a conocer a nadie de tu familia, toda la operación la hizo un corredor cuando llegamos de São Paulo. Supe lo que les pasó. Así es la vida. Pero veo que has soportado bien los golpes. Ve a ponerte el traje de baño, muchacho. Tráele un trago, Sônia.

Otra sonrisa, nueva retirada. Su padre no paraba. Cien invitados.

¿Hicieron una pulserita con la piel del lagarto? ¿O unas sandalias? ¿O una billetera para el papá banquero?

Amor, ¿qué te pasa? Nunca te había visto así.

Íbamos caminando por el bosque, en dirección al río. Sônia se había puesto una bata sobre el traje de baño.

Nos paramos frente a una cascada. Le quité la bata y la tiré al suelo.

Qué pena que no traigas traje de baño; podríamos bañarnos en la cascada, dijo Sônia afligida.

Acuéstate, le dije.

No, amor, por favor.

La tomé de los hombros y la sacudí.

Por favor, me está doliendo.

La obligué a acostarse. Le arranqué el biquini.

Date vuelta, anda.

¿Tú crees que es así como un hombre trata a la mujer que ama?

Cállate, le dije, sujetándola con fuerza.

Cuando acabé, me levanté y me fui sin mirar atrás. Me subí al coche.

Bajé la sierra velozmente. Habría querido tener valor para lanzarme al precipicio y terminar con todo, pero solo lloraba. ¡Dos veces el mismo día! ¿Qué diablos me pasaba?

H. M. S. Cormorant en Paranaguá

¿Quién soy?, pienso al verme con vestido largo negro de seda, guantes blancos de piel, aretes, collar, cintillo de diamantes, antifaz de terciopelo negro.

Luísa arregla el cuarto. Hablo del baile.

Libros, papeles tirados, tinta azul y roja derramada, lápices de cera, plumas de acero belgas, un secante en un marco de plata, calavera amarillenta con todos los dientes, lápices de colores, goma de borrar, diarios, el retrato de mis padres, un espejo grande, en la pared escrito a carbón 1850 Feliciano Coelho Duarte, 1851 João Batista da Silva Júnior, 1852 nada.

Después de algún tiempo el hombre se me acercó diciendo que era el conde de Fé d'Ostiani, representante del Reino de las Dos Sicilias. Le extendí la mano, el conde la apretó entre las suyas murmurando: desde que llegué estoy embelesado contemplando vuestra hermosura.

Fou rire de Luísa: ¿en qué lengua están hablando?

Me quito el antifaz, los aretes, el collar, la peluca, los guantes. Luísa me acusa de estar ridículo vestido de mujer.

El conde me tomó de la mano y en un italiano plagado de napolitano susurró que se moría de pasión. Para mofarme de él le dije que había otras *jeunes filles* más hermosas que yo y mencioné tu nombre. Al oírlo exclamó, *ma come!, questa bambina!*, se golpeó la frente como un mal actor de esos dramas cojos que se llevan al Teatro São Pedro y añadió que además tú usabas pañales. Es un donjuán fuera de época, no sé qué le ves.

Luísa me despinta los labios y la cara.

¿Quién soy? El Dr. Bustamante en el hospital tiene respuestas: un poeta que solo tiene para comprobar su valor el aplauso de los estudiantes y de los borrachos. Pero al infierno Bustamante, tengo el talento que pregono, soy quien pienso que soy y todavía tendré tiempo de alcanzar la gloria y morir temprano, como Byron, a los treinta y seis, gritando valor, entre espasmos de dolor, escalofríos, fiebre, delirios; como Shelley, a los treinta años; Keats, a los veintiséis. La vida, dice Bustamante, es solo un círculo de funciones que resiste a la muerte, y mi enfermedad resulta menos de los bacilos que de una condición patológica que sus colegas alemanes denominan *Wille zur Krankheit*.

Luísa duda de mi certeza de que el conde realmente no me reconoció, piensa que estaba bromeando conmigo y yo con él. Hipótesis absurda, id'Ostiani quiso besarme en la boca! ¡Ah!, después de todo no me divertí tanto como pensé. Le falta un diente en la boca, no sé si te diste cuenta. Un diplomático, y conde, desdentado, ¿dónde se ha visto algo así?

Me quito el vestido y me pongo los pantalones a rayas, zapatos de charol negro con punta fina, camisa blanca de cambray francés, pechera, abrigo negro.

A Luísa le parece graciosa mi audacia, ir vestido de mujer a un baile en que estaba la hermana del Emperador, hermana bastarda, dígase de paso. La condesa de Iguaçú usaba un vestido gris que le hacía una cinturita de sílfide; en el cuello, una sola vuelta, el collar de gruesísimas perlas, un gorro granate con fondo de red de plata sujetando la trenza y el fleco, también de plata; en la cintura un buqué de violetas; bailaba incansable en el salón.

Luísa me pide que le enseñe a bailar el chotis. Ahora no, voy a la taberna, con Teresa. Teresa existe para que jóvenes como Luísa no sean corrompidas. La prostituta tiene una función en el mundo, satisfacer las pasiones de los hombres, principalmente de los solitarios, de los tristes. De los desesperados. Luísa, frente a mí, me toma la mano y la pone en su cintura, su cintura es tan delgada que casi la puedo abarcar con las dos manos. Huele bien, un perfume misterioso, seductor. Quedamos en posición de bailarines, el chotis *tara tata tata tata busta tata tatamante,* el hospital, la monja con el rosario en la mano.

¿Qué estás esperando? ¿Sueñas con los ojos abiertos?

Bailo, tara tata tata tata la invención viene de la imaginación y la imaginación es un laberinto en que lo difícil no es la salida, es la entrada.

Tum tum tum, tocan a la puerta. La música se detiene.

Es Teresa. Ella no sabía que estaba acompañado, no conocía a mi hermana, las dos se miran y bajan los ojos. Saludaos, ordeno, impaciente. Luego conversan trivialidades, una dice que el vestido de la otra es más bonito y sonríen alegremente, y Teresa dice que el de ella lo hizo doña Serafina, una portuguesa que vive en la Cancela.

Me siento en el escritorio, me enojo, agarro papeles.

Luísa se viste con costureros franceses, digo.

Ah, por eso el vestido de ella es más bonito.

Luísa quiere el vestido de Teresa, sin mangas y con los hombros desnudos, se queja, aquí en casa nunca me comprarían un vestido sin mangas. Ambas me piden alegremente que cierre los ojos o que me dé vuelta. Agarro la calavera. Endecasílabos: fue la cabeza ardiente de un poeta, esta frente era bella, aquí, en las faces hermosa placidez le cubría el rostro, sus cabellos eran rubios, ahora es todo gris.

Chasqueo los dedos, les grito a Luísa y Teresa que estoy escribiendo un poema sobre una calavera. Ellas, entretenidas entre sí, ignoran mi observación, pues tienen el cuerpo casi igual y el vestido de una se ajusta al cuerpo de la otra, y tienen la misma edad, diecisiete años, ¡ah, las utopías, los sueños de la ciencia nada valen, la vida es un escarnio sin sentido, comedia infame que ensangrienta el lodo!, pero ellas, a pesar de mis gritos, siguen sin prestarme atención. Con la calavera en los brazos, recito lúgubremente: era una fuente olímpica sombría, desnuda al viento de la noche, que agitaba las rubias ondas del cabello suelto, cabeza de poeta y libertino, coreada por el fuego de la embriaguez, en la frente la palidez, en la mirada la luz errante de una fiebre ardiente.

Teresa y Luísa se ríen como dos niñas. ¡Oh, cielos, qué difícil es el arte poético! ¿Vamos, Teresa a un pagode en la Taberna de Sapo e das Três Cobras, a cantar rondós y tarantelas? Como dijo Byron, el bretón de alma de fuego, ¿quién escribiría si tuviera algo mejor que hacer? Acción, acción, eso es lo que importa, no escribir, y mucho menos rimar, vean la vida monótona de los escritores.

Lanzo hacia arriba los papeles del escritorio, como corazones en misa, y en ese instante aparece, en un elegante traje de lord inglés, los ojos pequeños brillando irónicamente, una sonrisa en el rostro bonito y arrogante de labios sensuales y cabello rizado. Cojea un poco más que ayer.

Qué cosa más idiota eso de llamarme bretón de alma de fuego, dice Byron.

La frase parte de un poema que te dediqué, digo, mientras oigo a Teresa susurrando al oído de Luísa: ¿habla solo? Finjo no darme cuenta, si tengo una visión que los otros no tienen ni pueden comprender, ¿de qué sirve tratar de explicarla? Siempre, últimamente, responde Luísa también murmurando.

A Byron tampoco le agrada que lo llamen poeta altivo de las brumas de Albión, ni mi musa, ni errante trovador del alma sombría. Inglaterra es Inglaterra, así debe ser llamada, dice.

En esos momentos Luísa continúa secreteando con la boca apoyada en la oreja de Teresa como si la estuviera besando; en esos momentos es mejor no interrumpirlo, es como si estuviera conversando un asunto importante con un interlocutor para nosotros invisible, aunque la conversación, como ves, no tenga ni pies ni cabeza; pero su delirio llega hasta ahí, cuando no está conversando con su fantasma es un joven gentil, bueno, delicado y atento; es una pena que su salud no esté muy bien.

Ya dije que me siento muy bien, digo, sacando la lengua. ¿Has visto una lengua más saludable? Jalo el párpado inferior del ojo hacia abajo. ¿Lo ves? Rojo como una puesta de sol, rutilante como la sangre de un jabalí. Voy a celebrar esta salud de gorila en la taberna.

Mientras Byron nos contempla divertido, Luísa insiste en que me debería examinar un médico, la dulce y bella niña ignora que la medicina no salva a nadie de la muerte, si todos los médicos desaparecieran la salud de la gente no sufriría nada, si no hubiese médicos la gente estaría obligada a descubrir el propio cuerpo y saber cómo este se comunica con la mente. ¡Ah, la cabeza! Cosas extrañas tenemos dentro de la cabeza.

Sí, tonterías, ideas delirantes, susurra Luísa al oído de Teresa, su voz tiene el rumor de un ala de colibrí agitándose, está enfermo, mira qué pálido está, de noche se levanta y camina sonámbulo por la casa, diciendo palabras que nadie entiende, ¡cuídalo, por favor!

Luísa cree que estoy loco. Locura y juventud son cosas parecidas, la mente flota sin límite por espacios y tiempos vacíos. Luísa, el rostro preocupado y afligido, recoge los papeles del suelo y los ordena en el escritorio, mientras Byron trata de sentir el aroma de su cuerpo. Un corto y ágil ballet ocurre. Luísa se mueve sin verlo y Byron desviándose de ella, la nariz levantada aspirando el perfume de su cuerpo. Byron suele decir que hay algo que lo suaviza en presencia de las mujeres, una influencia extraña, aun cuando él no está amando, algo que no entiende, pues no tiene en alta consideración al sexo femenino. Cuando hay una mujer al lado él está de mejor humor, con él mismo y con el resto de las personas.

Vamos, vamos, digo tomando el brazo rollizo de Teresa, vamos a la taberna. Byron desaparece. Luísa, con suspiro profundo, se sienta en mi cama.

Las mesas de la taberna están casi todas ocupadas por hombres y mujeres cantando tarantelas, polcas, mazurcas, chotis y valses. Le pido vino al tabernero, un viejo gordo dado a filosofar. Como siempre, Byron aparece inesperadamente y se sienta en nuestra mesa, coloca un papel frente a sí y comienza a escribir. Él mismo se denomina un furioso *scribbler*, dice que detesta escribir, que le gusta arrojar las cosas que escribe al fuego, principalmente los poemas, para él escribir es una tortura, un sufrimiento del que quisiera liberarse.

Escribo para alejarme de mí mismo.

La botella de clarete portugués está vacía. ¡Vino, tabernero!, grito. Una tarantela agitada en mi cabeza. Divago. Mi imaginación es un caballo salvaje en estampida que cabalgo sin freno. Súbitamente irrumpe en la taberna mi amigo y colega de la Facultad de Derecho Francisco de Paula, de capa negra, a la manera de los estudiantes de Coimbra.

¡Silencio, silencio!, exclama Francisco de Paula, me acabo de enterar de que Feliciano Coelho Duarte, por amor a la bella Laura Millet, hija del cónsul francés, se ha matado.

Byron suele decir que siempre se alegra cuando alguien muere joven. Feliciano murió hace dos años. Francisco debe estar delirando. Vaga por las mesas, su capa negra ala de murciélago, y clama que Fernando, perdidamente enamorado, se sometió a todos los caprichos de la hermosa Laura y que aquel día, al presentarse como pretendiente a su mano, ella lo recibió con desdén y sarcasmo diciendo que se iba a casar con otro, que no era esbelto como Feliciano, ni inteligente ni sensible ni tan noble, un comerciante cuya única virtud era tener dinero. ¿Qué le quedaría al pobre Feliciano después de tan horrenda humillación y desencanto a no ser la soga, la escopeta o el veneno? Se mató el pobre desgraciado.

Oigo voces. ¡Que nuestro poeta diga algunas palabras! ¡El Poeta, el Poeta! ¡Un exordio! ¡Una necrología! ¡Una oda fúnebre! Oigo el griterío de la caterva de borrachos y estudiantes. Me levanto. Él era un poeta, un Hermano de las Letras. ¿Por qué murió? ¡Preguntad a las aves de emigración por qué se las lleva el tifón de las tempestades! Su existencia se anunciaba brillante: las glorias de la tribuna, los triunfos del genio y tal vez otras palpitaciones más ardientes —¡el Amor! ¡Al correr por la selva sagrada el viento de la muerte agostó el cedro más soberbio! ¿Por qué murió?

Se mató con veneno para hormigas, dice una voz pastosa.

¡Respeto al cadáver, señores! ¡Las grandes vidas, como lo fue esa, no mueren de enfermedades miserables, legados ulcerosos que la humanidad deja a sus hijos! ¡Cuando las arpas santas rompen sus cuerdas es porque el viento de Dios las rasgó terriblemente! ¡Duerme, pues, criatura sublime, duerme en paz! Que los ángeles te iluminen en tus sueños, como las estrellas del cielo a las noches oscuras de la tierra. Y a ti, que sentías como poeta, a quien tal vez el genio mató en un beso de fuego, a quien Dios daría en la existencia la corona mística de los amores, en la Gloria sus visiones, en la Tarde sus perfumes, en la Noche sus luces de oro: Buenas Noches.

Cuando se puede ir a la fuente no se bebe agua en el reguero de las calles, dice el tabernero, el niño habló como Shakespeare. Corta un enorme pedazo de salchichón y come y bebe largos sorbos de vino. Podría decirle si quisiera perder mi tiempo con un tabernero que solo conoce los placeres de los intestinos, que la figura de Hamlet realmente me inspiraba: un personaje cicateado por la propia conciencia, estimulado por impulsos destructivos, por la obsesión de la violencia, un ser humano atrás de la cortina y él lo mata con sarcasmo —¿qué es esto?, ¿un ratón?— hundiéndole la espada en la barriga. Byron sigue escribiendo. *Eat, drink and love, what the rest avail to us?* Léo, el ladrón, pide permiso y se sienta en nuestra mesa. También se vanagloria de ser poeta pues solo le roba a los ricos. En verdad él no le roba a los pobres porque los pobres no tienen nada. ¿Si todos fuéramos pobres no habría ladrones? Una buena teoría. Léo me toma del brazo y le pido que me suelte, él no es ningún François Villon para agarrarme el brazo y resollar sobre mí su hálito alcohólico. Me pide disculpas, solo quiere que recite uno de mis poemas, aquel, dice, en que me voy aburriendo y me paso los días en el corredor, sin compañero, sin leer ni poetizar, el resto no lo recuerda, sabe que es sobre puros y a él le gustan los puros, como a mí. Prendemos nuestros habanos.

¡El poeta va a recitar!, anuncia Léo. Algunos idiotas se apostan alrededor de nuestra mesa. Byron, sin dejar de escribir, me lanza miradas burlonas. Mi casa no tiene nieblas menores que las de este cielo de invierno... Solitario, paso aquí las largas noches y los largos días. Dame ahora un puro, de cuerpo y alma, en vano ahí desde un rincón implora, como la belleza que el sultán expresa, mi pipa alemana abandonada. Me lancé a morir, gasté en la locura de las pasiones mi vida entera, como el fervor de la espuma en la cascada quebré mis sueños y del fondo del mundo prostituto solo amores guardé para mi puro. Aplausos, gritos, golpecitos en la espalda, efectos del vino. ¡Locura de las pasiones! Teresa me dice que tiene hambre y le pido al tabernero más vino y trozos de hígado con papas. Locura de las pasiones... Una mujer, dice Byron, incluso una prostituta, nunca debe ser vista comiendo o bebiendo, a no ser que se trate de langosta con champaña, la única vianda verdaderamente femenina. Clamor de las voces que vienen de la calle. Es Francisco de Paula el que vuelve, más apurado que antes, con novedades. El pueblo, reunido en la plaza do Paço y en la plaza frente al Hotel Pharoux, golpea y le avienta lodo a los marineros ingleses que pasean por la ciudad, se venga de los actos de pura arrogancia y piratería perpetrados por el comandante Schomberg, del navío *Cormorant* de Su Majestad Británica (los ingleses, dice Byron, sin parar de escribir, están acostumbrados a los insultos de los subdesarrollados y también a sus reverencias, eso es todo lo que saben hacer, insultar y reverenciar, a veces al mismo tiempo). Los insolentes bretones bajaron hasta el Paranaguá, en la desembocadura del río, y Schomberg envió una nota intolerable al comandante de nuestro fuerte diciendo que tenía instrucciones del almirantazgo inglés para examinar todos los barcos sospechosos y aprehender los que se dedicaran al tráfico de negros. Varios barcos estaban anclados, entre ellos el bergantín *Sereia* (que desembarcó, dice Byron, novecientos ochenta y seis esclavos en Santos) y el bergantín *Leônidas* (Byron: que como un bandido ordinario cambia de nombre y bajo el yugo de *Dona Anna* desembarcó ochocientos esclavos en Dois Rios) y el bergantín *Astro* (seiscientos esclavos en Macaé) y el bergantín *Lucy Ann* (vulgo *Campaneja*, capaz de transportar mil seiscientos esclavos de una sola vez). Para no ser aprehendido, el *Astro* fue hundido por la propia tripulación de bravos marineros patricios, pero los otros navíos fueron abordados y remolcados a alta mar. El fuerte abrió fuego, mató a muchos bretones (murió un solo marinero inglés, y eso porque cayó al mar y se ahogó por no saber nadar, como el poeta Shelley, merecido lo tuvo, todo hombre debe saber nadar y boxear), pero el desaforado comandante del *Cormorant*, el maldito Schomberg, a lo ancho del fuerte y a la vista de todos, en una torpe y ultrajante exhibición de fuerza y poder, incendió el *Sereia* y el *Leônidas* y llevó el *Lucy Ann* a Santa Helena, desafiando de manera humillante la soberanía brasileña.

Soberanía de traficante de esclavos, se mofa Byron. En momentos como ese él se irrita. ¡Muerte a Inglaterra!, gritan los borrachos y los estudiantes de la taberna. ¡Abajo Gran Bretaña! ¡Muerte a John Bull! En el año de su nacimiento, el de Manoel, en 1831, entraron a Brasil solo ciento treinta esclavos, dice Byron, pero durante los veinte años que siguieron el nefando tráfico fue aumentando y cuatrocientos ochenta y seis mil quinientos veintiséis esclavos negros vinieron a este país desde Angola, Mozambique, Guinea, Congo, hacinados peor que animales en los sótanos de esos navíos que la Armada de Inglaterra captura e incendia.

Los ingleses, replico, descubrieron una forma más sutil y aparentemente limpia de explotar al negro sin tener que transportarlo a través de los mares hasta Inglaterra: la colonización, la explotación del esclavo en sus mismas tierras. ¡Ah, las hipócritas conciencias calvinistas! El nuevo embajador británico, el tristemente célebre James Mudson, que acaba de llegar, tuvo la audacia de decir que Brasil quiere mano de obra barata y que ellos, los bretones, se encargaron de que eso no ocurriera. Quieren terminar con nuestra agricultura. Byron dice que desprecia un país donde la economía nacional y el bienestar de un pequeño grupo de privilegiados se basan en la explotación de esclavos ferozmente subyugados. Inglaterra prometió que acabaría con el tráfico de esclavos, que haría valer el derecho humano del negro a la libertad. Byron, vaso en mano, hace un brindis a los ministros de Su Majestad Británica, George Canning, Lord Castlereagh, Lord Aberdeen, Lord Dalmerston. Después se sienta, con un brillo cínico en la mirada, una sonrisa irónica en los labios sensuales. Detesto a todos los gobiernos y gobernantes y mientras más conozco a los hombres más los desprecio; prefiero quedarme solo, a pesar de que Locke afirma que quedarse solo es siempre estar en mala compañía.

¡Queremos oír al poeta!, gritan las voces de las mesas envueltas en humo. Me levanto y con la mirada hago cesar el tañido de los vasos, la risa de las hetairas, la cantinela de los ebrios. ¡Triste corona sobre la que se acaba de grabar una inscripción de infamia! Envuelto en su manto prostituto, nuestro Emperador se olvida de las Glorias que soñaba. Para él, ¡maldición! Su lecho nada en fango corrupto. ¡Mirad: la Patria exhibe el pecho exangüe donde la turba croó! ¡Escupieron en la Gloria, en el Pasado! ¡Mirad: la Patria ante el Bretón se arrodilló, le besó los pies, en el lodo se revolcó! ¡Ellos la prostituyeron! ¡Malditos!

¡Malditos! ¡Malditos!, grita y canta la turba entusiasmada. ¡Malditos!

¡Pus y fango, cobardía, canallada y capitulación! El pueblo es explotado en nombre del Comercio y de la Industria, los trabajadores son acusados de ser pobres, son llamados de turba —*bellua multorum capitum*—, una bestia de muchas cabezas que deben ser cortadas, he aquí la solución de los detentadores del poder para la existencia de un pueblo explotado y desesperado. Como dice Hobbes, un pueblo hambriento tiene el derecho a hacer de todo, sea lo que sea, para saciar su hambre.

Tú hablas, dice Byron, ¿y los negros? En fin, quién soy yo para hablar de esto, si estoy aquí, *oblitus meorum obliviscendus et illis*, olvidando a mi pueblo y siendo olvidado por él.

¿El pueblo nos olvidará a nosotros los poetas? Después de que rueden las cabezas, después de que pase el olor a sangre derramada y a carne carbonizada, después de que se olvide el tropel y los gritos, ¿volveremos a ser necesarios?

Byron se encoge de hombros, mirando el papel que tiene delante. Una cortesana llamó a mi letra garabato de lavandera... Byron es solo un *scribbler*, y yo un poeta alienado, y aquí estamos nosotros, *vis-à-vis*, olvidadas nuestras diferencias, diluidas las condescendencias de uno y los rencores del otro. Ni Byron me necesita, ni Inglaterra a Brasil, él es mi parangón y Brasil una colonia de la pérfida Albión. Ser débil cuesta un alto precio, a veces llego a pensar que el inglés es una lengua más bella que la nuestra. *Cormorant* solo invadió Paranaguá porque Byron, Keats, Shelley invadieron antes mi mente. La Colonización se hace en nombre de Dios, de la Lógica, de la Razón, de la Estética y de la Civilización. Los imperialistas se llevan nuestro oro y corrompen nuestra alma. Byron y Schomberg eran iguales —la Poesía y el Cañón al servicio de la Dominación.

Nonsense, dice Byron, y desaparece.

Léo invita a Teresa a su cuarto a calentarle las sábanas y los huesos, y cuando Teresa responde que no está haciendo frío él le responde que siempre hace frío en el corazón de un ladrón. Léo habla despacio para que yo lo oiga. Pierde el tiempo, las prostitutas son muy fieles. La promiscuidad fútil es un hábito de la nobleza. Léo le ofrece joyas a Teresa, piedras preciosas que les robó a los ricos, que nunca vendió a los estafadores y que guardó para algún día dárselas a la mujer amada. Promete casarse con Teresa con velo, guirnalda y acta de matrimonio.

¿Cuántos esclavos tienes?, pregunta Léo.

Estoy ahorrando para comprar una negrita que me lave la ropa y me prepare la comida.

Entonces te daré dos sirvientas, una para que te bañe, te lave la ropa y te prepare la comida, y la otra solo para que te saque los piojos.

Teresa niega tener piojos. Léo responde que todas las mujeres tienen piojos, que su madre tiene piojos, que la propia Emperatriz tiene piojos. Teresa dice que vino conmigo, le pide a Léo que no la importune. Léo, irritado, se retira. En la taberna nos quedamos solo Teresa, yo y el tabernero, que finge dormir, la cabeza apoyada en el mesón. Le pregunto a Teresa de qué conversaba tanto con Léo. Teresa, coqueta, dice que Léo la pidió en casamiento, que es un gran comerciante de joyas. Él es un ladrón, mentirosa, le digo, deberías haberte ido con él. Teresa se tira al suelo llorando y me abraza las piernas, dice que me ama tanto que siente deseos de morir. Mi corazón pesa, la levanto del suelo, le pido cariñosamente que no llore, con mi pañuelo le seco los ojos y le sueno la nariz. Te amo, tienes el encanto de la espontánea canción de los pajaritos, tienes los senos albos y suaves como el pelo sedoso de los armiños.

¿Cómo puedes decir que mis senos son albos y suaves si nunca los has visto ni tocado?

Licencia poética, me justifico.

Teresa dice que pasa las noches ardiendo de amor por mí. Su rostro está cerca del mío, aún con lágrimas alrededor de los ojos. Mi corazón pesa de dolor, pena, bochorno y vergüenza.

Sé que eres virgen, dice Teresa.

Siento que la sangre me ruboriza el rostro y un temblor de frío me traspasa el cuerpo. ¡Cállate, qué palabra más idiota, virgen! ¿Y si te dijera que amo a otra mujer?

Teresa no sabe lo que es tener veinte años y nunca haber probado el amor. ¡En mis sueños pasan tantas visiones, la fiebre me domina y mi corazón late con tanto fuego! Yo la veo siempre, perfumada visión, romper la nube de los sueños, sentarse junto a mí y al despertar delirante, sabiéndola tan cerca, en vano la llamo en mi corazón impuro. Es una locura amar a un ángel.

Camino por las calles de esta ciudad sombría, fea y sucia. En la mano llevo una botella. Bebo en el camino. No revelaré mi alma alucinada.

Luísa está acostada en mi cama. Su albo rostro adormecido, enmarcado por el cabello castaño oscuro no parece hecho de carne, sino de otra sustancia o tejido. Su seno jadea levemente, pobre muchacha.

Manoel... ¿Qué hora es?, dice Luísa, despertando y desperezándose suavemente.

Las guacamayas son aves bellas, pero poco perspicaces, digo.

¿Qué guacamayas?

A las aves no les interesa lo que pasa en el corazón de los hombres.

Luísa me toma la mano y me pregunta si estoy bien. Creo que no, digo.

¿Es la fiebre?

Sí, siento fiebre, estoy triste.

Luísa dice que también está triste, pregunta por mi Teresa y yo le respondo que Teresa no es mía, que nunca ha sido mía, no me interesa, nada me interesa, que amo a otra persona. Es necesario amar, grito, es necesario amar, es necesario amar y solo dejo de gritar cuando Luísa, con su mano perfumada, me tapa delicadamente la boca. Yo amo a nuestro padre y a nuestra madre, dice ella.

El amor de un hombre por una mujer, exclamo, y sujeto por los hombros a Luísa y su hálito de virgen se funde con mi hálito fétido de ebrio inmundo, veo mi cara en el fango pútrido en el espejo y el dulce rostro de Luísa expresa la revelación que poco a poco se apodera de su mente y se acerca lentamente, y nuestras bocas se encuentran, y nos decimos que no tenemos miedo y que somos bellos y que nuestros sueños son buenos y nuestros corazones son puros y nos acostamos en la cama y abrimos cuerpo y espíritu a nuestra pasión, conversión y paz, memoria eterna.

Poco a poco, en la penumbra de la habitación, la imagen de Byron se materializa. A veces surge así, lentamente, como un espejismo de los vapores de calor. Está al lado del escritorio y toma la calavera y dice que cuando abrieron su cráneo vieron que él, Byron, tenía una lesión en el lado izquierdo del cerebro, que los huesos de su cabeza eran extremadamente duros, sin sutura aparente, como el cráneo de un octogenario. La duramadre estaba tan firmemente adherida a los parietales internos que los esfuerzos repetidos de dos hombres fueron insuficientes para separarla. Su cerebro pesaba casi tres kilos, el escritor con el cerebro más pesado del mundo. Mi ojo izquierdo es más prominente que el derecho y en la pierna tengo un defecto de origen neurológico. *Come here, you lame brat!* La voz de Byron imita la de una vieja inglesa, educada y cruel, *lame brat, lame brat!* ¡Ah, aquella hidra, mi madre!

Sufro, Byron. Háblame de tu amor por Augusta.

¿Qué es esto? ¿Quieres arrancarte los ojos por desesperación como Edipo? Recuerda, tú no eres un mito griego, penado por dioses y demonios; eres un hombre moderno, un poeta, aunque de un país atrasado y oscurantista. ¡Infierno! Nuestra vida es una falsa naturaleza, no está en la armonía de las cosas este duro mandato, esta inextirpable mancha de pecado.

¿Fue bueno y alegre?

Sí, el amor tiene que ser alegre, el día en que los amantes dejen de reír juntos significa que el amor se acabó. Tuve una amante tras otra, en Inglaterra, Grecia, Italia, en todos los países por donde anduve, y con todas me enredé en ponzoñosas y exasperantes discusiones. Pero mi hermana era distinta, fue el único ser al que amé hasta la muerte. Tuvimos una hija de nuestro amor, Medora.

¿Y no te arrepientes?, pregunto, pero él no tiene remordimientos de nada, a no ser de un día haberle disparado a una cría de águila en las orillas del golfo de Lepanto, cerca de Vostitsa. El ave quedó herida y él trató de salvarla, pero ella fue decayendo hasta que murió después de algunos días.

Morir. No quiero morir enfermo, grito al doctor Bustamante.

Infelizmente así es como se muere, dice Byron, yo tenía sífilis, malaria y gonorrea cuando morí. Byron comienza a desaparecer mientras me dice que estoy llegando al fin, que siente mi fiebre en el aire.

Cuando se acerca, la muerte trae consigo un olor horrible.

No te vayas, no me dejes aquí con toda la tristeza del mundo. En esta vida hay páginas turbias que no se borran, manchas que no se lavan. Sufro tanto, un Dios airado manchó de negra profecía mis días al nacer, el país vacila, ve la mentira en lo que existe y la falsedad en lo que puede venir, todo está profanado, de todas las asambleas, de las voces de las plazas públicas, de las academias, de todas las asociaciones debe emanar una gran luz, porque la llaga del pueblo es profunda. Dicen que no me gusta hacer gimnasia, solo porque me caí del caballo, estaba preocupado por una rima difícil, con la palabra púrpura.

Esa rima derriba a cualquiera de un caballo, dice Byron, solo su cabeza es visible todavía, marzo no es un buen mes para andar a caballo, y hoy es Domingo de Resurrección, un día extraño para morir.

Un temblor se apodera de mi cuerpo. Estoy solo con la cabeza de Byron, las paredes blancas y atrás de la puerta Bustamante y los enfermeros. *It's vain to struggle, let me perish young. I'm dying George, dreams, dreams, dreams.* La boca de la cabeza fantasmagórica emite en sordina *forward, courage, don't be afraid, follow my example* y desaparece. Me levanto con torpeza y escribo mi nombre en la pared de enfrente, la fecha 25 de abril de 1852. Bustamante dijo que Byron era incestuoso, fanfarrón, pederasta, seductor de mujeres, que el *Cormorant* se fue, que yo no soy Álvares de Azevedo, que el chotis se convirtió en *chorinho*, que todo cambió, otros navíos de guerra, nuevos esclavos, otros poetas, mi vida se desvanece, llamad a mi padre.

El juego del muerto

Se reunían en el Bar de Anísio todas las noches. Marinho, dueño de la principal farmacia de la ciudad, Fernando y Gonçalves, socios de un almacén, y Anísio. Ninguno era originario de la ciudad, ni siquiera de la Baixada. Anísio y Fernando eran mineiros y Marinho cearense. Gonçalves venía de Portugal. Eran pequeños comerciantes, prósperos y ambiciosos. Poseían modestas casas de veraneo en el mismo fraccionamiento en la región de los lagos, eran del Lion's, iban a la iglesia, llevaban una vida desabrida. Además, tenían en común un gran interés por todas las formas de apostar dinero. Entre ellos solían hacer apuestas en juegos de naipes, en el futbol, carreras de caballos, de coches, concursos de belleza, en todo lo que fuese aleatorio. Jugaban alto, pero ninguno solía perder mucho dinero, a una mala racha le solía seguir una buena. Sin embargo, en los últimos meses Anísio, el dueño del bar, perdía continuamente.

Anísio inventó el juego. La noche en que fue inventado el juego del muerto, estaban jugando cartas y tomando cerveza.

Apuesto a que este mes el escuadrón mata más de veinte, dijo.

Fernando observó que más de veinte era una cifra muy vaga.

Apuesto a que este mes el escuadrón mata veintiuno.

¿Solo aquí en la ciudad o en toda la Baixada?, preguntó Gonçalves. A pesar de llevar ya mucho tiempo en Brasil tenía un marcado acento todavía.

Apuesto mil a que el escuadrón mata veintiuno este mes aquí en Meriti, insistió Anísio.

Apuesto que mata sesenta y nueve, dijo Gonçalves, riendo.

Yo creo que es mucho, dijo Marinho.

Es una broma, dijo Gonçalves.

Nada de bromas, dijo Anísio, tirando la carta con fuerza sobre la mesa, lo que se dice está dicho, mala suerte del que dijo pendejadas, estoy harto de que me vaya mal.

Era cierto.

¿Ustedes conocen la historia del portugués y del sesenta y nueve?, preguntó Anísio. Le explicaron al portugués qué era el sesenta y nueve; quedó horrorizado y dijo: Dios mío, qué asqueroso, yo no haría eso ni siquiera con mi mamita.

Todos rieron menos Gonçalves.

¿Sabías que está bueno ese juego?, dijo Fernando. Mil a que el escuadrón mata una docena. ¡Eh, Anísio!, ¿qué tal un queso para acompañar la cerveza? ¿Y una porción de ese salami?

Anota, le dijo Anísio a Marinho, que en un libro de tapa verde registraba las apuestas, mil más a que de mis veintiuno diez son mulatos, ocho son negros y dos son blancos.

¿Quién va a decidir quién es blanco, negro o mulato? Aquí está todo mezclado. ¿Y cómo vamos a saber si el que mató era del escuadrón?, preguntó Gonçalves.

Lo que salga en *O Dia* es lo que vale. Si dice que es negro es negro, si dice que fue el escuadrón, fue el escuadrón. ¿Estamos?, preguntó Marinho.

Mil más a que el más joven de los míos tiene dieciocho años y el mayor veintiséis, dijo Anísio.

En ese momento entró al bar el Falso Perpetuo y los cuatro amigos se quedaron callados de inmediato. El Falso Perpetuo tenía el pelo lacio, negro, rasgos afilados, la mirada impasible y nunca se reía, igual que el Perpetuo Verdadero, un detective famoso al que habían matado años atrás. Ninguno de los jugadores sabía a qué se dedicaba el Falso Perpetuo, a lo mejor era solo un empleado de banco o funcionario público, pero su presencia, de vez en cuando en el bar de Anísio, siempre atemorizaba a los cuatro amigos. Nadie sabía su nombre; el Falso Perpetuo era un apodo puesto por Anísio, que afirmaba haber conocido al Verdadero.

Usaba dos cuarenta y cinco, uno de cada lado de la cintura, y se podía ver la cartuchera ancha sobre el pantalón. Tenía el hábito de acariciar suavemente con los dedos las puntas de la chamarra, como lo hacen los bebés con los pañales, una señal de alerta, estaba siempre listo para sacar las armas y disparaba con las dos manos. Para matarlo tendrían que hacerlo por la espalda.

El Falso Perpetuo se sentó y pidió una cerveza, sin mirar a los jugadores, pero girando un poco la cabeza, el cuello tieso; a lo mejor ponía atención a lo que decía el grupo.

Yo creo que es pura impresión nuestra, murmuró Fernando, y sea lo que él sea, ¿para qué preocuparnos? Quien nada debe nada teme.

No sé, no sé, dijo Anísio, pensativo. Siguieron jugando a las cartas en silencio, esperando que se fuera el Falso Perpetuo.

A fin de mes, según *O Dia,* el escuadrón había ejecutado a veintiséis personas, dieciocho de ellos mulatos, nueve negros y un blanco, el menor tenía quince, salido de la Funabem,* y el mayor treinta y ocho.

Celebremos la victoria, dijo Gonçalves a Marinho, que junto con él había ganado la mayoría de las apuestas. Tomaron cerveza, comieron queso, jamón y empanadas fritas.

Tres meses de mala suerte, dijo Anísio, amargado. También había perdido en el póquer, en los caballos y en el futbol; la cafetería que había comprado en Caxias estaba dando pérdidas, el crédito bancario empeoraba y la joven mujer con quien se había casado hacía poco más de seis meses gastaba mucho.

Y ahora viene agosto, dijo, el mes en que Getúlio se dio un tiro en el corazón. Yo era niño, trabajaba en un bar en la calle del Catete y lo vi todo, el llanto, los gritos, el pueblo desfilando frente al ataúd, el cuerpo siendo transportado al Santos Dumont, los soldados disparaban con metralleta a la multitud. Si tuve mala suerte en julio, imagínense cómo será agosto.

Entonces no apuestes este mes, dijo Gonçalves, que acababa de prestarle doscientos mil cruceiros a Anísio.

No, este mes pretendo recuperar parte de lo que perdí, dijo Anísio con rencor.

Para el mes de agosto, los cuatro amigos ampliaron las reglas del juego. Aparte de la cantidad, de la edad y color de los muertos, se agregó la procedencia, el estado civil y la profesión. El juego se había vuelto complejo.

Creo que inventamos un juego que va a ser más popular que la lotería, dijo Marinho. Ya medio borrachos, se rieron tanto que Fernando se orinó en los pantalones.

Se acercaba el fin de mes y Anísio, cada vez más molesto, discutía frecuentemente con sus compañeros. Ese día estaba más irritable y nervioso que nunca y sus amigos, incómodos, esperaban que terminase la partida de cartas.

¿Quién acepta un mano a mano conmigo?, dijo Anísio.

¿Cómo un mano a mano?, preguntó Marinho, que era el que había ganado más veces.

* Funabem: Fundação Nacional do Bem-Estar do Menor (Fundación Nacional para el Bienestar del Menor).

Apuesto a que este mes el escuadrón mata a una niña y a un comerciante. Doscientos mil.

Qué locura, dijo Gonçalves, pensando en su dinero y en el hecho de que el escuadrón jamás mataba niñas y comerciantes.

Doscientos mil, repitió Anísio, con voz amarga, y tú, Gonçalves, deja de llamarles locos a los demás, el loco eres tú, que dejaste tu tierra y te viniste a este país de mierda.

Yo acepto, dijo Marinho, en esta no tienes posibilidad de ganar, ya estamos casi a fin de mes.

Cerca de las once, los amigos terminaron la partida y se despidieron rápidamente.

Los meseros se fueron y Anísio se quedó solo en el bar.

Antes se iba de prisa a su casa para estar junto a su joven mujer, pero ese día se quedó sentado tomando cerveza hasta poco después de la una de la mañana, cuando golpearon la puerta trasera.

El Falso Perpetuo entró y se sentó en la mesa de Anísio.

¿Una cerveza?, dijo Anísio, evitando tratar al Falso Perpetuo de usted o de tú, sin saber el grado de respeto que le debía mostrar.

No. ¿Cuál es el asunto? El Falso Perpetuo hablaba bajo, una voz blanda, apática, indiferente.

Anísio relató las apuestas del juego del muerto que él y sus amigos hacían todos los meses. El visitante oía en silencio, erguido en la silla, las manos apoyadas en las piernas; por unos instantes a Anísio le pareció que el Falso Perpetuo se acariciaba entre los dedos las puntas de la chamarra, como el Verdadero, pero no, se había equivocado.

Anísio comenzó a sentirse mal con la suavidad del otro, tal vez en realidad no era más que un burócrata. Dios mío, pensó Anísio, doscientos mil tirados, ahora tendría que vender la cafetería de Caxias; inesperadamente pensó en su joven mujer, en su cuerpo tibio y redondo.

El escuadrón tiene que matar a una niña y a un comerciante este mes para poder salir del hoyo, dijo Anísio.

¿Y qué tengo yo que ver con eso? Suave.

Anísio se armó de valor, había tomado mucha cerveza, estaba al borde de la ruina y se sentía mal, como si no pudiera respirar bien.

Creo que eres del escuadrón de la muerte.

El Falso Perpetuo siguió insondable.

¿Cuál es la propuesta?

Diez mil si matas a una niña y a un comerciante. Tú o tus colegas, me da lo mismo.

Anísio suspiró, infeliz. Ahora que su plan estaba a punto de realizarse una sensación de debilidad se apoderaba de su cuerpo.

¿La lana está aquí? Puedo hacer el trabajo hoy mismo.

La tengo en la casa.

¿Por dónde empiezo?

Los dos de una vez.

¿Alguna preferencia?

Gonçalves, el dueño del almacén, y la hija.

¿Tu amigo, el gallego?

No es mi amigo. Otro suspiro.

¿Qué edad tiene la hija?

Doce. La imagen de la niña tomando un refresco en el bar aparecía y desaparecía en su cabeza, como una punzada.

Bueno, dijo el Falso Perpetuo, muéstrame la casa del gallego. Anísio notó entonces que sobre el cinturón del pantalón tenía otro, más ancho.

Subieron al coche del Falso Perpetuo y se dirigieron a la casa de Gonçalves. A esa hora la ciudad estaba desierta. Se estacionaron a cincuenta metros de la casa. De la guantera, el Falso Perpetuo sacó dos hojas de cartón donde dibujó de forma tosca dos calaveras con las iniciales E.M. abajo.

Va a ser rápido, dijo el Falso Perpetuo bajando del coche.

Anísio se tapó los oídos con las manos, cerró los ojos y se agachó hasta que su cara tocó el forro de plástico del asiento, de donde salía un mal olor que le recordaba su infancia. Los oídos le zumbaban. Pasó un buen tiempo hasta que oyó tres tiros.

El Falso Perpetuo volvió, subió al coche.

Vamos a buscar mi lana, ya los despaché a los dos. Maté también a la vieja, de pilón.

Llegaron a la puerta de la casa de Anísio. Entró. Su mujer estaba acostada, la espalda desnuda daba a la puerta del cuarto. Solía acostarse de lado y su cuerpo visto desde atrás era más bonito. Anísio sacó el dinero y salió.

No sé tu nombre, dijo Anísio en el coche, mientras el Falso Perpetuo contaba el dinero.

Es mejor así.

Yo te puse un apodo.

¿Cuál?

El Falso Perpetuo. Anísio trató de reír, pero su corazón estaba pesado y triste.

¿Sería ilusión? La mirada del otro se había puesto súbitamente alerta y se acariciaba delicadamente las puntas de la chamarra. Se miraron en la penumbra del auto. Al percibir lo que iba a pasar, Anísio sintió una especie de alivio.

El Falso Perpetuo sacó de la cintura una enorme pistola negra, apuntó al pecho de Anísio y disparó. Anísio oyó el estruendo y después un enorme silencio. Perdón, trató de decir, sintiendo la sangre en la boca y tratando de recordar una plegaria, mientras el rostro anguloso de Cristo a su lado, iluminado por la luz callejera, se oscurecía rápidamente.

Contenido

Los prisioneros
1963

Febrero o marzo 9
Doscientos veinticinco gramos 16
El conformista incorregible.
   La sociedad mentalmente sana del gran Fromm 22
Teoría del consumo conspicuo 27
Henri 30
Curriculum vitae 37
Gacela 40
Naturaleza-podrida o Franz Potocki y el mundo 46
El agente 50
Los prisioneros 53
El enemigo 58

El collar del perro
1965

La fuerza humana 85
La grabadora 102
Informe de Carlos 118
La opción 149
El grande y el pequeño 156
Madona 172
Los grados 191
El collar del perro 199

Lúcia McCartney
1967

Desempeño 235
Lúcia McCartney 240
El cuarto sello (fragmento) 258
El caso de F. A. 267
*** (Asteriscos) 293
Ámbar gris 301
Mi interlocutor 303
El encuentro y el enfrentamiento 309
Un día en la vida 315
Cadena 320
La materia del sueño 321
Siguiendo a Godfrey 327
Víspera 333
Zoom 337
Los inocentes 343
J. R. Harder, *executive* 344
Los músicos 348
Mañana de sol 349
Relato de un parte en que cualquier
semejanza no es mera coincidencia 354

Feliz Año Nuevo
1975

Feliz Año Nuevo 359
Corazones solitarios 366
Abril, en Rio, en 1970 379
Tomando el control 385
Paseo nocturno (parte I) 389
Paseo nocturno (parte II) 391
Día de los enamorados 395
El otro 403
Amarguras de un joven escritor 406
La petición 415
El campeonato 419
Nau Catrineta 427
Entrevista 435

74 grados 438
Intestino grueso 450

El cobrador
1979

El cobrador 463
Pierrot de la caverna 477
Encuentro en el Amazonas 490
Camino a Asunción 505
Mandrake 508
El libro de actas 533
Once de Mayo 537
Comida en la sierra en domingo de carnaval 554
H. M. S. *Cormorant* en Paranaguá 557
El juego del muerto 569